KNAUR

Von der Autorin sind bereits im Knaur Taschenbuch erschienen:
Die Hexe von Nassau
Das Pestkind
Der Fluch der Sommervögel
Die Kunst des Teufels

Über die Autorin:
Nicole Steyer wurde 1978 in Bad Aibling geboren und wuchs in Rosenheim auf. Doch dann ging sie der Liebe wegen nach Idstein im Taunus. Nach der Geburt ihrer beiden Kinder begann sie zu schreiben, beschäftigte sich mit der Idsteiner Stadtgeschichte und begann zu recherchieren. Das Ergebnis dieser Recherchen war ihr erster historischer Roman, *Die Hexe von Nassau,* der sich mit den Hexenverfolgungen in Idstein und Umgebung befasst und ein großer Erfolg wurde. *Der Gaukler und die Tänzerin* ist ihr fünfter historischer Roman.

Nicole Steyer

Der Gaukler und die Tänzerin

Roman

KNAUR

Besuchen Sie uns im Internet:
www.knaur.de

FSC
www.fsc.org
MIX
Papier aus verantwortungsvollen Quellen
FSC® C083411

Originalausgabe Juni 2017

Ein Imprint der Verlagsgruppe
Droemer Knaur GmbH & Co. KG, München

Redaktion: Ilse Wagner
Umschlaggestaltung: ZERO Werbeagentur, München
Umschlagabbildung: akg-images; The Lute Player (oil on canvas), Cariani, Giovanni de Busi (c. 1485–p. 1547)/Musee des Beaux-Arts, Strasbourg, France/Bridgeman Images
Satz: Wilhelm Vornehm, München
Druck und Bindung: CPI books GmbH, Leck
ISBN 978-3-426-52000-0

2 4 5 3 1

1727

Magdalene stand am Fenster, versteckt hinter den schweren Brokatvorhängen, und blickte sehnsüchtig nach draußen, wo Schneeflocken ihren sanften Reigen tanzten. Sie deckten die Straßen von Darmstadt zu, legten sich auf Dächer, Fenstersimse, Leiterwagen und Wollmützen, doch leider verwandelte sich der weiße Teppich auf der Gasse schnell in eine graue Matschbrühe. Menschen eilten an ihrem Fenster vorüber, mit tief ins Gesicht gezogenen Hüten und Mützen und umhüllt von Umhängen und dicken Mänteln waren sie kaum zu erkennen. Der eisige Winterwind, den Väterchen Frost über das Land schickte, trieb die Menschen in die Häuser und ließ die Welt erstarren. In den Zimmern des Hauses eingesperrt, war Magdalene in den letzten Wochen immer rastloser geworden und hatte ihre Kinderfrau, die gute Dorothea, nicht nur ein Mal verärgert. Am liebsten würde sie auch jetzt nach draußen laufen, um durch den Flockenwirbel zu tanzen oder mit anderen Kindern zu spielen und an deren Schneeballschlachten teilzunehmen. Doch das durfte sie nicht, denn sie war kein Gassenkind, sondern ein feines Mädchen. Die Tochter des Landgrafen Ernst-Ludwig von Hessen-Darmstadt trieb sich nicht mit schmutzigen Bälgern herum. Dorotheas Worte hatten endgültig geklungen. Magdalene wollte es trotzdem nicht einsehen. Sie versuchte ständig, auszubüxen, was meistens misslang. Einmal jedoch wäre es ihr beinahe gelungen, wenn da nur nicht die dummen Schnürsenkel an ihren feinen Schühchen gewesen wären, die so schwer zu binden waren. Die Schlaufe wollte nicht halten, immer wieder waren ihr die schwarzen Bänder durch die Finger gerutscht. Da half es auch nichts, dass sie den Mantel aus dem Zimmer geholt hatte, genauso wie das hübsche wollene Tüchlein, das ihren Hals vor dem Wind schützen sollte. Sogar hinter einen der Vorhänge war sie geschlüpft, als Thomas, der Hausdiener, die Eingangshalle betreten hatte. Doch sie war nicht schnell genug gewesen. Ertappt hatte er sie, auf Strümpfen, die Schühchen in den Händen, in den Mantel gehüllt, das Tüchlein um den Hals. Thomas war ein lieber Hausdiener. Er hatte ihr zugezwinkert und verständnisvoll gelächelt. Trotzdem hatte er sie – mit einer Ausrede – zu Dorothea zurückgebracht. Nein, ein Verräter war er nicht, der Thomas. Stets gelassen, ruhig, verschwiegen. Er hatte den Mantel an den Haken im Garderobenzimmer gehängt, die Schühchen in den feinen Schrank gestellt und hatte sie liebevoll auf den Arm genommen. Sie liebte es, von dem stattlichen Mann mit dem silbergrauen Haar getragen zu werden und die vertrauten Gerüche von Pfeifentabak und Vanille einzuatmen. Seit sie denken konnte, hob er sie auf seine Arme, obwohl sie inzwischen eigentlich zu groß dafür war. Jedenfalls behauptete das Dorothea. Ein sechsjähriges Mädchen konnte selbst laufen, es schickte sich nicht, vom Personal durch die Gegend getragen zu werden. Doch Thomas scherte sich nicht um das Gerede des Kindermädchens. Für ihn war Magdalene seine kleine Zuckermaus, der er schleunigst das Binden der Schuhe beigebracht hatte, was sie inzwischen perfekt beherrschte.

Vor dem Eingangsportal des Hauses hielt eine Kutsche. Magdalene beobachtete, wie der Kutscher vom Bock herabsprang, einen Regenschirm öffnete und die Kutschentür öffnete. Luise von Spiegel eilte hastig zum Eingangsportal des Stadtpalais, wo sie von Thomas in Empfang genommen wurde. In der letzten Zeit kam die blonde Frau mit den hohen Wangenknochen und der winzigen spitzen Nase immer öfter zu ihnen, was Magdalene missfiel, denn sie raubte ihr die knapp bemessene Zeit mit dem geliebten Vater. Er war viel unterwegs, reiste nach Gießen, Frankfurt, manchmal sogar in das ferne Berlin. Oder er hatte Verpflichtungen, wie Dorothea oftmals erklärte. Dann hielt er sich im Schloss Wolfsgarten oder Kranichstein auf, wo zur Jagd gerufen wurde. Im letzten Sommer hatte sie das Schauspiel beobachten dürfen. An der Hand ihrer Mutter hatte sie auf der Terrasse von Schloss Wolfsgarten gestanden und dem lauten Klang der Jagdhörner und dem Gebell der Hunde gelauscht. Die Lautstärke hatte sie genauso erschreckt wie die vielen Menschen, Pferde und der entschlossene Blick des Vaters. Hier im Stadtpalais, dem Landgraf-Johann-Haus, das dem Landgrafen aufgrund der stockenden Bauarbeiten am Schloss als Wohnsitz diente, war er anders. Sein Blick war milde, seine Stimme ruhiger. Oftmals hielt er sich stundenlang in seinem Musikzimmer auf und entsann neue Musikstücke, manchmal auch mit seinem Kapellmeister Christoph Graupner, den sie sehr mochte, denn er hatte stets Pfefferminzbonbons in seiner Tasche, die er bereitwillig mit ihr teilte. Die Musik war es wohl, die Magdalene am meisten mit ihrem Vater verband. Er bemühte sich, seiner Tochter das Spiel auf dem Spinett beizubringen, und liebte es, wenn sie zu seinen selbst komponierten Stücken durch den Raum tanzte. In diesen Momenten schien es, als wären sie eine Einheit. Weit fort von allen höfischen Zwängen, Zeremonien und Regeln, stahlen sie sich wenige Stunden der Zweisamkeit, die für

Magdalene jedes Mal die größten Augenblicke des Glücks darstellten.

»Magdalene, Kind, was stehst du nur die ganze Zeit am zugigen Fenster.« Dorotheas Stimme riss Magdalene aus ihren Gedanken.

»Luise von Spiegel ist eingetroffen«, sagte Magdalene, ohne auf die Ermahnung des Kindermädchens einzugehen. Sie schlüpfte hinter dem Brokatvorhang hervor und nahm erfreut Dorotheas säuerliche Miene zur Kenntnis. Niemand im Haus konnte die hochnäsige Ziege, wie Luise von Spiegel hinter vorgehaltener Hand genannt wurde, leiden.

»Auch das noch«, seufzte Dorothea und ließ ihre Stickarbeit sinken. »Als ob der Herr heute nicht schon genug Sorgen hätte.«

Magdalene zuckte zusammen. Die Sorgen, von denen Dorothea sprach, betrafen ihre Mutter, die bereits seit drei Tagen oben in der Kammer lag. Einige Male war Magdalene die Treppe hinauf- und den langen Gang entlanggeschlichen und vor der geschlossenen Tür stehen geblieben. Die Sehnsucht nach einer Umarmung der geliebten Mama hatte sie immer wieder dorthin getrieben. Doch jedes Mal wurde sie durch das laute Stöhnen, einmal sogar durch durchdringende Schreie, wieder vertrieben. Weinend war sie in ihr Zimmer geflohen, wo Dorothea sie getröstet hatte. Ihr Geschwisterchen würde auf die Welt kommen. Das Schreien und Stöhnen wäre normal, es ginge vorüber. Bald schon würde sich die Tür zum Zimmer der Mutter öffnen, und sie dürfte den neuen Erdenbürger bewundern, vielleicht ein Brüderchen, das wäre doch fein. Doch bis heute war die Tür geschlossen geblieben, und die Mienen der Erwachsenen waren immer ernster geworden. Nach dem Arzt war gerufen worden, und eine ältere Frau, eine Hebamme, wie Dorothea erklärt hatte, lief immer mal wieder schweigend durchs Treppenhaus.

»Sorgen?«, fragte Magdalene vorsichtig. »Ist es wegen der Mama? Die Zimmertür, sie öffnet sich einfach nicht.«

Dorothea atmete tief durch und nickte. »Ich habe gehört, dass es nicht gut um deine Mutter steht. Sie ist wohl sehr schwach und müde.«

Schwach und müde wiederholte Magdalene in Gedanken Dorotheas Worte. Das war die geliebte Mutter bereits seit Wochen. Bleich lag sie in ihrem Bett oder auf einer Chaiselongue am Feuer, oftmals ein Buch in der Hand. Einmal war sie beim gemeinsamen Kartenspiel eingeschlafen. Noch im Frühjahr hatten sie alle gemeinsam im Herrengarten gepicknickt und Fangen gespielt. Sogar der Vater war anwesend gewesen. So hübsch hatte ihre Mutter damals in dem gelben Seidenkleid und mit ihrem hochgesteckten kastanienbraunen Haar ausgesehen. Wie es Mode war, hatte sie sich das Gesicht weiß gepudert, doch die frische Luft hatte ihre Wangen gerötet, und einige wenige Sommersprossen hatten sich auf ihre Nase gestohlen. Doch am meisten liebte Magdalene das Strahlen ihrer grünen Augen und ihr fröhliches Lachen. Du bist wie ich, hatte die Mutter oft zu ihr gesagt, ein kleines Charlotte-Abbild.

»Wir müssen für sie beten«, sprach Dorothea weiter.

»Als ob das was helfen würde«, erwiderte Magdalene und biss sich auf die Lippe.

»Wie redest du denn, Kind«, gab Dorothea entrüstet zurück.

»Na, beim letzten Mal hat es doch auch nichts geholfen«, verteidigte sich Magdalene und verschränkte trotzig die Arme vor der Brust. »Mein Fohlen ist, trotzdem ich gebetet habe, gestorben. Und ich hab dem lieben Gott erklärt, wie sehr ich das Fohlen gernhab und dass ich gut darauf aufpassen würde.«

»Manchmal ist er eben zu beschäftigt, um zuzuhören«, erwiderte Dorothea, die es nicht fertigbrachte, gegen Magdalenes kindlich naive Worte mit Ermahnungen vorzugehen.

»Vielleicht sollten wir ihm erklären, dass wir gar kein Brüderchen haben wollen«, schlug Magdalene vor. »Dann ist doch alles wieder gut, oder?«

»Wenn das so einfach wäre«, erwiderte Dorothea seufzend.

»Oder ich gehe hinauf, umarme sie und gebe ihr genau hierhin« – sie deutete auf ihre rechte Wange – »einen dicken Kuss. Dann geht es ihr bestimmt bald besser.«

»Ach, Kind«, antwortete Dorothea traurig, »ich denke nicht, dass das gut ist. Und du weißt doch, mein Fuß. Erst gestern bin ich auf der Treppe gestolpert.« Sie deutete auf eine Gehhilfe an der Wand.

»Dann geh ich eben allein.« Magdalene lief, ohne eine weitere Antwort von Dorothea abzuwarten, zur Tür, öffnete sie, eilte den Flur hinunter und bog schwungvoll um die nächste Ecke. Mit einem Aufschrei rannte sie in Mathis, den kleinen Mohrenjungen, hinein, der ein Tablett mit einer hübschen Porzellantasse trug, die auf den Boden fiel, dank des weichen Teppichs aber nicht zerbrach.

»So pass doch auf«, rief Mathis erschrocken. Magdalene hastete, eine Entschuldigung nuschelnd, an ihm vorüber und die Treppe hinauf. Auf dem obersten Absatz blieb sie außer Atem stehen und blickte zurück. Dorothea war ihr, wie vorauszusehen war, nicht gefolgt. Nur Mathis stand wenige Stufen von ihr entfernt und schaute sie mit seinen schwarzen Augen schweigend an. Er wusste, was sie nach oben trieb, so, wie er immer alles wusste. Mathis war drei Jahre älter als sie und gehörte zum Hauspersonal. Seine Hauptaufgabe bestand darin, den feinen Damen heiße Schokolade zu servieren, aber auch andere Tätigkeiten fielen ihm zu. Er polierte das Silbergeschirr und kümmerte sich gemeinsam mit dem Kammerdiener Josef um das Ausbessern und Instandhalten der Garderobe des Hausherrn und der anderen männlichen Bediensteten. Bald schon würde er für die Arbeit als Schokoladenjunge zu groß werden. Dann sollte er wie sein Vorgänger, Justus, in der Verwaltung des Residenzschlosses als Schreiber untergebracht werden, weswegen er gemeinsam mit Magdalene Unterricht erhielt. Die Tradition, die Schokoladenjungen zu unterrichten, war aus der Zeit der ehemaligen Landgräfin erhalten geblieben. Der ersten Gemahlin Ernst-Ludwigs war sehr daran gelegen gewesen, die »lieben schwarzen Mohren« zu fördern, wie sie sich ausgedrückt hatte. Sie sollten einen guten Platz am Darmstädter Hof erhalten und ein Auskommen haben.

Zu Beginn hatte Magdalene Mathis natürlich ausgefragt. Warum er eine so schwarze Haut hätte? Von wo er käme? Vielleicht aus dem Schwarzwald, was naheliegend schien. Doch es war das ferne Afrika gewesen, von dem er erzählte. Mit einem Schiff übers Meer war er gekommen, ganz allein und ohne seine Familie. Das stellte sich Magdalene schrecklich vor. Sofort hatte sie beschlossen, Mathis' Freundin zu werden, vielleicht auch ein bisschen Familie, obwohl das natürlich schwierig war, denn er war schwarz, und sie war weiß. Aber was galt schon das bisschen Hautfarbe, wenn man sich gut verstand und einander gernhatte. Und sie hatte Mathis gern, sogar so gern, dass er nachts in ihr Zimmer schleichen durfte, um gemeinsam mit ihr im Bett zu kuscheln. Dann erzählten sie sich Geschichten, kicherten oder schwiegen miteinander.

Sie erwiderte für einen kurzen Moment seinen Blick. Dann ging sie langsam weiter. Bedächtig setzte sie einen Schritt vor den anderen. Der Flur war lang. Bilder hingen an den mit

Stuck verzierten Wänden. Gemälde ihrer Vorfahren, die sie anzustarren, sie mit ihren Augen zu verfolgen schienen. Meistens nahm sie ihre Blicke kaum wahr. Sie waren leblose Zeugen der Vergangenheit, festgehalten in Öl, in immer gleichen Posen. Doch heute erschienen sie ihr lebendig zu sein, und ihre ernsten Mienen verunsicherten Magdalene und ließen sie immer langsamer werden, je näher sie dem Zimmer der Mutter kam. Als sie es erreichte, stellte sie zu ihrem Erstaunen fest, dass die Tür nur angelehnt war. Sie blieb stehen und lauschte. Es drang kein Stöhnen nach draußen, niemand schrie. Vielleicht war das ein gutes Zeichen. Am Ende war ihr Brüderchen jetzt da, und alles wurde wieder gut. Zaghaft trat sie näher an die Tür heran und linste in den Raum. Ihre Mutter lag im Bett, so viel konnte sie erkennen. Daneben stand eine Frau, die sagte:

»Nicht lebensfähig ist es gewesen, dein winziges Balg. Das Kind einer wertlosen, austauschbaren Mätresse.«

Magdalenes Hände begannen zu zittern. Luise von Spiegels schrille Stimme hätte sie unter Hunderttausenden erkannt. Doch was wollte diese Frau von ihrer Mutter, und was meinte sie mit winziges Balg? Sollte ihr Brüderchen doch schon zur Welt gekommen sein? Aber warum hatte niemand etwas gesagt, keiner nach ihr gerufen? Sie ahnte Schreckliches.

»Schon seit langer Zeit hat er sich von dir abgewandt. Wieso sollte er auch nicht? Du bist nur noch ein Schatten deiner selbst, eine von Krankheit und Siechtum gezeichnete Frau. Niemals wird er dich heiraten, wie du hoffst.«

Magdalene schob die Tür ein Stück weiter auf. Sie hielt den Atem an. Wieso antwortete die Mutter nicht auf die Frechheiten dieser Frau? Sie musste sich doch verteidigen. Sehr wohl liebte der Vater ihre Mutter. Wie oft hatte er sie besucht, hatte sich nach ihrem Wohlergehen erkundigt, ihr kleine Geschenke zukommen lassen.

Luise von Spiegel begann, im Raum auf und ab zu gehen.

»Trotzdem finde ich, wir sollten langsam unser Spiel um seine Gunst beenden. Du wirst jetzt endlich begreifen, dass ich gewonnen habe. Sieh mich an: Ich bin so viel jünger und hübscher als du. Ich werde ihm viele Kinder schenken und an seiner Seite die perfekte Landgräfin sein. Eine Landgräfin, die du niemals gewesen bist.« Erneut blieb Luise von Spiegel vor dem Bett stehen. »Wer weiß überhaupt, ob du jemals in die Geschichte eingehen wirst.« Sie zuckte mit den Schultern. »Mätressen versinken in der Vergessenheit. Nur Ehefrauen werden namentlich genannt. Und ich werde alles dafür tun, eine solche zu werden.«

Sie griff nach einem Kissen und beugte sich über das Bett. Magdalene konnte nicht so recht sehen, was jetzt vor sich ging, denn durch den Türspalt konnte sie nur Luises Rücken erkennen. Sie öffnete die Tür ein Stück weiter.

»Mach es gut, meine Liebe. Ich erlöse dich hier und jetzt von deinem Leiden. Es ist besser für uns alle, wenn du stirbst.«

Fest drückte Luise das Kissen auf den Kopf der Mutter. Magdalene stand mit weit aufgerissenen Augen in der Tür, unfähig, sich zu bewegen. Immer fester drückte Luise zu. Da begann Magdalene, laut zu kreischen. Erschrocken richtete Luise sich auf und starrte das Mädchen an, doch ihre Überraschung legte sich schnell.

»Magdalene, Kind, wie kommst du denn hierher?« Ihre Stimme klang plötzlich schmeichelnd, nichts von der eben gehörten Gehässigkeit war geblieben.

»Du hast sie getötet«, stammelte Magdalene. Sie deutete auf Luise, der alle Farbe aus dem Gesicht wich. Luise machte einen Schritt auf Magdalene zu und streckte die Hand nach ihr aus. »Was redest du da für einen Unsinn, Kind. Ich wollte nur nach ihr sehen, mehr nicht.«

Magdalene wich zurück. Sie wiederholte ihre Worte. »Du hast sie getötet.« Der Schock saß tief. Ihre geliebte Mutter lag blass und reglos in den Kissen. Magdalene schüttelte den Kopf und begann, Schritt für Schritt rückwärts zu gehen. Luise folgte ihr auf den Flur hinaus, wollte nach ihr greifen, doch Magdalene entzog sich ihr. Mit weit aufgerissenen Augen starrte sie die Frau an. Erneut griff Luise, die allmählich die Geduld verlor, nach ihr.

»Jetzt komm schon her, du dummes Ding. Ich erkläre es dir. Ich wollte nur ihr Bestes. Das wirst du doch verstehen?« Ihre Stimme klang gepresst. Magdalene machte einen weiteren Schritt nach hinten. Luise folgte ihr. Magdalene spürte ihren schneller werdenden Herzschlag, ihre Hände zitterten. Sie musste hier weg, zurück zu Dorothea, zum Vater, zu Thomas auf den Arm. In ihr Bett, zu Mathis, der sie wärmen würde. Sie drehte sich um und rannte den Flur entlang und die vielen Treppen hinunter, dann klapperten ihre Pantinen auf dem Marmorboden der Eingangshalle.

Luise folgte ihr. »Magdalene, Kind, so bleib doch stehen. Es ist nichts. Ich will es dir erklären. So hör doch zu.« Suchend blickte sich Magdalene nach Thomas um. Normalerweise hielt sich der Hausdiener hier irgendwo auf. Doch jetzt war er nicht zu sehen, aber Luise stand unweit von ihr entfernt am Treppenaufgang und atmete schwer.

»Gute Güte, Kind. Was scheuchst du mich durch die langen Gänge. So lass mich doch endlich erklären.«

Genau in diesem Moment trat Mathis aus einem Nebenraum. Verwundert schaute er von Luise zu Magdalene.

Die adlige Dame warf ihm einen finsteren Blick zu.

»Verschwinde, du elender Mohr.« Ihre Stimme klang giftig.

»Sie hat Mama umgebracht«, rief Magdalene und deutete auf Luise. Mathis riss die Augen auf. Im oberen Geschoss wurde es plötzlich unruhig. Laute Stimmen waren zu hören. Eine Frau begann zu kreischen. Die Tote schien entdeckt worden zu sein.

Luise wurde nervös. »Was für ein Unsinn. Ich habe nur mit ihr geredet, nicht mehr. Deine arme Mutter, Gott hab sie selig. Das hat sie nicht verdient.« Sie bekreuzigte sich.

»Lügnerin«, schrie Magdalene. »Das Kissen hast du auf ihren Kopf gelegt, damit sie keine Luft mehr bekommt. Ganz genau hab ich es gesehen. Du willst ihr meinen Vater wegnehmen, willst ihn mir wegnehmen. Aber das werde ich niemals zulassen. Mein Vater gehört mir!«

Magdalene verschränkte die Arme vor der Brust.

Luise verlor endgültig die Geduld.

»Und wenn es so ist? Was geht es dich, Balg einer Mätresse, an. Er gehört dir, dass ich nicht lache. Einem kleinen wertlosen Mädchen.«

Mathis keuchte auf. Luise machte einen Schritt auf Magdalene zu. Mathis stellte sich schützend vor sie und sagte: »Ihr rührt sie nicht an, oder ich werde ...«

»Was wirst du, kleiner wertloser Mohr, der du bist«, erwiderte Luise und schubste ihn grob zur Seite. Mathis stürzte und schlug hart mit den Knien auf dem Marmorboden auf. Magdalene wich bis zur Eingangstür zurück.

Mathis rappelte sich wieder auf und rief: »Lauf, Magdalene. Verschwinde!«

Magdalene reagierte blitzschnell. Sie drückte die Klinke nach unten und öffnete die Tür. Als sie nach draußen eilte, glaubte sie, Thomas' Stimme zu hören. Doch nichts hielt sie jetzt noch zurück. Sie rannte durch das Schneetreiben, vorbei an Kutschen und Karren über den weitläufigen Marktplatz, auf dem nur noch wenige Menschen unterwegs waren. Sie wusste nicht, wohin, kannte sich nicht aus. Sie rannte an der Stadtkirche vorbei und in eine der schmalen Gassen, zu einem der Stadttore. Kurz bevor sie das Bessunger Tor erreichte, blieb sie unsicher stehen und blickte zurück. Sollte sie überhaupt aus der Stadt hinauslaufen? Der schneidend kalte Wind ließ sie erzittern. Sie schlug die Arme um den Körper. Da tauchte eine Gestalt auf, die heftig winkte. Luise von Spiegel. Sie verfolgte sie noch immer. Magdalene hastete weiter auf das Stadttor zu, Tränen der Verzweiflung in den Augen. Wäre sie doch nur bei Dorothea in der Kammer geblieben. Einmal nur hätte sie auf die Kinderfrau hören sollen, dann wäre jetzt alles gut. Aber wäre es das wirklich? Am Tod ihrer Mutter und dem Triumph dieser bösen Frau hätte auch ihre Folgsamkeit nichts geändert. Weinend eilte sie am Torwächter vorüber, der ihr verdutzt nachblickte. Noch immer glaubte sie, Luises Stimme zu hören. Schneller musste sie laufen, nur fort von dieser schrecklichen Person. Das eben Gesehene vergessen, niemals wieder daran denken müssen. Sie rannte querfeldein. Ihre feinen Stoffschuhe waren bereits durchnässt, und ihre Füße fühlten sich wie Eisklumpen an. Ein Stück weiter blieb sie, nach Atem ringend, stehen und blickte sich panisch um. In einem nahen Kiefernwäldchen standen einige Zelte, eine Rauchwolke stieg in den Himmel, und Stimmen waren zu hören. Ihr Blick wanderte zur Straße zurück, wo sie im Schneetreiben eine Gestalt wahrzunehmen glaubte. War ihr diese Frau bis hierher gefolgt, oder war es jemand anders? Das Herz schlug ihr bis zum Hals, und das Blut rauschte ihr in den Ohren. Der Wind trieb ihr Schneeflocken in die Augen, riss an ihrer Haube, zerzauste ihr Haar. Die Gestalt am Wegesrand schien näher zu kommen. Hastig eilte Magdalene zu dem kleinen Kiefernwäldchen und duckte sich in den Windschatten eines der Zelte. Mit fest geschlossenen Augen, zitternd und frierend, saß sie dort und begann, gegen Angst und Kälte eines der Lieder zu singen, die sie oft mit dem Vater gespielt hatte. Die Schneeflocken wirbelten auf sie herab und deckten sie zu, hüllten sie in ihr weiches, kaltes Kleid und ließen sie mehr und mehr erstarren. Ganz langsam wurde ihr Stimmchen immer leiser.

Kurz bevor Magdalene endgültig verstummte, tauchte eine beleibte Gestalt vor ihr auf, leuchtete ihr mit einer Laterne ins Gesicht und sagte: »Du hast recht, Majpejlomas. Hier draußen ist tatsächlich jemand. Ein kleines Mädchen, stell dir vor.«

1

1737

Suni saß unter einem Apfelbaum und pflückte Margeriten, die sich die hinter einem Gutshof gelegene Streuobstwiese mit Glockenblumen, Löwenzahn und rotem Klee teilten. Die Bäume um sie herum schienen alle einen eigenen Charakter zu haben. Einer war windschief, ein anderer knorrig, und wieder einer sah so aus, als hätte er ein Gesicht inmitten seiner Zweige und würde sie angrinsen, doch Augen, Mund und Nase waren nur dicke Knorpel auf seinem Stamm. Die Apfelbäume trugen in diesem Jahr schwer an ihrer Last. Der Bauer würde eine reiche Ernte haben. Im Moment jedoch war mit den Äpfeln nicht viel anzufangen, denn sie waren noch nicht reif und ziemlich sauer, wie Cikni vorhin festgestellt hatte, als sie einen von ihnen vom Baum geholt und hineingebissen hatte. Das Gesicht hatte sie verzogen und das Stück Apfel sofort wieder ausgespuckt. Suni pflückte eine Glockenblume, legte sie zu den anderen Blumen in ihren Korb und blickte sich nach Cikni um. Das Mädchen hockte vor dem Eingangstor zum Gutshof und war von drei kleinen Katzen umringt, eines der winzigen Fellknäuel hatte es auf dem Arm. Lächelnd erhob sich Suni, ging zu ihr hinüber und hob ein besonders vorwitzig maunzendes Kätzchen hoch.

»Die sind aber niedlich«, sagte sie und sank neben Cikni in die Hocke.

»Ich denke, sie sind nicht viel älter als drei oder vier Wochen«, mutmaßte Cikni.

Sunis Kätzchen, ein grau-weiß geflecktes Häufchen Fell, begann mit ihr zu spielen und schlug mit seinen winzigen Pfoten nach ihren Fingern. »Hast schon richtig ordentliche Krallen«, sagte Suni belustigt, als ihr der Kleine einen winzigen Kratzer am Handgelenk verpasste.

»Am liebsten würde ich eine von ihnen mitnehmen«, sagte Cikni. Auf ihrem Arm saß ein nicht ganz so forsches Kätzchen. Geduldig ließ sich das grau getigerte Tier streicheln und schnurrte sogar ein wenig, während eines seiner Geschwister sich anschickte, in Sunis Blumenkorb zu klettern.

Suni hielt die kleine Katze zurück. »Nein, mein Kleines, das ist nichts für dich. Die hübschen Blumen werden noch gebraucht.«

»Was, zum Teufel, ist denn hier los?«, ertönte plötzlich eine ruppig klingende Stimme. Suni und Cikni zuckten erschrocken zusammen und blickten auf. Eine korpulente Frau stand vor ihnen und funkelte sie wütend an. »Elende Zigeuner und Diebesgesindel. Ihr wollt wohl unsere Äpfel stehlen. Hannes!«, rief sie laut. »Hannes, so komm doch. Diebe, Zigeuner!«

Ruckartig erhoben sich Suni und Cikni. Die Katzen rutschten zu Boden.

»Wir wollten nicht …«, versuchte Cikni die Frau, anscheinend die Bäuerin, zu beruhigen. Doch diese wollte ihr nicht zuhören. Erneut rief sie nach Hannes, vermutlich einem Knecht. »Hannes, so komm endlich. Zu Hilfe, Zigeuner!«

Cikni warf Suni einen kurzen Blick zu. Es hatte keinen Sinn. Suni griff nach ihrem Korb. Die Stimme der Frau überschlug sich. Eilig rannten Suni und Cikni über die Streuobstwiese davon. Erst als der Gutshof außer Sichtweite war, blieben sie auf einem kleinen Feldweg, nach Atem ringend, stehen. »Lieber Herrgott, was hat sich dieses Weib aufgeführt. Wir haben doch nur mit den Kätzchen gespielt«, sagte Cikni.

»Du weißt doch, wie die meisten Leute über uns Roma denken«, erwiderte Suni. »Die gute Frau hat wahrscheinlich gedacht, wir würden ihr mitsamt den Äpfeln sämtliche Hühner stehlen.«

»Pah, Hühner« – Cikni winkte ab –, »aber eines der Kätzchen hätte mir schon gefallen.«

»Mir auch«, erwiderte Suni und blickte über ein weites Kornfeld hinweg Richtung Gutshof. Azurblau war heute das Blau des Himmels, keine Wolke war zu sehen. Am Wegesrand plätscherte ein kleiner Bach. Vogelgezwitscher erfüllte die Luft. Was ist das heute für ein schöner Sommertag, dachte Suni versonnen. Gerade richtig für Ciknis Hochzeit, die in wenigen Stunden stattfinden sollte, was auch der Grund dafür war, dass sie losgezogen waren, um Blumen zu pflücken. Nur die schönsten Blüten sollten es für Ciknis Brautkranz werden, den sie heute Abend bei der Hochzeitszeremonie tragen würde. Bei einer Zeremonie, vor der sich Cikni fürchtete, obwohl sie Kalo ganz gern mochte, wie sie Suni gestern Abend gestanden hatte. Cikni ging in die Hocke, pflückte eine Kornblume am Wegesrand ab und legte sie zu der bunten Blütensammlung in Sunis Korb. Margeriten, Hahnenfuß, Korn- und Mohnblumen sammelten sich dort neben Kamillenblüten und rotem Klee. Suni musterte Cikni nachdenklich von der Seite. Wie eine glückliche Braut kam ihr das zierliche Mädchen nicht vor. Cikni war ein Spitzname und bedeutete die Kleine. Ciknis anderen Roma-Namen kannte Suni nicht. Seit sie denken konnte, wurde das Mädchen mit dem Spitznamen angesprochen. Cikni war sehr klein und wirkte noch sehr kindlich. Nur ein winziger Brustansatz unter ihrer Bluse ließ erkennen, dass sie langsam zur Frau heranreifte. Auch ihr Verhalten, Denken und Handeln war noch sehr kindlich. Verspielt war sie und anhänglich wie ein Kätzchen. Cikni hatte früh ihre Mutter verloren und war von Sunis Ziehmutter Rosina aufgenommen worden. Mit der Zeit waren sie wie Schwestern geworden. Sie teilten sich ein Lager, ihre Sorgen und Ängste, weinten, lachten und spielten miteinander. Die bevorstehende Hochzeit würde dies alles für immer verändern. Nach dem Fest würde Cikni in Kalos Zelt und auf sein Lager umziehen, wovor sie sich zu fürchten schien. Kalo war einer der wenigen Roma im heiratsfähigen Alter, die ihrer Gruppe angehörten. Er war etwa im selben Alter wie Suni, und Cikni war ihm bereits bei ihrer Geburt versprochen worden. Heute Nachmittag würden aus Freunden, die einander wie Geschwister liebten, Eheleute werden.

Suni ging neben Cikni in die Hocke und strich ihr liebevoll eine Haarsträhne hinters Ohr.

»Das wird schon werden. Kalo ist ein guter Junge. Niemals würde er etwas Ungehöriges tun.«

»Das denkst du«, gab Cikni zurück und stand abrupt auf. Suni glaubte, eine Träne in ihrem Augenwinkel zu erkennen.

Sie erhob sich ebenfalls und fragte: »Was meinst du damit? Hat er …« Sie wagte nicht, es auszusprechen.

Cikni nickte zaghaft.

»Das darf doch nicht wahr sein.« Wütend ballte Suni die Fäuste. »Ich erschlag ihn, diesen elenden Lump. Wie kann er es wagen, dich vor der Hochzeit überhaupt nur anzufassen. Na, dem werde ich helfen.« Sie wollte loslaufen, zurück ins nicht weit entfernte Lager, doch Cikni hielt sie am Arm zurück.

»Es ist nicht, was du denkst.«

Suni hielt in der Bewegung inne. »Nicht?«

»Ich meine, ich wollte es ja auch. Neulich Abend habe ich ihn am Bach getroffen, und es war so anders. Früher, da konnten wir einfach miteinander reden, herumtoben oder schwimmen gehen. Jetzt ist alles verändert. Wir haben uns lange gegenübergestanden, und keiner hat so recht gewusst, was er sagen soll. Irgendwann hat er zu lachen angefangen, und ich habe mitgelacht. Es war, als wollten wir all die Verlegenheit und das Unbekannte mit unserer Fröhlichkeit betäuben. Nach einer Weile hat er meine Hände ergriffen und mich näher an sich herangezogen, und ich habe in seine schwarzen Augen geblickt. In meinem Bauch hat es wie verrückt zu kribbeln begonnen. So etwas habe ich nie zuvor im Leben gespürt. Ganz langsam hat er sich zu mir vorgebeugt, und wir haben uns geküsst, so richtig, wie es die Großen tun. Da dachte ich, ich müsste innerlich zerspringen. Ganz fest haben mich seine Arme umschlungen, und plötzlich war er nicht mehr Kalo, sondern ein Fremder. Ich werde heute Nachmittag einen Fremden heiraten, den ich zu kennen glaubte. Ist es das, was wir unter Erwachsenwerden verstehen? Kennen wir einander überhaupt noch, wenn wir unsere Kindheit aufgeben und verlieren?«

»Ach, Cikni.« Suni entspannte sich wieder. Sie wollte etwas antworten, doch jemand anders kam ihr zuvor.

»Deine Kindheit wirst du nie verlieren. Sie wird für immer in deinem Herzen bleiben.«

Rosina war unbemerkt näher getreten. Die alte Romni lächelte milde und strich Cikni über den Kopf. »Ich kann deine Ängste verstehen. Jedem Mädchen geht es an seinem Hochzeitstag so oder so ähnlich. Es ist ein Neubeginn, die Veränderung der bisherigen Welt. Es wäre schlimm, wenn du dich nicht ein wenig davor fürchten würdest. Aber du freust dich doch auch auf die Zukunft, oder?« Sie fing Ciknis Blick auf.

»Schon«, gestand das Mädchen.

Rosina legte lächelnd den Arm um ihren Schützling und drückte sie fest an sich. »Und das Kribbeln wird mit jedem Kuss und jeder Berührung schöner. Das verspreche ich dir.« Sie zwinkerte Suni zu. »Obwohl Kalo eine Tracht Prügel verdient hätte, dieser Schwerenöter. Vor dem heutigen Tag hat er dich nicht anzurühren. Das weiß er genau.« Ihr Blick fiel auf den Blumenkorb. »Wie viele wunderbare Blüten ihr gesammelt habt. Wir werden den schönsten Brautkranz daraus flechten, den die Welt je gesehen hat, das verspreche ich dir.« Sie strich über Ciknis Haar und musterte ihr Gesicht. »Bezaubernd wirst du aussehen, die schönste Braut weit und breit.«

»Und ich werde später für dich tanzen«, fügte Suni lächelnd hinzu. »Den großartigsten Tanz, den du jemals gesehen hast.«

»Das wollen wir doch hoffen, mein kleiner Pusomori«, erwiderte Rosina und hob den Blumenkorb hoch. »Ohne Musik und Tanz wäre es ja kein richtiges Hochzeitsfest.« Sie zwinkerte Suni lächelnd zu, die eine Grimasse zog. Rosina wusste ganz genau, dass Suni ihren Spitznamen Pusomori nicht leiden konnte. Sie war kein kleiner Floh, auch wenn diese Bezeichnung darauf abzielte, ihre Geschmeidigkeit und ihren wunderbaren Tanz hervorzuheben, wie ihr Rosina schon mehrfach versichert hatte. Doch Sunis Meinung nach hatten Flöhe nichts mit Geschmeidigkeit oder Tanz zu tun. Sie waren nur lästige, juckende Gesellen und hatten weiß Gott nichts in einem Kosewort zu suchen, auch wenn es noch so lieb gemeint war.

Sie schlugen den Rückweg ein. Die Zigeuner hatten ihr Lager in einem von Ginsterbüschen und anderem Gestrüpp geschützten Kiefernwäldchen aufgebaut, was bei dieser Hitze ratsam war. Schon seit Tagen brannte die Sonne unerbittlich vom Himmel, und die Luft heizte sich immer weiter auf. Die Zigeunergruppe war eher klein. Sie zählte insgesamt etwa fünfzehn Frauen und Männer und einige Kinder unterschiedlichen Alters. Dazu kamen Rosina und der Älteste, den alle nur mit Baro Rom ansprachen. Er allein traf sämtliche Entscheidungen, wie er jedenfalls glaubte, denn hinter seinem Rücken hatte längst Rosina das Sagen.

Der alte Mann stand bei ihrer Rückkehr ins Lager mit dem Gehstock wedelnd auf dem freien Platz in der Mitte der Zelte, wo in wenigen Stunden die Trauung stattfinden sollte, und schimpfte lautstark. »Himmel. Hab ich nicht gesagt, dass der Altar dort drüben aufgebaut werden soll! Ihr seid wirklich zu gar nichts zu gebrauchen, ihr schändlichen Bälger.«

Rosina ließ die Mädchen stehen und ging kopfschüttelnd zu Baro Rom hinüber, der nur mit einer weinroten Pluderhose bekleidet und barfuß war.

»Jetzt lass die jungen Leute doch in Ruhe alles vorbereiten, mein lieber Freund. Es ist ja nicht die erste Hochzeit, die wir abhalten.«

Der alte Mann ließ den Spazierstock sinken. Missbilligend schaute er Rosina an. In seinem Aufzug ähnelte er ein wenig einer der Vogelscheuchen, die so mancher Bauer auf seine Felder stellte. Klapperdürr war er, jede seiner Rippen war zu sehen, und sein Kinn war spitz. Auf dem Kopf trug er einen aus braunem Filz gefertigten Schlapphut, und sein weißes Haar fiel bis auf seine Schultern herab.

»Aber es wird eine der ersten Hochzeiten seit langem sein, zu der wir Besuch bekommen werden. Gerade ist ein Bote eingetroffen.« Er wies zu einem der Zelte hinüber, vor dem ein junger Bursche, einen Becher in der Hand, saß. »Mein lieber Freund Berko hat sich angekündigt. Ich habe ihm schon vor längerer Zeit von der bevorstehenden Hochzeit berichtet. Du wirst dich gewiss daran erinnern, meine Liebe. Es war im letzten Januar gewesen, als wir uns in der Nähe von Cöln über den Weg gelaufen sind.«

»Im Januar, in Cöln. Da haben wir doch noch gar nicht gewusst, dass wir um diese Zeit in dieser gottverdammten Gegend sein werden, aus der wir, wenn du mich fragst, so schnell wie möglich verschwinden sollten. Der Landgraf, du weißt …« Rosina senkte ihre Stimme. Ihr Blick wanderte zu Suni.

»Der schon seit Monaten in Gießen weilt, was die Gegend sicherer macht«, antwortete Baro Rom in dem Versuch, Rosina zu beruhigen. »Und wegen Suni würde ich mir keine Gedanken machen. Ihre Heimat ist unser Lager. Sie ist durch und durch eine Romni geworden, und wenn du mich fragst, solltest du endlich deine Vorurteile ablegen und sie verheiraten. Merki scheint sich inzwischen von Samiras Tod erholt zu haben, und sein Sohn braucht eine Mutter.«

»Mit Merki!«, rief Rosina. »Die beiden konnten sich noch nie leiden, und das weißt du auch.«

»Dann werden sie sich aneinander gewöhnen. Wie du weißt, ist die Auswahl in unserer kleinen Gruppe begrenzt, und eine Hochzeit außerhalb der Gruppe wirst du, wie ich dich kenne, noch weniger befürworten.«

»Alles, nur nicht Merki. Ich kenne Suni. Niemals wird sie ihn heiraten.«

»Was Suni will, ist Nebensache. Sie ist im Sommer sechzehn geworden, ein altes Mädchen. Wenn wir nicht bald etwas unternehmen, wird keiner sie mehr haben wollen, und ich werde sie nicht die ganze Zeit durchfüttern.«

»Das musst du auch nicht«, gab Rosina schnippisch zurück und verschränkte die Arme vor der Brust.

Er lachte laut auf, trat näher an seine alte Freundin heran und tätschelte ihr die Wange.

»Und wer füttert dich seit Jusos Tod durch?«

»Das ist ja wohl etwas anderes«, verteidigte sich Rosina. »Juso war dein Vorgänger. Und wie du weißt, hat er sich wie ein Held geopfert. Hätte er damals die Reitergruppe nicht aufgehalten, weiß der Himmel, ob wir heute noch am Leben wären.«

»Was nichts daran ändert, dass ich dich jetzt versorge«, konterte Baro mit einem süffisanten Lächeln.

»Grins nicht so dumm«, schimpfte Rosina, der die Argumente ausgingen. Die leidige Heiratsdiskussion führten sie nicht zum ersten Mal, und sie wusste, dass er recht hatte. Doch sie wollte Suni nicht ziehen lassen. Es würde ihr das Herz brechen, das Mädchen zu verlieren. Das Schicksal hatte ihr keine Kinder geschenkt, was sie in jahrelange Verzweiflung stürzte und zu dem ein oder anderen Scharlatan trieb. Nach Jusos Tod hatte sie sich in ihr Schneckenhaus zurückgezogen und niemanden mehr an sich herangelassen. Bis zu dem Tag, als Suni kam, ihr kleiner Pusomori, der so wunderbar tanzen konnte. Niemals im Leben würde sie den kalten Wintertag vergessen, an dem sie das Mädchen hinter ihrem Zelt gefunden hatte. Ein kleines, von Angst erfülltes Kind, halb erfroren und bitterlich weinend. Sie hatte es liebevoll in den Arm genommen und die ganze Nacht festgehalten, bis es aufgehört hatte zu zittern. Es dauerte eine Weile, ehe die Kleine Zutrauen gefasst hatte, doch inzwischen waren sie zu einer Einheit verwachsen wie Mutter und Tochter, könnte man meinen, wäre nicht der äußerliche Unterschied. Rosina war eine typische Romni: schwarzes Haar, dunkle Haut und

Augen. Sunis Haar war kastanienbraun und wellig. Es fiel bis auf ihre Taille herab und schimmerte im Sonnenlicht. Ihre Augen waren grün, unergründlich und wunderschön. Auch ihre Haut war gebräunt, doch niemals würde sie die Farbe der Roma annehmen. Sie war eine Gadži, eine von den anderen, die bei ihnen nichts zu suchen hatte und doch dazugehörte. Manchmal, wenn Rosina Suni tanzen sah, glaubte sie, der Herrgott hätte sie einfach der falschen Familie zugeteilt. In Sunis Herz schlug eine Roma-Seele, davon war sie felsenfest überzeugt. Ihr Leben bei dem Volk der Roma war ihr Schicksal, und vor dem konnte niemand fortlaufen, daran glaubte Rosina fest.

Baro Rom schaute zu einem der Zelte hinüber. »Wenn ich mir den Blick des jungen Boten so anschaue, dann sehe ich keine Probleme, sie nicht verheiratet zu bekommen.«

Rosina drehte sich um.

Suni stand vor einem der Zelte und unterhielt sich lachend mit dem jungen Boten des anderen Stammes. Regelrecht vertraut wirkten die beiden, obwohl sie sich erst seit wenigen Minuten kannten.

»Dann lieber Merki, oder was meinst du«, raunte Baro Rom Rosina ins Ohr, während er an ihr vorüberging. »So bliebe sie wenigstens in deiner Nähe.«

Rosina wusste nicht, was sie erwidern sollte. Wie zur Salzsäule erstarrt stand sie vor dem inzwischen fertig aufgebauten Holzaltar und beobachtete Suni und den fremden Burschen dabei, wie sie miteinander lachten und tändelten. Wie hatte sie auch nur einen Augenblick daran denken können, dass sie den Lauf der Zeit aufhalten könnte. Suni war inzwischen voll entwickelt, eine hübsche und begehrenswerte Frau und fürs Heiraten schon beinahe zu alt. In diesem Punkt musste sie Baro Rom recht geben.

»Wohin bist du nur verschwunden, mein kleiner Pusomori«, murmelte sie gedankenverloren und wischte sich eine Träne aus den Augen. »Es war doch erst gestern gewesen, als du zum ersten Mal zu der Melodie von Mandolinos Geige um mich herumgetanzt bist.«

»Was ist denn jetzt?« Ciknis Stimme riss Rosina aus ihren Gedanken. Erschrocken blickte Rosina das schmale Mädchen an, das ihr, wie sie sich mal wieder eingestehen musste, bei weitem nicht so sehr am Herzen lag wie Suni. Cikni war wehleidig und oftmals zickig. Auch war sie nicht so hübsch wie Suni. Aber ließen sich die beiden grundverschiedenen Mädchen überhaupt miteinander vergleichen? Womöglich tat sie Cikni unrecht. Cikni hatte früh ihre Eltern verloren, worunter sie noch heute litt. Sie sollte nachsichtiger mit dem oftmals verstockten Mädchen sein, das nicht so recht wachsen wollte. Immerhin war sie, Rosina, die einzige Mutter, die ihr geblieben war.

»Natürlich«, stammelte sie, »ich komme. Es wird ja auch langsam Zeit.« Sie legte den Arm um Cikni und lief mit ihr zu ihrem Lagerplatz, den sie neben einem großen Ginsterbusch im Schatten einer hohen Kiefer aufgeschlagen hatten. »Und stell dir vor«, verriet sie die eben erfahrenen Neuigkeiten, »es wird ein großes Fest werden, denn in den nächsten Stunden wird Berko mit seinem Stamm unweit von uns sein Lager aufschlagen.«

»Ach, das weiß ich doch längst.« Cikni deutete auf den jungen Boten. Suni hatte sich inzwischen neben den Burschen ins Gras gesetzt, was Rosina missbilligend registrierte.

»Er heißt Sorlo und ist sehr nett. Ich glaube, sie mögen einander«, sagte Cikni.

»Und wenn schon«, erwiderte die Rosina. »Er ist keiner von uns. Sie kann und wird ihn nicht heiraten.«

»Warum nicht«, widersprach Cikni mutig. »Ich habe euer Gespräch vorhin mit angehört. Baro Rom hat recht, und das weißt du.«

»Lauschen auch noch.« Entrüstet stemmte Rosina die Hände in die Hüften. »Was Baro Rom und ich besprechen, geht dich nichts an. Hörst du! Und jetzt sieh zu, dass du hinüberläufst und Suni herholst. Sie wollte den Blumenkranz flechten, also soll sie gefälligst damit beginnen, sonst werden wir nicht mehr rechtzeitig fertig.« Sie wedelte mit den Armen.

Eilig raffte Cikni die Röcke und lief über die Wiese. Nachdenklich schaute Rosina ihr nach. Vielleicht war das die letzte Anweisung gewesen, die sie dem Mädchen gegeben hatte. Nach der Trauung würde ein anderer für sie verantwortlich sein. Sie hätte wehmütig, vielleicht sogar traurig sein müssen. Doch sie war es nicht. Stattdessen war es Erleichterung, die sie fühlte. Ein Stück Verantwortung wurde ihr abgenommen, was guttat. Auch freute sie sich insgeheim darauf, nur mit Suni in ihrem Zelt zu schlafen. Vielleicht würde dann die alte Vertrautheit zurückkehren, die sie in den ersten Jahren verbunden hatte. Das war es wohl gewesen, was sie an Ciknis Auftauchen am meisten gestört hatte. Das Mädchen hatte ihre kleine, liebgewonnene Ordnung zerstört. Eine Ordnung, die sich gut und richtig angefühlt hatte. Oder durfte eine Mutter, auch wenn sie nur eine Ziehmutter war, überhaupt so denken? Durfte sie ein Kind mehr lieben als das andere? Die beiden Mädchen kamen zurück, Arm in Arm und verschwörerisch kichernd. Ihr Anblick brachte Rosina zum Lächeln. Wie Schwestern gingen die beiden miteinander um. Vielleicht sollte sie nicht so viel grübeln und mit sich selbst nachsichtiger sein. Es konnte nicht immer alles gelingen, doch vieles war gut geworden. Den Mädchen ging es gut, Cikni würde heute heiraten, und Suni – wer wusste das schon.

Irgendwann würde sie Abschied nehmen müssen, auch wenn es schwer war. Ihr Blick fiel auf einen winzigen Spiegel, der an ihrer Zeltwand hing. Sie schaute in müde, von tiefen Falten umgebene Augen. Immer mehr graue Strähnen durchzogen ihr Haar, und ihr Rücken war krumm geworden. Die schöne und stolze Zigeunerin von einst sah ihr schon längst nicht mehr aus dem Spiegel entgegen. Nach und nach hatte sie sich am Ende ihres Lebens in eine alte Frau verwandelt. Eines Lebens, das nicht immer leicht gewesen war, in dem sie viele Rückschläge hinnehmen musste. Wie viel Hass, Missgunst und Gewalt konnte ein Mensch ertragen? Von immerwährender Angst getrieben zogen sie durch die Lande, nirgendwo willkommen und trotzdem auf ihre Art glücklich. Plötzlich kam ihr die alte Roma-Sage mit der roten Feder in den Sinn, und ein Lächeln huschte über ihre Lippen. Wie oft hatte sie die Geschichte den Mädchen erzählt, und vielleicht sollte sie es jetzt noch einmal tun.

Cikni und Suni waren im Inneren des Zeltes verschwunden. Rosina folgte den beiden und gesellte sich zu ihnen auf das aus bunten Kissen und Decken bestehende Lager, und während die Mädchen die Blüten sortierten, begann sie zu erzählen:

»Könnt ihr euch noch an die alte Sage erinnern, die ich euch früher zum Einschlafen erzählt habe? Ich dachte, ich meine …« Sie kam kurz ins Stocken und spürte, wie ihr Herzschlag schneller wurde. »Also ich dachte«, wiederholte sie, »heute wäre ein guter Tag, um sie noch einmal zu erzählen. Ein letztes Mal für Cikni, die sie vielleicht bald ihren eigenen Kindern erzählen wird.« Sie griff nach der Hand des Mädchens und drückte sie fest. Cikni nickte lächelnd.

»Diese alte Sage berichtet davon, dass wir früher Vögel gewesen sind. Eines Tages flogen wir über einen goldenen Palast und landeten, um ihn zu betrachten. Die Bewohner des Palastes waren Truthähne, Enten und Hühner, die von unserer Schönheit sofort geblendet waren. Sie begannen, uns mit Süßigkeiten, Gold und Edelsteinen zu überschütten, und baten uns inständig, zu bleiben. Bald trugen wir unendlich viele Goldketten um den Hals. Nur einer von uns widerstand und wollte uns zum Weiterflug bewegen. Leider hörten wir nicht auf ihn. Da erhob sich der Unglückliche in die Lüfte und stürzte sich in seiner Not auf die Steine herab. Wir erwachten aus unserem Wahn, doch wir vermochten die Erde nicht mehr zu verlassen, war der Goldschmuck doch zu schwer. Die Enten und Hühner besangen ihren Sieg. Aber dann flog eine kleine rote Feder in den Palast, und der gesamte Schmuck fiel von uns ab, unsere Flügel wollten uns jedoch nicht mehr gehorchen. Der Wind trieb die Feder aus dem Palast hinaus, und sie irrte fortan über die staubigen Straßen. Wir folgten ihr, verloren nach und nach unser Federkleid und wurden zu Menschen. Aber tief in unserer Seele sind wir Vögel geblieben, die das Fliegen verlernt haben. In der Hoffnung, es eines Tages wieder zu erlernen, folgen wir noch immer der kleinen roten Feder über den ganzen Erdball und singen unsere Lieder.«

»Und tanzen dazu«, ergänzte Suni ergriffen.

»Und keine kann das so wunderschön wie du, geliebte Schwester«, sagte Cikni, griff nach Sunis Hand und drückte sie fest.

Rosina legte, Tränen in den Augen, ihre Hand darauf. »Das Schicksal hat uns drei auf seltsamen Wegen zusammengeführt. Es mag nicht immer alles gut gewesen sein, doch wir waren eine Einheit, und ihr seid meine Mädchen, für immer, gleichgültig, wohin euch eure Wege führen werden. Das dürft ihr niemals vergessen.«

Das Schicksal, wiederholte Suni in Gedanken, während sie nickte. Ein Schicksal, an das sie sich nur noch bruchstückhaft erinnern konnte. Einst hatte sie in einem feinen Stadthaus gelebt. War da nicht ein hübsch eingerichtetes Zimmer gewesen, helles Kerzenlicht und der Klang eines Jagdhorns? Sie durfte über ihr altes Leben nicht sprechen. Rosina hatte nichts davon hören wollen. Doch Erinnerungen ließen sich nicht wegsperren, ließen sich nicht verbieten. Sie verweilten tief in ihrem Herzen, auch wenn sie nach und nach verblassten. Eine Melodie war geblieben, wunderbar und zärtlich. Immer wieder summte Suni diese vor sich hin, in unbeobachteten Momenten tanzte sie sogar dazu, ganz für sich allein. Dann war sie wieder in dem hübschen Zimmer mit den bläulich schimmernden Wänden, dem Stuck an der Decke und dem warmen Kerzenlicht. Auf poliertem Parkett drehte sie sich im Kreis, wirbelte durch den Raum, streckte ihre Hände über den Kopf. Genau so wie die auf dem Kaminsims stehende weiße Tänzerin aus Porzellan hatte sie sein wollen. Anmutig, grazil und bezaubernd. Rosinas Geschichte war hübsch, doch sie galt nicht für sie. Sie war keine Zigeunerin, kein Mensch gewordener Vogel, der das Fliegen lernen wollte. Doch was war sie wirklich? Eine Verlorene, eine Getriebene, eine Heimatlose. Die weiße Tänzerin aus Porzellan und das Kerzenlicht waren geblieben, doch was damals geschehen war, schien unwiederbringlich verloren zu sein. Wer war ihr Vater, wo ihre wahre Mutter. An manchen Tagen, wenn sie weiterzogen, fühlte sie sich unendlich müde und erschöpft. Es gab kein Ankommen, kein Ziel ihrer Reise. Es ging durch Wälder und über Wiesen, vorbei an Dörfern und Städten, in denen sie nicht willkommen waren. Sie waren Zigeuner, das verhasste fahrende Volk, die böse Rotte, zu der sie aber nicht gehörte. Oder doch? Vielleicht war dieses Leben ihr Schicksal, wie Rosina oft sagte. Nichts geschah grundlos. Aber bestimmte man nicht selbst sein Schicksal?

Konnte man das überhaupt? Manchmal wünschte Suni sich nichts mehr, als endlich anzukommen, um für den Rest ihres Lebens an einem Ort zu verweilen.

Sie wusste, dass sie nicht so denken durfte, doch immer öfter kamen ihr diese Gedanken in den Sinn.

»Da sitzen sie faul in ihrem Zelt herum, derweil gibt es noch so viel zu tun.« Eine herrische Stimme riss Suni aus ihren Grübeleien. Wie ertappt sprangen die drei Frauen auf. Der halbfertige Blumenkranz fiel zu Boden.

Am Eingang stand Kaschkeraka, die Hände in die breiten Hüften gestemmt. Ihr Blick blieb an Rosina hängen.

»Das Mädchen soll in wenigen Stunden heiraten, und nichts ist vorbereitet. Und das ausgerechnet heute, wo wir Besuch bekommen werden. Wo sollen wir so viel Brot, Früchte und Fleisch hernehmen, um alle zu bewirten? Auch der Wein könnte knapp werden. Mano und Janjo haben sich schon aufgemacht, um etwas aufzutreiben. Niemand richtet Tische und Bänke her oder schmückt das Lager mit bunten Bändern. Aber ich kann es schon irgendwie verstehen, bei dieser Hitze. Unerträglich ist es heute mal wieder. Doch Hochzeit bleibt Hochzeit, und es soll doch ein schönes Fest werden, eines, für das wir uns nicht schämen müssen.«

»Es ist gut, Kaschkeraka.« Rosina nutzte eine kurze Atempause der Frau und hob die Hand. Nicht umsonst bedeutete der Name Kaschkeraka so viel wie schwatzhafte Elster. »Wir kommen ja schon. Suni hat bereits damit begonnen, den Blumenkranz für Ciknis Haar zu flechten. Ihr Kleid ist ebenfalls vorbereitet, genauso wie der Brautschmuck. Ganz tatenlos sind wir nicht gewesen.«

Kaschkeraka, die nicht nur schwatzhaft, sondern auch sehr ordentlich war, ließ ihren Blick durchs Zelt schweifen und zog missbilligend die Augenbrauen in die Höhe.

»Ordnung war noch nie eine deiner Stärken, Rosina.« Der Vorwurf verfehlte seine Wirkung nicht. Rosinas Miene verfinsterte sich. Die beiden Frauen konnten einander noch nie leiden. Kaschkeraka hatte in den Stamm eingeheiratet, nachdem allgemein darüber abgestimmt worden war. Niglo hatte sich unsterblich in die hübsche Romni verliebt, als die beiden Stämme an einem warmen Frühlingstag in der Nähe von Hamburg aufeinandergetroffen waren. Er hatte die Ehe durchgesetzt, indem er Kaschkeraka ihre Ehre raubte, woraufhin sie von ihrer Familie verstoßen worden war. Der perfide Plan der beiden war aufgegangen. Baro Rom hatte es nicht fertiggebracht, das Mädchen seinem Schicksal zu überlassen, und so waren Kaschkeraka und Niglo im Eilverfahren getraut worden. Kaschkeraka wusste, dass Rosina anders gehandelt hätte, denn sie hatte eines Nachts eine Unterredung zwischen Rosina und Baro Rom belauscht. Besonders das Wort Berechnung hatte sie gekränkt. Wie konnte diese verhärmte Frau es wagen, sie derart zu beleidigen. Sie liebte Niglo. Er war für sie bestimmt. Das hatte sie vom ersten Augenblick an gespürt. Jeden Tag dankte sie dem Herrgott dafür, dass die meisten Mitglieder ihrer neuen Familie ihrer Aufnahme zugestimmt hatten, genauso wie Baro Rom. Kurz nach der Eheschließung kündigte sich bereits das erste Kind an. Inzwischen hatte sie fünf Kinder geboren, von denen noch zwei am Leben waren. Eines hatte nur wenige Stunden gelebt, das zweite war im Winter gestorben und das dritte in einen Teich gefallen und ertrunken.

»Heute ist eben ein aufregender Tag«, erwiderte Rosina mit spitzer Zunge. »Da kann es schon mal etwas unordentlicher sein.«

»Und eigentlich trage ich die Schuld daran«, sagte Suni und kam ihr damit zu Hilfe. »Und ich auch«, meldete sich jetzt Cikni ebenfalls zu Wort. »Wir mussten noch das Kleid fertigstellen und haben alle Stoffe auf dem Boden ausgebreitet.«

»Leider sind wir noch nicht zum Aufräumen gekommen.« Sunis Stimme klang schmeichelnd. Kaschkeraka warf ihr einen finsteren Blick zu. Eigentlich mochte sie Suni, denn sie war wie sie selbst kein festes Mitglied der Gruppe, was ihr gefiel. Mochte Rosina noch so sehr an dem Mädchen hängen und glauben, sie könnte eine Romni aus ihr machen, so wusste sie es besser. Einmal eine Gadži, immer eine. Sunis Welt war nicht die der Roma, auch wenn Rosina sich mit aller Macht an das Mädchen klammerte und die ersten Anzeichen der Veränderung nicht wahrhaben wollte.

»Wir könnten die restlichen Blumen auf den Tischen verteilen. Das würde festlich aussehen.«

»Und dazwischen Glasperlen streuen«, schlug Rosina vor und zwang sich zu einem Lächeln. »Und ich kenne einen Pflaumenbaum, dessen Zweige bis zum Boden hängen, so schwer hat er an seiner Last zu tragen«, sagte Cikni. »Ich könnte mit Papin und Kaza losziehen und Pflaumen holen.«

»Mit Papin, dem kleinen Dummkopf«, schimpfte Kaschkeraka mal wieder über ihren eigenen Sohn. »Äpfel ernten und den Kübel tragen wird er schon können«, verteidigte Cikni den stämmigen Burschen, der geistig etwas zurückgeblieben war und deshalb mit dem Spitznamen Papin, was so viel wie Dummkopf bedeutete, leben musste.

Rosina überwand sich, ging auf Kaschkeraka zu und legte den Arm um sie.

»Das ist doch eine gute Idee. Dann gehen wir beide jetzt nach draußen und schauen nach dem Rechten.« Sie reckte die Nase in die Luft. »Riechst du das? Ich glaube, die Männer haben das Wildschwein über das Feuer gehängt.«

Kaschkeraka ließ sich von Rosina mit nach draußen ziehen. »Dann fehlen also nur noch der Eintopf und das Brot«, hörte Suni sie sagen. Kopfschüttelnd wandte sie sich an Cikni. »Da konnten wir den Streit ja gerade noch abwenden.«

»Dem Herrgott im Himmel sei Dank«, stimmte das zierliche Mädchen zu. »An meinem Hochzeitstag soll es bitte friedlich bleiben.«

»Dann lass uns schnell den Kranz fertigflechten, und danach holen wir die Pflaumen. Ich weiß genau, welchen Baum du meinst. Er ist sehr gut geeignet, denn er steht auf einem freien Feld. Ich denke, er gehört niemandem. Wenn wir zurückkommen, helfe ich dir beim Einkleiden und stecke dir die Haare hoch.« Sie griff in Ciknis dichtes schwarzes Haar und schob es nach oben. »Du wirst sehen, es wird ein ganz wunderbarer Abend werden, und deine Schönheit wird allen den Atem rauben.«

2

Suni hob den Arm und bewegte ein letztes Mal ihre Hand im Takt der Musik. Ihr Atem ging schwer, ihre Brust hob und senkte sich. Sie zeigte jedoch ihre Glücksgefühle nicht. Stolz hielt sie den Kopf hoch, ihre Miene war ernst. Eine besondere Aura sollte sie umgeben, eine Ausstrahlung, die sie geheimnisvoll machte und andere auf Abstand hielt. Kühl wollte sie wirken, elegant und erhaben. Respekt war es, was sie den anderen abverlangte. Ihr Tanz war etwas Besonderes, ein Geschenk für ihre Zuschauer, aber auch für sie selbst. Sie schloss die Augen und lauschte den Klängen von Mandolinos Geige, die zu Beginn des Tanzes sehnsuchtsvoll und verzaubernd und nur wenige Sekunden später temperamentvoll und mitreißend waren. In den letzten Augenblicken des Tanzes schien die Leidenschaft der Melodie in unendlicher Traurigkeit zu versinken, die sie alle für einen Moment verstummen ließ und daran erinnerte, wie groß an so manchem Tag der Kummer ihres freiheitsliebenden Volkes war. Sie waren Getriebene, Reisende, die niemals zur Ruhe kamen. Manchmal dachte Suni, dass es die rote Feder wirklich geben musste, die sie alle immer weiter vorwärtstrieb, auf der Suche nach … ja, wonach eigentlich? Nach Geborgenheit? Nach Heimat? Wie sollte ein Volk verstehen, was Heimat bedeutete, wenn es gar nicht wusste, was das war. Woher kamen sie wirklich? Aus dem fernen Indien oder Ägypten. Wieso wurden sie überall verurteilt, vertrieben und gehasst? War es das Unbekannte, das Fremde, das die Menschen fürchteten?

Suni ließ ganz langsam ihren Arm sinken, tauchte mit dem letzten Ton der Geige aus der sanften Umarmung der Musik auf und blickte den Umstehenden in die Augen. Sie waren bewegt, berührt und hielten einen Moment ergriffen inne, um wenige Sekunden später überschwenglichen Applaus zu spenden. Cikni kam auf sie zugelaufen und umarmte sie. Suni drückte das kleine Mädchen fest an sich und hob es hoch. Cikni war die Braut, wunderhübsch anzusehen mit ihrem Blumenkranz im hochgesteckten Haar und den wenigen Locken, die auf ihre Schultern fielen. All die Zweifel, die sie heute Nachmittag umgetrieben hatten, schienen verschwunden zu sein. Ihr Lächeln wirkte befreit, und ihre Augen leuchteten. Gemeinsam begannen sie, erneut zu tanzen. Sie hielten sich an den Händen und hüpften zu der fröhlichen Melodie, die Mandolino angestimmt hatte, über den Platz. Andere Paare taten es ihnen gleich, und bald wirbelte beinahe die komplette Festgesellschaft um das große Lagerfeuer, das Funken in den sternenklaren Nachthimmel schickte. Außer Atem überließ Suni irgendwann Kalo seine Braut, holte sich einen Becher Wein und setzte sich neben den alten Majpejlomas, der mal wieder eine seiner Geschichten zum Besten gab.

»Vor vielen Jahren, ich kann nicht sagen, wie lange es her ist, kam eine Gruppe unserer Leute in die Gegend von Allerheiligen, auch eine wunderschöne Romni war dabei. Sie blieben eine Weile und erwiesen der dortigen Klosterschule gute Dienste. In dieser Klosterschule weilte zu jener Zeit ein schöner Herr, ein feiner Ritter, von einer nicht weit entfernten Burg. Es wunderte die Roma sehr, dass er sie alsbald jeden Tag im Lager besuchte. Keiner ahnte, dass er sich vom ersten Moment an, da er sie gesehen hatte, in die hübsche Romni verliebt hatte. Und welch ein Unglück – sie erwiderte seine Liebe. Ihr kennt unsere Gesetze. Unsere Mädchen dürfen nur einen der unsrigen heiraten und lassen sich nicht auf ehrlose Dinge mit fremden Leuten ein. Ich betone das noch einmal, sonst wäre sie ihr ganzes Leben lang baletschido, keine ehrbare Romni mehr, nicht wahr.« Er blickte kurz in die Runde, erntete zustimmendes Nicken und erzählte weiter: »Die junge Romni war brav und gehorsam. Sie schenkte ihm ihr Herz, doch ihren unberührten Leib wollte sie ihm erst nach der Hochzeit geben. Der junge Ritter war ein ehrbarer Mann. Er versprach ihr die Ehe und überreichte ihr als Zeichen seiner Treue einen kostbaren Ring, den sie bis zum Tag ihrer Eheschließung auf ihrem Herzen tragen sollte. Einer der frommen Brüder des Klosters sollte das Paar heimlich trauen, denn der Ritter befürchtete, dass seine Eltern gegen die Verbindung mit einer Zigeunerin sein würden. Erst nach der Hochzeit würde er sich ihnen erklären. Das Mädchen war überglücklich und erzählte ihrer geliebten Großmutter, die sie aufgezogen hatte, von dem Eheversprechen. Lange blickte die alte Frau auf den Ring und sagte dann: ›Trage das Zeichen eurer Liebe immer an deinem Herzen, niemals vor eurer Hochzeit am Finger, denn sonst erlischt das Licht deines Lebens für immer.‹ Die Worte der Großmutter jagten dem Mädchen Angst ein, also trug sie den Ring Tag und Nacht an einer Kette um den Hals und hütete ihn wie ihren Augapfel. Am Morgen ihrer Trauung vergaß das Mädchen vor lauter Glück die Warnung ihrer Großmutter. Sie nahm den Ring, steckte ihn an den Finger, zog ihn wieder ab und betrachtete ihn von allen Seiten. Sie war so in ihrem Glück versunken, dass sie nicht die Raben wahrnahm, die oberhalb des Platzes im Felsen ihr Nest gebaut hatten. Schwarze Raben, deren Geschrei den Roma stets Unglück gebracht hatte. Einer der Raben flog plötzlich ganz nahe an ihr vorüber, und vor Schreck ließ das Mädchen den Ring fallen. Der Rabe schnappte sich das Schmuckstück und trug es den steilen Felsen hinauf in sein Nest. Das Mädchen fing bitterlich zu weinen an. Genau in diesem Moment kam ihr Geliebter zu ihr. Da fielen ihr die Worte ihrer Großmutter wieder ein, und sie weinte herzzerreißend um den verlorenen Ring. Er versprach ihr, den Ring wiederzuholen, und kletterte den Felsen hinauf. Doch kurz bevor er sein Ziel erreichte, verließen ihn seine Kräfte. Er rutschte auf einem Felsvorsprung ab, ein Ast, an dem er sich festklammern wollte, brach, und er stürzte in die Tiefe. Die Mönche trugen ihren toten Schüler in das Kloster zurück. Weinend sank die schöne Romni neben ihn zu Boden, und aus ihrem hübschen Hochzeitskleid wurde ein Leichenkleid. Sie ist an gebrochenem Herzen gestorben.«

Um Majpejlomas war es still geworden. Seine sanfte Stimme berührte tief im Innersten all das, was Suni liebte, auch wenn die meisten seiner Geschichten kein gutes Ende nahmen. Umständlich stand der alte Mann auf, verbeugte sich und sagte: »Vielen Dank für eure Aufmerksamkeit, meine Freunde. Ob es das Mädchen wirklich gegeben hat, werden wir niemals erfahren. Doch sollte sie tatsächlich gelebt haben und die Überlieferung der Wahrheit entsprechen, dann ist sie nicht vergessen, und das ist doch schon sehr viel. Oder was meint ihr?« Er nahm seinen Becher, trank ihn in einem Zug leer, geriet leicht ins Schwanken und rief laut den Satz, der ihm seinen Rufnamen eingebracht hatte und so viel wie »Ich wäre beinahe umgefallen« bedeutete. »Ach du je, jetzt wäre ich beinahe Majpejlomas!« Seine Zuhörer lachten laut auf, und auch Suni musste schmunzeln.

»Was für eine traurige Geschichte«, sagte plötzlich jemand neben Suni. Sie wandte sich um und blickte in Sorlos schwarze Augen. »Allerdings kannte ich sie bereits«, fügte er hinzu.

»Ich auch«, erwiderte Suni. »Aber sie ist immer wieder schön anzuhören, besonders, wenn Majpejlomas sie erzählt.«

»Da stimme ich dir zu. Er ist ein guter Geschichtenerzähler.«

»Gut!« Suni klang entrüstet. »Er ist der beste.«

Sorlo zog eine Augenbraue in die Höhe.

»Jedenfalls der beste, den ich kenne«, gestand Suni kleinlaut.

»Geht mir auch so.« Er zwinkerte ihr lächelnd zu. »In eurem Lager scheint es viele Leute zu geben, die in dem, was sie tun, die Besten sind. Mir ist da vorhin eine junge Tänzerin aufgefallen, die unglaublich gut getanzt hat. Grazil, bezaubernd, einzigartig. Vielleicht kannst du mir ihren Namen nennen. Ich würde sie gern näher kennenlernen, wenn das erlaubt ist.«

Suni errötete, und in ihrem Magen begann es zu kribbeln. Ihr gefielen seine Art, sein Lächeln und das gewitzte Spielchen, das er mit ihr spielte. »Dann sollte ich sie vielleicht fragen, ob sie dich kennenlernen möchte«, antwortete sie. »Wen darf ich vorstellen?«

»Wen möchtest du denn vorstellen?«, fragte er.

»Vielleicht einen netten jungen Burschen mit Namen Sorlo, der der Tänzerin ein Kompliment machen möchte.«

»Du findest mich also nett«, konterte er. »Nett finde ich viele Dinge. Mehr bin ich in deinen Augen nicht wert?«

»Doch, ich meine, vielleicht«, erwiderte Suni unsicher.

Er lächelte. »Ein wenig oder vielleicht. So viel mehr, dass sie es wagen würde, mit mir ein Stück spazieren zu gehen?«

Suni legte den Kopf schräg. Ein Lächeln huschte über ihre Lippen. Er schien sein Herz auf der Zunge zu tragen, was ihr gefiel. Trotzdem zögerte sie. Rosina würde einen Spaziergang mit einem Fremden nicht gutheißen. Doch die alte Romni war nirgendwo zu sehen. Erneut erklang Mandolinos Geige, und die meisten Festgäste zog es zurück zur Tanzfläche.

Suni beobachtete, wie Kalo die Hände an Ciknis Taille legte, sie in die Luft hob und sich lachend mit ihr im Kreis drehte. Cikni breitete die Arme aus und ließ sich von ihm herumwirbeln, ehe sie in seiner Umarmung versank und es gestattete, dass er sie küsste, was großen Jubel und Beifall bei den anderen Tanzenden und Zuschauern auslöste.

»Sie sieht so unendlich glücklich aus«, sagte Suni. »Und sie ist so wunderschön. Eine Romni wie aus dem Bilderbuch, die weiß, wohin sie gehört.« Sie wandte den Kopf und fing Sorlos Blick auf. Seine Miene war ernst. Er streckte ihr die Hand hin, die sie ergriff. Sie liefen vorbei an der Tanzfläche, an den Bänken und dem Lagerfeuer. Sorlo führte Suni zum hinteren Bereich des Kiefernwäldchens, hinaus auf die vom hellen Mondlicht beschienenen Felder. Sie folgten einem Bachlauf, den sie, über einen dicken Baumstamm balancierend, überquerten. Ein Wiesengrund tat sich vor ihnen auf, an dessen Ende Weidenbäume und Birken standen. Der Boden war feucht, beinahe sumpfig. Sunis nackte Füße wurden kalt. Doch sie ließ sich von Sorlo weiterziehen, der anscheinend genau wusste, wohin er wollte. Sie liefen an einer Pferdeweide vorüber. Ein Schimmel stand am Zaun und betrachtete die nächtlichen Besucher.

»Wohin gehen wir?«, fragte Suni. »Ist es nicht zu weit? Am Ende finden wir den Rückweg nicht mehr.« Er gab keine Antwort. Suni wurde unruhig. »Sorlo, bitte! So sag doch was.«

Sie wollte stehen bleiben, aber er zog sie weiter. »Nur noch ein kurzes Stück. Ich möchte dir etwas zeigen. Gleich hinter der nächsten Biegung liegt es.«

Widerwillig lief Suni weiter. Es ging um eine Biegung, und da lag es vor ihnen. Ein winziges Schlösschen, von hellem Mondlicht beschienen. Weiße Säulen, eine hohe Kuppel, Fenster mit Butzenscheiben, ein sorgsam angelegter Garten, der unweit von ihnen begann. Sunis Augen wurden groß. Sie ließ Sorlos Hand los und ging darauf zu. Wie hypnotisiert betrachtete sie das Gebäude und schritt an sorgsam angelegten Rosenbeeten, ordentlich geschnittenen Buchsbäumchen und einem Meer von Lavendelbüschen vorüber, die intensiv dufteten. Zum Eingang des kleinen Schlosses führte eine breite Treppe, einige wenige Stufen aus weißem Marmor. Über der Tür thronte ein prächtiges Hirschgeweih. Sie setzte sich auf eine der Stufen und schaute in den Garten zurück. Sorlo war am Fuß der Treppe stehen geblieben und blickte sie an. Wie ein Fremdkörper kam er ihr in dem hübschen Garten vor, mit seinen schäbigen Hosen, dem viel zu weiten Hemd, der einfachen schwarzen Weste, barfuß, wie er war. Sollten durch den Garten nicht edle Damen in prächtigen Roben spazieren, hohe Herren, in Jagduniform gekleidet, die sich zum Ausreiten rüsteten? Hundegebell, sie glaubte, es zu hören, genauso wie das Jagdhorn, die vielen Stimmen, das Gelächter der Frauen – und plötzlich die Stimme ihrer Mutter.

Sorlo kam die Stufen herauf und setzte sich neben sie. Eine Weile schwiegen beide, dann sagte er plötzlich: »Du kennst diesen Ort, nicht wahr?«

Erstaunt sah sie ihn an. »Ich glaube schon.« Ihre Stimme klang unsicher. »Woher weißt du …«

»Also hatte ich recht.« Er streckte ihr die Hand hin. »Komm. Ich zeige dir etwas.«

Sie ließ sich von ihm hochziehen. Er führte sie um das Schloss herum, blieb vor einer unscheinbaren Seitentür stehen und fischte aus seiner Hosentasche einen kunstvoll gebogenen Draht. Er wollte ihn ins Schloss stecken, doch Suni hielt ihn zurück.

»Bist du von allen guten Geistern verlassen? Was ist, wenn jemand da ist?«

»Es ist niemand da. Das ist ein Jagdpavillon des Landgrafen und wird nur ab und an benutzt. Die restliche Zeit des Jahres steht er leer. Vertrau mir. Wir haben nichts zu befürchten.«

Er steckte den Draht ins Schloss, bewegte ihn kurz hin und her, es knackte leise, und die Tür ließ sich öffnen. Sunis Herz schlug ihr bis zum Hals, als sie den dunklen Raum betraten und ihnen abgestandene Luft entgegenschlug. Es dauerte einen Moment, bis sich ihre Augen an das dämmrige Licht gewöhnt hatten. Sie befanden sich in der Küche. Im Mondlicht schimmernde Pfannen, Töpfe und Tiegel hingen über einem großen gemauerten Ofen. Fässer und leere Körbe stapelten sich in der Ecke neben einer Tür, die vermutlich in die Speisekammer führte. Eine dünne Staubschicht lag auf der Arbeitsplatte, auf Tischen und Stühlen, ja sogar auf dem Fußboden, wie Suni feststellte. Sie durchquerten den Raum. Es ging einen engen Flur hinunter, und dann gelangten sie durch eine geöffnete Flügeltür in die Eingangshalle. Hier war es heller als in der düsteren Küche. Durch die breiten Fenster fiel Mondlicht auf den blank polierten Parkettboden, über den Staubflusen tanzten. An den Wänden hingen Geweihe unterschiedlicher Größe, dazwischen Gemälde, die Jagdszenen zeigten. Suni ließ Sorlos Hand los, ging in die Mitte des Raumes und blickte sich um. Es war so still und friedlich, und doch glaubte sie erneut, Stimmen zu hören. Gelächter, das Klirren von Gläsern. War da eine Hand auf ihrer Schulter, die sich weich und warm anfühlte? Sie wandte sich um. Es war Sorlos Hand, die sie sanft berührte und in die Wirklichkeit zurückholte.

»Was ich dir zeigen möchte, befindet sich oben.« Er wies zur Treppe.

»Es ist so vertraut«, sagte Suni. »Ich war hier schon einmal. Glaube ich zumindest.« Ihre Stimme wurde leiser. Unsicherheit erfüllte sie.

»Das warst du auch«, sagte er. »Dessen bin ich mir sicher. Lass uns nach oben gehen.« Er legte den Arm um sie und führte sie die Treppe hinauf. Sie durchquerten unterschiedlich große Räume. Suni sah die Sessel und Sofas, glänzende Kommoden und Schränke, funkelnde Kronleuchter, die von der Decke hingen. In einem Raum blieb Sorlo stehen. Er war nicht sonderlich groß, weiße Tapeten mit roten Rosen darauf zierten die Wände. Eine große Standuhr aus dunklem Holz schien stehengeblieben zu sein, denn sie zeigte die falsche Zeit. Auf einem Sekretär stand ein Tintenfass, daneben lagen Schreibfedern, Papier und zwei Bücher. Eine grün gepolsterte Sitzgruppe lud zum Verweilen ein. Über der Sitzgruppe hing ein Gemälde, das den Landgrafen Ernst-Ludwig von Hessen-Darmstadt zeigte. Es war eines der seltenen, privaten Porträts des Landgrafen. Er war nur mit Hemd und Kniehose bekleidet und hatte seine Schreibfeder in der Hand. Im Arm hielt er ein Mädchen, kaum älter als sechs Jahre. Suni trat überrascht näher an das Gemälde heran und berührte es vorsichtig mit den Fingerspitzen. Das kastanienbraune Haar des Kindes war hochgesteckt, wenige sanfte Löckchen ringelten sich um sein Gesicht. Es trug ein dunkelgrünes, langes, mit Stickereien verziertes Kleid. Das Lächeln des Mädchens war nur angedeutet, doch an ihren leuchtenden Augen war zu erkennen, wie aufgeweckt die Kleine war. Der Künstler hatte es trotz ihrer steifen Haltung geschafft, ihre Fröhlichkeit und die einzigartige Atmosphäre eines Momentes einzufangen, der privates Glück zeigte.

»Ich habe eine Weile gebraucht, um zu begreifen, woher du mir so bekannt vorkommst«, sagte Sorlo. »Seit meiner Ankunft im Lager konnte ich den Blick nicht von dir abwenden. Als der alte Majpejlomas seine Geschichte erzählt hat, da ist es mir plötzlich eingefallen – die Augen. Ich bin mir ganz sicher: Du bist das Mädchen auf dem Gemälde.« Er verstummte.

Suni berührte sacht die Fußspitzen des Mädchens. Feine, mit Goldfäden durchwirkte Absatzschuhe trug sie auf dem Bild.

»Hast du einen Rufnamen?«, fragte sie aus heiterem Himmel.

Sorlo reagierte erstaunt. »Wieso fragst du mich das?«

Suni drehte sich zu ihm um. »Weil fast jeder Rom einen Rufnamen hat, oder? Ich habe auch einen, obwohl ich keine Romni bin. Pusomori nennt mich Rosina, meine ...« Sie sprach nicht weiter. Zum ersten Mal seit Jahren hatte sie plötzlich das Gefühl, dass es nicht richtig war, Rosina als ihre Mutter zu bezeichnen.

»Tonu werde ich gerufen«, antwortete er, »was so viel wie ›ein anderer Name‹ bedeutet. Als ich klein war, ging eine schwere Krankheit in unserem Lager um. Meine Mutter nannte mich Tonu, damit die Krankheit mich nicht findet. Sie hat gut daran getan, denn ich bin nicht krank geworden. Nur sie selbst konnte sich nicht retten. Ich kann mich nicht mehr an sie erinnern. Man sagt, ich hätte ihre Nase und ihr spitzes Kinn geerbt, ein wenig ihre Eigenwilligkeit, ihren Scharfsinn und ihren Stolz.«

»Tonu also«, wiederholte Suni. »Ein anderer Name. Das ist klug.«

»Wieso hast du mich danach gefragt?« Er trat näher an sie heran.

Suni schaute auf das Gemälde, plötzlich traten ihr Tränen in die Augen. »Weil man seinen Namen kennen muss. Wir

Roma haben sogar zwei Namen. Wir kennen sie beide und würden sie niemals vergessen.«

Er legte sanft seine Arme von hinten um ihre Taille und zog sie eng an sich. Sie spürte seinen Atem am Hals und erzitterte. Stockend sprach sie weiter: »Doch ich weiß nicht, wie das Mädchen auf dem Gemälde heißt. Ich fühle sie, erinnere mich an den Künstler, der das Bild geschaffen hat, und doch vermag ich es nicht, meinen Namen wiederzufinden. Meinen wirklichen Namen, nicht den einer Romni, die ich niemals gewesen bin.«

»Also hatte ich recht«, murmelte Sorlo. »Es ist erst wenige Tage her, dass ich in dieses Gebäude eingestiegen bin. Nicht, um etwas zu stehlen, wie du vielleicht annehmen wirst. Nein, ich wollte es betrachten, mit all seiner Schönheit kennenlernen. Es ist nicht der erste Jagdpavillon dieser Art, den ich von innen sehe. Der unbändige Luxus mag es sein, der mich immer wieder anzieht. Die luftigen Räume, der Prunk, die vielen Farben, Gemälde und hübschen Möbel. Schnell ist mir bewusst geworden, wie sehr sie sich ähneln. Jagdszenen und Geweihe an den Wänden und ausgestopfte, zur Schau gestellte Tiere in den meisten Räumen und im Treppenhaus. Gemälde, die den Hausherrn bei der Jagd zeigen, Familienmitglieder und die Ahnenreihe. Alle diese Gemälde wirken unpersönlich und kalt. Bis auf dieses hier. Ich kann nicht sagen, warum, aber es hat mich vom ersten Augenblick an berührt. Die beiden wirken so innig und vertraut miteinander. Eine ganze Weile habe ich vor dem Bild gestanden und das Mädchen betrachtet. Ihre grünen Augen leuchten regelrecht und scheinen einem direkt ins Herz zu blicken.«

»Grüne Augen«, wiederholte Suni leise, »keine schwarzen Augen.«

Er drehte sie zu sich um. Sanft berührten seine Fingerspitzen ihre Wange, streiften ihr offenes Haar. »Kastanienbraunes Haar und grüne Augen, die tief in mein Herz blickten und es gerade wieder tun.« Er beugte sich vor, und seine Lippen berührten die ihren. Sie ließ zu, dass seine Zunge ihren Mund öffnete, und erwiderte seinen zärtlichen Kuss. Als sie sich voneinander lösten, lächelte er.

»Es ist das erste Mal, dass ich eine Gadži geküsst habe.«

Erschrocken wich sie einen Schritt zurück. Eine Gadži, keine Romni. Seine Worte trafen sie. Erneut blickte sie auf das Gemälde und schaute sich selbst in die Augen, und plötzlich war da wieder diese Melodie. Sie begann, sie zu summen, und setzte einen Fuß vor den anderen, drehte sich im Kreis und hob die Hände über ihren Kopf, so grazil und einzigartig wie die Porzellanfiguren aus ihrer Erinnerung. Sie schloss die Augen und tanzte, stellte sich auf die Zehenspitzen, wirbelte durch den Raum, um schließlich auf den Boden zu sinken, langsam, voller Dramatik und Leidenschaft.

Jemand klatschte in die Hände, spendete Beifall. Sie vernahm den Jubelruf, die vertraute Stimme, und erinnerte sich endlich wieder an den verloren geglaubten Namen. »Bravo, Magdalene«, hörte sie die Stimme in ihrem Kopf rufen. »Bravo, Magdalene, mein Engelchen, mein Kind.«

»Magdalene«, flüsterte sie, hob den Kopf und wiederholte laut: »Magdalene.« Sorlo stand im dämmrigen Licht vor ihr und sah sie abwartend an. Langsam stand sie auf und strich ihren Rock glatt.

»Magdalene also«, wiederholte er. »Ein hübscher Name.« Er trat näher an sie heran und wollte sie erneut in seine Arme ziehen.

Sie wich ihm aus und fragte: »Und nun?«

»Was meinst du?«

»Was soll jetzt werden? Ich bin keine Romni. Mein Name ist Magdalene, nicht Suni und schon gar nicht Pusomori. Es kann doch nicht einfach so weitergehen, oder?«

Er blickte von ihr auf das Bild an der Wand und stellte die Frage, vor der sie sich tief in ihrem Innern fürchtete.

»Irgendetwas muss damals vorgefallen sein. Ein Mädchen aus gehobenen Kreisen gerät doch nicht einfach so zu den Roma. Kannst du dich noch daran erinnern?«

Suni folgte seinem Blick. Sie musterte sich selbst auf dem Gemälde, das hübsche Kleid, die Schühchen, des Vaters Hand, die auf ihrer Schulter lag. Sie schloss die Augen und versuchte, Bilder in sich heraufzubeschwören. Erneut kam ihr die Melodie in den Sinn, zu der sie eben getanzt hatte. Der Vater hatte sie auf einem Spinett gespielt. Das wusste sie noch. In dem von Kerzenlicht erfüllten Raum mit den Ballerinen auf dem Kaminsims. Vor dem Fenster hatten Spitzengardinen gehangen, die denen in diesem Raum ähnelten. Sie ging darauf zu, schob sie langsam zur Seite und blickte über den Garten hinweg zum nahen Waldrand. »Ich glaube, es war Winter. Ich habe oft am Fenster gestanden und nach draußen geblickt.« Sie schüttelte den Kopf. »Aber sicher bin ich mir nicht. Alles wirkt verschwommen.« Sie ließ die Gardine los und sank auf eine neben dem Fenster stehende Bank. »Womöglich bilde ich mir alles nur ein und bin nicht dieses Kind und heiße auch nicht Magdalene.« Sie schlug die Hände vors Gesicht und begann zu weinen. Behutsam ging Sorlo vor ihr in die Hocke und legte die Arme um sie. Wenn nicht er, wer sonst konnte verstehen, wie es ihr gerade erging. Er hatte sich lange Jahre verloren gefühlt – heimatlos und zerrissen – auf der Suche nach seinem Vater, der ein Gadžo gewesen war. Er mochte wie ein Rom aussehen, doch tief in seinem Innersten trieb ihn die Sehnsucht nach seinem wahren Ich immer wieder von den Menschen fort, die er eigentlich liebte. Er wollte sie verstehen, die anderen, diejenigen, die die Roma verachteten und nicht begriffen, wer sie wirklich waren.

Suni legte ihren Kopf an seine Schulter und ließ zu, dass er sie aus dem Zimmer und in den Nebenraum führte, in dem ein großes Himmelbett stand. Ohne zu protestieren, sank Suni in die weichen Kissen. Zärtlich deckte Sorlo sie mit der seidenen hellblauen Decke zu, die im Mondlicht sanft schimmerte. Er legte sich neben sie und begann, ihr von dem verlorenen Vater und seiner Suche nach ihm zu erzählen. Sie lauschte seiner Stimme, drehte sich auf die Seite, griff nach seiner Hand und blickte in seine schwarzen Augen. Es war falsch, was sie hier taten. Sie konnten nicht in diesem fremden Haus bleiben. Doch es fühlte sich richtig an. »Magdalene« war das Letzte, was sie dachte, während ihre Lider immer schwerer wurden und sie glaubte, seine Finger würden sanft ihre Wangen berühren, oder waren es seine Lippen?

»Suni, aufwachen.« Jemand rüttelte an ihrer Schulter. Suni öffnete die Augen und blickte in Sorlos Gesicht. Seine Miene war ernst. »Wir müssen sofort verschwinden. Es kommt jemand.« Sie schreckte in die Höhe. »Leider habe ich die Ankömmlinge zu spät gehört.«

Hastig sprang Suni aus dem Bett, rannte zum Fenster und schob die Spitzengardine zur Seite. Eine Kutsche und mehrere Karren standen vor dem Pavillon. Die ersten Pferde wurden bereits zu den Stallungen gebracht. Ein Knecht trug die geschossenen Hasen in die Küche.

»Sie sind bereits im Haus.« Sie drehte sich um. »Was machen wir denn jetzt?«

Er trat neben sie ans Fenster und fluchte leise. »Wir müssen hinten raus und durch eine der Flügeltüren über die Terrasse verschwinden. Von dort ist es nicht weit bis zum Waldrand. In der Küche sind bestimmt viele Leute.« Er deutete auf einen weiteren Burschen, der mit einem Mehlsack auf der Schulter hinter der Hausecke verschwand.

»Diese Häuser stehen also meistens leer«, sagte Suni spitz.

»Bisher ist es immer so gewesen«, verteidigte Sorlo sich. Aus dem Nebenzimmer drangen plötzlich Stimmen zu ihnen. »Abstauben, alles muss gesäubert und das Silber poliert werden«, hörten sie eine Frau sagen.

Die beiden zuckten erschrocken zusammen und starrten auf die angelehnte Tür. Sorlo fing sich als Erster wieder. Er legte den Finger auf den Mund und bedeutete Suni, ihm zu folgen. Sie schlichen auf Zehenspitzen zu einer weiteren Tür, die in einen winzigen Salon führte, durch den man zurück ins Treppenhaus gelangte, das zum Glück menschenleer war. Hastig eilten sie die Stufen hinunter. Genau in dem Moment, als sie die Eingangshalle durchquerten, öffnete sich die Eingangstür, und eine edel gekleidete, blonde Frau mittleren Alters trat ein. Ihre Augen weiteten sich, als sie die beiden erblickte. Sorlo griff nach Sunis Hand und wollte sie mit sich zerren, doch Suni bewegte sich nicht. Wie hypnotisiert starrte sie die Frau an, die blass geworden war.

»Das kann nicht sein«, stammelte die Frau und schlug die Hand vor den Mund. Sunis Augen verengten sich, und unvermittelt traf die Erinnerung sie wie ein Schlag. Wut stieg in ihr auf. Sie machte einen Schritt auf die blonde Frau zu und flüsterte: »Mörderin.« Ihre Stimme wurde lauter. »Gottverdammte Mörderin!«

Die blonde Frau wich zurück. Mit schreckgeweiteten Augen starrte sie Suni an, dann begann sie, laut zu kreischen. Suni zuckte zusammen. Sorlo griff hastig nach ihrer Hand und zog sie mit sich. Sie rannten an der blonden Frau vorüber durchs Hauptportal, vorbei an Karren und Kutschen und durch den Garten, in dem plötzlich Wasserfontänen in den Himmel stiegen. Wie feuchter Nebel legte sich das in der Morgensonne funkelnde Wasser auf Sunis Gesicht. Sie blickte zurück. Die blonde Frau stand im Eingang. Sie kreischte laut und deutete mit dem Finger auf sie. Zwei Küchenjungen kamen angerannt, ebenso einer der Stallburschen.

Suni und Sorlo erreichten das Ende des Gartens und rannten den breiten Feldweg entlang zum nahen Waldrand und wieder durch das sumpfige Gelände. Erst als sie Weiden und Birken und das freie Feld hinter sich gelassen hatten und das Kiefernwäldchen in Sicht kam, in dem die Zigeuner ihr Lager aufgeschlagen hatten, blieben die beiden keuchend stehen und blickten sich um. Niemand war zu sehen.

Sorlo war der Erste, der seine Stimme wiederfand. Er fragte: »Wer war die Frau?«

Suni lehnte sich, nach Luft ringend, gegen einen der Bäume. Sie gab keine Antwort.

Er trat neben sie. »Du hast sie erkannt. Nicht wahr?«

Sie antwortete nicht.

»Jetzt sag schon.« Er wurde ungeduldig. »Weshalb ist sie eine Mörderin? Wen hat sie getötet?«

In Sunis Augen traten Tränen. Sie schüttelte den Kopf. »Es ist vorbei, schon so lange Zeit.« Ihre Stimme brach. Dann reckte sie entschlossen das Kinn vor. »Lassen wir es gut sein. Es ändert doch nichts. Magdalene ist fort und wird niemals wiederkommen. Nichts und niemand wird daran etwas ändern. Heute bin ich Suni, eine Romni. Vielleicht ist dieses Leben tatsächlich mein Schicksal, so, wie Rosina immer sagt.«

Einen Moment sahen sie sich schweigend an, dann hob Suni die Hand und berührte zärtlich seine Wange. »Könntest du dir vorstellen, mein Mann zu werden, Sorlo, oder soll ich dich besser bei deinem anderen Namen, also Tonu, nennen?«

Er nahm ihre Hand, hob sie an seine Lippen und küsste sanft ihre Fingerspitzen.

»Es wäre mir eine Ehre, dein Mann zu sein, Suni oder Magdalene, vielleicht auch Pusomori, mein kleiner Floh. Doch denkst du wirklich, du kannst die Vergangenheit einfach so auslöschen? Sie ist ein Teil von dir, vergiss das nicht.«

»Ein Teil von mir, der mich nicht mehr haben möchte«, erwiderte Suni. »Die Roma sind meine Familie, und so soll es bleiben.«

»Eine Familie, der es schwerfallen wird, mich als deinen Zukünftigen zu akzeptieren«, gab Sorlo zu bedenken. »Immerhin gehöre ich nicht zu deinem Stamm.«

»Wir werden Mittel und Wege finden«, erwiderte Suni und zwinkerte ihm lächelnd zu. »Aber jetzt sollten wir sehen, dass wir zurückkommen. Rosina kommt gewiss um vor Sorge.« Wenige Augenblicke später erreichten sie die ersten Zelte, und Suni umklammerte Sorlos Hand fester. Hierher gehörte sie. Rosina, Cikni, Kaschkeraka, Majpejlomas und all die anderen waren ihre Familie. Und doch blieb ein Hauch von Zweifel in ihr zurück. Vor ihrem inneren Auge sah sie sich selbst auf dem Gemälde, gekleidet in ein grünes Kleid, im Arm ihres Vaters, den sie plötzlich schmerzlich vermisste.

3

Lorenz stand am geöffneten Fenster und ließ seinen Blick über den Garten bis zum nahen Waldrand schweifen. Sanft streichelte der milde Sommerwind die Haut seines nackten Oberkörpers. Es war Anfang August. Nur noch wenige Wochen verblieben in diesem Sommer, der sie nach einem feuchten Frühjahr mit ungewöhnlich sonnigen und trockenen Tagen verwöhnt hatte. Die Getreidefelder schienen bis zum Horizont zu reichen, Weinreben und Obstbäume hingen voller Früchte. Es war ein gutes Jahr für die Bauern, für ihre Herren und auch für ihn. Diesen Sommer war er mit seinem Wandertheater weit herumgekommen und hatte gute Einkünfte erzielt. Besonders die Auftritte in Berlin und Leipzig waren einträglich gewesen, aber auch in Erfurt, Gotha und Weimar hatten sie gutes Geld verdient. Jetzt, im August, wenn die letzten Tage des Sommers das Land vergoldeten, zog es ihn wie in jedem Jahr in seine Heimat und in die Arme seiner Geliebten zurück, die ihn bereits sehnsüchtig erwartet hatte. Er wandte sich vom Fenster ab. Sie lag nackt in den Kissen des breiten Himmelbettes, eine leichte Seidendecke bedeckte nur teilweise ihre Blöße. Ihr langes blondes Haar war zerzaust, und in ihren blauen Augen spiegelte sich die Glückseligkeit einer leidenschaftlich geliebten Frau wider. Mit den Jahren war sie reifer geworden und ihre Brüste voller. Zwei Mädchen hatte sie geboren, doch die Schwangerschaften hatten kaum Spuren an ihrem Körper hinterlassen. Wie alt mochte sie jetzt sein, überlegte er. Ende dreißig vielleicht. Eine Frau in den besten Jahren, was sie gern zeigte, auch wenn ihr inzwischen die natürliche Anmut der Jugend fehlte, die manch jüngeres Mädchen anziehender machte. Wahrlich, er konnte es nicht leugnen, dass er es mit der Treue nicht so genau nahm. Aber welcher Vagabund tat dies schon. Sie kannte seine Laster, wusste, dass sie nicht die Einzige war, und akzeptierte es klaglos. Gewiss auch deshalb, weil sie ihm auch nach all den Jahren noch immer mit Haut und Haar verfallen war. War es das, was er so sehr an ihr schätzte? Lange bevor der Landgraf in ihr Leben getreten war, hatten sie einander gekannt und geliebt. Der Getriebene und das adlige Mädchen. Ihre unbändige Leidenschaft war es gewesen, die ihm zu Kopf gestiegen war und die ihn bis heute nicht losließ. Sie lebten in zwei Welten, das wussten sie beide. Luise war verwöhnt, prunksüchtig und eigensinnig. Schon immer hatte sie es weit bringen wollen. Ernst-Ludwig von Hessen-Darmstadt war ihr bei einer Jagdgesellschaft ins Netz gegangen. Der Landgraf war ihr sofort verfallen, auch wenn er es anfangs nicht wahrhaben wollte. Luise trieb ihr Spiel einige Jahre mit ihm, bis er sie, gegen alle Widerstände, zur Frau nahm. Zur Landgräfin war sie aufgestiegen und hatte dem Grafen zwei Kinder geboren, die nur wenig Ähnlichkeit mit ihrem Vater aufwiesen. Sie glichen eher dem durch die Lande tingelnden Vagabunden, den das Leben hart und unnahbar gemacht hatte. Allerdings hatte Luise in der feinen Gesellschaft bis heute nicht richtig Fuß fassen können. Eine morganatische Ehe war durchaus nicht unüblich in gehobenen Kreisen, doch zumeist hatten es die Gattinnen, oftmals aus einfachem Landadel stammend, nicht leicht, ihren Platz zu behaupten. Auch Luise litt darunter, wie er wusste. Allzu oft klagte sie ihm ihr Leid, erzählte von Banketten und Jagdgesellschaften, bei denen sie ignoriert und wo hinter ihrem Rücken getuschelt wurde. Auch der Landgraf selbst, inzwischen ein alter, vom Leben gezeichneter Mann, schien das Interesse an seiner jungen Gattin schnell verloren zu haben. Zumeist war er auf Reisen, häufig hielt er sich in Gießen auf, und wenn er in Darmstadt weilte, dann auf Schloss Kranichstein, das, unweit der Stadtmauer idyllisch zwischen Wiesen und Feldern gelegen, den Charme eines typischen Jagdschlosses ausstrahlte und zumeist auch ihnen als Liebesnest diente. So auch heute.

»So wunderbar still ist es hier draußen. Findest du nicht?« Luise setzte sich langsam auf. Die Decke rutschte nach unten und entblößte ihre nackten Brüste.

»Ich bin so viel übers Land gezogen, durch einsame Gegenden, über Wiesen und Felder, durch undurchdringliche Wälder. Stille gibt es dort genug«, antwortete er.

»Aber keine Einsamkeit, wie ich annehme.«

Er verzog die Lippen zu einem Lächeln. »Da magst du recht haben, meine Teuerste. Einsamkeit ist ein hohes Gut, wenn man mit einer bunten Schaustellertruppe durch die Lande zieht.« Er hob sein Hemd vom Boden auf.

»Und wenn du nicht mehr weiterziehst? Manchmal kommt es mir so vor, als sei dir dein Theater mit all seinen sonderbaren Bewohnern zuwider. Was du an diesem Leben findest, werde ich nie begreifen. Bleib doch einfach hier. Ich könnte mich umhören und dir eine gute Stellung …«

»Fängst du schon wieder damit an«, fiel er ihr ins Wort. »Du weißt, dass mir Sesshaftigkeit nicht liegt. Die wenigen Monate des Winters, die ich in Darmstadt und Umgebung verbringe, sind mir ein Graus und meinen Leuten auch.«

Sie sog scharf die Luft ein. »Ein Graus also.« Sie wandte den Blick ab.

»So meinte ich das nicht«, beschwichtigte er und setzte sich neben sie. »Schau.« Er griff nach ihrer Hand. »Du kennst mich besser als jeder andere Mensch und weißt, dass ich nie lange an einem Fleck verweilen kann. Ich bin stets auf der Suche nach neuen Herausforderungen, nach dem bunten, echten Leben. Stillstand liegt mir nicht. Das ist dir doch bekannt.« Er legte seinen Finger unter ihr Kinn, hob es an und fing ihren Blick auf.

Luise deutete ein Nicken an. »Ich weiß. Es ist nur …« Sie verstummte, senkte kurz die Lider und seufzte hörbar. »Ich bin einsam. Du weißt, dass meine Ehe am Ende ist. Ernst-Ludwig sieht mich nicht einmal mehr an. Selbst zu seinen Jagdgesellschaften nimmt er mich nur noch selten mit. Er vergräbt sich mit Graupner, seinem Kapellmeister, in seinem Musikzimmer oder frönt der Alchemie. Und das zumeist nicht einmal in Darmstadt. Ich habe wirklich geglaubt, ich könnte an seiner Seite glücklich werden und das Leben führen, von dem ich immer geträumt habe. Wie blauäugig ich gewesen bin. Blenden habe ich mich lassen von dem großen Stadtschloss und seinen ehrgeizigen Plänen, es wie Versailles auszubauen. Ich hätte es besser wissen sollen. Jetzt befinden sich große Teile des Schlosses im Rohbau, und das ganze Geld ist weg. Der Anblick ist kaum zu ertragen. Außerdem ist das Stadtpalais eng und wenig prachtvoll.«

»Und nicht einmal die beiden Kinder sind von ihm.« Lorenz traf einen weiteren wunden Punkt seiner Geliebten.

»Wie auch«, rief sie, erhob sich und griff nach ihrem seidenen, über einer Stuhllehne hängenden Morgenmantel. »Nicht einmal in der Hochzeitsnacht konnte er seine Männlichkeit anständig unter Beweis stellen. Einige Minuten kurzes Vergnügen, wenn wir es mal so nennen wollen, dann ist er eingeschlafen. Die wenigen Male danach lassen sich an einer Hand abzählen.«

»Er weiß es, oder?«

»Und wenn schon.« Sie zuckte mit den Schultern. »Die Mädchen interessieren ihn nicht sonderlich. Er lässt ihnen Unterricht erteilen und kümmert sich um ihre Aussteuer. Nicht ein Mal hat er einen Verdacht geäußert, obwohl es offensichtlich ist, dass die beiden nicht von ihm sind, denn sie gleichen ihrem tatsächlichen Vater bis aufs Haar.« Sie trat neben Lorenz, hob die Hand und berührte sanft seine Wange. »Dunkler Teint, tiefblaue Augen, schwarzes, welliges Haar.« Er griff nach ihrer Hand, führte sie zu den Lippen und begann, ganz langsam jeden einzelnen Finger zu küssen. »Ihrem treulosen Vater, möchtest du sagen.«

»Und wenn schon. Manchmal ist es besser, den Mund zu halten. Für uns beide. Findest du nicht?« Sie lächelte süffisant. Wie sehr er die kalte Berechnung in ihren Augen liebte und gleichzeitig verabscheute. Erneut zog er sie in seine Arme, öffnete ihren Morgenmantel und küsste sie auf den Nacken. Sie stöhnte auf, als er ihre Brüste berührte. Er schob sie zum Bett, zog hastig seine Hose nach unten und drang ohne weiteres Vorspiel in sie ein. Er umklammerte ihre Handgelenke, hörte ihr Stöhnen, ihr Flehen und Jammern. Er tat ihr weh und wollte es. Wut und Verzweiflung trieben ihn an. Immer fester wurden seine Stöße, immer härter sein Griff. Sie wand sich unter ihm, er ließ jedoch nicht von ihr ab. Den Mund halten, denn es war besser so. Sein ganzes Leben lang hatte er geschwiegen. Der Junge aus einfachen Verhältnissen, dem die Zigeuner den Vater genommen hatten. Vor seinem inneren Auge sah er die Frau vor sich. Schön war sie gewesen, goldene große Ohrringe, pralle Brüste unter einem dünnen Leinenhemd, verführerisch ihre Nippel. Jeden Tag hatte er seinen

Vater dabei beobachtet, wie er zu ihnen ins Lager gegangen war, und er würde nie den Morgen vergessen, als er ihn zum letzten Mal gesehen und sie die letzten Worte miteinander gesprochen hatten. Er gehöre nicht hierher, halte es nicht mehr aus, hatte er, Tränen in den Augen, gesagt. Er, der Sohn, müsste jetzt für seine Mutter stark sein, hatte er gesagt. Seine Worte hatten wie blanker Hohn geklungen. Nach einer letzten Umarmung war er für immer gegangen. Kurz darauf war die Mutter gestorben, vor Kummer, an gebrochenem Herzen, wer wusste das schon. Lorenz' Verhältnis zu ihr war niemals innig gewesen. Sie war ein sonderbarer Mensch, oftmals schien es, als wäre sie dem Wahnsinn verfallen. Vielleicht hatte der Vater sie auch deshalb verlassen. Nach ihrem Tod hatte sich Lorenz dem Heer des Markgrafen Ludwig-Wilhelm angeschlossen. Der Spanische Erbfolgekrieg hatte ihn das Überleben gelehrt und ihm eine breite Narbe an seiner Schulter hinterlassen. Am Ende hatte er sich eingestehen müssen, dass er wie sein Vater war, ein Getriebener, ein Vagabund, ein Verlassener, einer Heimat entrissen, die er nie zu lieben gelernt hatte. Ja, es war besser, die Vergangenheit totzuschweigen und zu vergessen. Das Leben hatte ihn hart gemacht. Er nahm sich, was er wollte, was immer es kostete. Lediglich bei der Frau seines Lebens wollte ihm dies nicht gelingen, denn er durfte sie nur im Geheimen nehmen und lieben. Er stöhnte laut auf, als er sich in sie ergoss. Doch selbst in dem Moment größter Erregung lockerte er nicht seinen Griff und hielt ihre Hände fest umklammert, als er auf sie herabsank und in ihr Ohr flüsterte: »Den Mund halten. Obwohl jeder weiß, dass du meine Geliebte bist. Darmstadts Spatzen pfeifen es von den Dächern, dass du den Landgrafen betrügst.«

Sie atmete schwer und erwiderte seinen Blick. »Wer mag es mir verübeln? Mein Gatte ist ein alter Mann am Ende seines

Lebens. Einer Frau wie mir wird er schon lange nicht mehr gerecht. Und die Spatzen Darmstadts pfeifen noch viel mehr Neuigkeiten von den Dächern. Das kannst du mir glauben. Was ist mit der braven Bürgersfrau, die es nachts mit dem Knecht im Laden treibt? Oder mit dem feinen Herrn Pfarrer, der kleine Jungs befingert. Mir macht so schnell keiner etwas vor.«

Er lachte laut auf, ließ sie los, rollte zur Seite und atmete tief durch. »So hat jeder seine kleinen Geheimnisse, nicht wahr, meine Teuerste.«

Sie schauten sich eine Weile schweigend in die Augen. Nach einer Weile setzte sich Luise auf, griff nach ihrem Morgenmantel und sagte: »Oder große.« Plötzlich war ihre Miene ernst. »Ich glaube, ich stecke in Schwierigkeiten.«

Er zog eine Augenbraue hoch. »Die mit was zu tun haben?«

Luise begann, im Raum auf und ab zu laufen. Hektisch strich sie ihr Haar aus dem Gesicht. »Vielleicht aber auch nicht. Ich meine, was soll schon passieren? Sie hat nichts gegen mich in der Hand. Wer glaubt schon einer Zigeunerin, jedenfalls sah sie so aus. Doch er hat sie geliebt, regelrecht vergöttert.«

»Wer hat wen vergöttert? Wieso eine Zigeunerin? Von was redest du eigentlich?«

Luise blieb stehen. »Von dem größten Geheimnis überhaupt. Vielleicht auch von der größten Lüge meines Lebens, die plötzlich in Form eines jungen Mädchens vor mir stand. Ich dachte tatsächlich, sie wäre tot.«

»Ein junges Mädchen ist die Lüge deines Lebens?«, hakte er nach.

Sie nickte, zog den Morgenmantel um sich, trat ans Fenster und blickte nach draußen. »Ich wollte doch nur, dass er mich endlich zur Frau nimmt. Aber dieses gottverdammte Weib stand wie eine Wand zwischen uns. Bis heute habe ich nicht verstanden, was er an ihr gefunden hat.«

»Du meinst seine damalige Mätresse. Charlotte von Forstner war ihr Name, nicht wahr?«

Sie nickte bestätigend. »Wie ein Schatten lag sie über allem und lähmte jeden meiner Versuche, dem Landgrafen näherzukommen. Doch mit den Jahren wurde sie schwächer. Den Tod ihres vierjährigen Sohnes hat sie kaum verwunden, und danach die Fehlgeburt …«

»Du hattest davon erzählt. Sie ist im Wochenbett gestorben. Kurz darauf hat Ernst-Ludwig dich zur Frau genommen.« Er zog die richtigen Schlüsse. »Du hast sie getötet.«

Luise sprach weiter: »Es war ganz einfach. Ich habe das Kissen genommen und ihr aufs Gesicht gedrückt. Sie hat sich kaum zur Wehr gesetzt, so schwach ist sie gewesen.« Sie warf Lorenz einen kurzen Seitenblick zu. »Wir wissen beide, dass ich nicht anders konnte, um mein Ziel zu erreichen. Wenige Wochen später hätte ich Ernst-Ludwig das Kind unter meinem Herzen nicht mehr unterschieben können, und er hätte mich endgültig verlassen. Ich musste es tun. Sonst wäre alles umsonst gewesen. Wenn da nur nicht dieses verdammte Gör gewesen wäre, das beinah alles zerstört hätte.«

»Welches Gör?«

»Charlottes Tochter, die kleine Magdalene, sechs Jahre alt. Sie hat plötzlich in der Tür gestanden und zu kreischen begonnen. Ich wollte sie beruhigen, doch sie ist fortgerannt. Ich bin ihr bis in die Gassen nachgelaufen und habe sie verloren. Sofort wurde nach ihr gesucht. Auch ich bin mitgegangen, die Furcht in mir tragend, das Mädchen könnte gefunden werden und die Wahrheit sagen. Sie war Ernst-Ludwigs Lieblingskind, sein Augenstern, wie er oft sagte. Er hätte ihr jedes Wort geglaubt, dessen bin ich mir sicher. Doch sie blieb verschwunden.«

»Und um dich abzusichern, hast du die Geschichte von der geraubten Tochter erfunden«, stellte Lorenz fest.

»Er hätte nie aufgehört, nach ihr zu suchen«, verteidigte sich Luise. »Sein Hass auf die Zigeuner war die beste Lösung. Es war nicht sonderlich schwer, ihm die Lüge von der alten Zigeunerin unterzujubeln, mit der ich Magdalene angeblich gesehen habe.« Sie wandte sich ihm zu. »Eine Lösung, die auch für dich ein einträgliches Geschäft gewesen ist, nachdem er vor drei Jahren sämtliche Zigeuner endgültig für vogelfrei erklärt hat.«

»Da magst du recht haben«, bestätigte Lorenz grinsend und zog Luise erneut in seine Arme. »Ernst-Ludwig und ich haben nur wenige Gemeinsamkeiten. Eine Sache jedoch eint uns: der unbändige Hass auf die Zigeuner, oder die böse Rotte, wie er sie gern nennt.«

»Und wie es scheint, ist meine Geschichte gar nicht so abwegig«, sagte Luise. »Das Mädchen sah tatsächlich wie eine Zigeunerin aus.«

»Und du denkst, sie ist es gewesen?«

»Kein Zweifel. Sie sieht ihrer Mutter zum Verwechseln ähnlich und hat mich als Mörderin beschimpft.«

Er runzelte die Stirn. »Ich würde sagen: Du hast einen bleibenden Eindruck hinterlassen.«

Sie zwang sich zu einem Lächeln. »Was ist, wenn sie wieder auftaucht? Ernst-Ludwig wird bald aus Gießen zurückkehren. Er wird sie sofort erkennen, dessen bin ich mir sicher.«

»Wo genau ist sie dir denn begegnet?«

»Vor ein paar Tagen stand sie plötzlich in unserem Jagdpavillon vor mir – zusammen mit einem jungen Burschen.«

»Ich nehme an, sie sind eingebrochen«, sagte Lorenz.

»Was sonst«, erwiderte sie ungeduldig. »Sie sind davongelaufen. Lukas, der Stallbursche, hat sie bis zu einem Lager in der Nähe verfolgt. Eindeutig waren es Zigeuner, hat er gesagt.«

»Dann können sie noch nicht weit sein«, mutmaßte Lorenz. »Ich werde mich mal umhören. Bestimmt ist jemandem etwas aufgefallen. Wäre nicht das erste Zigeunerlager, das ich dem Erdboden gleichmache. Ich nehme an, der Landgraf bezahlt noch immer Kopfprämien.«

»Aber natürlich«, erwiderte Luise, erleichtert lächelnd. Sie hatte gewusst, dass er ihr helfen würde, das Problem aus der Welt zu schaffen. »Daran hat sich nichts geändert.«

4

Grinsend verfolgte Mathis, seinen Dolch polierend, die ulkige, durchaus bühnentaugliche Darbietung, die sich auf der anderen Seite der Wiese abspielte. Eine Gruppe junger Burschen trollte sich hastig, um nicht dasselbe Schicksal zu erleiden wie ihr Kumpan, dem Dora, eine Zwergin, eben das Ohrläppchen langgezogen hatte. Mit schmerzverzerrtem Gesicht, eine Hand auf das Ohr gepresst, stand er vor der energischen, kleinen Person und ließ die Standpauke über sich ergehen. Doras zeternde Stimme war laut und hatte durchaus etwas Furchteinflößendes. Wenn man sie nicht sah, könnte man meinen, man hätte es mit einer beleibten Waschfrau zu tun und nicht mit einer Zwergin, die ihrem Opfer, Simon, gerade mal bis zum Oberschenkel reichte. Simon, der sogar Mathis um einen halben Kopf überragte, war ein Allesfresser und somit eine der Hauptattraktionen ihres Wandertheaters. Er verschlang Nägel, Steine, Glas, Federn und sogar lebendige Tauben, was besonders gut beim Publikum ankam. Er war in der Nähe von Stuttgart eines Tages zu ihnen gestoßen und schien in der Region aufgewachsen zu sein, denn er sprach breiten schwäbischen Dialekt, wenn er überhaupt ein Wort von sich gab. Mathis hatte ihn noch nie leiden können und hielt ihn für falsch und hinterhältig. Der Allesfresser trieb sich am liebsten mit Hannes und Friedrich, Lorenz' Schlägern, herum, was

Mathis mehr als nur missfiel, denn die Gewalttätigkeit der beiden färbte immer mehr auf Simon ab. Die Einzige, vor der er Respekt zu haben schien, war Dora, die ihm noch etwas nachrief, während er sich über die Wiese davonmachte. Mathis ließ seinen Blick über den Platz schweifen und blieb an der Schlangenfrau Ida hängen, die sich damit beschäftigte, ihr bunt besticktes Kostüm auszubürsten. Irgendwann hatte Lorenz sie angeschleppt, wie die meisten anderen Mitglieder der Truppe, gemeinsam mit ihrem Ehemann Carlos, der Feuer schlucken konnte. Die beiden stammten aus Rumänien, vielleicht auch Ungarn, keiner wusste es genau. Wie so viele von ihnen hatten sie sich auf Jahrmärkten durchgeschlagen und mal der einen, mal der anderen umherziehenden Gruppe angeschlossen.

Simon lief über die Wiese zur nahen Bühne, wo in einer halben Stunde die erste Vorstellung stattfinden sollte, denn heute war in Darmstadt Wochenmarkt, so dass sich viele Menschen aus der Umgebung in der Stadt aufhielten. Mathis beobachtete Dora dabei, wie sie zu ihrem Wohnwagen lief, den sie sich mit dem Hautmädchen Shila teilte, das eigentlich Josephine hieß und aus der Nähe von Paris stammte. Das arme Ding mit der unfassbar dehnbaren Gesichtshaut war von ihren in ärmlichen Verhältnissen lebenden Eltern an Lorenz verkauft worden. Wie immer kämpfte Dora mit den viel zu hohen Stufen, die zur Eingangstür hinaufführten. Für kleinwüchsige Menschen war diese Welt wahrlich nicht geschaffen.

»Eigentlich ist es ja bewundernswert, wie sie es immer wieder schafft, die hohen Stufen zu erklimmen. Findest du nicht?« Lorenz war unbemerkt neben ihn getreten. Mathis zuckte zusammen und machte einen Schritt zur Seite.

»Hoppla. Nicht so schreckhaft, mein Freund.« Beruhigend legte Lorenz ihm die Hand auf die Schulter. »Ich bin es nur, dein alter Herr und Meister.«

Mathis reagierte nicht auf Lorenz' Worte, was dieser nicht zur Kenntnis nahm. Unweit von ihnen wurden Salo und Toto, die beiden Affenmenschen, von Hannes und Friedrich über den Platz gescheucht. Lorenz wies zu den beiden hinüber. »Auf dem Wochenmarkt lief es besser, als ich dachte. Die Leute waren ganz wild auf die zwei und haben sie überall angefasst. Darmstadt ist immer wieder für eine Überraschung gut. Jedes Mal denke ich, hier kennt uns jeder und die Leute kommen nicht mehr, denn immerhin ist es unser Winterquartier. Doch alle Jahre wieder läuft im August das Geschäft in dieser Gegend hervorragend. Du wirst sehen, auch heute Abend werden alle Plätze besetzt sein. Und wenn das Publikum erst meine neueste Errungenschaft – Tyler, den Löwenmenschen – zu Gesicht bekommt« – er rieb sich freudig die Hände – ,»dann wird das ein guter Winter für uns. Dem Herrn im Himmel sei Dank, dass wir den Burschen aus Edinburgh in Berlin aufgelesen haben.«

»Aufgelesen ist gut«, kommentierte Mathis trocken. »Du hast den winzigen Jahrmarkt aus England dem Erdboden gleichgemacht.«

»Sie wollten ihn einfach nicht hergeben, diese gottverdammten Zigeuner oder Gipsys, wie sie in England genannt werden. Ein Löwenmensch wie Tyler hat doch bei solchen Leuten nichts verloren. Nur schade, dass in Berlin keine Kopfprämien auf Zigeuner bezahlt werden.«

»Sie waren seine Familie«, erwiderte Mathis, obwohl auch er nur wenig für Zigeuner übrighatte.

»Dann hat er jetzt eben eine neue Familie. Das sind wir doch: eine große, bunte Familie, in der jeder für den anderen einsteht.«

»Ja, das sind wir. Eine große, glückliche Familie. Was auch sonst.« Mathis schaffte es nicht, den Zynismus in seiner Stimme zu verbergen.

»Ist heute nicht dein Tag, mein dunkelhäutiger Freund«, bemerkte Lorenz. Er schüttelte den Kopf. »Jedes Jahr ist es dasselbe. Immer wenn wir in die Nähe von Darmstadt kommen, wirst du melancholisch, was ich durchaus verstehen kann.«

Mathis fühlte sich ertappt, trotzdem tat er die Worte seines Herrn mit einer knappen Bemerkung ab. »Ach, die alten Geschichten. Darmstadt ist nicht anders als andere Städte auch.« Er wusste, dass er sich selbst belog. Jedes Mal, wenn sie in die Gegend kamen, kehrten die Erinnerungen an sein anderes Leben zurück, und er spürte Magdalenes vertraute Nähe noch mehr als an anderen Tagen. Erst gestern war er über den Marktplatz geschlendert und hatte vor dem Stadtpalais des Landgrafen innegehalten. Eine ganze Weile hatte er auf die geschlossene Eingangstür gestarrt, hinter der die breite Eingangshalle mit den edlen Seidentapeten an den Wänden und der stuckverzierten Decke lag. An den Fenstern hingen schwere Brokatvorhänge und edle Spitze. Auf den feinen Teppichen der Flure waren seine Schritte nicht zu hören gewesen, wenn er diese, Becher mit duftender Schokolade in der Hand, durchquert oder mit Magdalene verbotenerweise Fangen gespielt hatte.

Helles Sonnenlicht war am gestrigen Tag auf die Eingangstür des Palais gefallen, vor dem die letzten Rosen des Sommers blühten. An dem alles verändernden Tag hatte es geschneit, und ein eisiger Wind hatte an den breiten Fensterläden gerüttelt. Magdalenes Flucht und der Augenblick in der Eingangshalle hatten sein Leben für immer verändert. Luise von Spiegel war kein Mensch, der gefährliche Zeugen lange am Leben ließ, was ihm der Tod des beliebten Hausdieners Thomas noch am selben Abend schmerzhaft vor Augen geführt hatte. Durch die Küche war Mathis damals geflohen und zwei

Gassen weiter in Lorenz' Arme gelaufen, der ihn sofort mitgenommen, eingesperrt und gefügig gemacht hatte.

»Zehn Jahre sind es jetzt«, hörte sich Mathis sagen.

»Jahre, in denen wir Freunde geworden sind«, erwiderte Lorenz. »In denen wir viel erreicht haben.«

»Wir?« Mathis schüttelte den Kopf. »In denen du viel erreicht hast.«

»Dankbarkeit war noch nie eine deiner Stärken«, gab Lorenz trocken zurück. »Durch mich hast du eine Familie bekommen und lebst in Sicherheit. Was denkst du, hätten die Menschen mit einem schwarzen Jungen gemacht, der allein durch die Gassen streift?«

Mathis erwiderte nichts. Dora trat wieder nach draußen. Jetzt trug sie ein mit Perlen besetztes, rosafarbenes langes Seidenkleid. Ihr dunkles Haar hatte sie hochgesteckt und ihre Lippen rot geschminkt. Sie wirkte wie ein hübsches Porzellanpüppchen aus einer anderen Welt. Als sie die beiden erblickte, kam sie eifrig winkend zu ihnen herübergelaufen. Nur ihre rauh klingende Stimme wollte nicht so recht zu ihrem puppenhaften Auftreten passen.

»Was steht ihr beiden so faul in der Gegend herum. Gleich beginnt die Vorstellung.«

Es gab nicht viele Mitglieder der Truppe, die so mit Lorenz reden durften. Dora gehörte, genauso wie Mathis, dazu. Sie war mit den Jahren Mädchen für alles und die gute Seele des Theaters geworden. Sie kümmerte sich um die Kranken, hörte sich so manchen Kummer an, bemühte sich um die Neuankömmlinge und trieb alle zur Arbeit an.

»Da hörst du es, Mathis«, sagte Lorenz süffisant grinsend. »Wir vertrödeln mal wieder unsere Zeit. Dann werde ich mich mal umziehen, damit ich später auf der Bühne als Anführer dieses bunten Haufens erkennbar bin.« Er zwinkerte Dora zu und schlenderte zu seinem wie immer etwas abseits stehenden Wohnwagen hinüber.

Dora musterte Mathis und erkannte sofort, was los war. Ihr Blick wurde weich. »Lass mich raten: Es ist wieder die alte Geschichte, die dich umtreibt.«

»Vielleicht ein wenig«, gestand Mathis.

»Ein wenig sehr«, erwiderte Dora und legte den Kopf schräg. »Mir machst du nichts vor. Jedes Jahr, wenn wir nach Darmstadt zurückkehren, wirst du traurig.« Ihr Blick wanderte zu Lorenz' Wohnwagen. »Gestern ist er wieder zu ihr gegangen. Nach all den Jahren treibt er es noch immer mit der verdammten Hexe.« Sie schüttelte den Kopf.

»Solange sie nicht erfährt, wen er in seinem Gefolge hat, ist doch alles gut«, erwiderte Mathis.

»Denkst du wirklich, sie würde dir nach so langer Zeit noch etwas antun? Wenn sie das überhaupt jemals getan hätte. Wer hätte dir, dem Schokoladenmohren, schon geglaubt?«

»Dieser Frau traue ich alles zu«, erwiderte Mathis. »Magdalene hat sie vom ersten Augenblick an gehasst. Sie hat immer gesagt, sie ist eine Hexe. Anfangs habe ich ihr nicht geglaubt, denn Luises Liebreiz hat sogar mich betört. Aber Magdalene hat mir mit der Zeit die Augen geöffnet. Ein kleines Mädchen war sie damals, und doch hat sie das falsche Spiel auf Anhieb durchschaut.«

»Für solche Dinge haben wir Frauen ein Gespür«, erwiderte Dora. »Liebreiz funktioniert nur bei Männern. Wir Frauen lassen uns von der äußerlichen Fassade einer Dame nicht blenden. Allerdings muss ich zugeben, dass Luise für ihr Alter noch immer recht ansehnlich ist, auch wenn sie das Mädchenhafte mittlerweile verloren hat. Unser Herr ist und bleibt ihr mit Haut und Haar verfallen. Wenn sie es wollte, dann würde er sogar dich, ohne mit der Wimper zu zucken, auf der Stelle töten.«

»Zehn Jahre sind es jetzt, Dora.« Mathis ging nicht auf ihre Bemerkung ein. »Er glaubt tatsächlich, wir wären eine Familie. Aber wir sind geraubte und erkaufte, vom Leben gezeichnete Schatten, die niemand haben wollte. Oder vielleicht doch? Ich hatte mein Leben, und es war gut, vielleicht nicht vollkommen, aber welches Leben ist das schon.«

»Pah«, rief Dora, »heiße Schokolade ans Bett einer reichen Frau bringen. Was ist daran gut? Wie einen Sklaven haben sie dich gehalten. Ein gutes Leben sieht in meinen Augen anders aus. Den Duft der Freiheit muss es haben. Das ist wichtig.«

»Auf diesen Duft der Freiheit kann ich gern verzichten. Oder hast du die Umstände unserer ersten Begegnung bereits vergessen? Wie Tiere haben wir nebeneinander angekettet in einem Karren gesessen und jeden Tag Prügel bezogen. So lange, bis wir eingeschüchtert und abgestumpft genug waren, um das alles hier zu akzeptieren. Heute mag sich dieses Leben wie Freiheit anfühlen, aber das ist es nicht. Du weißt genauso gut wie ich, dass er uns töten würde, wenn wir fliehen. Dem Schokoladenmohren von damals hätte niemand ein Leid zugefügt. Im Gegenteil. Mir wurde Lesen und Schreiben beigebracht, damit ich später eine Aufgabe in der Kanzlei übernehmen kann. Es mag kein Leben in Freiheit gewesen sein, aber ich hatte keine Angst.«

»Wenn da nur nicht die alte Hexe gekommen wäre und alles zerstört hätte.«

»So ist es.« Mathis seufzte hörbar. »Manchmal frage ich mich, was aus Magdalene geworden ist und ob sie wirklich von den Zigeunern geraubt wurde. Ich kann diese Geschichte noch immer nicht glauben. Was sollten die Zigeuner für einen Grund gehabt haben, Magdalene bei sich aufzunehmen?«

»Vielleicht Mitleid«, erwiderte Dora. »So, wie du es erzählt hast, ist sie ohne Mantel und in Stoffschuhen an einem eiskalten Wintertag davongelaufen. Die Zigeuner sind meiner Meinung nach besser als ihr Ruf. Sollte Magdalene wirklich in eines ihrer Lager geraten sein, dann haben sie sich bestimmt liebevoll um sie gekümmert. Allerdings glaube ich eher, dass die gute Luise die Geschichte erfunden hat, um etwas zu vertuschen. Sagtest du nicht, dass der alte Landgraf die Zigeuner schon immer gehasst hat. Also waren sie eine gute Möglichkeit für Luise, um von sich selbst abzulenken.«

»Ich weiß nicht einmal, ob sie diese Geschichte tatsächlich hätte erfinden müssen. Wer hätte sie verdächtigen sollen? Der kleine Schokoladenmohr oder der Hausdiener, der noch am selben Abend tot aufgefunden worden war? Und auch wenn Magdalene zurückgekommen wäre und sie beschuldigt hätte, wäre nicht sicher gewesen, ob der Landgraf ihr geglaubt hätte. Immerhin war sie damals erst sechs Jahre alt.« Mathis schüttelte den Kopf und fügte leise hinzu: »Sechs Jahre alt und das bezauberndste Geschöpf unter der Sonne.«

Diese Bemerkung berührte Dora. Lange Zeit hatte sie sich einreden wollen, dass sie für Mathis nichts empfand. Funktioniert hatte es nicht. Sie liebte ihn mehr als alles andere auf der Welt. Ein Zwergenmädchen, das einen Mohren liebte – was für ein Unsinn. Sie schob die Eifersucht beiseite, die sie immer dann spürte, wenn Mathis über sein altes Leben sprach, und tätschelte ihm lächelnd das Bein. »Vielleicht ist sie das noch heute, und wir wissen es nicht.«

»Vielleicht.« Er zuckte mit den Schultern, bückte sich und berührte zärtlich Doras Hand.

»Danke fürs Zuhören, meine Kleine.«

»Aber gern doch, großer schwarzer Bruder. Aber jetzt solltest du dich wirklich umziehen. Die ersten Besucher der Vorstellung treffen bald ein, und sie sollen ordentlich Eintritt bezahlen.« Sie zwinkerte ihm zu.

»Und du wirst mit deiner Schönheit das Publikum betören«, schmeichelte er ihr.

»Du Schwerenöter«, erwiderte sie, ein wenig peinlich berührt. »Schönheit werden die Menschen niemals in mir sehen. Eher die wie ein Spielzeug aussehende Puppe.«

»Auch Puppen können so manchen Mann um den Verstand bringen«, gab Mathis verschmitzt grinsend zur Antwort, was ihr Herz höherschlagen ließ. Er drückte ihr übermütig einen Kuss auf die Wange und lief über die Wiese zu seinem kleinen Wohnwagen. Dort schlüpfte er schnell in das mit Ornamenten bestickte Leinenhemd, das er nur zur Vorstellung trug. Als er den Wagen wieder verlassen wollte, fiel sein Blick auf die Schlafstatt von Claude, der letzten Mittwoch in den frühen Morgenstunden gestorben war, und er hielt einen Moment inne. Schon seit längerem hatte er den Tod seines Freundes kommen sehen. Claude, der die Vorstellung als Skelettmensch bereichert hatte, konnte am Ende seines Lebens keinen Schritt mehr laufen, er schaffte es nicht einmal mehr, sich selbständig aufzusetzen. Apathisch, abgemagert und halb blind hatte er die letzten Tage seines Lebens gefristet und sein Lächeln verloren. Fünf Jahre lang hatten sich Mathis und der Franzose den provisorisch zusammengezimmerten, kleinen Wohnwagen geteilt und waren mit der Zeit Freunde geworden, auch wenn es mit der Verständigung Probleme gab, da sich Claude stets geweigert hatte, die deutsche Sprache zu erlernen. Der Franzose hatte an einer sonderbaren Magenkrankheit gelitten und war bis auf die Knochen abgemagert. Das hatte er jedenfalls Josephine erzählt, die sich öfter zu den beiden gesetzt hatte, froh darüber, ihre Muttersprache sprechen zu können. Gegessen hatte er nie viel, meist nur getrunken, am liebsten Wein und davon reichlich.

»Willst du den Becher noch austrinken, bevor ich dich hinübertrage«, sagte Mathis in die Stille den Satz, der ihm in den letzten Jahren zur Gewohnheit geworden war. Diesmal blieb die Antwort aus. Er atmete tief durch. So viele Menschen hatte er in all den Jahren kommen und gehen sehen. Da war Bobby, der tanzende Zwerg aus Wales, gewesen. Ihn hatte eine schreckliche Lungenentzündung aus dem Leben gerissen. Samantha, ebenfalls ein Schlangenmädchen, das eigentlich Maria hieß. Eines Morgens war sie verschwunden gewesen. Nach langer Suche hatten sie sie erwürgt im Wald gefunden. Oder Marianna, das Albinomädchen mit der weißen Haut und den roten Augen. Lorenz hatte sie an einen reichen Mann verkauft, der sie um jeden Preis besitzen wollte. Sie waren alle nur Marionetten in einem skurrilen Spiel. Ausgeliefert ihrem Herrn und Meister, der sie als Familie bezeichnete. Sie waren Gefangene eines Mannes, ihres verdammten Lebens, der Andersartigkeit.

Von draußen drangen die ersten Töne der Geigen, Flöten und Drehleiern zu ihm herein, die den baldigen Beginn der Vorstellung ankündigten. Die Hand bereits auf der Türklinke, fiel ihm sein Hemd auf, das er achtlos auf Claudes Kissen geworfen hatte. Er griff danach, legte es auf einen Hocker und murmelte: »Ich weiß, meine vermaledeite Unordnung.« Er öffnete die Tür und verließ den Wohnwagen ohne seinen federleichten Freund auf dem Arm, was sich ungewohnt und fremd anfühlte.

Die Plätze vor der Bühne waren alle besetzt, die Vorstellung konnte beginnen. Der Abend war warm, und die letzten Strahlen der untergehenden Sonne färbten den Himmel leuchtend rot. Mucksmäuschenstill war es im Publikum geworden, nachdem Peppo, einer der Zwerge, hinter dem Vorhang hervorgetreten war und eine traurige Weise auf seiner Geige zu spielen begonnen hatte. Peppo war neu bei der

Truppe. Sie hatten ihn bei einem Tuchhändler in Weimar aufgelesen, wo er für ein paar Kreuzer den Laden sauber hielt. Lorenz wäre der kleine Bursche gar nicht aufgefallen, hätte er nicht zu Ehren des Hausherrn an jenem Tag bei einem kleinen Umtrunk fröhlich mit seiner Fiedel aufgespielt. Der Tuchhändler, ein dürrer, in die Jahre gekommener Mann, hatte Lorenz' Kaufangebot für Peppo gern angenommen. Aus Mitleid hatte seine Gattin den kleinen Zwerg von einer Reise aus der Lombardei mitgebracht, wo er in Mailand bettelnd auf der Straße gesessen hatte. Doch der Winzling war zu nichts zu gebrauchen. Anpacken konnte er nicht, und für den Laden hatte der Tuchhändler zwei Mägde und neuerdings eine tüchtige Schwiegertochter. Peppo war ohne Murren mitgegangen, eigentlich ganz froh darüber, von dort fortzukommen. Sein Spiel war so gut, dass er inzwischen öfter den Abend eröffnete, was dem Publikum sehr gut gefiel. Heute hatte er sich zu Beginn seiner Darbietung für ein sehr melancholisch klingendes Musikstück aus seiner Heimat entschieden, was sogar Mathis' Herz berührte, der zumeist eher teilnahmslos die Vorstellung von seinem Platz in der letzten Reihe aus verfolgte. Er selbst stand nicht auf der Bühne, sondern diente Lorenz als Mädchen für alles, kassierte den Eintritt und achtete darauf, dass sich die Gäste benahmen. Wer sich unflätig verhielt oder pöbelte, wurde sofort rausgeworfen. Unweit von ihm saßen Hannes und Friedrich auf zwei in der Wiese liegenden, großen Steinen und unterhielten sich leise. Er warf ihnen einen warnenden Blick zu, was sie verstummen ließ. Peppos traurige Melodie verklang, und für einen Augenblick wurde es still. Diesen Moment mochte Mathis, denn dann war die Luft von einem besonderen Zauber erfüllt, und der Ausdruck von Wehmut lag auf den Gesichtern des Publikums. Doch keine Sekunde später stimmte Peppo eine fröhliche Weise an. Ein weiterer Musiker gesellte sich zu ihm, Heinrich, der die Drehleier bediente. Dazu kamen noch Fabiola mit ihrer Blockflöte und Johanna mit einer kleinen Trommel. Noch während die Musiker spielten, öffnete sich hinter ihnen der Vorhang, und Lorenz tauchte auf, gekleidet in ein weißes Leinenhemd, das er lässig über der samtenen schwarzen Kniehose trug. Seine dunklen Locken fielen ihm ins Gesicht, und seine blauen Augen leuchteten. Wieder einmal zog bereits sein Anblick das Publikum in seinen Bann, was Mathis verstehen konnte, denn Lorenz umgab eine besondere Aura. Mathis hatte lange überlegt, was an Lorenz' Mimik und seiner Haltung die Menschen so faszinierte. Vielleicht war es der Ausdruck von Kälte in seinen Augen, der in sonderbarem Kontrast zu seinem freundlichen Lächeln stand. Eine Kälte, die Lorenz beherrschte, die ihn unberechenbar, grausam und auf sonderbare Weise anziehend machte.

Nachdem die Musiker geendet hatten, verneigte sich Lorenz vor dem applaudierenden Publikum. Wie in jedem Jahr befand sich so manch bekanntes Gesicht darunter, was Mathis beim Kassieren des Eintritts festgestellt hatte. Einige der Leute waren inzwischen Stammgäste, die sich freundlich nach dem Verlauf ihres Jahres erkundigten, denn sie wussten, dass die Schaustellergruppe über den Sommer durch die Lande zog. Natürlich hatten sie auch nach den neuen Attraktionen gefragt. Die sonderbaren Affenmenschen hätten sie bereits auf dem Jahrmarkt gesehen. Ob sie aus der neuen Welt stammen würden oder aus dem Dschungel Afrikas? Den einen oder anderen hatte Mathis mit Handschlag begrüßt, zwei neugeborene Kinder hatte er bewundert, einem Paar zur Hochzeit gratuliert. Die beiden saßen jetzt in der ersten Reihe, direkt neben dem Bäckermeister Hinrichs, der sich nur selten eine Vorstellung entgehen ließ.

Lorenz begrüßte die Zuschauer, führte einen kleinen Zaubertrick mit einer weißen Taube vor, den er in den letzten Wochen neu einstudiert hatte, und kündigte den ersten Programmpunkt an. Der Vorhang schloss sich für einen kurzen Moment. Im Publikum wurde getuschelt. Musik erklang, diesmal nur von der Drehleier, und leitete den nächsten Auftritt ein. Der Vorhang öffnete sich, und Ida, die Schlangentänzerin, stand auf der Bühne. Sie bog sich nach hinten und berührte mit ihren Händen den Boden. Im Takt der Musik verdrehte sie langsam und anmutig ihren Körper und verbog mit einer unvergleichlichen Eleganz ihre Gliedmaßen. Ihr Haar trug sie hochgesteckt, ihre Augen waren schwarz umrandet und ihre Lippen blutrot geschminkt. Ihre Gesichtszüge wirkten wie versteinert, was ihre Darbietung noch eindrucksvoller machte. In ihrem engen, mit goldenen Fäden bestickten Kostüm wirkte sie tatsächlich wie eine grazile Schlange. Applaus brandete auf, als sie ihre Vorstellung beendete und Arme und Beine entknotet hatte. Nach ihr betrat Shila, das Hautmädchen, die Bühne – ein eigenwilliger und von Lorenz gewollter Kontrast. Shila war nicht sonderlich hübsch. Ihr aschblondes Haar umrahmte ein blasses Gesicht, das von einer großen Nase dominiert wurde. Sie trug einen schlichten braunen Rock und eine schmucklose Leinenbluse. Es spielte keine Musik, niemand sonst betrat die Bühne. Schweigend stand sie da und beobachtete die Menschen dabei, wie sie tuschelten und immer unruhiger wurden. Erst als die ersten ungeduldig zu werden drohten, hob sie die Hand und zog die Haut ihres Halses langsam über ihr Gesicht. Die Gespräche verstummten mit einem Schlag. Vor Verblüffung blieb dem ein oder anderen der Mund offen stehen. Selbst diejenigen, die Shilas Darbietung bereits kannten, rissen fasziniert die Augen auf. Für Mathis war der Auftritt der jungen Frau nichts Besonderes mehr. Er wusste, wie sehr Josephine darunter litt, ihre Entstellung, wie sie die Hautwulst an ihrem Hals bezeichnete, vor den Leuten zu präsentieren. Bis heute wünschte sich das verschüchterte Mädchen in seine Heimat Frankreich und zu seiner Mutter nach Paris zurück, die es schmerzlich vermisste. Langsam ließ sie die Haut wieder zurücksinken, und Mathis erkannte die Tränen in ihren Augen. Wenige Augenblicke später erlöste der fallende Vorhang das schüchterne Mädchen. Erneut brandete Applaus auf. Shilas stumme, bewegungslose Darbietung hatte die Menschen berührt. Sie symbolisierte auf sensible Art und Weise die Andersartigkeit und erzeugte bei den meisten Mitleid, das mit den fröhlichen Tönen der Fiedel und dem Auftritt von Liesel und Dora nur wenige Augenblicke später wieder verflog. Die Riesenfrau Liesel hielt Dora im Arm, als sie auf die Bühne getanzt kam. Sie stellte die Zwergin auf einen Tisch und begann, einen fröhlichen Gassenhauer darüber zu singen, wie es war, als Riesenfrau durch die Lande zu laufen. Sie jammerte recht ordentlich, beschwerte sich über alltägliche Dinge und stampfte gehörig mit dem Fuß auf. *Klein sein wäre fein*, lautete eine Zeile ihres Liedes, in das Dora einfiel. Auch sie berichtete in Gassenhauer-Manier mit vielen lustigen Anspielungen über ihr außergewöhnliches Leben als Zwergin oder Winzling, wie sie gern genannt wurde. Irgendwann hob Liesel Dora erneut in die Höhe, und die beiden wirbelten über die Bühne. Das Publikum war von den Stühlen aufgesprungen und klatschte den Takt der Melodie mit. Am Ende des fröhlichen Reigens tauchte plötzlich wieder Peppo mit seiner Geige auf. Dora und Liesel verschwanden ohne eine Verbeugung hinter der Bühne, und das fröhliche Lied verstummte. Nach einem kurzen Moment der Stille begann Peppo zu spielen, und es ertönte eine traurige, beinahe sehnsüchtig klingende Musik. Hand in Hand traten Dora und Liesel neben Peppo und sangen die letzte Strophe ihres Liedes noch einmal ganz leise, und plötzlich hörte sich der fröhliche Gassenhauer traurig an. Als Peppo geendet hatte und der letzte Ton verklungen war, war es für einen Augenblick mucksmäuschenstill. Liesel und Dora, die sich im normalen Leben spinnefeind waren, blickten ins Publikum. Der eine oder andere Zuschauer wischte sich eine Träne aus den Augen. Peppo setzte erneut seine Geige an. Verschmitzt lächelnd spielte er wieder die fröhliche Melodie, zu der die beiden Frauen ein letztes Mal die Strophe des Gassenhauers zum Besten gaben, bevor sie unter großem Beifall endgültig die Bühne verließen. Danach wurde eine einfache Holzkiste auf die Bühne getragen, die die beiden Affenmenschen Salo und Toto umkreisten und Saltos zur Musik der Drehleier schlugen. Wie kleine Kinder tollten sie über die Bühne und beäugten immer wieder neugierig die in der Mitte stehende Holzkiste. Nach einer Weile hatte einer von ihnen den passenden Schlüssel für das Schloss gefunden, und sie schafften es, den Deckel zu öffnen. Die Musik verstummte, und Lorenz betrat die Bühne. Feierlich schritt er neben die Kiste und kündigte den einzigartigen, den besonderen, den außergewöhnlichen Löwenmenschen an. Ganz langsam erhob sich Tyler aus der Kiste. Ein Raunen ging durchs Publikum. Waren die Affenmenschen schon etwas Besonderes gewesen, so übertraf Tylers Mähne sie bei weitem. Wahrlich, er hatte etwas von einem Löwen, das musste selbst Mathis zugeben. Tyler erhob sich langsam und stand einfach nur da. Mehr musste er nicht tun. Sein behaartes Gesicht reichte vollkommen aus, um das Publikum zu beeindrucken. Lorenz erzählte mit dramatischer Stimme etwas vom fernen Südamerika und undurchdringlichen Dschungel, in dem Tyler gefunden worden war. Mathis schüttelte den Kopf, denn er wusste es besser. Tyler, der nur wenige Brocken Deutsch sprach, war aus einem Kinderheim in Edinburgh geflohen und nach einem entbehrungsreichen Leben auf der Straße bei einer kleinen, englischen Schaustellertruppe, die überwiegend aus Zigeunern bestand, untergekommen. Bis vor wenigen Tagen hatte Tyler nicht einmal gewusst, dass es Südamerika gab.

Nachdem Tyler die Bühne verlassen hatte, zeigte Simon, der Allesfresser, sein Können und schockierte am Ende seiner Darbietung das Publikum damit, dass er eine lebendige Taube mit sämtlichen Federn verschlang. Nach ihm beendete Carlos, der Feuerschlucker, den Abend, über den sich bereits die Dunkelheit gelegt hatte. Schließlich betrat das gesamte Ensemble noch einmal die Bühne und wurde vom Publikum frenetisch gefeiert. Lorenz hatte es mit seiner sonderbaren Truppe mal wieder geschafft, die Menschen zu begeistern.

Keine halbe Stunde später lag die Bühne im Dunkeln. Die Bänke waren leer, und die Mitglieder des Wandertheaters hatten sich, froh darüber, dem Rampenlicht entkommen zu können, in ihre Wohnwagen verzogen. Niemandem stand der Sinn danach, nach der Vorstellung noch zusammenzusitzen, was Mathis an so manchem Abend bedauerte. Sie waren keine Familie, keine Gemeinschaft, auch wenn Lorenz sich das wünschte. Zusammengekauft, aufgelesen, geraubt und gefügig gemacht, fristeten sie ihr Dasein in hölzernen Wohnwagen, zogen von Stadt zu Stadt, von Jahrmarkt zu Jahrmarkt und sehnten sich nach Beständigkeit.

Mathis saß am Rand der Bühne und blickte zur Stadtmauer von Darmstadt, die im hellen Licht des Vollmonds gut zu erkennen war. Für ihn bedeutete diese Stadt Heimat, obwohl sie es schon seit langer Zeit nicht mehr war. Doch die Erinnerungen an sein damaliges Leben und die Sehnsucht nach dem festen Dach über dem Kopf konnte ihm niemand nehmen. Er wusste, dass er auch hinter diesen Mauern ein Gefangener gewesen war, aber niemals war ihm dort das Gefühl vermittelt worden, ein Sklave zu sein. Vor vielen Jahren war er irgendwo in Italien von einem Sklavenhändler für die reichen Damen der Adelshäuser gekauft worden. Erinnern konnte er sich daran genauso wenig wie an sein Leben in Afrika oder den Tag seiner Ankunft in Darmstadt. Drei, vielleicht vier Jahre alt mochte er damals gewesen sein. Der niedliche schwarze Junge aus dem fernen Afrika, ab diesem Tag der Schokoladenmohr.

»Wusste ich doch, dass ich dich hier finde«, riss Dora ihn aus seinen Gedanken. Die Zwergin trat näher, setzte sich neben ihn und ließ ihre Beine baumeln. Sie hatte sich wieder umgezogen und trug einen braunen Leinenrock und eine locker geschnürte Miederbluse darüber. Ihr Haar hatte sie geöffnet, was sie wie eine zauberhafte Elfe aussehen ließ.

Mathis berührte sanft ihre dunklen Locken. »So gefällst du mir am besten. Ich weiß, du magst es nicht hören, aber für mich wirst du immer meine kleine Elfe bleiben.«

»Elfe.« Dora winkte ab. »Eher ein winziger Mops, wenn ich weiter so zunehme. Nur mit Mühe habe ich das Perlenkleid noch zubekommen. Das ist das Problem bei uns Zwergen. Mit den Jahren werden wir immer mopsiger. Meine Großmutter, Gott hab sie selig, war am Ende ihres Lebens kurz vorm Platzen. Wie eine Kugel hat sie mit ihren Stummelbeinen ausgesehen.« Sie seufzte hörbar.

»Du hattest wenigstens eine Großmutter«, erwiderte Mathis.

»Auf die ich gern verzichtet hätte. Sie war ein verdammter alter Drachen, dem es niemand recht machen konnte. Seit ich denken kann, sind wir mit unserem kleinen Zwergentheater von Stadt zu Stadt gezogen. Die Stücke hat mein Großvater geschrieben, an den ich keine Erinnerung mehr habe, später mein Vater. Meist waren es lustige Knittelverse, die vorgetragen wurden. Meiner Großmutter konnte es mein Vater nie recht machen, worunter er sehr gelitten hat. Erst heute begreife ich, wie gegensätzlich die beiden gewesen waren. Sie hatte ihre Andersartigkeit geliebt, doch er war ein sensibler, sein Zwergendasein hassender Mann. Manchmal, wenn wir in einer großen Stadt gewesen sind, habe ich ihn dabei ertappt, wie er mit traurigem Blick die Händler und Handwerker, ja sogar die Bauern bei ihrem Tagwerk beobachtete. Einmal, es war in Lübeck, haben wir miteinander am Hafen gesessen und den Schiffen zugesehen. Da hat er zum ersten und einzigen Mal über seine Sehnsucht gesprochen. Kapitän eines Schiffes müsste man sein, hat er gesagt, oder ein Seemann, ein Fischer. Ach, ein Knecht zu sein wäre auch nicht schlecht. Einfach nur einen Tag ganz normale Dinge tun.« Dora schüttelte seufzend den Kopf. »Er hat die Bühne gehasst, während meine Großmutter sie liebte. Bis zu ihrem Tod hat sie auf ihr gestanden und sich selbst und ihr armseliges Leben verhöhnt.«

»Und du denkst, ihre Einstellung ist falsch gewesen?«, fragte Mathis. »Vielleicht hat sie eben nur das Beste aus ihrem Leben gemacht. Sie hätte es ja doch nicht ändern können. Was nützt es da schon, immerzu von etwas zu träumen, was man niemals im Leben erreichen wird. Sieh doch uns an: Wir sind anders als die da draußen.« Er deutete auf die Stadtmauer. »Aber unser Leben ist deshalb nicht armselig.« Er legte Dora die Hand auf den Arm. »Oder denkst du, deines wäre es?« Seine Stimme klang zärtlich.

»Vielleicht manchmal«, antwortete Dora und wischte sich die Tränen aus den Augen. »Es wäre einfach schön, einmal ohne Schwierigkeiten eine Treppe hinaufgehen zu können oder an die Kerzen auf dem obersten Regal zu kommen – lange, hübsche Beine zu haben.« Sie schniefte. Mathis legte den Arm um sie und zog sie eng an sich. Dankbar kuschelte sie sich an ihn.

»Ich hab dich gern, schwarzer Mann«, sagte sie nach einer Weile.

»Und ich dich erst, kleine Elfe«, erwiderte Mathis flüsternd. Es tat gut, sie so nahe bei sich zu spüren, obwohl ihre Nähe Erinnerungen an dunkle Stunden in ihm heraufbeschwor. Zu Anfang hatten sie getrennt voneinander in dem Wagen gelegen, der für viele Tage ihr Gefängnis gewesen war. Er wusste nicht mehr, wie oft es hell und wieder dunkel geworden war, bis sie zum ersten Mal Kontakt miteinander aufgenommen hatten. Zuerst nur mit Gesten, später mit wenigen Worten. Irgendwann war Dora zu ihm gekrochen und hatte sich schweigend in seinen Arm gekuschelt. Ohne sie hätte er die Zeit in diesem Wagen und die unendlich vielen Prügel von Lorenz gewiss nicht überstanden. Jeden Abend hatte sich die Tür geöffnet, und Lorenz hatte ihn herausgezerrt und geschlagen. Auch mit Dora hatte er es so gemacht. Ihre Schreie waren ihm jedes Mal durch und durch gegangen. Eines Tages, als Lorenz Dora wieder holen wollte, hatte er sich schützend vor sie gestellt. Ab diesem Tag hatte Lorenz aufgehört zu prügeln, und einige Tage später waren sie aus dem Wagen herausgeholt worden und hatten irgendwo mitten im Wald an einem Lagerfeuer Lorenz unter Todesangst die Treue geschworen. Bis heute waren sie geblieben, und aus der Angst war mit den Jahren Gewohnheit geworden.

Mathis' Blick wanderte zu den Wohnwagen hinüber, die neben einem Fichtenwäldchen standen. In einem von ihnen saß seit wenigen Tagen ein Neuzugang, wie Lorenz die neuesten Mitglieder ihrer Gruppe nannte. Wenn man es genau nahm, waren es sogar zwei Neuzugänge. Ab und an hörte man die beiden Mädchen, siamesische Zwillinge, weinen. Ihr Vater, ein einfacher Bauer aus der Nähe von Groß-Umstadt, war eines Tages mit den beiden im Lager aufgetaucht, hatte sie Lorenz wortlos übergeben und war wieder gegangen. In seinen Augen waren die beiden Krüppel, Ausgeburten der Hölle, einfach zu nichts zu gebrauchen. Zuerst waren die Mädchen bei Liesel im Wohnwagen untergebracht worden. Doch als sie in der ersten Nacht weggelaufen waren und erst nach einer längeren Suche wieder eingefangen werden konnten, hatte Lorenz sie in den Wohnwagen gesperrt. Prügel hatten sie nur am ersten Abend bezogen, seitdem nicht mehr. Sie waren sehr jung, kaum älter als zehn Jahre. Sicher würden sie auch ohne Gewalt irgendwann begreifen, dass ihr Leben jetzt innerhalb der Schaustellertruppe stattfand, was vielleicht sogar ihr Glück war, denn ihr Vater hatte sie gewiss nicht gut behandelt. »Immerhin bekommen sie keine Prügel.« Dora hatte seine Gedanken erraten.

»Wie der eigene Vater nur so grausam sein kann«, sagte Mathis. »Wie Rindviecher hat er die beiden bei uns abgestellt. Mein Gott! Sie sind noch Kinder.«

»Um die ich mich kümmern werde, wenn sie aus dem Wagen rauskommen«, erwiderte Dora. »Ich werde mit Lorenz reden, dass sie bei mir im Wagen wohnen können. Josephine versteht sich in letzter Zeit ganz gut mit Liesel. Sie wird bestimmt nichts dagegen haben, bei ihr einzuziehen.«

»Ach, Dora, du gutmütiges, kleines Wesen. Wir wären verloren, wenn wir dich nicht hätten.« Mathis drückte die Zwergin fest an sich.

»Nicht so fest, großer schwarzer Mann. Ich bekomme keine Luft mehr.« Dora befreite sich aus seiner Umarmung und stand auf. Plötzlich lag Entschlossenheit in ihrem Blick. »Ich denke, ich werde mich gleich jetzt darum kümmern und mit Lorenz reden. Die Mädchen müssen aus diesem schrecklichen Wagen raus. Es war eine gute Vorstellung, und wir haben eine Menge Geld eingenommen, was Lorenz' Stimmung gewiss aufgehellt hat. Wenn ich Glück habe, lässt er die Mädchen noch heute Abend zu mir.«

»Das könnte klappen«, stimmte Mathis zu. »Soll ich dich begleiten?«

»Nein, nein, lass mich nur machen. Bevor ich zu Lorenz gehe, muss ich sowieso erst noch mit Liesel und Josephine reden.« Sie seufzte hörbar.

»Und wenn du erst mal nur mit Josephine sprichst und sie dann Liesel die Umzugsidee unterbreitet?« Mathis ahnte den Grund für Doras tiefen Seufzer.

»Mein lieber Mathis. Wenn ich dich nicht hätte.« Dora freute sich über seinen Vorschlag. »Dass ich nicht selbst drauf gekommen bin. Natürlich wird Liesel die Idee gut finden, wenn Josephine sie ihr unterbreitet. Sie findet alles großartig, was von unserem Hautmädchen kommt ...«

»Und stellt sich jedes Mal quer, wenn du ihr etwas vorschlägst«, beendete Mathis für sie den Satz.

»Querstellen ist nett ausgedrückt«, gab Dora zurück und verschränkte die Arme vor der Brust. »Eine streitsüchtige Ziege ist sie. Wie sehr ich es hasse, mit ihr auf der Bühne zu stehen und dieses schreckliche fröhliche Lied zu singen. Jeden Tag vermisse ich die gute alte Carmen. Sie mag zwar schwerhörig und mit ihren viel zu langen Beinen und Armen etwas unbeholfen gewesen sein, aber sie war ein herzlicher und gutmütiger Mensch.«

»Schwerhörig ist ja wohl untertrieben. Sie war taub und halb blind. Ein Wunder, dass sie nicht noch öfter von der Bühne geplumpst ist. Weißt du noch, wie sie eines Abends beinahe auf den Bürgermeister einer Stadt gefallen wäre? Nur mit einem beherzten Sprung konnte sich der gute Mann retten. Da hatten wir echt Glück. Nicht auszudenken, was passiert wäre, wenn er unter Carmen, die immerhin beinahe zwei Meter groß und gut zweihundert Pfund schwer gewesen ist, begraben worden wäre. Wo war das noch gleich?«

»In Quedlinburg, glaub ich.« Doras Stimme klang wehmütig. »Kurz danach ist sie den Abhang hinuntergestürzt.«

»Was bei ihrem Starrsinn irgendwann passieren musste. Halb blind und taub läuft man nicht allein in der Gegend herum.«

»Ich weiß«, erwiderte Dora und wischte sich verstohlen die Tränen ab. »Bis heute mache ich mir Vorwürfe. Ich hätte besser auf sie aufpassen müssen.«

»Wir alle hätten besser aufpassen müssen«, tröstete Mathis sie.

»Vielleicht sind wir ja doch irgendwie eine Familie«, sagte Dora. »Keine richtige, aber wir achten aufeinander, streiten, lieben, hassen uns und beweinen unsere Toten. Sind das nicht die Dinge, die eine Familie ausmachen?«

»Vielleicht ein wenig«, gab Mathis zu.

»Wenn das so wäre, dann wärst du, großer schwarzer Mann, mein Bruder. Stell dir das nur vor.«

»Was mir eine Ehre wäre, kleine Elfe. Nichts auf der Welt würde ich mir mehr wünschen.« Er griff nach Doras Hand und drückte sie fest. Sofort begann ihr Herz, schneller zu schlagen.

»Und jetzt lauf schnell, kleine Elfe, und rede mit Josephine, damit es den beiden kleinen Mädchen bald bessergeht. Ich kann ihr Weinen nicht mehr ertragen.«

»Das mache ich, großer schwarzer Bruder. Aber nicht ohne …« Sie deutete auf ihre Wange. Er beugte sich lächelnd zu ihr vor und küsste sie. Wehmütig strich sie ihm über seine kurzen schwarzen Locken, dann trollte sie sich endgültig. Nachdenklich blickte er ihr nach. Nein, sie waren keine Familie, auch wenn Dora es sich wünschte. Er blieb noch eine Weile, in die Dunkelheit starrend, sitzen, erhob sich dann und ging zu seinem Wohnwagen. Kurz bevor er diesen erreichte, sprach ihn jemand von hinten an.

»Mathis, warte.«

Mathis drehte sich um. Lorenz kam auf ihn zugeschlendert, wie immer um diese Zeit eine Zigarre im Mund. Sofort erfüllte der süßliche schwere Geruch des Tabaks die Luft, was Mathis verabscheute.

»Ich muss noch etwas mit dir besprechen. Hannes und Friedrich habe ich gerade eben informiert.«

Mathis legte die Stirn in Falten. Er ahnte, um was es in dem Gespräch gehen würde.

»Ich habe von einigen Zigeunern gehört, die sich hier in der Gegend herumtreiben sollen«, erklärte Lorenz und bestätigte damit Mathis' Vermutung. »Könnte ein hübsches Sümmchen einbringen, denn es gibt noch immer Kopfprämien.«

»Ich dachte, wir hätten damit aufgehört«, gab Mathis zur Antwort, der die Jagd auf Zigeuner verabscheute.

»Wir hatten in der letzten Zeit nur selten die Gelegenheit dazu«, erwiderte Lorenz. »In den meisten Regionen gab es keine Kopfgelder, da hat es sich nicht gelohnt. Aber hier ist es anders. Der Landgraf bezahlt gut für jeden toten Zigeuner, zudem dürfen wir ihren Besitz behalten. Der Winter steht bevor, und wir könnten das Geld gut gebrauchen.« Er wies zu dem Wagen mit den siamesischen Zwillingen. »Du weißt, dass wir einen weiteren Wagen brauchen werden. Es ist bereits jetzt zu eng.«

»Dora wollte die beiden zu sich in den Wagen holen«, erwiderte Mathis.

»Ich weiß. Sie ist gerade bei mir gewesen. Ich habe zugestimmt. Später befreien wir die Mädchen aus ihrem Gefängnis. Ich kann nur hoffen, dass sie nicht mehr fortlaufen.«

»Dora wird sich liebevoll um sie kümmern. Du kennst sie doch. Wenn sie erst einmal ein Opfer gefunden hat, das sie bemuttern kann …«

»Ja, ja«, unterbrach Lorenz ihn ungeduldig, »trotzdem wird der Platz langsam knapp. Salo und Toto teilen sich noch immer ein Zelt mit Tyler, und ich möchte, dass die Jungs bis zum Winter einen ordentlichen Wagen haben. Ein Zimmermann hier in der Nähe macht gute Arbeit und wird ihn nach meinen Vorstellungen anfertigen. Allerdings ist er nicht ganz billig. Da kommt mir das Kopfgeld für die Zigeuner sehr gelegen.«

»Wieso redest du überhaupt mit mir darüber? Du hast die Entscheidung doch bereits getroffen, oder etwa nicht?«

»Es geht nicht um die Entscheidung. Die treffe ich allein und sonst niemand, wie du weißt«, rügte Lorenz Mathis. »Es geht darum, dass ihr euch ab morgen ein wenig umhören sollt. Wir müssen herausfinden, wohin die Zigeuner gezogen sind. Hoffentlich erwischen wir sie noch vor der Landesgrenze, sonst lohnt sich die ganze Sache nicht mehr. Ohne ein anständiges Kopfgeld schneide ich keinem Zigeuner die Kehle durch.«

»Also gut. Dann werde ich mich morgen mal umhören.«

Lorenz schlug Mathis auf die Schulter. »Frag am besten zuerst in der Gegend um Arheiligen nach, dort sind sie zuletzt gesehen worden.«

Mathis nickte. »Dann also Arheiligen.«

Er wollte sich abwenden, doch Lorenz hielt ihn zurück. »Und jetzt wäre es nett, wenn du mir dabei behilflich sein könntest, die beiden Mädchen aus dem Wagen zu schaffen, damit die liebe Seele ihre Ruh hat.« Er deutete auf den etwas abseits stehenden, als Gefängnis dienenden Wagen, vor dem sich Dora bereits postiert hatte, und setzte sich in Bewegung. Mathis folgte ihm, plötzlich ein flaues Gefühl im Magen. Zigeuner, in der Nähe von Arheiligen. Jedes Mal, wenn er eines der Lager entdeckte, glomm in ihm der kleine Funke Hoffnung auf, sie könnte dort sein. Er stellte sich immer noch vor, dass er Magdalene irgendwann wieder in die Arme schließen würde.

5

Suni hatte es aufgegeben, einzuschlafen. Sie lag auf dem Rücken und lauschte, die Hände hinter dem Kopf verschränkt, den regelmäßigen Atemzügen von Cikni und dem Konzert der Grillen. Heute war es im Lager ungewöhnlich schnell still gewesen. Sicher lag dies an dem Umstand, dass sie die letzten beiden Tage ohne größere Rast durchgefahren waren. Nach ihrer Rückkehr hatten sich Suni und Sorlo den Fragen von Baro Rom und Berko, aber auch von Rosina stellen müssen. Sorlo hatte als Erstes ihre Heiratspläne angesprochen, um die Gemüter ein wenig zu beruhigen. Erst dann hatte er kleinlaut von dem Vorfall im Jagdpavillon berichtet, was mit großer Bestürzung aufgenommen worden war. Es gab ein riesengroßes Donnerwetter, und rasch trafen Baro Rom und Berko die Entscheidung zum Aufbruch. Dieser Entschluss hatte helle Aufregung und ein großes Durcheinander ausgelöst, was dazu führte, dass beide Lager erst in den späten Abendstunden zur Abreise bereit gewesen waren. Angst hatte in den Gesichtern gestanden, was Suni gut verstehen konnte. Sie selbst fühlte sich auch jetzt noch wie gelähmt. Rosina hatte anders reagiert, als Suni gedacht hatte. Sie hatte weder laut geschimpft noch eindringlich auf sie eingeredet. Wortlos hatte ihr die alte Romni bei ihrer Rückkehr ins Zelt eine Ohrfeige verpasst. Danach hatte sie sie aus dem Zelt geworfen, was mehr sagte als laute Worte, Flüche und Beschimpfungen. Diesmal würde es nicht so leicht werden, Rosina zu besänftigen.

Cikni drehte sich schmatzend auf die andere Seite, kuschelte sich an Suni und brabbelte etwas Unverständliches. Mit ihrem vertrauensvollen Verhalten schaffte es das kleine Mädchen, Suni ein Lächeln abzuringen. Ein wenig fühlte es sich wieder wie früher an, dachte Suni. So friedlich und warm, als wäre jede Art von Gefahr weit entfernt. Kalo war anstandslos zu Mandolino umgezogen, was Suni ihm hoch anrechnete. Das Zelt des Musikers bestand zwar nur aus wenigen, meist über einen Ast oder Busch gehängten Planen und Stofffetzen, trotzdem bot es zwei Männern problemlos Schutz. Auch hatte Mandolino das Talent, stets einige Flaschen Wein aufzutreiben, was Kalo, der gern einen über den Durst trank, zu schätzen wusste. Kurz zuvor hatte Suni die beiden fröhlich schwatzend, jeden einen Becher Wein in der Hand, etwas abseits auf einem umgestürzten Baumstamm neben dem provisorisch aufgebauten Unterschlupf sitzen sehen. Ihre Sorglosigkeit hatte ihr gutgetan, zeigte es doch, dass sich die Bewohner des Lagers allmählich wieder beruhigten. Sie lagerten jetzt am Ufer des Mains, gut zwei Tagesreisen von Arheiligen entfernt. Nichts und niemand war ihnen gefolgt. Alles war ruhig geblieben. Am Ende waren sie noch einmal mit dem Schrecken davongekommen, wie Suni hoffte. Sie sah erneut die blonde Frau vor sich. Magdalene, dachte sie, und Tränen traten ihr in die Augen. Die Erinnerungen an ihr altes Leben kamen ihr plötzlich wie dunkle Schatten vor, die nach ihr griffen und sie vernichteten. Sie wollte nicht mehr das sechsjährige Mädchen auf dem Gemälde sein, nicht mehr wie eine Porzellanfigur tanzen, endlich die Melodie vergessen, die ihr immer wieder in den Sinn kam und sie schmerzlich an den Mann erinnerte, der am Spinett gesessen und nur für sie gespielt hatte. Eine

Träne kullerte über ihre Wange und landete auf Ciknis offenem Haar. Suni schob behutsam Ciknis Arm zur Seite und stand auf. Vielleicht würde ein kleiner Spaziergang helfen, die ungewollten Gedanken und Erinnerungen zu vertreiben. Magdalene durfte in ihrem Leben keinen Platz mehr haben. Sie war Suni, eine Romni, und würde bald Sorlo heiraten. Ihr vom Schicksal bestimmtes Leben fand hier statt, nicht in einem Jagdpavillon, den sie niemals hätte betreten dürfen.

Suni griff nach ihrem Schultertuch und ging barfuß nach draußen. Der Tau fühlte sich kalt an, als sie über die Wiese zu dem von dichtem Schilf gesäumten Mainufer lief. Hell stand der volle Mond am Himmel und tauchte Bäume, Büsche und Wiesen in ein fahles Licht. Die Luft war mild, es war windstill. Der Ruf eines Käuzchens ertönte. Sie lief einen schmalen Steg hinunter und setzte sich an dessen Ende in ein kleines Ruderboot. Gewiss gehörte es einem der Bauern aus der Gegend. Unweit ihres hinter Ginster- und Weidenbüschen versteckten Lagers lagen einige Höfe und Gutshäuser. Ein leises Plätschern ließ Suni zusammenzucken. Plötzlich durchbrach lautes Zetern die friedliche Stille, und sie wandte sich erschrocken um. Doch mehr als eine Bewegung im Schilf konnte sie nicht ausmachen. Gewiss war es irgendein Tier gewesen. Oder hätte sie vielleicht doch bei Cikni im Zelt bleiben sollen? Womöglich brachte sie mit ihrem Verhalten wieder alle in Gefahr. Sie schob den Gedanken beiseite. Was sollte schon passieren. Die Zelte lagen keine zehn Schritte von ihr entfernt hinter dem Schilfgürtel. Sie beugte sich nach vorn und berührte mit den Fingern die Wasseroberfläche. Kalo hatte ihr beigebracht, wie man sich über Wasser hält. Als richtiges Schwimmen konnte man ihr Strampeln allerdings nicht bezeichnen. Voller Bewunderung hatten sie einmal einen alten Mann dabei beobachtet, wie er unweit von Limburg durch die Lahn geschwommen war.

Sie selbst hatte sich damals nicht mal getraut, bis zu den Knien ins Wasser zu gehen, weil sie sich vor der Strömung fürchtete. Der Main wirkte an dieser Stelle jedoch friedlich und schien sie mit seiner glatten, im Mondlicht schimmernden Wasseroberfläche zu einem späten Bad einladen zu wollen. Aber auch er schaffte es nicht, sie zu verführen. Plötzlich schwamm ein Schwan aus dem Schilfdickicht. Wie verzaubert beobachtete Suni das Tier dabei, wie es auf die Mitte des Flusses zusteuerte.

Der Vogel weckte eine Erinnerung in ihr. Sie war in einem hübschen Park. Überall um sie herum blühten Rosen, die Vögel zwitscherten in den Ästen einer Trauerweide, deren Zweige bis in das Wasser eines Teiches voller Seerosen reichte. Auf ihm schwamm ebenfalls ein einsamer Schwan, umgeben von einigen Blesshühnern und Enten, die immer wieder tauchten, um am Grund des Teichs nach etwas Essbarem zu suchen. Suni war an der Hand ihrer Mutter an das Ufer des Teiches getreten, um die Enten mit Brot- und Kuchenkrümeln zu füttern. Auch der Schwan hatte sich ihnen genähert. Doch als sie ihn streicheln wollte, hatte das Tier plötzlich laut gezischt und sie in den Finger gezwickt. Sie hatte zu weinen begonnen und den Kopf an der Schulter der Mutter vergraben, die sie zu trösten versuchte. Jetzt kam es ihr so vor, als hätte sie den Geruch ihrer Mutter in der Nase. Nach Veilchen hatte sie geduftet, jedenfalls glaubte Suni das. Wehmütig folgte ihr Blick dem Schwan, der hinter einer Biegung des Flusses verschwand. Nur ein Vogel, dachte sie plötzlich. Und wieder kehrte eine Erinnerung zurück. Das Tier beschwor ein weiteres Puzzleteil eines Lebens herauf, das sie vergessen wollte. Sie seufzte. Es schien, als wollte sich ihre Vergangenheit mit aller Macht ihren Platz in Sunis Leben zurückerobern.

Ein Geräusch hinter ihr ließ Suni herumfahren. Sorlo stand auf dem Steg. Er hob beschwichtigend die Hände und sagte:

»Ich bin anscheinend nicht der Einzige, der nicht schlafen kann.«

Suni entspannte sich und antwortete: »Sieht ganz danach aus.«

Er kam näher, kletterte ins Boot, setzte sich ihr gegenüber auf die Bank und ließ seinen Blick über den Fluss bis zum gegenüberliegenden Ufer schweifen, das hinter dem dichten Schilfgürtel verschwand.

»Ich habe vorhin schon hier gesessen und dabei zugesehen, wie das rotgoldene Licht des Tages immer weniger geworden ist. Es ist ein schöner Platz zum Nachdenken.« Er zwinkerte ihr zu.

»Im Moment liegt mir nicht sonderlich viel am Nachdenken«, erwiderte Suni. »Ständig tauchen Erinnerungen auf, die ich nicht haben möchte.«

»Ich kann mir schon vorstellen, was du meinst. Ich bin ein rechter Dummkopf gewesen«, gestand er und traf damit den Nagel auf den Kopf.

»Wir hätten niemals in diesen Jagdpavillon einbrechen sollen«, sagte Suni. »Alle haben wir damit in Gefahr gebracht und ...«

»Ich habe unbedachterweise alte Erinnerungen geweckt«, unterbrach Sorlo sie. »Ich wollte dir nicht weh tun. Ich meine, ich dachte ...«

»Du wolltest erfahren, ob du mit deiner Vermutung richtig liegst«, beendete Suni seinen Satz.

»So bin ich eben. Neugierig und abenteuerlustig. Ein dummer Junge, der hinter jeder Ecke ein Geheimnis wittert und es ergründen muss.« Erneut grinste er verschmitzt.

»So hören sich deine Verfehlungen gar nicht so schlimm an«, sagte Suni. »Dafür, dass du nicht mehr als ein kleiner Einbrecher bist.«

»Der niemals etwas stehlen würde.«

»Nein, das nicht«, sagte Suni. »Aber du beschwörst Bilder herauf, die besser hinter den Mauern des Pavillons geblieben wären.«

Interesse blitzte in seinen Augen auf, und er fragte: »Weißt du inzwischen, wer die Frau war?«

»Nein«, antwortete Suni ehrlich, »ich weiß nur, dass ich sie mehr hasse als jeden anderen Menschen auf der Welt, denn sie hat meine Mutter getötet. Leider kann ich nicht mehr sagen, wie und wann.« In Sunis Augen traten Tränen. »Es ist alles so verschwommen. Nichts will richtig zueinanderpassen. Bin ich wirklich Magdalene? Stimmt meine Vermutung? Womöglich habe ich eine wildfremde Frau aus einem Gefühl heraus falsch beschuldigt und uns alle grundlos in Gefahr gebracht. So viele Gedanken wirbeln durch meinen Kopf. Es war kalt, ich höre Stimmen, laute Rufe, sehe eine Gestalt. Roter Teppich, meine Schuhe klackern auf glatten Stufen aus Marmor. Blasse Gesichter, sie scheinen mich mit ihren leblosen Blicken zu verfolgen. Und dann ist da immer wieder diese Melodie in meinem Kopf, zu der ich am liebsten tanzen würde. Ich kenne den Liedtext und kann ihn singen, oder ist er vielleicht nur eine Ausgeburt meiner Phantasie wie all diese Erinnerungen?« Sie schluchzte. »Ich will doch nur Suni sein. Eine gewöhnliche Romni, sonst nichts.«

»Das werde ich aber nicht zulassen«, sagte Sorlo und griff nach ihrer Hand, »denn du bist nicht gewöhnlich und wirst es niemals sein. Sieh dich an, Suni, Magdalene, Pusomori oder wer auch immer. Du bist wunderschön und einzigartig. Und vielleicht sind es ja gerade die zwei Leben in dir, die dich zu etwas so Besonderem machen.«

»Zwei Leben in mir«, wiederholte Suni. »Das trifft es ganz gut. Doch würdest du so leben wollen? Niemals werde ich irgendwo richtig dazugehören. Mein altes Leben aus Kindertagen scheint für immer ausgelöscht, und in meinem neuen Leben werde ich immer eine Gadži bleiben. Rosina liebt mich wie eine Tochter und bezeichnet mich als ihren Pusomori, doch sie ist nicht meine Mutter. Die Roma sind meine Familie und auch wieder nicht. Ich fühle mich innerlich zerrissen und unendlich traurig.«

Sorlo nickte. »Ich verstehe dich so gut. Auch wenn ich nur zur Hälfte ein Gadžo bin, so kenne auch ich das Gefühl der Andersartigkeit. Auch Berko und die anderen lassen mich oft genug spüren, dass mein Vater keiner von ihnen gewesen ist. Er hat meine Mutter zwar geheiratet und ist mit uns durch die Lande gezogen, aber die Seele eines Gadžo hat er nicht in sich getragen. Eines Morgens ist er einfach fort gewesen. Ich habe ihn nicht mehr kennengelernt. Berko sagt, ich hätte seine breite Nase geerbt und den verdammten Sturschädel, der nur Ärger bringt.«

»Womit er nicht ganz unrecht hat«, sagte Suni schmunzelnd. »Meine Mutter hat mir erzählt, dass mein Vater ein feiner Herr gewesen ist«, fuhr Sorlo fort. »Er war der Sohn eines reichen Patriziers aus Aachen, der es mit dem Handel von exotischen Gewürzen zu Reichtum gebracht hat. Sie ist ihm in der Nähe des Familienlandsitzes in der Eifel zum ersten Mal begegnet. Es muss ein großer Gutshof gewesen sein, umgeben von Pferdekoppeln, eingebettet zwischen undurchdringlichen Wäldern und Maarseen, verwunschen schön. Einmal hat er sie nachts in sein Zimmer mitgenommen. Der Raum muss prachtvoll eingerichtet gewesen sein. Brokatvorhänge an den Fenstern, hübsche Kommoden und ein mit feinster Seidenwäsche ausgestattetes Bett. Jedenfalls hat sie es so beschrieben.« Sein Blick wurde wehmütig. »Sie hat gern von ihm gesprochen, hat ihn bis zu ihrem letzten Atemzug vermisst und geliebt.« Sorlo schüttelte den Kopf.

»Deswegen gehst du immer in diese Häuser. Du willst wissen, wie sich sein Leben angefühlt hat, das so anders als das deinige gewesen ist«, sagte Suni.

Er nickte und rückte noch ein Stück näher an sie heran. Sein Gesicht war jetzt ganz nahe vor ihrem, und sie konnte seinen Atem auf ihrer Haut spüren. Langsam hob er die Hand und berührte zärtlich ihre Lippen.

»Ob Suni, Magdalene, Pusomori, eine Romni oder Gadži. Es ist mir gleichgültig, denn ich liebe dich. Vom ersten Augenblick an habe ich das getan. Du bist das schönste Geschöpf unter dem Himmel, die Anmut selbst, wenn du tanzt. Stundenlang könnte ich dir dabei zusehen. Lassen wir die Vergangenheit hinter uns. Morgen beginnt ein neuer Tag, und wir beginnen ein besseres Leben, ausgefüllt mit all den Dingen, die wir lieben. Du musst es nur wollen.«

In Sunis Augen standen Tränen, als sie nickte. Wer sonst außer ihm verstand, wie sie fühlte. An seiner Seite würde alles gut werden. Daran wollte sie ganz fest glauben. Er beugte sich zu ihr vor, und seine Lippen berührten zärtlich die ihren, öffneten sie sanft. Er legte seine Arme um sie und zog sie eng an sich. Seine Wärme, seine Nähe und Zärtlichkeit waren alles, was sie jetzt fühlen wollte. Er hatte recht. Ob Magdalene, Suni oder wer auch immer: Sie hatten einander gefunden, und alles andere war gleichgültig.

6

Suni blieb in einigem Abstand vor Rosinas Zelt stehen und musterte ihre Ziehmutter, die sich damit beschäftigte, das Feuer anzuschüren. Wie immer verdeckte ein braunes Kopftuch ihr von grauen Strähnen durchzogenes, noch immer hüftlanges Haar, das sie kunstvoll hochgesteckt hatte. Lange Perlmuttohrringe mit grünen Glasperlen hingen an ihren Ohren, dazu trug sie die passende Kette. Ihre grüne Leinenbluse hatte sie in ihren weiten Rock gesteckt, der aus vielen unterschiedlichen Stoffen zusammengenäht war. In ihre wettergegerbte Haut hatten sich mit den Jahren tiefe Falten gegraben. Doch noch immer lag dieser besondere Glanz in ihren schwarzen Augen, den Suni so sehr liebte. Auch die letzten von Streit und Wut geprägten Tage änderten daran nichts. Wie eine Wand stand der Vorfall zwischen ihnen und machte einen normalen Umgang miteinander unmöglich. Suni wusste, dass Rosinas Wut nicht nur auf ihr nächtliches Fortbleiben zurückzuführen war. Es war auch die Angst davor, ihre Ziehtochter zu verlieren, die Rosina zu der wütenden Ziehmutter machte, die ihre Verzweiflung mit wüsten Drohungen zum Ausdruck brachte. Niemals würde sie auch nur eine von ihnen wahr machen, das wusste Suni. Trotzdem würde es schwer werden, ihre Zustimmung für die Hochzeit zu erhalten, und ohne diese wollte und konnte sie Sorlo nicht heiraten. Sorlo selbst hatte ihr gestern mitgeteilt, dass ihnen Berko keine Steine in den Weg legen würde. Im Gegenteil: Er freute sich auf ein neues Mitglied in ihrem Klan.

Inzwischen waren sie in die Nähe der Stadt Höchst gekommen, die zu Kurmainz gehörte. In der kleinen, direkt am Mainufer gelegenen Stadt war heute Markttag, und sie wollten dort ihr Glück versuchen. Suni würde tanzen, während Cikni ihre Körbe verkaufen wollte und Niglo und die anderen ihre Dienste als Kesselflicker und Messerschleifer anboten. Kaschkeraka würde sich wie immer als Wahrsagerin versuchen. Sie hatte Suni gestern viele Kinder und ein langes glückliches Leben an der Seite von Sorlo vorhergesagt, was sie ihm lächelnd bei einem weiteren heimlichen Treffen am Ufer des Liederbachs erzählt hatte. Immer mehr wurde ihr bewusst, wie viel ihr Sorlo bedeutete. Sie konnte und wollte ihn nicht wegen einer störrischen alten Romni aufgeben, die nicht verstand, dass sich das Leben veränderte und sie nicht mehr ihr kleiner Pusomori war.

Tief durchatmend trat Suni näher. Rosina würdigte sie keines Blickes und hängte den mit Haferbrei gefüllten Kessel über das Feuer. Suni blieb direkt vor ihrer Ziehmutter stehen. Kein Wort der Begrüßung wollte ihr über die Lippen kommen. Rosina sagte ebenfalls nichts, verschwand wieder im Zelt und kam wenig später mit ihrer Zudecke wieder heraus, die sie zum Auslüften über eine zwischen zwei Bäumen gespannte Wäscheleine hängte. Suni sank auf die Holzbank am Feuer und beobachtete Rosina dabei, wie sie erneut im Zelt verschwand, um wenig später mit ihrem Flickzeug herauszukommen. Sie setzte sich auf einen vor dem Zelt stehenden Hocker und begann schweigend mit ihrer Arbeit. Sonderbarerweise war es eine von Sunis Blusen, die sie ausbesserte. Suni erhob sich, trat näher an Rosina heran und wünschte ihr schüchtern einen guten Morgen. Sie erhielt keine Antwort. Rosina blickte nicht einmal auf. Suni atmete tief durch. In den letzten Tagen hatte Rosinas abweisendes Verhalten das Gefühl von Hilflosigkeit in ihr ausgelöst, heute blieb es aus. Sie setzte sich auf einen Baumstumpf, überlegte einen Moment und sagte: »Es ist lieb von dir, dass du meine Bluse ausbesserst. Dann kann ich sie später zum Tanz tragen.«

Rosina reagierte nicht.

»Wie du weißt, ist das meine Lieblingsbluse«, fuhr Suni fort. »Ich mag die aufgestickten Blumen am Ausschnitt und an den Ärmeln, und sie ist nicht so weit geschnitten wie die anderen. Bestimmt werde ich darin auch heute sehr hübsch aussehen.« Sie versuchte, ihrer Stimme einen fröhlichen Klang zu geben. Immer noch kam von Rosina keine Reaktion. Doch Suni kannte ihre Ziehmutter zu gut, um nicht die kleinen Anzeichen dafür zu erkennen, dass ihre Worte sie erreichten. Die Nadel in ihren Händen zitterte, und sie hatte bereits zweimal den Faden verloren, was ihr normalerweise nicht passierte. Schweigend beobachtete Suni, wie Rosina mit säuberlichen Stichen den Riss im Ärmel zunähte. Ihre Arbeit würde so gut werden, dass man die ausgebesserte Stelle kaum noch erkennen konnte. Rosina hatte nicht viele Talente. Weder das Korbflechten noch die Wahrsagerei beherrschte sie, auch war sie keine besonders gute Köchin. Nähen und Sticken hingegen liebte sie. Die bunten Blumen auf der Bluse stammten von ihrer Hand, sie hatte die meisten Röcke im Lager geschneidert, und sogar die Westen der Männer verzierte Rosina mit hübschen Stickereien.

Die zwischen ihnen herrschende Wortlosigkeit schmerzte Suni. Plötzlich wurde ihr bewusst, dass sich ihr gemeinsamer Lebensabschnitt mit Rosina endgültig dem Ende zuneigte.

Schon länger hatte sich die Veränderung auf leisen Sohlen angeschlichen, doch jetzt hatte sie mit Sorlo ein Gesicht bekommen, auch wenn Rosina sich dagegen verschloss.

»Er wird gut zu mir sein«, sagte Suni plötzlich. Rosina reagierte auch auf diesen Satz nicht. »In seiner Gegenwart bin ich glücklich.« Sunis Stimme wurde immer leiser. Rosinas stumme Ablehnung traf sie tief. Sie sollte endlich begreifen, dass es nicht so weitergehen konnte. Behutsam legte Suni die Hand auf Rosinas Arm und bekräftigte ihre Aussage mit den Worten: »Er liebt mich, und ich liebe ihn.«

Selbst jetzt gab es von Rosina keinerlei Reaktion, sie schüttelte Sunis Hand allerdings auch nicht ab. Ihre Miene schien wie versteinert zu sein. Suni ließ ihre Hand sinken. Rosina vernähte den Faden, riss ihn ab, hielt die Bluse in die Höhe und begutachtete ihr Werk. Dann stand sie auf, hängte die Bluse neben die Decke auf die Wäscheleine und ging über die Wiese davon. Traurig blickte Suni ihr nach. Sie blieb vor dem Zelt sitzen, das ihr noch vor wenigen Tagen Heimat und Zufluchtsort gewesen war, und fühlte sich unendlich leer.

»Sie wird es bald verstehen, das weiß ich bestimmt«, hörte sie eine vertraute Stimme hinter sich sagen und drehte sich um. Majpejlomas war unbemerkt näher getreten. Er setzte sich neben Suni, schüttelte seufzend den Kopf, nahm seine Pfeife aus dem Mund und begann zu erzählen: »Väterchen Frost hatte an jenem Tag die Welt einfrieren lassen, als das Schicksal dich zu uns geführt hat. Das Schicksal, das unser aller Leben bestimmt, irgendwo dort oben zwischen den Wolken sitzt und sich Geschichten ausdenkt, damit ihm nicht langweilig wird. Kein Lebensweg gleicht dem anderen, für jeden ersinnt es etwas Neues. Oftmals bringt es uns Glück und unserem Lebensweg prägende Begegnungen. Manchmal ist es aber auch schlecht gelaunt, und dann passieren solche Dinge wie an diesem kalten Januartag, der so harmlos begonnen hatte. Allerdings fühlt sich das Schicksal für jeden von uns anders an. Für den einen ist der Moment schrecklich, traurig und unerträglich. Doch für den anderen ist er wunderschön und etwas ganz Besonderes. So ist es damals gewesen. Ich weiß es noch genau. Du hast geweint, warst durchgefroren und verängstigt. Das Schicksal hat dir dein Zuhause genommen und hatte vielleicht Spaß daran, wer weiß das schon. Mit Rosina hingegen hat es das Schicksal an jenem Tag gut gemeint, denn es hat ihr die Tochter gebracht, die sie sich sehnsüchtig wünschte.« Er machte eine kurze Pause, zog an seiner Pfeife und fuhr fort: »Doch weißt du, das Schicksal verschwindet nicht einfach so. Es bleibt das ganze Leben bei uns, beobachtet uns und bestimmt unsere Wege. Gewiss hat es auch Sorlos Auftauchen geplant. Ich hab schon an dem Abend von Ciknis Hochzeit gespürt, dass es mit uns am Tisch sitzt, um erneut für Veränderungen zu sorgen. Diesmal bist du diejenige, für die es etwas Schönes bereithält. Die Liebe ist etwas Einzigartiges, das es festzuhalten lohnt, denn sie begegnet einem nicht oft im Leben.« Er zwinkerte Suni zu. Errötend senkte sie den Blick. »Für Rosina jedoch ist diese Laune des Schicksals, nennen wir es den Lauf der Zeit, schwer zu verkraften, denn sie verliert den Menschen, den sie am allermeisten auf der Welt liebt.«

»Aber ich verliere sie doch auch«, sagte Suni, der die Tränen in die Augen stiegen. »Ich werde sie genauso vermissen.«

»Nein, das wirst du nicht, denn dein Leben beginnt gerade. Zu Anfang wird sie dir fehlen, doch mit der Zeit wird sie in den Hintergrund treten, um anderen Dingen Platz zu machen. So ist es auch richtig, denn du bist ein junger Mensch, den es in die Welt hinauszieht. Es bleibt nur zu wünschen, dass das

Schicksal stets nur Gutes für dich bereithält. Viele hübsche Kinder wären da vielleicht ein Anfang.« Ein Lächeln huschte über seine Lippen. »Rosinas Kräfte schwinden, und sie wird müde. Viel wird ihr das Schicksal nicht mehr bringen, und das spürt sie in ihrem Inneren bereits.«

»Weshalb sie so wütend und verzweifelt ist.« Suni seufzte.

»Jetzt noch«, erwiderte er, »aber bald wird sie es begreifen. Du musst ihr etwas Zeit geben. Sie weiß, dass sie den Lauf der Dinge nicht aufhalten kann, dessen bin ich mir sicher.«

»Ein wenig Zeit, die ich nicht mehr habe«, gab Suni zur Antwort. »Sorlo hat bereits mit Berko gesprochen, und er hat der Eheschließung zugestimmt. Allmählich wird er ungeduldig, was ich gut verstehen kann, denn wie du weißt, werden sich die Wege der beiden Lager bald wieder trennen. Berko zieht es Richtung Norden, und Baro Rom möchte gen Westen an den Rhein. Bis dahin sollte die Hochzeit vollzogen sein.«

»Dann wird dir nichts anderes übrigbleiben, als Rosina vor vollendete Tatsachen zu stellen, auch wenn es weh tut.«

»Vollendete Tatsachen«, wiederholte Suni. »Was bedeutet, dass ich Sorlo ohne ihre Zustimmung heiraten muss. Das bringe ich nicht übers Herz. Ohne ihren Segen kann diese Ehe nicht funktionieren, Schicksal hin oder her.« Suni verschränkte die Arme vor der Brust.

Majpejlomas warf ihr einen belustigten Blick zu.

»Jetzt bist du wieder das störrische kleine Mädchen, das mit dem Fuß aufstampft, weil es seinen Willen nicht bekommt.« Er stand auf und seufzte. »Ich hab schon verstanden. Dem alten Majpejlomas macht so schnell niemand etwas vor, weder das Schicksal noch ein junges Mädchen oder eine störrische alte Frau. Ich rede mit ihr. Vielleicht hört sie ja auf mich. Aber versprechen kann ich nichts.«

Suni sprang erleichtert auf, fiel ihm um den Hals und küsste ihn überschwenglich auf die Wange. »Das ist so lieb von dir, Majpejlomas. Auf dich wird sie bestimmt hören, und vielleicht auch auf das Schicksal, denn sie glaubt fest daran. Und wenn ich eines weiß, dann, dass es Sorlo zu mir geschickt hat. Er ist etwas Besonderes, wir fühlen gleich« – sie stockte kurz –, »wenn du verstehst, was ich meine.«

»Erklär einen alten Mann nicht für dumm. Ich kenne Sorlo, den Einbrecher. Ihr ähnelt euch in vielerlei Hinsicht. Man merkt auch bei ihm das Blut eines Gadžo. Gewiss bist du bei ihm gut aufgehoben. Nur das ständige Einbrechen sollte er endlich bleibenlassen, sonst kommt er noch in Teufels Küche.« Er zwinkerte ihr lächelnd zu, drehte sich ohne ein weiteres Wort um und ging leicht schwankend über die Wiese davon.

Suni blickte ihm erleichtert nach und glaubte, mal wieder die Worte zu hören, die ihm seinen eigentümlichen Namen gegeben hatten. »Meine Güte, jetzt wäre ich beinahe umgefallen.«

Einen Moment blieb sie noch sitzen, schloss die Augen und reckte genüsslich das Gesicht in die warme Morgensonne. Es war ein schöner Spätsommermorgen, der mit seinem wolkenlosen Himmel einen warmen Tag versprach. Doch die ersten Zeichen des Herbstes zeigten sich bereits. Die meisten Kornfelder waren inzwischen abgeerntet, und die Äpfel an den Bäumen färbten sich rot. Immer länger werdende Nächte raubten die laue Luft der Sommerabende, und in den Morgenstunden bedeckte glitzernder Tau Wiesen und Felder. Baro Rom zog bewusst um diese Jahreszeit an den Rhein, denn dort herrschte ein milderes Klima als in anderen Regionen. Auch fand sich bei den Winzern häufig Arbeit, da die Weinlese bevorstand, was für einige Monate ein gesichertes Einkommen bedeutete, obwohl es nicht jedes Mal mit der Verdingung als Erntehelfer klappte. Immer wieder zogen sie durch Gegenden, in denen sie unerwünscht waren, manchmal sogar angegriffen und vertrieben wurden. Allerdings galten sie nur selten, wie in Hessen-Darmstadt, als vogelfrei, weshalb die meisten Roma die Landgrafschaft mieden wie der Teufel das Weihwasser. Allerdings war der Landgraf alt und müde geworden und nahm es mit der Zigeunerjagd nicht mehr so genau. Doch Vorsicht war allemal geboten, denn noch immer wurden Kopfprämien ausgezahlt, die so manch ungeliebten Zigeunerjäger auf den Plan riefen.

Sunis Blick schweifte zu Berkos Lager hinüber, das auf der anderen Seite des Liederbachs lag. Nach der Hochzeit würde sie mit ihnen Richtung Norden ziehen und zum ersten Mal seit vielen Jahren nicht in den herbstlichen Weinbergen herumklettern oder mit nackten Füßen in einem Bottich den süßen Saft aus den Trauben pressen. Was hatten Cikni und sie dabei für einen Spaß gehabt. Plötzlich wurde ihr schmerzhaft bewusst, dass sie ihr vertrautes Leben aufgeben musste. Niemals wieder würde sie eng an Rosina gekuschelt in einer kalten Winternacht dem ums Zelt pfeifenden Wind lauschen oder Cikni mit den Wassereimern helfen, die ihr zu schwer waren. Kaschkeraka würde sie nicht mehr ausschimpfen, und Mano und Janjo würden nicht mehr versuchen, ihr das Bogenschießen beizubringen, wobei sie stets kläglich versagte. Sie suchte mit den Augen die fremden Zelte ab, hörte ein Kind weinen, irgendwo bellte ein Hund, eine Frau lachte. Sorlo war nirgendwo zu sehen. Für ihn war es selbstverständlich, dass sie mit ihm in seinem Lager lebte. Nicht ein Mal hatten sie darüber gesprochen, dass er auch zu ihnen ziehen konnte. Sie dachte an Rosina, an ihre abweisende Art, an Majpejlomas' Geschichte über das Schicksal. Vielleicht wollte es tatsächlich nicht, dass sie ihr Zuhause verließ? Sie liebte Sorlo, doch plötzlich schnürte ihr der Gedanke, die Heimat zu verlieren, die Kehle zu. Sie wandte den Blick von den fremden Zelten ab und entdeckte am anderen Ende der Wiese die vertraute Gestalt von Rosina. Eilig sprang sie auf, raffte ihre Röcke, lief durch das feuchte Gras zu ihr hinüber, fiel der alten Zigeunerin um den Hals und rief laut: »Ich geh nicht fort. Ich lass dich nicht allein. Mag das Schicksal denken, was es will. Was soll nur werden ohne dich, ohne Cikni, Kalo, Papin, Mandolino und Majpejlomas. Selbst Kaschkeraka würde ich vermissen.« Tränen liefen ihr über die Wangen.

Jetzt endlich reagierte Rosina. Sie legte die Arme um Suni und drückte sie fest an sich. Eine Weile standen sie ganz still. Suni atmete den vertraut muffigen Geruch von Rosinas wollenem Schultertuch ein, spürte den rauhen Stoff an der Wange. Wie hatte sie auch nur einen Moment glauben können, sie könnte ihre geliebte Ziehmutter, ihr Ein und Alles, verlassen.

Rosina war diejenige, die sich als Erste aus der Umarmung löste. Liebevoll wischte sie ihrem Ziehkind die Tränen von den Wangen.

»Aber mein kleiner Pusomori, das musst du doch gar nicht. Sorlo war eben bei mir und hat mir versprochen, dich nicht fortzunehmen.« Sie zwinkerte ihr lächelnd zu. »Das Schicksal hat dir einen guten Mann geschickt, der unsere Gruppe bereichern wird, dessen bin ich mir sicher.«

Verblüfft blickte Suni Rosina an. Sie wollte etwas erwidern, wurde aber von Majpejlomas unterbrochen, der, sich den Kopf kratzend, näher trat.

»Aber was ist denn jetzt mit dem Schicksal? Ich sollte doch …«

»Es hat den Weg gewählt«, fiel Suni ihm ins Wort und legte liebevoll den Arm um den alten Rom. »Alles ist gut, weißt du, alles ist gut.« Der alte Zigeuner neigte den Kopf zur Seite und grinste.

»Dann haben wir ihm ein Schnippchen geschlagen. Nicht wahr, Rosina.«

»Vielleicht ein wenig«, erwiderte die alte Romni lächelnd.

»Da sieh sie dir einer an«, erklang plötzlich Kaschkerakas zeternde Stimme. »Allesamt sind zum Aufbruch fertig, nur die liebe Suni trödelt mal wieder herum. In dem Aufzug wirst du keinen Mann betören, das sage ich dir. Der Rock hat Flecken, die Bluse hängt heraus. Und, Himmel, wie zerzaust dein Haar ist.«

Suni blickte betroffen an sich hinunter.

»Das ändern wir schnell«, gab Rosina zur Antwort und setzte sich in Bewegung. »Keine fünf Minuten, und Suni ist fertig. Versprochen.«

Behende lief die alte Zigeunerin, Suni an der Hand, über die Wiese zu ihrem Zelt hinüber und nahm die mit Blumen bestickte Bluse von der Wäscheleine, während Suni im Zelt verschwand und ihren Rock wechselte. Für den Auftritt sollte es der weinrote Leinenrock mit den aufgenähten schwarzen Rosen sein, der bis zu ihren Knöcheln reichte. Eilig zog sie die Bluse über und schnürte ihre schwarze Weste, während Rosina ihren Zopf öffnete, mit einem Kamm ihr Haar bearbeitete und einige bunte Bänder hineinflocht. Schnell noch die Kette mit den blutroten Steinen und die passenden Ohrringe angelegt, die bis auf ihre Schultern reichten, dann war sie fertig. Wie immer hauchte Rosina, die nicht auf den Markt mitging, ihrem Ziehkind einen Kuss auf die Wange und wünschte ihr viel Glück. Eiligen Schrittes verließ Suni das Zelt und lief zu den anderen hinüber, die bereits ungeduldig auf sie warteten. Als sie bei der Gruppe eintraf, entdeckte sie auch Sorlo unter ihnen, der ihr fröhlich zuzwinkerte. Lächelnd nickte sie ihm zu und spürte das vertraute Kribbeln im Magen. Alles würde gut werden, das wusste sie. Denn diesmal hatten sie, wie Majpejlomas gesagt hatte, dem Schicksal ein Schnippchen geschlagen.

7

Der alte Fährmann kratzte sich lächelnd am Kopf und beantwortete einem skeptisch dreinblickenden, edel gekleideten Herrn ausführlich die Frage, ob die Überfahrt denn auch sicher wäre. »Guter Mann. Wisst Ihr denn nicht, mit wem Ihr es zu tun habt? Ich bin ein echter Ferg, Nachkomme des legendären Jost Ferg, der diese Fähre zum ersten Mal vor über einhundert Jahren von Schwanheim nach Höchst über den Main gelenkt hat. Wir Fergs verstehen unser Handwerk. Noch nie ist jemandem etwas zugestoßen, dafür bürge ich.« Stolz hob er sein Kinn, was Mathis, der hinter dem Mann stand, gefiel. Der feine Herr rang sich ein Lächeln ab, murmelte etwas Unverständliches und ging an dem Fährmann vorbei, der keine Sekunde später einem alten Mütterchen mit einem Korb voller Äpfel behilflich war. Mathis lehnte sich neben Lorenz an das hölzerne Geländer und beobachtete, wie die Menschen auf die Fähre drängten. Meist waren es Bauern, die mit gut gefüllten Körben übersetzen wollten, um auf dem Höchster Markt ihr Glück zu versuchen. Der Fährmann schloss hinter einem jungen Burschen, der eine mit Getreidesäcken gefüllte Karre hinter sich herzog, die hölzerne Schranke und kündigte mit einem durchdringenden Pfeifen die Abfahrt an.

»Ich mag solche Männer wie ihn«, sagte Lorenz zu Mathis. »Familienstolz ist ein hohes Gut, das es zu bewahren gilt, auch wenn es, wie in diesem Fall, nur um eine kleine Mainfähre geht.«

»Nicht das Schlechteste, wenn du mich fragst«, gab Mathis zur Antwort. »Auch wenn sein Tag stets gleich aussieht.«

»Was mir zu eintönig wäre«, erwiderte Lorenz lächelnd. »Oder wolltest du den lieben langen Tag mit diesem Kahn von einem zum anderen Ufer fahren, stets dasselbe Bild vor Augen?«

Mathis zuckte mit den Schultern. »Es hat etwas von Beständigkeit, die unserem Leben fehlt.«

»Beständigkeit, was für ein Wort«, sagte Lorenz. »Nichts für einen Vagabunden wie mich. Dafür liebe ich die Freiheit viel zu sehr, die Veränderung.«

»Weshalb du nicht Fährmann, sondern Schausteller geworden bist«, stellte Mathis trocken fest. »Trotzdem zolle ich dem Mann meinen Respekt und belächle ihn nicht, wie es so manch anderer tut.«

Lorenz warf dem unweit von ihnen stehenden, feinen Herrn einen abfälligen Seitenblick zu, den dieser zu deuten wusste. Er reagierte jedoch nicht darauf, sondern eilte, nachdem der Fährmann die Schranke geöffnet hatte, hastig von der Fähre herab und verschwand im bunten Getümmel des Hafens. Lorenz und Mathis ließen sich mit dem Aussteigen Zeit. Sie traten als Letzte ans Ufer und tauchten in den dichten Menschenstrom ein, den es Richtung Stadttor trieb. Mathis ließ seinen Blick über die Köpfe der Menschen schweifen, die Stadtmauer entlang und bis zu dem oberhalb davon liegenden Gotteshaus, das durch seine Größe beeindruckte.

Einem neben Mathis laufenden Burschen fiel dessen Blick auf. »Ist schon etwas Besonderes, unsere Justinus-Kirche, nicht wahr?«

Mathis schaute den jungen Mann erstaunt an. Es kam selten vor, dass ihn jemand so frei heraus ansprach, denn normalerweise mieden ihn die Menschen.

»Mich erfreut ihr Anblick jeden Tag aufs Neue, obwohl er zu meinem Alltag gehört.« Der Mann zwinkerte Mathis lächelnd zu.

Erst jetzt fiel Mathis dessen ungewöhnliche Kleidung auf. Er trug einen schwarzen Talar mit einem aufgestickten blauen T darauf, darüber einen weiten Mantel.

»Ihr seid ein Mönch«, erkundigte sich Mathis vorsichtig, der nur selten Kontakt zu Geistlichen hatte und nie in eine Kirche ging. Früher, als er noch am Hof des Landgrafen gelebt hatte, war es sonntags Pflicht gewesen, in der Schlosskapelle den Gottesdienst zu besuchen, doch das war lange her. Er wusste nicht einmal, ob er getauft worden war. »Nicht so richtig, mein Freund«, erwiderte der Mann lächelnd, »aber nahe dran. Ich bin ein Laienbruder der Antoniter.«

Sie erreichten das Stadttor, wo das Gedränge dichter wurde. Eine von zwei behäbigen Maultieren gezogene Karre versperrte den Eingang. Die sich darauf befindlichen, mit Pflaumen gefüllten Körbe waren umgekippt, und die Früchte kullerten über den Boden, wurden zertreten oder gierig aufgehoben. Der Bauer versuchte eilig, das Missgeschick zu beheben, während seine Knechte den einen oder anderen Burschen davon abhielten, die süße Fracht zu stehlen. Die Menschen wurden ungeduldig. Mathis wurde grob nach vorn geschoben und verlor sowohl den Laienbruder als auch Lorenz aus den Augen. »Himmel, Herrgott, zur Hilf«, rief da plötzlich ein altes Mütterlein und deutete auf ihn. »Der schwarze Mann, der Teufel persönlich. Ich wusste es. Jetzt kommt er uns holen, weil wir so gierig und alle Sünder sind. Schafft ihn fort, sag ich euch. Schafft ihn nur schnell fort!«

Sofort schauten sich alle nach Mathis um, der abwehrend die Hände hob. »Nein, nein, das bin ich nicht.« Er wich zurück. Um ihn herum wurde getuschelt. »Ja, seht ihn euch an, den Teufel persönlich, die Ausgeburt der Hölle.«

Panisch wandte sich Mathis um. Er musste hier weg. Sofort! Der Bauer vor ihm prügelte beherzt mit einem Lederriemen auf einen kleinen Bengel ein, der, die Hände voller Pflaumen, das Weite suchen wollte. Indes wurde von zwei Wachmännern sein Wagen weitergezogen, was dazu führte, dass zwei weitere Körbe von dem Karren herabfielen und noch mehr Pflaumen über das Pflaster kullerten. Sofort wurden die süßen Früchte eingesammelt, viele wurden aber auch zertreten, was den Weg noch rutschiger machte. Der Bauer ließ von dem jungen Burschen ab und begann, planlos auf jeden einzuprügeln, der auch nur eine Pflaume in Händen hielt. Chaos brach aus. Mehrere Burschen stürzten sich auf den Bauern, dabei wurde eine weitere, mit Äpfeln beladene Karre umgeworfen. Mathis wurde angerempelt, ein harter Schlag traf ihn an der Wange. Er taumelte nach hinten und hielt sich an der Stadtmauer fest.

»Komm schnell, hier entlang«, drang plötzlich die Stimme des Laienbruders an sein Ohr. Verdutzt blickte er sich um.

»Hier bin ich«, rief der Laienbruder. Mathis entdeckte ihn hinter einem schmiedeeisernen Tor, das in die Stadtmauer eingelassen war. Er bückte sich und schlüpfte schnell durch die Tür. Eilig schloss der Laienbruder diese hinter ihm und verriegelte sie. Sie liefen eine steile Treppe nach oben und erreichten wenig später den Vorhof der Justinus-Kirche. Außer Atem sank Mathis auf eine vor dem Gotteshaus stehende Bank.

»Das ist gerade noch einmal gutgegangen. Lieber Himmel. Ich bin ja einiges gewohnt, aber so schlimm war es lange nicht mehr.«

Der Laienbruder sank neben ihm auf die Bank. »Sie haben dich böse erwischt.« Er deutete auf Mathis' Wange.

Mathis berührte die anschwellende Stelle unterhalb des rechten Auges und zuckte zusammen.

»Du hast Glück gehabt, dass der Bauer so ein Durcheinander verursacht hat.«

»Durcheinander ist nett ausgedrückt«, erwiderte Mathis. »Eine handfeste Schlägerei hat er angezettelt.« Er blickte den Laienbruder an. »Ich weiß nicht, ob ich ohne dich heil aus der Sache rausgekommen wäre. Vielen Dank, mein Freund.«

»Ich helfe gern.« Der Laienbruder erhob sich und streckte ihm die Hand hin. »Wenn du möchtest, versorge ich deine Wunde. Sie blutet ein wenig.«

Mathis lehnte das Angebot dankend ab, erhob sich ebenfalls und fragte: »Wie komme ich von hier in die Stadt hinunter?«

»Dort vorn entlang, dann immer dem Weg nach unten folgen.« Der Mönch deutete ans Ende des im Schatten einiger Kastanien liegenden Vorplatzes.

Mathis nickte und reichte seinem Retter zum Abschied die Hand, die dieser lächelnd ergriff. »Und nimm dich vor dummen alten Weibern in Acht, die keine Ahnung von Gottes Freude an der Vielfalt haben.« Er zwinkerte ihm fröhlich zu.

»Ich werde mich bemühen«, erwiderte Mathis und lief nach einem endgültigen Abschiedsgruß in die Richtung, die ihm der Geistliche gewiesen hatte. Kurz bevor er das Ende des Vorplatzes erreichte, hielt er noch einmal inne und wandte sich um. Der Antoniter saß noch immer auf der Bank. »Ich weiß gar nicht deinen Namen, Laienbruder. Was das auch immer sein mag«, rief Mathis.

»Adam heiß ich. Adam Kirstein«, erwiderte der Laienbruder. »Und wie vorhin bereits erwähnt, gehöre ich dem Orden der Antoniter an.«

Mathis nannte ebenfalls seinen Namen und fügte nach kurzem Zögern lächelnd hinzu: »Ich gehöre einer Schaustellertruppe an.«

Adam lachte und hob die Hand zum Abschied. Mathis wandte sich ab, schlug den Weg zum Marktplatz ein und dachte: Dass mir so etwas mal passieren würde. Da rettet mich doch glatt ein einfacher Mönch. Er verbesserte sich in Gedanken. Ein Laienbruder, der ein Antoniter ist, was auch immer das sein mochte.

Wenig später nahm er die Gerüche von gebratenem Fleisch und frisch Gebackenem wahr, tauchte in das bunte Treiben auf dem Marktplatz ein und schlenderte an den Ständen vorüber. Tuchhändler waren vertreten, dazu kamen Seifenmacher, Weinhändler und ein zwielichtig aussehender Bursche, der lauthals einen wundersamen Kräutersud anbot, der gegen sämtliche Leiden zu helfen schien. Ein Werkzeugmacher hatte einen großen Stand direkt neben dem Eingang zum kurfürstlichen Schloss aufgebaut. Interessiert musterte Mathis einen mit Schnitzereien verzierten Hammer, legte ihn dann aber doch zurück. Die aufwendige Handarbeit hatte einen hohen Preis. Auf der anderen Seite des Schlosstors stand ein Gewürzhändler, der lauthals die Vorzüge von Rosmarin anpries. Obst und Gemüse wurde in Hülle und Fülle angeboten, und die altehrwürdige Schlossschenke kam mit dem Ausschenken von Wein und Bier kaum mehr nach. Sehnsuchtsvoll blickte Mathis zu dem Ausschank hinüber, denn seine Kehle war wie ausgetrocknet. Nach kurzem Zögern entschied er sich, weiter nach Lorenz Ausschau zu halten, der irgendwo in dem Getümmel stecken musste. Eine humpelnde, auf einem Auge blinde Bettlerin streckte ihm die Hand hin und bat um ein paar Kreuzer, als ihn laute Rufe aufblicken ließen.

»Kommt und seht den bezaubernden Tanz der schönen Zigeunerin. Seht und staunt. Esmeralda, die Schöne, wird für euch tanzen!«

Neugierig reckte er den Hals. Die Menge wich zurück und bildete einen Kreis, während ein Bursche mittleren Alters eine fröhliche Melodie auf seiner Geige anstimmte und ein junges Mädchen in die Mitte des Kreises trat. Die Musik verstummte. Sie stellte sich in Position und hob die Arme. Mathis riss die Augen auf und starrte sie ungläubig an. Plötzlich erklang eine melancholische Melodie, leise Töne, zu denen sie langsam und grazil die Arme bewegte und sich im Kreis zu drehen begann. Mathis schob sich an einer Gruppe junger Mädchen vorbei und stand jetzt ganz vorn. Die Melodie wurde schneller, leidenschaftlicher. Das Mädchen hob ihren Rocksaum, nackte Haut blitzte auf. Sie schwang betörend ihre Hüften, bewegte grazil ihre Arme und wirbelte barfuß an ihm vorüber, bunte Bänder in ihrem offenen kastanienbraunen Haar. Kein Zweifel, sie war es, Magdalene! Er konnte es nicht fassen, nicht begreifen. Ungläubig schloss er für einen Moment die Augen. Die Musik, das Klatschen der Leute, alles vereinte sich in ihm zu einem Sturm, der ihn bis in sein Innerstes erschütterte. Die Musik wurde wieder leiser, traurig und sehnsuchtsvoll. Er öffnete die Augen. Esmeralda, oder besser gesagt Magdalene, stand erneut in der Mitte des Kreises, die Arme nach oben gestreckt, und ließ grazil die Hände kreisen. Ihre Miene war ernst, ihr Blick ging ins Leere. Langsam glitt sie zu Boden und ließ sich nach vorn auf ihren langen roten Rock sinken, der wie ein Teppich ausgebreitet auf dem Pflaster lag. Die Geige verstummte, und für einen Augenblick war die Menge mucksmäuschenstill. Mathis rannen Tränen über die Wangen, doch er schämte sich ihrer nicht, wischte sie nicht ab. Das Mädchen richtete sich auf, ein Lächeln auf den Lippen. Unverkennbar, sie war es. Das Spiegelbild ihrer Mutter. Applaus brandete auf, und Magdalene verneigte sich. Der Geigenspieler trat neben sie und legte den Arm um ihre Taille. Münzen wurden auf den Boden geworfen, die zwei Burschen hastig einzusammeln begannen. Doch Mathis' Blick hing nur an Magdalenes Gesicht. Ihr Antlitz, es war so bezaubernd, weckte so viele Erinnerungen. Selbst die Sommersprossen auf ihrer Nase waren geblieben. Zugabe-Rufe aus dem Publikum wurden laut, und die Menschen begannen, rhythmisch zu klatschen. Der Mann mit der Geige und Magdalene nickten sich kurz zu, dann trat er zur Seite, und sie nahm erneut ihre Tanzposition ein. Diesmal hielt sie die Hände direkt über den Kopf, was Mathis schmerzlich an das kleine Mädchen im Salon seines Vaters erinnerte, das so gern tanzte, wenn er gemeinsam mit seinem Kapellmeister Musik gemacht hatte. Diesmal war die Melodie fröhlich, und Magdalene wirbelte lächelnd über den Platz, strich im Vorübertanzen dem einen oder anderen Kind über den Kopf, griff nach einem auf dem Boden liegenden Tamburin und begann, den Takt der Musik zu schlagen. Mathis ließ sich von ihrer Lebensfreude anstecken und klatschte ebenfalls mit. Doch dann hielt er plötzlich in der Bewegung inne. Auf der anderen Seite stand Lorenz in der Menge. Mit Argusaugen verfolgte er jede Bewegung von Magdalene, und Mathis wusste nur zu gut, was dieser Blick zu bedeuten hatte. Lorenz wollte Magdalene unbedingt besitzen, was er jedoch niemals im Leben zulassen würde.

8

Mathis stand neben Lorenz in einem kleinen Wäldchen und beobachtete, wie Magdalene und die anderen Zigeuner zurück in ihr Lager am Ufer des Liederbaches zogen. Es versetzte ihm einen Stich, als ein junger Bursche Magdalene vom Wagen hob und in seine Arme zog. Laut auflachend warf sie den Kopf in den Nacken und hauchte ihm sogar einen Kuss auf die Wange. Sie löste sich aus seiner Umarmung und lief lachend über die Wiese zu einem der Zelte. Ihr rotbraunes Haar fiel in Wellen über ihren Rücken und schimmerte im Licht der tiefstehenden Sonne. Mathis stellte sich vor, seine Hände darin zu vergraben. Es fühlte sich weich und dicht an so wie früher, wenn er, eng an sie gekuschelt, in ihrem Bett gelegen und ihre warme Haut gespürt hatte. Damals waren sie vertraut miteinander gewesen, beinahe wie Geschwister. Jetzt und hier war sie für ihn wie eine Fremde, die er trotzdem zu kennen glaubte. All die Jahre hatte er die Erinnerung an sie bewahrt und niemals die Hoffnung aufgegeben, sie wiederzufinden. Doch jetzt wusste er nicht, was er tun sollte. Sie lebte in ihrer eigenen Welt und schien glücklich zu sein. Vielleicht war dort kein Platz für den Schokoladenmohren aus einer längst vergessenen Zeit.

»Sie sieht ihrer Mutter zum Verwechseln ähnlich, findest du nicht auch?«, fragte Lorenz. Mathis zuckte zusammen.

Lorenz grinste. »Charlotte von Forstner war eine Schönheit gewesen. Aber wenn du mich fragst, sie übertrifft sie bei weitem.«

»Woher …«

»Sagen wir mal: Ich habe meine Verbindungen«, unterbrach Lorenz ihn und zwinkerte ihm zu.

»Luise von Spiegel, die alte Hexe.« Mathis spuckte den Namen der Gräfin hasserfüllt aus.

»Na, na. Wer wird denn so unhöflich von der Gattin des Landgrafen sprechen.«

»Lass mich raten: Sie steckt hinter dieser Zigeunerjagd.«

Lorenz warf ihm einen kurzen Blick zu, schwieg aber.

»Ich habe recht. Sie ist Magdalene begegnet. Das ist es doch, nicht wahr? Die Schatten der Vergangenheit haben in Gestalt eines jungen Mädchens vor ihr gestanden, und jetzt bekommt sie Angst. Wer wäre da als Retter aus der Not nicht besser geeignet als der Liebhaber, der ihr mit Haut und Haar verfallen ist und ihr jeden Wunsch von den Augen abliest, zur Not auch für sie tötet.« Mathis schüttelte den Kopf. »Längst hat sie dich zu einer Marionette gemacht, mit der sie tun kann, was sie will. Wann gedenkst du, die Fäden durchzuschneiden und davonzulaufen, mein Herr und Meister. Oder bist du dafür zu feige?«

»Du gehst zu weit, Mathis«, gab Lorenz gelassen zur Antwort. »Ich kann deinen Hass ihr gegenüber verstehen, denn sie hat dir dein vermeintlich gutes Leben genommen. Obwohl du in dem hübschen Stadtpalais auch nicht mehr als ein Gefangener gewesen bist, mein Freund.«

»Nein«, widersprach Mathis ihm, »du verstehst gar nichts. Sie hat mir mein Zuhause und Magdalene genommen, die ich wie eine Schwester liebte. Herrgott, wir waren noch Kinder.«

»Die ihr heute nicht mehr seid«, erwiderte Lorenz. »Die Welt hat sich weitergedreht, und aus Freund wurde Feind. Jetzt ist sie eine Zigeunerin, und du bist ihr Jäger.«

Erschrocken riss Mathis die Augen auf. »Nein. Das tust du nicht.«

»Sie hat es mir aufgetragen. Und ich bin ihre Marionette, wie du eben so schön gesagt hast.« Lorenz' Stimme klang zynisch. Er riss einen Grashalm ab und begann, darauf herumzukauen.

»Nicht in diesem Fall. Ich habe dich vorhin auf dem Markt beobachtet. Sie hat dich mit ihrem Tanz beeindruckt. Ich kenne diesen besonderen Blick, schon Hunderte Male habe ich ihn gesehen. Niemals würdest du sie töten, denn du willst sie besitzen.«

»Also bin ich doch nicht die Marionette der Gräfin?« Laut auflachend schlug Lorenz Mathis auf die Schulter. »Du hast recht, mein Freund. Mir gefällt die Kleine. Allerdings müssen wir sie zum Schweigen bringen. Es wird nicht leicht werden, sie zu bändigen. Auch müsste ich die Gräfin belügen, was ebenfalls nicht einfach sein wird, denn sie ist gerissen. Ich würde also ein großes Risiko eingehen.«

»Wieso nicht«, sagte Mathis, dem Lorenz' Antwort nicht gefiel. »Du spielst doch gern mit dem Feuer, und was kann dir eine in die Jahre gekommene Gräfin schon anhaben? Sie muss es ja nicht erfahren.« Er sprach die Worte aus und schämte sich ihrer sogleich. Niemals würde er zulassen, dass Magdalene eine Gefangene dieses Mannes wurde. Sie sollte frei leben dürfen und glücklich sein.

»Wir werden sehen«, erwiderte Lorenz und wandte sich ab. »Lass uns zurück zu den anderen gehen und die Lage besprechen. Wir haben Glück, dass sie ihr Lager am Liederbach aufgeschlagen haben. Es ist nicht weit zu den Landesgrenzen von

Kurmainz, aber sie sind auf Darmstädter Gebiet. Mein Kopfgeld werde ich mir auf jeden Fall holen. Magdalene hin oder her.«

Mathis erwiderte nichts. Er ließ noch einmal seinen Blick über die Wiese zu dem Zigeunerlager schweifen. Rauchgeruch hing in der Luft, lautes Lachen war zu hören, und zwei Kinder planschten im Liederbach. Es sah so friedlich aus wie viele Lager zuvor, die sie gnadenlos zerstört hatten. Frauen, Männer, Kinder, Alte und Kranke. Er hatte gelernt, sie zu töten. Die Zigeunerjagd war ein schmutziges, aber einträgliches Geschäft. Heute jedoch bekamen die unbekannten Gesichter plötzlich einen Namen. Magdalene. Er atmete tief durch und schloss die Augen.

»Mathis, wo bleibst du denn?«, rief Lorenz. In Mathis' Ohren begann es zu rauschen. Er öffnete die Augen. Sie waren nur wertlose Zigeuner, nichts weiter. Er wandte sich zum Gehen. Oder waren sie doch mehr?

Einige Stunden später stand Mathis an seinem gewohnten Platz hinter den Zuschauern und beobachtete, wie die abendliche Vorstellung zu Ende ging. Lächelnd verbeugte sich die Gruppe Gefangener gemeinsam mit ihrem Herrn und Meister. Da war Shila, das Hautmädchen, die sich um ein Lächeln bemühte, daneben Tyler, der alles verloren hatte und trotzdem lächelte. Die Riesenfrau Liesel hatte Peppo auf ihre Schulter gesetzt, der lachend seine Fiedel in die Höhe hielt. Dora stand zwischen den beiden Affenmenschen Salo und Toto und verbeugte sich fröhlich, feixte mit ihnen herum. Simon, der Allesfresser, stand direkt neben Ida und Carlos, die sich ebenfalls lächelnd verbeugten. Der Rausch des Applauses stieg ihnen zu Kopf und ließ sie einen Moment ihr trostloses Leben vergessen. An eine Flucht dachten die wenigsten von ihnen, denn Lorenz tötete ohne Ausnahme jeden, der es auch nur versuchte. Einer von ihnen, der Zwerg Theodor, hätte es beinahe geschafft, ihm endgültig zu entkommen. Doch Lorenz hatte ihn so lange verfolgt, bis er ihn zwei Wochen nach seiner Flucht in der Nähe von Magdeburg aufgestöbert hatte. Vor den Augen aller hatte er ihn aufhängen lassen. Theodors Genick war nicht gebrochen, und er war elendig erstickt. Niemand durfte ihn vom Baum abnehmen. Als Fraß für die Vögel blieb er hängen, während sie weiterzogen.

Der Vorhang fiel, und der Applaus endete. Die Menschen liefen an Mathis vorüber. Für sie war das Theater eine fremde und eigentümliche Welt, in die sie für einen kurzen Moment eintauchen durften, um ihrem täglichen Einerlei zu entfliehen. Ein kleines Mädchen, kaum älter als sechs Jahre, lief an der Hand seiner Mutter an ihm vorüber und riss sich los. Sie blieb vor ihm stehen, schaute ihn mit großen Augen an, bedeutete ihm, sich zu ihr herabzubeugen, und flüsterte ihm die Frage ins Ohr, die er bereits unzählige Male gestellt bekommen hatte.

»Bist du angemalt?«

Er antwortete lächelnd: »Vielleicht, vielleicht aber auch nicht. Willst du es nachprüfen?« Mathis deutete auf seine Wange.

Das Mädchen legte den Kopf schräg, zögerte kurz, hob dann aber doch die Hand und berührte ihn vorsichtig. Prüfend begutachtete sie ihren Finger.

»Keine Farbe.«

»Dann also doch echt.«

Erneut strich sie mit ihrem Finger über seine Wange und überprüfte das Ergebnis, mit dem sie nicht zufrieden zu sein schien.

»Aber wie kann man denn so schwarz werden? Bist du in den Ofen gekrabbelt und verkohlt?«

»Nicht ganz«, erwiderte er. »Ich komme aus einem fernen Land. Dort sind alle Menschen schwarz.«

Das Mädchen wollte etwas antworten, doch sie kam nicht mehr dazu. »Mariechen, Kleines, was machst du denn da?«, unterbrach sie eine junge Frau, die aufgeregt angerannt kam, nach der Hand der Kleinen griff und sie von Mathis wegzog.

»Du sollst doch nicht mit Fremden reden.« Sie warf Mathis einen abschätzenden Blick zu. Die Kleine winkte ihm so lange zu, bis sie hinter der Biegung des Weges verschwanden. Lächelnd winkte er zurück.

»In diesem Alter haben sie noch keine Berührungsängste«, sagte plötzlich Dora, die neben ihn getreten war. Er nickte, antwortete aber nicht. Dora berührte zärtlich seine Hand.

»Das Mädchen ist in demselben Alter wie Magdalene damals.«

Er nickte. Tränen traten in seine Augen. »Ich kann das nicht tun, Dora. Nicht dieses Mal.«

»Ich weiß, mein großer schwarzer Bruder«, erwiderte sie. Die Nachricht, dass er Magdalene gefunden hatte, hatte sie wie ein Schlag getroffen. Plötzlich war die Phantasiegestalt Wirklichkeit geworden. Zuerst hatte sie sich in ihrem Wagen verkriechen und nur noch heulen wollen, doch dann hatte die Vernunft in ihr die Oberhand gewonnen. Mathis war ihr Freund, Magdalene war ihm wichtig. Sie musste ihm jetzt beistehen, auch wenn es weh tat.

»Ich soll ihr Leben zerstören, obwohl ich sie gernhab, sie vermisse, sie jahrelang gesucht habe und einfach nur in den Armen halten möchte«, fuhr Mathis fort. »Einmal nur ihr Haar berühren und die Wärme ihrer Haut spüren so wie damals …« Seine Stimme brach.

»Womöglich ist jetzt endlich die Zeit für Veränderungen gekommen«, sagte Dora mit einem Seufzer. »Sie sind nicht immer gut und reißen Löcher in unsere gewohnte Welt, die sich vielleicht niemals wieder schließen lassen. Aber was ist diese gewohnte Welt schon wert?« Sie schaute Mathis an. Er kannte die Antwort, erwiderte aber: »Am Ende ist es besser, das Gewohnte beizubehalten, auch wenn es weh tut. Magdalene wird zu uns kommen. Was bedeutet, dass sie in meiner Nähe sein wird.«

»Aber auch in seiner«, gab Dora zu bedenken. Sie blickte zu Lorenz' Wohnwagen hinüber. In diesem Moment trat Lorenz nach draußen. Hannes, Friedrich und der Allesfresser Simon warteten bereits mit einer Gruppe junger Burschen auf ihn, die sie wie üblich zur Zigeunerjagd angeheuert hatten.

»Es geht los«, sagte Mathis und richtete sich auf.

»Willst du wirklich, dass er sie bekommt?«, fragte Dora.

»Nein, das will ich nicht. Aber was soll ich tun? Lorenz ist ein mächtiger Mann. Ihm zu entkommen ist beinahe unmöglich.«

»Beinahe«, wiederholte Dora. Mathis schüttelte den Kopf über so viel Zuversicht. Dann hob er sie, einem Impuls folgend, in die Höhe und schloss sie in seine Arme. »Es tut so gut, dich bei mir zu haben, kleine Elfe. Wie es auch immer enden wird. Ich werde dich nicht zurücklassen. Das verspreche ich dir.«

Sie nickte ihm noch einmal zu, obwohl sie wusste, dass er dieses Versprechen nicht halten konnte, denn eine Rückkehr würde seinen sicheren Tod bedeuten. Als Mathis die Männergruppe erreicht hatte, blickte er noch einmal zurück. Dora stand noch immer an derselben Stelle. Sie hatte recht. Die Zeit für Veränderungen war gekommen.

9

Suni saß, eine Schüssel auf dem Schoß, bei Cikni im Zelt, musterte das blasse Mädchen mitleidig und fragte: »Seit wann ist dir denn schon so übel? Als wir nach Höchst aufgebrochen sind, war doch noch alles gut.«

»Seit vorhin …« Weiter kam Cikni nicht. Sie würgte, und Suni hielt ihr schnell die Schüssel vors Gesicht. Nur wenig gelbe Galle, mehr kam nicht mehr aus dem zarten Mädchen heraus. Als es vorüber war, sank sie zurück auf ihr aus bunten Kissen und mehreren Decken bestehendes Lager. Schweißperlen standen ihr auf der Stirn. Prüfend legte Suni die Hand darauf, doch ihre Haut war kühl. »Fieber hast du keines. Vielleicht hast du etwas Falsches gegessen«, mutmaßte sie.

»Nur den üblichen Haferbrei von Rosina, sonst nichts«, erwiderte Cikni und drehte sich stöhnend auf die Seite. »Und von dem haben doch beinahe alle gegessen. Meine Güte, was rumpelt das in meinem Bauch. Ich glaube, ich müsste auch …« Sie schaute zu Suni, die abwehrend die Hände hob. »Nicht hier drin. Entschuldige, aber mir ist von dem Gestank schon ganz übel. Die wenigen Schritte bis nach draußen schaffst du bestimmt.« Sie stand auf und streckte Cikni auffordernd die Hand hin. »Ich weiß nicht«, sagte Cikni zögernd. »Mir ist so schrecklich schwindlig.«

»Ich helfe dir. Gemeinsam schaffen wir das schon. Bestimmt tut dir die frische Luft gut. Die ganze Zeit in diesem stickigen Zelt zu sitzen, das macht es auch nicht besser.« Cikni nickte. Auf Sunis Arm gestützt, stand sie langsam auf. Sie schwankte leicht. »Meine Knie sind ganz weich. Und ich glaube …« Ein erneuter Würgereiz ließ sie verstummen. Hastig griff Suni nach der Schüssel. Doch diesmal kam nichts mehr heraus. Fürsorglich hielt Suni mit einer Hand Ciknis offenes Haar nach hinten. Es dauerte nicht lange, bis der Brechreiz vorüber war.

»Die Abstände werden länger«, erklärte Suni, stellte die Schüssel auf einen Hocker und wischte Cikni den Mund ab. »Und rauskommen tut auch nichts mehr. Das ist bestimmt ein gutes Zeichen.« Sie bemühte sich um einen aufmunternden Tonfall, was ihr nicht so recht gelingen wollte. Cikni atmete tief durch. In ihrem Bauch rumorte es plötzlich so laut, dass selbst Suni es hören konnte. »Lieber Herrgott. Jetzt aber schnell, bevor noch ein Unglück geschieht«, rief sie und führte das schwankende Mädchen zum Zelt hinaus.

Draußen war bereits die Dunkelheit hereingebrochen, und die Luft hatte sich abgekühlt. Unweit von ihnen saßen nur noch wenige Roma um das große Lagerfeuer, an dem sie auf den gelungenen Markttag angestoßen hatten. Auch Suni hatte vorhin dort gesessen, zum ersten Mal neben Sorlo, der sogar ihre Hand gehalten hatte. Rosina, die hübsch zurechtgemacht neben Baro Rom saß und sogar mehrere Becher Wein getrunken hatte, was sonst nicht ihre Gewohnheit war, hatte ihr immer wieder lächelnd zugenickt. In zwei Tagen würde sie mit Sorlo verheiratet werden, hatte Rosina ihr nach ihrer Rückkehr aus Höchst mitgeteilt. Danach würden sie endgültig Richtung Eltville am Rhein aufbrechen. Erst als Kalo zu Suni gekommen war und sie um Hilfe bat, hatte sie ihren Platz verlassen, um der geliebten Freundin beizustehen.

Die beiden Mädchen liefen um das Zelt herum und ein Stück weit in den Wald aus Weiden, der das Ufer des Baches säumte. Cikni setzte sich hinter einen dicken Ginsterbusch, während Suni auf einen unweit des Liederbaches umgefallenen Baumstamm sank. Das helle Licht des Vollmonds spiegelte sich im Wasser, und es war wunderbar still. Nur das Plätschern des Wassers und das Zirpen der Grillen waren zu hören. In der Luft hingen die Gerüche von Moos und feuchter Erde, und ein sanfter Wind zupfte an den Zweigen. Suni schob ihren Rock bis übers Knie hinauf und streckte erleichtert die nackten Beine aus. Die frische Brise tat nach dem heißen Spätsommertag gut. Es dauerte nicht lange, bis Cikni sich zu ihr gesellte. Sie setzte sich neben Suni auf den Baumstamm und atmete tief durch.

»Ich glaube, es ist vorüber. Die frische Luft tut mir gut. Der ganze Rest des teuflischen Irgendwas, das mich so geplagt hat, liegt jetzt hinter dem Ginsterbusch.« Cikni grinste verschmitzt.

»Da liegt es gut«, kommentierte Suni die unschickliche Bemerkung ihrer Freundin. Cikni lächelte. Sie schwiegen einen Moment, dann hob Suni einen Stein vom Boden auf und warf ihn in den Bach.

Cikni tat es ihr gleich und sagte: »Hier kann man sie nicht ans andere Ufer springen lassen wie neulich an dem Teich in der Nähe von Darmstadt.«

»Ja, hier kannst du sie direkt rüberwerfen«, erwiderte Suni grinsend. Sie hob einen Stein auf und warf ihn ans andere Ufer. Cikni tat es ihr erneut gleich, woran Suni gewöhnt war. Cikni hatte sich schon immer darum bemüht, ihr alles nachzumachen. Ob es um das Flechten von Körben ging, das Weben von Teppichen oder einfach nur um die Art, wie Suni ihr Haar trug. Steckte sie es auf, tat es Cikni auf dieselbe Art, trug sie es offen, fiel auch Ciknis Haar bis auf ihre Taille herab. Selbst ihre Kleidung hatte Cikni der von Suni angepasst. Suni war in Ciknis Augen etwas Besonderes: die große Schwester, die sie nie gehabt hatte, vielleicht auch das Vorbild, das sie brauchte und vermisste. Nur tanzen, das konnte Cikni nicht. Sie hatte es versucht, doch ihr fehlte das Talent dazu, und sie stolperte lediglich über ihre eigenen Füße. Stattdessen konnte sie gut nähen, wohingegen Suni hierbei zwei linke Hände hatte.

Suni nahm Ciknis Steinwurf wehmütig zur Kenntnis, denn in den letzten Monaten hatte Cikni die Angewohnheit, Suni nachzuahmen, mehr und mehr abgelegt. Allmählich hatten sie sich voneinander entfernt, und Cikni war eigenständiger geworden, was gut war. Und doch fehlte Suni der vertraute kleine Schatten, der ihre Bewegungen nachahmte, ihr überallhin folgte und die gleichen Perlenohrringe trug. Jetzt war Cikni nicht mehr die kleine Schwester, wie sie sie oft genannt hatte, sondern eine verheiratete Frau. Suni seufzte leise.

»Denkst du, Kalo vermisst uns schon?«, fragte Cikni.

»Das glaube ich nicht. Er hat sich zu den anderen ans Feuer gesetzt, und wie ich ihn kenne …«

»Ich weiß, er trinkt zu viel«, fiel Cikni ihr ins Wort. »Aber ich finde das nicht schlimm, denn dann schläft er sofort neben mir ein und will nicht …« Sie verstummte und senkte beschämt den Kopf. Suni wusste nicht, was sie erwidern sollte, denn von diesen Dingen hatte sie, auch wenn sie die Ältere war, keine Ahnung.

»Es tut weh und ist furchtbar«, brach es plötzlich aus Cikni heraus. »Er befingert mich überall, und sein Atem geht ganz schnell. Dann legte er sich auf mich drauf und steckt sein Ding, du weißt schon, in mich hinein …« Erneut verstummte sie, und Tränen schimmerten in ihren Augen. »So habe ich mir die Liebe nicht vorgestellt. Das wunderbare Kribbeln, es ist verschwunden. Ach, es war eigentlich nie da.« Sie machte eine wegwerfende Handbewegung. »Schöngeredet hab ich mir alles, damit es erträglicher wird. Da ist es doch gut, wenn er einen über den Durst trinkt und neben mir so laut schnarcht, dass die Zeltwände wackeln. Dann ist es zwar laut, aber er fasst mich nicht an.« Sie blickte Suni an. Eine Träne lief ihr über die Wange. »In den letzten Tagen habe ich mir oft gewünscht, ich könnte einfach zu dir aufs Lager kriechen und mich an dich kuscheln. Doch das kann ich nicht mehr, niemals wieder.« Sie schlug die Hände vors Gesicht und begann, laut zu schluchzen. Suni wollte etwas erwidern und Cikni in die Arme schließen, doch plötzlich losbrechendes lautes Geschrei im Lager hielt sie davon ab. Erschrocken sprangen die beiden Mädchen auf und blickten zu den Zelten. Eines von ihnen ging genau in diesem Moment in Flammen auf. Suni erstarrte. Sie ahnte sofort, was los war. Kopfschüttelnd machte sie einen Schritt zurück und stammelte: »Sie sind gekommen. Ich wusste es. Natürlich.«

»Was ist da los?«, fragte Cikni erschrocken.

Ein gellender Schrei war zu hören. »Das ist Kaschkeraka«, rief Cikni und rannte los. Suni folgte ihr. Sie liefen an zwei brennenden Zelten vorbei, als Kaschkerakas gellender Schrei verstummte. Funken flogen durch die Nacht, und unbändige Hitze schlug ihnen entgegen. Wie eine brennende Fackel kam ihnen Niglo, der Mann von Kaschkeraka, entgegen, streckte die Hände nach ihnen aus und schrie sich die Seele aus dem Leib, dann sank er in die Knie und kippte nach vorn. Suni wich entsetzt zurück und schaute sich hektisch um. Cikni war verschwunden. Beinahe alle Zelte standen in Flammen. Einige Männer kämpften miteinander. Panisch begann Suni, sich im Kreis zu drehen, und stolperte beinahe über einen auf dem Boden liegenden Mann. Sie blickte in das schmerzverzerrte

Gesicht von Majpejlomas. Er röchelte, Blut quoll aus einer tiefen Wunde an seinem Hals.

Suni sank weinend neben dem alten Mann auf die Knie. »Majpejlomas, mein lieber Majpejlomas. Nein, bitte nicht.« Mit weit aufgerissenen Augen schaute der alte Mann Suni an. Seine Hand suchte die ihre. Sie ergriff sie, drückte sie fest und presste sie an ihre Wange. Sein Röcheln wurde schwächer. Eine Träne floss aus seinem rechten Auge, dann brach sein Blick. Suni starrte ihn fassungslos an. Nach einer Weile ließ sie seine Hand los, legte sie liebevoll auf seine Brust und flüsterte: »Es tut mir so unendlich leid, mein Freund. Ich hab das nicht gewollt, das musst du mir glauben.« Für einen Moment schien es in diesem unsäglichen, vom hellen Licht der Flammen erleuchteten Kampfgeschehen nur sie und Majpejlomas zu geben. Plötzlich legte sich eine Hand von hinten auf ihre Schulter. Sie wandte sich um. Es war Rosina, die vor ihr stand. Mit einem lauten Aufschrei fiel Suni ihr um den Hals, doch Rosina legte nicht die Arme um Suni, sondern schwankte. Irritiert ließ Suni ihre geliebte Ziehmutter los, und Rosina brach vor ihr zusammen. Erst jetzt bemerkte Suni das Messer in ihrem Rücken. »Nein!«, schrie sie und schlug die Hände vors Gesicht. Sie taumelte nach hinten und stieß erneut gegen einen toten Körper. Es war Cikni. Sie lag auf der Seite, ihre Beine eng an den Körper gezogen, als würde sie schlafen. Suni sank zwischen den beiden Frauen auf die Knie, direkt vor ihrem brennenden Zelt, das sich den Flammen ergab und in sich zusammenfiel. Sunis Blick wanderte von Cikni zu Rosina, zu Majpejlomas und wieder zurück. Sie begann zu sprechen, wiederholte immer wieder dieselben Sätze: »Ich wollte das nicht, ihr müsst mir glauben! Bitte, ihr müsst mir glauben! So hört mich doch! Ihr müsst mir glauben.« Sie schluchzte laut auf. Der Schmerz krampfte sich in ihrem Inneren zusammen, schien immer größer zu werden. Sie schlang die Arme um ihren Körper und begann, sich langsam vor und zurück zu wiegen. Den Blick starr auf die Flammen gerichtet, wiederholte sie immer wieder: »Bitte, ich wollte das nicht. Verzeiht mir. Ich bin schuld. Verzeiht mir. Ich bin schuld. Verzeiht mir.« Irgendwann bewegte sie nur noch die Lippen. Alles um sie herum schien zu versinken. Dichte Rauchschwaden hüllten sie mehr und mehr ein, herumfliegende Funken brannten Löcher in ihren Umhang und ihr Kleid, in ihre Haut. Sie spürte es kaum, wollte die Schreie und lauten Rufe der Menschen nicht hören, den Feind nicht wahrnehmen, der unweit von ihr schlimmer noch als jedes wilde Tier wütete. Sollte er doch kommen und auch sie holen, dann würde sie wenigstens ihre gerechte Strafe erhalten. Sie war schuld und hatte alle ins Unglück gerissen. Wäre sie doch damals im Lager geblieben. Wie hatte sie sich von Sorlo nur dazu überreden lassen können, in dieses verdammte Haus zu gehen. Tränen liefen ihr über die Wangen. Plötzlich schlangen sich von hinten Arme um ihren Körper, und Sorlos Stimme drang an ihr Ohr.

»Suni. Da bist du ja.« Er zog sie auf die Beine und wollte nach ihrer Hand greifen. »Dem Herrn im Himmel sei Dank. Du lebst. Schnell, wir müssen von hier verschwinden.«

Doch Suni entzog sich ihm. Wut stieg in ihr auf. »Du bist schuld!« Sie deutete mit dem Finger auf ihn. »Wärst du mir doch nie begegnet, wären wir niemals in dieses gottverdammte Haus gegangen. Wir haben sie alle getötet.« Sie deutete auf die Toten am Boden und rang nach Luft.

»Suni, bitte. Wir müssen hier weg. So hör doch.«

Suni machte einen Schritt nach hinten, stolperte über eine große Wurzel und fiel hin. Als sie sich wieder aufrappeln wollte, hörte sie einen gellenden Schrei, der ihr durch Mark und Bein ging. Ein großer Bursche war hinter Sorlo getreten und hatte ihm sein Schwert mit solcher Wucht in den Rücken gerammt, dass es an seiner Brust wieder austrat. Sorlo streckte noch die Hand nach Suni aus, Blut rann aus seinem Mundwinkel. Er sank auf die Knie. Der stämmige Bursche, von dem Suni wegen des dichten Rauches nur die Umrisse erkennen konnte, zog das Schwert wieder aus Sorlo heraus und stieß ihn achtlos zur Seite. Dann ging er auf Suni zu, die wie erstarrt am Boden saß. »Na, wen haben wir denn da. Du bist gewiss die schöne Tänzerin aus Höchst.« Seine Stimme klang gehässig. Er griff nach ihr, zog sie auf die Beine und blickte ihr ins Gesicht. »Siehst gar nicht so hübsch aus, wie es Lorenz geschildert hat. Aber das kriegen wir schon wieder hin.« Er zog sie mit sich, doch Suni begann endlich, sich zu wehren, und schrie: »Lass mich los.« Er wollte Suni über den Platz zu einer etwas abseits stehenden Gruppe junger Männer bringen, wurde jedoch plötzlich zurückgehalten.

»Simon, warte.«

Der Bursche blieb stehen und wandte sich um.

»Überlass sie mir. Ich werde sie dem Herrn bringen.«

Sunis Augen tränten wegen des Rauchs, deshalb konnte sie den großen, vom Ruß geschwärzten Burschen nur verschwommen erkennen, der näher trat und die Hand nach ihr ausstreckte.

»Damit du die Lorbeeren einheimst, Mathis. Nein, diesmal bin ich dran. Wenn ich Glück habe, erhalte ich eine zusätzliche Belohnung für meinen Fund, die längst überfällig ist.«

»Das war keine Bitte«, erwiderte der Mann. »Überlass sie mir, habe ich gesagt.« Seine Stimme klang hart und unerbittlich.

»Bist wohl verrückt geworden«, gab der andere Kerl zur Antwort. »Willst jetzt auch schon Befehle erteilen. Denkst wohl, als sein Schoßhündchen hast du Sonderrechte oder bist etwas Besseres. Aber so haben wir nicht gewettet.« Er wollte Suni weiterzerren, aber der andere Bursche stellte sich ihm in den Weg.

»Ich sage es dir jetzt zum letzten Mal. Überlass sie mir. Ich will dir nicht weh tun müssen, Simon.«

»Geh mir endlich aus dem Weg, bevor ich mich vergesse.« Er wollte den Mann namens Mathis zur Seite schieben, doch dieser zog plötzlich ein Messer und sagte: »Ich habe dich gewarnt.« Er schnellte nach vorn und traf den Arm des Burschen. Mit einem Aufschrei ließ dieser Suni los. Sie rannte hastig hinter einige Büsche und lief zum unweit gelegenen Bach. Hinter sich hörte sie die Stimmen der beiden Männer und laute Rufe. Sie watete ins Wasser und kletterte auf der anderen Seite die Böschung hinauf. Nur noch fort wollte sie. Vielleicht würde sie es bis Höchst schaffen, um Hilfe zu holen. Sie lief zwischen Weidenbäumen und Ginstergestrüpp hindurch. Der Untergrund war sumpfig, immer wieder sank Suni in morastige Löcher, ihre nackten Füße waren eiskalt. Doch die Angst trieb sie vorwärts, weg von diesem schrecklichen Ort. Als sie das Ende des Wäldchens erreichte, sah sie die nahe Straße. Erleichtert rannte sie darauf zu. Jetzt war es nicht mehr weit bis nach Höchst. Dort würde sie Hilfe finden. Kurz bevor sie die Straße erreichte, wurde sie grob zu Boden gerissen, fiel der Länge nach hin und schlug hart mit dem Kinn auf. Helle Blitze zuckten vor ihren Augen. Unsanft wurde sie auf den Rücken gedreht. Das Gesicht eines Mannes war plötzlich ganz nahe vor dem ihren. Sie roch seinen nach Wein riechenden Atem und fühlte ihr wie verrückt schlagendes Herz.

»Wen haben wir denn da? Das tanzende Zigeunermädchen will sich aus dem Staub machen. Aber, aber.«

Die Stimme klang hämisch und hatte einen sonderbaren Unterton, der Suni innerlich erstarren ließ. Der Mann strich mit seinen Lippen über ihren Hals. »Ich will dir doch gar nichts antun, meine Gute, die du doch eigentlich gar keine Zigeunerin bist.«

Sie riss erschrocken die Augen auf. Er umklammerte fest ihre Handgelenke, während er weitersprach. »Ich habe gehört, dass du sie als Mörderin beschimpft haben sollst. So etwas macht ein braves Mädchen nicht. Es ist lange her. Gewiss können wir beide das vergessen, oder was meinst du?«

Suni war unfähig zu reagieren. Seine Worte trafen sie tief in ihrem Innersten.

»So schwierig wird es nicht sein, zu vergessen. Einfach weiter tanzen, so hübsch wie heute Mittag auf dem Markt, was dir bestimmt nicht schwerfallen wird, mein Täubchen, oder?«

»Lass sie los, Lorenz«, erklang die Stimme des Mannes, der anscheinend Mathis hieß, was ihr irgendwie bekannt vorkam.

Der Mann ließ von Suni ab und stand auf. Suni wollte wegkriechen, sie kam jedoch nicht weit, denn Lorenz zerrte sie hoch und hielt ihr ein Messer an die Kehle.

»Du denkst, ich bin blind oder taub«, sagte er zu Mathis. »Hast du tatsächlich geglaubt, du könntest mich, den großen Lorenz, täuschen, mir gar entkommen? Du müsstest es doch eigentlich besser wissen, mein Freund. Dachte ich mir doch, dass du es versuchen würdest. Aber dein altes Leben ist vorbei, Mathis. Du wirst es nicht wiederbekommen, und schon gar nicht auf diese Weise.«

»Was geht dich mein Leben an«, erwiderte Mathis. »Du verstehst nichts. Und jetzt lass sie gehen. Du darfst sie nicht besitzen, nicht sie.«

»Was ich darf und was nicht, das bestimme immer noch ich. Eigentlich sollte ich sie ja töten, aber es wäre jammerschade um sie. Außerdem lasse ich mir von niemandem sagen, was ich tun soll.«

»Und weshalb stehst du dann hier? Weshalb sind wir den Zigeunern bis nach Höchst gefolgt? Gewiss nicht, weil es dir um das Kopfgeld gegangen ist. Du wolltest den gottverdammten Auftrag dieser Hexe ausführen. Gib es doch endlich zu: Du bist ihr mit Haut und Haar verfallen und machst dich zum Narren für die feine Frau Gräfin, die niemals wirklich zu dir stehen wird. Dein Leben lang warst du der heimliche Liebhaber, mehr nicht. Wie ich vorhin schon sagte: Du bist ihre Marionette, nichts anderes. Und vor einer Holzpuppe habe ich keinen Respekt.« Er spuckte vor Lorenz auf den Boden.

»Du weißt nicht, was du tust«, erwiderte Lorenz gefährlich leise. Suni spürte die harte Klinge an ihrem Hals. Sie schluckte. Lorenz machte mit ihr gemeinsam einen Schritt rückwärts.

»Ich wollte sie für dich retten, damit sie endlich in deiner Nähe ist, deine geliebte Magdalene.«

Suni zuckte zusammen. Ihre Augen weiteten sich. »Aber wenn das so ist, dann wird sie jetzt und hier leider sterben müssen, denn wie du ja weißt, bin ich die Marionette der Hexe und würde alles für sie tun. Ich stehe zu meinem Laster, zu meiner Liebe, nenne es, wie du magst. Auf eine gute Tänzerin mehr oder weniger kommt es nicht an.«

»Für mich retten«, wiederholte Mathis. »Niemals würdest du das tun. Du bist nur dir selbst der Nächste. Du allein wolltest sie besitzen, gib es doch zu.« Mit diesen Worten stürzte er sich auf Lorenz, griff nach seinem Handgelenk und bog die Hand zurück, damit dieser das Messer fallen ließe, doch Lorenz gelang es, sich Mathis' Griff zu entziehen. Suni, die noch immer von Lorenz festgehalten wurde, versuchte, sich zu befreien, schaffte es aber nicht. Alle drei fielen zu Boden. Lorenz landete unsanft auf Suni, und plötzlich spürte sie einen stechenden Schmerz in ihrem Bauch. Sie schrie laut auf. Mathis erstarrte, während sich Lorenz lächelnd erhob.

Suni lag auf dem Rücken. In ihrem Bauch steckte das Messer. Hilfesuchend blickte sie zu Mathis. Sie öffnete den Mund, doch kein Wort kam mehr über ihre Lippen. Ihr Kopf kippte zur Seite. Fassungslos blickte Mathis auf die am Boden liegende Suni. Ungeheure Wut flammte in ihm auf, er ging mit geballten Fäusten auf Lorenz los und prügelte wie wild auf ihn ein. Lorenz hob, überrascht von diesem Wutausbruch, abwehrend die Arme und taumelte nach hinten. Er stolperte über einen breiten Ast, fiel, schlug hart mit dem Hinterkopf gegen einen Begrenzungsstein und blieb bewusstlos liegen. Mathis eilte zu Magdalene und prüfte ihren Pulsschlag am Hals, suchte nach ihrem Herzschlag. Sie war noch am Leben, doch wie lange noch? Aus ihrem Leib ragte Lorenz' Messer. Er wagte nicht, es herauszuziehen. Verzweifelt schaute er sich um. Was sollte jetzt werden? Er schloss für einen Moment die Augen und versuchte, sich zu beruhigen. Irgendeinen Ausweg musste es geben. Irgendjemanden, der Magdalene retten könnte. Er blickte die nach Höchst führende Straße hinunter. Da fiel ihm plötzlich Adam ein. Der Mönch, das Kloster. Bestimmt konnte er ihm helfen. Mönche kannten sich doch mit Kranken und Verletzten aus. Er bückte sich, hob Suni vorsichtig auf seine Arme, folgte der Straße Richtung Höchst und wiederholte immer wieder: »Es wird alles gut werden. Das verspreche ich dir. Nur nicht sterben. Bitte, bitte nicht. Es wird wieder gut werden. Alles wieder gut. Das verspreche ich dir.«

10

Mathis folgte dem schmalen Gang bis zu dessen Ende und lief wieder zurück. In die Wände waren Kerzenständer eingelassen, die Kerzen waren längst heruntergebrannt. Ihr Geruch hing noch in der Luft und hielt im dämmrigen Licht des Morgens die Erinnerungen an die letzte Nacht fest. Er blieb am Fenster stehen. Die Sonne ging auf und vertrieb mit ihren hellen Strahlen die dunklen Schatten der Nacht. Rotgoldenes Licht fiel auf den Parkettboden. Eine Kommode stand in einer Fensternische, darauf eine aus weißem Porzellan gefertigte Madonna, die ihn schmerzlich an die Porzellanfiguren im Arbeitszimmer des Landgrafen erinnerte. Magdalene hatte sie sehr geliebt und oft im Garten des Schlosses Kranichstein ihre Posen nachgeahmt. Er lächelte bei der Erinnerung daran, wie sie Haltung angenommen, ihre Arme in die Höhe gestreckt und das Kinn nach vorn gereckt hatte. Jede ihrer Bewegungen, ihr Blick und die Art, wie sie ihren Kopf hielt, erinnerten an die bezaubernden Wesen aus weißem Porzellan, die ihr Vorbild gewesen waren. Er hob die Hand und strich vorsichtig die Konturen der Madonna nach, folgte der weichen Linie ihres Umhangs, fühlte das kalte, glatte Material unter seinen Fingern. Sein Blick wanderte zu der geschlossenen Tür, hinter der vor einer schieren Ewigkeit der Arzt verschwunden war, den Adam in aller Eile geholt hatte. Es war nicht weit bis nach Höchst gewesen. Um eine Biegung, an einem abgeernteten Kornfeld und einigen Bauernhöfen vorüber, dann kam bereits die Stadtmauer in Sicht. Doch ihm war die kurze Wegstrecke wie ein stundenlanger Marsch vorgekommen. Magdalenes Kopf war nach hinten gesunken, das Messer ragte aus ihrem Leib, ihre Bluse war mit Blut besudelt, leblos hingen ihre Arme herab. Als er endlich das Stadttor erreicht und den Torwächter nach Adam Kirstein gefragt hatte, war dieser gnädig gewesen und hatte sie durchgelassen. Sogar seinen Sohn hatte er losgeschickt, um den Laienbruder zu informieren, der Mathis nur wenige Minuten später in aller Eile entgegengelaufen kam. Sie hatten Magdalene in eines der Nebengebäude gebracht, weit weg von den Räumlichkeiten der Chorherren, die zu dieser späten Stunde nicht gestört werden wollten. Mathis wusste nicht, was Chorherren waren, fragte aber auch nicht nach. Später würde sich alles finden, irgendwie, wenn es Magdalene nur wieder gutginge, wenn sie nicht sterben würde. Er lief erneut den Gang entlang und entschied sich an dessen Ende, die Treppe nach unten zu nehmen. Die hölzernen Stufen knarrten unter seinen Füßen. Im Untergeschoss angekommen, durchquerte er einen weiteren Flur, öffnete eine Tür und trat in den weitläufigen Innenhof des Anwesens. Frische, nach Erde, Moos und Blumen duftende Luft schlug ihm entgegen, die er tief einatmete. Der enge Flur und das ständige Auf-und-ab-Gehen schienen ihm den Verstand zu rauben. Nur ein Mal in all den Stunden hatte der Gehilfe des Arztes die Kammer verlassen, die Schürze voller Blut, und Mathis war entsetzt zusammengezuckt. Er hatte auf den Burschen eingeredet, eine Antwort war ihm der Gehilfe allerdings schuldig geblieben. Eine Weile später war dieser mit einer Schüssel heißem Wasser wieder in der Kammer verschwunden, und das zermürbende Warten ging weiter.

Mathis sank auf eine Bank, die im hellen Licht der Morgensonne stand, schloss die Augen und lehnte seinen Kopf gegen die Hauswand. Bisher hatte niemand gesagt, dass sie tot war. Keiner war mit ernster Miene aus dem Zimmer gekommen und hatte den Kopf geschüttelt. Das war bestimmt ein gutes Zeichen. Sie hatte die Nacht durchgehalten, jedenfalls glaubte, hoffte er das.

»Du hast das junge Mädel gebracht, oder?«, fragte ein Mann. Mathis zuckte erschrocken zusammen, öffnete die Augen und wandte den Kopf. Er blickte in von tiefen Falten umgebene braune Augen. »Ja, das hab ich«, antwortete er und besah sich den Mann näher, der sich neben ihn gesetzt hatte. Der alte Mann schien kein Mönch oder was auch immer zu sein. Er trug samtene schwarze Hosen, ein sauberes weißes Hemd und eine schwarze Weste. Weiße Kniestrümpfe und Schnallenschuhe rundeten sein gepflegtes Erscheinungsbild ab.

»Bin noch nie einem Mohren begegnet«, sagte der Alte ohne Scheu.

»Das glaub ich gern«, erwiderte Mathis.

»Schon ein bisschen sonderbar, oder? Ein Mohr und ein hübsches Mädchen geraten in eine Zigeunerhatz. Was es alles gibt.« Der Alte schüttelte den Kopf.

»Woher wisst Ihr …« Mathis hatte Adam nicht davon erzählt, wie es zu dem Überfall gekommen war. Erst später wollte er ihm alles erklären.

Der alte Mann warf ihm einen kurzen Blick zu. »Als du sie gebracht hast, bist du an meinem Zimmer vorbeigelaufen, und ich hab das Mädel sofort erkannt. Ich mag alt und nicht mehr so gut zu Fuß sein« – er deutete auf einen neben der Bank stehenden Spazierstock –, »doch ich habe noch gute Augen, wie ein Adler so scharf. Ist ein bezauberndes Mädchen, die kleine Zigeunerin, die gestern so hübsch auf dem Markt getanzt hat. Allerdings muss ich sagen, dass sie nur auf den ersten Blick wie eine Zigeunerin aussieht. Findest du nicht auch?«

Mathis, der sich überrumpelt fühlte, wusste nicht, was er erwidern sollte. Verunsichert wich er dem stechenden Blick des Alten aus. »Ich weiß nicht. Kann schon sein. Es war ein Hinterhalt ...«

Weiter kam er nicht. Der Alte legte ihm die Hand auf den Arm, sein Blick wurde eindringlicher. »Ich sag es dir im Guten, mein Junge. Lass den Generalpräzeptor nicht wissen, was genau passiert ist und wo das Mädchen herkommt. Philip Daniel Kramer ist kein besonders barmherziger Mensch und stets um seinen Geldbeutel in Sorge, verstehst du? Einer braven Bürgerstochter auf der Durchreise wird er seine Hilfe nicht verwehren, aber einer Zigeunerin ...« Der alte Mann verstummte. Mathis erwiderte seinen Blick. Da lehnte sich der Alte zurück, stieß einen genüsslichen Seufzer aus und sagte, das Thema wechselnd: »Das hier ist mein Lieblingsplatz. Hier ist es um diese Jahreszeit noch schön warm, und diese Wärme tut meinen alten, vom Rheuma geplagten Knochen gut. Ich will gar nicht an den nahenden Winter denken, dann kann ich mich wieder kaum bewegen.«

Mathis wusste nicht, ob er etwas erwidern sollte. Sein Blick wanderte zu den Fenstern in den ersten Stock hinauf. In diesem Moment wurde eines von ihnen geöffnet, und der Gehilfe des Arztes beugte sich heraus. Mathis sprang von der Bank auf. Sein Herz begann zu rasen, und seine Hände zitterten.

»Da bist du ja, Mohr.« Die Stimme des jungen Burschen klang abfällig. »Du kannst jetzt zu ihr.«

Das ließ sich Mathis nicht zweimal sagen. Er eilte an dem alten Mann vorbei, der ihm etwas nachrief, was Mathis nicht verstand, nahm im Treppenhaus zwei Stufen auf einmal, hastete den Flur hinunter und blieb keuchend vor der geöffneten Zimmertür stehen. Der Arzt blickte auf und bedeutete ihm mit den Worten: »Junger Mann, Ihr seid ja völlig außer Atem«, näher zu treten.

Zitternd vor Aufregung betrat Mathis den Raum und blickte auf das einfache Holzbett unter dem Fenster, in dem Magdalene lag. Sie sah blass aus und wirkte zwischen den vielen Kissen verloren. Ihre dunkel umschatteten Augen waren geschlossen.

»Wir hatten Glück«, erklärte der Arzt, »die Klinge hat keine lebenswichtigen Organe getroffen. Allerdings hat sie viel Blut verloren. Ich habe mein Bestes getan. Jetzt können wir nur noch beten, dass sie wieder zu sich kommt, um Flüssigkeit trinken zu können, damit der Blutverlust ausgeglichen werden kann.« Er wischte seufzend eine silberfarbene Zange ab und legte sie in eine schwarze Ledertasche. »Auch eine fiebrige Infektion ist nicht ausgeschlossen, was ihr Todesurteil wäre. Aber das wollen wir jetzt nicht heraufbeschwören. Sie ist noch jung und voller Kraft, gewiss wird sie es schaffen.« Er klopfte Mathis aufmunternd auf die Schulter, klappte seine Tasche zu und verließ gemeinsam mit seinem Gehilfen den Raum.

Mathis sank auf einen neben dem Bett stehenden Stuhl und berührte sanft Magdalenes Hand. Sie fühlte sich warm an, auch ihre Brust hob und senkte sich. Sie atmete, lebte und hatte die erste Hürde genommen. Das war eine gute Nachricht, auch wenn sie nicht bedeutete, dass schon alles überstanden war.

Bei dem Geräusch sich nähernder Schritte blickte Mathis auf. Es war Adam Kirstein. Der Laienbruder trat neben Mathis, schaute auf Magdalene hinab und sagte: »Immerhin hat sie die Operation überstanden.«

Mathis nickte knapp. Seine Aufregung hatte sich gelegt, und Müdigkeit und Erschöpfung ergriffen Besitz von ihm.

»Du siehst müde aus, mein dunkelhäutiger Freund. Vielleicht möchtest du dich ausruhen. Nach einigen Stunden Schlaf schaut die Welt bestimmt anders aus. Viel kannst du im Augenblick sowieso nicht für sie tun.«

Mathis schüttelte den Kopf und antwortete: »Ich kann bei ihr bleiben.«

Adam Kirstein wollte etwas erwidern, kam jedoch nicht mehr dazu, da auf dem Flur laute Schritte zu hören waren.

»Das ist der Generalpräzeptor«, flüsterte Adam Mathis zu. »Lass mich reden.«

Weiter kam er nicht mehr, denn ein beleibter Mann, ebenfalls in die schwarze Tracht der Antoniter gehüllt, betrat den Raum. Sein Gesicht war aufgedunsen und rotwangig. Abfällig musterte er Mathis mit seinen kleinen, unter dicken Brauen hervorstechenden blauen Augen und wischte sich mit einem Tuch den Schweiß von der Stirn. Eine gewisse Ähnlichkeit mit einem Schwein war dem Mann nicht abzusprechen, schoss es Mathis durch den Kopf, während er von seinem Stuhl aufstand und sich vorstellte.

»Tatsächlich ein Mohr«, sagte der Mann ohne jedes Grußwort. Er betrachtete Mathis neugierig von allen Seiten. »Ich habe davon gehört, dass in der feinen Gesellschaft der ein oder andere Mohr gewisse Dienste leistet« – seine Stimme klang gehässig –, »doch gesehen habe ich noch keinen.« Er wandte sich an Adam. »Was meint Ihr, mein Freund? Weshalb reist ein Mädchen aus gutbürgerlichem Haus allein mit einem Mohren durch die Lande?«

»Soweit ich weiß, hat das Mädchen Verwandtschaft in der Nähe von Kelsterbach, zu der es unterwegs war.« Adam zauberte hastig eine Lüge aus dem Hut.

Der Generalpräzeptor zog eine Augenbraue hoch. »Verwandtschaft in der Nähe von Kelsterbach«, wiederholte er skeptisch. »Eine Tante«, beeilte sich Mathis zu sagen. »Sie leitete dort eine Schule, und Magdalene sollte sie unterstützen.«

»Magdalene«, wiederholte der Generalpräzeptor und zog erneut eine Augenbraue hoch. »Du nennst das Mädchen beim Vornamen, Mohr.«

Mathis, der innerlich zitterte, richtete sich zu seiner vollen Größe auf. Jetzt galt es, keine Schwäche zu zeigen. Um Magdalenes willen. Der hochnäsige Geistliche musste ihnen die Geschichte abkaufen.

»Wir sind miteinander aufgewachsen. Ich als Diener meiner Herrschaft, und sie war die Tochter – die Vertrautheit unter Kindern, Ihr versteht …« Er lächelte verbindlich und schaute dem Generalpräzeptor ins Gesicht.

Der Präzeptor erwiderte Mathis' Blick, ein süffisantes Grinsen auf den Lippen. »Vertrautheit unter Kindern. Soso. Adam?«

Der Laienbruder trat näher und fragte beflissen: »Ja, mein Herr?«

»Der Arzt soll uns mitteilen, was er für seine Dienste erhält. Die beiden sind so lange unsere Gäste, bis sich die junge Frau von den Folgen des schrecklichen Überfalls erholt hat, wofür wir beten sollten. Ihr wisst doch, wie man betet, oder?« Er musterte Mathis eindringlich.

Mathis beeilte sich zu nicken. Der Blick des Präzeptors blieb skeptisch. Erneut wandte er sich an den Laienbruder. »Und die Tante des Mädchens sollte schnellstmöglich über die Vorfälle informiert werden. Kelsterbach ist ja nicht aus der Welt. Am besten, wir senden einen Boten mit einem kurzen Schreiben dorthin. Vielleicht ist es der Dame möglich, ihre Nichte abzuholen und für unsere nicht unbeträchtlichen Unkosten aufzukommen.« Adam beeilte sich, zustimmend zu nicken, was der Präzeptor nicht mehr wahrnahm, da er bereits, ohne ein weiteres Wort, den Raum verlassen hatte.

Erleichtert ließ Mathis die Schultern sinken und sagte, nachdem die Schritte des Präzeptors verhallt waren: »Eine Tante in Kelsterbach.«

»Etwas Besseres ist mir auf die Schnelle nicht eingefallen«, verteidigte sich der Laienbruder. »Wenn ich ihm gesagt hätte, dass Magdalene eine auf dem Markt tanzende Zigeunerin ist, hätte er euch sofort vor die Tür gesetzt, ob mit oder ohne Verletzung.«

»So etwas Ähnliches habe ich heute schon mal gehört.« Mathis seufzte.

Adam runzelte die Stirn.

»Vor dem Haus sitzt ein alter Mann auf der Bank in der Sonne.«

»Ach, der alte Carl-Ludwig. Das ist einer von unseren Pfründnern. Ein schlauer Bursche, wenn auch recht eigenwillig. Er legt sich gern mal mit dem Präzeptor an, was diesem gar nicht gefällt. Aber er kann ihn schlecht rauswerfen, denn Carl-Ludwig bezahlt gutes Geld für sich und seine Frau. Sie bewohnen eine kleine Wohnung drüben im Hauptgebäude. Gemeinsam mit dem alten Heinrich sind die beiden die letzten Pfründner bei uns.«

»Pfründner, was ist das?«, fragte Mathis.

»Carl-Ludwig bezahlt dafür, dass er und seine Frau bei uns leben dürfen. Dafür kümmern wir uns um die beiden, denn sie sind gebrechlich. Anfangs haben sie noch einige Aufgaben innerhalb der Gemeinschaft übernommen, besonders seine Gattin, Amalie, hat gern im Gemüse- und Kräutergarten gearbeitet, doch seit einer Weile kann sie sich nicht mehr so gut bewegen. Früher, zu Zeiten des Antoniusfeuers, hatten wir hier sehr viele Pfründner, doch mit den Jahren sind sie immer weniger geworden. Auch tritt diese schreckliche Krankheit, dem Herrn im Himmel sei Dank, nicht mehr so häufig auf.«

»Die Kranken und Gebrechlichen bezahlen also dafür, dass ihr euch um sie kümmert?«, fasste Mathis zusammen.

»Du hast den Nagel auf den Kopf getroffen. Allerdings leben inzwischen nur noch sehr wenige Chorherren, und die Pflege der Pfründner wird ihnen zu aufwendig, weshalb Carl-Ludwig und sein Frau, genauso wie der alte Heinrich, die letzten Pfründner bei uns sein werden.«

»Und ich dachte immer, Mönche würden Wohltaten aus Barmherzigkeit tun«, sagte Mathis.

»Mönche vielleicht schon. Aber wir sind ja keine.« Adam zwinkerte Mathis lächelnd zu. »Wir sind Antoniter, hier gibt es Chorherren, und ich bin ein …«

»Laienbruder«, fiel Mathis ihm ins Wort. »Ich weiß. Und der Mann von eben … wie hast du ihn gleich noch genannt?«

»Generalpräzeptor«, half Adam Mathis auf die Sprünge. »Richtig, der Generalpräzeptor«, wiederholte Mathis. »Der hat hier das Sagen.«

»Genau. Er leitet unseren Konvent. Sein Name ist Philip Daniel Kramer. Im Moment ist er sehr mit den Renovierungsarbeiten an der Kirche beschäftigt, die immer noch in vollem Gange sind. Gerade erst ist die neue Orgel eingebaut worden. Ein wahres Kunstwerk, erbaut von dem Orgelbauer Johannes Onimus, einem Meister seines Faches. Im nächsten Jahr sollen die Fenster verändert und auch ein neuer Hochaltar aufgestellt werden. Der Generalpräzeptor hat sich hohe Ziele gesetzt, die er unbedingt erreichen möchte. Ansonsten gibt es noch einige weitere Chorherren. Dazu gehört der Pfarrer Heinrich Conradi aus Höchst, ein Chorherr aus Salzheim, Georg Wagner und unser Choralbücherschreiber Wolfgang Urban, den ich von den Mitgliedern des Konvents am meisten schätze. Zwei weitere Herren, Heinrich Embs und Laurentius Koch, kümmern sich um die unweit von hier gelegene Schule, die wir betreiben.«

»Und um was kümmerst du dich?«, erkundigte sich Mathis, dem es zu viele Namen und Informationen auf einmal waren.

»Um dieses und jenes«, wich Adam der Frage aus. »Nenn mich Mädchen für alles.«

»Ein Mädchen für alles, das, ohne rot zu werden, lügen kann«, erwiderte Mathis und kam damit zum eigentlichen Thema zurück. »Denkst du, er hat uns den Schwindel abgekauft?«

»Vielleicht. Sicher bin ich mir nicht. Aber wir bekommen ihn schon noch so weit. Ich werde mit Johann sprechen. Er wird uns bestimmt helfen und ein Schreiben der besorgten Tante aufsetzen, das in einigen Tagen bei uns eintreffen wird. Selbstverständlich wird darin stehen, dass sie nicht imstande ist, die Reise nach Höchst anzutreten, da sie gebrechlich sei, weshalb ihre Nichte zu ihr reisen sollte. Das verschafft uns noch einige Tage Luft.«

Mathis nickte unsicher. Allmählich begann er, sich zu fragen, warum Adam ihnen so vorbehaltlos half. Immerhin war er, Mathis, ein Mohr und Magdalene eine Zigeunerin, jedenfalls in Adams Augen. Also fragte er Adam nach dem Grund für seine Hilfsbereitschaft.

»Vielleicht sehe ich die Dinge anders als der feine Herr Generalpräzeptor, der in seiner gesicherten Welt der Wohlhabenden lebt, stets den Gedanken im Kopf, wie er noch mehr Gelder anhäufen könnte. Der Orden der Antoniter ist gegründet worden, weil man Armen und Kranken helfen wollte. Das Antoniusfeuer war vor zweihundert Jahren eine schreckliche Krankheit, die viele Opfer gefordert hat. Meiner

Meinung nach zählt es zu den Aufgaben eines Konvents, Barmherzigkeit zu zeigen, auch wenn in der heutigen Zeit kaum noch Fälle dieser schrecklichen Seuche vorkommen. Ich bin nicht Laienbruder geworden, um Gelder anzuhäufen oder Macht über andere zu haben. Ich wollte in Not geratenen Menschen – gleichgültig, welcher Herkunft, gleichgültig, welcher Hautfarbe – zur Seite stehen. Deswegen helfe ich euch beiden. Ihr seid unschuldig in Not geraten und habt Schreckliches erdulden müssen. Da ist es doch nur recht und billig, zu helfen, zu heilen und Trost zu spenden. Findest du nicht?«

»Dein Präzeptor sieht das aber anders«, erwiderte Mathis, beeindruckt von der feurigen Rede des Laienbruders.

»Er sieht viele Dinge anders«, erwiderte Adam seufzend. »Allerdings führen wir ihn nicht zum ersten Mal an der Nase herum.« Er grinste verschmitzt. »Im Moment ist er vollauf mit den Umbauarbeiten der Kirche beschäftigt, was uns entgegenkommt. Er hat sich jetzt ein Bild von der Lage gemacht, und wenn wir nicht weiter auffallen, dann hat er euch beide schnell vergessen. Er ist gut darin, ungeliebte Arbeiten an andere abzugeben und Menschen, die er nicht für wichtig hält, aus seinem Gedächtnis zu streichen.«

»Ungeliebte Arbeiten«, wiederholte Mathis. »Als so etwas wurde ich noch nie bezeichnet.« Er schüttelte den Kopf. »Und Magdalene gewiss auch nicht.« Er schaute zum Bett. Magdalene lag still und blass zwischen den Kissen. Adam folgte seinem Blick. Eine Weile schwiegen beide, dann legte Adam Mathis den Arm über die Schultern und sagte aufmunternd: »Doktor Lindhaus ist ein guter Arzt, kein Pfuscher. Er hat früher im Feld seinen Dienst getan und hat schon vielen Menschen das Leben gerettet. Ich bin sicher, dass sie durchkommen wird.«

Mathis nickte mit Tränen in den Augen. »Nichts wünsche ich mir mehr als das. Nachdem ich sie endlich wiedergefunden habe, darf ich sie nicht gleich wieder verlieren. Ich wollte sie doch kennenlernen. So richtig, und heute …« Seine Stimme brach.

Adam verstand nicht, was Mathis' Worte zu bedeuten hatten, drang aber nicht weiter in ihn. Wenn der Mohr darüber reden wollte, dann würde er es tun. Er klopfte Mathis auf die Schulter. »Ich geh dann mal in die Küche und hole dir eine ordentliche Mahlzeit. Das wird dir guttun.«

Als der Laienbruder weg war, sank Mathis wieder auf den Stuhl neben dem Bett. Diesmal getraute er sich, nach Magdalenes Hand zu greifen. Nach einer Weile begann er, das alte Kinderlied zu summen, das sie früher so oft miteinander im Bett gesungen hatten.

11

Dora saß in ihrem Wohnwagen neben dem Bett der siamesischen Zwillinge und betrachtete wehmütig ihre hübschen Gesichter. Auf den ersten Blick glichen sich die beiden wie ein Ei dem anderen. Dunkelbraunes, sanft schimmerndes Haar fiel über die Kissen, beide hatten volle Wangen, vereinzelte Sommersprossen auf der Nase und braune Augen. Und doch gab es Unterschiede. Die Rechte, deren Name Theodora war, hatte im Gegensatz zu ihrer Schwester Elisabeth Grübchen an den Mundwinkeln und einen winzigen Leberfleck am Hals. Elisabeth hatte eine feine Narbe oberhalb der Augenbraue. Es war nur ein schmaler Silberstreif, kaum zu erkennen. Vielleicht war sie irgendwann einmal gestürzt. Gestürzt, wiederholte Dora in Gedanken. Ihr Blick wanderte nach unten, wo die wollene Decke die Stelle an der Hüfte verdeckte, die diese beiden Mädchen so anders machte, die ihr Schicksal bestimmte. Wenn die eine hinfiel, dann auch die andere. Wenn die eine nach rechts lief, musste die andere ihr folgen. Sprach die eine, musste die andere zuhören. Es gab keine getrennten Wege, niemals Einsamkeit und Stille – selbst im Schlaf nicht, denn das Geräusch des Atems der anderen war immer da. Gestern hatte sie die beiden Mädchen miteinander streiten hören. Es war um eine Lappalie gegangen. Ein Riss war in eines der wenigen Kleider geraten, die die beiden besaßen. Dora hatte das Problem schnell behoben und das Kleid geflickt. Bei der Gelegenheit hatte sie mit Josephines Hilfe auch gleich Maß genommen, denn die beiden benötigten ein hübsches Bühnenkleid und etwas Warmes für den Winter. Wann sie so weit waren, um bei den Auftritten mitzuwirken, wusste niemand. Lorenz ließ ihnen die Zeit, die sie brauchten, was Dora gefiel. Mit den Jahren war er nachsichtiger geworden. Bis zum nächsten Frühjahr, wenn sie wieder losziehen würden, hatten die Mädchen bestimmt ein Programm einstudiert und sich ein wenig eingelebt, hoffte Dora. Im Moment sprachen sie nur wenig und weinten viele Stunden am Tag, obwohl es ihnen zu Hause bestimmt schlecht ergangen war, was der Umgang des Vaters mit seinen Töchtern vermuten ließ.

Die Tür des Wohnwagens wurde geöffnet, Josephine betrat den Raum und fragte ohne Begrüßung: »Sind sie endlich eingeschlafen?«

»Ja, sie haben sich beruhigt«, erwiderte Dora leise, griff nach ihrem Schultertuch und bedeutete Josephine, mit nach draußen zu kommen, wo sie sich auf die hölzernen Stufen vor den Wohnwagen setzten. Dora fiel auf, dass Josephine abgenommen hatte. Das Hautmädchen trug die übliche Alltagskleidung der Frauen im Lager: eine Leinenbluse, einen langen dunkelblauen Rock und eine schwarze Weste. Missbilligend bemerkte Dora: »Du bist noch dünner geworden. Erst letztens haben wir deine Kleidung eingenäht, und jetzt ist sie schon wieder zu weit. Versprich mir, dass du mehr isst.«

»Aber wenn ich keinen Hunger habe«, verteidigte sich Josephine und schlang die Arme um den Oberkörper. Ihre Stimme klang missmutig. Dora wusste, woher die Traurigkeit kam, die in jedem Satz, in jeder Geste, in jedem Blick des Mädchens lag. Sie hatte Heimweh. Gegen diese Krankheit war kein Kraut gewachsen, gab es keine Heilung. Vielleicht irgendwann einmal Linderung, doch nicht in dieser Umgebung, denn Josephine verabscheute das Lager, die Bühne, ihr Dasein und die deutsche Sprache. Sie wollte nicht Shila, das Hautmädchen, sein, das bei jeder Vorstellung seine Haut vom Hals bis zum Haaransatz zog, um die Menschen zum Staunen zu bringen. Wie so viele hier träumte sie von einem ganz normalen Leben. In einer Stadt, in einem kleinen Dorf, auf einem Bauernhof, vielleicht als Magd. Einfach nur unbehelligt von den Blicken der Menschen im alltäglichen Einerlei versinken. Das war es, was sich die meisten von ihnen wünschten.

»Denkst du, sie hatten wenigstens einen Menschen, der sie wirklich gerngehabt hat?«, fragte Josephine und deutete auf die geschlossene Tür in ihrem Rücken.

»Ich weiß es nicht. Vielleicht.« Dora zuckte mit den Schultern.

»Ich habe ihr geschrieben, weißt du.« Josephines Satz schien vollkommen aus dem Zusammenhang gerissen zu sein, doch Dora wusste sofort, von wem sie sprach. »Maman vermisst mich. Ich weiß es genau. Auch wenn sie mir nicht antworten wird, so hoffe ich doch wenigstens, dass meine Zeilen sie erreichen. Ich habe versucht, sie fröhlich klingen zu lassen, damit sie nicht weint oder denkt, dass es mir schlechtgeht. Sie soll sich über den Brief freuen und nicht traurig darüber sein. Damals, als wir Abschied voneinander nehmen mussten, haben wir schrecklich geweint. Maman hat mich fest im Arm gehalten. Sie wollte mich vor ihm beschützen, doch sie konnte es nicht, war zu schwach, zu müde. Ihr fehlte die Kraft, um sich gegen ihn zu stellen. Sein eigen Fleisch und Blut verkauft man nicht, man liebt es, hat sie ihm wütend ins Gesicht geschleudert. Doch geholfen hat es nichts. Ich war die Missgeburt, das sonderbare Mädchen, über das geredet wurde, das ihm auf der Tasche lag und das keiner heiraten wollte. Maman hat mir versprochen, sie würde es ihm ausreden. Sie würde für mich kämpfen. Nichts und niemand würde uns trennen. Sie wollte ihn verlassen. Irgendwie würde es schon gehen, hatte sie gesagt. Doch sie war nicht stark genug.« Josephines Augen bekamen den besonderen Glanz, den sie nur hatten, wenn sie von ihrer geliebten Mutter sprach. »Louanne Dorandeau, ein Mädchen aus gutbürgerlichem Haus, das wunderschön auf dem Spinett spielen und malen konnte. Wie ein Engel hat sie ausgesehen mit den sanften, auf ihre schmalen Schultern fallenden blonden Locken. Wir hatten nur einander, Geschwister gab es keine. Schon meine Geburt hatte sie gerade so überlebt. Sie zog sich zurück, wurde immer stiller und machte Musik und Malerei zu ihrem Lebensinhalt. Oft war ich ihr Motiv. Ich erinnere mich noch genau an einen Sommertag, als ich auf einer mit Margeriten übersäten Wiese stundenlang ganz still sitzen musste.«

»Das Bild hast du heute noch«, warf Dora ein. »Es hängt über deinem Bett und ist sehr hübsch.«

Josephine nickte traurig.

»Es bewahrt die Erinnerung an diesen glücklichen Moment. Sie hat ihn für immer mit ihren Farben für mich festgehalten. Manchmal, wenn ich es ansehe, glaube ich, ihre Stimme und ihr Lachen zu hören, die warme Sommersonne auf der Haut zu spüren und den Geruch der Blumen in der Nase zu haben.« Josephine schaute Dora in die Augen und fragte: »Denkst du, sie hat meinen Brief bekommen?«

»Ganz bestimmt.« Dora griff nach Josephines Hand und drückte sie fest. »Gewiss wird sie sich über deine Worte freuen. Da bin ich mir ganz sicher.«

Josephine nickte. »Ich wünschte, sie würde mir antworten. Doch wohin sollte sie den Brief senden? An das Lager einer

Schaustellertruppe, die niemals länger als ein paar Tage an einem Ort verweilt?«

»In Darmstadt werden wir den ganzen Winter bleiben«, sagte Dora. »Vielleicht könntest du es jetzt noch einmal versuchen. In der Stadt gibt es eine Poststation. Dorthin könnte sie schreiben, und du kannst den Brief dann abholen.«

»Daran habe ich auch schon gedacht. Doch was ist, wenn sie mir nicht zurückschreibt. Wenn sie am Ende ...« Sie verstummte. »Ich könnte es nicht ertragen, jeden Tag dorthin zu laufen, nur um zu erfahren, dass kein Brief eingetroffen ist. Da ist es doch besser, sich vorzustellen, dass mein Brief sie erreicht hat. Sie wird in dem alten Lehnstuhl mit dem abgewetzten Stoff am Fenster sitzen und ihn vorsichtig mit ihren schlanken Fingern öffnen. Sie hat sehr feingliedrige Hände, musst du wissen.« Josephine begann wie ein Wasserfall zu reden. Sie beschrieb die Tageszeit, die Einrichtung, das Licht in den Ecken, das Kleid ihrer Mutter, den Lärm, der von der Straße in das Zimmer drang. Paris, eine Stadt voller Leben.

Dora gab sich Mühe, ihr zuzuhören, doch nach und nach schweiften ihre Gedanken ab. Die ganze Zeit über hatte sie nicht an Mathis und die anderen denken wollen. Es gab so viele alltägliche Dinge, die erledigt werden mussten. Sie wünschte, sie hätte mehr für Mathis tun können, wäre jetzt an seiner Seite, um ihm beizustehen, mit ihm zu fliehen oder ihn zu trösten. Die Männer waren vor zwei Tagen aufgebrochen. Es war ungewöhnlich, dass sie so lange fortblieben. Vielleicht war es diesmal schiefgegangen, und sie würden nicht zurückkehren. Mathis würde nicht zurückkommen. Womöglich hatte er Magdalene für immer verloren. Dora wusste, dass mit ihr ein Teil von ihm sterben würde. Sein Leben lang hatte er von einem Wiedersehen mit der Gespielin aus Kindertagen geträumt. Stets hatte ein besonderes Leuchten in seinen Augen gelegen, wenn er von ihr sprach. Dora dachte an das Versprechen, das er ihr vor seinem Aufbruch gegeben hatte. Es war töricht von ihr gewesen, ihm nicht zu widersprechen. Freigeben hätte sie ihn sollen, auch wenn es noch so sehr schmerzte, ihn zu verlieren. Wenn es die beiden tatsächlich irgendwie geschafft hatten, sich Lorenz' Zugriff zu entziehen, dann sollten sie weit fortgehen, damit er sie niemals finden würde.

»Dora?« Sie spürte Josephines Hand auf ihrem Arm. Dora zuckte zusammen, wandte den Kopf und blickte in die blauen Augen des Mädchens.

»Du hörst mir ja gar nicht zu.«

Dora fühlte sich ertappt. Sie wollte etwas erwidern, doch unweit von ihnen kam plötzlich Unruhe auf, was nur eines bedeuten konnte: Lorenz und die anderen waren zurückgekehrt. Doras Herz begann sofort, schneller zu schlagen. Sie erhob sich. Wenn Mathis es geschafft hatte, zu fliehen, wäre sie die Erste, die Lorenz' Wut zu spüren bekam.

Josephine stand ebenfalls auf und stellte unnötigerweise fest: »Das hörte sich ganz danach an, als wäre Lorenz zurück.« Ihre Stimme klang kühl. Dora nickte. Josephine tat das, was sie in solchen Momenten immer machte. Sie drehte sich um, eilte in den Wohnwagen und schlug laut die Tür hinter sich zu. Sie floh vor den Männern und vor Lorenz, den sie seit ihrer Ankunft mied wie der Teufel das Weihwasser. Dora folgte ihr nicht. Sie spürte, dass sich etwas verändert, dass Mathis seine Worte wahr gemacht hatte. Dieses Mal hatte Lorenz seinen Willen nicht bekommen. Er konnte sie alle wie Tiere halten, sie verprügeln, einsperren, bedrohen und trotzdem als Familie bezeichnen. Mathis hatte es all die Jahre, genauso wie sie selbst, hingenommen. Aber Magdalene würde Lorenz niemals bekommen oder gar töten können, das wusste Dora.

Eine Gestalt kam auf sie zu. Dora erstarrte. Lorenz war schon immer ein furchteinflößender Mann gewesen, aber wenn er wütend war, wurde er zu einem unberechenbaren Raubtier. Sie sah es an der Art, wie er sich bewegte, noch ehe er laut ihren Namen rief.

»Dora! Verdammtes kleines Biest. Dora!«

Spätestens jetzt hätte sie in den Wohnwagen fliehen können. Doch sie tat es nicht. Es wurde höchste Zeit, dass sie sich Lorenz entgegenstellte. Mathis schien es getan zu haben, und sie würde es ihm gleichtun. Und wenn Lorenz sie dafür erschlug, dann würde es eben so sein. Ihr Leben war schon lange nicht mehr lebenswert. Vielleicht war jetzt endlich der Zeitpunkt gekommen, diesem trostlosen Dasein ein für alle Mal ein Ende zu bereiten. Der erste Schlag von Lorenz fegte sie von der Treppe ins feuchte Gras. Benommen blieb sie liegen. Ihre Wange brannte, schwarze Flecken tanzten ihr vor den Augen. Sie spürte Lorenz' festen Griff, wurde in die Höhe gerissen und wild durchgeschüttelt. Wie eine leblose Puppe hing sie in seinen Armen und hörte ihn schreien: »Du gottverdammte kleine Zwergin. Elende Verräterin. Du hast es gewusst. Er hat es dir gesagt, denn er sagt dir alles. Raus damit! Was hat er vor? Wohin will er? Sag schon! Du kleines verdammtes Biest!«

Er schüttelte sie immer fester. Doras Kopf wurde nach vorn und hinten gerissen. Ihre Wirbelsäule knackte. Es gab Menschen, die zu Tode geschüttelt worden sind, kam es ihr in den Sinn. Irgendwann hörte er auf, sie zu schütteln, und zog sie ganz nahe an sein Gesicht heran. Sie konnte seinen nach Wein riechenden Atem an der Wange spüren. »Ich werde ihn finden. Ich habe noch immer alle gefunden. Mir entkommt keiner. Das müsstet ihr doch wissen.« Seine Stimme klang gehässig. »Es wird mir sehr viel Vergnügen bereiten, ihn am nächsten Baum aufzuhängen. Genauso wie dich, mein kleines verräterisches Zwergenmädchen. Oder willst du mir nicht vielleicht doch sagen, was du weißt?«

Lorenz' Worte kamen nur bruchstückhaft bei Dora an. Der metallische Geschmack von Blut lag auf ihrer Zunge. Nur noch verschwommen nahm sie ihre Umgebung wahr. Auch wenn sie gewollt hätte, sie war nicht fähig, ihm zu antworten.

»Dein Schweigen ist mir Antwort genug«, sagte er und ging mit ihr zu dem abseits stehenden Wagen, aus dem Dora noch vor wenigen Wochen Theodora und Elisabeth gerettet hatte. Zu dem Wagen, den sie mehr als alles andere auf der Welt verabscheute. Er öffnete die Tür und schleuderte sie auf den harten Holzboden. Krachend fiel die Tür hinter ihr ins Schloss, und sie hörte, wie der Schlüssel umgedreht wurde. Seine Schritte entfernten sich. Stille und beruhigende Dunkelheit umfingen sie. Sie kroch in die hinterste Ecke des Wagens, wickelte sich in ihr Schultertuch und lehnte ihren dröhnenden Kopf gegen die hölzerne Wand. Erst jetzt ließ sie ihren Tränen freien Lauf und murmelte leise: »Wo du auch immer bist, Mathis, komm nicht zurück. Wenigstens einer von uns soll frei sein dürfen.«

12

Unzählige Flammen säumten den schmalen Pfad, den Suni entlanglief, und schienen Hände zu haben, die nach ihr greifen und sie verschlingen wollten. Unerträgliche Hitze schlug ihr von allen Seiten entgegen. Sie rannte und stolperte, fiel der Länge nach hin und rappelte sich wieder auf. Ihr Herz schlug ihr bis zum Hals, Seitenstechen plagte sie, und schwarzer Rauch, der ihr die Luft zum Atmen raubte, brannte ihr in den Augen. Sie lief durch das heiße Feuer und versuchte, die lauten Rufe zu ignorieren. Der unheimliche schwarze Mann war dicht hinter ihr. Gewiss wollte er sie töten, so, wie er all die anderen getötet hatte. Sie erreichte das Ende des Flammenmeers und landete in einem finsteren Wald aus Weidenbäumen. Hier war der Boden sumpfig, was das Vorankommen erschwerte. Erschöpft sank sie in den kalten Matsch, wissend, dass er gleich kommen und sie holen würde. Seine Schritte näherten sich. Sie konnte seinen schweren Atem hören. Worte drangen an ihre Ohren. Er nannte ihren Namen, den fremden Namen, den sie nicht hören wollte, wiederholte ihn immer wieder. Sie schüttelte den Kopf und hob abwehrend die Hände, presste fest die Augen zusammen. Du träumst, sagte er. Komm zu dir, sagte er. Sie öffnete die Augen und blickte in sein schwarzes Gesicht. Mit einem Aufschrei schoss sie in die Höhe. Ein stechender Schmerz in ihrer Körpermitte zwang sie zurück in die Kissen. Der schwarze Mann stand neben ihrem Bett und wollte nach ihrer Hand greifen. Panisch wich sie zurück und begann laut zu kreischen. Er hob beruhigend die Hände. Gleich würde es vorbei sein, und sie würde in ihrem Zelt bei Rosina aufwachen. Doch es geschah nichts. Der Raum, der schwarze Mann und der stechende Schmerz in ihrem Leib blieben. Die Tür wurde aufgerissen, und ein Mönch betrat den Raum. Er eilte an ihr Bett und versuchte, sie zu beruhigen, legte die Arme um sie und zog sie eng an sich. Der schwarze Mann stand noch immer in der Ecke. Zögernd machte er einen Schritt auf sie zu, erneut den Namen nennend, den sie nicht hören wollte. Sie erstarrte und flüsterte: »Der schwarze Mann.«

Der Mönch bedeutete dem schwarzen Mann, den Raum zu verlassen. Mit hängendem Kopf folgte dieser der Anweisung. Erst als sich die Tür hinter ihm schloss, löste sich Suni aus der Umarmung des Mönches. Erschöpft sank sie zurück in die Kissen und fragte: »Wo bin ich?«

»In Höchst, im Konvent der Antoniter«, antwortete Adam und setzte sich auf einen Stuhl neben dem Bett. »Dem Herrn im Himmel sei Dank, du bist endlich aufgewacht. Dafür haben wir die letzten Tage gebetet. Hast uns einen ordentlichen Schrecken eingejagt, Mädchen. Zwischendrin warst du den Toten näher als den Lebenden, das kann ich dir sagen. Wenn Mathis nicht gewesen wäre …«

»Mathis?«, fragte Suni.

Adam überlegte, ob er ihr sagen sollte, dass es der schwarze Mann gewesen war, der ihr das Leben gerettet hatte. Er entschied sich dagegen. Das Mädchen war gerade erst zu sich gekommen und hatte für den Moment genug Aufregung gehabt.

»Ein Freund von mir«, erklärte er ausweichend. »Er hat dich gefunden und zu uns gebracht.«

»Wo hat er mich gefunden?«, fragte Suni, erneut beunruhigt. »Im Feuer. Es war ein Feuer. Alles hat gebrannt.«

»Später«, erwiderte Adam und tätschelte beruhigend ihren Arm. »Für heute war es genug Aufregung.« Er erhob sich. »Hast du Hunger? Bestimmt hast du Hunger.« Er bemühte sich um ein aufmunterndes Lächeln. »Ich geh in die Küche und lass dir eine Mahlzeit zubereiten, damit du wieder zu Kräften kommst.«

Der Raum drehte sich vor Sunis Augen, und in ihrem Kopf begann es zu dröhnen. »Ein Freund also«, wiederholte sie leise Adams Worte.

»Ein guter Freund«, bekräftigte Adam und drückte ihre Hand. Sie schloss die Augen, und Adam verließ den Raum, um den armen Mathis zu beruhigen, der im Flur auf ihn wartete. Fürs Erste schien es angebracht zu sein, Mathis von dem Mädchen fernzuhalten, jedenfalls so lange, bis sich ihr Zustand weiter gebessert hatte.

Einige Tage darauf war Suni so weit zu Kräften gekommen, dass sie es wagte, aufzustehen. Zweimal war der Arzt bei ihr gewesen. Er hatte sich erfreut über ihren Gesundheitszustand gezeigt und keine Einwände gegen einen baldigen Ausflug an die frische Luft gehabt. Jeden Tag ging sie seitdem ein paar Schritte den Flur entlang, und seit einigen Tagen auch die Treppe hinunter, und, wenn es das Wetter zuließ so wie heute, nach draußen.

Suni klammerte sich an Adams Arm und setzte langsam einen Fuß vor den anderen. Auf der Treppe hielt sie öfter inne, denn die schwarzen Balken in Decken und Wänden verschwammen immer wieder vor ihren Augen. Als sie endlich den unteren Flur erreicht hatten, blickte sie ängstlich zurück, da sie befürchtete, der schwarze Mann könnte wieder zurückkehren. Sie spürte Adams Hände an ihrem Arm, hörte seine warme Stimme. Der Laienbruder würde sie nicht allein lassen. Er hatte sie beschützt und beruhigend im Arm gehalten, wenn in den Abendstunden das Licht der Kerzen unheimliche Schatten an die Wände warf.

Im Traum kehrte Suni oft in die verlorene Heimat zurück und lief mit Cikni, einen mit Äpfeln gefüllten Korb tragend, auf die vielen bunten Zelte zu. Eine Ziege begrüßte sie am Eingang des Lagers mit lautem Meckern, und eine gackernde Hühnerschar kam ihnen neugierig entgegengelaufen. Rosina hängte gerade Wäsche auf einer Leine auf, die sie zwischen ihrem und Baro Roms Zelt gespannt hatte. Bunte Röcke und weiße Hemden, die im heißen Wind eines sonnigen Augusttages flatterten. In der lauen Sommernacht würde bald schon Mandolinos Geige erklingen, und Majpejlomas, der, eine Flasche Wein im Arm, ein Nickerchen im Schatten eines Baumes machte, würde wieder eine seiner wunderbaren Geschichten erzählen.

Dieser Traum holte sie jede Nacht ein und endete immer gleich. Es wurde nicht dunkel, niemand spielte Geige. Plötzlich stand sie ganz allein zwischen all den bunten Zelten, die in Flammen aufgingen und zu schwarzem Staub zerfielen. Sie hörte die Schreie, spürte die sengende Hitze auf der Haut. Den mit Äpfeln gefüllten Korb in den Händen, blieb sie inmitten der Flammen stehen und beobachtete anscheinend teilnahmslos, wie sie ihre Welt verschlangen. Sie konnte es nicht verhindern, es nicht aufhalten, sich nicht vom Fleck rühren. Majpejlomas, Rosina, Cikni, Kaschkeraka und all die anderen schienen nach ihr zu rufen. Ihre Stimmen wurden immer lauter, immer klagender, kreischend, lärmten in ihrem Kopf. Der Traum verfolgte sie jede Nacht, und sein Nachhall verfing sich in jedem neuen Tag, ließ sie nicht los und nahm sie gefangen.

Weshalb hatte sie überlebt? Wieso war der Herrgott im Himmel, oder vielleicht das Schicksal, so grausam zu ihr? Sie hätte an jenem Abend mit den anderen sterben müssen.

Sie erreichten das Ende des Flurs, und Adam öffnete die nach draußen führende Tür. Sonnenstrahlen fielen auf den alten Dielenboden. Langsam trat Suni in das helle Licht, hielt einen Moment inne, hob den Kopf und blinzelte der Sonne entgegen. Der Geruch von trockenem Laub lag in der Luft. Die ersten Blätter der in dem Innenhof wachsenden Buche fielen bereits zu Boden. Vom milden Wind eines goldenen Herbsttages wurden sie über das Pflaster getragen und unter die Holzbank geweht, auf der wie immer um diese Zeit der alte Pfründner Carl-Ludwig saß, der Suni freundlich mit den Worten begrüßte: »Da bist du ja wieder, Mädchen. Hab schon gedacht, du bleibst an so einem schönen Tag wie dem heutigen in deiner Kammer sitzen.«

Adam grüßte den alten Mann lächelnd, während Suni schwieg, wie sie es immer tat. Langsam sank sie neben Carl-Ludwig auf die Bank, dankbar dafür, wieder sitzen zu können, denn die Narbe an ihrem Bauch schmerzte, und ihr wurde schnell schwindlig. Carl-Ludwig warf ihr einen mitleidigen Blick zu. »Bist bisschen blass um die Nase, Mädchen. Die frische Luft wird dir guttun.«

»Das wird sie gewiss«, antwortete Adam für Suni und seufzte.

Carl-Ludwig ahnte den Grund dafür. Seine Miene wurde ernst, doch er sagte nichts. Die Wunde in ihrem Leib würde heilen, doch der tiefe Riss in ihrer Seele war etwas anderes. Adam hatte Carl-Ludwig in die Geschehnisse eingeweiht, was den alten Pfründner sehr traurig gemacht hatte, auch wenn er sich eingestehen musste, dass er nicht sonderlich viel von Zigeunern hielt. Dieses fremde Volk trat zumeist in Gruppen auf, war dunkelhäutig, mit Ketten und anderem Firlefanz behängt und klaute gern auf den Märkten. Auch sollte man seine Kinder besser bei sich haben oder ins Haus holen, wenn sie in der Nähe waren. Allerdings musste er zugeben, dass er noch nie erlebt hatte, dass Zigeuner ein Kind gestohlen hätten – bei Geldbörsen, Schmuck, Federvieh und anderen Dingen war das natürlich etwas anderes. Doch das junge Mädchen neben ihm sah nicht wie eine Zigeunerin aus, angeblich war sie auch keine, wie Adam ihm versichert hatte.

»Ich geh dann mal in den Gemüsegarten. Die Kürbisse sind reif und müssen, genauso wie die Kelteräpfel, geerntet werden. Ich kann sie doch bei dir lassen, oder?«

»Selbstverständlich«, erwiderte Carl-Ludwig. »Wir werden uns schon vertragen.« Er zwinkerte Suni zu, die wie immer nicht reagierte. Adam entfernte sich, und die beiden blieben, wie an all den Tagen zuvor, allein zurück. Zu Anfang war Suni der alte Mann so befremdlich vorgekommen wie alles hier. Die gediegenen Fachwerkhäuser, der gepflasterte Innenhof, der alte Kater, der sich gern neben ihr auf der Bank zusammenrollte und auf den Namen Beppo hörte.

Der sanfte Herbstwind strich über ihre Wange, Blätter tanzten durch die Luft. Suni beobachtete, wie sie im hellen Sonnenlicht zu Boden wirbelten. Gestern hatte ein junger Bursche dieses erste Laub zu einem großen Haufen unter dem Baum zusammengefegt, doch in der Nacht hatte der Wind sein Spiel damit getrieben.

Carl-Ludwig streckte sich neben ihr, seufzte zufrieden und sagte: »Ist ein gutes Leben hier für alte Leute, besser als anderswo. Auch wenn es mich eine hübsche Stange Geld kostet. Aber besonders meine geliebte Amalie ist mir das wert.« Sein Blick wanderte zu einem der Nebengebäude. Suni wusste inzwischen, dass in der Kammer seine gehbehinderte Frau auf einer gepolsterten Liege am Fenster lag, damit sie noch ein bisschen Sonne abbekam und auf den Main blicken konnte. Das Sprechen fiel ihr inzwischen schwer, und auf einem Auge war sie erblindet. »Obwohl wir es gut hatten mit unserem Handelskontor auf dem Schlossplatz. Allerlei feine Waren haben wir an den Mann gebracht, vor allem Kaffee, aber auch Schokolade, Gewürze und Schnupftabak. Besonders die Kaffeehäuser kauften bei uns ein, eines davon sogar aus Frankfurt. Jacob Thomas hatte unweit vom Römerberg das erste Kaffeehaus der Stadt eröffnet. Anfangs war es nur eine kleine Schenke, doch er hatte so großen Zulauf, dass er schnell ausbaute. Wir haben gut an seinem Laden mitverdient, der mit den Jahren immer luxuriöser eingerichtet worden ist. Zum letzten Mal bin ich vor einigen Jahren dort gewesen. Gepolsterte Möbel, feinstes Porzellan und leckeren Kuchen und Gebäck gibt es dort. Künstler und Gelehrte gehen heute bei Georg, seinem Sohn, ein und aus, so wird jedenfalls gemunkelt. Ist eben feiner in so einem Kaffeehaus als in den einfachen Schenken der Stadt. Obwohl ich gute Gasthäuser wie das *Zu den drei Rindern*, in der Brückenstraße in Sachsenhausen gelegen, jetzt nicht schmälern möchte. Bin häufig bei einem meiner Besuche in der großen Stadt dort eingekehrt, besonders wenn es Gänsebraten gab. Eine Spezialität des Hauses, du verstehst.« Er griff sich an seinen deutlich gewölbten Bauch und grinste verschmitzt. »Gern hätte ich meiner Amalie das Kaffeehaus mit seiner eleganten Einrichtung gezeigt und sie auf ein Tässchen eingeladen.« Seine Stimme klang wehmütig. »Doch sie mag das bittere Gebräu nicht. Dann schon eher den Kuchen und das Gebäck, vielleicht mit einer Tasse Tee aus dem fernen Afrika, die man dort ja auch bekommt, genauso wie in den bunt eingerichteten Teepavillons, in denen sich die feinen Damen nachmittags auf einen Plausch treffen. Doch so recht ist Amalie nicht aus Höchst rausgekommen. Wir haben keine Kinder bekommen können. Weiß der Herr allein, warum, denn wir wären gute Eltern gewesen. So ist uns die Arbeit irgendwann über den Kopf gewachsen, und es wurde immer schwerer, mit den großen Kontoren mitzuhalten, sogar hier in Höchst. Am Ende war es nur noch ein kleines Ladengeschäft, das wir betrieben haben, und von einem Kunden wie dem Jacob Thomas konnten wir nur noch träumen. Immerhin hatten wir genug Erspartes, um uns hier bei den Antonitern als Pfründner einzumieten. Die Chorherren mögen oftmals eigen sein, aber hier sind wir versorgt, denn Kinder haben wir ja keine, die sich um uns kümmern könnten.« Er seufzte hörbar.

Suni hörte ihm, wie es ihre Gewohnheit war, aufmerksam zu. Wie immer erwiderte sie nichts und verzog keine Miene. Carl-Ludwigs sonor klingende Stimme und seine leicht melancholische Art taten ihr gut. Schon immer war sie eine gute Zuhörerin gewesen. Ob es nun Majpejlomas' Geschichten oder Geschichten aus dem Leben eines alten Händlers waren, das spielte keine Rolle.

Eine Weile schwiegen beide. Suni entspannte sich, lehnte den Kopf gegen die Hauswand und schloss schläfrig die Augen. Ihre wirren Träume ließen sie kaum zur Ruhe kommen, und sie sehnte sich danach, in einen tiefen, traumlosen Schlaf zu fallen, der endlich Entspannung brachte.

»Als du zu uns gekommen bist, hat ein junger Mann neben mir gesessen«, begann Carl-Ludwig, erneut zu sprechen. »Er war rabenschwarz gewesen.« Suni öffnete die Augen. Ihr Herz begann, schneller zu schlagen. »Das muss man sich mal vorstellen«, sagte Carl-Ludwig kopfschüttelnd, »da sitzt am helllichten Tag einfach so ein Mohr neben einem auf der Bank in der Sonne. Ist mir im Leben noch nicht passiert. Und ich sage dir: Als Händler bin ich weiß Gott weit herumgekommen.«

Sunis Hände begannen zu zittern. Sie ballte die Fäuste. »Er hat sich Sorgen um dich gemacht. Adam sagte, er hätte dich gerettet. Den ganzen Weg vom Liederbach bis hierher soll er dich getragen haben. Magdalene hat er dich genannt. So nennt dich auch Adam, wenn der Generalpräzeptor in der Nähe ist, nicht wahr?«

»Mein Name ist Suni«, erwiderte sie leise, dann etwas lauter: »Suni, so heiß ich. Nicht« – sie zögerte kurz –, »nicht Magdalene.« Zum ersten Mal seit langer Zeit kam ihr der Name über die Lippen. Doch sie wollte nicht Magdalene sein. Sie war Suni, eine Romni. Magdalene und die Vergangenheit waren weit fort und sollten es auch bleiben.

»Also, wenn du mich fragst, dann finde ich Magdalene besser. Suni klingt nach Zigeuner. Du siehst nicht wie eine Suni, sondern wie eine Magdalene, wie eine von uns aus.« Verlegen griff er nach Sunis Hand. Sie ließ die Berührung zu, obwohl alles in ihr sich gegen seine Aussage sträubte. Sein Weltbild, was die Zigeuner betraf, würde sie nicht ändern können, es stimmte ja sogar ein bisschen, wie sie selbst zugeben musste. Doch wer würde nicht ab und an stehlen, um über den Winter zu kommen? Magdalene, wiederholte sie in Gedanken und fühlte die rauhe Haut seiner Fingerkuppen auf ihrem Handrücken. Magdalene schien wie ein ferner Traum aus einer anderen Welt zu sein, der zerbrochen gewesen war und sich plötzlich Stück für Stück wieder zusammensetzte. Ein Name, der viele Fragen heraufbeschwor. Sie dachte an den Tag in dem Jagdschloss zurück. An das Bild an der Wand. Sich selbst hatte sie dort wiedererkannt, das wusste sie. Doch ein Name würde niemals ein verlorenes Leben zurückholen, auch wenn er hübscher klang und besser zu den Vorstellungen eines alten Mannes passte. Oder war der Name Suni all die Jahre die Lüge gewesen? Sie dachte an ihre Gefühle, die die Begegnung mit Luise von Spiegel ausgelöst hatte. Wut war es gewesen – Verzweiflung, Hass und Machtlosigkeit. Diese Frau hatte ihre geliebte Mutter getötet, und sie war damals geflohen. Doch die Bilder und die Erinnerungen waren in ihr geblieben. Was hätte es für einen Sinn, in ihr altes Leben zurückzukehren? Heute war sie Suni, eine tanzende Romni. Oder vielleicht doch die Magdalene, die der schwarze Mann gerettet hatte? Womöglich tat sie ihm tatsächlich unrecht. Woher kannte er überhaupt ihren alten Namen. Ein schwarzer Mann, ein Mohr, wie in Carl-Ludwig nannte. Er fehlte in ihren wenigen Erinnerungen, die das bruchstückhafte Leben eines kleinen Mädchens namens Magdalene heraufbeschworen.

»Der Mohr macht sich drüben im Küchengarten und auf den Feldern bei der Ernte nützlich. Wenn du mich fragst: Er sieht aus wie ein geprügelter Hund. Vielleicht solltest du mit ihm reden. Findest du nicht, dass er wenigstens ein Wort des Dankes verdient? Ohne ihn wärst du jetzt gewiss tot.«

»Was vielleicht besser wäre«, gab Suni patzig zur Antwort und zog ihre Hand zurück. Sie wollte weder mit dem Mohren noch über ihn sprechen.

Doch nach einer Weile begann sie, Tränen in den Augen, stockend zu erzählen: »Um diese Zeit wären wir jetzt am Rhein bei Eltville. Dort sind wir jedes Jahr zur Weinlese gewesen. Darauf habe ich mich, trotz der harten Arbeit an den steilen Hängen, immer besonders gefreut, denn in den Weinbergen herrscht ein ganz eigenes Licht, und das Wasser des Rheins funkelt so wunderbar in der Sonne.« Sie blickte Carl-Ludwig an. Die Tränen liefen ihr über die Wangen. »Ich bin gern Suni, eine Romni. Ich will nicht zurück, will nicht mehr Magdalene heißen.« Ihre Stimme brach. »Oder bin ich immer Magdalene gewesen und wusste es nur nicht?«

»Ich weiß es nicht«, antwortete Carl-Ludwig ein wenig hilflos. »Mit zwei verschiedenen Leben kenn ich mich nicht so gut aus, musst du wissen. Ich bin nur ein alter, in der Sonne sitzender Händler, der an kalten Tagen arg die Gicht in den Händen spürt. Aber ich kenne jemanden, der dir vielleicht weiterhelfen kann.« Er fing ihren Blick auf. »Er mag schwarz sein, aber er macht einen anständigen Eindruck, so anständig, wie jemand eben sein kann, der aussieht, als hätte er seinen Kopf tagelang in den Ofen gesteckt.« Carl-Ludwig grinste verschmitzt. Jetzt musste auch Suni lächeln. »Na siehst du. So schlimm ist die Welt doch gar nicht«, sagte er erleichtert. Zärtlich wischte er Suni eine Träne von der Wange und erhob sich schwerfällig. »Zeit fürs Mittagessen.« Er warf Suni einen Seitenblick zu. »Bist eingeladen, wenn du möchtest. Amalie hat gern Gesellschaft, nur leider hab ich es nicht so mit dem Weibergetratsche, wenn du verstehst, was ich meine. Und später werden wir gemeinsam nach dem Mohren Ausschau halten. Irgendwo drüben bei den Apfelbäumen hab ich ihn zuletzt gesehen. Zusammen schaffen wir den Weg bestimmt.«

Dankbar begleitete Suni den alten Mann über den Hof zu seiner Unterkunft. Die beiden bemerkten nicht, dass sie von einem der oberen Fenster aus beobachtet wurden. Lächelnd stand dort Adam, der dem Herrn im Himmel dafür dankte, dass sein Plan aufgegangen war.

13

Adam saß Mathis gegenüber und beobachtete, wie dieser seinen ersten Becher Wein in einem Zug leerte und sich aus dem Krug nachschenkte. Es war den beiden zur Gewohnheit geworden, die Abende im *Gasthaus zum Bären* auf dem Schlossplatz zu verbringen. Adam hielt sich mit dem Alkohol zurück und nippte nur an seinem verdünnten Apfelwein. Der Apfelwein war es auch, der die Kassen der Abtei jeden Herbst ordentlich füllte, denn die Kelterei bezahlte gute Preise für die reifen Kelteräpfel, von denen gar nicht genug an den Bäumen wachsen konnten. Im letzten Frühjahr hatten sie zehn weitere Bäume gepflanzt, deren Ertrag allerdings erst mit den Jahren steigen würde. Erneut nahm Adam einen Schluck von seinem Apfelwein, wischte sich über die Lippen, deutete auf Mathis' gefüllten Becher und sagte: »Kein Wein der Welt kann mir meinen geliebten Apfelwein ersetzen. Und in diesem Jahr scheint die Ernte besonders gut zu sein.«

»Das stimmt«, bestätigte Mathis, der den ganzen Tag bei der Ernte geholfen hatte. »Die Bäume tragen schwer an ihrer Last. Einige von ihnen hängen so voller Früchte, dass sogar Äste abzubrechen drohen. Trotzdem ist mir der süße Wein lieber.« Er nahm einen kräftigen Schluck aus seinem Becher und bemühte sich, die neugierigen Blicke zu ignorieren, die ihnen von einem der Nachbartische zugeworfen wurden. Die Stammkundschaft und der Wirt hatten sich schnell an den Mohren gewöhnt, der stets in Begleitung des Laienbruders kam, was bedeutete, dass der dunkelhäutige Mann ein ordentlicher Kerl sein musste. Doch Durchreisende wie die Händler am Nachbartisch beäugten den Mohren kritisch und sparten nicht mit abfälligen Sprüchen.

Thea, die Tochter des Wirtes, ein junges, leider etwas hager geratenes Ding mit großen braunen Augen und einer schmalen Nase, stellte einen weiteren Krug Wein auf ihren Tisch, was dazu führte, dass einer der Herren vom Nachbartisch den Wirt zu sich winkte, der bereitwillig herbeikam. Heinrich Gebert, der im *Gasthaus zum Bären* aufgewachsen war, hörte sich gelassen die Beschwerde des Gastes an, der, wie sich herausstellte, einer reichen Patrizierfamilie aus Frankfurt entstammte.

»Weshalb müssen meine Freunde und ich die Schmach ertragen und mit einem Mohren in Eurer hübschen Gaststube sitzen, guter Wirt?«, fragte der Mann so laut, dass die Gespräche der anderen Gäste verstummten.

Der Wirt blickte zu Mathis und Adam, die etwas abseits in einer schmalen Fensternische saßen. »Was habt Ihr gegen ein wenig Vielfalt, mein Freund?«, gab er keck zur Antwort. »Ihr als weitgereister Tuchhändler müsst es doch gewohnt sein, Menschen mit unterschiedlicher Hautfarbe zu begegnen. Erzähltet Ihr mir nicht neulich erst, dass Ihr im fernen Sizilien gewesen und sogar bis Marokko gereist seid, um feinste Seide für Euer Kontor zu finden? Und da stört Ihr Euch an einem schwarzen Mann in einer Schenke, der keiner Fliege etwas zuleide tut?«

Der eine oder andere Gast nickte zustimmend, denn die Meinung des Wirtes wog schwer in dieser Gegend. Die Augen des Tuchhändlers verengten sich zu schmalen Schlitzen.

»Die Vielfalt ist nicht mein Problem, mein Freund. Doch verwundert es mich ein wenig, denn gerade heute wurde ich auf der Straße angesprochen und nach einem Mohren gefragt.«

»Von wem seid Ihr angesprochen worden?«, mischte sich Mathis in das Gespräch ein und sprang auf. Er wollte sich dem Tuchhändler nähern, doch Adam, der ebenfalls aufgestanden war, hielt ihn am Arm zurück.

Irritiert blickte der Tuchhändler von Mathis zum Wirt und zu Adam. »Von zwei jungen Burschen, sahen abgerissen aus«, gab er wahrheitsgemäß zur Antwort.

Mathis erstarrte, hakte dann aber noch einmal nach: »Ein großer Blonder und ein stämmiger mit braunem Haar?«

»So genau habe ich mir die beiden nicht angesehen, denn wir hatten es eilig. Es läuft so viel Gesindel auf den Straßen herum. Aber einer war blond, glaube ich zumindest.« Der Tuchhändler, dem die Sache nicht ganz geheuer war, wandte sich erneut an den Wirt. »Hört, guter Mann, ich kehre gern in Euren Gasthof ein, doch sollte sich öfter solches Gesindel …«

»Dieser Mann ist kein Gesindel. Zügelt Eure Zunge, mein Herr«, mischte sich jetzt Adam in das Gespräch ein. »Er ist Gast unseres Konvents, und ich bürge für ihn. Er gehört zur Dienerschaft einer Bürgersfrau und sollte mit deren Nichte nach Kelsterbach reisen. Leider sind die beiden Opfer eines Hinterhalts geworden. Welches Gesindel Ihr auch immer angetroffen habt, der junge Mann hier hat gewiss nichts mit diesen Leuten zu tun. Das kann ich Euch versichern.« Adams Stimme klang fest. Dem Tuchhändler blieb sein Widerspruch im Hals stecken. Einen Moment herrschte betretenes Schweigen in der Gaststätte, das der Wirt als Erster durchbrach. »Also ist jetzt alles geklärt.« Nervös wischte er sich den

Schweiß von der Stirn. So viel Aufregung war er nicht gewohnt. Er nickte Adam zu, der Mathis wieder zu ihrem Tisch zog. An den anderen Tischen setzte Gemurmel ein. Der Tuchhändler war der Letzte, der auf seinen Stuhl zurücksank. Sein Freund holte ein Kartenspiel aus der Tasche und schlug ein Spiel vor. Schnell waren die Männer in ihr Spiel vertieft und Adam und Mathis vergessen.

Mathis beruhigte sich jedoch nicht. Er war sich sicher, dass die beiden Burschen Hannes und Friedrich gewesen waren, die sich in Lorenz' Auftrag auf die Suche nach ihm gemacht hatten. Seine Hände zitterten, als er sich Wein nachschenkte. Adam blieb die Unruhe seines dunkelhäutigen Freundes nicht verborgen. Behutsam legte er seine Hand auf die von Mathis und schaute ihm eindringlich in die Augen. »Du weißt, wer die Männer sind, nicht wahr?« Mathis nickte ernst. »Ich denke, es ist an der Zeit, dass wir uns mal darüber unterhalten«, sagte Adam.

Mathis stimmte zu. Ja, es wurde Zeit, dass er offen mit Adam sprach. Der Antoniter hatte es verdient, die Wahrheit zu erfahren. Auch wenn das am Ende bedeuten könnte, dass er Mathis wegschicken würde.

»Aber nicht hier«, erwiderte Mathis mit einem Seitenblick zum Nachbartisch, wo das nächste Spiel mit einer Runde Schnaps begonnen wurde.

Adam winkte den Wirt herbei und bezahlte die Zeche, gab ein großzügiges Trinkgeld. Die beiden Männer verließen unbehelligt den Gasthof und traten auf den Schlossplatz hinaus. Mathis blickte zum Himmel. Der volle Mond verschwand immer wieder hinter dicken Nebelschwaden, die vom Fluss herüberzogen und sich wie ein grauer Teppich über Häuser, Straßen und Plätze legten. Noch vermochte es die Sonne mit ihren warmen Strahlen, die düsteren Schwaden zu vertreiben, doch bald schon würde die Welt in der Tristesse des Spätherbstes versinken, der den eisigen Winter ankündigte. Trotzdem liebte Mathis die kühlen, geheimnisvoll anmutenden Herbstnächte. Die Menschen zogen sich in ihre Häuser zurück, und gemeinsam mit der Natur kam auch der Mensch zur Ruhe.

»Ich mag solche Nächte. Sie sind so wunderbar still und geheimnisvoll«, sprach Adam das aus, was Mathis fühlte. Lächelnd antwortete Mathis: »Manchmal bist du mir beinahe unheimlich, mein Freund. Als hättest du meine Gedanken gelesen.« Er legte kurz die Hand auf Adams Schulter, ließ sie dann aber wieder sinken und fügte leise hinzu: »Manchmal wünschte ich, der Nebel würde für immer bleiben und all meine Sünden unter seinem grauen Schleier verdecken, damit sie niemals ans Licht kommen.«

»Ist es wirklich so schlimm?«, fragte Adam. »Es geht um die Männer, die nach dir gefragt haben, nicht wahr?«

Mathis deutete ein Nicken an. Sie waren in die Schlossgasse geschlendert, wo sie jetzt stehen blieben. Adam fing Mathis' Blick auf, sagte aber nichts. Er ließ seinem Freund Zeit, seine Gedanken zu ordnen. Es war ihm schnell klar gewesen, dass Mathis etwas vor ihm verbarg. Doch er hatte nicht nachgefragt, da er sich sicher war, dass Mathis irgendwann die ganze Geschichte erzählen würde.

»Ich war an dem Überfall auf die Zigeuner beteiligt«, sprach Mathis aus, was ihn innerlich zu zerreißen drohte. Adam reagierte nicht auf Mathis' Worte, so dass dieser sich ermutigt fühlte, weiterzusprechen. »Ich bin Mitglied eines Wandertheaters. Ein buntes Volk, skurrile Menschen, die jeden Abend in einer anderen Stadt eine Vorstellung der ganz eigenen Art bieten.« Er machte eine kurze Pause. Zum ersten Mal seit Tagen kamen ihm Dora und sein Versprechen in den Sinn. »Zwerge, Affen- und Löwenmenschen, Allesfresser, Schlangentänzer und ein schwarzer Bursche, der die Eintrittskarten verkaufte und jeden Abend im Publikum stand, um das traurige Schauspiel auf der Bühne zu beobachten. Man kann irgendwie in dieser Welt des schönen Scheins leben, aber frei ist keiner von uns, denn Lorenz, der Anführer, hat die Zügel in der Hand. In seinen Augen sind wir eine Familie, eine Gemeinschaft, die er sich mit Gewalt erkauft hat. Einige Mitglieder der Gruppe sind sogar geraubt worden. Eingesperrt und gefügig gemacht, folgen wir ihm durch die Lande und gehorchen, selbst wenn es darum geht, Zigeuner zu töten, für die er gern das Kopfgeld kassiert. Auch ich habe ihm gehorcht. Seit dem Zeitpunkt, als ich ihm in jener kalten Januarnacht in Darmstadt in die Arme gelaufen bin, war ich sein Besitz und tat alles, was er von mir wollte – sogar töten, wenn es sein musste.« Mathis verstummte. Wieder reagierte Adam nicht auf seine Worte. Nach kurzem Schweigen sprach Mathis weiter. »In jener Januarnacht ist noch jemand fortgelaufen. Meine Güte, sie war noch so klein, so liebenswert und ungewöhnlich.«

»Magdalene«, schlussfolgerte Adam.

»Sie ist die Tochter des Landgrafen Ernst-Ludwig von Hessen-Darmstadt.«

»Sie ist was?«, fragte Adam verblüfft.

»Allerdings ist sie nicht ehelich geboren. Sie ist die Tochter seiner Mätresse, Charlotte von Forstner, der sie unglaublich ähnlich sieht.«

Adam setzte sich auf eine an der Schlossmauer stehende Bank und schluckte. Diese Neuigkeit musste er erst einmal verdauen.

Mathis nahm neben ihm Platz und fuhr fort: »An jenem Abend hat es geschneit, und es war bitterkalt. Magdalene hatte

Angst. Aber welches sechsjährige Mädchen hätte das nicht, wenn es gerade den Mord an seiner eigenen Mutter beobachtet hätte. Sie kam die Treppe heruntergelaufen, gefolgt von Luise von Spiegel, einer rachsüchtigen Mörderin, die heute an der Seite des Landgrafen lebt. Ich habe mich ihr entgegengestellt, wollte Magdalene beschützen. Doch ich war nur der kleine Schokoladenjunge, ein Nichts in dem wunderschönen Stadtpalais.« Seine Stimme wurde leiser. »Beide sind wir an jenem Abend in die Darmstädter Gassen geflohen, jeder von uns seinem Schicksal entgegen. Irgendwann kam das Gerücht auf, Magdalene wäre von den Zigeunern gestohlen worden, was den Landgrafen nur noch mehr gegen das fahrende Volk aufgebracht hat. Wer dieses Gerücht in die Welt gesetzt hatte, konnte ich mir denken. Trotzdem habe ich daran geglaubt, dass sie bei ihnen gelandet und herzlich aufgenommen worden ist. Mein Gott« – er schüttelte den Kopf –, »wir liebten uns wie Kinder, waren in einem anderen Leben Spielgefährten.« Er verstummte.

»Und dann stand sie plötzlich vor dir: deine ehemalige Spielgefährtin aus einer anderen Zeit.« Adam zog die richtigen Schlüsse.

»Sie hat auf dem Marktplatz getanzt. So wunderschön und einzigartig, voller Stolz und Würde.«

»Und da hast du beschlossen, dass dein bisheriges Leben ein Ende haben muss.« Adam war wirklich gut darin, Zusammenhänge zu begreifen.

»Lorenz hat in der Menge gestanden. Ich habe seinen Blick gesehen. Er wollte sie besitzen, so, wie er uns alle besitzt. Doch sie sollte frei sein, ihm nicht gehören. Mein ganzes Leben lang habe ich davon geträumt, sie wiederzusehen, und jetzt stehe ich vor einem Scherbenhaufen und weiß nicht mehr weiter.« Er warf Adam einen kurzen Blick zu. »Jedes

Mal, wenn wir wieder ein Zigeunerlager dem Erdboden gleichgemacht haben, um die Kopfprämie zu erhalten, habe ich zum Herrgott gebetet, sie möge unter ihnen sein. Dieses Mal war sie es, und Lorenz hat es gewusst.«

»Er hat es gewusst?«

»Luise von Spiegel ist seine Geliebte.«

Ungläubig blickte Adam Mathis an und wiederholte: »Seine Geliebte.«

»Ist eine längere Geschichte«, erklärte Mathis. »Er tut alles, was sie will. Ich glaube, er würde für diese Frau sogar vom Frankfurter Dom herab in den Tod springen, wenn sie es ihm befehlen würde.«

»Ich verstehe«, sagte Adam knapp.

»Dieses Mal hätte er sich ihrem Willen widersetzt. Dessen bin ich mir sicher. Er hätte Magdalene nicht getötet. Ihr Tanz ist einmalig, unfassbar schön und betörend. Er wollte sie für die Bühne besitzen oder für sich selbst, so viel Gier hat in seinem Blick gelegen. Aber Magdalene wird er nicht einsperren und gefügig machen. Nicht sie, niemals!« Seine Stimme wurde laut. Wut stieg in ihm auf. Er sprang auf und ballte die Fäuste.

Adam erhob sich ebenfalls und legte ihm beruhigend die Hand auf den Arm, auch wenn er selbst alles andere als ruhig war.

»Es ist spät geworden, mein Freund. Lass uns zu Bett gehen. Morgen werden wir weitersehen.«

»Du schickst mich also nicht fort«, fragte Mathis unsicher. »Ich meine, ich bin ein Mörder, und du bist ein Mönch.«

»Ein Laienbruder«, verbesserte Adam ihn lächelnd. »Nein, ich schicke dich nicht fort. Dein Bericht klingt verwirrend, und ich muss gestehen, auch beängstigend. Aber wir werden eine Lösung finden. Für dich und für Magdalene. Das verspreche ich dir.«

Mathis atmete erleichtert auf. »Hab Dank, mein Freund.«

Sie setzten sich in Bewegung und betraten wenig später den Innenhof des Antoniter-Anwesens. Eine Gestalt saß dort auf der Bank vor dem Haus. Die beiden erkannten Magdalene sofort. Unsicher blieb Mathis stehen. Adam jedoch ging weiter und bedeutete Mathis, ihm zu folgen. Langsam näherte sich der Laienbruder Magdalene und grüßte sie freundlich.

»Guten Abend, mein Kind. Was treibt Euch zu so später Stunde aus Eurer Kammer?«

Ohne Gruß antwortete Magdalene: »Die Träume.«

»Ich verstehe.« Adam nickte und setzte sich neben sie, während Mathis im Schatten einer Hauswand verweilte, denn er wollte sie nicht erschrecken.

»Immer noch der gleiche Traum?«, erkundigte sich Adam und versuchte vergeblich, ihren Blick einzufangen.

Sie nickte zaghaft und murmelte: »Es ist immer derselbe, jede Nacht. Und ihre Stimmen, sie sind in meinem Kopf. Sie verfolgen mich, klagen, weinen, wollen mich nicht zur Ruhe kommen lassen.«

Er streckte seine Hand aus, um nach der ihren zu greifen, doch sie zog sie zurück. Sie wollte keine Nähe, keinen Trost. Sie verschränkte die Arme und rückte ein Stück zur Seite. Adam seufzte innerlich. Die körperliche Wunde heilte bereits, doch der Riss in ihrem Inneren klaffte noch immer weit auseinander und ließ ihre Seele bluten.

»Heute Morgen hast du mit Carl-Ludwig hier gesessen. Ihr habt euch unterhalten. Ich glaube, er hat es sogar hinbekommen, ein kleines Lächeln auf deine Lippen zu zaubern. Verrätst du mir vielleicht, wie er das geschafft hat?«

Er versuchte, seiner Stimme einen fröhlichen Klang zu verleihen, was nicht so recht funktionierte.

»Er ist nett«, antwortete Suni knapp.

»Sogar sehr nett«, erwiderte Adam. »Weißt du, ich habe ihn richtig gern. Er ist mir so vertraut, als würde ich ihn schon eine Ewigkeit kennen, derweil liegt unsere erste Begegnung erst zwei Jahre zurück. Vielleicht kommt das daher, dass er Händler ist. Sollen weltoffene Menschen sein, hab ich mir sagen lassen.« Sein Blick wanderte über den Hof und zu der Wohnung des Pfründners. »Nur schade, dass es um seine Frau Amalie so schlecht bestellt ist.«

»Heute hatte sie einen ihrer guten Tage«, erwiderte Magdalene und nahm, wie von ihm erhofft, den Faden auf. »Wir haben zusammen gegessen, und sie hat sogar gelächelt. Carl-Ludwig hat eine lustige Begebenheit aus dem Kontor erzählt.«

»Ja, Geschichten kann er erzählen. Aber er hat auch viel erlebt und spricht gern über die Menschen, seine Kundschaft und das Leben.« Adam machte eine kurze Pause und überlegte, ob er versuchen sollte, das Thema Mathis anzuschneiden. Er entschloss sich dafür. Irgendwann mussten die beiden wieder zueinanderfinden. Ein unsichtbares Band verband Mathis und Magdalene. Das Schicksal musste einen guten Grund gehabt haben, die beiden wieder aufeinandertreffen zu lassen.

»Hat dir Carl-Ludwig auch von dem dunkelhäutigen Burschen erzählt, der neulich neben ihm, voller Sorge um dich, in der Sonne gesessen hat?« Er rechnete mit einer abweisenden Reaktion von Magdalene, doch sie nickte.

»Ja, das hat er. Er soll mich gerettet haben. Vielleicht ist er deshalb in meinen Träumen. Wir wollten heute Nachmittag in den Garten gehen, um ihn zu treffen.« Ihre Stimme klang unsicher. »Doch ich war müde, habe mich lieber hingelegt und bin eben erst wieder aufgewacht …«

»... und hierhergekommen«, vollendete Adam erleichtert ihren Satz. Magdalenes Worte bestätigten seine Ahnung, dass Carl-Ludwig gute Vorarbeit geleistet hatte. Der behutsame Umgang mit Menschen war dem alten Händler in die Wiege gelegt worden, daran gab es nichts zu rütteln.

Mathis, der alles mit angehört hatte, trat langsam näher. Sein Herz schlug ihm vor Aufregung bis zum Hals. Adam hob die Hand, um ihm zu bedeuten, weiterhin Abstand zu halten, aber Magdalene hatte ihn bereits bemerkt. Sie hob den Kopf und sah ihm in die Augen. Schweigend blickten sie einander an, und Adam erkannte, dass für ihn der Zeitpunkt, sich zurückzuziehen, gekommen war. Er berührte noch einmal kurz Magdalenes Schulter, nickte Mathis zu und verschwand über den Hof zu seiner Unterkunft.

Langsam trat Mathis näher und blieb neben Magdalene stehen. Sämtliche Worte und Erklärungen schienen aus seinem Kopf verschwunden zu sein. Zaghaft sagte er: »Ich kenne nicht einmal deinen jetzigen Namen.«

Magdalene bedeutete ihm, sich neben sie zu setzen, und antwortete: »Suni. Mein Name ist Suni. Oder jedenfalls war er das. Ich weiß es nicht mehr. Willst du mir nicht deinen Namen nennen?«

Mathis setzte sich neben sie. Die Anspannung drohte ihn innerlich zu zerreißen. Er nannte seinen Namen und rang sich ein Lächeln ab.

»Mathis also.« Magdalene nickte.

Schweigend blieben sie nebeneinander sitzen. Keiner von beiden wusste so recht, was er sagen sollte. Irgendwo erklang das laute Fauchen zweier streitender Katzen, dann war es wieder still. Mathis blickte zum Himmel. Der Vollmond hatte für den Moment den Kampf gegen die Nebelschwaden gewonnen. Sie gaben sogar die Sicht auf den großen Wagen frei, den er, wie es ihm zur Gewohnheit geworden war, am Himmel suchte.

»Ich hab Vollmondnächte schon immer gerngehabt«, sagte er. »In diesen Nächten versinkt die Welt nicht in Dunkelheit, sondern leuchtet silbern. Manchmal, wenn ich die Augen schließe, dann sehe ich den Mond über dem Meer stehen. Er bringt die Wellen zum Funkeln, und es sieht aus, als würden Tausende Diamanten auf ihnen tanzen.«

»Über denen der Himmel voller Sterne ist, die wunderschöne Bilder zeichnen«, sagte Magdalene plötzlich.

Verwundert blickte Mathis sie an. Diesen Satz konnte sie nur wissen, wenn sie sich …

»Du kennst meinen Namen schon sehr lange, nicht wahr? Das Meer, die Sterne – du hast mir schon mal davon erzählt. Ich erinnere mich.«

Anstatt ihre Frage zu beantworten, deutete er nach oben.

»Dort oben, das ist der große Wagen. Er macht mir irgendwie Mut, denn er ist beständig und verharrt zuverlässig an derselben Stelle, was beruhigend ist. Findest du nicht?«

»Mathis«, sagte Magdalene plötzlich. »Ich erinnere mich an einen Mathis. Er war, er ist …« Ihre Augen weiteten sich. Die Erkenntnis traf sie wie ein Schlag. »Der Schokoladenmohr«, murmelte sie leise. Mathis nickte. »Aber, du warst, du bist …«

»… jetzt hier«, sagte er und berührte sanft ihre Hand.

Magdalene ließ die Berührung zu. Plötzlich sah sie den kleinen schwarzen Jungen vor sich, mit dem sie durch die Gärten gewirbelt war, Schabernack auf den Fluren getrieben und Lesen gelernt hatte. Der ihrer Mutter jeden Morgen eine Tasse heiße Schokolade ans Bett gebracht hatte, stets ein verschmitztes Grinsen auf den Lippen.

»Magdalene«, sagte sie plötzlich.

»Nur, wenn du es möchtest«, erwiderte Mathis.

»Sie ist lange fort gewesen«, fuhr sie fort. »Suni, ich meine …«

»Ich weiß«, erwiderte Mathis und legte den Arm um sie. Dankbar rückte sie näher an ihn heran, ließ ihren Kopf an seine Schulter sinken und weinte hemmungslos.

14

Lorenz stand an der offenen Stalltür und ließ seinen Blick über den Innenhof schweifen. Hinter ihm war das Schnauben und Stampfen der Pferde zu hören. Warmer Stallgeruch zog ihm in die Nase. Eines der Tiere tänzelte unruhig in seinem Pferch herum und wieherte laut. Die beruhigende Stimme eines Stallburschen drang an Lorenz' Ohr. Bereits seit einigen Stunden war er wach und hatte, am Fenster stehend, beobachtet, wie der düstere Herbsttag heraufgezogen war. Um den Kopf frei zu bekommen, entschloss er sich zu einem Ausritt, denn auch die letzte Nacht in den Armen seiner Geliebten hatte ihm nicht die erhoffte Entspannung gebracht. Luise von Spiegel hatte bereits vor seiner Ankunft einige Gläser Wein getrunken, so dass ihre Wangen gerötet waren und in ihren Augen ein ganz besonderes Feuer geflackert hatte. Ohne viele Worte zu verlieren, liebten sie sich mehrmals. Es war gut gewesen, sich in ihr zu verlieren, aber die Ohnmacht der letzten Tage hatte auch sie nicht vertreiben können. Unverrichteter Dinge war er mit seinen Leuten vor wenigen Tagen an den Stadtrand von Darmstadt zurückgekehrt. Nur Hannes und Friedrich waren in der Nähe von Höchst geblieben, um in der Gegend Erkundigungen einzuholen. Die Tatsache, dass ihre Suche bisher erfolglos geblieben war, machte ihn unsäglich wütend. Unfähige Stümper waren sie. Simon, sein Allesfresser, würde die Aufgabe gewiss besser erledigen, denn er war grobschlächtig und zuverlässig. Doch Lorenz benötigte ihn für die Vorstellungen. Es reichte schon, dass er Dora verloren hatte, was den Auftritt von Liesel eindeutig schmälerte. Auf den Allesfresser konnte er nicht auch noch verzichten. Er hoffte, dass bald gute Neuigkeiten von den beiden aus Höchst, oder von wo auch immer, eintreffen würden. Ein schwarzer Bursche wie Mathis konnte doch nicht einfach vom Erdboden verschluckt worden sein. Nur, was würde er mit ihm machen, wenn sie ihn erwischten, wovon er fest ausging. Jedes andere Mitglied ihrer Gruppe würde er am nächsten Baum aufknüpfen, doch bei Mathis war es anders. Hätte er einen Sohn gehabt, wie Mathis hätte er sein müssen. Nicht unbedingt dunkelhäutig, gewiss, aber Mathis war loyal, ehrlich und hatte das Herz am rechten Fleck. Lorenz wusste sehr wohl, dass der Mohr nur aufgrund seiner Einschüchterungen all die Jahre bei ihm geblieben war. Vielleicht auch aus der Not heraus. Wohin sollte ein Schokoladenmohr in einem Land gehen, in dem ihm die anderen Menschen mit Misstrauen begegneten. Mathis war ihm mit der Zeit Partner und Freund geworden, obwohl er die Verbitterung über sein Dasein nicht zurückhielt. Nicht nur einmal hatte er sich in den letzten Jahren über die spitze Zunge des dunkelhäutigen Jungen geärgert, der mittlerweile zu einem jungen, ihm ebenbürtigen Mann herangereift war.

Zwei Stallburschen liefen über den Innenhof, einer von ihnen schob eine Schubkarre vor sich her. Sie unterhielten sich laut lachend, der Name eines Mädchens fiel. Lorenz' Blick wanderte zu einem der Fenster im oberen Stockwerk. Dort oben saß Luise vermutlich gerade an ihrem Toilettentisch. All die Jahre hatte er sie, was Mathis anging, belogen. Schnell hatte er herausbekommen, dass Luise der Grund für Mathis'

Flucht in die Darmstädter Gassen gewesen war. Selbstverständlich wusste er von Luises Mord an Charlotte von Forstner. Es war ihm neulich schwergefallen, den Ahnungslosen zu spielen. Trotzdem liebte er Luise mehr als sein Leben. Sie war das hübsche junge Mädchen, das ihn einst mit ihrer mädchenhaften Ausstrahlung betörte und heute mit der Sinnlichkeit einer reifen Frau liebte. Was sie auch immer tun, wie sehr sie ihn missachten und beleidigen würde – es war gleichgültig. Er war ihr mit Haut und Haar verfallen, würde ihr überallhin folgen und sogar seinen besten Freund töten, wenn sie es wollte. Er wusste, dass sein Verhalten und diese Liebe der reinste Irrsinn waren. Aber vielleicht war es ja gerade das Unnormale, das Spiel mit dem Feuer, was ihn an ihrer Beziehung reizte. Oder war es doch die Vertrautheit, die ihm ein Stück Sicherheit gab. Er wusste, dass er sich etwas vormachte, denn sein geliebtes Wandertheater stellte nicht die Gemeinschaft dar, die er sich erträumte. Das Wort Familie kam einer großen Lüge gleich, doch er benutzte es gern, obwohl Angst und Einschüchterung die Hauptgründe dafür waren, dass die Menschen bei ihm blieben. Vielleicht war es aber auch die Hilflosigkeit, denn sie alle führten ein Dasein am Rande einer Gesellschaft, die alles Andersartige ausgrenzte und verteufelte. Sein ganzes Leben lang war Lorenz ein Getriebener, ein Jäger, ein Gaukler gewesen, der nichts mehr verabscheute als das biedere Bürgertum, die Normalität.

Vor seinem inneren Auge sah er plötzlich Magdalene vor sich, wie sie auf dem Marktplatz getanzt hatte – stolz und anmutig. In seinen Fingern begann es zu kribbeln. Er schloss für einen Moment die Augen, um seine aufwallenden Gefühle unter Kontrolle zu bringen. Dieses Mädchen hätte ihn mit seiner betörenden Schönheit beinahe dazu verleitet, zum ersten Mal mit seinen Prinzipien zu brechen. Luise wollte sie tot sehen, doch er wollte sie besitzen. Er hatte nicht geglaubt, dass die Macht eines Augenblicks ihn so aus der Ruhe bringen könnte. Die wenigen Minuten auf dem Marktplatz waren magisch gewesen. Vielleicht ein wenig so wie seine erste Begegnung mit Luise. Sie war an einem dieser heißen Sommertage von zu Hause ausgebüxt und in den nahen Wald gelaufen, wo sie gern in einem kleinen Weiher schwimmen ging. Schwimmen. Er lächelte. Kaum ein Mädchen konnte es. Luise schon. Als Kind hatte sie es gemeinsam mit den Stallburschen gelernt und wäre dabei beinahe ertrunken, wie sie ihm später erzählte.

An jenem Nachmittag war sie allein am Weiher und vollkommen nackt gewesen. Wie eine Meerjungfrau so schön, stieg sie aus dem Wasser und setzte sich ans Ufer, um in der Sonne zu trocknen. Eigentlich hatte er in diesem Moment gar nicht auf sich aufmerksam machen wollen. Aber ein knackender Ast unter seinen Füßen verriet ihn, und sie hatte in seine Richtung geschaut. Den Augenblick, als sich ihre Blicke zum ersten Mal trafen, würde er in seinem ganzen Leben nicht vergessen.

»Euer Pferd wäre jetzt so weit«, riss ihn ein Stallbursche aus seinen Gedanken. Lorenz zuckte zusammen. Vor ihm stand ein schmächtiger Knabe, kaum älter als vierzehn Jahre, und schaute ihn abwartend an. Er hielt die Zügel seines Hengstes Odysseus in den Händen. Lorenz dankte dem Burschen knapp, nahm ihm die Zügel ab, führte das Pferd in die Mitte des Hofes und schwang sich in den Sattel. Da erklang plötzlich eine ihm wohlbekannte Stimme, und er wandte sich um.

»Warte!« Luise von Spiegel trat in ihrer braunen Reitkleidung näher.

»Ich begleite dich.« Ein weiterer Stallbursche führte ihre Stute Griselda auf den Hof und half seiner Herrin dabei, im Damensattel Platz zu nehmen.

Lorenz lenkte sein Pferd neben das seiner Geliebten. »Was verschafft mir das Vergnügen, dass du dich ganz gegen deine Gewohnheit heute Morgen schon aufs Pferd wagst? Und das auch noch bei diesem nasskalten Wetter.«

»Vielleicht schätze ich einfach deine Nähe«, antwortete sie und trieb das Pferd an. Er grinste süffisant, ahnte aber, dass hinter ihrem plötzlichen Erscheinen etwas anderes steckte. Es war besser, auf der Hut zu sein.

Die beiden trabten vom Hof und lenkten ihre Pferde nach links, wo es an einem kleinen Weiher entlang in den nahen Wald ging. Einige Enten und Blesshühner schwammen in Ufernähe, bunte Blätter trieben auf dem Wasser. Die Luft war kühl und roch nach feuchtem Laub und Moos. Dichter Nebel hing zwischen den Bäumen und verwandelte sie in unheimliche Gesellen, die mit ihren kahlen Ästen nach ihnen griffen.

Luise schien das Ziel vorgeben zu wollen. Sie hielten sich links, verließen das Ufer des Sees und trabten über einen breiteren Waldweg.

Lorenz ahnte, wohin sie wollte. »Du willst zum Jagdpavillon.« Er lächelte.

Ihre Antwort fiel kühler aus, als er es sich erhofft hatte.

»Ich muss nach dem Rechten sehen, denn Ernst-Ludwig möchte dort in den nächsten Wochen eine Jagdgesellschaft empfangen. Nicht dass sich wieder irgendwelches Gesindel wie diese schrecklichen Zigeuner in den Räumen herumtreibt.« Sie warf Lorenz einen kurzen Blick zu.

Er verstand, was sie ihm sagen wollte, spann den Faden aber nicht weiter, sondern sprach Luise auf den Landgrafen an.

»Eine Jagdgesellschaft. Ist Ernst-Ludwig dafür nicht langsam zu gebrechlich, oder hat er mit seiner Alchemie endlich ein Heilmittel für all seine Leiden gefunden?«

»Die Alchemie hält ihn am Leben. Jedenfalls scheint es so«, erwiderte Luise. »Er ist noch immer auf der Suche nach dem Stein der Weisen und bemüht sich, irgendwelche Metalle in Gold zu verwandeln. Doch mit mir spricht er nicht darüber.«

»Spricht er überhaupt noch mit dir?«, erkundigte sich Lorenz.

»Es ist, wie es ist«, erklärte Luise mit gleichgültiger Stimme. »Welches Ehepaar redet tatsächlich miteinander? Der Gesellschaft verpflichtet, erledigen wir unsere Aufgaben, mehr nicht. Wie du weißt, ist er auch über uns beide bestens informiert, was ihn wenig zu stören scheint. Das Alter hat ihn mürbe gemacht.«

»Wir wissen beide, dass es nicht nur das Alter ist«, gab Lorenz zur Antwort und traf damit bei Luise einen wunden Punkt. »Er hat dich nie so sehr wie Charlotte von Forstner geliebt. Um deiner selbst willen hast du ein perfides Spiel mit ihm getrieben.«

»Schluss damit!« Sie schnitt ihm das Wort ab. »Was ist nur in dich gefahren, so mit mir zu sprechen. Bereits heute Nacht hatte ich das Gefühl, du hättest nicht alle Sinne beisammen. Du hast im Schlaf geredet, wirres Zeug von einem Mathis und …« Sie sprach nicht weiter. Er senkte ertappt den Blick. »Von Magdalene«, beendete sie ihren Satz. Als sie auf eine Lichtung ritten und die Umrisse des Jagdpavillons vor ihnen im Nebel auftauchten, zügelte sie ihr Pferd und fragte: »Du hast sie gefunden, nicht wahr?«

Er sagte nichts. Sie lenkte ihr Pferd dicht neben seines und versuchte, seinen Blick aufzufangen, doch er wich ihr aus und antwortete stattdessen: »Du hast mir aufgetragen, sie zu finden. Oder irre ich mich?«

»Du solltest sie töten. Hast du das getan? Ist sie tot?«

Erneut suchte sie seinen Blick, doch er wandte sich ab.

»Wir haben das getan, was wir immer tun. Sie sind alle tot, selbstverständlich auch das Mädchen.« Seine Stimme klang abweisend. In ihm brodelte es. Er dachte an den Moment, als Magdalene am Boden lag, sein Messer in ihrem Bauch. Die Erinnerung schmerzte. Mathis' unbändige Wut, seine Fäuste, die ihn mit voller Wucht trafen. Zum ersten Mal in seinem Leben hatte er die Kontrolle verloren. Als er Stunden später zu sich gekommen war, hatte er in Hannes' Gesicht geblickt. Mathis war fort gewesen, genauso wie das Mädchen. War sie wirklich tot? Er konnte es nicht sagen, wünschte sich sogar, dass sie überlebt hatte.

Luises Miene blieb skeptisch.

»Ich habe sie eigenhändig mit meinem Messer erstochen«, sagte er. Es fiel ihm schwer, die Worte auszusprechen. Doch diese Antwort schien Luise fürs Erste zu genügen.

»Wir waren schon lange nicht mehr hier.« Sie deutete nach vorn.

»Nicht mehr, seitdem ...« Lorenz vollendete den Satz nicht.

»Seitdem sie hier gewesen ist«, sagte sie. »Ist es nicht verrückt? Ich habe mich von ihr vertreiben lassen, von einem Zigeunermädchen, das mir nichts anhaben kann. Von dem niemand weiß, ob sie wirklich die Magdalene ist, die damals in dieser kalten Januarnacht verschwand.«

»Wir wissen beide, dass sie es gewesen ist«, sagte er leise. Seine Hände begannen zu zittern. Fest umklammerte er die Zügel seines Pferdes und versuchte, das in ihm aufsteigende Bild der tanzenden Zigeunerin auszublenden. Magdalene war tot. Er selbst hatte sie erstochen.

»Komm. Ich will dir etwas zeigen.« Luise trieb ihr Pferd an. Er folgte ihr. Sie ritten bis vor die Freitreppe und stiegen ab. Der Renaissance-Bau wirkte wie ein schlafendes, in tristem Grau versunkenes Schlösschen. In den Beeten des Gartens blühten die letzten Rosen, dazwischen wucherte das Unkraut. Niemand schien sich in den letzten Wochen um das Anwesen gekümmert zu haben. Luise stieg die Treppe hinauf. Er folgte ihr. Wieder fiel ihm auf, wie elegant sie sich bewegte. Ihr schlichtes braunes Reitkleid betonte ihre schmale Taille. Sie hatte ihr langes Haar hochgesteckt und es unter einen hübschen Hut geschoben. Mit sanft schwingenden Hüften schritt sie auf die Eingangstür zu und schloss diese auf. Er betrat hinter ihr die weitläufige Eingangshalle. Im fahlen Licht des grauen Tages wirkte der luxuriös ausgestattete Raum farblos. Luise steuerte auf die Treppe zu und bedeutete ihm, ihr zu folgen. Es ging die Stufen nach oben, vorbei an Jagdgemälden, zwischen denen Hirschgeweihe hingen. Auch im oberen Flur, den Luise schnellen Schrittes durchquerte, zierten Gemälde mit Jagdszenen und Geweihe die Wände. Die Parforcejagd war eine der liebsten Unternehmungen des Landgrafen. Teuer, mondän und luxuriös, mit vielen Gästen und feuchtfröhlichen Festen, obwohl der Landgraf längst sein Vermögen verloren hatte. Gewiss war der drohende Bankrott auch der Grund für seine Beschäftigung mit der Alchemie. Wer einfachen Stein in Gold verwandeln konnte, hatte für den Rest seines Lebens ausgesorgt.

Luise betrat das Schlafzimmer, in dem sie sich bereits Hunderte von Malen geliebt hatten. Das Bett war ordentlich gerichtet. Die abgestandene Luft und eine dünne Staubschicht auf Kaminsims, Toilettentisch und Kommode zeugten davon, dass hier schon länger niemand mehr gewesen war. Als hätte Luise seine Gedanken erraten, trat sie ans Fenster und öffnete es. Kühle Herbstluft flutete in den Raum. Sie trat schweigend vom Fenster weg und ging in das Nebenzimmer. Ein kleiner Raum, der Ernst-Ludwig als Schreibzimmer diente. Rechter Hand stand ein mit Nussbaumintarsien verzierter Sekretär, daneben füllte ein weiß gekachelter Kaminofen die Ecke aus. Dem Sekretär gegenüber lud eine mit grünem Stoff bezogene Sitzgruppe zum Verweilen ein, darüber hing ein Gemälde des Landgrafen. Luise blieb davor stehen und betrachtete es schweigend. Es war ein sehr privates Bild ihres Gatten. Der Landgraf trug ein einfaches Leinenhemd und Kniehosen. Im Arm hielt er ein kleines Mädchen, kaum älter als sechs Jahre. Lorenz versetzte es einen Stich. Bereits in diesem Alter war die Ähnlichkeit von Magdalene mit ihrer Mutter verblüffend. Es wunderte ihn, dass er sich noch so gut an die Mätresse des Landgrafen erinnerte, da er sie nur wenige Male zu Gesicht bekommen hatte. Einmal war sie ihm in Darmstadt auf dem Marktplatz über den Weg gelaufen. Schmal und zierlich, strahlte sie dennoch eine unbändige Kraft und Lebensfreude aus. Niemals hatte sie eine Perücke getragen oder sich das kastanienbraune Haar weiß gepudert, wie es Mode war. Sie trug ihre Haare stets hochgesteckt, nur wenige Locken fielen auf ihre Schultern, was ihre Züge weicher wirken ließ.

»Du bist von ihrer Schönheit genauso eingenommen, wie er es gewesen war«, hörte er Luise sagen. Er zuckte ertappt zusammen. Ihr Blick war weiterhin auf das Bild gerichtet. »Er hat dieses Kind so unglaublich geliebt. Zur Prinzessin hat er sie machen wollen. Das kleine Gör seiner Mätresse. Das muss man sich mal vorstellen.« Ihre Stimme klang verächtlich. Sie schüttelte den Kopf. »An diesem kalten Januartag hat er mir gesagt, dass er Charlotte um ihre Hand gebeten hat. Eine Frau, die nach einer Fehlgeburt auf dem Sterbebett lag. All die Jahre habe ich um ihn gekämpft, nur um gegen eine halb Tote zu verlieren, die ihm nach Aussage des Arztes keine Kinder mehr schenken konnte.«

»Also hast du dich dafür entschieden, es zu beenden.«

»Was hättest du an meiner Stelle getan?«

»Vielleicht dasselbe.« Er zuckte mit den Schultern.

»Das Mädchen hätte beinahe alles zerstört. Für mich war es besser, dass sie fortgelaufen ist und verschwand, auch wenn er ihren Verlust bis heute nicht verkraftet hat. Noch immer zündet er an ihrem Geburtstag eine Kerze an.«

»Und lässt, in seiner Trauer gefangen, sämtliche Zigeuner im Land ausrotten«, fügte Lorenz hinzu.

»Was dir in die Karten spielt. Oder irre ich mich? Soweit ich weiß, hat die Zigeunerjagd nicht zum ersten Mal deine Kassen gefüllt.«

»Also haben wir beide etwas davon.« Er zwang sich zu einem Lächeln, trat näher an sie heran und zog sie in seine Arme. »Weshalb hast du mich hierhergeführt? Doch gewiss nicht, um die alten Geister heraufzubeschwören, oder?«

»Ich habe sie nicht heraufbeschworen«, erwiderte sie. »Sie sind von allein zurückgekehrt und jagen mir Angst ein. Ich könnte alles verlieren, wofür ich gekämpft habe.«

»Gekämpft ist gut. Wollen wir nicht lieber sagen, dass sich dein perfides Spiel bezahlt gemacht hat?«

»Was verstehst du schon?« Sie stieß ihn weg und wandte sich um. »Niemand versteht es. Unser ganzes Leben ist ein verdammtes Spiel, in dem stets der Stärkere gewinnt. Als mich mein Vater zum ersten Mal angefasst hat, bin ich zehn Jahre alt gewesen. Ich habe es schweigend erduldet, niemals mit jemandem darüber gesprochen.«

»Selbst mit mir nicht«, stellte Lorenz betroffen fest. Plötzlich kam er sich schäbig vor.

Luises Stimme zitterte, als sie weitersprach: »Einmal, ich war dreizehn oder vierzehn, da habe ich mich gegen ihn gewehrt. Er hat mich windelweich geprügelt und beschimpft. Er hat gesagt, er wäre nicht mein Vater. Ein räudiger Bauer aus dem Dorf wäre es, der meine Mutter geschwängert hätte, das untreue Weib, das viel zu früh im Kindbett gestorben war. In diesem Moment ist etwas in mir zerbrochen. Ich war wie erstarrt, als er mich nahm und meine blutigen Lippen küsste.« Ihre Stimme brach. »Mit hochgezogenen Röcken hat er mich danach liegen lassen. Er hat mir gesagt, dass niemals etwas aus mir werden würde, denn ich wäre eine einfache Dirne, die Tochter eines Bauern, geboren von einer Betrügerin.«

Lorenz legte seine Arme um ihre Taille, doch sie entzog sich ihm und trat ans Fenster.

»An diesem Tag habe ich mir geschworen, dass ich es ihm zeigen werde. Ich war kein Niemand und würde es niemals im Leben sein. Als ich sechzehn war, hat er wieder geheiratet und endgültig von mir abgelassen. Ellen, meine Stiefmutter, war eine zarte und liebevolle Person. Vom ersten Moment an habe ich sie gerngehabt.« Sie ballte die Fäuste. »Gott verdammt noch mal. Er hat ihr das Leben zur Hölle gemacht.« Sie sah sich im Schlafgemach ihrer Stiefmutter an ihrem Bett sitzen und ihre Hand halten. Er hatte ihr zwei Rippen gebrochen, ihr rechtes Auge war zugeschwollen. Das ganze Bettlaken war voller Blut gewesen, und die in aller Eile herbeigerufene Hebamme hatte den Kopf geschüttelt. Wie sollte das kleine Wesen in ihrem Bauch weiterwachsen, wenn es so schrecklich getreten und geschlagen worden war. Die ganze Nacht hatte Luise an Ellens Bett ausgeharrt, hatte gemeinsam mit der Hebamme die Bettlaken ausgetauscht und die Kranke gewaschen. Sie hatte Ellen wie eine Mutter geliebt. In jener Nacht war sie die Starke gewesen. Irgendwann hatte sie sich neben Ellen ins Bett gelegt, hatte sie in den Arm genommen und eng an sich gezogen und ihr liebevoll über das blonde Haar gestreichelt. Ihre Stiefmutter war in jener Nacht für immer eingeschlafen, wenigstens im Moment ihres Todes von Liebe umgeben. In diesen Stunden hatte sie sich geschworen, dieser Welt zu entfliehen, es irgendwann einmal besser zu haben, auf welche Weise auch immer. Ihr Vater war der Teufel, ein unberechenbares Ungeheuer, der auch seiner zweiten Frau keine Träne nachweinte und sich nur wenige Tage nach ihrem Tod eine Geliebte in sein Bett holte, um sie wenig später im Suff grün und blau zu schlagen.

»Du hast nie darüber gesprochen.« Lorenz' Bemerkung riss Luise aus ihren Gedanken. »Wieso sollte ich.« Sie wandte sich um und blickte ihm in die Augen. »Es ist Vergangenheit. Ich kann es nicht mehr ändern. Leider ist mein Vater wenige Wochen vor meiner Heirat gestorben. Die Genugtuung, ihm zu zeigen, dass aus mir etwas geworden ist, hat mir der Herrgott nicht vergönnt. Gewiss deshalb, weil ich über Leichen gegangen bin.« Sie zuckte mit den Schultern. »Ich musste es mir selbst beweisen, dass ich nicht wertlos bin. Vielleicht wollte ich es auch für Ellen tun. Das verstehst du doch, oder?«

»Vor mir musst du dich nicht rechtfertigen«, erwiderte er, und sein Blick wanderte unbewusst zu dem kleinen Mädchen auf dem Bild, was ihr nicht verborgen blieb.

»Sie steht zwischen uns«, sagte sie. Er zuckte zusammen. »Ich habe es bereits letzte Nacht gespürt, geahnt. Und als du ihren Namen im Schlaf ausgesprochen hast ...«

Sie trat näher an das Bild heran und strich mit den Fingerspitzen über das Gesicht des Mädchens, fuhr die Konturen ihrer vollen Wangen nach. »Ist es nicht verrückt? Charlotte von Forstner ist seit zehn Jahren tot, und trotzdem beherrscht sie noch immer mein Leben. Sie und ihr verdammtes Balg.«

»Das jetzt auch tot ist«, fügte er hinzu.

»Aber nicht in deiner Phantasie«, gab sie zurück und ließ ihre Hand sinken. Sie ging auf ihn zu und legte ihre Hand an seine Wange. Sie fühlte sich warm, weich und vertraut an. Doch ihrem Blick fehlte jede Zärtlichkeit.

»Es tut mir leid«, sagte sie und schüttelte den Kopf. »Ich ertrage es nicht, dass sie zwischen uns steht. Ob tot oder lebendig.« Sie wandte sich von ihm ab.

»Was soll das heißen?«, fragte er. Sie gab ihm keine Antwort, sondern trat zur Tür.

»Was soll das heißen«, wiederholte er seine Frage.

»Dass es vorbei ist.«

Sein Herz begann, schneller zu schlagen. Plötzlich wurde ihm eiskalt. »Aber ich habe sie getötet. Ich habe getan, was du wolltest.«

»Ja, das hast du. Aber du hast sie in dein Herz gelassen. Und das kann ich nicht ertragen.« Sie verließ den Raum.

Wie erstarrt blieb er stehen. Er folgte ihr nicht, konnte ihre Worte nicht fassen. Sollte es so enden? Sein Blick wanderte zurück zu dem Gemälde an der Wand. Das kleine Mädchen lächelte ihn an. Er hörte das Eingangstor ins Schloss fallen. Kurz darauf drang das Wiehern eines Pferdes an sein Ohr. Dann war es wieder still. Hatte Luise recht? Liebte er wirklich das Trugbild seiner Phantasie? Eine Tote. War sie überhaupt tot? Er wusste es nicht. Plötzlich stieg Wut in ihm auf. Er trat auf das Bild zu, riss es von der Wand, schleuderte es auf den Boden und verließ fluchtartig den Raum.

15

Magdalene stand am Fenster und blickte in den Hof hinunter, in dem sich zwei Burschen damit beschäftigten, Mehlsäcke von einem Karren abzuladen. Sie trugen sie in den neben den Wirtschaftsräumen gelegenen Schuppen, in dem auch Wein, Obst und Gemüse sowie Käse aufbewahrt wurden. Die sonnigen Tage der letzten Wochen waren nebligem Dauergrau gewichen, das sich wie eine Glocke über die Stadt gelegt hatte. An manchen Tagen waren sogar die Häuser auf der anderen Seite der Gasse nur schemenhaft zu erkennen. Magdalenes Blick wanderte zu der leeren Bank vor dem Haus. Carl-Ludwig saß gewiss bei seiner geliebten Amalie in der Stube am Fenster und las ihr etwas vor. Vermutlich Gedichte, die sie liebte. Adam hatte auch ihr einen kleinen Gedichtband zur Unterhaltung auf den Nachttisch gelegt, doch sie hatte noch nicht hineingeschaut. Sie fühlte sich innerlich leer. Es konnte doch nicht sein, dass alles seinen gewohnten Gang ging, obwohl Rosina und all die anderen tot waren. Wie oft hatte sie überlegt, zu dem Platz am Bach zu gehen. War sie es ihnen nicht schuldig, noch einmal dorthin zurückzukehren?

Die Männer im Hof waren mit ihrer Arbeit fertig und kletterten zurück auf den Kutschbock. Einfache Bauern, die jeden Tag ihr beschwerliches Tagwerk verrichteten. Ein hartes Leben. Trotzdem wünschte sie sich in diesem Moment, sie könnte mit ihnen tauschen. Dann hätte sie eine Familie und einen Platz, an den sie gehörte, und wäre keine Heimatlose zwischen zwei Welten. Wie immer um diese Zeit öffnete sich hinter ihr die Tür. Mathis betrat den Raum und wünschte ihr einen guten Morgen. Er kam seit dem Abend im Innenhof jeden Tag, wofür sie dankbar war. Er war ein Teil ihrer Vergangenheit und gehörte zu dem Leben des sechsjährigen Mädchens, das nur noch bruchstückhaft in ihr existierte und ihr Angst machte. Sie dachte an den Jagdpavillon, an das Gemälde mit dem Landgrafen. Zärtlich hatte er seine Hand auf ihre Schulter gelegt. Voller Stolz, genau so, wie es ein Vater tun würde. Sie schloss die Augen und versuchte, den Augenblick in sich heraufzubeschwören. Sie war in seinem Arbeitszimmer gewesen. In dem Raum, in dem die weißen Porzellanfiguren auf dem Kaminsims standen, die ihr so gut gefallen hatten, vor allem die Tänzerin. Genauso elegant und anmutig wollte sie immer sein. Plötzlich hatte sie das Gefühl, Musik zu hören. Sie summte die Melodie, wandte sich vom Fenster ab und begann, sich im Kreis zu drehen, beobachtet von Mathis, der in der offenen Tür stehen geblieben war und jede ihrer Bewegungen verfolgte. Sie setzte behutsam einen Schritt vor den anderen und hob die Arme, genau so, wie sie es auf dem Marktplatz getan hatte und wie sie es immer tat, wenn Mandolinos Geige erklang. Mandolino. Sie blieb stehen und ließ die Arme sinken. Niemals wieder würde sie zu seiner Musik tanzen, denn er war tot wie all die anderen.

»Warum hast du getanzt?«, fragte Mathis.

»Ich wollte immer wie eine der Porzellanfiguren sein. Erinnerst du dich?« Sie klang atemlos, obwohl sie nur wenige Schritte gemacht hatte.

»Selbstverständlich weiß ich das noch. Die Figuren standen auf dem Kaminsims im Studierzimmer des Grafen. Stundenlang hast du im Garten Haltung angenommen und Pirouetten gedreht, immer und immer wieder, bis dir so schwindlig geworden ist, dass du ins Gras geplumpst bist.«

»Siehst du. Du kannst dich daran erinnern. Ich nicht.«

Er machte einen Schritt auf sie zu und griff nach ihrer Hand. Sie ließ seine Berührung zu. »Du musst Geduld haben. Sicher werden mit der Zeit noch mehr Bilder zurückkehren, wenn auch nicht alle, was normal ist. Niemand kann sich an jede Begebenheit in seiner Kindheit erinnern.«

»Das stimmt«, erwiderte Magdalene. In ihren Augen schimmerten Tränen. »Aber an das Gestern erinnere ich mich. Oder erscheint es mir nur so, als wäre es erst gestern gewesen, als mir alles genommen worden ist, was mir etwas bedeutet hat. Mein Leben liegt in Scherben. Welchen Wert haben da die Erinnerungen eines kleinen Mädchens?« Fragend sah sie ihn an. Mathis seufzte.

Magdalene wandte sich von ihm ab, trat erneut ans Fenster und blickte in den leeren Hof hinunter. Sie schluchzte leise und wischte sich hastig über die Wangen.

»Ich habe mich nicht von ihnen verabschiedet. Sie sind an diesem Abend gestorben, und ich bin fortgerannt. Ich weiß nicht einmal, ob sie beerdigt worden sind und was aus ihren Habseligkeiten geworden ist, aus den Dingen, die nicht ein Raub der Flammen wurden«, fügte sie hinzu.

Mathis wusste nicht, was er erwidern sollte. Er dachte an den Abend am Bach zurück, an die brennenden Zelte und die vielen Toten. Jedes Wort des Trostes, das ihm in den Sinn kam, würde sich falsch anhören. Er trug eine Mitschuld an Magdalenes Unglück, obwohl er diesmal nicht einen einzigen Zigeuner getötet hatte. Allerdings hatte er dabei zugesehen und den richtigen Moment abpassen wollen, um gemeinsam mit Magdalene zu fliehen. Er erinnerte sich an Lorenz' gierigen Blick, den er nur zu gut kannte. Niemals sollte Magdalene in seine Hände fallen, und wenn er selbst dafür sterben müsste. Nach all den Jahren hatte er sie endlich wiedergefunden und durfte sie kein zweites Mal verlieren. An wen auch immer.

Magdalene drehte sich zu ihm um. Ihre Wangen waren feucht, sie schniefte.

»Und wenn wir einfach dorthin gehen? Es ist nicht weit von hier. Ich könnte nach ihnen sehen, vielleicht hat jemand sie begraben, und unsere Sachen sind noch dort.«

»Das halte ich für keine gute Idee. Der Überfall liegt bereits einige Wochen zurück. Gewiss wirst du nicht mehr viel finden. Die Leute sind gut darin, die Überreste solcher Vorfälle schnell verschwinden zu lassen.«

»Solcher Vorfälle«, wiederholte sie. »Eines heimtückischen Überfalls auf die böse Rotte, wie die Zigeuner in dieser Gegend gern genannt werden.« Plötzlich schwang Zynismus in ihrer Stimme mit. »Keiner wollte uns wirklich haben. Überall galten wir als Diebe und Halunken. Aber du kannst beruhigt sein: Nicht nur hier mussten wir um Leib und Leben fürchten. Einmal, in der Nähe von Münster, sind wir nur knapp dem Tod entkommen und haben unser ganzes Hab und Gut verloren. Dem Herrn im Himmel sei Dank, dass es nicht Winter, sondern Frühling gewesen ist, sonst wären wir erfroren.«

»Es tut mir leid …«

»Was tut dir leid? Dass wir verachtet, gejagt und getötet wurden?« Sie ließ ihn nicht ausreden. Ihre Stimme wurde laut.

»Nein. Das ist es nicht.«

»Was ist es dann?«

»Dass ich euch gejagt habe«, gab er leise zur Antwort. Magdalene schaute ihn ungläubig an. Mathis senkte den Blick. Die ganze Zeit über hatte er sich Gedanken darüber gemacht, wie er ihr am besten beibringen sollte, dass er zu denjenigen gehörte, die das Lager überfallen hatten. Sicher, er hätte es ihr verschweigen können. Aber eine Lüge war keine gute Basis für eine Freundschaft, wie diese auch immer aussehen mochte.

Fassungslos schaute Magdalene ihn an. »Aber ich dachte ... ich meine ... du hast mich doch gerettet.«

»Das habe ich auch«, antwortete er. »Und ich habe niemanden von deiner Familie getötet. Das musst du mir glauben.« Er hob die Hände. »Doch früher, bevor ich ...« Er verstummte und setzte neu an. »Früher habe ich ebenfalls getötet. Lorenz, der Mann, der dich ...« Erneut kam er ins Stocken. »... der dich überfallen hat. Ich lebte bei ihm.« Jetzt war es raus. Magdalenes Augen weiteten sich. Sie machte einen Schritt nach hinten und stieß mit dem Rücken gegen die Wand.

»An dem Abend, als Luise von Spiegel deine Mutter getötet hat, sind wir beide aus dem Stadtpalais in die kalten Gassen geflohen. Du bist bei den Zigeunern gelandet, und ich bin Lorenz in die Arme gelaufen und bei ihm geblieben.« Magdalene starrte ihn fassungslos an. Mathis, der Schokoladenjunge, ihr Lebensretter, war in Wirklichkeit ihr Feind gewesen?

»Sie hat dich tot sehen wollen. Lorenz – er ist ...« Weiter kam er nicht. Magdalene wollte seine Erklärungen nicht hören. Sie stieß ihn unsanft zur Seite und floh aus dem Raum, rannte den Flur und die Treppe hinunter, auf den Hof hinaus und auf die Gasse, wo sie, nach Luft ringend, stehen blieb. Erinnerungen begannen vor ihren Augen zu tanzen. Rosina, die ihre Bluse ausbesserte. Mandolino, der seine Geige stimmte. Kaschkeraka, die zeternd hinter Baro Rom hergelaufen war. Doch auch Erinnerungen aus einer früheren Zeit stiegen in ihr auf. Ihr Kindermädchen Dorothea, wie es strickend in einem breiten Lehnstuhl am Fenster gesessen hatte. Der weiche rote Teppich in dem langen Flur mit den goldenen Kerzenhaltern an den Wänden. Die Stimme ihrer Mutter, ihr Gesicht. Sie schloss die Augen. Tränen liefen ihr über die Wangen und tropften auf den weißen Kragen ihrer Bluse. All die Bilder sollten verschwinden. Sie waren Vergangenheit und für immer verloren. Der Schmerz in ihr schien ihr den Atem zu rauben. Weshalb war sie nicht tot, verdammt noch mal, gestorben wie all die anderen. Was sollte sie noch auf dieser Welt? Was war ihr Leben schon wert?

Ein Ziehen an ihrem Ärmel und eine sanfte Kinderstimme holten sie in die Wirklichkeit zurück, und sie blickte in leuchtend blaue Kinderaugen.

»Warum weinst du denn?« Es war ein kleines blondes Mädchen, das mit seiner Puppe im Arm dastand und sie fragend anschaute.

»Ich habe heute Morgen auch geweint, weil Elsa« – sie hielt die Puppe in die Höhe – »verschwunden war und ich dachte, ich hätte sie verloren. Hast du auch etwas verloren?«

Verwundert schaute Magdalene das kleine Mädchen an.

»Ja, vielleicht«, antwortete sie zögernd.

Das Mädchen neigte den Kopf zur Seite. »Dann sei nicht traurig. Bestimmt wirst du es wiederfinden. Elsa ist nur bei Mama in der Stube gewesen, denn ihr Kleid hatte einen Riss.« Sie deutete auf eine geflickte Stelle des roten Puppenkleides. »Aber jetzt ist alles wieder gut. Mama hat es wieder heile gemacht.« Das Mädchen lächelte. »Bestimmt findest auch du wieder, was du verloren hast. Wo hast du es denn zuletzt gehabt?« Ihre Stimme klang geschäftig.

»Am Ufer eines Baches«, erklärte Magdalene, »nicht weit von hier, außerhalb der Stadt.«

»Dann ist es bestimmt der Liederbach«, sagte das Mädchen eifrig. »Dort hat mein Freund Karl schon mal sein Holzschwert liegen lassen. Aber er hat es wiedergefunden. Am

Bach finden sich alle Dinge wieder, oder jedenfalls die meisten.« Sie lächelte.

Die Kleine war wirklich niedlich. Gerade noch war der Kummer unerträglich gewesen, und jetzt rang ihr das aufgeweckte Kind sogar ein Lächeln ab. »Dann sollte ich vielleicht mal hingehen und nachsehen«, erwiderte Magdalene.

Das Mädchen stimmte eifrig zu. Im nächsten Moment kam eine Frau mittleren Alters aus einem der Hinterhöfe gerannt und zog die Kleine schimpfend von Magdalene weg.

»Hanna, ich habe dich schon überall gesucht. Du sollst doch nicht allein auf die Gasse hinauslaufen.«

Magdalene blickte dem Mädchen nach und hob die Hand zum Abschiedsgruß. Beim Klappen des Hoftors zuckte sie zusammen. Einen Moment starrte sie auf das dunkle Holztor, dann nickte sie entschlossen. Sie musste zum Ort des Geschehens zurückkehren und sich ihren Erinnerungen stellen. Das war sie ihrer Familie schuldig. Sie wandte sich um, lief durch die Gasse, überquerte den Schlossplatz und steuerte wenig später auf eines der Stadttore zu. Ein Weinhändler durchquerte es mit seinem vollbeladenen Karren. Sie schlüpfte seitlich daran vorbei und blieb zögernd auf der zum Liederbach führenden Straße stehen. Alles sah so verändert aus. Nichts schien von dem milden Spätsommertag aus ihrer Erinnerung geblieben zu sein. Kalter Nebel hatte sich über das Land gelegt und verwandelte die Bäume am Wegesrand in finstere Gesellen. Nur schemenhaft waren die Umrisse einiger Bauernhäuser zu erkennen. Obwohl Magdalene zu frieren begann, machte sie nicht kehrt, sondern folgte der Straße, auf der trotz des tristen Wetters reger Betrieb herrschte. Zwei Kutschen ratterten an ihr vorüber. Ein Bursche, einen Karren voller Äpfel hinter sich herziehend, kreuzte ihren Weg. Kurz nach ihm begegneten ihr zwei alte

Weiber, die sie nicht zu bemerken schienen, so sehr waren sie in ihr Gespräch vertieft.

Die Umrisse der ersten Weidenbäume tauchten vor ihr auf und ließen sie innehalten. Wollte sie das wirklich? Würde die Rückkehr an diesen Ort die gewünschte Erlösung bringen? Wahrscheinlich nicht. Niemals hätte sie mit Sorlo in diesen Jagdpavillon gehen sollen. Sie hatte ihn gerngehabt, vielleicht sogar geliebt. Jetzt war er wie all die anderen tot. Sie ließ ihren Blick über die Weidenbäume gleiten, hörte das Plätschern des Baches. An dessen Ufer hatte sie doch erst vor ein paar Tagen gemeinsam mit Cikni gesessen. Mit Cikni, der Kleinen, die gerade erst erwachsen werden wollte und es niemals sein würde. Sie seufzte wehmütig. Unvermittelt tauchten Schafe aus dem Nebel auf. Schnell war Magdalene von den zottigen Tieren umringt, die es auf die Wiese neben dem Bachlauf zog. Magdalene folgte ihnen. Das Gras war feucht, und schnell waren ihre dünnen Schuhe durchnässt. Irgendwo bellte ein Hund. Sie erreichte den ehemaligen Lagerplatz des Klans. Nichts deutete darauf hin, dass hier vor wenigen Wochen das Lager einer Zigeunergruppe in Flammen aufgegangen war. Mathis hatte recht gehabt. Die Spuren solcher Vorfälle wurden möglichst schnell entfernt. Den Mord an so vielen Menschen als Vorfall zu bezeichnen – wie abfällig das klang. Es war kein Verbrechen, ihnen das Leben zu rauben, galten sie doch als Gesindel, das sich zu töten lohnte. Sie blieb vor einem rußgeschwärzten Baumstumpf stehen, der als Einziger davon zu berichten schien, was hier vor wenigen Wochen vorgefallen war. Hatte Cikni nicht eben noch auf ihm gesessen? Plötzlich wurde sich Magdalene schmerzhaft der fehlenden Nähe des Mädchens bewusst, das bis zum Tag ihrer Hochzeit mit ihr das Bett geteilt hatte. Sie waren wie Geschwister gewesen. Die Kleine und der Pusomori.

»Pusomori«, sagte Magdalene laut. Der kleine Floh. Sie hatte diesen Namen stets gehasst. Jetzt wünschte sie sich, Rosina würde ihn lächelnd aussprechen. Plötzlich zupfte etwas an ihrem Rock, und sie blickte nach unten. Eines der Lämmchen knabberte an dem braunen Leinenstoff. Sie wollte es fortscheuchen, doch jemand anders kam ihr zuvor.

»Lotti, du kleiner Gauner. Mach, dass du fortkommst.« Ein mit den Armen wedelnder, kräftig gebauter Mann mit einem Pelzumhang trat näher. Das Lämmchen schien auf ihn zu hören, denn es ließ tatsächlich von Magdalenes Rock ab und sprang über die Wiese davon. Der Mann zog seinen schäbigen grauen Schlapphut vom Kopf und grüßte freundlich.

»Ich hoffe, du nimmst es unserer guten Lotti nicht übel. Lange Röcke scheinen es ihr angetan zu haben.« Er grinste frech und zeigte dabei seine halb verfaulten Zähne.

»Schon gut. Der Rock ist heil geblieben«, erwiderte Magdalene nach einer Begutachtung der Stelle und lächelte. So schnell das Lächeln kam, so schnell verschwand es wieder, was dem grauhaarigen Schafhirten nicht entging. Er zog seine Pfeife aus der Manteltasche und entzündete sie mit Hilfe eines Steinschlossfeuerzeugs. Das schnappende Geräusch des Gerätes in seiner Hand beschwor in Magdalene eine neue Erinnerung herauf. Sie stand neben Thomas, dem Hausdiener, und beobachtete ihn dabei, wie er eine Reihe Kerzen mit genau so einem Gerät entzündete. Danach legte er es in eine Schublade der Kommode und ging, den Kerzenständer in der Hand, von Raum zu Raum, um auch die anderen Kerzen zu entzünden. Plötzlich glaubte sie, seine warme Stimme zu hören, die sie so sehr geliebt hatte. Wieder ein Teil des Puzzles, dachte sie wehmütig, während der Schafhirte an seiner Pfeife zog und den nach Pfefferminze riechenden Rauch in die Luft blies.

»Ich nehme an, dass du nicht grundlos an diesem tristen Tag auf dieser Wiese stehst«, mutmaßte er.

Magdalene sah ihn verwundert an. »Woher …«

»Nennen wir es Menschenkenntnis oder einfach nur den Instinkt eines alten Mannes, der schon viele Dinge im Leben gesehen hat. Waren nicht immer gut gewesen.« Er zog erneut an seiner Pfeife. »Lass mich raten: Du bist wegen der Sache mit den Zigeunern hier.«

Magdalene riss erschrocken die Augen auf.

»Erraten«, deutete er ihre Reaktion richtig. »War eine schlimme Geschichte, obwohl auch ich diesen Herumtreibern nicht wohlgesinnt bin. Haben mir nicht nur ein Mal ein Schaf gestohlen. Trotzdem muss man sie nicht auf diese Art und Weise niedermetzeln. So etwas hat kein Mensch verdient, auch wenn er ein Halunke oder Dieb ist.« Er besah sich Magdalene näher. »Siehst wie ein ordentliches Mädchen aus gutem Haus aus. Weshalb interessierst du dich für die Zigeuner? Ist ja schon ein Weilchen her, und die Leute haben gut aufgeräumt. Ein paar verkohlte Stellen in der Wiese sind noch sichtbar, mehr nicht.« Er deutete auf den Baumstumpf.

Magdalene schluckte. Der Hirte wirkte vertrauenerweckend, obwohl er ein Fremder war. Sollte sie ihm die Frage stellen, die ihr auf der Zunge brannte?

Abwartend schaute er sie an und schien zu ahnen, was in ihr vorging. »Mit mir musst du nicht darüber reden, Mädchen. Ich bin nur ein einfacher Schafhirte, der ab und an hier vorbeikommt, weil es zwischen den Weidenbäumen gutes Gras für meine Tiere gibt.«

»Wisst Ihr, was aus den Toten geworden ist«, platzte Magdalene heraus. Irritiert schaute er sie einen Moment an. Mit dieser Frage schien er nicht gerechnet zu haben.

»Sie können sie doch nicht hier liegen gelassen haben«, fügte Magdalene hinzu.

»Haben sie auch nicht«, erwiderte er. »Sie haben die Leichen auf einen Karren geladen und hinüber zum Armenfriedhof außerhalb der Stadtmauern gebracht. Soweit ich gehört habe, sollen sie dort in einem Massengrab verscharrt worden sein. Immerhin haben sie sie nicht verrotten lassen, wie es in anderen Gegenden üblich ist. In der Nähe vom Rhein, ich glaube, es war ein kleines Nest bei Mannheim, habe ich so etwas mal erlebt. So viele Schmeißfliegen habe ich noch nie an einem Ort gesehen.«

Magdalene erbleichte. Sofort fiel ihm sein Missgeschick auf. »Ach du je, ich dummer alter Schäfer. Das hätte ich jetzt nicht erzählen sollen. Warum kann ich aber auch mein Schandmaul nicht halten. Hast die Zigeuner gekannt, nicht wahr? Deswegen wolltest du wissen, wo sie beerdigt sind.« Unbeholfen trat er von einem Fuß auf den anderen und pfiff einen seiner Hunde zurück, der in den Bach springen wollte.

Magdalene atmete tief durch. Die Worte des Schäfers hatten eine weitere Erinnerung in ihr geweckt. Sie waren vor längerer Zeit in der Nähe von Erfurt unterwegs gewesen. Zwei abgerissen aussehende Romnija waren ihnen auf dem Weg begegnet und hatten Schreckliches erzählt. An die Bäume wären alle gehängt worden, viele von ihnen wären qualvoll erstickt. Währenddessen hätten sich die Männer, gut zwanzig an der Zahl, all ihr Hab und Gut unter den Nagel gerissen. Die beiden hatten es geschafft, sich in einer kleinen Höhle zu verkriechen.

»Wir haben auch mal Tote gesehen«, sagte Magdalene leise. »Halb verfault haben sie an einem Baum gehangen. Futter für die Raben.«

Der alte Schäfer runzelte die Stirn. »Du bist doch nicht etwa … ich mein, du siehst gar nicht wie dieses Gesindel aus.«

Magdalene fing seinen Blick auf und sagte: »Sie waren meine Familie, keine Diebe, kein Gesindel. Einfach nur Menschen zum Gernhaben.« Tränen traten ihr in die Augen.

Beschämt blickte der alte Schäfer zu Boden. Zum ersten Mal in seinem Leben schien ihn seine Menschenkenntnis im Stich gelassen zu haben. Magdalene wandte sich ab. Sie wollte nicht, dass der Hirte ihre Tränen sah.

»Es tut mir leid.«

Sie hörte seine Entschuldigung, während sie über die Wiese davonging.

»Mädchen, so warte doch. Eigentlich, wenn man es genau nimmt …« Er verstummte.

Magdalene beschleunigte ihre Schritte. Was hatte sie erwartet? Anteilnahme, Verständnis? Ihre Familie war die böse Rotte gewesen. Sie hatten ihr Leben im Schatten einer Gesellschaft geführt, die jede Form von Andersartigkeit verteufelte. Wieso hätte ein einfacher Schafhirte anders denken sollen. Sie erreichte die Straße, die auf einmal wie leer gefegt war und wenige Meter weiter im Nebel zu enden schien. Eine Gestalt tauchte auf. Es war Mathis, der auf sie zukam. Unsicher blieben sie voreinander stehen. Keiner von beiden sagte ein Wort. Wie vertraut er ihr doch war, dachte Magdalene. Die Grübchen an seinen Mundwinkeln, sein krauses, kurz geschnittenes Haar und die schwarzen Augen. Wie hatte es so weit kommen können, dass ihr Freund aus Kindertagen zu ihrem Feind geworden war. Sie dachte an seine Worte zurück, an seine Unbeholfenheit. Er hatte von jenem schrecklich kalten Winterabend gesprochen, der ihrer beider Leben verändert und sie auseinandergerissen hatte. Das Schicksal schien es gewollt zu haben, dass sie einander wiederfanden. Das gottverdammte Schicksal, dem sie doch eben erst ein Schnippchen geschlagen hatte. Majpejlomas' Gesicht tauchte vor ihrem inneren Auge auf. Vor nicht allzu langer Zeit hatte der alte Zigeuner noch eine seiner Geschichten erzählt. Er kannte das Schicksal mit all seinen Tücken, dem keiner entrinnen konnte, auch Mathis nicht, der in diesem Spiel ungewollt auf der falschen Seite gelandet war. Tränen liefen über Magdalenes Wangen. Hastig wischte sie sie ab.

»Ich wollte das nicht«, sagte Mathis. »Wenn ich gekonnt hätte ...«

Magdalene brachte ihn mit einer Handbewegung zum Schweigen und fragte: »Weißt du, wo hier der Armenfriedhof ist?«

Irritiert schaute er sie an, nickte aber und deutete nach hinten. »Die Stadtmauer entlang. Nach einer Weile zweigt ein schmaler Feldweg ab. Der Platz ist eingezäunt, es gibt nur wenige Grabkreuze.«

Magdalene nickte. Sie rang kurz mit sich, dann fragte sie: »Wollen wir gemeinsam gehen? «

Er verstand, dass ihre Frage einem Friedensangebot gleichkam, und stimmte zu. Sie streckte die Hand nach ihm aus, die er dankbar ergriff. Ihre Finger fühlten sich kalt und klamm an. Sie zitterte.

»Dir ist kalt«, sagte er und zog sie näher zu sich heran. Sie ließ es geschehen. Behutsam legte er seinen Umhang um sie beide, und gemeinsam folgten sie dem Weg zur Stadt. Magdalene spürte Mathis' Wärme und atmete seinen vertrauten Geruch ein. Während sie an der Stadtmauer entlangliefen, dachte sie erneut an Majpejlomas und das Schicksal. Es hat immer einen Plan, hatte er einmal gesagt. Nichts geschieht auf dieser Welt ohne Grund. Vielleicht sollte es so sein, kam ihr in den Sinn. Vielleicht waren Mathis' und ihr Schicksal bis heute miteinander verbunden.

Sie erreichten die Abzweigung und schlugen den Weg zum Armenfriedhof ein. Magdalene atmete tief durch, als die Umrisse von einigen wenigen Grabkreuzen in Sicht kamen. Jetzt galt es, stark zu sein.

Es gab kein Eingangstor, das verschlossen werden konnte. Sie liefen durch eine Öffnung in dem schäbigen, halb verfallenen Holzzaun. Die meisten Gräber bestanden aus überwucherten Erdhügeln, ohne Kreuz oder Grabstein. Nur hier und da zierte ein Holzkreuz eines der Gräber, manche von ihnen aus zwei einfachen Ästen zusammengebunden. Auf einem Grab lagen sogar Blumen. Astern, die bereits welkten, doch auf den meisten Gräbern regierten Efeu, Brennnesseln und anderes Unkraut. Mathis führte Magdalene zielsicher durch die Grabreihen. Er schien genau zu wissen, wo das Massengrab lag. Ein schmaler Trampelpfad führte zwischen den Grabreihen hindurch bis zum hinteren Bereich des Friedhofs. Hier war erst vor kurzem gegraben worden, denn die Erde war frisch aufgeschüttet. Magdalene schluckte. Sie streifte Mathis' Umhang ab, trat näher, ging in die Hocke und legte ihre Hand auf die feuchte Erde.

»Cikni, meine kleine Schwester, hat erst vor kurzem geheiratet«, sagte sie. »Ihr Name bedeutet die Kleine. Sie war so zierlich und schmal und hübsch wie eine kleine Elfe. Ich hab ihr den Brautkranz aus duftenden Sommerblumen geflochten, den sie voller Stolz an jenem Abend getragen hat.« Sie stockte. »Es hat ein großes Fest mit gutem Wein und Tanz gegeben. Mandolino hat die Geige gespielt. Er konnte so wunderbar spielen ...« Erneut verstummte sie. Tränen traten ihr in die Augen. »Rosina, sie war so stolz gewesen. Unsere Mutter. Eine bessere hätten wir uns nicht wünschen können. Selbst Kaschkeraka, das schwatzhafte Weib, werde ich vermissen, genauso wie den lieben Majpejlomas, der einen Becher Wein niemals abgelehnt hat und deshalb diesen eigentümlichen Namen trug, der ›Ich wäre beinahe umgefallen‹ bedeutete.

Sie waren alles, was ich hatte, meine Familie, mein Zuhause …« Sie blickte auf. »Was soll denn jetzt ohne sie werden? Wo soll ich hin? Ich gehöre zu niemandem. Wer bin ich eigentlich? Bin ich Suni, das Zigeunermädchen, oder doch Magdalene, die verloren geglaubte Tochter eines Landgrafen, der mich höchstwahrscheinlich für tot hält?«

Mathis sank neben ihr in die Hocke und erwiderte: »Ich kenne die Antwort nicht. Weiß ich doch selbst nicht, wohin ich gehöre. Gerade eben war ich noch Teil einer bunten Schaustellergruppe, meine Familie – irgendwie.«

Magdalene wusste nicht, was sie erwidern sollte. Mathis war der Freund aus Kindertagen, aus einem anderen, längst vergessenen Leben. Wer war dieser Mensch heute? Konnte sie ihm wirklich vertrauen? Gewiss, er hatte sie gerettet. Aber den Tod ihrer Familie hatte er bereitwillig in Kauf genommen.

»Jedes Mal habe ich ihn aufhalten wollen«, erklärte Mathis, der ihre Gedanken zu erraten schien. »Aber mir fehlte die Kraft dazu, vielleicht war ich auch feige. Angst ist ein gutes Mittel, um Menschen wie mich zu Marionetten zu machen.«

»Menschen wie dich«, wiederholte Magdalene.

»Sieh mich doch an. Ich bin ein Mohr, ein Außenseiter, einer, vor dem man Angst haben muss, weil er dunkle Haut hat. Es ist leicht, Andersartige für die eigenen Zwecke zu benutzen, sie einzuschüchtern. Zwerge, Affenmenschen, Riesen und einen Schokoladenjungen, der ständig in der Angst lebt, verraten zu werden.«

»Verraten zu werden?«, fragte Magdalene.

»Lorenz und Luise von Spiegel sind liiert. Er liebt sie, ist ihr mit Haut und Haar verfallen. Weshalb er auch …«

»Nach mir gesucht hat«, vollendete Magdalene fassungslos seinen Satz.

»Aber wie kann das sein? Eine Adlige und ein Gaukler? Das ist er doch, oder etwa nicht?«

»Er kannte sie bereits Jahre zuvor. Sie stammen anscheinend aus derselben Gegend. Mehr weiß ich nicht.« Er zuckte mit den Schultern.

Magdalene blickte auf das Grab. »Ich hätte niemals mit Sorlo in dieses Schloss gehen dürfen. Wären wir im Lager geblieben, wären wir ihr nicht begegnet. Ich hätte mich nicht erinnert, und Magdalene wäre dort geblieben, wo sie hingehört – in der Vergessenheit. Ich wollte sie nicht mehr zurückhaben, sie war für mich gestorben …« Ihre Stimme wurde laut. Sie ballte die Fäuste. »Nicht du trägst die Schuld an dem Tod meiner Familie, sondern ich selbst. Wie konnte ich nur so dumm sein.« Sie schlug die Hände vors Gesicht und begann, bitterlich zu weinen. Zögernd trat Mathis näher und legte die Arme um Magdalene. Sie ließ ihren Kopf an seine Schulter sinken und schluchzte. Beruhigend strich er über ihren Rücken, den Blick auf das schmucklose Massengrab gerichtet. Nach einer Weile löste sich Magdalene aus seiner Umarmung und wischte sich die Tränen von den Wangen.

»Wir sollten zurückgehen. Adam wird bestimmt schon nach mir suchen. Er wollte mir heute Morgen etwas zeigen.«

Mathis nickte, öffnete die Bänder seines Umhangs und wollte ihn Magdalene über die Schultern legen. Doch sie wehrte ihn ab.

»Lass uns wieder beide darunterschlüpfen.« Verwundert schaute er sie an. »Dann ist es wärmer«, fügte sie rasch hinzu.

Er legte den Umhang um seine Schultern, und Magdalene ließ es zu, dass er sie eng an sich zog. Zum Abschied warf sie einen letzten Blick auf das unscheinbare Grab und dachte: Ja,

Majpejlomas, ich nehme mein Schicksal an. Mal sehen, wohin es mich führen wird, und vielleicht kann ich ihm irgendwann erneut ein Schnippchen schlagen.

Sie liefen an der Stadtmauer entlang Richtung Stadttor. Noch immer lag dichter Nebel über den Feldern. Über ihnen schien ein Schwarm Kraniche Richtung Süden zu ziehen, denn ihre lauten Rufe waren zu hören. Bald würde es Winter werden. Was würde dann aus ihnen werden? Lange würden sie nicht bei den Antonitern bleiben können. Adam hielt den Generalpräzeptor, der, Gott sei's gelobt, noch immer mit den Renovierungsarbeiten der Kirche beschäftigt war, schon viel zu lange hin.

Als hätte Mathis ihre Gedanken erraten, sagte er plötzlich: »Wir sollten uns überlegen, wie es weitergehen wird. Allzu lange werden wir nicht mehr im Konvent bleiben können.« Magdalene wollte etwas erwidern, kam jedoch nicht mehr dazu.

»Ich wollte es dem alten Säufer ja nicht glauben. Aber er hat tatsächlich recht gehabt.«

Die Umrisse zweier Gestalten tauchten vor ihnen im Nebel auf. Erschrocken wichen Mathis und Magdalene zurück.

»Hannes und Friedrich.« Mathis erkannte die beiden sofort.

»Dieselbigen«, bestätigte Friedrich und grinste breit. Die beiden blieben direkt vor ihnen stehen. Mathis schob Magdalene schützend hinter sich.

»Du hast doch nicht ernsthaft geglaubt, dass er dich gehen lassen würde«, sagte Hannes. Er zog wie beiläufig ein Messer aus seinem Gürtel und strich mit seinem Daumen über die Klinge. »Läuft mit einem Mädel einfach so durch die Gegend. So dumm muss man erst einmal sein.« Friedrich warf Magdalene einen kurzen Blick zu. Was er sah, schien ihm zu gefallen.

»Hübsch ist sie. Viel zu schade für einen schwarzen Burschen wie dich.« Sein Tonfall war gehässig.

»Magdalene hat damit nichts zu tun. Lasst sie aus dem Spiel.«

»Magdalene also.«

Mathis trat einen weiteren Schritt zurück. Friedrich folgte ihnen grinsend. »Noch ein Mädchen, das du ins Unglück stürzen wirst. So ein Jammer aber auch.«

»Wie meinst du das?«, fragte Mathis.

»Dora«, sagte Friedrich. Mathis erbleichte. Der Gedanke an die Zwergin traf ihn bis ins Mark.

»Nein«, rief er entsetzt.

»Wieso nicht? Sie hat es gewusst, nicht wahr? Die kleine dumme Zwergin, die dich mehr liebt als alles andere auf dieser Welt. Sie hat wegen dir ordentlich Prügel bezogen und sitzt im Wagen. Er wird sie töten, wenn du uns nicht begleitest.«

Verzweifelt blickte Mathis zu Magdalene. »Das wagt er nicht. Er hat Dora gern, niemals ...«

Friedrich fiel ihm ins Wort. »Würde er sie töten. Wir beide kennen ihn besser. Allerdings könnte es sein, dass sie überlebt, wenn du uns ohne Gegenwehr begleitest. Immerhin warst du bisher sein Liebling. Wäre möglich, dass er sie nach deiner Rückkehr gehen lässt.«

Mathis wusste, dass Friedrich recht hatte. Lorenz würde Dora am nächsten Baum aufknüpfen, wenn er nicht zurückkäme. Trotzdem zögerte er, denn Dora war für Lorenz etwas Besonderes, genauso wie er selbst. Würde Lorenz es wirklich fertigbringen, Dora zu töten? Vermutlich schon. Er suchte Magdalenes Blick, griff nach ihrer Hand und drückte sie fest. Er hatte eine Entscheidung getroffen. »Ich komme mit euch«, sagte er.

»Nein!«, rief Magdalene. Mathis' Worte fühlten sich wie ein Schlag an.

»Es geht nicht anders«, erwiderte er ernst, ließ ihre Hand los und trat neben Friedrich.

»Aber das Mädchen lasst ihr aus dem Spiel. Sie hat nichts damit zu schaffen.«

Hannes musterte Magdalene abschätzig und fragte plötzlich: »Magdalene. Ist das nicht der Name der Tänzerin gewesen?«

»Stimmt, Hannes«, bestätigte Friedrich. »Das tanzende Mädel. Der Herr war ganz begeistert von ihr. Sie wäre etwas für unseren Zirkus, habe ich ihn murmeln hören.«

Magdalene wich zurück.

»Lauf!«, rief Mathis laut. »Bring dich in Sicherheit.«

Magdalene wich zurück, zögerte allerdings noch. »Aber ...«

»Verschwinde!«, rief er eindringlich.

Hannes machte einen schnellen Schritt auf Magdalene zu, die sich zur Seite wegduckte. »Du kleines Biest. Jetzt komm schon her. Der Herr wird uns dafür zusätzlich belohnen, dass wir dich gefangen haben.«

Magdalene stolperte eine Böschung hinunter und rannte durch den Nebel davon.

16

Es war bereits später Nachmittag, als Magdalene den Innenhof des Konvents betrat. Sie schlotterte vor Kälte und hatte die Arme fest um ihren Oberkörper geschlungen. Adam, der am Fenster stand und nach ihr und Mathis Ausschau hielt, kam ihr aufgeregt entgegengelaufen. »Magdalene. Meine Güte. Wo bist du gewesen? Und wo ist Mathis? Hier waren zwei verschlagen aussehende Burschen, die nach ihm gesucht haben.«

Magdalene wollte etwas erwidern, doch sie brachte kein Wort heraus. Ihre Zähne schlugen vor Kälte aufeinander.

»Du bist ja vollkommen durchgefroren«, sagte er.

In diesem Moment öffnete sich die Tür zu Carl-Ludwigs Wohnung, und der alte Mann eilte mit besorgter Miene näher.

»Da ist ja das Mädel. Waren üble Burschen, die sich vor einer Weile nach Mathis erkundigt haben. Wir dachten bereits an das Schlimmste. Adam ist erst seit kurzem zurück, er hat die halbe Stadt nach euch abgesucht.«

Der Laienbruder legte beruhigend den Arm um Magdalene und führte sie ins Haus. »Meine Güte. Das Mädel ist ja ganz durchgefroren«, sagte Carl-Ludwig und folgte den beiden. »Kein Wunder bei diesem nasskalten Wetter. Ich spüre es in den Knochen. Das wird dieses Jahr ein harter Winter.«

Adam reagierte nicht auf Carl-Ludwigs Worte. Er führte Magdalene in die Wohnstube, setzte sie in einen breiten Lehnstuhl direkt am offenen Kamin und legte eine Decke über ihre Beine.

»Mathis …«, stieß Magdalene hervor.

»Ist losgezogen, um dich zu suchen«, sagte Carl-Ludwig und sank ihr gegenüber in einen Lehnstuhl, während Adam in der Küche verschwand, um bei einer Dienstmagd warmen Tee zu ordern.

Magdalenes Anspannung wich nur langsam. Die Wärme des knisternden Feuers und das Licht der Kerzen, die auf dem Tisch standen, schafften es nicht, die schreckliche Angst zu vertreiben, die sie stundenlang in der Kälte hinter einer verfallenen Scheune gefangen gehalten hatte.

»Immer dieser Nebel.« Carl-Ludwig versuchte, sie mit belanglosem Geplauder zu beruhigen. »Ich mag den Main. Ist ein recht ordentliches Flüsschen. Aber die ständige Feuchtigkeit in der Luft brauchte es nicht. Dieses triste Wetter den ganzen Tag. Manchmal ist es um diese Jahreszeit wochenlang grau. Schon früher habe ich die Händler beneidet, die erzählten, dass es unweit von uns im Taunus schön sonnig und mild war. Im Taunus …« Er strich sich über seinen Bart. »Soll recht hübsch dort sein. Viele Hügel, Wälder und so. Ein Freund von mir, der alte Balthasar, ist dort zur Kur gewesen. In Langenschwalbach und manchmal auch in Wiesbaden. Warme Quellen soll es dort geben. Allerdings hat es ihm in Wiesbaden nicht so gut gefallen. Die Stadt am Rhein war ihm zu laut und zu groß, und im Herbst hängt auch dort der Nebel. So ist das eben mit den Flüssen. Ob Rhein, Main, Donau oder sonst irgendein Gewässer. Die geben sich da nicht viel.«

Adam betrat mit einem dampfenden Becher in der Hand den Raum, reichte ihn Magdalene, zog einen Hocker näher heran und gesellte sich zu ihnen. Vorsichtig schnupperte Magdalene an dem absonderlich riechenden Gebräu, nippte daran und musste husten.

»Die Dienstmagd hat einen ordentlichen Schuss Rum in den Tee gekippt«, gestand Adam grinsend.

»Gutes Mädchen«, bestätigte Carl-Ludwig. »Gibt nichts Besseres als einen anständigen Schluck Rum, um einen wieder aufzurichten.« Fürsorglich tätschelte er Magdalenes Beine. Magdalene sah das anders. Sie stellte den Becher auf einen kleinen Tisch. Hilflos blickte Carl-Ludwig zu Adam, der mit den Schultern zuckte. Eine Weile schwiegen alle drei. Magdalene wurde es allmählich warm, und sie musste sich eingestehen, dass die Magd mit dem Rum richtiggelegen hatte. In ihrem Hals mochte der eine Schluck wie Feuer gebrannt haben, aber in ihrem Magen breitete sich eine angenehme Wärme aus. Zögernd griff sie noch einmal nach dem Becher, nippte an dem Tee und verzog das Gesicht. Wieder breitete sich das angenehm wärmende Gefühl in ihrem Bauch aus, und sie lehnte sich endlich in dem großen Lehnstuhl zurück. Erleichtert nickte Carl-Ludwig.

»Sag ich's doch. Ein ordentlicher Schuss Rum, und die Welt sieht gleich besser aus. Aber jetzt erzähl endlich, Mädchen. Hast du Mathis gesehen? Seid ihr euch begegnet?«

Magdalene nickte und antwortete: »Ja, draußen vor der Stadt. Wir waren, er hat …« Sie brach ab. Tränen traten in ihre Augen. Adam rückte ein Stück näher an sie heran und legte die Hand auf ihre Schulter. »Wir waren auf dem Armenfriedhof«, beendete Magdalene flüsternd ihren Satz. Eine Träne lief ihr über die Wange. Carl-Ludwig beugte sich zu ihr hinüber und wischte sie zärtlich ab.

»Ach, Mädchen, nicht weinen. Sonst heul ich gleich mit.«

»Ihr wart also auf dem Armenfriedhof«, sagte Adam, der allmählich ungeduldig wurde. »Und was geschah dann?«

»Zwei Burschen kamen uns entgegen. Mathis hat die beiden gekannt. Sie haben mit ihm gesprochen. Es ging um diesen Lorenz und ein Mädchen namens Dora. Lorenz hatte damit gedroht, ihr etwas anzutun, wenn Mathis nicht zurückkommt. Er ist mit ihnen gegangen. Sie wollten auch mich mitnehmen, aber ich konnte ihnen entwischen. Bis gerade eben habe ich mich hinter einer alten Scheune versteckt.« Sie zog die Nase hoch.

»Lorenz also«, sagte Adam und stand auf. Die Hände hinter dem Rücken verschränkt, lief er im Raum auf und ab. »Mathis hat mir von dem Burschen erzählt. Ein grausamer Kerl soll er sein, der eine Art Wandertheater leitet.«

»Und ein Zigeunerjäger ist«, fügte Magdalene hinzu. »Er hat meine Familie auf dem Gewissen, weil ich so verdammt dumm gewesen bin.«

Erstaunt blickten Adam und Carl-Ludwig sie an.

Magdalene begann, von ihrer Begegnung mit Luise von Spiegel in diesem Jagdpavillon zu berichten.

»Nennen wir es Schicksal«, sagte sie schließlich. »Majpejlomas hat immer gesagt, niemand kann ihm entrinnen. Es bestimmt unsere Wege und all unser Tun.«

»Andere Leute bezeichnen es als Gott«, sagte Carl-Ludwig und zwinkerte ihr lächelnd zu. »Majpejlomas, was für ein lustiger Name.«

»Mathis muss diese Dora sehr gernhaben, denn er ist sofort mit ihnen gegangen«, sagte Magdalene. Diese Erkenntnis traf sie. Womöglich liebte er dieses Mädchen.

»Von einer Dora hat er nie gesprochen«, erklärte Adam und setzte sich wieder. »Aber die Geschichte mit der Landgräfin kenne ich. Auch hat Mathis mir erzählt, dass du die Tochter des Landgrafen bist.«

»Da hol mich doch der Teufel.« Carl-Ludwig schlug sich auf den Oberschenkel. »Dann bist du ja eine richtige Hoheit, Mädchen. Das muss ich nachher Amalie erzählen. Mit einer Gräfin haben wir zu Tisch gesessen. Sie wird es mir nicht glauben.«

»Nein, habt ihr nicht«, bremste Magdalene seine Begeisterung. »Ich weiß nicht, mit wem ihr gegessen habt, aber sicher nicht mit einer Gräfin. Eher mit einer Zigeunerin, die zur Mörderin geworden ist.«

Adam wollte etwas erwidern, wurde jedoch unterbrochen, da Philip Daniel Kramer den Raum betrat und bei Magdalenes Anblick seine Stirn in Falten legte.

»Da bist du ja, Adam. Immer wenn man dich braucht, bist du nirgendwo zu finden.« Er trat näher heran und begrüßte Carl-Ludwig, der aufgestanden war und sich jetzt wieder setzte. Für Magdalene hatte er kein Wort übrig. Abfällig musterte er sie von oben bis unten und wandte sich an Adam.

»Das Mädel scheint von seinem Leid genesen zu sein. Was tut es also noch hier?«

»Wir organisieren gerade die Fahrt nach Kelsterbach mit der Postkutsche«, beeilte sich Adam zu sagen. »Wenn nichts dazwischenkommt, kann Magdalene übermorgen die Reise antreten.«

»Lass mich raten: Bezahlen werden wir die Fahrt, genauso wie die Arztkosten und die Verpflegung.« Der Generalpräzeptor holte ein zusammengefaltetes Schreiben aus seiner Rocktasche, faltete es auseinander und überflog den Text.

»Ich bedanke mich für die Fürsorge, die Ihr meiner Nichte entgegenbringt.« Seine Stimme klang abfällig. »Kein Wort davon, dass sie für unsere Unkosten aufkommen möchte. Was sind das für Leute, die glauben, dass in einem Konvent die Fürsorge vom Himmel fällt.«

Adam, der den Brief gemeinsam mit Johann Wolfgang Urban vor wenigen Tagen aufgesetzt hatte, zog den Kopf ein. Der Choralbruder hatte sich bemüht, seine Schrift zu verstellen, was ihm nicht gut gelungen war. Hoffentlich schöpfte der Generalpräzeptor keinen Verdacht.

»Und dann wäre da noch eine Kleinigkeit.« Philip Daniel Kramer ließ den Brief sinken. »Heute Mittag war der Wirt des Bären bei mir und hat darum gebeten, dass du besser nicht mehr mit dem schwarzen Burschen bei ihm auftauchen sollst, da ihm sonst die Kundschaft ausbleibt. Von welchem schwarzen Burschen redet der Mann?«, fragte er.

Adam reagierte verwundert auf die Worte des Generalpräzeptors. Es war ihm durchaus bewusst, dass der Leiter des Konvents ihm unwichtig erscheinende Personen schnell vergaß, aber Mathis war immerhin ein Mohr. Allerdings hatten sie sich die letzten Wochen sehr darum bemüht, Mathis vor dem Präzeptor zu verbergen, und es war bei der einen Begegnung der beiden geblieben. Weiß der Himmel, wie er reagiert hätte, wenn er dem Mohren häufiger über den Weg gelaufen wäre. Philip Daniel Kramer war ein engstirniger, in seinem konservativen Weltbild gefangener Mensch. Am Ende hätte er Mathis mitsamt Magdalene hinausgeworfen.

»Das muss ein Irrtum sein«, versuchte sich Adam herauszureden.

»Das ist es auch«, kam ihm Carl-Ludwig zu Hilfe. »Ich hab mit dem Mohren im Gasthaus aus Neugierde ein Gespräch begonnen. Ich wollt halt wissen, wo so ein schwarzer Kerl in unserem Höchst herkommt. Adam hat sich nur zu uns gesetzt. Das ist schon alles.«

Misstrauisch schaute der Generalpräzeptor von Adam zu Carl-Ludwig, der seinen Blick offen erwiderte. »Wir haben gar nicht bedacht, dass unsere Unterhaltung mit dem Mohren dem Wirt unangenehm sein könnte«, beeilte sich Adam zu sagen. »Selbstverständlich wird so etwas nicht mehr vorkommen.«

»Das wäre zu wünschen«, erwiderte Philip Kramer. Sein Blick blieb erneut an Magdalene hängen. »Und seht zu, dass das Mädel verschwindet, gleichgültig, wie. Mein Geld werde ich sowieso nicht wiederbekommen.« Er wandte sich zum Gehen und öffnete die Tür. Bevor er den Raum verließ, drehte er sich noch einmal um. »Beinahe hätte ich jetzt das Wichtigste vergessen. Nächste Woche kommt der Glaser wegen der neuen Fenster für die Kirche. Leider werde ich nicht anwesend sein, weil schon länger eine Reise nach Hanau geplant ist. Du, mein lieber Adam, wirst an meiner Stelle die Pläne dieses Herrn inspizieren. Komm doch gleich morgen zu mir in die Kirche, dann besprechen wir alles Notwendige, und du kannst den neuen Hochaltar bewundern, der heute fertiggestellt wurde und ein wahres Meisterwerk der Baukunst ist.«

Adam nickte zustimmend. »Selbstverständlich, Herr, gern. Ich bin schon sehr gespannt.«

Der Generalpräzeptor verließ den Raum, und Adam blickte mit sorgenvoller Miene auf Magdalene.

»Ich habe es geahnt. Diesmal müssen wir seiner Anweisung Folge leisten. Deine Zeit im Konvent neigt sich dem Ende zu, auch wenn es mir nicht gefällt.«

Magdalene riss erschrocken die Augen auf. »Und was wird mit Mathis?«

»Was soll mit ihm werden?«, fragte Adam. »Er hat seinen Weg gewählt und ist in sein altes Leben zurückgekehrt. Ihm können wir nicht mehr helfen. Ich hoffe, er schafft es, irgendwann von diesem Lorenz wegzukommen. Dafür werde ich beten.«

»Ich auch«, meldete sich Carl-Ludwig wieder zu Wort. »Zum Herrgott oder zum Schicksal, Hauptsache, es wirkt.« Er zwinkerte Magdalene aufmunternd zu.

»Aber, das geht doch nicht. Wir müssen etwas unternehmen. Dieser Lorenz ist gefährlich. Am Ende wird er ihn töten.«

»Dann ist es eben so«, antwortete Adam. Er setzte sich neben Magdalene und griff nach ihrer Hand. »Für ihn werden wir nichts tun können. Wir drei wären gar nicht in der Lage dazu, ihn von diesem gefährlichen Mann wegzuholen. Aber für dich habe ich gesorgt. Schon vor einer Weile habe ich meiner Schwester geschrieben. Sie lebt in Gießen in einem großen Kontor und ist guter Hoffnung, was es mit ihren drei Buben nicht immer leicht macht. Sie kann dich als Kindermädchen gebrauchen und freut sich über die Unterstützung. Ich habe den Generalpräzeptor also nicht angelogen, als ich sagte, dass du mit der Postkutsche abreisen wirst. Nur dein Ziel wird ein anderes sein.«

»Unser Adam. Hast eben das Herz auf dem rechten Fleck, mein Freund. Was anderes hätte ich nicht von dir erwartet.« Carl-Ludwig schlug dem Laienbruder auf die Schulter. »Siehst du, Mädel, jetzt wird alles gut. Adams Schwester ist ein sauberes Frauchen. Bei ihr wird es dir an nichts fehlen.«

»Aber …«, wollte Magdalene aufbegehren, doch sie verstummte. Die Vernunft sagte ihr, dass es der reinste Irrsinn wäre, Adams Angebot abzulehnen. Jedoch ihr Herz sprach eine andere Sprache. Eben erst hatte sie Mathis wiedergefunden, und jetzt sollte er erneut für immer aus ihrem Leben verschwinden. Das konnte und durfte nicht sein.

Adam verstand, was in Magdalene vorging. Liebevoll wischte er ihr eine Träne von der Wange und tätschelte ihren Arm. »Ich wünschte, ich könnte etwas für ihn tun, aber mir sind die Hände gebunden.«

»Ich weiß«, sagte Magdalene und schniefte. »Du tust mehr, als ich erwarten kann. Hab Dank dafür. Gern fahre ich zu deiner Schwester und gehe ihr zur Hand.«

»Und Gießen ist eine großartige Stadt«, sagte Carl-Ludwig. »Bisschen bäuerlich vielleicht, aber ganz nett. Ich war vor einigen Jahren dort. Hübsch an der Lahn gelegen, macht das Städtchen einen recht ordentlichen Eindruck. Bestimmt wirst du dich dort wohl fühlen.«

»Ja, bestimmt«, erwiderte Magdalene. »Ist ja beinahe Heimat, schon wieder Hessen-Darmstadt, was für ein Zufall.«

Adam zuckte bei diesen Worten zusammen. Daran hatte er nicht gedacht. Jedoch, was sollte passieren? Der Landgraf lebte in seinem Schloss sein eigenes Leben, fernab von seinen Untertanen. Gewiss würde Magdalene ihm nicht über den Weg laufen, sofern sie sich von Jagdpavillons fernhielt.

Magdalene erriet seine Gedanken.

»Ist schon gut. Keine zehn Pferde bringen mich mehr in die Nähe eines solchen Anwesens.«

Adam atmete erleichtert auf. »Dann ist es ja gut. Wahrscheinlich ist es besser, du vergisst alles, was gewesen ist. Ab jetzt bist du Magdalene, das Kindermädchen der Ellen Saller, Gattin eines ehrenwerten Händlers mit Kontoren in ganz Europa.«

Magdalene deutete ein Nicken an. Vielleicht war das wirklich besser, dachte sie wehmütig. Dann wusste sie wenigstens, wer sie war und wohin sie gehörte. Adam lächelte, während Carl-Ludwig überschwenglich den Tee mit Rum trank. »Was ist das für eine Freude«, sagte er, die Wangen gerötet. »Dann geht es unserer Magdalene wieder richtig gut. Wie fein!«

Ja, dachte Magdalene. Mir geht es gut.

17

Schneeregen verwandelte den Platz zwischen den Wohnwagen in eine Matschlandschaft. Ein kalter Wind rüttelte an den Zweigen und ließ Dora und Mathis erzittern. Bis auf die Haut durchnässt, standen sie vor Lorenz, der sie stumm musterte. Strähnen seines dunklen nassen Haares fielen ihm in die Stirn, und sein weißes Hemd klebte an seinem durchtrainierten Oberkörper. Jeder andere an seiner Stelle würde wie ein begossener Pudel aussehen, doch Lorenz wirkte selbst jetzt erhaben. Dora hatte den Blick gesenkt. Sie brachte es nicht fertig, so wie Mathis ihrem Herrn in die Augen zu sehen. Ihr geliebter Mathis, der wegen ihr zurückgekehrt war und sie aus dem Gefängniswagen befreit hatte. Ihr Herz hatte vor Aufregung wie wild gepocht, und ein unglaubliches Glücksgefühl hatte sie erfasst. Nur wegen ihr, dem Zwergenmädchen, war er zurückgekehrt. Vielleicht liebte er sie ja doch. Aber sie wusste, dass diese Vorstellung Wunschdenken bleiben würde. Der kleine Funke Hoffnung in ihrem Herzen wollte sich jedoch nicht von der Stimme der Vernunft vertreiben lassen.

»Mit der Vergangenheit ist es so eine Sache«, sagte Lorenz. »So oft habe auch ich mir gewünscht, ich könnte sie abschütteln oder vergessen. Doch sie steckt tief in uns.« Er trat näher an Mathis heran. Die Gerüche von Pfeifentabak und Wein stiegen Mathis in die Nase. »Wir beiden haben das Problem, dass unsere Vergangenheit hübsch anzusehen ist. Die betörende Macht der Weiber ist nicht zu unterschätzen, nicht wahr, mein Freund.« Sein Blick wanderte zu Dora, und sein Tonfall wurde abfällig. »Wenn wir mal von Zwerginnen absehen.«

Dora reagierte nicht auf die Beleidigung. Gehässige Bemerkungen dieser Art war sie gewohnt. Mathis' Ankunft hatte ihre Zeit der Gefangenschaft beendet, doch würde sie auch ihr Leben retten? Sie hatten Lorenz hintergangen, was in seinen Augen einer Todsünde gleichkam.

»Mir ist dein Blick auf dem Höchster Marktplatz nicht entgangen«, fuhr Lorenz fort. »Selbst mich hat das Mädchen mit seiner atemberaubenden Schönheit und Anmut betört. Sie sieht ihrer Mutter zum Verwechseln ähnlich. Ich kann Luise gut verstehen. Man könnte meinen, Charlotte persönlich habe sich aus dem Grab erhoben, um an ihr Rache zu üben. Eine Rache, die ich gut nachvollziehen könnte, immerhin hat Luise ihr das Leben genommen und das ihrer Tochter zerstört. Ein Leben bei den Zigeunern lässt sich als großes Unglück bezeichnen, findest du nicht auch?«

Mathis schwieg.

»Obwohl, wenn ich es genau nehme, dann sind wir ihnen gar nicht so unähnlich«, fuhr Lorenz fort. »Immerhin ziehen wir ebenso durch die Lande, auch wenn wir ein anderes Ziel verfolgen. Ein ehrenwertes Wandertheater ist mit der bösen Rotte kaum vergleichbar. Es mag nicht das beste Gewerbe sein, aber es hält uns am Leben, und wir erfreuen die Menschen mit unseren Darbietungen. Wir sind Außenseiter und anders als die Menschen in ihren Dörfern und Städten, denen ihr eintöniger Alltag oftmals die Luft zum Atmen raubt. Freiheit ist ein hohes Gut, nicht wahr, mein dunkelhäutiger Freund.« Er blickte Mathis eindringlich in die Augen.

Mathis hielt dem Blick stand. Er war wegen Dora mit Hannes und Friedrich ins Lager zurückgekehrt, was ihn nicht dazu bringen würde, um sein Leben zu betteln. Sollte Lorenz ihn eben am nächsten Baum aufhängen und den gottverdammten Raben zum Fraß vorsetzen, wenn er nur Dora verschonen würde.

»Oder das Leben«, fuhr Lorenz fort. »Oftmals gehen wir zu leichtfertig damit um. Schneller, als uns lieb ist, können die Lichter für immer erlöschen. So ist es auch der lieben kleinen Magdalene passiert. Wäre sie nicht geflohen, würde sie jetzt unter uns weilen und könnte jeden Abend die Menschen mit ihrem Tanz auf der Bühne begeistern. Stattdessen ist sie weggelaufen, das törichte Ding.«

Mathis wusste, dass Lorenz ihn dazu bringen wollte, sich zu Magdalenes Verbleib zu äußern. Doch diesen Gefallen würde er ihm nicht tun. Magdalene sollte frei leben dürfen und glücklich werden. Das wünschte er ihr. Den ganzen Weg hierher hatte er ihr Gesicht vor Augen und ihren Geruch in der Nase gehabt. Wie Liebende waren sie einander für einen kurzen Moment nähergekommen. Oder war es nur die kindliche Vertrautheit gewesen, die seinen Gefühlen einen Streich gespielt hatte? Doch jetzt, da er sie endlich gefunden hatte, musste er begreifen, dass er sie endgültig verloren, mehr noch, ihr bisheriges Leben für immer zerstört hatte.

»Du machst dir selbst Vorwürfe«, sagte Lorenz. Er trat ein Stück zurück und begann, vor ihnen auf und ab zu laufen. »Du denkst, du hättest sie auf dem Gewissen. Das mag stimmen, und doch wieder nicht. Wenn wir es genau nehmen, hat das Mädchen selbst das Unglück über sich und seine Familie gebracht, wenn wir die Zigeuner mal so nennen wollen. Es hat sich noch nie gelohnt, in anderer Leute Häuser einzusteigen.«

»Du meinst, in das Haus einer Mörderin.« Mathis konnte nicht mehr an sich halten.

Lorenz blieb vor ihm stehen. »Da sieh mal einer an. Mein dunkelhäutiger Freund hat seine Sprache wiedergefunden. Wie schön. Ich würde Luise nicht unbedingt als Mörderin bezeichnen. Sagen wir mal, sie hat das Elend frühzeitig beendet, was für alle Beteiligten das Beste gewesen sein mag. Soweit ich weiß, lag die gute Charlotte von Forstner nach einer weiteren Fehlgeburt im Sterben, und der Landgraf, nennen wir ihn in diesem Fall unvernünftig, hätte sie zur Frau nehmen wollen. Eine Person, die ihm vermutlich innerhalb weniger Wochen, wenn nicht sogar Tagen, weggestorben wäre. Magdalene schien zur falschen Zeit am falschen Ort gewesen zu sein, was tragisch ist. Allerdings ist sie nur die Tochter der Mätresse, also nicht sonderlich wertvoll oder gar wichtig. Wer hätte schon einem kleinen sechsjährigen Mädchen geglaubt?« Er grinste hämisch.

»Wenn dem so ist, weshalb hat Luise dich dann auf sie angesetzt?«, entgegnete Mathis. »Wieso ist sie ihr an jenem Abend in die Darmstädter Gassen gefolgt und hat dem Grafen die Geschichte von den Zigeunern vorgelogen?« Mathis machte einen Schritt auf seinen Herrn zu. »Wir beide und auch Luise von Spiegel kennen die Antwort. Er hat Magdalene mehr als alles andere auf der Welt geliebt. Sie war sein Augenstern, und er hätte ihr, obwohl sie ein Kind war, jedes Wort geglaubt. Und auch wenn Luise von Spiegel nicht einwandfrei des Mordes an Charlotte von Forstner hätte überführt werden können, da es nur die Aussage eines Kindes gewesen wäre, die sie belastet hätte, so wäre es fraglich gewesen, ob er sie zur Frau genommen hätte, denn wo Misstrauen einmal gesät wurde …«

»… wächst und gedeiht es gut«, beendete Lorenz Mathis' Satz. »Eines muss man dir lassen, mein guter Mathis. Du bist nicht dumm. Deine schnelle Auffassungsgabe habe ich schon immer bewundert. Allerdings hast du dieses Mal gegen die Spielregeln verstoßen. Ihr beide habt gegen die Spielregeln verstoßen.« Er blickte auf die frierende Dora hinab.

»Lass Dora da raus«, sagte Mathis und stellte sich beschützend vor die Zwergin. »Sie hat nichts damit zu schaffen.«

»Nein, natürlich nicht. Seitdem du den ersten Schritt in dieses Lager gesetzt hast, klebt ihr beiden wie die Kletten aneinander. Ich bezeichne sie gern als einen winzigen Schatten, der dir auf Schritt und Tritt folgt. Selbstverständlich hat sie davon gewusst und es für sich behalten.« Er beugte sich zu Dora hinunter, hob ihr Kinn an, blickte ihr in die Augen und schüttelte den Kopf. »Obwohl sie weiß, dass sie jederzeit zu mir kommen kann. Gern hätte ich die Angelegenheit anders aus der Welt geschafft, denn ich kann deine Beweggründe sehr gut verstehen, mein guter Mathis. Weiber sind noch mal unser Untergang, ob klein und mopsig oder groß und wunderschön.« Er richtete sich wieder auf. »Allerdings bin ich kein Unmensch. Seit so vielen Jahren seid ihr zwei Teil unserer Familie, und ich würde nur sehr ungern auf euch verzichten, weshalb ich beschlossen habe, noch einmal ein Auge zuzudrücken, auch wenn es mir schwerfällt.« Er suchte erneut Mathis' Blick. »Das Schicksal hat es gut mit dir gemeint und hat dir einen Moment mit einem verloren geglaubten Schattenbild aus deinen Kindertagen geschenkt. Nicht vielen von uns ist so etwas vergönnt. Meist bleibt uns ein Wiedersehen mit geliebten Menschen aus der Vergangenheit verwehrt. Wollen wir es dabei nicht bewenden lassen und wieder zur Tagesordnung übergehen? Sagen wir, um Doras willen?« Er streckte Mathis die Hand hin.

Mathis wusste, dass Lorenz' Entgegenkommen einem Wunder gleichkam. Den ganzen Weg hierher hatte er sich überlegt, wie er Dora retten konnte. Sich selbst hatte er bereits tot gesehen. Dora war ihm in all den Jahren zur Schwester und Vertrauten geworden, der einzige Mensch, mit dem er wirklich reden konnte. Sie hatte es nicht verdient, wegen seiner Dummheit zu sterben. Trotzdem wog Mathis' Arm schwer, als er ihn anhob, um Lorenz' Hand zu ergreifen. Vor seinem inneren Auge sah er Magdalene vor sich, beinahe schmerzhaft glaubte er, ihre Nähe zu spüren. Doch so spielte nun mal das Leben. Gerechtigkeit lag nur selten in seinem Sinn. Er nahm Lorenz' Hand. So standen sie sich für einige Minuten schweigend gegenüber. Inzwischen waren es dicke Schneeflocken, die vom Himmel fielen und auf dem matschigen Untergrund schmolzen.

»Ich wusste, dass du vernünftig sein würdest«, sagte Lorenz ohne jedes Lächeln und ging neben Dora in die Hocke. »Du doch auch, wie ich annehme?«, fragte er.

Dora nickte.

»Dann ist es ja gut.« Er tätschelte Doras Schulter. »Es wäre mir schwergefallen, die beiden wichtigsten Menschen meiner Gruppe zu verlieren. Familie bedeutet verzeihen, so habe ich es irgendwo gehört.« Er zwinkerte Mathis zu. »Ist besser, du bringst deine kleine Freundin ins Warme. Sonst gefriert sie uns noch zu einem Eisblock, was schade wäre, denn morgen ist Wochenmarkt, und ich würde gern die übliche Vorstellung aufführen.« Ohne ein weiteres Wort ließ er die beiden stehen und schlenderte zu seinem Wohnwagen.

Hannes und Friedrich, die unweit von ihnen im Schutz eines Unterstandes mit Seilen in den Händen auf das unabwendbare Urteil gewartet hatten, trollten sich grummelnd über die Wiese davon. Die Genugtuung über Mathis' und Doras Untergang war ihnen verwehrt geblieben. Sie wussten, dass Lorenz bei einem von ihnen anders gehandelt hätte.

Mathis beugte sich zu Dora hinunter, schlang seine Arme um ihren kleinen Körper, hob sie hoch, drückte sie fest an sich und sagte: »Meine liebe, gute Dora. Es tut mir so unendlich leid. Das musst du mir glauben.«

Dora genoss seine Umarmung. Seine Haut war feucht und kalt, was in diesem Moment vollkommen gleichgültig war. Die kalten Flocken, der eisige Wind, alles um sie herum schien bedeutungslos geworden zu sein, denn sie hatten einander wieder, und ihr Leben war verschont worden. Mit Dora auf dem Arm lief Mathis zu ihrem hell erleuchteten Wohnwagen hinüber. Drei Gesichter waren am Fenster auszumachen, die jetzt verschwanden. Josephine öffnete ihnen die Tür, und sie traten in den warmen Raum. Theodora und Elisabeth wichen mit weit aufgerissenen Augen vor Mathis zurück und flohen auf eine Sitzbank im hinteren Teil des Wagens. Mathis setzte Dora auf ihre Schlafstatt. Sogleich wickelte Josephine die Zwergin fürsorglich in eine Decke.

»Dem Herrgott im Himmel sei Dank, er hat euch am Leben gelassen. Wir befürchteten bereits das Schlimmste. Anfangs dachte ich, er würde Dora sofort erschlagen, so sehr hat er auf sie eingeprügelt.«

Erst jetzt fielen Mathis Doras blaues Auge und die verschorfte Wunde an ihrer Stirn auf. Er senkte den Blick. »Was kommst du auch auf so dumme Ideen, du dummer schwarzer Kerl.« Josephine gab ihm einen Klaps auf die Schulter. »Das hat Dora nicht verdient. Selbstsucht hat noch nie jemanden weitergebracht. Wir mögen ein zusammengewürfelter, elender Haufen sein, aber trotzdem sollten wir zusammenhalten und nicht einfach abhauen.«

Mathis wollte etwas erwidern, aber Dora kam ihm zuvor. »Selbstverständlich kann man das«, sagte sie bestimmt. »Ich habe Mathis in seinem Entschluss bestärkt. Manchmal geht das Leben sonderbare Wege und fordert Handlungen ein, die nicht gerecht erscheinen mögen. Ich habe gewusst, auf was ich mich einlasse, als ich Mathis dazu ermutigt habe, seine Magdalene zu retten. Es kommt einem Wunder gleich, dass sich die beiden wiedergefunden haben. Ist es da nicht recht und billig, dass er den Versuch unternimmt, sie zu retten, um vielleicht sogar ein neues Leben mit ihr zu beginnen? Wie würdest du handeln, wenn plötzlich deine Mutter vor dir stünde und dich auffordern würde, mitzukommen? Würdest du zögern? Würdest du an mich oder irgendwen anders in diesem Lager auch nur einen Gedanken verschwenden? Wo fängt Großmut an und wo hört er auf?« Sie suchte Josephines Blick. Die Französin wich ihr aus.

»Siehst du.« Dora deutete ihre Reaktion richtig. »Also grollt ihm nicht, sondern lasst uns lieber mit ihm trauern, denn er hat viel verloren.«

Josephine wollte etwas erwidern, doch Mathis, dem die Tränen in die Augen gestiegen waren, kam ihr zuvor.

»Wäre es möglich, dass Dora und ich für einen Moment allein sein könnten?« Sein Blick wanderte von Josephine zu Theodora und Elisabeth.

Die Französin atmete tief durch. Ihr gefiel Mathis' Bitte nicht, denn sie wollte nicht ausgeschlossen werden. Dora warf ihr einen bittenden Blick zu, da gab sie nach.

»Also gut, dann eben später.« Sie wandte sich an die siamesischen Zwillinge. »Theodora, Elisabeth. Kommt, wir gehen zu Liesel. Vielleicht hat sie wieder ihren teuflisch guten Glühwein gekocht. Davon könnte ich jetzt einiges vertragen.«

Die beiden Mädchen erhoben sich. Elisabeth griff nach einem wollenen Umhang, der neben der Tür an einem Haken hing, wickelte ihn um sich und ihre Schwester, und die beiden folgten Josephine wortlos nach draußen. Als sich die Tür hinter den dreien geschlossen hatte, atmete Mathis erleichtert auf und sank auf einen Hocker neben dem winzigen, für Wärme sorgenden Holzofen. Eine Weile herrschte Stille. Doras Blick wanderte nach draußen, wo der nasskalte Tag im Dämmerlicht des Spätnachmittags versank. Der Wind rüttelte an den Fensterläden, und ein Holzscheit knackte im Ofen. Von draußen drang Lachen in den Raum.

»Ist sie tot?«, fragte Dora in die bedrückende Stille. Mathis schüttelte den Kopf. Sein Kopf begann zu dröhnen, und plötzlich schien jeder Knochen in seinem Leib zu schmerzen.

»Dann ist es doch gut«, sagte Dora.

»Ich weiß nicht«, erwiderte er.

»Du wärst gern bei ihr geblieben.«

Mathis nickte, Tränen in den Augen.

»Sie ist so besonders, einzigartig. Ich kann es nicht beschreiben. Eben Magdalene.« Hilflos zuckte er mit den Schultern.

»Du liebst sie«, stellte Dora fest.

Mathis hob die Hand und berührte Doras verschorfte Kopfwunde. Sie zuckte zurück.

»Ich wollte das nicht. Das musst du mir glauben.«

»Das weiß ich doch, du Dummerchen«, erwiderte Dora, der seine Liebeserklärung einer anderen Frau gegenüber beinahe das Herz brach. Trotzdem saß er bei ihr. Nur wegen ihr war er zurückgekommen und hatte die Liebe seines Lebens verlassen. Sie sollte sich darüber freuen, tat es aber nicht. Wie viel Kummer hielt das Herz einer Zwergin aus? Sie wusste es nicht. Der Schmerz und dieses gottverdammte Leben hätten vielleicht bald ein Ende gehabt.

»Ohne mich ist sie gewiss besser dran. Was will ein weißes Mädchen schon mit einem Schokoladenmohren. Ich wäre ihr nur ein Klotz am Bein gewesen.«

»Du hättest bei ihr bleiben sollen«, stellte Dora fest.

»Er hätte dich getötet.«

»Nein, das hätte er nicht.« Dora wusste, dass sie sich dieser Tatsache nicht sicher sein konnte, denn Lorenz war unberechenbar.

»Ohne sein Zwergenmädchen ist er vollkommen aufgeschmissen, wie wir beide wissen«, versuchte sie zu scherzen, was ihr gründlich misslang. Mathis warf ihr einen kurzen Blick zu. Sie schnitt eine Grimasse.

»Also wieder wie immer«, sagte er.

»Denkst du das wirklich?«, fragte sie.

»Es wird uns nichts anderes übrigbleiben.«

»Und was ist mit Magdalene?«, fragte Dora.

»Was soll mit ihr sein?« Mathis zuckte mit den Schultern. »Ihr Schicksal liegt in den Händen anderer. Immerhin habe ich ihr Leben gerettet und durfte sie für einen kurzen Moment wieder bei mir haben. Sag mir, wem so ein großes Glück vergönnt ist? Nenn mir einen Namen, nur einen einzigen.«

»Du weißt, dass ich das nicht kann«, erwiderte Dora.

»Ach, meine geliebte gute Dora. Niemals hätte ich dich zurücklassen dürfen.« Mathis beugte sich zu ihr hinüber, zog sie mitsamt der Wolldecke auf seinen Schoß und drückte sie fest an sich. »Sollte es jemals ein nächstes Mal geben, dann gehen wir zu zweit. Das verspreche ich dir.« Dora schmiegte sich eng an ihn und dachte: Du liebst mich, ganz bestimmt. Du weißt es nur nicht, wirst es auch nie wissen. Aber das ist gleichgültig. Hauptsache, ich werde dich niemals im Leben verlieren.

18

Magdalene und Carl-Ludwig folgten Adam, der ein großes Bündel mit ihrer Reiseausstattung im Arm trug und vorauslief. Über Nacht hatte es geschneit, so dass die Pflastersteine rutschig waren und sie achtgeben mussten, nicht auf die Flunsch zu fliegen, wie es Carl-Ludwig so treffend ausgedrückt hatte. Inzwischen hatten sich die Wolken der Nacht verzogen, die Sonne schien an einem blauen Himmel, und der frisch gefallene Schnee taute schon wieder. Magdalene trug einen wollenen Mantel, der einmal einer Pfründnerin gehört hatte. Er war ihr etwas zu groß, hielt aber schön warm. Dazu hatte Adam noch ein paar Handschuhe hervorgezaubert, einen braunen Wollrock, wollene Strümpfe, ein Nachtkleid und Stiefel, die sogar passten. Auch hatte er ihr eine ordentliche Wegzehrung eingepackt. Ihr Bündel enthielt eine Flasche Wein und mit Griebenschmalz geschmierte Brote, einige Äpfel, zwei Birnen und sogar drei hart gekochte Eier. Auch trug sie in ihrem Beutel einige Münzen bei sich, damit sie sich bei einer Rast eine ordentliche Mahlzeit kaufen konnte. Immer wieder hatte er ihr den Weg zu dem Kontor seiner Schwester erklärt, das unweit des Marktplatzes in der Katharinengasse lag. Die letzten Tage hatte Magdalene damit verbracht, am Fenster zu stehen und nach Mathis Ausschau zu halten. Sie konnte einfach nicht akzeptieren, dass der Schokoladenmohr aus ihrer Kindheit erneut aus ihrem Leben verschwunden sein sollte. Aber Mathis war nicht aufgetaucht. Gewiss hatte Adam recht, und er war in sein altes Leben zurückgekehrt. In das Leben eines Gauklers und Zigeunerjägers. Eigentlich müsste sie ihn für das, was er war, hassen, denn in ihr schlug noch immer das Herz einer Romni – obwohl sie wusste, dass dieser Teil ihres Lebens vorbei und Sunis Welt in Flammen aufgegangen war. Aber es fiel ihr schwer, sich mit der neuen Magdalene-Welt anzufreunden.

Sie erreichten den Hafen, wo bereits die Postkutsche wartete. Es sollte die Weinstraße hinauf bis nach Gießen gehen. Eine beschwerliche Reise, gerade bei den winterlichen Straßenverhältnissen, doch die Postillione, vier an der Zahl, waren guter Dinge. Sie trugen hübsche blaue Uniformen mit warmen Umhängen zum Schutz vor der Kälte. Vier Pferde waren vor den Wagen gespannt, und auf dem Dach der Kutsche war bereits einiges an Gepäck verstaut worden. Nur ein weiterer Fahrgast würde Magdalene Gesellschaft leisten. Ein gut gekleideter Herr mittleren Alters, der sich als Johann Philipp Krieger, seines Zeichens Buchhändler, vorstellte. Fürsorglich verstaute Adam Magdalenes Gepäck im Inneren der Kutsche. Ihr Bündel war klein, sie konnte es ohne Probleme unter ihren Sitz schieben. Carl-Ludwig hatte mit einem der Postillione, den er noch aus früheren Zeiten als Händler kannte, einen Plausch begonnen. »Das waren noch Zeiten, Hermann«, hörte Magdalene ihn sagen. »Als ihr unsere Waren bis nach Homburg und Gießen mitgenommen habt. Damals warst du noch neu bei der Truppe, beinahe noch feucht hinter den Ohren.«

Hermann, der Carl-Ludwig beinahe um einen Kopf überragte, grinste verschmitzt.

»Guter Gott. Das ist jetzt bald zwanzig Jahre her. Heut hab ich Frau und Kinder, eines davon macht mich bald zum Großvater, stell dir vor. Wenn wir Glück haben, wird es ein Christkindl.«

»Und wenn wir weiterratschen, kommen wir heut gar nicht mehr vom Fleck«, mischte sich ein anderer Postillion mit mürrischer Miene und heiserer Stimme in das Gespräch ein. Zur Untermauerung seines kränklichen Zustands hustete er demonstrativ.

»Also ich an Eurer Stelle würde mir die Fahrt noch einmal überlegen«, sagte Adam zu dem Mann. »Am Ende kriegt Ihr es noch heftig in den Lungen. Hat schon manch einer nicht überlebt, das kann ich Euch sagen.«

»Da hör sich einer den Mönch an«, erwiderte der Postillion und putzte sich die Nase.

»Laienbruder, bitte. Laienbruder«, berichtigte Adam.

»Was auch immer«, schnauzte der Mann. »Als ob ich zum ersten Mal krank auf dem Kutschbock sitzen würde. Ihr kennt wohl die Regeln nicht. Biste krank, kriegste für die Zeit keinen Lohn. Kommst du dann für meinen Unterhalt und den meiner Familie auf.«

»Aber … ich meinte … selbstverständlich …«, stotterte Adam.

»Mein Freund hat es doch nur gut gemeint«, kam ihm Carl-Ludwig zu Hilfe. Auch Hermann sprang Adam bei. »Selten einen Fahrgast gesehen, der sich um unser Befinden kümmert, nicht wahr, Georg?« Der erkältete Postillion warf seinem Kollegen einen finsteren Blick zu. »Ja, selten gesehen. Können wir jetzt los? Wenn wir weiter trödeln, kommen wir Weihnachten in Gießen an.« Seine letzten Worte waren kaum noch zu verstehen.

»Gott bewahre«, meldete sich der dritte Postillion namens Peter zu Wort, der sich etwas abseits von seiner Verlobten verabschiedet hatte. Die junge blonde Frau, kaum älter als

Magdalene, schniefte hörbar und putzte sich mit einem Taschentuch die Nase.

»Bis dahin wollte ich endlich mit meiner Liebsten verheiratet sein und mit ihr gemeinsam in unser neues Heim am Marktplatz ziehen.« Er winkte der Frau vergnügt zu, was diese mit einem schüchternen Lächeln quittierte.

»Na, dann lasst uns keine Wurzeln schlagen, sondern endlich losfahren«, sagte Johann und blickte zum Himmel. »Die Tage sind kurz um diese Jahreszeit, und es wäre schön, wenn wir bei anbrechender Dunkelheit eine gemütliche Herberge erreichen. Ich kann es nicht leiden, in der Finsternis durch unwirtliche Wälder voller Diebesgesindel zu fahren.«

Magdalene riss erschrocken die Augen auf. »Das gewiss dieses Mal woanders sein Unwesen treiben wird«, sagte Adam in dem Bemühen, sie zu beruhigen, und warf dem Buchhändler einen strafenden Blick zu. Dieser kletterte in die Kutsche. Magdalene wurde von Carl-Ludwig zum Abschied fest in die Arme genommen, sogar einen Kuss drückte der alte Pfründner ihr auf die Wange.

»Gib gut auf dich acht, Mädel. Wird schon alles gut werden. Das hab ich im Gefühl.«

Adam streckte Magdalene unsicher die Hand hin. Sie ergriff sie und umarmte ihn ebenfalls.

»Mein lieber guter Adam. Hab Dank für alles. Ich werde dir schreiben, fest versprochen.« Sie löste sich aus der Umarmung.

Adam wischte sich verstohlen über die Augen.

»Das will ich hoffen. Meine Schwester ist eine Seele von Mensch. Bei ihr wirst du es gut haben, Mädchen.«

Magdalene nickte, folgte schweren Herzens dem Buchhändler in den Wagen und nahm ihm gegenüber am Fenster Platz. Der vierte Postillion im Bunde, ein braunhaariger Bursche namens Herbert, schloss die Tür hinter ihr. Sie schob den Vorhang vor dem Fenster zur Seite und winkte, während sich die Kutsche in Bewegung setzte. Als die beiden Männer außer Sichtweite waren, lehnte sie sich tief durchatmend zurück. Jetzt gab es kein Zurück mehr. Der Wagen holperte über das Pflaster, und sie wurde kräftig durchgerüttelt.

»Ihr reist zum ersten Mal mit einer Postkutsche, nehme ich an?«, begann Johann Krieger ein Gespräch mit ihr.

»Ist es so offensichtlich?«, erwiderte Magdalene, die sich an einem Bügel neben der Tür festhielt, um nicht zur Seite zu kippen.

»Ein wenig.« Er deutete auf ihre Hand. »An das Schaukeln gewöhnt man sich mit der Zeit.«

»Ich will es hoffen«, erwiderte Magdalene und zwang sich zu einem Lächeln.

»Gewiss wird heute alles gutgehen. Die Wege sind zwar nass, aber der Frost der letzten Tage hat die schlammigen Löcher zugefroren. Ist kein Vergnügen, im Morast stecken zu bleiben, das könnt Ihr mir glauben. Bei meiner letzten Fahrt nach Höchst ist so ein Unglück geschehen. Dem Herrgott sei Dank kurz vor einer Herberge. Bis zum nächsten Morgen hatten die Männer den Karren wieder aus dem Dreck gezogen, im wahrsten Sinne des Wortes.« Er zwinkerte ihr fröhlich zu und fragte neugierig: »War ja ein rührender Abschied in Höchst. Darf ich fragen, wohin die Reise geht?«

Magdalene gefiel der Buchhändler trotz seiner Neugier. Er war groß und trug sein weiß gepudertes Haar zu einem Zopf gebunden. Um seine Augen und Mundwinkel zeigten sich bereits die ersten Fältchen.

»Nach Gießen in eine Anstellung.«

»Oh, vielleicht kenne ich die Herrschaften«, erwiderte er erfreut.

»Ellen Saller ist der Name der Dame. Ich soll dort als Kinderfrau tätig werden. Sie ist die Schwester des Laienbruders Adam, einem der beiden Männer von eben.«

»Bei dem guten Gerlach Saller also. Er leitet ein großes Kontor in Gießen. Dort wird es Euch gewiss an nichts fehlen. Die Familie Saller ist Kundschaft bei mir. Vor allem Ellen Saller taucht öfter im Laden auf. Sie ist eine große Freundin der Dichtung wie viele Damen ihres Alters.« Er zwinkerte ihr lächelnd zu. »Mögt Ihr Gedichte, mein Kind?«

»Ich kenne kaum welche«, erwiderte Magdalene wahrheitsgemäß. »Aber Geschichten mag ich gern. Ich bin eine gute Zuhörerin.«

»Na, das ist doch schon mal ein Anfang. Da trifft es sich gut, dass ich ein Buch mit guten Geschichten dabeihabe.«

Er holte ein in Leinen gebundenes, kleines Buch aus seiner Tasche und grinste. »Es ist keine große Literatur, müsst Ihr wissen. Darauf kann ich mich bei dem Geschaukel nicht konzentrieren. Vielleicht möchtet Ihr etwas vorgelesen bekommen, dann ist die Fahrt nicht so eintönig.«

»Sehr gern.« Magdalene freute sich aufrichtig.

»Allerdings ist das Buch in französischer Sprache verfasst. Es sind die Märchen aus Tausendundeiner Nacht, die seit Jahrhunderten im Orient mündlich weitergegeben werden. Ein Mann namens Antoine Galland übersetzte diese wunderbaren Geschichten ins Französische. Leider konnte ich bisher noch keine deutsche Übersetzung finden.«

»Ich spreche kein Französisch«, wandte Magdalene ein.

»Das dachte ich mir schon«, erwiderte der Buchhändler. »Ich werde mich bemühen, die Geschichten in deutscher Sprache wiederzugeben.«

Er schlug das Buch auf und begann vorzulesen. Es ging in den Orient, zu Ali Baba und seinen vierzig Räubern. Fasziniert hörte Magdalene dem Buchhändler zu, der immer mal wieder die französischen Sätze laut vorlas, sich aber alle Mühe gab, diese sogleich ins Deutsche zu übersetzen. Die Geschichte war spannend und außergewöhnlich und entführte Magdalene in den fernen Orient, von dem sie so gar keine Ahnung hatte. Teure, wunderbar duftende Gewürze mit wohlklingenden Namen wie Safran oder Cardamom gab es auch hier auf den Märkten, jedoch waren diese für einfache Zigeuner unerschwinglich. Besonders beeindruckte Magdalene die Stelle, als Ali Baba mit dem Losungswort *Sesam, öffne dich* tatsächlich das Geheimversteck der Räuber fand. Johann war mit jedem Satz besser darin geworden, den französischen Text zu übersetzen, und er las so mitreißend vor, dass es sich anhörte, als würde er die Erzählung auswendig kennen. Am Ende klatschte Magdalene begeistert Beifall und bat sofort darum, eine weitere Geschichte vorgelesen zu bekommen. Den Gefallen wollte ihr der Buchhändler gern tun, jedoch kippte genau in dem Moment, als er umblätterte, die Kutsche zur Seite. Magdalene schrie erschrocken auf und klammerte sich am Griff fest. Sie hörte die Postillione laut fluchen. Die Kutsche schwankte, kippte jedoch nicht wieder in die Ausgangsposition zurück. Immer weiter geriet sie in Schräglage, bis sie umfiel und auf der Seite liegen blieb.

»Himmel, das auch noch!«, hörte sie Johann Krieger neben sich ausrufen. »Immer an derselben Stelle. Langsam müssten sie es doch wissen.«

Magdalene lag mit dem Kopf auf dem Fenster und hatte die Stiefel des Buchhändlers zwei Zentimeter vor ihrer Nase. Laub und Erde klebten an der Sohle. »Ist bei Euch alles gut, Magdalene?«, erkundigte er sich.

»Wie gut es eben sein kann, wenn man kopfüber in einer umgekippten Kutsche liegt«, antwortete Magdalene und versuchte, ein Stück von seinen Füßen wegzurücken. Genau in diesem Moment öffnete sich über ihnen die Kutschentür.

»Es tut uns schrecklich leid«, hörte sie Georgs heisere Stimme. »Solch eine Unannehmlichkeit aber auch.« Er reichte Magdalene die Hand, die sie dankbar ergriff. Mit vereinten Kräften wurde sie aus der Kutsche gezogen. Keine Minute nach ihr kletterte auch Johann Krieger aus dem Gefährt. Er wischte sich den Schmutz von seinem Mantel, blickte um sich und begann lauthals zu schimpfen.

»Immer an derselben Stelle zwischen Eschborn und Steinbach passiert das Unglück. Schon dreimal bin ich genau an dieser Stelle mit einer Kutsche umgekippt. Donnerlittchen aber auch! Langsam müsstet ihr es doch besser wissen.«

Mit säuerlicher Miene ließ Georg die Schimpftirade des Buchhändlers über sich ergehen, während die anderen das auf die Wiese gekullerte Gepäck einsammelten und die Pferde beruhigten. Peter trat neben Magdalene und musterte sie besorgt von oben bis unten.

»Euch ist hoffentlich nichts passiert. Diese Stelle ist tückisch, sehr schmal, und der Weg ist ungleichmäßig. Jedes Mal fahren wir extra langsam, aber es passiert leider immer wieder.«

»Mir geht es gut«, erwiderte Magdalene. »Ich habe mich nur erschrocken, das ist alles.« Sie wischte sich den Schmutz von ihrem Rock ab.

»Es tut mir leid, mein Herr«, wandte sich der Mann an Johann Krieger. »Leider muss ich Euch recht geben. Diese Stelle hat wohl den Teufel gesehen.«

»Vielleicht sollte die Straße hier erweitert werden«, erwiderte Johann Krieger etwas versöhnlicher. »Ist ja nicht das erste Mal, dass hier ein Unglück passiert. Nicht auszudenken, was mit einer Kutsche geschieht, die mit hoher Geschwindigkeit fährt. Es könnte Tote geben.«

»Wird wohl noch dauern, bis sich Eschborn und Steinbach darüber einigen, wer für die Verbesserung dieses Abschnittes zuständig ist«, sagte Georg seufzend. »Erst neulich ist die Stelle vom Eschborner Amtmann und seinem Kollegen aus Steinbach besichtigt worden. Noch an Ort und Stelle haben sie wegen der Gelder zu streiten begonnen. Wir sind damals mit der Kutsche vorbeigefahren und wären wieder beinahe umgekippt.«

»Hätte ich machen sollen«, mischte sich Hermann in das Gespräch ein, der eines der Pferde am Zügel hielt. »Dann hätten sie gleich gesehen, wie gefährlich so ein Unfall sein kann. Neulich erst hat sich ein kleines Mädchen den Arm gebrochen, weil eine dicke Mamsell auf es gefallen ist. Da war das Geschrei natürlich groß. Leider hatten wir zusätzlich einen Achsbruch und konnten nicht sofort weiterfahren. Das Gezeter der Weiber habe ich heute noch im Ohr. Am tapfersten war noch das Kind, ein niedliches kleines Ding, ich glaube, Franziska war ihr Name.«

»Achsbruch haben wir heute keinen«, sagte Herbert und deutete auf die Unterseite des Wagens. »Wir müssen nur zusehen, dass wir die Kutsche wieder aufgerichtet kriegen, dann kann die Fahrt weitergehen.« Er bemühte sich um ein Lächeln.

»Na dann mal los, meine Herren«, sagte der Buchhändler, dem die Erleichterung ins Gesicht geschrieben stand. Gemeinsam mit Magdalene trat er zur Seite, damit die Männer genug Platz zum Arbeiten hatten. Die Pferde wurden ausgespannt, und mit vereinten Kräften schafften es die vier Postillione, das Gefährt wieder auf die Räder zu stellen. Während sie damit beschäftigt waren, das Gepäck erneut auf dem Dach zu verstauen und die Pferde einzuspannen, wanderte Magdalenes Blick zum Horizont, wo sich dunkle Wolken auftürmten.

»So, wie es aussieht, schlägt bald das Wetter um«, kommentierte sie ihre Entdeckung.

Johann Krieger folgte ihrem Blick. »Das auch noch«, seufzte er. »Wenn es jetzt zu schneien beginnt, werden wir niemals vor Einbruch der Dunkelheit eine Herberge erreichen, und ich verabscheue nichts mehr, als durch finstere Wälder zu reisen, aus denen jederzeit ein Teufel springen kann.«

Magdalene blickte sich erschrocken um.

»So schlimm wird es schon nicht werden«, beruhigte Peter die beiden und lächelte Magdalene aufmunternd zu. »Erst im Sommer ist eine berüchtigte Räuberbande geschnappt worden. Seitdem ist es ruhiger geworden.«

Eine erste Schneeflocke fiel vom Himmel. Magdalene fing sie mit der Hand auf und beobachtete, wie sie schmolz. Plötzlich frischte der Wind auf und wirbelte die Umhänge der Männer in die Höhe.

»Wir sollten zusehen, dass wir weiterkommen«, sagte Georg so heiser, dass er kaum noch zu verstehen war.

»Das meine ich auch«, stimmte ihm der Buchhändler zu und öffnete die Kutschentür. Galant half er Magdalene beim Einsteigen und nahm ihr gegenüber Platz. Selbst sein Buch lag, als wäre nie etwas geschehen, auf der Bank. Hastig schloss sich die Tür hinter den beiden. Keine Minute später setzte sich die Kutsche in Bewegung, den Feldweg entlang. Magdalene zog den gegen Wind und Wetter schützenden Vorhang ein Stück zur Seite und blickte missmutig über die abgeernteten Felder bis zum nahen Waldrand. Inzwischen hatte es heftig zu schneien begonnen. Johann Krieger hatte den Kopf nach hinten gelehnt und die Augen geschlossen. Im Augenblick schien er nicht gestört werden zu wollen, was Magdalene bedauerte. Allzu gern hätte sie einer weiteren Geschichte aus dem fernen Orient gelauscht. Sie ließ den Kopf ebenfalls gegen die Kutschenwand sinken, schloss die Augen und versuchte, das Ruckeln zu ignorieren. Leider wurden sie immer wieder so arg durchgeschüttelt, dass an ein Nickerchen nicht zu denken war. Sie öffnete die Augen, und ihr Blick fiel auf das Märchenbuch. Gewiss hätten diese Geschichten auch Majpejlomas gefallen. Er hätte sie schnell auswendig gekonnt und auf seine spezielle Art am Lagerfeuer erzählt.

Als ob Johann Krieger ihre Gedanken erraten hätte, sagte er plötzlich, die Augen noch immer geschlossen: »Einige der Märchen kann ich aus dem Kopf erzählen. Dazu gehört auch Aladin und die Wunderlampe. Wenn Ihr möchtet, erzähle ich Euch von dem wunderbaren Lampengeist, der Wünsche erfüllen kann.«

»Das wäre wunderbar«, freute sich Magdalene, die nicht mehr wusste, wie sie noch bequem sitzen konnte.

»Ist wirklich nicht die angenehmste Art des Reisens«, kommentierte Johann Krieger die Schaukelei, »aber einen besseren Weg habe ich noch nicht gefunden.« Er zwinkerte Magdalene zu.

»Es hört sich so an, als wärt Ihr öfter auf dieser Strecke unterwegs. Darf ich Euch nach dem Grund dafür fragen«, erkundigte sich Magdalene, der diese Frage schon seit einer Weile auf der Zunge lag.

»Aber gern. Ich habe eine Buchhandlung in Frankfurt, die ich vor einer Weile an einen meiner ehemaligen Studenten übergeben habe. Er muss sich erst noch zurechtfinden, weshalb ich ihm öfter beratend zur Seite stehe. Meistens reise ich mit der Kutsche über Höchst, denn dort lebt ein alter Freund von mir, den ich gern besuche. Er ist Weinhändler und hält immer einen guten Tropfen für mich bereit. Auch ist seine Gattin, Gertrud, eine hervorragende Köchin.« Er griff sich an seinen leicht gewölbten Bauch und grinste. »Nun aber zu

Aladin und seiner Wunderlampe. Aladin war der Sohn eines Schneiders namens Mustafa und ein rechter Tunichtgut. Am liebsten spielte er mit den Gassenjungen auf der Straße, denn die Arbeit in der Schneiderwerkstatt des Vaters war ihm ein Graus.«

Magdalene lauschte gespannt. Johann Krieger erzählte die Geschichte des Aladin, als würde er sie tatsächlich aus einem Buch vorlesen. Majpejlomas hätte sie mit allerlei Gesten ausgeschmückt und den bösen Zauberer aus Afrika gruselig erscheinen lassen. Er hätte dem Geist eine andere Stimme verliehen und weitschweifig den Palast des Sultans beschrieben.

Die Geschichte dauerte ziemlich lang, und irgendwann nickte Magdalene ein. Johann Krieger erzählte sie trotzdem zu Ende, denn er mochte besonders den Schluss. »Mit seiner Gemahlin lebte er ferner in Glück und Freuden«, sagte er. »Keine Gefahr bedrohte mehr ihr Leben.« Er seufzte.

Genau in diesem Moment kam die Kutsche zum Stehen, und laute Stimmen waren zu hören. Beunruhigt horchte er auf.

»Runter vom Wagen, hab ich gesagt«, rief ein Mann ruppig. Der Buchhändler erbleichte. Die Kutschentür wurde aufgerissen, und ein dunkelhaariger Bursche blickte in das Innere der Kutsche. Magdalene schreckte hoch.

»Raus mit euch«, befahl der Mann, der mit einem Magdalene bekannten Akzent sprach. Die beiden kletterten aus der Kutsche. Inzwischen war es dunkel geworden, zu schneien hatte es aufgehört. Ein kalter Wind zerrte an Magdalenes Röcken und ließ sie erzittern. Hermann, Georg und Herbert standen mit erhobenen Händen etwas abseits der Kutsche. Sie wurden von einem hageren Burschen mit einer Flinte in Schach gehalten. Peter holte unter Aufsicht eines stämmigen Burschen mit einem struppigen Bart das Gepäck vom Kutschendach herab. »Jetzt mach mal schneller, du lahme Schnecke.« Er stieß ihm von hinten den Griff seines Gewehrs ins Kreuz. Der Postillion verlor das Gleichgewicht und stürzte. »Da sieh sich einer diesen Tölpel an«, sagte ein weiterer Räuber in breitem fränkischen Dialekt. »Bringt es nicht einmal fertig, das bisschen Gepäck abzuladen. Und so ein Tunichtgut will sich Postillion schimpfen.« Er spuckte vor Peter auf den Boden. Da sah der junge Mann rot. Er zog ein Messer aus seinem Hosenbein, sprang auf und rammte es dem überraschten Räuber in den Hals. Dieser taumelte zurück, Blut strömte aus der Wunde und färbte sein Hemd rot. Mit weit aufgerissenen Augen fiel er auf die Knie und kippte vornüber. Magdalene begann, laut zu kreischen. Einer der Räuber stieß einen Fluch aus, ein Schuss fiel, und Peter ging zu Boden. Leblos blieb er liegen. Der Geruch von Schießpulver erfüllte die Luft. Wie erstarrt blickten alle Anwesenden auf die beiden Toten. Georg war der Erste, in den wieder Leben kam. Er nutzte den Überraschungsmoment, sprang auf den Räuber zu und versuchte, ihm das Gewehr zu entreißen. Hermann und Herbert kamen ihm zu Hilfe. Ein weiterer Schuss fiel, verfehlte aber sein Ziel. Magdalene wurde zur Seite geschubst und stürzte zu Boden. Neben ihr landete keine Minute später Johann, der Buchhändler. Eindringlich blickte er ihr in die Augen, deutete zur Seite und flüsterte: »Schnell, wir verschwinden.«

Hastig krochen sie die Böschung hinunter und flohen über das Feld in ein nahes Kiefernwäldchen. Magdalenes Lungen brannten, während sie in der Finsternis über Wurzeln stolperte, hinfiel, sich wieder aufrappelte und weiterlief. Sie sah Johann Kriegers Umrisse vor sich und hörte seine Stimme, die sie immer wieder antrieb. Sie mussten weg vom Ort des Geschehens. Ein weiterer Schuss donnerte durch die Dunkelheit und ließ sie erzittern. Sie erreichten das Ende des Wäldchens und rannten über eine Streuobstwiese, auf der einige Pferde wiehernd vor den nächtlichen Besuchern flohen. In der Ferne war Licht auszumachen. »Dort vorn, ein Gutshof«, rief Johann hoffnungsvoll aus. Beide blieben vor einem Weidezaun, nach Atem ringend, stehen. »Kommt, weiter«, sagte der Buchhändler und setzte an, über den Zaun zu klettern. Magdalene wollte es ihm gleichtun, kam jedoch nicht mehr dazu. Eine Stimme ließ sie erstarren.

»Schön stehen bleiben, oder ich blase euch sämtliche Lichter aus.«

Magdalene ließ von dem Zaun ab, hob die Hände und drehte sich um. Der junge dunkelhaarige Bursche stand mit seinem Gewehr im Anschlag vor ihr. Johann drehte sich ebenfalls um. Der andere, schlaksige Räuber trat neben den jungen Burschen, schlug ihm auf die Schulter und sagte: »Du hast sie tatsächlich wieder eingefangen, mein guter Rasko. Mal sehen, was wir mit unserem Fund bewerkstelligen können.«

Rasko, schoss es Magdalene durch den Kopf. Ein Zigeuner.

»Irgendwas wird uns schon einfallen«, erwiderte Rasko, während der andere Bursche Magdalene unsanft zu sich heranzog, um sie näher in Augenschein zu nehmen.

»Süß wie Honig, die Kleine.« Er leckte sich über die Lippen und fasste Magdalene ungeniert an die Brust. Sie riss sich los und spuckte ihm ins Gesicht. Lachend wischte er sich den Speichel von der Wange. »Sieh mal einer an. Zickig ist das Täubchen.«

»Bitte, so lasst doch …« Johann wollte Magdalene verteidigen und erntete dafür einen bösen Blick des hageren Burschen, der eine braune Wollmütze trug und nur noch wenige Zähne im Mund zu haben schien. »Der Bursche ist aufmüpfig. Wir sollten ihn gleich an Ort und Stelle erschießen«, sagte er.

Johann erbleichte.

»Lass mal gut sein, Fritz. Was mit ihnen passiert, das entscheidet Theo«, beschwichtigte Rasko seinen Kumpan und warf ihm einen Strick zu. »Fessel ihm die Hände, ich nehme das Mädchen. Und beeil dich. Es ist saukalt hier draußen.«

Rasko fesselte Magdalene grob die Hände. Zwei weitere Räuber tauchten auf. Einer von ihnen, ein stämmiger Bursche mit struppigem Bart, zog einen Karren hinter sich her. Der andere trug einen der Postsäcke über der Schulter. »Da seid ihr ja endlich«, kommentierte Rasko das Auftauchen der beiden. Er blickte kurz zum Karren, aus dem ein Bein heraushing. »Julchen wird das nicht gefallen. Sie hatte Otto sehr gern.«

»Dann wird sie sich eben ein anderes Schoßhündchen suchen müssen«, erwiderte der stämmige Bursche mit dem struppigen Bart mürrisch. »Sehen wir zu, dass wir endlich ins Warme kommen.«

Die Gruppe setzte sich in Bewegung. Es ging zu einem unweit gelegenen Gatter, das die Männer öffneten. Sie liefen einen schmalen Feldweg entlang auf ein Licht zu, das zu einem heruntergekommenen Bauernhof mit verfallenen Ställen und Remisen gehörte. Ein humpelnder Hund begrüßte sie winselnd, als sie den Innenhof betraten, und wurde von einem der Männer grob mit dem Fuß weggestoßen. »Gottverdammte Töle. Zu nichts zu gebrauchen.«

Rasko öffnete die Tür, und Magdalene und Johann wurden in eine mit schäbigen Möbeln eingerichtete Wohnstube geführt, in der wohlige Wärme herrschte. Eine am Ofen sitzende alte Frau ließ ihr Strickzeug sinken, blickte erstaunt auf die Neuankömmlinge und begann keine Sekunde später, lauthals loszuschimpfen: »Himmel, Buben. Was habt ihr mir denn da angeschleppt. Reiche Beute solltet ihr machen und keine fremden Menschen mitbringen.«

»Jetzt hab dich doch nicht so, Julchen«, sagte ein weiterer Räuber, der hinter der Gruppe den Raum betrat und von einem der Männer mit dem Namen Bernhard angesprochen wurde. Er hatte einen grauen Vollbart, langes fettiges Haar, und eine breite rote Narbe zog sich über seine rechte Wange. Er begrüßte Rasko mit Handschlag und musterte Magdalene und Johann abschätzig. »Wegen der beiden fällt uns schon was ein. Wären nicht die ersten Reisenden, für die wir Lösegeld erhalten.«

Julchen legte ihr Strickzeug zur Seite und erhob sich schwerfällig. Sie trat näher an Johann heran und befingerte seinen feinen Mantel. »Vielleicht für den da. Der scheint Geld zu haben. Aber das Mädel ...« Ihr Blick wurde skeptisch. »Weiber machen nur Ärger.«

»Wir kriegen schon raus, wo sie hinwollte.« Rasko wollte die Zweifel der alten Frau zerstreuen, während seine Mitstreiter das Reisegepäck und zwei Postsäcke auf den Boden warfen. Magdalenes Bündel mit ihren wenigen Habseligkeiten folgte.

»Scheint nicht schlecht zu sein«, kommentierte die Alte das Diebesgut. Sie blickte auf, musterte die Männer und fragte: »Wo ist Otto geblieben?« Die Männer senkten den Blick. Die alte Frau erbleichte. Genau in diesem Moment betrat ein weiterer Mann den Raum. Er war groß und kräftig, trug einen schwarzen, kurz gestutzten Bart, und sein Nacken glich dem eines Stiers.

»Otto war schon immer leichtsinnig«, sagte er trocken, blieb vor Magdalene stehen und strich ihr über die Wange. »Nichtsnutze waren noch nie zu etwas zu gebrauchen.« Er grinste breit. »Niedlich, die Kleine. Wird schon für irgendwas gut sein. Schaff sie in die Kammer, Rasko. Und dann seht zu, dass Otto unter die Erde kommt. Und dass ihr mir auch ordentlich für euren Kameraden betet.« Er hob drohend die

Hand und verschwand ohne ein weiteres Wort im Nebenzimmer. Rasko gehorchte der Anweisung des offensichtlichen Anführers und schaffte Magdalene und Johann aus dem Raum. Es ging den engen Flur hinunter und eine schmale Stiege hinauf. An deren Ende öffnete Rasko eine Tür und schob Johann und Magdalene in eine winzige Kammer. »Keine Dummheiten machen«, befahl er und zog die Tür hinter ihnen zu. Der Schlüssel wurde im Schloss umgedreht. Sie waren allein. Fahles Licht fiel durch ein winziges, vergittertes Fenster. Ein Strohhaufen mit einer Decke lag in einer Ecke. Johann ließ sich darauf fallen, vergrub das Gesicht in den Händen und seufzte hörbar. Magdalene setzte sich neben ihn, gab sich aber im Gegensatz zu dem Buchhändler nicht der Verzweiflung hin. Rasko, wiederholte sie in Gedanken. Ein Zigeuner. Was auch immer ihn zu dieser Bande gebracht hatte, sie würde es herausfinden.

19

Am nächsten Morgen stand Magdalene an dem winzigen Fenster und blickte nach draußen. Erneut hatte es zu schneien begonnen. Wege, Wiesen und die Bäume am nahen Waldrand wurden von den Flocken in ein frostiges weißes Winterkleid gehüllt. In der Nacht war niemand mehr gekommen, um nach ihnen zu sehen. Sie hatten nur wenig miteinander gesprochen und waren, notdürftig in die Decke gewickelt, erschöpft eingeschlafen. Die Kammer war nicht geheizt, in den Ecken hingen Eiszapfen. Magdalene blies in ihre kalten Hände, um sie ein wenig zu wärmen. Plötzlich glaubte sie, den Ruf von Wildgänsen zu hören. Waren die Tiere nicht längst in ihren warmen Winterquartieren, oder hatte sie der für diese Zeit des Jahres heftige Kälteeinbruch überrascht.

»Du bist schon wach«, hörte sie Johann hinter sich sagen. Ohne viel Federlesens waren sie in der Nacht zum Du übergegangen. Wenn man gemeinsam in einem Loch wie diesem saß, hatte Johann gesagt, konnte man ruhig vertraulich miteinander umgehen.

»Ich dachte, ich hätte Wildgänse gehört«, antwortete Magdalene wehmütig. »Diese Vögel sind etwas Besonderes. Im Sommer, wenn alles aufblühte, dann sind wir stets gen Norden gezogen, einmal sogar bis ins ferne Riga und an die wunderschöne Ostsee. Im Herbst zog es uns in den Süden, meist an den Rhein oder in die Nähe von Freiburg, manchmal auch an den Bodensee, wo das Klima milder ist. Wenn Wildgänse über uns dahinflogen, bejubelten wir sie als Geschwister unseres Volkes.«

»Unser Volk«, wiederholte Johann. »Was meinst du damit?«

Magdalene kam nicht mehr dazu, zu antworten, denn die Tür wurde aufgestoßen, und Rasko betrat den Raum. Magdalene schaute ihm in die Augen und beantwortete Johanns Frage. »Wir sind Zigeuner und besitzen unsichtbare Flügel. Vergessen wir dies, so verdammen wir uns selbst zu Schwermut und Trübsinn.«

Erstaunt blickte Rasko sie an.

»So cereja akate?«, fragte Magdalene ihn auf Romani.

Raskos Augen wurden groß. Eine Weile standen sie sich schweigend gegenüber. Johann Krieger mischte sich nicht ein. Er verstand zwar nicht, was gesprochen wurde, aber er spürte, dass hier etwas Besonderes vorging.

»Katar?«, fragte Rasko.

»Was machst du hier?«, wiederholte Magdalene ihre Frage auf Deutsch.

Rasko wusste, was sie damit meinte. Er senkte den Blick und fragte auf Romani: »Soske zanes amari chib?«

»Weshalb ich eure Sprache spreche?«, übersetzte Magdalene. »Warum wohl?« Sie sah ihn herausfordernd an.

»Das kann nicht sein«, erwiderte er. »Du bist eine Gadži.«

»Stimmt«, erwiderte Magdalene. »Genauso wenig wie es sein kann, dass ein Rom sich in eine Räuberbande verirrt.«

Rasko trat einen Schritt zurück. »Du verstehst das nicht«, sagte er. Seine Hände zitterten. Als würde er vor Magdalene fliehen, eilte er aus der Kammer und schlug die Tür hinter sich zu.

Stille herrschte im Raum, die Johann nach einer Weile durchbrach. »Ich weiß ja nicht, was du damit bezweckst, aber mir scheint es nicht viel Sinn zu machen, ihn gegen uns aufzubringen, geschweige denn, ihn zu vertreiben. Vielleicht hätte er uns in die warme Stube geholt, und es hätte etwas zu essen gegeben.«

»Er weiß, wie meine Worte gemeint waren«, erwiderte Magdalene. »Er ist ein Rom, und die treiben sich nicht mit irgendwelchen Räuberbanden in den Wäldern herum.«

Johann grinste. »Du hast nicht zufällig letzte Nacht eins über den Schädel gezogen bekommen? Manche Leute verarbeiten so einen Überfall nur schwer und bekommen Hirngespinste. Soll alles schon vorgekommen sein.«

Magdalene lächelte kopfschüttelnd und setzte sich neben ihn. Erst jetzt bemerkte sie, was für eine Freude es ihr bereitet hatte, die vertrauten Worte auszusprechen.

»Das ist eine längere Geschichte«, antwortete sie.

»Ich denke, wir haben Zeit.« Johann lehnte sich zurück und faltete seine Hände über dem Bauch.

»Er wollte wissen, wieso ich Romani spreche.«

»Das würde ich auch gern wissen«, warf Johann ein.

»Weil ich beinahe mein ganzes Leben bei den Roma verbracht habe«, sagte Magdalene. »Mein Name ist Suni. Ich meine, mein anderer Name, der nicht mehr sein darf.«

»Ein Name, der nicht mehr sein darf?« Verwundert zog Johann die Augenbrauen hoch.

Magdalene begann zu erzählen, und nach kurzer Zeit schien sie nicht mehr für Johann, sondern nur für sich selbst zu reden. Sie erinnerte sich an den Garten in Darmstadt, sah das ebenmäßige Antlitz ihrer Mutter, hörte ihr Lachen. Sie spürte die Kälte jenes Abend und die Verzweiflung, als sie durch die Gassen geirrt war. Sie erinnerte sich an Rosinas warme Stimme, an ihr lautes Lachen, an Cikni, die Kleine, die sich in kalten Nächten eng an sie schmiegte, an Sorlo, der sie verführt hatte. Sie schloss die Augen und sah Mathis' Gesicht vor sich. Wie vertraut er ihr gewesen war. Für kurze Zeit hatten sie einander wiedergefunden, um erneut getrennt zu werden. Diesmal – wie es schien – für immer. Tränen kullerten ihr über die Wangen. »Jetzt sollte alles gut werden«, beendete sie ihren Bericht, »irgendwie, na ja, vielleicht.« Sie schniefte.

»Das wäre es bestimmt geworden«, sagte Johann leise. Er legte seinen Arm um Magdalene und wischte ihr die Tränen von der Wange. Sie kuschelte sich an ihn. Umständlich hängte er die Decke über sie beide. Magdalene ließ ihren Kopf an Johanns Schulter sinken, lauschte seinem gleichmäßigen Herzschlag und schloss die Augen. Johann wandte den Kopf und blickte nach draußen. Noch immer fielen dicke Schneeflocken vom Himmel.

»Diese Geschichte ist so unwirklich«, sagte er. »Kein Poet der Welt könnte sie sich ausdenken.«

Magdalene lächelte. »Das glaub ich gern. Gewiss nicht einmal Majpejlomas, und er war der beste Geschichtenerzähler weit und breit.«

»Majpejlomas. Was für ein lustiger Name«, sagte Johann.

»Er bedeutet so viel wie ›Jetzt wäre ich beinahe umgefallen‹.« Magdalene lächelte. »Er hat gern einen über den Durst getrunken und ist öfter ins Schwanken geraten.«

Johann schüttelte grinsend den Kopf.

»Bei den Roma gibt es immer einen Taufnamen, wegen der Ordnung, aber angesprochen werden die meisten von uns mit ihrem Rufnamen«, erklärte Magdalene. »Cikni bedeutet klein, Kaschkeraka so viel wie geschwätzige Elster, und Kalo bedeutet schwarz.«

»Wie war dein Rufname?«, wollte Johann wissen.

»Pusomori.« Magdalenes Stimme klang wehmütig. »Rosina, meine Ziehmutter, hat mich so genannt.«

»Und was bedeutet er?«

»Kleiner Floh«, antwortete Magdalene.

»Du bist nach Ungeziefer benannt worden?«, fragte Johann ungläubig.

»Nein, so ist es nicht. Dieser Name wird einem Mädchen gegeben, das beim Tanz eine gute Figur macht.«

»Also bist du eine Tänzerin«, sagte Johann erstaunt.

Magdalene überlegte kurz, ob man das so sagen konnte, denn Tänzerinnen sahen in ihrer Vorstellung anders aus. Sie trugen keine bunten Zigeunerröcke, sondern blütenweiße Kleider, und tanzten mit feinen Spitzenschuhen auf einer Bühne und nicht barfuß auf einem Marktplatz. Aber andererseits ...

»Ja, schon. Ich meine ...« Sie dachte an Mandolino und seine Geige und glaubte plötzlich, die Musik zu hören, die ihren Körper zum Beben gebracht hatte, sah die begeisterten Blicke der Menschen, hatte ihren Applaus im Ohr.

»Ja, ich bin eine Tänzerin«, antwortete sie. »Eine sehr gute sogar.«

»Das will ich gern glauben«, erwiderte Johann. »Sollten wir jemals hier herauskommen, dann kannst du es mir zeigen. Das wäre schön.« Er berührte Magdalenes Haar. Sie nickte.

»Sollten wir jemals hier herauskommen«, wiederholte Magdalene. »Andererseits ...«

»Andererseits?«, fragte Johann.

»Ich habe Rasko nervös gemacht, was gut ist. Er mag Mitglied einer Räuberbande sein, doch im Herzen ist er ein Rom geblieben, das habe ich in seinen Augen gesehen. Er ist ein Ehrenmann mit einem Gewissen. Wenn ich an ihm dranbleibe, holt er uns vielleicht hier raus.«

»Ich weiß nicht«, erwiderte Johann zweifelnd, »ich will dir ja nicht zu nahe treten, aber gerade mit dem Ruf der Zigeuner steht es nicht zum Besten. Du verstehst.«

Magdalene richtete sich auf.

»Es ist verständlich, dass du so denkst. Roma gelten in den Augen der Gadže als Räuber und Banditen. Wir stehlen die Wäsche, das Federvieh, Kinder, ach, alles Mögliche, wie es gerade passt. Da mag was Wahres dran sein, von den Kindern mal abgesehen. Niemals im Leben würde ein Rom ein Kind rauben, das verbietet ihm seine Ehre. Auch verdienen wir uns oft unseren Unterhalt auf den Märkten als Kesselflicker, Wahrsager und Korbflechter. Wir machen Musik, spielen in den Dörfern zum Tanz auf und erfreuen die Leute. Innerhalb eines Klans gibt es feste Regeln, an die wir uns halten. Die Familie geht uns über alles. Wir sind gastfreundlich und herzlich. Niemals würde dir ein Rom seine Hilfe verweigern. Ich habe es in Raskos Blick gesehen, dass er seinen Stolz noch immer in sich trägt. Weiß der Himmel, was der Grund dafür ist, dass er sich hier herumtreibt. Aber ich kriege es raus. Und vielleicht schaffe ich es sogar, an den Rest seines Ehrgefühls zu appellieren, und er sorgt dafür, dass wir freikommen.«

Das Knarzen der Tür unterbrach ihr Gespräch. Diesmal war es die alte Jule, die mit einem Tablett in den Händen den Raum betrat. Sie stellte es auf den Boden und blickte zu Magdalene.

»Du da. Kannst du kochen?« Erstaunt schaute Magdalene die alte Frau an.

»Gewiss«, antwortete sie knapp.

»Dann ist ja gut. Komm.« Sie bedeutete Magdalene, ihr zu folgen. Johann würdigte sie keines Blickes. Magdalene zögerte kurz, schaute zu Johann und zuckte mit den Schultern. Die Alte wedelte ungeduldig mit den Armen.

»Nicht Maulaffen feilhalten, sondern mitkommen.« Sie zog Magdalene grob auf die Beine, schubste sie aus dem Raum und schloss die Tür hinter sich. Es ging die steile Stiege nach unten und in die Küche, wo zwei tote Rebhühner neben einem Haufen Wurzelgemüse auf dem Tisch lagen.

»Hinsetzen«, befahl die Alte ruppig und deutete auf die Fensterbank. Magdalene gehorchte.

»Gemüse schälen«, wies sie Magdalene an, warf ihr ein kleines Messer hin und hob mahnend den Zeigefinger. »Aber dass du mir keine Dummheiten machst.« Ihr Blick war hart. Magdalene nickte schweigend, griff nach einer Schwarzwurzel und begann zu schälen. Die Alte nahm sich eines der Rebhühner, setzte sich damit ans Feuer und rupfte es. Immer wieder blickte sie in Magdalenes Richtung. Immerhin war es hier warm, dachte Magdalene. In dem gemauerten Ofen in der Ecke, über dem allerlei Schöpfkellen, Pfannen und einige Bündel getrockneter Kräuter hingen, brannte knisternd ein Feuer. Eine Katze zwängte sich durch die angelehnte Tür und gesellte sich zu der Alten auf die warme Ofenbank.

»Na, Gustl, du alter Streuner. Hast heute mal keine tote Maus angeschleppt«, begrüßte die Alte das schwarz-weiß getigerte Tier, das lauthals zu schnurren begann. »Ich weiß, du willst deine Milch haben, deswegen schmeichelst du mir.« Sie erhob sich, gefolgt von dem Kater, öffnete eine winzige, in die Wand eingelassene Holzklappe, aus der sie eine Milchkanne holte. Keine Minute später schleckte Gustl eifrig sein Frühstück aus einem Tonschüsselchen.

»Ich muss ihm die Milch verdünnen«, erklärte die Alte, während sie die Kanne zurück in die winzige Speisekammer stellte, »sonst kriegt er Durchfall. Auch verträgt er nur die Milch von der Ziege. Aber Kuh haben wir eh keine mehr.« Sie seufzte. »Ist vor ein paar Wochen einfach umgekippt, das blöde Vieh. Bisher haben es die Buben noch nicht geschafft, eine neue aufzutreiben.« Sie holte einen Laib Brot hervor, schnitt eine Scheibe ab und hielt sie Magdalene mit den Worten hin: »Hungrig kannst nicht richtig arbeiten.«

Gierig griff Magdalene nach dem Brot, stopfte es sich in den Mund und spülte es mit der Ziegenmilch hinunter, die ihr die Alte in einem Becher hingestellt hatte.

»Rasko hat gesagt, ich soll mich deiner annehmen«, erklärte Jule. »Er meinte, das mit dem Lösegeld würde nichts werden, und erst neulich hätte ich gejammert, dass mir alten Frau die Arbeit über den Kopf wachsen würde. Wäre doch eine gute Magd, das Mädel, womit er nicht unrecht hat. Ich habe ihn nach dem Grund dafür gefragt, aber der sture Bengel redet nicht viel. Ist eben ein Zigeuner. Aus denen bin ich noch nie schlau geworden.« Seufzend setzte sie sich wieder auf die Ofenbank neben Gustl, der sich satt und zufrieden auf einem Schaffell zusammengerollt hatte. Sie griff nach dem Rebhuhn und fuhr mit ihrer Arbeit fort. »Irgendwann kostet die Burschen die Wilderei noch mal Kopf und Kragen. Aber Hühner auf den Höfen stehlen wollen sie nicht. Das wäre gegen ihre Ehre, sagen sie immer. Gewiss ist es besser, sich von den Jagdknechten oder dem Förster abknallen zu lassen. Dann ist man bei der Wilderei wenigstens als ordentlicher Mann gestorben.« Sie seufzte kopfschüttelnd.

Oder beim Überfall auf eine Postkutsche, ergänzte Magdalene in Gedanken.

Die Alte blickte auf und musterte Magdalene misstrauisch.

»Am Ende hat sich der Bursche in dich verliebt. Soll es ja geben. Liebe auf den ersten Blick. Bist ja nicht hässlich anzusehen.«

Beschämt senkte Magdalene den Blick. Die Alte winkte ab.

»Wegen mir hätten sie dich nicht anschleppen brauchen. Ich sage es ihnen immer wieder: Weiber machen nur Ärger. Lasst die Finger von ihnen. Aber nein, die Burschen wollen nicht hören. Vor einigen Wochen war schon mal eine hier.« Sie warf Magdalene einen abschätzigen Blick zu. »Bisschen jünger als du. So ein rothaariges Ding mit vielen Locken. Hat ausgesehen, als hätte sie ein Vogelnest auf dem Kopf. Käseweiß ist sie im Gesicht gewesen, mit großen eisblauen Augen. Bernhard hat sie als sein Mitbringsel bezeichnet und in die Kammer gesperrt. Ein paarmal ist er zu ihr gegangen. Himmel, was hat das Kind geschrien. Theo hat es dann beendet. Sodom und Gomorrha wollte er nicht im Haus haben. Wir sind ja schließlich eine Räuberbande und kein Hurenhaus. Die Kleine war so eingeschüchtert, kein Wort hat sie mehr gesprochen, auch nicht, als ich sie zu mir in die Küche geholt habe. Sie war zwar klapperdürr und nicht sonderlich groß, aber zum Fegen, Hühnerfüttern und Wäschewaschen hätte es gewiss gereicht. Leider hat sie sich wenige Tage später in ihrer Kammer aufgehängt.« Julchen zuckte mit den Schultern. »Wenn ich jetzt so darüber nachdenke: Rasko war der Einzige, der damals wirklich nett zu ihr gewesen ist. Er hat sich auch manchmal abends neben sie gesetzt. Ab und an hat er sogar versucht, ein Gespräch mit ihr zu beginnen, doch sie ist stumm geblieben. Er hat ein gutes Herz, der Bengel, auch wenn er ein Zigeuner ist.«

Magdalene lag eine Bemerkung auf der Zunge, doch sie schwieg.

»Wie auch immer«, fuhr die alte Jule fort. »Sie liegt jetzt hinter dem Haus in einem Grab. Nicht einmal ihren richtigen Namen haben wir gekannt. Ich hab sie immer Mädel gerufen, was mir sonderbar vorkam. Vielleicht wäre mir mit der Zeit ein hübscher Name für sie eingefallen. Anna hätte gut zu ihr gepasst, oder Maria, wie die Mutter Gottes. Sie hat ja immer so traurig dreingeschaut, das arme Ding.« Sie hob den Blick, sah zu Magdalene und sagte: »Siehste, Mädel, deinen Namen kenn ich auch noch nicht. Willst du ihn mir verraten?«

Magdalene nannte ihren Namen.

Die Alte neigte den Kopf zur Seite.

»Magdalene. Das klingt sehr hübsch, ist mir aber zu lang. Ich werd dich Lene rufen, das kann ich mir besser merken.« Sie drehte das Rebhuhn auf den Rücken und begann damit, den Bauch vom Federkleid zu befreien. Schweigend arbeiteten die beiden weiter, und Magdalene überlegte, wie es die alte Frau zu dieser Räuberbande verschlagen hatte.

»Brauchst nicht ständig zu mir herüberschauen«, sagte die Alte irgendwann. »Kann mir schon denken, was dir im Kopf rumgeht. Fragst dich, was eine alte Frau wie mich zu einer Räuberbande bringt. Das Leben, würde ich sagen. Früher war ich Bettlerin, geboren von einer Bettlerin, aufgewachsen im Dreck. Irgendwann habe ich einen großen blonden Burschen dabei beobachtet, wie er einen Tuchhändler während der Frankfurter Messe um seine kompletten Tageseinnahmen erleichtert hat. Das hat mich beeindruckt. Ich bin ihm gefolgt. Anfangs hat er mich fortgescheucht, aber irgendwann hat er mich geduldet, und schließlich wurden wir ein Liebespaar.« Ihr Blick wurde wehmütig. »Theo ist in einer stürmischen Nacht zur Welt gekommen, als wir dachten, der Donnergrummel würde uns in den Höllenschlund hinabreißen. Ein kräftiger Junge mit guten Lungen. Meine Güte, was hat er gebrüllt, als er diese Welt betrat. Bis heute ist er laut geblieben, und kräftig ist er wie ein Bär. Nur sein Vater, der hat uns viel zu früh verlassen. Der Büttel hat ihn eines Tages erwischt, aufgehängt haben sie ihn.« Sie schüttelte den Kopf und fing Magdalenes Blick auf. Diese hatte das Messer sinken lassen und gespannt der Erzählung der alten Frau gelauscht. In diesem Moment wurde es Magdalene wieder einmal bewusst, dass es vollkommen gleichgültig war, wer etwas erzählte. Sie konnte nicht anders, sie musste zuhören, auch wenn es, wie in diesem Fall, die Frau eines Räubers war, deren Gefangene sie war.

»Erzählst du schon wieder die alten Geschichten, Mutter.« Unbemerkt von den beiden hatte Theo den Raum betreten. Sein Blick fiel auf Magdalene.

»Rasko hat mir versprochen, dass du keinen Ärger machen würdest. Weiß der Himmel, wie unser Zigeuner zu dieser Aussage kommt, aber ich werde ihm vertrauen, auch wenn ich persönlich wenig von euch Weibsbildern halte, meine Mutter natürlich ausgenommen.« Er legte der alten Frau zärtlich die Hand auf die Schulter und sagte zu ihr: »Vielleicht klappt es mit diesem Mädchen besser als mit dem letzten. Ich weiß, dass dich ihr Tod schwer mitgenommen hat.«

»Wer denkt denn auch gleich daran, dass sich so ein junges Ding aufhängt. Ich bin doch gut zu ihr gewesen.«

»Also, wenn sie auf dieselbe Weise wie ich zu euch gekommen ist …«, mischte sich Magdalene in das Gespräch ein. Theo drehte sich um und schlug ihr ohne Vorwarnung mit voller Wucht ins Gesicht. Magdalenes Kopf prallte gegen die Wand, Funken tanzten ihr vor den Augen. »Dich hat niemand nach deiner Meinung gefragt«, wies er sie zurecht. »Aufmüpfige Gören kann hier keiner gebrauchen. Soll auch schon welche gegeben haben, die es gar nicht nötig gehabt haben, sich selbst aufzuhängen.«

Magdalene griff sich benommen an den Kopf. Der Raum drehte sich vor ihren Augen, und ihre Wange schmerzte.

»Theo, bitte. Das Mädel hat doch recht. Lass sie zufrieden. Ich nehm sie unter meine Fittiche, dann wird sie lernen, den

Mund zu halten. Ist besser, wenn die Weiber unter sich bleiben. Mit euch Buben gibt es immer nur Ärger. Wenn der Bernhard damals das Mädel nicht so schlecht behandelt hätte …« Sie winkte ab.

Theo atmete tief durch und blickte Magdalene erbost an. Er erinnerte sie mit seinem breiten Nacken und den geröteten, fleischigen Wangen an einen wütenden Stier.

»Wenn du meinst, Mutter«, presste er hervor. »Aber sie soll sich hüten, gottverdammtes Gör.« Drohend hob er die Hand. Magdalene zuckte zurück.

»Sind beide nicht einfach. Der Bursche in der Kammer will auch nicht reden. Aber den krieg ich noch so weit. Wäre nicht der Erste, der mit dem Strick um den Hals um Gnade winselt und sich in die Hosen pisst. Dass sie es uns auch immer so schwer machen müssen. Wenn er gleich singen würde, dann müssten wir gar nicht zu solchen Mitteln greifen.« Er schüttelte den Kopf.

»Aber gebt acht, dass ihr es nicht wieder übertreibt«, sagte Julchen. »Nicht dass es wie neulich mit dem reichen Tabakhändler ausgeht, der einen Herzschlag bekommen hat, als ihr ihn ein bisschen baumeln habt lassen.«

Magdalene erbleichte. Johann schien sich gar nicht im Klaren darüber zu sein, in welche Gefahr er sich mit seinem Sturschädel brachte.

»Er ist Buchhändler aus Gießen«, brach es aus Magdalene heraus. Sie zog den Kopf ein, doch nichts geschah.

»Ein Buchhändler also.« Der Räuber seufzte hörbar.

»Sind meist arme Schlucker, diese Literaten. Da wird nicht viel zu holen sein. Am Ende ist es den ganzen Aufwand nicht wert.« Er schüttelte den Kopf. »Ich sage den Burschen ja immer, macht keine Gefangenen. Es lohnt sich nicht und bringt nur Ärger. Aber diese Suppe sollen sie selbst auslöffeln.

Rasko war derjenige, der sich diesmal nicht an die Regeln gehalten hat, also soll er es beenden. Am besten gleich heute.«

Magdalene riss erschrocken die Augen auf, schoss in die Höhe und rief: »Das könnt ihr nicht machen!«

Erneut traf sie ein harter Schlag. Diesmal ging sie zu Boden, schlug hart mit dem Hinterkopf auf, und alles um sie herum versank in Dunkelheit.

Als sie wieder zu sich kam, blickte sie in Johanns Gesicht. »Dem Herrn im Himmel sei Dank«, hörte sie ihn sagen. Magdalene stöhnte. Johanns Antlitz verschwamm vor ihren Augen, ihr Kopf dröhnte, und ihre rechte Gesichtshälfte pochte. Der metallische Geschmack von Blut lag auf ihren Lippen.

»Himmelherrgott«, murmelte sie und versuchte, sich aufzurichten, was ihr nicht so recht gelingen wollte. Stöhnend sank sie zurück aufs Lager.

»Der Anführer der Gruppe hat dich vor einer Weile niedergeschlagen. Er war wütend und hat mich als wertlose Sau mit einem armseligen Gör im Schlepptau beschimpft. Den Tod hat er uns angedroht. Was ist denn vorgefallen?«

»Er wollte dich noch heute von Rasko töten lassen«, beantwortete Magdalene seine Frage. Johann erbleichte. Magdalene versuchte erneut, sich aufzurichten, was ihr dieses Mal gelang.

»Er meinte, bei einem Literaten gäbe es nicht viel zu holen.«

»Du hast ihm also gesagt, wer ich bin.« Johann zog die richtigen Schlüsse.

»Ich hatte gehofft, ich könnte dir helfen, denn mit deiner Sturheit wäre es dir nicht viel besser ergangen.«

»Aber das können sie doch nicht machen. Ich habe genug Geld. Gewiss wird sich eine Möglichkeit finden lassen, dessen bin ich mir sicher. Elsbeth, meine Gattin, könnte etwas leihen, wir sind vertrauenswürdig.«

Magdalene wollte etwas erwidern, doch sie kam nicht mehr dazu, denn die Tür wurde geöffnet, und wieder war es Rasko, der den Raum betrat, diesmal mit einem Strick in den Händen.

Magdalene wusste, was das zu bedeuten hatte. Erschrocken wich sie zurück.

»Ich hab Befehl, euch abzuholen«, sagte Rasko, ohne in ihre Richtung zu blicken.

»Nein, das könnt Ihr nicht machen«, erwiderte Johann angstvoll. »Ich habe Geld. Meine Gattin, sie bezahlt jede Summe. Sagt, was Ihr verlangt. Ich werde ihr schreiben, noch heute. Bis Gießen ist es nicht weit. Der Brief könnte bereits in wenigen Tagen dort sein.«

»Schweig still«, brüllte Rasko. »Es ist vorbei. Hätte niemals beginnen dürfen.« Er machte einen Schritt auf Johann zu, um ihn an den Händen zu fesseln. Doch so einfach wollte sich der Buchhändler nicht geschlagen geben. Er holte aus und verpasste Rasko einen gezielten Faustschlag gegen die Wange. Der Zigeuner taumelte nach hinten. Johann holte erneut aus, verfehlte aber sein Ziel, denn Rasko hatte sich rasch weggeduckt. Er wich einem weiteren Schlag aus, rammte Johann mit voller Wucht seinen Schädel in den Bauch und presste ihn an die Wand. Hart schlug der Buchhändler mit dem Hinterkopf gegen einen Balken und sackte in die Knie.

»Du machst es nur noch schlimmer«, kommentierte Rasko den Befreiungsversuch des Buchhändlers und fesselte ihm die Hände. Den Blick starr auf den Boden gerichtet, ließ dieser es mit sich geschehen. Es schien, als hätte er aufgegeben.

Rasko wandte sich an Magdalene. »Du auch.«

Ihre Augen weiteten sich. »Aber, ich dachte …«, stammelte sie. »Die Alte. Sie braucht doch eine Küchenmagd.«

»Die nicht du sein wirst, wie Theo entschieden hat. Hättest mal besser dein vorlautes Mundwerk gehalten.« Er ging neben ihr in die Hocke und berührte ihre geschwollene Wange. »Er hat wie immer ganze Arbeit geleistet. Ich würde ja sagen, es heilt bald wieder, aber unter diesen Umständen ...« Er fesselte ihre Hände und zog sie auf die Füße. Sie verließen den Raum, gingen die steile Stiege hinunter und nach draußen.

Die Dunkelheit war bereits hereingebrochen. Es war eine klare Nacht, und der Vollmond stand hell am Himmel. Magdalene zitterte. Sie hörte Johann hinter sich flehen und betteln. Rasko trieb sie, eine Pistole in der Hand, über das freie Feld Richtung Waldrand.

»Es ist schon sonderbar, Mädchen«, sagte Rasko, als sie in den Schatten der Bäume traten, »eine Gadži hat mich zum Nachdenken gebracht, das muss man sich mal vorstellen. Derweil dachte ich immer, mein altes Leben ist für immer verloren. Ich wollte nicht zurück in diese verdammte Welt voller Regeln und Zwänge.«

Sie stolperten durch den Wald. Johann fiel immer wieder hin. Er bettelte ununterbrochen um sein Leben, was Rasko mit einer Ohrfeige und harschen Worten quittierte. Als sie wenig später eine Lichtung erreichten, stand dort Bernhard vor einem großen Erdhaufen, eine Schaufel in der Hand.

»Mensch, Rasko, da bist du ja endlich. Lässt mich hier den ganzen Nachmittag graben. Was ist nur in dich gefahren, dass sie unbedingt beerdigt werden sollen. Früher hat es doch auch gereicht, ihre Kadaver den Wölfen zum Fraß vorzuwerfen.«

Magdalene wich zurück. Vor ihnen tat sich eine breite, gut zwei Meter tiefe Grube auf.

»Ist eben diesmal so«, erwiderte Rasko mürrisch. »Dann findet sie auch kein anderer. Erst neulich hat hier in der Gegend der Büttel von Homburg rumgeschnüffelt. Du erinnerst dich? Damals haben wir uns stundenlang in den verfallenen Remisen versteckt. Ein Wunder, dass sie uns nicht aufgerieben haben. Nicht auszudenken, was hier los wäre, wenn sie zwei Leichen finden würden.«

»Hast auch wieder recht«, lenkte Bernhard ein. »Dann sollten wir es schnell hinter uns bringen, damit wir zurück ins Warme kommen. Unser gutes Julchen hat schon vor einer Weile die Rebhühner in den Ofen geschoben. Das wird ein Fest heute Abend.«

Rasko stellte Magdalene und Johann nebeneinander vor die Grube, entfernte sich einige Schritte von ihnen, drehte sich um und richtete seine Pistole auf die beiden. Der Buchhändler schluchzte leise. Magdalene war es übel und schwindlig, und ihr Kopf dröhnte schrecklich. Doch so einfach wollte sie sich nicht geschlagen geben. Einen letzten Versuch wollte sie noch wagen, Rasko auf ihre Seite zu ziehen, also sagte sie laut: »Na phag e phurt pala tu, ke pale palpale si te phires!«

Rasko riss die Augen auf, und er ließ für einen Moment die Pistole sinken.

»Rasko, was zur Hölle machst du da«, rief Bernhard. Im nächsten Moment knallte ein Schuss. Doch Magdalene spürte keinen Schmerz, und auch Johann brach nicht zusammen. Es war Bernhard, der erstaunt an sich hinunterblickte, in die Knie sank und zur Seite kippte. Die Augen des Buchhändlers weiteten sich. Rasko steckte die Pistole in den Gürtel, trat auf die beiden zu und löste ihre Fesseln.

»Du hast recht, Mädchen, schon längst hätte ich gehen sollen. Wir verschwinden von hier. Wenn wir uns beeilen, dann holen wir meine Leute noch ein. Weit können sie nicht sein.«

Magdalene sagte lächelnd: »Die gewohnten Wege.«

Er nickte. »Um diese Zeit ziehen sie immer durch diese Gegend. Kommt, lasst uns gehen. Allzu weit wird unser Vorsprung nicht werden. Sicher wird Theo bald bemerken, dass etwas nicht stimmt.«

Er setzte sich in Bewegung. Magdalene bedeutete Johann, ihm zu folgen. Der Buchhändler konnte nicht fassen, was gerade passiert war. Er schloss zu Magdalene auf und erkundigte sich flüsternd, was, in Herrgottsnamen, sie zu ihm gesagt hatte.

Diese Frage beantwortete Magdalene gern.

»Reiß die Brücke hinter dir nicht ab, du musst wieder über sie zurückgehen!«

20

Magdalene saß mit angezogenen Knien mitten in einem großen Heuhaufen und beobachtete Rasko und Johann im Schlaf. Sie war schon seit einer ganzen Weile wach und hatte den Sonnenaufgang, angelehnt an die schäbige, schief in den Angeln hängende Eingangstür der Scheune, beobachtet, in der sie nach einem langen Marsch Unterschlupf gefunden hatten. Ganz langsam hatte das Licht des neuen Tages den Himmel im Osten rot gefärbt, was schlechtes Wetter bedeutete. Jetzt fielen Sonnenstrahlen durch die Schlitze in der Bretterwand auf den mit Heu bedeckten Boden und auf Rasko, in den langsam Leben kam. Er blinzelte und zuckte mit den Mundwinkeln. Ein Strohhalm war auf sein Gesicht gefallen und schien ihn zu ärgern. Magdalene sah, wie er die Augen öffnete und einen Moment brauchte, um zu begreifen, wo er war. Er richtete sich auf und schüttelte sich das Heu aus den Haaren. Sein Blick blieb an Magdalene hängen.

»Guten Morgen«, sagte sie. Er erwiderte den Gruß und schaute zu dem noch immer tief und fest schlafenden Johann hinüber, auf dessen Auge ein großes Veilchen schimmerte.

»Ich habe ihn nicht schlagen wollen. Das musst du mir glauben.«

»Nein, du wolltest ihn töten«, erwiderte Magdalene trocken. »Was ich nicht getan habe«, verteidigte sich Rasko.

»Wenn ich nicht dort gewesen wäre, hättest du es getan«, stellte Magdalene fest.

»Das mag sein«, gab er zu und zuckte mit den Schultern. »Ich hab es aber nicht getan.« Nach einem Augenblick fügte er hinzu: »Wegen dir. Vielleicht war dein Auftauchen mein Schicksal. Mein Kisméti, wie wir Zigeuner so schön sagen.«

Magdalene lächelte.

»Ich heiße Suni.« Sie streckte ihm die Hand hin.

»Rasko«, sagte er breit grinsend. Sie legte den Kopf schräg.

»Asáv«, fügte er hinzu.

»Lachen«, übersetzte Magdalene seinen Rufnamen.

»Ich muss ein fröhliches Kind gewesen sein.« Er zwinkerte ihr zu. »Meine Mutter hat mir diesen Spitznamen gegeben, die leider viel zu früh von uns gegangen ist.« Seine Stimme klang wehmütig. »Bis zu ihrem letzten Atemzug habe ich an ihrem Bett gesessen und ihre Hand gehalten. Sie war etwas Besonderes, eine Geschichtenerzählerin, eine Wahrsagerin, der liebste Mensch auf der Welt. Sie erklärte alles auf eine Art, dass alle es verstehen konnten. Nach ihrem Tod hat mein Onkel uns aufgenommen. Ich habe eine kleine Schwester. Ihr Rufname lautet Ciknikham. Sie ist auch etwas ganz Besonderes.« Er lächelte.

»Kleine Sonne«, übersetzte Magdalene auch diesen Spitznamen.

»Wir waren immer zusammen, nichts und niemand konnte uns trennen. Ich war ihr Bruder, der einzige Mann in der Familie, und musste auf sie achtgeben. Unser Vater ist von einer Jagd nicht zurückgekehrt. Der Büttel hatte ihn erwischt und an Ort und Stelle erschossen. Ciknikham war zu diesem Zeitpunkt noch nicht geboren. Erst viele Wochen später hielt meine Mutter sie zum ersten Mal im Arm.« Er seufzte. »Mein Onkel und meine Tante spielten sich nach ihrem Tod als unsere Eltern auf. Er wollte Ciknikham an einen alten Burschen verheiraten, der bereits drei Frauen zu Grabe getragen hatte. Beim Kartenspiel hat er sie wie eine Ware verschachert. Da bin ich auf ihn losgegangen, und eines ist zum anderen gekommen.« Er machte eine Pause und blickte Magdalene an. »Ich wollte ihn nicht töten. Es war einfach Pech. Er ist nach hinten gefallen und mit dem Hinterkopf hart auf einem Felsbrocken aufgeschlagen. Es hat scheußlich gekracht, als sein Schädel gebrochen ist. Er war sofort tot. Alle haben mich angestarrt. Ich habe auf meine Hände und zu meiner Schwester geblickt, die neben meiner Tante stand und den Kopf schüttelte. Da bin ich fortgelaufen. Es war Sommer, und brütende Hitze hatte sich übers Land gelegt. Die Felder reichten bis zum Horizont. Anfangs war es ein Leichtes, irgendwie durchzukommen. Ich verdingte mich als Erntehelfer bei einem Bauern, der nichts gegen Zigeuner hatte. Im Herbst half ich nicht weit von hier bei der Apfelernte. Eines Tages bin ich in einem Gasthaus Theo begegnet, und er hat mir vorgeschwärmt, wie wunderbar sein Räuberleben wäre. Sie waren frei und konnten tun und lassen, was sie wollten. Ich habe ihm geglaubt und bin ihm gefolgt. Über zwei Jahre ist das jetzt her.« Er schüttelte den Kopf. »Den verfallenen Hof haben wir in diesem Winter zum ersten Mal in Beschlag genommen. Im Sommer zieht es ihn meist in den Spessart, wo sich gut Beute machen lässt. Aber auch die alte Weinstraße gibt immer wieder mal etwas her, obwohl im Winter weniger Reisende unterwegs sind, da die Postkutschen dann seltener fahren, und wenn viel Schnee liegt, fahren sie gar nicht mehr.« Er verstummte und suchte Magdalenes Blick. »Seit zwei Jahren mache ich mir Gedanken darüber, wie es meiner geliebten Ciknikham geht. Ist sie glücklich? Hat sie Kinder? Musste sie den verdammten Teufel wirklich heiraten? Herrgott noch mal, was bin ich für ein Feigling gewesen. Ich hätte nicht fortlaufen und sie alleinlassen sollen. Das wird sie mir niemals verzeihen.« Er vergrub sein Gesicht in den Händen.

»Wenn sie dich liebt, wird sie es tun«, sagte Magdalene und berührte sanft seinen Arm. »Immerhin kannst du zu ihr zurückkehren und sie um Verzeihung bitten. Meine Familie ist tot. Sie starb, weil ich leichtsinnig gewesen bin. Vielleicht wäre es besser gewesen, du hättest mich letzte Nacht getötet, das wäre die gerechte Strafe für eine wie mich. Meine kleine Schwester hieß nur Cikni. Sie reichte mir kaum bis zur Schulter und war schmal wie eine Elfe. Sie hatte kurz vorher geheiratet.« Magdalene hielt kurz inne. »An ihrem Hochzeitstag habe ich das Unglück über uns gebracht. Es klebt an mir wie eine Klette und lässt sich nicht abschütteln.« Sie hob den Kopf und fing Raskos Blick auf. »Unsere Vergangenheit wird immer ein Teil von uns bleiben, das habe ich mittlerweile verstanden.« Tränen traten ihr in die Augen. »Ich war sehr klein, als ich zu den Zigeunern kam. Sie waren meine Familie und liebten mich wie eine von ihnen. Wenn ich könnte, dann würde ich über jede gottverdammte Brücke laufen, nur um sie noch einmal in die Arme nehmen zu können. Ich weiß, sie würden mich trotz meiner Schuld lachend begrüßen und mir alles vergeben, weil sie mich lieben, weil ich ein Teil von ihnen bin.«

»Was du erzählst, klingt verworren«, erwiderte Rasko.

»Was ich damit sagen will«, versuchte Magdalene, es ihm begreiflich zu machen, »was auch immer du verbrochen hast, sie werden sich freuen, dass du zurückkehrst, denn du bist ein Teil von ihnen, der ihnen gewiss fehlt. Wenn ich während meiner Zeit bei den Roma eines gelernt habe, dann, dass es die bedingungslose Liebe zur Familie ist, die einen auffängt, in dunklen Zeiten Trost spendet und Halt gibt, wenn alles verloren scheint.«

»Und genau daran hast du mich mit dem alten Sprichwort erinnert«, bestätigte Rasko ihre Worte. »Wie oft habe ich nachts wach gelegen und an sie gedacht. Manchmal glaubte ich, die Sehnsucht nach ihnen würde mich zerstören. Theos Welt ist zu meinem Alltag geworden, doch wie soll man sich heimisch fühlen in einer zusammengewürfelten Räuberbande, deren Leben nur wenig mit wirklicher Freiheit zu tun hat. Mit der Zeit ist das Gefühl der Leere in mir immer größer geworden. Irgendwie habe ich es geschafft, die Gefühle auszuschalten. Bis du gekommen bist. Danke dafür.« Er streckte die Hand aus, die Magdalene ergriff.

»Ich hab zu danken. Du hast uns nicht erschossen.«

»Wofür auch ich zu danken habe«, mischte sich plötzlich Johann ein, der, von den beiden unbemerkt, erwacht war. Der Buchhändler richtete sich auf und griff sich stöhnend an den Kopf. »Meine Güte. Ich fühle mich, als wäre ich gegen eine Wand gelaufen.«

»So ähnlich ist es ja auch gewesen«, erwiderte Magdalene und bemühte sich, das Grinsen zu unterdrücken. Aus irgendeinem Grund hatte sie plötzlich gute Laune, obwohl sie irgendwo in der Einöde in einem Heuschober saßen und gewiss von einer wütenden Räuberbande verfolgt wurden.

»Wir sollten sehen, dass wir weiterkommen«, sagte Rasko, der ihre Gedanken zu erraten schien, und stand auf. »Wir sind letzte Nacht nicht besonders weit gekommen, und Theo wird bereits nach uns suchen.«

Magdalene erhob sich und zupfte einige Strohhalme aus ihrem Haar und von ihrem Mantel.

»Und wohin soll die Reise gehen?«

»Wir haben Anfang Dezember. Zu dieser Zeit lagert mein alter Stamm zumeist in der Nähe von Gießen, auch wenn die Gegend unsicher ist, denn dort gelten noch immer die harten

Gesetze des Landgrafen, ein ganzes Volk für vogelfrei zu erklären. Was für ein grausamer Mensch er ist.« Er schüttelte den Kopf. »Trotzdem ziehen sie gern ins Lahntal, denn dort ist das Klima milder, und manches Mal bekommen einige von uns auf dem Schifferberg Arbeit. Das dortige Kloster ist heute ein Gutshof. Viele Hände werden auf dem weitläufigen Anwesen sogar im Winter gebraucht, denn es stehen immer wieder Umbauarbeiten an. In den letzten Jahren ist die hölzerne Decke des Kreuzgangs erneuert worden, und auch in der Küche, in den Stallungen, den Gärten und der Näherei werden stets fleißige Arbeiter benötigt. Gegen unser Volk hegen die Eigentümer keinen Groll, und solange keiner klaut oder sich unflätig verhält, sehen sie keinen Grund, unsere Leute, die an besonders kalten Tagen sogar in den Ställen und Remisen nächtigen dürfen, an die Büttel zu verraten. Denn das käme einem Todesurteil gleich, wie die Geschichte zeigt. Vor einigen Jahren haben sie in Gießen einen ganzen Klan vor aller Augen hingerichtet. Ich kann mich noch sehr gut daran erinnern, da wir zu der Zeit auf dem Schifferberg gewesen sind. Uns ist nichts geschehen, weil wir uns ruhig verhalten haben. Wir waren erleichtert und gleichzeitig entsetzt über das Schicksal der unsrigen, die gewiss keine Mörder, Räuber und Diebe waren, wie es in den Flugblättern verbreitet worden war. Gern hätten wir ihnen geholfen, doch das wäre auch unser Todesurteil gewesen.«

Johann warf Magdalene einen kurzen Blick zu. Sie deutete ein Kopfschütteln an. Sie mussten dem guten Rasko ja nicht gleich auf die Nase binden, mit wem er sich da verbündet hatte, sofern er es ihnen überhaupt glauben würde.

»Gießen hört sich gut an«, erklärte Johann. »Ich bin dort zu Hause. Mein Haus mit der Buchhandlung im Erdgeschoss liegt am Marktplatz.«

»Dann ist dieser Weg für uns alle der richtige«, sagte Magdalene. Ein Donnerschlag ließ die Hütte erzittern, Magdalene zuckte zusammen. Im selben Moment war lautes Getöse zu hören. Sie eilten zum Ausgang, und Rasko riss die schiefe Holztür auf. Das Getöse wurde lauter, der Wind heulte in den Baumwipfeln, Hagel fiel vom Himmel, kurz darauf schneite es. Der Heuschober ächzte bedrohlich unter der Macht des Sturms.

Im Schneegestöber waren plötzlich die Umrisse von drei Gestalten zu erkennen. Magdalene erstarrte, ebenso Rasko und Johann. Der Zigeuner war der Erste, der seine Sprache wiederfand. »Verdammter Mist«, fluchte er. »Theo. Schnell, lasst uns hintenherum verschwinden.«

Sie kämpften sich den Heuhaufen hinauf und rutschten auf der anderen Seite wieder hinunter. In der Rückwand der Scheune gab es eine kleine Luke, durch die sie sich quetschten. Magdalene war die Letzte, die hindurchschlüpfte, als sie bereits die Stimme des Räuberhauptmanns vernahm, der lautstark fluchend die kleine Scheune betrat. »So ein verdammter Mist aber auch. Bei diesem Sauwetter werden wir sie niemals finden, diese verdammte Bande!«

Draußen konnte Magdalene in dem Schneegestöber nur schemenhaft die Umrisse von Johann und Rasko erkennen, die auf den nahen Waldrand zurannten. Als sie die schützenden Bäume erreichten, blieben die drei keuchend stehen.

»Das war knapp«, stellte Rasko fest. »Eine Sekunde später, und sie hätten uns erwischt. Ich hätte nicht gedacht, dass er so schnell sein würde.« Johann japste nach Luft. »Meine Güte. Das alles ist rein gar nichts für einen behäbigen Buchhändler wie mich.«

Magdalene, die sich mit den Händen an einem Baumstamm abstützte, rang ebenfalls nach Luft. Noch immer wirbelte der Wind Schneeflocken um sie herum, aber das Schlimmste schien überstanden zu sein.

»Morgenrot, Schlechtwetterbot«, sagte sie und richtete sich auf. Verwundert schauten die beiden Männer sie an. »Heute Morgen, als ihr zwei noch selig geschlafen habt, habe ich schon den neuen Tag begrüßt. Der ganze Himmel war in rotes Licht getaucht. Es hat zauberhaft ausgesehen, gleichzeitig auch bedrohlich. Nur selten wird es ein schöner Tag, wenn sich der Morgen in rötliches Gewand hüllt, hat Rosina gern gesagt.«

»Das Sprichwort kenne ich auch«, stimmte Johann ihr zu. »Allerdings hätte es das schlechte Wetter nicht gleich so übertreiben brauchen.« Er fror erbärmlich. »Diese vermaledeite Kälte, und bis Gießen ist es noch ein verdammt weiter Weg.«

»Dann lasst uns besser nicht trödeln, sondern weitergehen«, sagte Rasko und blickte in die Richtung, aus der sie gekommen waren. »Theo wird sich gewiss nicht lange in der Scheune aufhalten, und derweil sollten wir möglichst viel Land gewonnen haben. Am besten sehen wir zu, dass wir zur Weinstraße zurückfinden. Dort fährt immer mal wieder ein Händler oder Bauer mit einem Fuhrwerk. Vielleicht haben wir Glück und werden mitgenommen.«

»Ohne Geld«, sagte Johann zweifelnd.

»Hast du eine bessere Idee?«, fragte der Zigeuner bissig.

»Es ist gut«, beruhigte Magdalene die beiden Männer. »Raskos Vorschlag ist gar nicht so abwegig. Auf der Weinstraße finden wir uns wenigstens zurecht, immerhin führt sie nach Gießen. Und sollte uns ein Händler mitnehmen, dann erleichtert uns das den Weg.«

»Und ihr denkt nicht, dass uns Theo auf dieser Straße suchen wird?«

»Kann schon sein.« Rasko zuckte mit den Schultern. »Aber er hat uns auch hier in der Einöde gesucht und beinahe gefunden. Hast du eine bessere Idee?« Er sah Johann an und verschränkte die Arme vor der Brust.

»Nein, habe ich nicht«, erwiderte der Buchhändler seufzend. »Dann also los«, sagte Rasko und deutete nach rechts. »Soweit ich weiß, führt die Weinstraße in diese Richtung. Wenn wir Glück haben, erreichen wir noch heute Homburg.«

»Was nicht schlecht wäre«, meinte Johann. »In Homburg bin ich mit einem Wirt befreundet. Er lässt uns gewiss auch ohne sofortige Bezahlung bei sich nächtigen.«

Die Aussicht auf eine warme Mahlzeit und ein trockenes Plätzchen für die Nacht hellte die Stimmung sofort auf. Die Gruppe setzte sich in Bewegung, und bald schon ließen sie den Wald hinter sich und überquerten Felder und Streuobstwiesen. Nach einer Weile erreichten sie ein kleines Dorf, das, wie Rasko behauptete, nicht weit entfernt von der Weinstraße lag. Und tatsächlich führte die schmale Dorfstraße auf die bekannte Handelsroute, auf der zufällig gerade ein Bauer mit einem Karren voller Getreidesäcke an ihnen vorüberfuhr. Johann hielt den Mann an, und sie durften mitfahren. Rasko erklärte sich wie selbstverständlich dazu bereit, neben den beiden Mauleseln herzulaufen, die seit dem Unwetter etwas verstört zu sein schienen. Erleichtert setzten sich Johann und Magdalene abwechselnd hinten auf den Wagen. Endlich hatte es aufgehört zu schneien, und der Himmel zeigte sich in einem graublauen Ton, ab und an blitzte zwischen den Wolken sogar die Sonne hervor und tauchte die Gegend in das milde Licht eines Winterabends. Kurz vor Homburg verabschiedeten sie sich dankbar von dem Bauern und schlüpften bei Anbruch der Dunkelheit durch die Stadttore. In der Stadt steuerte Johann den in der Louisenstraße gelegenen Gasthof

Zum goldenen Engel an. Als sie die gut besuchte Gaststube betraten, empfingen sie wohlige Wärme und die Gerüche von Tabak und gebratenem Fleisch. Unsicher blickte sich Magdalene um, dann folgte sie mit Rasko Johann, der eiligen Schrittes auf die Theke zuhielt, hinter der ein beleibter kleiner Bursche mit Halbglatze und buschigen Augenbrauen Gläser wusch und mit einer Magd feixte.

»Guten Abend, Rudolf, mein alter Freund«, begrüßte Johann den Wirt, der erstaunt aufschaute. Beim Anblick des Buchhändlers lächelte er erfreut, doch schnell wurde sein Blick besorgt. »Johann, lieber Himmel. Was, in Herrgottsnamen, ist geschehen? Du siehst aus, als wärst du gegen eine Wand gelaufen.«

»So ähnlich ist es auch gewesen«, erwiderte Johann. »Du glaubst ja gar nicht, was uns passiert ist.« Er deutete auf Magdalene und Rasko. »Stell dir vor: Räuber haben unsere Postkutsche überfallen und uns als Geiseln genommen. Nur mit knapper Not konnten wir ihnen entkommen.«

»Wie schrecklich«, rief der Wirt. »Ich habe davon gehört. Soll eine üble Bande sein, die neuerdings in der Gegend ihr Unwesen treibt.«

Rasko zog den Kopf ein. Der Wirt blickte kurz zu Rasko und Magdalene.

»Meinen Begleitern und mir ist nur die Kleidung am Leib und das Leben geblieben, wenn du verstehst«, deutete Johann ihre missliche Lage an.

»Darüber brauchen wir gar nicht zu reden«, sagte der Wirt. »Betrachtet euch als meine Gäste. Neben dem Ofen ist gerade ein Tisch frei geworden. Nehmt ruhig Platz. Ich schick gleich die Trudi mit warmem Würzwein zu euch, der wird euch guttun. Heute haben wir Gänsebraten auf der Karte stehen, mit feinem Kraut dazu und Klößen. Deftige Kost, die den Magen füllt. Auch hab ich noch zwei Schlafkammern frei. Die eine ist zwar winzig klein und ohne Ofen, aber ein warmer Ziegelstein im Bett sorgt gewiss für gute Wärme.« Er zwinkerte Magdalene fröhlich zu.

Johann fiel dem Wirt erleichtert um den Hals, den Tränen nahe. All die Anspannung schien mit einem Schlag von ihm abzufallen. »Hab Dank, mein Freund. Du ahnst ja gar nicht, wie gut deine Gastfreundschaft tut. Selbstverständlich werde ich für deine Unkosten aufkommen. Das verspreche ich dir.«

»Gar nichts musst du«, wiegelte der Wirt ab. »Eine gute Tat soll der Mensch am Tag tun. Heute seid diese eben ihr drei. Das sieht der Herrgott recht gern, hab ich mir sagen lassen.« Er wedelte mit den Armen. »Und jetzt macht euch an den warmen Ofen. Ihr seht ganz durchgefroren aus. Trudi!«, rief er laut. »Bring meinen Gästen einen großen Krug Würzwein. Der kalte Wind hat ihnen ordentlich in die Backen gebissen.«

Die drei gehorchten seiner Anweisung. Erleichtert sank Magdalene neben Johann auf die Ofenbank. Sogleich gesellte sich eine graue Katze zu ihr, die sich schnurrend an sie kuschelte. Die Magd Trudi, ein pummeliges Mädchen mit blonden Locken und vielen Sommersprossen auf der Nase, brachte den Wein und füllte ihn in die Becher. Genüsslich nippte Magdalene daran und spürte, wie die Flüssigkeit ihren Bauch wärmte. Rasko nahm einen ordentlichen Schluck. Und zum ersten Mal seit ihrer Flucht wirkte er entspannt.

»Meine Güte«, sagte er und schaute sich um, »was für ein wunderbarer Ort das doch ist.«

Johann ließ ebenfalls seinen Blick durch die Gaststube schweifen. Am Nebentisch spielte eine Gruppe junger Burschen Karten, daneben saß ein alter Mann, der eingenickt zu sein schien. Einen Tisch weiter saß eine alte Mamsell mit ihrem Strickzeug am Fenster und unterhielt sich eifrig mit einem fein gekleideten Herrn, der ihr Gatte zu sein schien. An einem weiteren Tisch feilschten Tuchhändler, wie aus ihren lauten Gesprächen zu entnehmen war, um irgendwelche Preise. Über allem hingen Zigarrendunst und Essensgerüche.

»Eine ganz normale Gaststube wie viele andere auch.«

»Die wir Roma nicht allzu oft betreten«, gab Rasko zu bedenken.

»Schweig still«, wies Johann ihn zurecht und beugte sich über den Tisch. »Hier bist du kein Zigeuner, und dein Name ist auch nicht Rasko. Du bist Lukas und stammst – sagen wir aus Südtirol, bist Weinhändler und auf der Durchreise.«

»Weinhändler aus Südtirol«, wiederholte Rasko und grinste breit. »Dorthin hat es uns vor einigen Jahren verschlagen. Was soll ich sagen: Der Wein schmeckt köstlich. Allerdings haben wir nicht damit gehandelt ...« Genau in diesem Moment wurde das Essen gebracht. »So genau will ich es gar nicht wissen«, erwiderte Johann. Magdalene lachte. Die drei begannen, gierig zu essen. Für heute Abend war alles gut, was sich wunderbar anfühlte. Erst morgen würden sie sehen, wie es weiterging.

21

Der Wind trieb Schneeflocken gegen die Fensterscheiben und ließ die Flammen der Kerzen flackern. Nicht nur an den Fenstern standen Kerzen, sondern überall im Raum. Ein Meer aus Lichtern ergoss sich über den Fußboden. Inmitten des Kerzenzaubers saßen zwei Frauen an einem Tisch. Eine von ihnen hatte die Hände ausgebreitet und den Kopf nach hinten geneigt, die Augen geschlossen. Sie summte eine düster anmutende, bedrohlich klingende Melodie. Vor ihr auf dem Tisch lag eine große Kristallkugel, die im Licht der Kerzen geheimnisvoll funkelte. Luise von Spiegel verfolgte erwartungsvoll das Gebaren der Frau, die ihr und ihrem Gatten bereits seit längerem gute Dienste als Medium leistete und bei fast allen Séancen anwesend war. Seit ihrer Abreise aus Darmstadt hatte Luise sich Gedanken darüber gemacht, mit Magdalene Kontakt aufzunehmen, denn diese verfolgte sie bis in ihre Träume und raubte ihr den Schlaf. Der frühe Einbruch des Winters tat ein Übriges, dass sie sich unwohl fühlte. Jedes Jahr aufs Neue erinnerten die ersten Schneeflocken Luise daran, wie sie Magdalene durch die kalten Gassen der Stadt verfolgt hatte, hinaus bis aufs freie Feld. Ein kleines Mädchen, das Kind der Mätresse, die sie mehr als jeden anderen Menschen auf der Welt verabscheute. Sie dachte an Lorenz, erinnerte sich an seinen fassungslosen Blick, als sie ihre Beziehung beendet hatte. Allerdings musste sie sich eingestehen, dass sie ihn vermisste. Seine zärtlichen Hände, seine Leidenschaft, ja selbst die Art, wie er sie zum Lachen brachte. Stets war er ein Teil ihres Lebens gewesen, und besonders in der dunklen Zeit des Jahres hatte sie seine Nähe gebraucht. Vielleicht hatte sie doch vorschnell gehandelt. Er liebte sie, das hatte sie an seiner Fassungslosigkeit erkannt. Sie seufzte und blickte auf das Medium, das den hübschen Namen Dina trug und aus einem Dorf in der Nähe stammte. Alle ihre Familienmitglieder waren Medien gewesen, Menschen mit besonderen Fähigkeiten.

Wie in jedem Jahr weilte Luise um diese Zeit gemeinsam mit ihrem Gemahl in Gießen. Der Anlass für diese Reise schien skurril zu sein, zeigte aber doch die unbändige Liebe eines Vaters zu seiner Tochter, was Luise besonders an ihrem Gatten schätzte. Ernst-Ludwig mochte sich mit den Jahren verändert haben. Verbitterung war wohl der Ausdruck, der es traf. Er zog sich immer mehr in seine eigene Welt zurück, die aus Alchemie und Musik bestand. Auch in diesem Jahr hatte die sonderbare Geburtstagsfeier zu Ehren seiner verstorbenen Tochter Dorothea Sophie stattgefunden, die bereits seit zwanzig Jahren tot war. Dieses im familiären Kreis stattfindende Mahl war eine der Eigenheiten des Grafen, die mit den Jahren zu einer lieben Tradition geworden war. Dorothea Sophie war während einer Jagd ums Leben gekommen, als sie vom Pferd fiel. Der Landgraf hatte seine erstgeborene Tochter sehr geliebt, gewiss auch deshalb, weil sie, genauso wie er, eine große Anhängerin der Parforcejagd gewesen war. Auch ihr Gatte, Johann-Friedrich von Hohenlohe-Öhringen, war ein leidenschaftlicher Jäger. Er besuchte den Grafen nach wie vor und war Gast jeder Jagdgesellschaft. Auch er hatte am gestrigen Abend an dem sonderbaren Mahl teilgenommen und voller Stolz mit den anderen sein Glas auf seine verstorbene Gattin erhoben, die stets einen Platz in seinem Herzen haben würde.

Am späteren Abend waren von der Dienerschaft, genau so wie jetzt, überall im Raum brennende Kerzen verteilt worden, und Dina war zu ihnen gekommen. Zu den Séancen trug sie ihr hüftlanges kastanienbraunes Haar stets offen. Nur in ein dünnes, hellblaues Musselinkleid gehüllt, nahm sie schweigend an dem runden Tisch Platz, der in der Mitte des kleinen Zimmers stand, das ehemals Dorothea bewohnt hatte. Wie in jedem Jahr hatte sich Dorothea auch in diesem aus dem Jenseits gemeldet, und Ernst-Ludwigs Augen hatten vor Freude geleuchtet. So glücklich und zufrieden sah er das ganze Jahr über nicht aus. Auch andere Anwesende am Tisch versuchten, ihre Angehörigen durch Dina aus dem Reich der Toten heraufzubeschwören. Verstorbene Gattinnen, Kinder und Geschwister. Es war ein langer Abend gewesen, und nicht jeder geliebte Mensch hatte sich gezeigt. Als Dina den Raum verließ, war Luise ihr gefolgt. Niemals hätte sie in der Gegenwart des Landgrafen nach Magdalene fragen können. Sonderbarerweise hatte er sich in all den Jahren bei Dina nicht nach ihr erkundigt. Anscheinend ging er fest davon aus, dass Magdalene noch unter den Lebenden weilte, irgendwo bei den Zigeunern, wie es ihm seine geliebte Gattin vorgelogen hatte. Jetzt, wo sich ihre Lüge als Wahrheit entpuppt hatte, schien Magdalenes Leben endlich ein Ende gefunden zu haben, jedenfalls hatte Lorenz behauptet, sie wäre tot. In Luise waren jedoch Zweifel geblieben, denn er war ihren Blicken ausgewichen. Ihre Frage nach Magdalene hatte ihn verunsichert, was sie mit dem Zweifel zurückließ, dass das Gör noch immer irgendwo dort draußen und womöglich darauf aus war, ihr Leben endgültig zu zerstören. Sie brauchte Gewissheit, und diese würde Dina ihr heute geben, wie sie hoffte.

Dina verharrte in ihrer Position. Die Augen geschlossen, summte sie ihre Melodie und wiederholte fremd klingende Worte. Es war ein sonderbarer Singsang, der einen schnell in seinen Bann zog. Dina öffnete die Augen, doch es schien, als würde sie durch Luise hindurchblicken. Sie verstummte und legte ihre Hand auf die vor ihr stehende Kristallkugel.

»Und?«, fragte Luise ungeduldig. »Spricht sie zu dir? Was sagt sie?«

»Sie steht im Nebel«, antwortete Dina und blickte in ihre Kugel. »Nur ihre Umrisse sind zu erkennen, was nur eines bedeuten kann.«

»Sie ist am Leben«, sagte Luise.

»Es ist sonderbar«, fuhr Dina fort. »Sie ist umgeben von so vielen Stimmen, die in einer fremden Sprache zu mir sprechen. Es scheint beinahe, als wollten die Toten auf sie achten, sie beschützen. Obwohl sie im Reich der Lebenden weilt, in das ich nicht vordringen kann, auch wenn ich es möchte.«

»Die Zigeuner«, mutmaßte Luise.

Dina zuckte wortlos mit den Schultern.

»Er hat sie also doch nicht getötet«, murmelte Luise.

»Ich will mich ja nicht einmischen«, sagte Dina, »aber dieses Mädchen im Nebel scheint eine starke Persönlichkeit zu sein. So etwas kann ich spüren. Solche Menschen sind etwas Besonderes. Nur wenige von uns Lebenden zeigen sich im Nebel. Sie tut es. Gewiss ist sie in der Lage dazu, Menschen für sich einzunehmen, sie zu begeistern und in ihren Bann zu ziehen.«

Luise erhob sich. »Ich habe dich nicht dafür bezahlt, solchen Unsinn zu erzählen«, wies sie Dina zurecht und begann, im Raum auf und ab zu laufen. »Dieses gottverdammte Gör. Sie sollte tot sein. Wieso lässt sie mich einfach nicht in Frieden? Sie verfolgt mich Tag und Nacht, an jeder Ecke, hinter jeder Tür, vor dem Fenster, im Garten, überall sehe ich sie. Sie steht vor mir, in diesem bunten Kleid voller Flicken, barfuß, mit offenem Haar und wunderschön. In ihren großen grünen Augen liegen so viel Hass und Wut. Sie weiß, dass ich ihr Leben zerstört habe, und jetzt ist sie gekommen, um sich an mir zu rächen, um mir alles zu nehmen, was mir etwas bedeutet. Doch das werde ich nicht zulassen. Niemals!« Ihre Stimme war laut geworden.

Dina erhob sich ebenfalls. Sie faltete ruhig die Hände vor dem Körper und fing Luises Blick auf, zwang sie zur Ruhe.

Tief durchatmend blieb Luise vor der zierlichen Frau stehen und fragte: »Was soll ich nur tun?«

»Vielleicht vergessen, genauso, wie sie vergessen hat. Umgeben von ihren Toten, ist sie irgendwo dort draußen. In ihr brodelt kein Groll, keine Wut. Traurigkeit dringt durch den Nebel, vielleicht auch ein wenig Verzweiflung. Und noch etwas kann ich spüren. Sie wirkt innerlich zerrissen, weiß nicht, wohin sie gehört. Der Nebel lässt ihre Gestalt nur schemenhaft erkennen, Gefühle jedoch können ihn manchmal durchdringen. Magdalene ist stark. Sie durchbricht die graue Wand zwischen den Welten und kämpft um ihren Platz im Leben. Wie wir alle, jeden Tag. Ist es nicht so?« Dina verstummte.

Luise wusste nicht, was sie erwidern sollte. All die Wut und Verzweiflung schienen mit einem Schlag verschwunden zu sein. Ja, auch sie kämpfte um ihren Platz im Leben, gerade jetzt, immerzu, ihr ganzes verdammtes Leben lang.

Schweigend standen sie sich eine Weile gegenüber. Um sie herum flackerten die Kerzen in der Zugluft, die durch die Fensterritzen in den Raum drang. Ihr helles Licht spiegelte sich in den Kristallen des Kronleuchters, die wie tausend Sterne funkelten.

»Manchmal sind die Dinge gut, wie sie sind«, sagte Dina in die sonderbare Stille.

»Du meinst, ich solle die Angelegenheit auf sich beruhen lassen?«, fragte Luise.

»Das kann ich Euch nicht sagen. Ihr selbst müsst diese Entscheidung treffen. Besser schlafen werdet Ihr gewiss, wenn Ihr Euren Frieden damit macht. Dann wird sie endgültig aus Euren Zimmern, den Gärten und Euren Träumen verschwinden, das verspreche ich Euch.«

Luise nickte.

»Vielleicht hast du recht. Ich habe mich in diese Sache hineingesteigert. Gewiss ist es besser, es auf sich beruhen zu lassen. Sonst werde ich noch verrückt. Ich dachte schon, ich sehe Gespenster. Es ist gut, zu wissen, dass sie noch lebt.« Sie sank auf eine am Fenster stehende Chaiselongue und schüttelte den Kopf. »Man mag es kaum glauben. Diese Aussage aus meinem Munde, wo ich sie doch tot sehen wollte.«

Dina verharrte schweigend an ihrem Platz. Sie hatte genug gesagt. Obwohl es noch viel mehr zu sagen gäbe. Da standen die vielen Menschen neben ihr, denen die Landgräfin ihr Leben geraubt hatte, die nicht verstehen wollten, Angst hatten und bald darauf gemeinsam mit der Frau im Nebel verschwanden. Sie würden bei ihr bleiben und auf sie achtgeben, was gut war, denn Luise von Spiegel würde nicht vergessen und niemals im Leben vergeben. Sie war wie ein trotziges Kind, das so lange mit dem Fuß aufstampft, bis es seinen Willen bekommt.

»Bleib im Nebel, Magdalene«, sagte Dina in Gedanken. »Und auch, wenn du sie nicht siehst: Deine Familie ist bei dir. Sie werden dich beschützen und dir in der größten Not Mut zusprechen, damit du stärker wirst. Das verspreche ich dir.«

»Du kannst gehen, Dina. Hab Dank für deine Dienste. Wie immer werde ich dich gut dafür entlohnen.«

Luise wedelte mit den Händen, ohne das Medium noch eines Blickes zu würdigen. Dina war dieses Verhalten gewohnt. Sie wickelte ihre Kristallkugel in ein grünlich schimmerndes Seidentuch und trat zur Tür, die sich wie von Zauberhand öffnete. Und in den Raum trat der Landgraf.

Irritiert blickte er auf Dina und das Lichtermeer. »Mir scheint, ich habe etwas verpasst«, versuchte er zu scherzen.

»Du kannst gehen, Dina«, befahl Luise schroff.

Das Medium verneigte sich vor dem Landgrafen und schob sich umständlich an ihm vorbei. Bedächtig schloss er die Tür hinter ihr und blickte auf seine Frau, die aufrecht auf der Chaiselongue am Fenster saß. Wie hübsch sie doch war. Die vielen Jahre hatten ihr die Schönheit nicht geraubt, vielleicht ein wenig die Arglosigkeit eines jungen Mädchens, wenn es die überhaupt jemals gegeben hatte. Er liebte es, einfach nur durch den Wald zu laufen, am Klavier zu sitzen und ein neues Musikstück zu schreiben. Doch dies waren alles Dinge, für die er Luise niemals hatte begeistern können. Immer öfter fragte er sich, weshalb er von ihr verzaubert gewesen war. War es tatsächlich nur ihre Schönheit gewesen? Ihre schmeichelnden Worte, die ihm, einem in die Jahre gekommenen Mann, wohltaten? Wieder einmal kam ihm seine geliebte Charlotte in den Sinn. Sie war so ganz anders als Luise gewesen, und das nicht nur äußerlich. Charlotte hatte das Klavierspiel beherrscht, sie liebte den Wald und ihre gemeinsamen Spaziergänge und konnte wunderbar singen. Sie hatte sich sehr gut mit Graupner, seinem Kapellmeister, verstanden, dem Luise stets mit Argwohn begegnete. Sogar für die Alchemie war Charlotte zu begeistern gewesen, auch wenn sie als Frau nur wenig davon verstand.

Innerlich seufzend trat er näher an seine Gattin heran, blieb neben ihr am Fenster stehen und blickte nach draußen, wo Schneeflocken im Schein einer Laterne durch die Luft wirbelten. Eine Weile herrschte Schweigen zwischen ihnen wie so oft. Schon seit Jahren hatten sie sich nur noch wenig zu sagen. Über das Treiben seiner Gattin mit Lorenz, dem Gaukler, war er bestens informiert. All die Jahre hatte er hingenommen, dass sie ihre Jugendliebe, oder was auch immer dieser Mann darstellte, nicht wegen ihm verlassen hatte. Ob Luise jedoch dazu in der Lage war, wahre Liebe für jemanden zu empfinden, bezweifelte er inzwischen. Nicht einmal ihren beiden Töchtern war sie wirklich zugetan, die ihre Kinderfrau wie selbstverständlich für ihre Mutter hielten. Er kümmerte sich um ihre Ausbildung und würde dafür sorgen, dass sie ordentlich verheiratet wurden, obwohl er wusste, dass sie nicht von ihm gezeugt worden waren. Er selbst war blond und blauäugig so wie seine Gattin, deren Schönheit von ihrer hellen, porzellanartigen Haut noch unterstrichen wurde. Die beiden Mädchen hatten braunes Haar und nahmen im Sommer schneller Farbe an als die Bauern auf ihren Feldern. Es war nicht sonderlich schwer, den Vater aus ihnen herauszukennen. Trotzdem empfand er besonders in den letzten Wochen wieder so etwas wie Zuneigung für seine Gattin, die sonderbarerweise rastlos wirkte. Mehrmals war sie, wie ihm berichtet worden war, nachts durch die Gänge gewandert, was ihn bestürzte, zeugte es doch von ihrer Unruhe. Er hatte von dem Einbruch in seinem Jagdpavillon gehört und machte sich ernsthaft Sorgen, dass Luise deshalb verstört war.

»Ich vermute, du hattest einen guten Grund dafür, Dina heute hierherzubestellen«, begann er ein Gespräch.

»Gewiss doch«, antwortete sie schnippisch.

»Darf ich fragen, wonach du sie gefragt hast? Oder besser gesagt, nach wem?«

Luise erhob sich, warf ihrem Gatten einen abfälligen Blick zu und begann, die Kerzen auf der Kommode auszublasen.

»Wieso interessiert es dich. Meist ist es dir doch gleichgültig, was ich tue.«

»Vielleicht, weil ich mir Sorgen mache.« Ernst-Ludwig ließ sich nicht auf den üblichen Schlagabtausch ein, der einem ihrer gewohnten Streitereien vorausging. »Mir ist zu Ohren gekommen, dass im Jagdpavillon eingebrochen worden ist. Zigeuner sollen es gewesen sein. Du warst an dem Tag dort. So etwas kann einem ganz schön nahegehen.«

Luise blieb ihre schnippische Bemerkung im Hals stecken. Verwundert schaute sie ihren Gatten an, der leicht gebückt vor ihr stand und einen müden Eindruck machte. Er trug keine Perücke, sein Haar war zurückgebunden und weiß gepudert, ebenso sein Gesicht, das im letzten Jahr schmaler geworden war. Das Alter nagte an ihm.

Luise überlegte kurz und antwortete: »Ich habe Dina nach meiner Mutter gefragt. Ich wollte es schon längst tun, aber es ist …« Sie stockte kurz. »Schwierig.« Ohne Umschweife war diese Lüge über ihre Lippen gekommen wie so viele andere Lügen zuvor.

»Ich weiß: Dein Vater war ein hartherziger Mann.« Ernst-Ludwig bemühte sich, Verständnis zu zeigen. Er glaubte ihr kein Wort. Aber das war Nebensache. Heute hatte er seltsamerweise das Bedürfnis, in ihrer Nähe zu sein. Vielleicht war es die Einfältigkeit eines alten Mannes oder einfach nur die Sehnsucht nach einer Umarmung. Von wem sonst, wenn nicht von seiner Ehefrau, sollte er eine solche erwarten? Er machte einen Schritt auf sie zu, streckte die Hand aus und berührte sie am Arm.

»Auch du hast sehr unter ihm gelitten.«

Luise wich zurück, was ihn schmerzte. Sie bückte sich, pustete die Kerzen auf dem Fußboden aus und antwortete: »Sie ist nicht gekommen. Dina hat es versucht, doch sie wollte sich nicht zeigen. All die Jahre war ich zu feige gewesen, Dina nach ihr zu fragen, und jetzt, da ich es tat, ist sie nicht aufgetaucht. Was sagt mir das? Dass sie mich, ihre Tochter, verstoßen hat? Sie liebte mich, irgendwann einmal, in einem anderen Leben.« Luise traten Tränen in die Augen. Ihre Lüge klang so vollkommen, sie berührte sogar sie selbst. »Aber ich kann sie schon verstehen. Ihr Leben war voller Schmerz und Kummer. Gewiss ist es besser, im Schatten zu verweilen, in einer friedlichen Welt, die ich ihr mehr als alles andere wünsche.« Eine Träne lief ihr über die Wange. Sie wischte sie hastig ab.

Ernst-Ludwig sank neben ihr in die Hocke und blies die nächste Kerze aus. Er fing Luises Blick auf und fragte sich, ob ihre Worte der Wahrheit entsprachen. Er wollte die Zweifel nicht zulassen. Nicht in diesem Moment, der sie einander näherzubringen schien. Er hob die Hand und strich Luise eine Haarsträhne aus dem Gesicht, blickte wehmütig in ihre strahlend blauen Augen, die ihn vom ersten Augenblick an bezaubert hatten. Nach Charlottes Tod war sie diejenige gewesen, die ihn aufgefangen und im Arm gehalten hatte. Das würde er ihr niemals vergessen.

Luise ließ ihn gewähren, obwohl sie sich vor seiner Berührung ekelte. Schon seit langer Zeit war der stolze Landgraf von einst verschwunden und hatte lediglich einen ausgezehrten Schatten hinterlassen.

»Erinnerst du dich noch an unsere erste gemeinsame Jagd«, fragte er und ließ seine Hand sinken. »Genau auf den Tag dreizehn Jahre ist das jetzt her. Es war ein ebenso kalter Wintertag wie heute. Damals sind wir von Schloss Kranichstein losgeritten. Dein fröhliches Lachen war wunderbar. Damit hast du mich sofort für dich eingenommen.«

Luise zwang sich zu einem Lächeln. Sie erinnerte sich sehr wohl an diesen eiskalten Wintertag, der ihr eine dreiwöchige Erkältung eingebracht hatte.

»Ach du meine Güte.« Sie gab sich Mühe, ihrer Stimme einen überraschten Klang zu verleihen. »Das ist tatsächlich heute. Selbstverständlich erinnere ich mich daran. Damals hast du den Zwölfender geschossen, der im Schloss Kranichstein im großen Saal hängt.«

»Ja. Ein kapitaler Bursche.« Er lächelte und kam auf den eigentlichen Grund seines Besuchs zu sprechen. »Nächste Woche findet erneut eine Jagd auf Schloss Kranichstein statt, und ich dachte ... ich meine ... nenn mich einen sentimentalen alten Mann, aber ich hätte dich gern dabei. Um der alten Zeiten willen.« Hoffnungsvoll schaute er Luise an. Sie erwiderte seinen Blick und musste sich eingestehen, dass sie ihm diese Bitte nicht abschlagen konnte, auch wenn Schloss Kranichstein im Moment der letzte Ort war, an dem sie sich aufhalten wollte, hatte ihr doch dieser Ort in den letzten Jahren als Liebesnest mit Lorenz gedient.

Sie schob den Gedanken beiseite und nickte. »Warum nicht. Es könnte ein großer Spaß werden. Allerdings sollten wir diesmal für wärmere Kleidung und heiße Getränke sorgen. Nicht dass wir uns erkälten.«

Er nickte lächelnd und zog sie in seine Arme, drückte ihr sogar einen Kuss auf die Wange. »Welch große Freude. Es wird bestimmt ein wunderbarer Tag werden. Dafür werde ich sorgen.« Er ließ sie los, lief beschwingt zur Tür und öffnete sie. Bevor er den Raum verließ, wandte er sich noch einmal zu ihr um. »Hab Dank dafür. Ich weiß, wir sind kein vollkommenes Ehepaar und leben schon seit längerem nebeneinanderher, du mit deinem Geliebten, ich mit meinen Mätressen, die einen alten Mann wie mich, ja, ich gestehe es, immer öfter ermüden. Aber weißt du: Mätressen und Geliebte kommen und gehen. Das einzig Beständige ist und bleibt die vor Gott versprochene Ehe. Darauf sollten wir uns besinnen, auch wenn es ab und an schwerfällt, die nötige Demut zu zeigen und nachgiebig zu sein. Für deine heutige Zusage danke ich dir von Herzen, meine Gattin, mein Weib vor Gott.« Er salutierte kurz und verließ dann den Raum. Luise zuckte zusammen, als die Tür hinter ihm ins Schloss fiel. Ja, Mätressen kommen und gehen, manche von ihnen sterben sogar, dachte sie und spürte den gewohnten Groll in sich aufsteigen. Gerade stand eine von ihnen wie ein Schatten im Raum, und ihr verdammtes Gör war irgendwo dort draußen. Sie würde lernen müssen, damit zu leben, ob es ihr gefiel oder nicht.

22

Magdalene hielt sich an Johanns Arm fest und setzte vorsichtig einen Fuß vor den anderen. Der Weg war rutschig, denn in den frühen Morgenstunden war der Schnee in heftigen Regen übergegangen, der den gefrorenen Boden mit einer dicken Eisschicht überzogen hatte. Die Regenfront der Nacht war weitergezogen und hatte kalten Nebel hinterlassen, der durch sämtliche Kleider zu dringen schien. Magdalene zitterte vor Kälte.

Rasko, der vorauslief, war bereits zweimal ausgerutscht und laut fluchend auf seinen Allerwertesten geplumpst, was Magdalene zum Lachen gebracht hatte, denn er hatte selbstverständlich auf Romani geflucht. An einer Wegbiegung rutschte dann auch Johann aus und landete unsanft auf dem Rücken.

»Heiliger Himmel«, rief er und blieb mit schmerzverzerrtem Gesicht liegen.

Magdalene, die sich an den Ast eines Weidenbusches klammerte, musterte ihn besorgt und fragte: »Soll ich dir helfen?«

Johann versuchte aufzustehen, doch ein stechender Schmerz in seinem Rücken zwang ihn sofort wieder zu Boden. Rasko wollte Johann zu Hilfe eilen, rutschte aber erneut aus und stürzte.

»Himmel noch mal!«, fluchte er und schlug mit der Faust auf die vereiste Erde. »Es scheint, als habe sich alles gegen uns verschworen.«

»Im Moment ist es nur der Wettergott«, erwiderte Magdalene. Rasko beugte sich zu Johann hinüber, streckte ihm die Hand hin und sagte: »Komm, mein Freund. Gemeinsam schaffen wir es.« Johann ergriff die ihm dargebotene Hand, kapitulierte jedoch bereits nach der ersten kleinen Bewegung.

»Es geht einfach nicht«, stöhnte er und ließ Raskos Hand los. Rasko blickte zu Magdalene, die hilflos mit den Schultern zuckte. Sie getraute sich nicht, ihren Weidenbusch loszulassen, und blickte in die Richtung, aus der sie gekommen waren. »Wenn wir so weitertrödeln, dann holt uns Theo doch noch ein.«

»Ach« – Rasko winkte ab –, »das glaube ich nicht. Er ist ein bequemer Mensch. Gewiss sitzt er an einem unwirtlichen Tag wie dem heutigen lieber auf der Ofenbank neben seiner Mutter und leckt seine Wunden.«

»Was uns bei der Frage, wie es jetzt weitergehen soll, kein bisschen hilft«, sagte Johann und griff sich mit schmerzverzerrter Miene an den Rücken. »Himmel. Ich glaube, ich habe einen Hexenschuss.«

»Das auch noch«, rief Magdalene entmutigt.

»Ich seh uns schon die Nacht hier verbringen. Morgen früh kann man uns als am Straßenrand stehende Eisklumpen betrachten«, unkte Rasko und zog eine Grimasse.

»Mich wohl eher als einen auf der Straße liegenden Eisklumpen«, erwiderte Johann und versuchte, sich auf die Seite zu drehen, um es auf alle viere zu schaffen.

Genau in diesem Moment war das Rattern von Rädern und Hufgetrappel zu hören.

»Da kommt jemand«, rief Magdalene hoffnungsvoll. Sie ließ den Weidenbusch los und schlitterte um die Kurve, um nach dem Gefährt Ausschau zu halten. Zu ihrer Erleichterung stellte sie fest, dass es sich bei dem Wagen, der sich ihnen im gemächlichen Tempo näherte, um eine Postkutsche handelte. Magdalene blieb mitten auf der Straße stehen und winkte dem Postillion auf dem Kutschbock freudig zu. Ein weiterer Postillion lief neben den Pferden her und hielt eines von ihnen am Halfter fest, denn auch die Tiere hatten mit dem eisigen Untergrund ihre liebe Not. Der junge Bursche selbst schritt sicher aus, wie Magdalene erstaunt feststellte. Die Pferde blieben direkt vor ihr stehen.

Der Postillion auf dem Kutschbock musterte sie misstrauisch und fragte: »Was willst du, Mädchen?«

»Wir sind eine kleine Reisegruppe und wollen nach Gießen. Leider ist uns das Glück nicht hold. Zuerst Räuber, und jetzt die Unbilden des Wetters. Ihr könnt uns doch gewiss behilflich sein, meine Herren.« Sie bemühte sich um ein bezauberndes Lächeln.

Der Mann auf dem Kutschbock war noch immer nicht ganz überzeugt. Allzu viele üble Dinge hatte er bereits auf der Weinstraße erlebt. Es wäre nicht die erste Räuberbande, die ein hübsches Mädchen vorschickte, um die Männer abzulenken. Er nickte seinem Kameraden zu, der Magdalene um die Biegung folgte. Als er Johann und Rasko auf dem Boden sitzend vorfand, grinste er und rief laut: »Es ist gut, Sebastian. Hier sitzen tatsächlich zwei unglückliche Gestalten auf dem Boden.«

Magdalene hörte, wie sich die Kutsche in Bewegung setzte. Der junge Postillion trat neben Rasko und deutete lächelnd auf seine Stiefel. »Metallhaken. Damit kommt man garantiert nicht ins Rutschen.« Er hielt dem Zigeuner die Hand hin und stellte sich als Hans Biberer vor.

»Hab Dank, mein Freund«, bedankte sich Rasko und deutete auf Johann, dem die Verzweiflung über sein Missgeschick ins Gesicht geschrieben stand. »Meinem Freund hier ist beim letzten Sturz leider die Hex ins Kreuz gesprungen, und jetzt wissen wir nicht weiter.«

Der andere Postillion trat näher und beäugte Johann neugierig. »Du kommst mir bekannt vor. Bist du nicht der Buchhändler Krieger aus Gießen? Ist noch gar nicht lange her, als du mit uns gefahren bist.«

»Richtig, mein Freund«, bestätigte Johann erleichtert. »Dieses Mal hat meine Reise der Teufel gesehen«, erklärte er seine missliche Lage. »Nur mit knapper Not sind wir vor einigen Tagen einer Räuberbande entkommen, und jetzt spielt uns das Wetter einen Streich.« Er deutete auf seine Mitreisenden. »Darf ich vorstellen: Magdalene Gasser aus Höchst. Sie soll demnächst ihren Dienst bei einem Händler in Gießen als Kindermädchen antreten. Der werte Herr neben ihr mit dem südländischen Einschlag trägt den Namen Lukas Castillio und stammt aus dem schönen Südtirol, wo er im Weinhandel tätig ist.«

Sebastian blickte von Magdalene zu Rasko und nickte mit betretener Miene.

»Von dem Überfall haben wir gehört. Kameraden von uns haben die Überreste der Kutsche im Straßengraben gefunden, neben der unsere toten Kollegen lagen. Soll kein schöner Anblick gewesen sein.« Er seufzte.

»Das hört sich so an, als wäre dies unsere Kutsche gewesen«, sagte Johann. »Wir sind nur mit knapper Not entkommen.«

»Also sind sie alle tot«, sagte Magdalene und warf Rasko einen kurzen Seitenblick zu, der schuldbewusst den Blick senkte.

»In der letzten Zeit sind unsere Männer auf dieser Straße öfter vom Pech verfolgt«, erklärte Hans. »Immer wieder diese gottverdammten Räuberbanden. Bald getrauen wir uns gar nicht mehr auf die Straßen. Himmel noch mal. Ich habe Frau und Kind zu Hause. Was soll aus ihnen werden, wenn ich tot im Straßengraben liege?« Er ballte die Fäuste. »Soll sie doch alle der Teufel holen.«

Rasko zuckte zusammen. Er selbst hatte einen der Postillione in den Tod geschickt. Ob auch er Vater gewesen war? Vor seinem inneren Auge sah er plötzlich einen weinenden kleinen Jungen vor sich, der an der Hand seiner Mutter am offenen Grab seines Vaters stand. Er selbst wusste genau, wie sich dieser Verlust anfühlte. Wie hatte er nur so grausam sein können.

»Jetzt lasst uns die bösen Gedanken vertreiben«, versuchte Sebastian, die Gruppe zu beruhigen. »Heute ist ein guter Tag, denn wir haben euch gefunden, und ihr habt Glück, da wir nur Post befördern, so dass die Kutsche leer ist. Gern nehmen wir euch bis Gießen mit. Selbstverständlich auf unsere Kosten. Der Preis für die Fahrt scheint längst beglichen zu sein.« Er zwinkerte Magdalene zu. »Allerdings kann ich nicht dafür garantieren, dass wir innerhalb der nächsten beiden Tage dort ankommen werden. Das Wetter hält immer neue Überraschungen bereit. Eigentlich wollten wir längst in Butzbach sein, aber so ist das eben, wenn man um diese Jahreszeit auf gottverlassenen Straßen unterwegs ist.«

Er trat neben Hans, und gemeinsam stellten die beiden Johann mit einem Ruck auf die Beine, was dieser mit einem lauten Aufschrei quittierte.

»So eine Hex im Rücken ist kein Spaß«, sagte Sebastian zu dem Buchhändler, während sie ihn mit vereinten Kräften zur Kutsche schafften und ihn auf eine der Bänke setzten. »Auch die Fahrt wird kein Vergnügen für Euch werden, mein Freund. Aber in Butzbach könnte für Abhilfe gesorgt werden. Die Köchin unserer dortigen Herberge ist eine Kräuterfrau mit einem guten Ruf, gewiss kann sie Euren Schmerz ein wenig lindern.«

Hans half Magdalene beim Einsteigen. Erleichtert sank Rasko keine Minute später neben ihr auf die Sitzbank. Die Kutschentür schloss sich, und das Gefährt setzte sich rumpelnd in Bewegung. Fürsorglich breitete Magdalene eine Decke aus festem Lodenstoff über Johann aus und wickelte sich selbst in eines der kratzigen, nach Stall stinkenden Dinger. Rasko tat es ihr gleich, rieb sich die kalten Hände, schob den Vorhang vor dem Fenster ein Stück zur Seite und blickte nach draußen. In der Ferne war eine Gruppe Häuser zu erkennen, die Äste der Bäume waren von einer dicken Eisschicht überzogen.

»Väterchen Frost scheint heute besonders große Freude daran zu haben, die Welt erstarren zu lassen«, kommentierte er die Aussicht.

»Wenn es nur Väterchen Frost wäre, der mich ärgert«, stöhnte Johann. »Bis Butzbach ist es nicht weit. Aber wenn dieser gottverdammte Schmerz nicht bald nachlässt, dann überlebe ich das nicht.«

»Ich weiß, es ist hart. Aber immer noch besser, als auf der Straße sitzen zu bleiben.« Magdalene tätschelte liebevoll Johanns Schulter. »Vielleicht hilft ja eine Geschichte, um dich aufzuheitern.« Sie warf Rasko einen Blick zu, der sofort verstand.

»Natürlich«, stimmte er eifrig zu. »Gute Geschichten lassen einen schnell die Zeit vergessen. Lasst mich überlegen.« Er sann kurz nach und begann zu erzählen: »Einst, vor vielen Jahren, da hatte die Sonnenmutter Streit mit dem Wolkengott, der sich mit Väterchen Frost verbündet hatte, um den Menschen eines Landes einen schrecklich kalten und schneereichen Winter zu schicken. Sie hatten das ganze Jahr über stets über den vielen Regen geklagt, was den Wolkengott verärgerte, denn er hatte sich wirklich Mühe mit den Menschen gegeben, damit ihre Ernte auf den Feldern nicht im Wasser faulig wurde, sondern gut gedieh. Doch die Menschen in diesem Land waren niemals zufrieden und schimpften jeden Tag über das Wetter. Bis auf einen. Er war ein Musikant, ein begnadeter Geigenspieler, und zog durch die Lande, spielte in Gasthäusern und Schenken, auf Jahr- und Wochenmärkten. Ja selbst einen Fürsten hatte er mit den wunderbaren Klängen seiner Geige erfreut. Sein Name war Ninna, und bei den Roma wurde er als ein Baro Bascho Brask, ein großer Musiker, verehrt, der überall mit offenen Armen aufgenommen und gefeiert wurde. Doch eines Tages änderte sich das, denn Ninna verliebte sich in eine wunderschöne Gadži namens Anna. Sie war die schöne Tochter eines einfachen Bauern und eine begnadete Märchenerzählerin, was Ninna beeindruckte, denn er liebte Märchen mehr als sein Leben. Er nahm Anna zur Frau, und sie zogen gemeinsam durch die Lande, was das Romvolk so sehr verärgerte, dass sie ihm keinen Unterschlupf gewährten und er nirgendwo mehr aufspielen durfte. Überall wurde er wegen der Liebe zu seiner Gadži vertrieben. Die Sonnenmutter beobachtete die beiden voller Mitleid dabei, wie sie allmählich verarmten. Als der Herbst nahte und Rauhreif auf den Feldern den Winter ankündigte, war Anna guter Hoffnung, und trotz aller Schwierigkeiten freuten sie sich auf das Kind. Je näher die kalten Monate kamen, desto verzweifelter suchten die beiden eine Bleibe, und obwohl der Wolkengott in seiner Wut Stürme über das Land schickte, vor denen sie in so manch klapprige Scheune fliehen mussten, klagten sie nicht. Auch jammerten sie nicht, als Väterchen Frost im November in sternenklaren Nächten die Welt mit weißen Eiskristallen überzog und sie im Schutz des Waldes nächtigen mussten, weil sie von einem Bauern aus dem Stall vertrieben worden waren, in dem sie vor der Kälte Zuflucht gesucht hatten. Der Sonnenmutter taten die beiden unendlich leid. Sie nahmen alle Schwierigkeiten hin und beschwerten sich niemals. Im Gegenteil. Zogen sie durch ein Dorf, erzählte Anna den Kindern Geschichten, und Ninna spielte dazu auf seiner Geige fröhliche Weisen. Je näher der Zeitpunkt der Geburt ihres Kindes kam, desto mehr bekam Anna Angst, das Kleine könnte den Winter nicht überleben. Doch Ninna schaffte es immer wieder, sie mit seinem Lebensmut und seiner Fröhlichkeit zu beruhigen. Die Sonnenmutter wollte nicht, dass der Wolkengott und Väterchen Frost die kleine Familie in den sicheren Kältetod schickten, und zeigte ihnen das junge Pärchen, das gerade mal wieder in einem Dorf einer Gruppe Kinder ein Märchen erzählte. Seltsamerweise berichtete Anna darin von dem Wolkengott, der ihnen den Regen nur deshalb sandte, damit die Welt nicht vertrocknete und die Blumen Kraft zum Blühen hatten. Ihre Worte erweichten das Herz des Wolkengottes. Auch Väterchen Frost liefen Tränen der Rührung über seine eisigen Wangen, die, noch ehe sie auf sein blaues Kleid tropften, zu Eis gefroren. Da änderten die beiden ihre Meinung und sorgten gemeinsam mit der Sonnenmutter dafür, dass der Dezember ein milder Monat mit vielen Sonnentagen wurde, damit es die beiden gut hatten. Und tatsächlich geschah kurz vor dem Christfest das Wunder, und sie fanden auf einem großen Gutshof Unterschlupf. Als das Kind, ein kleiner Junge, in der Heiligen Nacht das Licht der Welt erblickte, da freuten sich alle mit den beiden, und Ninna spielte die ganze Nacht fröhliche Lieder, zu denen übermütig getanzt wurde. Auch im Himmel tanzten der Wolkengott und die Sonnenmutter, und Väterchen Frost pfiff gut gelaunt die Melodie mit und sorgte dafür, dass sich der warme Regen des Wolkengottes in einen zauberhaften Flockenwirbel verwandelte, der die Welt in das weiße Kleid des Winters hüllte. Anna und Ninna blieben in dem Dorf und lebten dort glücklich und zufrieden.«

»Das klingt so schön, es müsste aufgeschrieben werden«, sagte Johann versonnen.

»Wir Roma kennen viele solcher Geschichten, doch die werden nur mündlich weitergegeben, denn des Schreibens sind nur wenige von uns mächtig. Wir sind Musikanten, Kesselflicker und Wahrsager, keine Literaten«, erklärte Rasko.

»Selbstverständlich seid ihr Literaten«, widersprach Johann entrüstet und stöhnte im nächsten Moment laut auf, als der Wagen arg durchgeschüttelt wurde. »Machen diese doch auch nichts anderes, als ihre Gedanken zu notieren. Nur weil jemand des Schreibens nicht mächtig ist, kann er doch das Talent zu einem guten Geschichtenerzähler und zu einem Literaten haben.«

»Das stimmt«, bekräftigte Magdalene die Worte des Buchhändlers. »Nehmen wir zum Beispiel die Geschichten aus dem Orient, von denen du mir neulich eine erzählt hast. Genauso wie die Märchen der Roma sind sie über Jahrhunderte mündlich weitergegeben worden. Zuerst wurden sie natürlich auf Arabisch zu Papier gebracht, später aber auch übersetzt, von einem Franzosen, nicht wahr? Galand oder so ähnlich war sein Name. Ich kann gut verstehen, weshalb er sich die Mühe gemacht hat, denn die Märchen sind ganz zauberhaft.«

»Geschichten aus dem Orient?«, fragte Rasko.

»Ja«, antwortete Magdalene voller Begeisterung, »Märchen aus Tausendundeiner Nacht. Johann kennt sie. Erzähl doch noch einmal die Geschichte von Aladin und seiner Wunderlampe. Bitte. Sie ist so wunderschön«, bettelte sie.

»Ich weiß nicht, ob ich in der Lage dazu bin«, sagte Johann. »Der Schmerz in meinem Rücken erschöpft mich sehr.«

»Aladin und eine Wunderlampe«, wiederholte Rasko. »Das klingt spannend.«

»An Schlaf ist bei dem Geschaukel doch sowieso nicht zu denken«, versuchte Magdalene, den Buchhändler zu überreden. »Und Aladin lenkt dich ein wenig ab. Ganz gewiss.« Sie wandte sich an Rasko. »Du musst wissen, dass in der Wunderlampe ein Geist wohnt, der Wünsche erfüllen kann.«

»Meinetwegen.« Johann gab sich geschlagen. »Du hast ja recht. Bei dem Geschüttel und Gerüttel komme ich nicht zur Ruhe, also kann ich auch Märchen erzählen. Lasst mich nachdenken: Wie begann die Geschichte noch gleich? Ach ja, richtig: Einst lebte in einer großen Stadt ein armer Schneider namens Mustafa …«

Magdalene lehnte den Kopf gegen die Kutschenwand, wickelte sich noch fester in ihre Decke und lauschte der Stimme des Buchhändlers, die sie in eine andere, zauberhaft farbenprächtige Welt entführte und allen Kummer der letzten Tage vergessen ließ. Kurz vor dem Ende der Geschichte hielt die Kutsche, und Hans öffnete die Tür. »Wir sind schneller als gedacht nach Butzbach gelangt, dem Herrn im Himmel sei Dank.«

»Schade«, antwortete Rasko enttäuscht, der gern noch den Schluss des Märchens gehört hätte.

»Dem Herrn im Himmel sei Dank«, sagte auch Johann erleichtert in der Hoffnung, dass sein Martyrium mit Hilfe der Kräuterfrau ein baldiges Ende finden würde.

Rasko warf ihm einen finsteren Blick zu.

Johann zog den Kopf ein und fuhr fort: »Also gut. Der Sultan glaubte Aladin, dass an all dem Unglück der Zauberer Schuld hatte, und feierte zehn Tage lang mit seinen Untertanen ein großes Freudenfest. Nach dem Tod des Sultans einige Jahre später bestieg Aladin den Thron, und er herrschte in Frieden über seine Untertanen. Keine Gefahr bedrohte mehr ihr Leben.«

»Ein gutes Ende also«, sagte Rasko erfreut. »Wäre auch schrecklich gewesen, wenn er ihm nicht geglaubt hätte.«

»Märchen müssen gut ausgehen«, erklärte Sebastian, der näher getreten war und in das Innere der Kutsche blickte. »Und heute ist uns, dem Herrgott im Himmel sei Dank, kein Unglück widerfahren. Weder Räuber noch ein schrecklicher Wintersturm haben unsere Fahrt bedroht. Darauf sollten wir mit einem guten Glas warmen Würzwein anstoßen.«

»Was für eine wunderbare Idee«, erwiderte Johann. »Doch erst einmal muss ich aus der Kutsche herauskommen. Meine Güte, ich bin steif wie ein Brett.«

Mit vereinten Kräften schafften es die beiden Postillione und Rasko, Johann aus der Kutsche und in die Gaststube zu bugsieren, wo er stöhnend auf den erstbesten Stuhl neben dem Eingang sank. Der Wirt, ein hünenhafter blonder Mann mit langem Haar und einer breiten Narbe auf der Wange, ließ sofort die angepriesene Kräuterfrau, eigentlich seine Köchin, kommen. Der Buchhändler wurde in eine winzige Kammer im hinteren Teil des Hauses gebracht, wo er sich der Länge nach auf einer schmalen Pritsche ausstrecken konnte. Magdalene und Rasko wichen keinen Schritt von seiner Seite. Die Kräuterfrau stellte sich als Ella vor. Sie war klein, rundlich und machte keinen freundlichen Eindruck. Ihr blondes Haar steckte unter einer braunen Haube, und ihre Küchenschürze war von Flecken übersät. Mit der Hilfe ihrer Magd namens Frieda packte sie Johann innerhalb kürzester Zeit unter warme Tücher und Decken. Er duftete wie eine ganze Kräuterwiese, und seine Wangen waren von der Hitze gerötet. Er lächelte selig. Fürsorglich überprüfte die Kräuterfrau ihr Werk. »Eine Nacht im warmen Kräuterbett, und morgen wird all Euer Schmerz verflogen sein«, sagte sie, nun doch ein wenig mitfühlend. Ihr Blick blieb an Rasko und Magdalene hängen. »Der Kranke braucht absolute Ruhe.«

»Aber …« Hilfesuchend schaute Johann zu Rasko. Das laute Knurren, das der Magen des Buchhändlers von sich gab, war nicht zu überhören.

»Gewiss wird sich für unseren Freund vor der Nachtruhe noch etwas zu essen finden«, sagte Magdalene mit einem zuckersüßen Lächeln. »Wir haben seit dem Morgenmahl nichts mehr zu uns genommen.«

Als wollte Johanns Magen Magdalenes Worte bekräftigen, knurrte er erneut.

»Also gut. Du hast natürlich recht, Mädchen. Essen hält Leib und Seele zusammen. Daran habe ich gar nicht gedacht. Ich als Köchin müsste das ja wissen. Eine gute Fleischbrühe mit Einlage, das ist in seinem Zustand genau das Richtige. Als hätte ich es gewusst, habe ich erst heute Morgen eine aufgesetzt.«

»Fleischbrühe mit Einlage«, wiederholte Rasko mit leuchtenden Augen. Genau in diesem Moment steckte Sebastian den Kopf durch die Tür.

»Der gute Hermann hat uns Wein und etwas zu essen gerichtet.« Sein Blick blieb an Johann hängen. »Oh, ich meinte …«

»Bring doch seinen Teller zu mir. Ich kümmere mich um Johann«, fiel Magdalene ihm ins Wort. »Ich füttere dich gern.« Sie zwinkerte dem Buchhändler zu, während Ella, etwas von absoluter Ruhe brummelnd, den Raum verließ.

Mit einem breiten Grinsen blickte Sebastian ihr nach und sagte: »Bisschen eigenwillig war sie schon immer. Aber sie hat das Herz am rechten Fleck und kann ordentlich kochen.« Er bedeutete Rasko, ihm zu folgen. Als sich die Tür hinter den beiden schloss, sank Magdalene erleichtert neben Johanns Lager auf einen Stuhl. Wenige Augenblicke später brachte der Wirt, Hermann Zinner, die gewünschte Mahlzeit für den Buchhändler und wünschte baldige Genesung. Magdalene griff zum Löffel und begann, Johann zu füttern. Schon bald schlief dieser vor Erschöpfung ein, und Magdalene stellte den Teller auf ein kleines Tischchen neben der Pritsche. Wehmütig musterte sie den schlafenden Buchhändler. Sie hatte ihn während ihrer verrückten Reise richtig liebgewonnen. Gewiss würde sie ihn nach ihrer Ankunft vermissen. Aber musste sie das überhaupt? Sie blieb in Gießen. Bestimmt würde sich die Zeit finden, ihn in seinem Buchladen zu besuchen, und vielleicht würde er ihr irgendwann ein weiteres Märchen aus Tausendundeiner Nacht erzählen. Es war schön, in der unbekannten Stadt bereits einen Freund zu haben. Sie berührte sanft seine Wange, erhob sich, verließ den Raum und gesellte sich zu den anderen in die Gaststube, die damit begonnen hatten, sich die Zeit mit einem Kartenspiel zu vertreiben. Eine Weile beobachtete sie die Männer bei ihrem Spiel. Rasko gewann jede Runde, worüber sich die beiden anderen offensichtlich ärgerten.

»Südtiroler Weinhändler«, sagte Hans und warf seine Karten auf den Tisch. »Spielt eher wie ein vermaledeiter Zigeuner.« Magdalene zuckte zusammen. »Als ob du wüsstest, wie ein Zigeuner Karten spielt«, erwiderte Sebastian und klopfte Rasko anerkennend auf die Schulter. »Unser Freund hier ist ein Meister seines Faches. Dagegen kommen wir einfachen Postillione nicht an.« Er wandte sich an Magdalene. »Ich habe mich gar nicht nach Johanns Befinden erkundigt.«

»Er schläft.«

»Was nicht das Schlechteste ist«, erwiderte Sebastian. Er streckte sich gähnend und wandte sich an seinen Kollegen. »Ist spät geworden, und die Strecke morgen ist nicht leicht zu fahren. Lass uns schlafen gehen.«

Hans nickte. Auch er sah erschöpft aus. Er leerte in einem Zug seinen Becher und erhob sich.

»Die Herrschaften. Ich wünsche eine gute Nacht. Morgen bei Tagesanbruch geht unsere Reise weiter. Lasst uns darauf hoffen, dass uns Petrus wohlgesinnt ist.«

»Und gewiss wird es Eurem Freund bis dahin wieder gutgehen«, mischte sich der Wirt, der unbemerkt näher getreten war, in das Gespräch ein. »Ellas heiße Kräuterwickel haben noch nie versagt. Morgen springt er wieder herum wie ein junger Hirsch.«

»Das wollen wir hoffen, mein Freund«, erwiderte Sebastian. »Eine Fahrt in der Postkutsche ist schon unter normalen Umständen eine Tortur, aber mit einer Hex im Kreuz ist es unerträglich.«

»Weshalb man sich überhaupt eine solch anstrengende Reise antut, werde ich niemals verstehen«, antwortete der Wirt. »Mich alten Esel bringt nichts mehr von hier fort. Mit Butzbach verwurzelt bis in die Ewigkeit.« Er zwinkerte Magdalene zu. Die beiden Postillione verabschiedeten sich. Als sie weg waren, setzte sich der Wirt zu Magdalene und Rasko an den Tisch. Plötzlich war seine Miene ernst.

»Weshalb ich an Euren Tisch gekommen bin«, sagte er. »Wir sind fast ausgebucht, und ich habe nur noch eine Kammer unter dem Dach frei.« Er blickte von Rasko zu Magdalene. »Ich weiß, es schickt sich nicht, Mann und Frau in einer Kammer, wenn sie kein Ehepaar sind, weswegen ich mit Ella gesprochen habe. Das Mädel kann gern bei ihr nächtigen. In ihrer Kammer gäbe es ein Nachtlager. Es ist mir wirklich unangenehm, dass ich das Nachtlager in der Kammer meiner Köchin anbieten muss …«

»Ich kann bei Lukas schlafen«, beeilte sich Magdalene zu sagen. Bei der Vorstellung, in derselben Kammer wie diese unhöfliche Köchin zu nächtigen, bekam sie eine Gänsehaut. »Nach dem Überfall der Räuber haben wir gemeinsam eine Nacht in einer Scheune verbracht. Auf eine Nacht mehr oder weniger kommt es jetzt auch nicht mehr an.«

»Ach tatsächlich. Das wird Ella aber …« Der Wirt verstummte. Die Erleichterung stand ihm ins Gesicht geschrieben. Rasko unterdrückte ein Grinsen. Gewiss hatte die Köchin ihm bereits die Hölle heißgemacht. Es war eindeutig, wer in dieser Gastwirtschaft die Hosen anhatte.

Magdalene erhob sich. »Wenn Ihr die Güte hättet und uns die Kammer zeigen könntet? Ich bin schrecklich müde und würde mich gern zurückziehen.« Sie stieß Rasko in die Seite, der sich gerade einen weiteren Becher Wein einschenken wollte. Ruckartig sprang er auf. »Zurückziehen, was für eine wunderbare Idee«, sagte er und grinste verlegen.

Der Wirt begleitete die beiden bis ins Dachgeschoss. Die Kammer war tatsächlich winzig. Kaum passten zwei Betten und ein Nachtschränkchen hinein. Es war eiskalt, einen Ofen gab es nicht. Fröstelnd zog Magdalene ihren Umhang enger um sich und setzte sich auf das Bett neben der Tür. Der Wirt verabschiedete sich und nahm das einzige Licht mit sich. Dunkelheit hüllte die beiden ein. Magdalene hörte, wie Rasko sich auf sein Bett legte. Sie schlüpfte unter ihre Decke und wickelte sich fest darin ein. Eine Weile schwiegen beide. Erst als Magdalene bereits wegdämmerte, sagte Rasko plötzlich auf Romani: »Ich werde dich vermissen.«

Magdalene öffnete die Augen. Rasko sprach weiter. »Es ist, als wüsstest du immer, was richtig ist, was mir sonderbar vorkommt, weil du eine Gadži bist. Wie kann eine Gadži wissen, was für einen Rom wie mich richtig ist?«

»Vielleicht, weil ich keine richtige Gadži bin«, erwiderte Magdalene. Tränen stiegen ihr in die Augen. Sie unterdrückte ein Schluchzen, doch Rasko hatte es gehört.

»Du vermisst deine Familie.« Er deutete Magdalenes plötzliche Traurigkeit richtig. »Sie fehlen mir jeden Tag«, sagte sie und drehte sich auf die Seite. »Rosina, Cikni, Majpejlomas, Sorlo und all die anderen. Ich bin schuld an ihrem Tod. Die Gadži, die sie voller Mitgefühl bei sich aufgenommen haben, hat sie auf dem Gewissen. Suni, der kleine Pusomori, oder doch Magdalene, die ich kaum kenne und vor der ich mich manchmal sogar fürchte. War es doch sie, die sie getötet hat. Sie hätte einfach fortbleiben sollen, irgendwo tief vergraben in meinem Kopf, dann wäre alles so geblieben, wie es war, und ich wäre jetzt am Rhein und würde gemeinsam mit Cikni kichernd in einem Fass voller Trauben auf und ab hüpfen – wäre mit Sorlo verheiratet.« Sie verstummte. In Gedanken fügte sie hinzu: mit dem Mann, der das Unglück über mich gebracht hat.

»Erzählst du mir von ihnen?«, fragte Rasko. Allzu gern hätte er gewusst, weshalb sich Magdalene die Schuld an dem Tod ihres Klans gab. Doch er spürte, dass sie noch nicht bereit war, ihm davon zu berichten. Magdalene erwiderte nichts. Rasko hörte sie atmen, leise schniefen. Nach einer Weile, gerade als er glaubte, sie wäre eingeschlafen, begann Magdalene stockend zu erzählen. Sie beschrieb Rosina und Cikni, erzählte von Majpejlomas und Mandolino, der so schön die Geige spielen konnte. Die ganze Zeit sprach sie auf Romani, die Sprache, die sie die meiste Zeit ihres Lebens gesprochen hatte, die zu ihr gehörte, die sie zu Suni und einer Romni machte. Rasko bemühte sich, ihr zuzuhören, irgendwann fielen ihm jedoch die Augen zu. Auch Magdalenes Stimme wurde immer leiser. Als sie einschlief, glaubte sie, Mandolinos Geigenspiel zu hören, und ein Lächeln stahl sich auf ihre Lippen. In ihrer Erinnerung würden ihre Familie und Suni immer bei ihr sein.

23

Am nächsten Morgen war es Sebastian, der Magdalene und Rasko noch vor Sonnenaufgang durch ein Klopfen an ihre Tür weckte. »Guten Morgen, ihr beiden. Es wird Zeit. Bald geht die Sonne auf, und das Wetter scheint uns heute wohlgesinnt zu sein. Keine Wolke weit und breit. Wenn wir Glück haben, schaffen wir es bis zum Abend nach Gießen.«

Magdalene öffnete die Augen und blickte in totale Finsternis. Grummelnd wickelte sie sich wieder in ihre Decke. Es war eine unruhige Nacht gewesen, und die Müdigkeit steckte ihr in den Gliedern. Sebastian konnte unmöglich recht haben, es war noch stockdunkel. Eine Bewegung neben ihr ließ vermuten, dass sich Rasko von seinem Lager erhob.

»Magdalene, bist du wach?«, fragte er keine Sekunde später.

»Ein wenig«, murmelte sie. »Es ist noch dunkel.«

»Aber nicht mehr lange.« Er trat an das winzige Dachfenster. »Im Osten graut bereits der Morgen. Sebastian hat recht. Keine Wolke ist weit und breit zu erkennen. Nur der Mond und die letzten Sterne der Nacht. Vielleicht haben wir heute endlich Glück mit dem Wetter.« Er drehte sich zu Magdalene um.

»Siehst du irgendwo Morgenrot?«, fragte sie.

Erneut blickte er aus dem Fenster. Doch mehr als einen schmalen Streifen Licht, der den neuen Tag ahnen ließ, nahm er nicht wahr. »Ich sehe nichts«, antwortete er.

»Immerhin etwas.« Magdalene setzte sich auf. »Himmel, hab ich schlecht geschlafen, und mir ist eiskalt.« Sie rieb sich die Hände.

»Dann lass uns schnell in die Gaststube hinuntergehen. Gewiss hat der Wirt eingeheizt und ein Morgenmahl vorbereitet.« Er trat näher und tastete nach ihrer Hand. Als sie seine Finger berührte, staunte sie nicht schlecht. »Wieso hast du warme Hände?«

»Ich bin ein Rom und Kälte gewohnt. Das müsstest du doch wissen. Oder waren die Männer bei euch im Lager verfrorene Hasenfüße?«

Magdalene gab ihm einen Klaps auf den Arm. »Natürlich nicht. Wo denkst du hin. Aber in dieser kalten Kammer bekommt der abgehärtetste Rom mit der Zeit Frostbeulen. In jedem Zigeunerwagen oder Zelt ist es wärmer, und das will etwas heißen.«

»Da gebe ich dir recht«, antwortete Rasko grinsend. »Ich mag warme Hände haben, doch meine Wangen und meine Nasenspitze fühlen sich wie Eiszapfen an. Komm, wir sehen zu, dass wir in die warme Gaststube kommen. Ich bin gespannt, wie es Johann geht. Hoffentlich hat sich die Hex in seinem Rücken verzogen.« Erneut suchte seine Hand die ihre. Sie ergriff sie und ließ sich von ihm hochziehen.

Wenig später betraten sie die gut geheizte Gaststube, wo sie bereits von Johann erwartet wurden. Der Buchhändler saß auf der Ofenbank und bestrich gerade eine Scheibe Brot mit einer dicken Schicht Griebenschmalz. Lächelnd winkte er die beiden näher. »Da seid ihr ja endlich. Ich dachte schon, ihr wollt den ganzen Tag verschlafen.«

Rasko und Magdalene gesellten sich zu ihm. Eine auffallend blasse Magd beeilte sich, zwei weitere Teller zu bringen, füllte dampfenden Tee in Becher und erkundigte sich danach, ob irgendjemand gebratene Eier mit Speck haben wolle. Rasko bestellte eine große Portion, während sich Magdalene am Brot bediente, vorsichtig an ihrem Tee nippte und sich nach Johanns Befinden erkundigte.

»Mir geht es hervorragend. Kein Schmerz mehr im Rücken, als wäre nie etwas gewesen«, antwortete der Buchhändler, blickte zur Küche und senkte seine Stimme. »Diese Ella mag kein besonders freundlicher Mensch sein, aber ihr Handwerk versteht sie. Wenn ich wieder in Gießen bin, werde ich ihr eine kleine Aufmerksamkeit zukommen lassen, Schokolade vielleicht, denn ich denke, mit Büchern wird sie nicht viel anfangen können.« Er zwinkerte Magdalene zu.

Als hätte sie geahnt, dass von ihr die Rede war, brachte Ella keine Sekunde später Raskos Eier an den Tisch und erklärte mürrisch: »Eben hat einer von den Postillionen Vorräte für die Fahrt aus der Küche abgeholt. Schmalzbrote und etwas Wein, damit unterwegs keiner verhungert. Ich soll ausrichten, dass sie gleich aufbrechen wollen.«

»Aber ich habe doch noch gar nichts gegessen«, sagte Rasko. »Das ist mir gleichgültig. Mir reicht schon, dass ich neuerdings als Bote und Schankmagd missbraucht werde. Nur weil dem vermaledeiten Ding urplötzlich schlecht geworden ist und sie spuckend im Kräutergarten steht. Na, das kann heute ja noch heiter werden.« Sie winkte ab. »Ach, was rede ich. Kümmert sich ja doch keiner drum.« Ohne ein weiteres Wort drehte sie sich um und verschwand in der Küche, laut fiel die Tür hinter ihr ins Schloss.

»Und du willst ihr tatsächlich Schokolade schicken?«, fragte Magdalene Johann.

»Vielleicht wird ihre Laune dadurch besser«, antwortete der Buchhändler und zuckte mit den Schultern.

Magdalene wollte etwas erwidern, wurde aber von Hans und Sebastian unterbrochen, die genau in diesem Moment die Gaststube betraten.

»Da sitzt unsere Kundschaft noch gemütlich beim Morgenmahl. Ich dachte, ihr wolltet nach Gießen? Dann sollten wir sehen, dass wir loskommen.«

»Wir sind fast fertig«, sagte Rasko. Er stopfte sich die Hälfte des Spiegeleis mit einer großen Scheibe Speck in den Mund und spülte alles mit einem kräftigen Schluck Tee hinunter. Johann wischte sich den Mund mit einer Serviette ab und erhob sich. Magdalene entschloss sich, ihr Schmalzbrot mitzunehmen. Gemeinsam folgten sie den Postillionen auf den Hof. Johann und Magdalene kletterten in die bereitstehende Kutsche, während Rasko Sebastian dazu überredete, ihm auf dem Kutschbock Gesellschaft leisten zu dürfen. Bereits gestern hatte er es in der engen Kutsche kaum ausgehalten, was Sebastian gut verstehen konnte. Auch er zog den Platz auf dem Kutschbock dem Inneren jeder Kutsche vor. Ruckelnd setzte sich das Gefährt in Bewegung. Am Stadttor, das sie wenig später passierten, winkte Sebastian dem Torwächter zu, der seinen Hut zog und ihnen eine gute Fahrt wünschte. Sie fuhren an einigen Bauernhöfen vorbei. Irgendwo begrüßte ein Hahn laut krähend den heraufziehenden Tag. An einem Weidezaun standen zwei Esel, die sie neugierig zu beäugen schienen. Die aufgehende Sonne tauchte den Horizont in goldenes Licht. Tatsächlich war weit und breit keine Wolke zu erkennen, und der blaue Himmel spiegelte sich in den großen Pfützen der Straße. Nach einer Weile lehnte Magdalene den Kopf gegen die Kutschenwand und schloss die Augen. Johann war nicht sonderlich gesprächig. Er hatte dem Wirt eine Zeitung abgeschwatzt, in der er mit großem Interesse blätterte. Es ging nur langsam voran, denn die Wege waren schlammig. Einmal blieben sie sogar im Morast stecken, schafften es jedoch mit vereinten Kräften, die Kutsche wieder flottzumachen. Am frühen Nachmittag legten sie auf einem großen Gutshof eine kurze Rast ein und tränkten die Pferde. Hühner liefen gackernd über den Hof, eine streunende Katze strich schnurrend um Magdalenes Beine, verfolgt von ihrem nur wenige Wochen alten Nachwuchs. Magdalene hob eines der kleinen Kätzchen hoch, das herzzerreißend maunzte. »Na, kleiner Kerl. Wirst bestimmt mal ein großer Mäusejäger.«

Sebastian trat neben sie und tätschelte der kleinen Mieze den Kopf. »Kleiner Streuner. Wirst deinem Herrn mal gute Dienste leisten, damit es im Haus keine Mäuse gibt.« Er hob den Blick und musterte kritisch den Horizont. »Es liegt was in der Luft. Das spür ich. Wir sollten zusehen, dass wir weiterkommen.«

Magdalene folgte seinem Blick. Einige kleinere Wolken waren in der Ferne zu erkennen, mehr nicht.

»Glaubst du wirklich?«, fragte sie skeptisch. »Die wenigen Wolken sind bestimmt harmlos.«

»Beschwört unser guter Sebastian schon wieder das nächste Unwetter herauf?«, fragte Hans und legte seinem Kollegen die Hand auf die Schulter. »Das macht er gern, der alte Schwarzseher. Wenn es kein Regen oder Sturm ist, dann sind es schlechte Wege oder Räuberbanden, die uns das Leben schwermachen.«

»Red du nur, du Anfänger. Fährst ja erst seit wenigen Wochen die Strecke«, verteidigte sich Sebastian. »Ich sage dir: Da liegt was in der Luft. Sehen wir lieber zu, dass wir schnell weiterkommen. Wenn wir Glück haben, ist der Wettergott heute gnädig gestimmt und wir schaffen es bis Gießen, ohne nass zu werden.«

»Der Wettergott?«, mischte sich jetzt auch Johann in das Gespräch ein. »Liegt etwas im Argen?« Er blickte gen Himmel. »Ist doch alles bestens. Die Sonne scheint, es ist mild, nur ein sanftes Lüftchen weht.«

»Noch scheint die Sonne«, sagte Sebastian grummelnd und blickte sich um. »Wo steckt denn unser Weinhändler?«

Genau in diesem Moment kam Rasko hinter einer Scheune hervor, im Arm eines der winzigen Kätzchen. »Stellt euch vor: Dieser kleine Gauner ist doch tatsächlich in eine Grube hinter der Scheune gefallen und hat herzzerreißend gemaunzt.« Er hob die Katze in die Höhe und blickte ihr in die Augen. »Da war es gut, dass ich gerade vorbeigekommen bin und dich gerettet habe, mein Kleiner. Nicht wahr?«

»Die Mieze wird dir gewiss antworten«, erwiderte Sebastian, dem langsam der Geduldsfaden riss. »Wir sollten jetzt wirklich aufbrechen.«

Er lief um die Kutsche herum, kletterte auf den Kutschbock und griff nach den Zügeln. »Habe ich etwas verpasst?«, fragte Rasko Magdalene und setzte die kleine Katze auf den Boden.

»Er sieht ein Unwetter kommen«, flüsterte sie ihm zu.

»Ein Unwetter«, wiederholte Rasko verblüfft und blickte gen Himmel.

»Ja, was denn nun? Braucht ihr noch mal eine Einladung?«, schimpfte Sebastian.

Hastig stiegen Magdalene und Johann in die Kutsche, während Hans seinen gewohnten Platz am Ende des Wagens einnahm und Rasko auf den Kutschbock kletterte. Es ging zurück auf die Weinstraße. Der Weg zog sich durch weite, brachliegende Ackerflächen. Er war mit frischem Kies aufgeschüttet worden, was ein schnelleres Vorankommen ermöglichte. Zweimal kamen ihnen Fuhrwerke entgegen, einmal wurden sie von einem Schäfer und seiner Herde aufgehalten. Sebastian sollte, was das Wetter anging, recht behalten. Die noch vor kurzem harmlos aussehenden Wolken türmten sich inzwischen zu einer bedrohlich aussehenden schwarzen Wand auf, und ein kühler Wind ließ Rasko und Sebastian auf ihrem Kutschbock frösteln. Johann und Magdalene waren eingenickt und bekamen von der Wetterveränderung nichts mit.

»Es riecht nach Schnee«, kommentierte der neben den Pferden herlaufende Hans die Veränderung des Wetters.

»Wenn du mich fragst, sogar nach einem richtigen Schneesturm«, erwiderte Rasko.

Hans nickte mit ernster Miene und überprüfte noch einmal, ob das Gepäck gut gesichert war.

»Himmelherrgott. Immer dieses verdammte Wetter. Wie ich diese Jahreszeit verabscheue. Wenn das so weitergeht, kommen wir erst in drei Wochen in Gießen an«, fluchte Sebastian und trieb die Pferde mit der Peitsche zur Eile an. »Verdammte Viecher, so lauft doch.«

Im selben Moment blitzte es, und ein lauter Donnerschlag ließ alle erzittern. Die Pferde erschraken und gingen durch. Sebastian riss am Zügel, Rasko klammerte sich am Sitz fest. Johanns Stimme war zu hören. Magdalene kreischte. Die Kutsche geriet ins Schwanken. Die Pferde galoppierten über einen schmalen Acker, durch Pfützen und schlammige Löcher. »Bring sie doch endlich zum Stehen«, hörte Rasko Hans rufen. Magdalene kreischte noch immer. Erneut durchzuckte ein Blitz die bedrohliche Dunkelheit. Gleichzeitig mit dem darauffolgenden Donnerschlag öffnete der Himmel seine Schleusen, und Graupel schlug den Männern ins Gesicht, der sich schon bald in Schnee verwandelte.

»Halt, hab ich gesagt! Gottverdammte Viecher, so bleibt doch stehen!«

Immer verzweifelter zog Sebastian an den Zügeln, trotzdem ließen sich die Tiere nicht beruhigen. Es ging den Feldweg hinunter und in einen Wald. Hier verwandelte sich der Weg in einen von Wurzeln durchzogenen Hohlweg, der ein Stück weiter scharf nach rechts abbog. Der Sturm flaute so schnell ab, wie er gekommen war, einzig der starke Schneefall blieb.

»Bring sie, verdammt noch mal, zum Stehen«, hörte Rasko Hans noch rufen, bevor sie mit voller Wucht gegen eine Böschung prallten. Rasko und Sebastian wurden vom Bock geschleudert und landeten kopfüber in dem Gebüsch, das ihren Aufprall dämpfte. Die Kutsche lag auf der Seite, zwei Achsen waren gebrochen, die Räder auf die Straße gerollt, auf der verstreut die Postsäcke und ihr weniges Gepäck lagen. Hans, der in einem Brombeerbusch am Wegesrand gelandet war, näherte sich humpelnd der Unglücksstelle. Johann kroch gerade aus der Kutsche, eine Platzwunde am Kopf, aus der er heftig blutete. Hans half dem Buchhändler dabei, aufzustehen.

»Magdalene«, sagte Johann mit zittriger Stimme, »sie bewegt sich nicht.«

Auch Rasko und Sebastian näherten sich jetzt der Kutsche. Sebastian hatte einen dicken Kratzer auf der Wange, Rasko schien unverletzt zu sein.

»Sie bewegt sich nicht?«, wiederholte er die Worte des Buchhändlers, kletterte in den Innenraum der Kutsche und rief laut Magdalenes Namen. Eine Antwort erhielt er nicht. Magdalene lag auf der Seite. Ihre Augen waren geschlossen. Blut klebte an ihren Lippen. Rasko ertastete am Hals ihren Puls.

»Sie lebt«, rief Rasko laut.

»Sei vorsichtig. Nicht dass sie sich etwas gebrochen hat«, sagte Hans an der offenen Kutschentür. Gemeinsam hoben die beiden Magdalene so behutsam wie möglich aus der Kutsche. Sebastian und Johann hatten bereits eine Decke im Schutz einer Tanne ausgebreitet, auf der sie Magdalene vorsichtig ablegten. Allen saß der Schreck in den Gliedern. Wenigstens hatte der Schneefall ein wenig nachgelassen. Fürsorglich deckte Sebastian Magdalene mit seinem Mantel zu. Johann sank neben sie auf die Decke und drückte sich ein Stofftaschentuch auf seine Platzwunde. Sein Kopf begann zu dröhnen. »Und was nun«, fragte er und deutete auf die kaputte Kutsche.

Hans setzte sich neben ihn auf die Decke, streckte sein Bein aus und verzog das Gesicht. »Ich glaube, ich habe mir das Knie verdreht.«

Sebastian berührte seine Wange und zuckte zusammen. »Vielleicht kommt jemand. Irgendein Bauer mit einem Fuhrwerk, der uns mitnehmen kann. Bis zum nächsten Dorf ist es nicht mehr weit.« Seine Worte klangen wenig hoffnungsvoll. Auch ihm saß der Schreck gehörig in den Gliedern. Er sank neben Johann auf den Boden und atmete tief durch. »Himmel. So etwas ist mir in all den Jahren noch nie passiert.«

Sein Blick blieb an Magdalene hängen. »Hoffentlich ist es nichts Schlimmeres. Ich könnt es nicht ertragen, wenn sie …«

»Daran wollen wir gar nicht erst denken«, unterbrach Johann ihn. »Gewiss hat sie nur einen ordentlichen Schlag auf den Kopf bekommen und kommt gleich wieder zu sich.« Er bemühte sich vergeblich, zuversichtlich zu klingen.

»Mit dem ordentlichen Schlag auf den Kopf könntest du recht haben«, sagte Rasko und deutete auf eine Beule, die sich auf Magdalenes Stirn abzeichnete. Er berührte Magdalenes Hand und flüsterte leise auf Romani: »Bitte, nicht sterben. Du bist meine Retterin, mein Schutzengel. Du darfst mich jetzt nicht allein lassen.«

Als hätte sie seine Worte gehört, begann Magdalene plötzlich zu stöhnen.

»Sie wacht auf«, sagte Johann und beugte sich über sie. »Magdalene, hörst du mich!«, rief er laut. »Komm zu dir.« Magdalene öffnete die Augen und begann zu würgen. »Sie muss sich übergeben. Dreht sie auf die Seite. Schnell.«

Magdalene erbrach ihr halb verdautes Frühstück in den Schnee. Tränen liefen ihr über die Wangen. Ihr Hals brannte, ihr Kopf dröhnte, und die Welt um sie herum begann, sich zu drehen. Schneeflocken, Gesichter, Äste und der graue Himmel verschwammen vor ihren Augen. Sie hörte die Stimmen der Männer. Hatte Rasko nicht gerade Romani gesprochen. Erschöpft sank sie zurück auf die Decke und schloss die Augen.

Hilflos schauten sich die Männer an. »An Laufen ist in ihrem Zustand nicht zu denken«, stellte Sebastian fest und blickte erneut die Straße hinunter. »Und ob heute wirklich noch ein Fuhrwerk kommt, bezweifle ich. In spätestens zwei Stunden wird es dunkel. Ich denke, uns wird nichts anderes übrigbleiben, als das Mädel bis Linden zu tragen. Dort gibt es einen Gasthof, wo wir ausruhen können.«

»Allmählich hängen mir sämtliche Gasthöfe an dieser Straße zum Hals heraus«, sagte Johann. »So schnell fahre ich nicht mehr nach Frankfurt. Das ist ja der reinste Irrsinn – Räuber, Schneestürme und Glatteis.« Er verschränkte die Arme vor der Brust.

»Ganz meine Meinung«, sagte Sebastian. »Allerdings sollten wir jetzt zusehen, dass wir weiterkommen. Oder wollt ihr in der Dunkelheit herumirren?«

Johann seufzte hörbar. »Also gut. Dann eben noch ein Gasthof.« Er erhob sich.

Magdalene schien das Bewusstsein wieder verloren zu haben. Inzwischen war die Beule an ihrer Stirn nicht mehr zu übersehen.

»Ich werde sie das erste Stück tragen«, erklärte Rasko. Erleichtert nahmen die anderen das Angebot an. »Und ich löse dich später ab«, sagte Sebastian.

Rasko bückte sich. Behutsam hoben sie Magdalene hoch und legten sie ihm auf den Rücken. Sie kam zu sich, wehrte sich aber nicht. Wie eine leblose Puppe hing sie auf Raskos Rücken. Ihr Kopf lag auf seiner Schulter.

»Wir sind bei dir, Suni«, flüsterte er ihr auf Romani ins Ohr. »Alles wird wieder gut. Das verspreche ich dir.«

Die kleine Gruppe setzte sich in Bewegung. Sebastian lief neben Rasko her, stützte ihn und half immer wieder, wenn Magdalene ihm vom Rücken zu rutschen drohte. Hans humpelte deutlich erkennbar, und auch Johann taumelte eher, als dass er lief. Sie ließen das Wäldchen hinter sich und traten aufs freie Feld hinaus. Weit und breit war kein Haus zu sehen. Apfelbäume standen auf den Wiesen, ein kleiner Bach plätscherte neben dem Weg. Es hatte aufgehört zu schneien, und der vor kurzem gefallene Schnee schmolz bereits wieder. Sie folgten der Straße, auf der an diesem unwirtlichen späten Nachmittag niemand mehr unterwegs war.

»Wie weit ist es denn noch bis nach Linden?«, fragte Johann und blieb erschöpft stehen. Ihm war schwindlig, und in seinem Kopf hatte es fürchterlich zu hämmern begonnen. »Nicht mehr allzu weit«, sagte Sebastian, der inzwischen Magdalene auf dem Rücken trug. »Nur noch durch den Wald und ein Stück über das freie Feld, dann müssten wir das Dorf schon sehen können.«

»Durch einen weiteren Wald?«, fragte Johann entgeistert.

»Er ist nicht groß und besteht hauptsächlich aus Kiefern und Birken. Dahinter liegt gleich Linden. Versprochen.«

»Sebastian hat recht«, sagte Hans. »Es ist wirklich nicht mehr weit. Bald haben wir es geschafft, was auch gut ist, denn ich habe das Gefühl, keinen Schritt mehr machen zu können. Die Schmerzen in meinem Knie werden immer unerträglicher.«

»Riecht ihr das?«, fragte Rasko plötzlich. »Es duftet nach Holzrauch.«

Sebastian reckte seine Nase in die Luft. »Du hast recht, mein Freund. Aber wo soll hier auf dem freien Feld dieser Geruch herkommen? Weit und breit ist kein Anwesen zu sehen, nicht einmal eine Scheune.«

»Vielleicht hat irgendjemand in der Gegend etwas verbrannt«, mutmaßte Hans. Sie näherten sich dem Waldrand. Der Rauchgeruch wurde stärker, und kleine helle Punkte waren im dämmrigen Licht zu erkennen. Rasko entdeckte die ersten Zelte und Wagen. Nicht weit von der Straße entfernt schien eine größere Menschengruppe im Schutz des Waldes ihr Lager aufgeschlagen zu haben. Sein Herz begann, schneller zu schlagen. Er deutete nach vorn.

»Dort vorn sind Zelte. Das sind bestimmt Zigeuner. Sie werden uns helfen.«

»Zigeuner. Ach, du lieber Himmel. Das auch noch«, rief Hans. »Lasst uns lieber schnell weitergehen. Vielleicht bemerken sie uns nicht, ist ja schon beinahe dunkel. Am Ende werden sie uns noch ausrauben.«

»Ganz sicher. Weil es bei einer kleinen Reisegruppe wie uns etwas zu holen gibt«, erwiderte Rasko schnippisch. »Nicht alle Zigeuner sind Diebe und Gesindel.«

Sebastian blieb stehen. Er schwankte leicht. Rasko eilte an seine Seite. »Beim besten Willen. Ich kann sie nicht mehr tragen. Mir tut alles weh. Ich glaube, auch mir ist der Sturz nicht gut bekommen.«

Rasko nahm ihm Magdalene ab. Sie sank am Straßenrand auf den Boden. Rasko berührte ihre Hände. »Sie ist eiskalt.«

Er blickte von Hans zu Sebastian und Johann. »Wir schaffen es nicht mehr bis Linden. Hans ist verletzt, Johann taumelt nur noch, und auch ich kann Magdalene unmöglich eine so weite Strecke allein tragen. Wir müssen bei den Zigeunern um Hilfe bitten.« Er wies zum Waldrand hinüber. Johann warf Rasko einen kurzen Blick zu. Er nickte. Es war an der Zeit, mit der Wahrheit herauszurücken.

»Lukas hat recht«, sagte Johann. »Aber vorher müssen wir euch noch etwas gestehen. Lukas ist kein Weinhändler aus Südtirol, sondern ein Zigeuner. Sein Name ist auch nicht Lukas, sondern Rasko. Wir wollten nicht, ich meine ...«

»Schon verstanden.« Sebastian winkte mit letzter Kraft ab. »Ehrlich gesagt ist es mir im Augenblick vollkommen gleichgültig, was er ist. Hauptsache, wir bekommen irgendwo Hilfe. Und ein Zigeuner ist im Moment gewiss hilfreicher als ein Weinhändler, nehme ich an.«

Rasko nickte erleichtert. »Gut, dann lasst uns weitergehen. Lasst mich reden. Gewiss wird alles gut werden.«

Sie verließen ein Stück weiter die Straße und folgten dem Waldrand. Lange blieben sie nicht unentdeckt. Es waren Kinder, die ihnen entgegenliefen und sie neugierig beäugten. Rasko rief ihnen auf Romani zu, dass sie Hilfe brauchten. Kichernd liefen die Kinder neben ihnen her, einige von ihnen eilten voraus, um die anderen Bewohner des Lagers zu warnen. Als die kleine Gruppe die ersten Zelte erreichte, waren bereits einige Frauen und Männer zusammengelaufen, um die Neuankömmlinge in Empfang zu nehmen.

»Wer seid ihr?«, fragte ein älterer Mann, der anscheinend der Baro Rom war. Er musterte Rasko näher und riss erstaunt die Augen auf. »Rasko«, sagte er.

Rasko nickte. »Ich habe dich auch gleich erkannt, alter Freund«, antwortete er auf Romani.

Der alte Mann trat näher.

»Du bist endlich zurück.« Er wandte sich um, breitete die Arme aus und rief laut: »Stellt euch vor, liebe Freunde. Der verlorene Sohn ist zurückgekehrt. Rasko ist wieder da.« Gemurmel antwortete ihm. Irgendwo im Hintergrund begann jemand laut zu schreien. Eine junge Frau drängte sich zwischen den Umstehenden hindurch, fiel Rasko um den Hals und drückte ihn fest an sich. Vor lauter Freude begann sie zu weinen. »Rasko. Mein Bruder. Endlich bist du zurück. Du bist wieder da.«

Rasko umarmte seine kleine Schwester. Er konnte es noch immer nicht fassen. Es war sein Klan, und Ciknikham lag in seinen Armen. Er war zu Hause, und alle freuten sich. Niemand wollte ihm Böses oder jagte ihn fort. Tränen stiegen ihm in die Augen. Seiner geliebten Schwester ging es gut.

»Ähem«, räusperte sich hinter ihm Sebastian. »Ich will die Wiedersehensfreude nicht stören, aber …«

Rasko löste sich aus der Umarmung seiner Schwester. Magdalene stand mehr oder weniger auf den eigenen Beinen, gestützt von Sebastian und Johann. Hans hatte sich gegen einen Baum gelehnt, er konnte keinen Schritt mehr gehen. »Meine Freunde und ich sind in das Unwetter geraten. Einige sind verletzt.« Weiter kam er nicht. Sofort wurden Sebastian, Hans, Johann und Magdalene von den Zigeunern umringt. Auch Raskos Schwester wollte zu Hilfe eilen. Doch Rasko hielt sie am Arm zurück. »Das Mädchen heißt Suni. Ich hätte gern, dass sie zu dir ins Zelt kommt, wenn das möglich ist.«

Sie sah ihn verwundert an. »Sie ist eine von uns?«

»Vielleicht ein wenig«, sagte er. Sie neigte den Kopf zur Seite. »Ich erkläre es dir später. Gib acht, was du in ihrer Gegenwart sagst. Sie versteht jedes Wort.« Er grinste breit.

Sie schlug ihm auf den Arm. »Was soll ich schon sagen, großer Bruder.« Sie wies den jungen Mann, der Magdalene hochhob, an, sie zu ihrem Lager zu bringen, und folgte ihm auf dem Fuß. Johann, Sebastian und Hans waren bereits von den anderen Zigeunern fortgebracht worden. Rasko hielt noch einen Moment inne und blickte sich versonnen um. Überall waren Stimmen zu hören. Ein Hund schnupperte an seinem Hosenbein und trottete davon. Vor den Zelten und Wagen leuchteten hier und da Laternen, ein Kessel hing unweit von ihm über einem Lagerfeuer. Er war zu Hause, endlich wieder bei seiner Familie. Es war vorbei. Heinrich und seine Räuberbande waren Vergangenheit. Jetzt würde alles wieder gut werden. Das spürte er. Langsam setzte er sich in Bewegung und fragte sich bis zu dem Zelt seiner Schwester durch. Als er ihr Lager erreichte, stellte er erstaunt fest, dass sie einen ordentlich aussehenden Wohnwagen bewohnte. Lächelnd stieg er die wenigen Stufen zur Eingangstür hinauf. Anscheinend gab es einiges zu erzählen.

24

Magdalene öffnete die Augen und blickte auf eine hölzerne Decke über sich, über die einige Sonnenflecken tanzten. Es war warm, und ihre Übelkeit war genauso verflogen wie der unsägliche Schmerz in ihrem Kopf.

»Da bist du ja wieder«, sagte jemand neben ihr auf Romani. Sie wandte den Kopf. Eine junge Romni saß vor ihr, die ihr auf Anhieb gefiel. Sie hatte ihr schwarzes Haar mit einem bunten Tuch gebändigt, trug lange weinrote Perlenohrringe und ein Sammelsurium unterschiedlicher Ketten um ihren Hals. »Rasko hatte gestern schon Sorge, du würdest gar nicht mehr aufwachen. Hast einen ordentlichen Schlag auf den Kopf bekommen.«

»Die Kutsche«, erinnerte sich Magdalene. »Die Pferde, sie sind durchgegangen.«

»Der laute Donnerschlag hat sie erschreckt, meinte Rasko. Wintergewitter sind eine unschöne Sache. Wir können von Glück reden, dass keines unserer Zelte zu Schaden gekommen ist. Bei einem ähnlichen Gewitter ist uns neulich fast alles weggeflogen. Dem Herrn im Himmel sei Dank, dass der Sturm so rasch wieder abflaute.« Sie stand auf und trat zur Tür. »Ich sag Rasko Bescheid, dass du aufgewacht bist. Er wird sich bestimmt über die Neuigkeiten freuen. Hast du Hunger?«

»Vielleicht ein wenig«, antwortete Magdalene.

Die Romni nickte, öffnete die Tür und wollte den Raum verlassen.

»Warte«, sagte Magdalene. »Ich kenne gar nicht deinen Namen.«

Das Mädchen lächelte. »Ciknikham werde ich gerufen.«

Magdalene nickte. Erleichtert sank sie zurück aufs Kissen. »Also ist er zu Hause. Das ist gut.«

»Ja, das finde ich auch«, erwiderte Ciknikham und nickte Magdalene zu. Sie verließ den Raum, kam jedoch in der nächsten Sekunde schon wieder zurück und fragte: »Wie möchtest du, dass ich dich nenne? Rasko meinte, du heißt Suni, aber der Buchhändler nennt dich stets Magdalene.«

Magdalene überlegte kurz und antwortete: »Suni.«

Ciknikham lächelte und verließ den Wagen, die Tür fiel hinter ihr ins Schloss. Magdalene setzte sich auf und musterte ihre Umgebung. Bunte Flickenteppiche lagen auf dem Boden. Auf einem winzigen, anscheinend selbst zusammengezimmerten Toilettentisch lagen Unmengen von Ketten und Perlenohrringen. Vor dem Fenster hingen bunte Tücher, die Ciknikham mit einer goldfarbenen Kordel zur Seite gebunden hatte, um Licht in den Raum zu lassen. Neben ihrem Lager gab es eine Art Einbauschrank. Die eine Tür stand offen. Ein dunkelblauer Leinenrock hing daran, ebenso zwei Blusen und eine weinrote Weste mit schwarzen Stickereien. Kaschkeraka hätte ihre wahre Freude an dieser Unordnung gehabt, dachte Magdalene. Ordentlich gezetert hätte sie. Die Erinnerung an den Verlust ihrer Familie traf Magdalene hart. Suni, hatte sie eben noch zu Ciknikham gesagt. War sie das überhaupt noch? Oder sollte sie diesen Namen endgültig vergessen – ihn abstreifen wie ihr altes Leben, das es nicht mehr gab. Jetzt war sie Magdalene, die bald eine Anstellung in Gießen antreten würde. Magdalene. Zwei Namen, zwei Welten. Suni war die Romni, die an jenem Abend am Liederbach gestorben war, und Magdalene war das kleine Mädchen, dessen Leben sich in einer kalten Januarnacht für immer verändert hatte. Aber wer war sie wirklich? Sie setzte sich vorsichtig auf und griff nach einer der Perlenketten, die aus kleinen roten Perlen bestand, legte die Kette um ihren Hals und spürte die Perlen auf der Haut. Sie berührte wehmütig einen der Ohrringe auf dem Toilettentisch, schloss die Augen, hob die Hände und machte die Bewegung, die ihren Tanz einleitete. Plötzlich glaubte sie, Mandolinos Geigenmusik zu hören. Sie drehte die Hände im Takt der Musik und hob stolz das Kinn. Gleich würde Mandolinos Spiel schneller werden, doch die Melodie blieb aus. Stattdessen holte das Geräusch der sich öffnenden Tür Magdalene aus ihrem Tagtraum zurück, und sie ließ die Hände sinken.

Rasko und Johann betraten den Raum, Ciknikham folgte ihnen.

Rasko eilte zu ihr, umarmte Magdalene überschwenglich und rief: »Endlich geht es dir besser, geliebte Freundin.« Er drückte sie so fest an sich, dass sie keine Luft mehr bekam.

»Lieber Himmel, Rasko, du erdrückst mich«, japste Magdalene.

Er ließ sie los. »Entschuldige. Es ist nur …«

»Unsere Freude ist unendlich groß, dich wohlauf zu sehen«, beendete Johann Raskos Satz. Der Buchhändler umarmte Magdalene nicht, sondern klopfte ihr schüchtern auf die Schulter. »Besonders in den ersten Tagen nach unserer Ankunft stand es schlecht um dich.«

»In den ersten Tagen?«, fragte Magdalene. »Wie lange sind wir denn schon hier?«

»Morgen sind es zehn Tage«, antwortete Rasko.

»Zehn Tage. Meine Güte.« Magdalene seufzte.

»Es war aber auch ein großes Unglück, das uns widerfahren ist«, sagte Johann und sank auf einen Hocker. »Erst der Überfall, dann das scheußliche Wetter und der schreckliche Unfall mit der Kutsche.«

Rasko senkte den Blick. Magdalene versuchte, sich an den Unfall zu erinnern. »Es hat gedonnert, nicht wahr?«

»Ein wahres Unwetter ist über uns hereingebrochen«, bestätigte Johann, »dem unsere Pferde leider nicht gewachsen waren. Sie sind durchgegangen.«

»Die Kutsche, richtig. Sie ist umgefallen. Ich habe mir den Kopf gestoßen.« Langsam kamen die Erinnerungen zurück. »Ich habe mir sehr oft den Kopf gestoßen«, fügte sie hinzu.

»Wir sind schrecklich durchgeschüttelt worden«, sagte Johann. »Es grenzt an ein Wunder, dass wir so glimpflich davongekommen sind.«

»Was ist mit Sebastian und Hans geschehen?«, fragte Magdalene.

»Sie sind wohlauf. Sebastian hat es kaum erwischt. Hans hatte sich am Knie verletzt, aber in den letzten Tagen ging es schon wieder besser. Wir sollen dir von den beiden die besten Grüße und Genesungswünsche ausrichten. Sie haben die Pferde wieder eingefangen und das Gepäck eingesammelt und sind vor drei Tagen in Richtung Gießen aufgebrochen, denn sie müssen die Vorkommnisse melden«, beantwortete Rasko ihre Frage.

Magdalene blickte zu Johann. Er erriet ihre Gedanken und errötete.

»Ich wollte dich nicht einfach so zurücklassen. Wir haben die Reise gemeinsam angetreten, also werden wir sie auch gemeinsam beenden. Immerhin verdanke ich dir mein Leben.« Mit einem Seitenblick auf Rasko verstummte er.

»Es ist schön, dass du geblieben bist«, sagte Magdalene.

»Ich hätte ihm auch was erzählt, wenn er sich einfach so aus dem Staub gemacht hätte«, sagte Rasko und klopfte Johann auf den Rücken.

»Jetzt ist es aber gut«, mischte sich Ciknikham ein. »Suni braucht noch Ruhe. Es ist besser, wenn ihr jetzt geht.«

»Da spricht Frau Feldwebel«, feixte Rasko und zwinkerte seiner Schwester zu.

»Brüderchen« – drohend hob Ciknikham die Hand und öffnete die Tür –, »macht euch fort. Kommt morgen wieder.«

Rasko und Johann verließen den Wagen.

»Und du denkst wirklich, dass der Spitzname kleine Sonne zu ihr passt«, hörte Magdalene Johann Rasko fragen, dann fiel die Tür ins Schloss.

Ciknikham schüttelte den Kopf. »Wie die kleinen Kinder. Männer. Sie werden niemals erwachsen.«

Magdalene grinste. Wegen ihr hätten die beiden nicht weggehen müssen. Deren Freude über ihre Genesung hatte ihr gutgetan. Ruhe schien sie in den letzten Tagen weiß Gott genug gehabt zu haben. Erneut klopfte es an die Tür. Schwungvoll riss Ciknikham sie auf und rief: »Was denn noch?«

Eine zaghaft klingende Kinderstimme antwortete: »Ich bringe das Essen.«

»Ach, das ist lieb von dir. Sudró paji. Entschuldige bitte meine ruppige Begrüßung.«

Die Überbringerin der Mahlzeit, ein dickliches Mädchen, winkte ab. »Mir musst du nichts erklären. Rasko und sein Gadžo springen wie kichernde Ziegen übers Feld.« Sie deutete nach hinten.

Ciknikham schloss die Tür und stellte das Tablett, auf dem ein Teller mit einer gut duftenden Gemüsesuppe und ein Becher Wein standen, neben dem Bett ab.

»Ihr nennt das Mädchen kaltes Wasser?«, fragte Magdalene, während sie die Decke zur Seite schob, sich auf die Bettkante setzte und nach dem Weinbecher griff.

»Sie liebt kaltes Wasser«, begründete Ciknikham den Spitznamen des Mädchens. »Schon als sie ganz klein war, ist sie aus den Pfützen kaum rauszukriegen gewesen. Du kannst dir nicht vorstellen, wie oft wir sie aus irgendwelchen Tümpeln und Seen gezogen haben. Einmal wäre sie im Februar beinahe in den Rhein gesprungen. Wenn du mich fragst, könnten wir sie auch Fisch rufen, aber kaltes Wasser hat sich irgendwann eingebürgert.« Die Romni lächelte, setzte sich neben Magdalene auf die Bettkante und schaute ihr eine Weile beim Essen zu. Magdalene aß mit großem Appetit die leckere Gemüsesuppe. »Suni ist aber kein Spitzname«, sagte Ciknikham. »Wenn du unter den unsrigen gelebt hast, dann hattest du doch bestimmt einen. Gadži werden sie dich gewiss nicht gerufen haben, oder?«

Magdalene warf ihr einen kurzen Blick zu. »Aber nicht dass du lachst.«

»Ist er denn zum Lachen?«, fragte Ciknikham.

»Ich weiß nicht«, antwortete Magdalene wahrheitsgemäß. Darüber, ob die Zigeuner ihren Rufnamen als lustig oder peinlich empfanden, hatte sie sich noch keine Gedanken gemacht.

»Ich mochte ihn nie. Meine Ziehmutter Rosina hat ihn mir gegeben. Sie meinte, er würde bedeuten, dass ich beim Tanz eine gute Figur mache, was ich bis heute bezweifle.«

»Ich weiß es«, rief Ciknikham. »Sie nannte dich Pusomori, kleiner Floh.« Sie grinste. »Das ist ein wunderbarer Rufname. Du bist bestimmt eine großartige Tänzerin, wenn sie dich so genannt hat.«

»Kann schon sein«, erwiderte Magdalene traurig und legte abrupt den Löffel in die Suppenschüssel. Plötzlich war ihre Kehle wie zugeschnürt.

Ciknikham bemerkte die Veränderung. Behutsam fragte sie: »Warum bist du traurig?«

In Magdalenes Augen traten Tränen. »Weil mich Rosina niemals wieder tanzen sehen wird, denn sie ist tot. Alle sind sie tot, und das nur wegen mir. Weil ich eine gottverdammte Gadži bin. Ich bin kein Pusomori, sondern ein Verräterin, irgendetwas – ach, ich weiß es nicht.« Sie schlug die Hände vors Gesicht.

Ciknikham legte die Arme um Magdalene und zog sie fest an sich. Rasko hatte ihr gegenüber bereits angedeutet, dass Magdalenes Klan etwas Schreckliches zugestoßen sein musste und dass Magdalene sich die Schuld dafür gab. Viel hatte er nicht dazu sagen können, doch sie ahnten beide, wer dahinterstecken könnte. Viele Klans waren irgendwelchen Zigeunerjägern zum Opfer gefallen. Weshalb jedoch Magdalene Schuld an dem Überfall haben sollte, erschloss sich beiden nicht. Aber vielleicht würde sie es ihnen irgendwann erzählen. Auch wie sie zu ihrem Volk gekommen war und weshalb sie so gut Romani sprach, hatte Rasko nicht gewusst. Es war durchaus nicht ungewöhnlich, dass eine Gadži oder ein Gadžo bei einem Klan lebte. Auch in ihrem Lager lebte bereits seit vielen Jahren ein Gadžo. Er trug den Spitznamen Miláj, Sommer, weil er an einem heißen Augusttag, lange bevor Rasko und sie geboren worden waren, zu ihnen gelangte und nach langem Hin und Her die schöne Suki geheiratet hatte. Miláj war auch nach dem frühen Tod seiner Frau bei ihnen geblieben und ein Teil ihrer Familie geworden, den sie nicht missen wollten. Inzwischen war der in die Jahre gekommene Mann beinahe so einflussreich wie der Baro Rom, was zeigte, welch großes Ansehen der Gadžo unter den Klanmitgliedern genoss.

Magdalene löste sich aus der Umarmung und wischte sich die Tränen von den Wangen. »Es tut mir leid. Ich wollte nicht …«

»Ist schon gut«, beruhigte Ciknikham sie. »Es war alles ein bisschen viel. Du solltest versuchen, noch ein wenig zu schlafen. Morgen sieht die Welt bestimmt ganz anders aus. Vielleicht fühlst du dich dann auch in der Lage, aufzustehen. Das wäre doch schön.« Ihre Stimme klang aufmunternd.

Magdalene nickte. »Ja, das wäre es.«

Ciknikham stellte die Suppenschüssel zur Seite, Magdalene sank zurück aufs Kissen und schloss die Augen. Die wenigen Stunden Wachsein hatten sie erschöpft. Ciknikham hatte recht. Gewiss würde morgen die Welt besser aussehen. Und vielleicht könnten sie und Johann bald nach Gießen aufbrechen. In die Stadt, in der ein neues Leben auf sie wartete. Sie hörte nicht mehr, wie Ciknikham den Wagen verließ und die Tür hinter sich schloss.

Am nächsten Morgen wurde Magdalene von leisen Stimmen geweckt. Sie richtete sich langsam auf. Dämmriges Licht erfüllte den Raum, es war kühl. Sie erkannte die Stimmen. Es waren Ciknikham und Rasko. Anscheinend saßen die beiden vor dem Wohnwagen auf der Treppe. Vorsichtig schlich Magdalene an die Tür und öffnete sie einen kleinen Spalt. Sie wusste, dass Lauschen eine Sünde war, doch sie konnte nicht anders.

»Also hat dir dein Gatte den Wagen hinterlassen?«, fragte Rasko.

»Hinterlassen würde ich nicht sagen. Wir haben ihn zusammen hergerichtet, also gehörte er uns beiden«, erwiderte seine

Schwester. »Eines Tages hat der Karren am Wegesrand gestanden. Verfallen und halb verbrannt. Wir haben ihn mitgenommen und repariert. Selbstverständlich hat Geijza die Hauptarbeit gemacht, aber ich bin ihm, so gut es ging, zur Hand gegangen.«

»Geijza«, wiederholte Rasko den Namen von Ciknikhams Gatten.

»Ja, Geijza«, sagte Ciknikham leise. »Er ist bei einem Brand umgekommen. Es war damals Teras Zelt, das gebrannt hat. Mit einem ihrer Kinder auf dem Arm war sie nach draußen gestürzt, das andere lag noch irgendwo in den Flammen. Geijza ist sofort in das brennende Zelt gerannt und hat den kleinen Liza, der sich hinter einer Truhe versteckt hatte, herausgetragen. Doch seine Kleider hatten Feuer gefangen. Es war furchtbar. Wie eine brennende Fackel ist er schreiend über die Wiese gelaufen. Einer der Männer hat ihn zu Boden geworfen und versucht, die Flammen mit einer Decke zu ersticken, was nicht gelang. Drei weitere Männer leerten Wassereimer über den beiden aus. Doch es war bereits zu spät. Geijzas Haut war verbrannt. Noch am selben Abend ist er in meinen Armen gestorben, vor Schmerz wimmernd, die nackte Panik in seinen Augen.« Ihre Stimme brach. Es hörte sich an, als würde sie weinen. Liebevoll legte Rasko den Arm um seine kleine Schwester.

»Wie schrecklich. Der gute Geijza. Er war der Richtige für dich. Das habe ich immer gewusst.« Es entstand eine kleine Pause. »Ich kann noch immer nicht fassen, dass du Pinto nicht heiraten musstest«, fuhr Rasko fort.

»Nach dem Tod unseres Onkels ist es in der Gruppe entschieden worden«, antwortete seine Schwester. »Darüber haben wir doch bereits gesprochen.«

»Ich weiß«, sagte Rasko. »Aber dass Pinto diese Entscheidung einfach so hingenommen hat. Immerhin bist du ihm fest versprochen gewesen. Er muss doch einen Aufstand gemacht haben. Aufbrausend wäre untertrieben, wenn es darum geht, seinen Charakter zu beschreiben.«

»Bei dieser Sache ist er ganz ruhig geblieben«, sagte Ciknikham.

»Das stimmt«, mischte sich plötzlich jemand in das Gespräch ein. »Allerdings nur deswegen, weil ich am Abend zuvor mit ihm gesprochen habe.« Ein mittelgroßer Mann mit grauem Haar trat näher. »Ich habe ihm gesagt, dass er sich deine Schwester aus dem Kopf schlagen soll, nach allem, was vorgefallen ist. Selbstverständlich ist er wütend geworden und hat herumgeschrien, betrunken, wie er war. Erst als ich ihm eine ordentliche Ohrfeige verpasst habe, hat er verstanden. Heulend wie ein kleines Kind und weiter saufend, hat er bis spät abends vor meinem Zelt gesessen. Wir haben geredet, und er hat viel erzählt. Habt ihr gewusst, dass er als junger Bursche nur mit Mühe mit dem Leben davongekommen war, als ihnen eine Gruppe Landsknechte nachstellte. All seine Freunde sind im Wald umgekommen. Eine Weile danach hat er sich bei einem größeren Zusammentreffen der Klans dem unsrigen angeschlossen. Seit diesem Gespräch habe ich ihn besser verstanden. Es ist nie leicht, einen Teil seiner Familie zu verlieren. Das Leben macht einen hart, hat er zu mir gesagt.«

»Was noch lange nicht entschuldigt, dass er seine beiden Frauen verprügelt hat, mein lieber Miláj«, erwiderte Rasko.

»Das habe ich nicht behauptet«, antwortete Miláj.

Magdalene erinnerte sich daran, wie Ciknikham über den Mann gesprochen hatte. Er war ein Gadžo, was auch an seiner sonderbaren Aussprache des Romani zu erkennen war.

»Wie geht es denn dem Mädchen?«, fragte Milàj.

»Besser«, antwortete Ciknikham. »Sicher wird sie bald mit dem Buchhändler nach Gießen aufbrechen. Johann hat erzählt, dass sie dort als Kinderfrau arbeiten wird.«

»Stimmt es, dass sie fließend Romani spricht?«, fragte Milàj neugierig.

»Ja«, erwiderte Ciknikham ausweichend.

»Also muss sie eine ganze Weile bei einem Klan gelebt haben. Woher sonst sollte sie unsere Sprache können.«

»Ihr Klan ist überfallen worden«, antwortete Rasko. »Wohl von Schergen des Landgrafen.«

»Des Landgrafen.« Milàj zog die Augenbrauen hoch. »Soweit ich weiß, ist der Alte müde geworden, und es finden keine Hetzjagden auf unser Volk mehr statt.«

»Was nicht heißt, dass wir in Hessen-Darmstadt sicher sind«, antwortete Ciknikham. »Noch immer gelten wir in dieser Gegend als vogelfrei, und der Landgraf bezahlt weiterhin Kopfgelder. Manchmal wünschte ich mir nichts mehr auf der Welt, als irgendwo in Frieden und ohne Angst leben zu dürfen. Die ständige Furcht um Leib und Leben raubt mir irgendwann noch einmal den Verstand.«

»Der Preis der Freiheit«, antwortete Milàj. »Nicht wahr, mein lieber Freund.« Er wandte sich Rasko zu.

»Zahlen wir nicht alle für irgendetwas einen Preis?«, erwiderte Rasko. »Ich weiß inzwischen, wie sich die Welt der anderen anfühlt. Freiheit gibt es dort keine. Das Leben der Menschen ist voller Regeln und Duckmäusertum.«

Milàj nickte grinsend. »Duckmäusertum trifft es. Hast anscheinend während deiner Abwesenheit einiges gelernt.«

Rasko deutete ein Nicken an. Er saß mit dem Rücken zu Magdalene, so dass sie seinen Gesichtsausdruck nicht erkennen konnte. Wie man Menschen tötet und ausraubt, hatte er verdammt gut gelernt, dachte sie. Doch in seinem Innern war er ein Rom geblieben mit dem Herz auf dem rechten Fleck. Sie hatte genug gehört und wich von der Tür zurück.

Rasko sagte irgendetwas, was sie nicht mehr verstand. Ciknikham lachte laut auf. »Ach, Rasko«, hörte Magdalene sie sagen, »ich habe dich vermisst.«

Ihre Fröhlichkeit traf Magdalene, sie dachte plötzlich an Mathis. Auch er hatte sie früher oft zum Lachen gebracht. Kaum hatten sie einander und die kindliche Vertrautheit längst vergangener Tage wiedergefunden, waren sie auch schon wieder voneinander getrennt worden. Sie sank auf ihr Lager und ließ ihren Blick über Ciknikhams Unordnung schweifen. Alles kam ihr so unwirklich vor, und sie fühlte sich unsagbar verloren.

Die Tür öffnete sich, und Ciknikham spähte in den Raum.

»Du bist ja schon wach?«, stellt sie erstaunt fest.

»Schon seit einer Weile«, sagte Magdalene. »Ich habe euch draußen reden hören.«

Ciknikham bemerkte sofort, dass etwas nicht stimmte. Sie schloss die Tür hinter sich, setzte sich neben Magdalene und fragte: »Was ist los?«

»Nichts«, sagte Magdalene.

»Das kannst du deiner Großmutter erzählen«, erwiderte die Romni.

»Ich glaube, ich habe ein bisschen Angst«, antwortete Magdalene. »Vor dem Gestern, dem Heute und dem Morgen. Bald schon werde ich in Gießen sein und ein neues Leben als Kinderfrau bei fremden Menschen beginnen. Doch mittlerweile frage ich mich, ob ich das will, obwohl es die Lösung für all meine Probleme zu sein scheint. Endlich würde ich in Sicherheit leben können, ohne Angst vor der Zukunft.«

»Aber das Gestern und das Heute werden bleiben.« Ciknikham verstand, was Magdalene ausdrücken wollte. »Auch mein Gestern wird immer bei mir sein. Die Angst um meinen Bruder, der Tod meines Ehemanns. Er hat so schrecklich geröchelt und gestöhnt, bevor er gestorben ist. Jede Nacht träume ich davon, sehe ich seinen letzten, von Schmerz erfüllten Blick. Geijzas Gegenwart verfolgt mich bis ins Heute. Genau jetzt glaube ich, er wird gleich die Tür des Wagens öffnen, eintreten und mir einen Kuss auf die Wange geben, wie er es immer getan hat. Doch er wird niemals wieder die Tür öffnen und mich küssen. Den Kummer darüber trage ich mit in das Morgen, von dem ich nicht weiß, welche Veränderung es bringen wird. An manchen Tagen fürchte ich mich davor, an anderen tritt die Angst in den Hintergrund, und manchmal vergesse ich sie vollständig. So wie neulich, als Rasko zurückkehrte. Das Schicksal hat mir meinen Bruder zurückgebracht, was wunderbar ist. Mit ihm in meiner Nähe ist alles einfacher. Er war stets mein Beschützer, mein bester Freund, Zuhörer und Tröster. Er hat mir unendlich gefehlt. Es ist schön, dass er wieder hier ist. Das macht das Heute erträglicher und vielleicht auch das Morgen, von dem wir nicht wissen, was es bringen wird. Was ich damit sagen will: Veränderungen wird es immer geben. So spielt nun mal das Leben. Wir müssen lernen, damit umzugehen, damit unser Morgen nicht am Gestern zerbricht.«

»Rasko«, sagte Magdalene und lächelte, »ein rechter Kindskopf. Es ist gut, dass er eine Schwester wie dich hat, die auf ihn achtgibt, damit er keinen Unsinn mehr anstellen kann.«

»Dafür werde ich sorgen. Das verspreche ich dir. Und vielleicht findet sich auch bald eine Frau für ihn, was ihm guttun würde. Ich habe da auch schon ein Mädchen im Auge.« Sie zwinkerte Magdalene verschwörerisch zu.

»Ein ruhiges und besonnenes Mädchen, will ich hoffen«, erwiderte Magdalene lachend.

»Das besonnenste und hübscheste Mädchen des ganzen Klans«, erwiderte Ciknikham.

Magdalene wollte etwas erwidern, wurde aber durch das Eintreten von Johann unterbrochen, der ihnen fröhlich einen guten Morgen wünschte. Schüchtern trat er näher, seinen Hut in den Händen. »Ich habe dich bereits draußen lachen hören«, sagte er zu Magdalene. »Es geht dir also besser.«

»Ja, es geht mir besser, sogar wieder richtig gut«, erwiderte Magdalene, die ahnte, was er von ihr wollte. Sie wandte sich an Ciknikham und fragte: »Wie weit ist es von hier bis Gießen?«

Ein Schatten huschte über das Gesicht der Romni.

»Ein halber Tagesmarsch, vielleicht ein bisschen mehr«, antwortete sie missmutig.

»Also könnten wir es heute noch schaffen«, stellte Magdalene fest.

Die Augen des Buchhändlers begannen zu leuchten. »Das wäre wunderbar. Endlich zurück in die Heimat. Ich würde auch gut auf dich achten. Das verspreche ich dir.«

»Und du traust dir das wirklich zu?«, fragte Ciknikham. »Erst gestern bist du aufgewacht und warst noch vor wenigen Tagen dem Herrgott näher als den Lebenden. Meinst du nicht, dass es zu früh sein könnte.«

Das Lächeln auf Johanns Gesicht erstarb.

Magdalene griff nach Ciknikhams Hand. »Wir werden nichts übereilen. Aber ich denke, es ist Zeit. Johann muss zurück nach Hause, und für mich sollte endlich das Morgen beginnen.« Sie zwinkerte ihr lächelnd zu.

Ciknikham nickte seufzend und erhob sich.

»Also gut. Reisende soll man nicht aufhalten. Dann geh ich mal, kümmere mich um euren Proviant und sage Rasko Bescheid. Er wird traurig sein.«

»Ich werde ihn auch vermissen«, erwiderte Magdalene und fügte nach einer kurzen Pause hinzu: »Und dich. Obwohl wir uns erst so kurz kennen. In einem anderen Leben wären wir bestimmt gute Freundinnen geworden.«

»Vielleicht«, erwiderte Ciknikham. »In dem Gestern, als du Suni gewesen bist.«

»Für dich bin ich es doch heute auch noch.« Magdalene lächelte.

Ciknikham trat zur Tür, wandte sich dann aber noch einmal um. »Würdest du zum Abschied für uns tanzen?«, fragte sie. Magdalene blickte sie erstaunt an.

»Nicht umsonst wirst du Pusomori gerufen. Ich würde es so gern sehen. Und vielleicht ist es ja eine gute Möglichkeit, das Gestern zu beschließen, um gestärkt das Morgen begrüßen zu können.«

»Vielleicht«, erwiderte Magdalene und nickte zögernd.

»Also wirst du tanzen?«, fragte die Zigeunerin.

»Wieso nicht. Aber nur, wenn ich mir ein wenig Schmuck und ein hübsches Kleid von dir leihen kann.« Sie deutete auf das bunte Kettensammelsurium.

»Aber gern«, erwiderte Ciknikham erfreut. »Das muss ich gleich den anderen und Baro Bascho Brask erzählen.« Sie verließ den Raum.

»Wem muss sie das erzählen?«, fragte Johann.

»Baro Bascho Brask. Das bedeutet ›Ein großer Musiker‹«, übersetzte Magdalene lächelnd und strich mit den Fingern über die vielen bunten Perlenketten.

Johann trat neben sie und berührte sanft ihre Schulter.

»Und du denkst wirklich, dass Gießen der richtige Ort für dich ist?«

Er sprach damit aus, was Magdalene fühlte. Allerdings wollte sie diese Gefühle nicht zulassen. Das hier war nicht ihr Klan, nicht ihre Familie. Suni und ihr Zigeunerleben gehörten zum Gestern. Ihr Morgen sah anders aus, so versuchte sie es sich jedenfalls einzureden.

»Ja, das denke ich«, antwortete sie und schluckte. »Mein Leben bei den Roma ist für immer vorbei.«

Johann ließ die Hand sinken und trat einen Schritt zurück. Magdalene suchte seinen Blick. »Nur noch ein Tanz. Ein letztes Mal die Leidenschaft der Musik in den Adern spüren, dann brechen wir auf.«

Johann sagte: »Endlich nach Hause.«

Magdalene nickte. Von draußen drang das fröhliche Gefiedel einer Geige herein.

»Ein Tanz also.« Der Buchhändler lächelte. »Ich bin gespannt. Kommt selten vor, dass ich einen kleinen Floh tanzen sehe.«

Magdalene wollte nach ihm schlagen. Er wich ihr geschickt aus und verließ grinsend den Wagen. An seiner Stelle betrat Ciknikham den Raum und erkundigte sich, ob sie Magdalene beim Umziehen behilflich sein könnte.

Wenig später stand Magdalene, von sämtlichen Mitgliedern des Klans umringt, in der Mitte des Lagers und lauschte den ersten Tönen der Geige. Ciknikham hatte nicht zu viel versprochen. Baro Bascho Brask machte seinem Namen alle Ehre. Zuerst klangen die Töne, die er seiner Geige entlockte, sehnsuchtsvoll und traurig. Magdalene bewegte wie immer ihre Hände und hob anmutig ihre Arme. Einen Augenblick hielt die Musik inne, dann änderte sich Tonart und Rhythmus. Sie wurde schnell, fröhlich und leidenschaftlich. Magdalene wirbelte im Kreis herum, sah Gesichter, Zelte, Baumwipfel an sich vorüberfliegen. Sie hob ihren weiten, aus dunkelrotem Leinen gefertigten Rock und zeigte ihr nacktes Bein. Wie immer tanzte sie barfuß, obwohl der Boden nass und kalt war. Die Sonne blinzelte während ihres Tanzes durch die Wolken, als wollte auch sie sich davon überzeugen, wie hübsch die junge Tänzerin anzusehen war, die dort unten ihren letzten Tanz tanzte, um das Gestern endgültig zu beschließen. Als die Musik endete, herrschte einen Moment Stille, dann brandete der Applaus auf, den sie ebenso wie das Tanzen unendlich vermissen würde. Sie öffnete die Augen und blickte in lachende Gesichter. Ciknikham kam auf sie zugelaufen und umarmte sie. Rasko hob sie in die Höhe und wirbelte sie im Kreis herum. Nur Johann stand ein Stück abseits. Magdalene fing seinen Blick auf, und schlagartig verlor der Moment seinen Zauber. Der Buchhändler hob die Hand und winkte ihr lächelnd zu. Erneut stimmte der Musiker eine Melodie an. Magdalene reagierte nicht, sondern lief über den Platz zu Johann.

»Und du willst wirklich gehen?«, fragte er.

Sie drehte sich um. Frauen, Kinder, Männer. Alle tanzten fröhlich über den Platz. Sie waren Roma, aber trotzdem nicht ihre Familie. Es war nicht Mandolino, der spielte, nicht Rosina, die ihr voller Stolz zugesehen hatte.

»Sie gehören zum Gestern«, murmelte sie leise und wischte sich die Tränen aus den Augen.

»Ist nicht immer das Schlechteste, in der Vergangenheit zu verweilen. Vertrautes gibt so manchem von uns Kraft, wenn du verstehst, was ich meine.« Johanns Stimme klang wehmütig.

»Es kann aber auch Angst machen. Noch einmal könnte ich es nicht ertragen, alles zu verlieren. Niemals wird dieses Volk in Frieden leben dürfen. Die Gesellschaft wird nie begreifen, weshalb sie die Freiheit so sehr lieben und rastlos durch die Lande ziehen.«

»Da magst du recht haben«, sagte Johann. »Allerdings muss ich für meinen Teil sagen, dass ich von Freiheit im Augenblick genug habe. Jede Faser meines Körpers sehnt sich nach meinem geliebten kleinen Buchladen und meiner Gattin.«

»Was ich gut verstehen kann«, erwiderte Magdalene. »Dann lass uns aufbrechen. Es ist noch früh am Tag, und das Wetter scheint uns heute wohlgesinnt zu sein.« Sie blickte zum Himmel, der in hellem Blau erstrahlte. Die letzten Nebelschwaden der Nacht hatten sich endgültig verzogen.

»Ich geh mich nur rasch umziehen.« Sie verschwand im Wagen. Dort legte sie den roten Leinenrock, die bestickte Weste und den Schmuck ab und schlüpfte in ihre Reisekleidung, die aus einem braunen Rock, einer schwarzen Wollweste und ihrem warmen Mantel bestand. Sie flocht ihr offenes Haar zu einem Zopf, steckte ihn am Hinterkopf fest und blickte in den Spiegel. Fort war die Romni von eben. Sie war gemeinsam mit den Perlenohrringen und der Halskette verschwunden, die wieder ein Teil des bunten Sammelsuriums geworden waren, das vor ihr auf dem Toilettentisch lag. Ein letztes Mal strich sie wehmütig über die vielen Ketten und Perlen, dann verließ sie den Wagen.

Draußen wurde sie bereits von Ciknikham, Rasko und Johann erwartet. Auch der Baro Rom und Miláj waren gekommen, um sich von ihren Gästen zu verabschieden. Ciknikham drückte Magdalene fest an sich. Verstohlen wischte sie sich über die Augen. Auch Rasko umarmte Magdalene zum Abschied. Er flüsterte ihr jedoch genau die Worte ins Ohr, die vor kurzer Zeit ihr Leben bewahrt hatten und plötzlich eine ganz andere Bedeutung bekamen.

»Reiß die Brücke hinter dir nicht ab, du musst wieder über sie zurückgehen.«

Sie verstand, was er ihr damit sagen wollte: In diesem Klan würde sie stets willkommen sein. Trotzdem gab sie ihm zur Antwort einen Klaps auf den Arm, hob mahnend den Zeigefinger und murmelte: »Keine Räuberbanden mehr. Versprochen!«

Er nickte grinsend.

Wenig später verließen Johann und Magdalene das Lager. Das sonnige Wetter hielt an, die Landschaft jedoch wirkte trostlos. Die Felder waren kahl und abgeerntet, kein Laub hing an den Bäumen, und ein kühler Wind ließ sie frösteln, was ihrer guten Laune allerdings keinen Abbruch tat. Einmal begegneten ihnen zwei Mägde mit einer schnatternden Gänseschar. Eine Weile durften sie auf dem Fuhrwerk eines Bauern mitfahren, der seinen Hof in der Nähe des Klosters Schiffersberg hatte. Es geschah nichts Besonderes, trotzdem brauchten sie länger als gedacht. Als sie Gießen erreichten, war die Dunkelheit hereingebrochen. Am Stadttor erkannte der Stadtwächter Johann und ließ ihn passieren. Durch finstere Gassen gingen sie zum Marktplatz, wo das Haus des Buchhändlers lag. Der Laden selbst war dunkel, doch im ersten Stock brannte hinter den Fenstern Licht.

Johann lief zu einem seitlich des Ladens gelegenen Tor und öffnete es. Magdalene folgte ihm in den finsteren Innenhof, wo sie von einer neugierigen Katze begrüßt wurden. Am Hintereingang klopfte der Buchhändler an die Tür. Es dauerte eine Weile, bis Schritte zu hören waren und die Tür einen Spaltbreit geöffnet wurde.

»Ich bin es, meine liebste Elsbeth«, sagte Johann. Da wurde die Tür aufgerissen, und eine blonde Frau fiel Johann mit einem freudigen Aufschrei um den Hals. »Johann, endlich. Wir dachten bereits an das Schlimmste.«

Johann löste sich aus der Umarmung. Elsbeths Blick fiel auf Magdalene. »Du hast jemanden mitgebracht?«, fragte sie verwundert.

»Das ist Magdalene. Meine Reisebegleitung. Ohne sie wäre ich heute nicht mehr am Leben. Sie möchte eine Stellung als Kinderfrau bei Ellen Saller antreten. Doch ich denke, heute ist es zu spät, um sich vorzustellen.«

»Natürlich.« Elsbeths Stimme klang kühl. »Ich werde Klara gleich darum bitten, die Gästekammer zu richten und auch eine Mahlzeit. Bestimmt seid ihr nach der langen Reise hungrig.«

Johann und Magdalene folgten Elsbeth ins Haus und in eine gemütliche Wohnstube, in der wohlige Wärme herrschte. Ein großer, in hellem Blau getäfelter Kachelofen stand in der Ecke neben der Eingangstür. Auf der gepolsterten Ofenbank stapelten sich Bücher neben einem mit Wolle gefüllten Korb. Dem Kachelofen gegenüber lag ein hübscher Erker, in dem eine große Eckbank zum Verweilen einlud. Vor den Fenstern und auf dem Tisch standen brennende Kerzen.

Elsbeth setzte sich an den Tisch und legte ihre Stickarbeit beiseite. »Vor einigen Tagen waren zwei Postillione bei mir, die mir berichteten, dass du bei einer Zigeunerhorde untergekommen bist, nachdem ihr mit der Kutsche einen Unfall hattet. Sie versuchten, mich zu beruhigen, dass es dir gutginge. Wie du dir vorstellen kannst, waren die Neuigkeiten ein Schlag für mich. Lieber Himmel, bei den Zigeunern, diesem diebischen Gesindel. Ich bin vor Sorge beinahe umgekommen. Tod und Teufel hab ich gesehen.«

»Sebastian und Hans haben ihr Versprechen also gehalten. Das ist schön. Ich hatte gehofft, ihre Worte würden dich tatsächlich beruhigen.«

»Das haben sie auch«, gestand Elsbeth. »Wenn auch nicht so richtig. Was bin ich dem Herrn dankbar, dass er dich heil zu mir zurückgebracht hat, Zigeuner hin oder her.«

»Ohne die Roma wäre es uns schlecht ergangen«, mischte sich Magdalene in das Gespräch ein.

»Die Roma«, wiederholte Elsbeth mit schriller Stimme. »Zigeuner sind sie, Diebe und Gesindel.«

»Das uns gastfreundlich aufgenommen und besonders Magdalene gesund gepflegt hat«, fiel Johann ihr ins Wort. »Wären die Roma nicht gewesen, wir wären in jener Nacht womöglich erfroren, zumindest Magdalene wäre gestorben. Seit diesem Erlebnis denke ich ein wenig anders über dieses sonderbare Volk, von dem wir so wenig wissen.« Er lächelte Magdalene zu.

»Ich habe dir gleich gesagt, dass es keine gute Idee ist, zu dieser Jahreszeit eine solche Reise zu unternehmen«, sagte Elsbeth. »Versprich mir, erst wieder im nächsten Frühjahr nach Frankfurt zur fahren, oder vielleicht erst im Sommer.«

»Dieses Versprechen gebe ich gern«, antwortete Johann und ergriff die Hand seiner Gattin.

»Im Sommer, das ist eine gute Idee«, sagte plötzlich eine Frau hinter ihnen. Magdalene drehte sich erschrocken um. Klara, die Magd und gute Seele des Hauses, stand mit einem Tablett in den Händen hinter ihr, auf dem sich ein Berg von Essen befand. Würstchen, geschnittenes Brot, Griebenschmalz in einer Dose, sogar ein halber Rosinenkuchen und eine Kanne mit dampfendem Tee hatten noch darauf Platz gefunden.

»Dann ist bestimmt das Kindchen schon da.«

»Welches Kindchen?«, fragte Johann und blickte von seiner Gattin zu Klara.

»Klara, du Plappermaul«, rügte Elsbeth ihre Magd. Ihre Wangen färbten sich rot. »Ja, so Gott will, wirst du im nächsten Sommer Vater werden.«

Johann riss die Augen auf. »Aber das ist ja …« Er schnappte nach Luft. » …wunderbar!« Freudig fiel er seiner Frau um den Hals und küsste sie überschwenglich. »Was für wunderbare Neuigkeiten. Darauf müssen wir anstoßen. Schnell, Klara, hol den guten Wein aus dem Keller. Ein Kindchen, welch ein Wunder. Welch ein Glück.« Er wandte sich an Magdalene.

»Hast du gehört? Ich werde Vater. Ein richtiger Papa!« Seine Augen strahlten. Voller Begeisterung fiel er Magdalene um den Hals, die ihm freudig gratulierte und versuchte, den missbilligenden Blick seiner Gattin zu ignorieren. Klara, die das Tablett in aller Eile auf einer Kommode neben der Tür abgestellt hatte, kam mit dem Wein zurück und deckte eifrig den Tisch. Bald darauf saßen sie beisammen, sogar die Magd durfte bleiben. Es war ein Freudentag, da sollte es auch Klara gut haben. Gemeinsam stießen sie auf die glückliche Rückkehr und die freudige Nachricht der baldigen Elternschaft an, und Johann begann, von ihrer turbulenten Reise zu berichten. Allerdings vermied er es, Genaueres über Magdalenes Herkunft und ihre Verbindung zu den Zigeunern zu erklären, wofür ihm Magdalene dankbar war. Seine Gattin wäre gewiss nicht sonderlich erfreut darüber gewesen, eine halbe Zigeunerin unter ihrem Dach zu wissen.

Die warme Stube, der süße Wein und das gute Essen forderten bald ihren Tribut, und Magdalene wurde müde. Klara war diejenige, der irgendwann auffiel, dass Magdalene mit dem Schlaf kämpfte.

»Da erzählen wir und reden, derweil ist unser Gast todmüde. Habt Ihr nicht gesagt, Herr, sie wäre schwer verletzt gewesen.«

Johann musterte Magdalene besorgt. »Klara hat recht. Magdalene, du siehst müde aus und bist blass. Es ist genug für heute.«

Magdalene nickte wortlos.

»Dann geleite unseren Gast doch bitte in die Gästekammer«, sagte Elsbeth zu Klara und erhob sich. »Ich denke, wir sollten jetzt alle zu Bett gehen. Auch du, mein Liebster. Du siehst erschöpft aus.« Zärtlich legte sie Johann die Hand an die Wange.

Magdalene wünschte den beiden eine gute Nachtruhe und folgte der Magd einen engen Flur entlang und eine schmale Stiege nach oben. Gleich neben der Treppe öffnete Klara eine Tür.

»Es ist so weit alles gerichtet. Auch den Ofen habe ich eingeheizt, damit Ihr es schön warm habt.« Sie deutete auf einen kleinen Kaminofen neben der Tür und verabschiedete sich. Erschöpft sank Magdalene auf das schmale, direkt unter dem Fenster stehende Bett. Ohne sich auszuziehen, kroch sie unter die Decke und schlief ein.

Am nächsten Morgen stand sie nach einem ausgiebigen Morgenmahl in Johanns Buchhandlung, ließ ihren Blick über die vielen Regale schweifen und atmete den Geruch von Leder und Papier tief ein.

»Das hier ist also dein Reich«, sagte sie.

»Nicht nur mein Reich«, erwiderte er. »Mein Leben. Ich denke, ohne Bücher und Geschichten wäre ich nur ein halber Mensch.«

»Ohne Geschichten«, wiederholte Magdalene wehmütig. Sie dachte an Majpejlomas. Er hätte diesen Raum gewiss geliebt, auch wenn er nicht lesen konnte. Aber allein die Vorstellung, dass es einen Laden gab, in dem so viele Geschichten wohnten, hätte ihm gefallen. Johann ahnte den Grund für Magdalenes traurigen Blick. Er trat näher an sie heran und legte ihr die Hand auf die Schulter.

»In unserer Erinnerung bleiben sie immer die, die sie waren, und seine Geschichten werden unsterblich sein, denn sie sind in deinem Herzen.«

»Ich weiß«, sagte Magdalene und unterdrückte die Tränen.

»Es ist ein wenig so wie mit den Märchen aus Tausendundeiner Nacht«, fuhr Johann fort. »Über so lange Zeit sind sie mündlich überliefert worden, bis sie irgendwann einmal niedergeschrieben wurden.«

»Mit den Geschichten der Roma wird das niemals passieren, sind die Zigeuner doch Gesindel und Diebe. Wer will schon die Märchen eines Volkes hören, das niemand haben möchte.«

»Ich würde sie gern hören«, sagte Johann. »Und gewiss noch eine Menge Menschen, denn sie sind voller Freude und etwas Besonderes, so wie dieses Volk, das ich auf unserer Reise kennenlernen durfte. Von nun an werde ich den Roma meinen Respekt erweisen, das verspreche ich dir.« Er kämpfte mit den Tränen.

»Nicht weinen«, sagte Magdalene gerührt. »Dafür gibt es keinen Grund. Ich bleibe doch in Gießen. Nur drei Straßen weiter werde ich in Zukunft leben. Gewiss werden wir uns öfter über den Weg laufen.«

»Ich weiß. Aber es ist …« Johann holte ein Taschentuch aus seiner Rocktasche und putzte sich die Nase. »Es wird nicht dasselbe sein.«

Magdalene lächelte. »Ciknikham hatte eine hübsche Art, über die Zukunft zu sprechen. Heute können wir nicht wissen, wie das Morgen sein wird. Aber im Moment sieht es so aus, als hätten sich die dunklen Schatten verzogen, was sich gut anfühlt.«

Magdalene klang zuversichtlich.

Johann nickte. »Ja, die Zukunft, das Morgen. Es wird gewiss wunderbar. Und ich verspreche dir, bei den Sallers wird es dir gut gefallen. Ellen ist eine herzliche, besonnene Frau. Noch nie ist mir zu Ohren gekommen, dass sie ihre Dienstboten schlecht behandelt. Du musst wissen, sie ist eine meiner Stammkundinnen, eine der wenigen Frauen, die gern lesen. Am liebsten hat sie Lyrik wie die meisten meiner weiblichen Kunden.«

»Das ist gut«, sagte Magdalene und atmete tief durch. »Dann geh ich jetzt wohl besser. Vielleicht wird man auch dort in Sorge darüber sein, wo ich abgeblieben bin.«

»Ich bring dich gern hinüber«, bot Johann an, doch Magdalene lehnte ab.

»Ich denke, das schaff ich allein. Es ist ja nicht weit.«

»Gut, dann also …«

» … ist die Zeit zum Abschied gekommen«, beendete Magdalene seinen Satz.

»Aber nicht ohne Erinnerung«, sagte der Buchhändler, nahm das Buch der Märchen von Tausendundeiner Nacht von einem Bücherstapel auf seinem Schreibtisch und reichte es Magdalene.

»Nein. Das kann ich nicht annehmen. Es sind deine Märchen, und dann sind sie auch noch in französischer Sprache verfasst, die ich nicht verstehe.«

»Was nicht schlimm ist«, antwortete er. »Es soll dich an unsere Fahrt erinnern und vielleicht, wenn es deine Zeit erlaubt, kommst du mich ab und an besuchen, und dann lese ich dir daraus vor, selbstverständlich auf Deutsch.« Er zwinkerte ihr zu.

Sie lächelte. »Du brauchst das Buch doch gar nicht, um all die wunderbaren Geschichten zu erzählen, du kannst sie längst auswendig.«

»Also ist das Buch hier sowieso überflüssig«, sagte er. Magdalene ergriff es seufzend. »Also gut. Als Erinnerung an eine verrückte Reise mit Aladin und seiner Wunderlampe.«

Sie steckte das Buch in ihr Bündel, umarmte Johann noch einmal ganz fest und verließ den Laden.

Auf dem Marktplatz empfing helles Sonnenlicht und bunter Trubel Magdalene. Es war Markttag. An vielen Ständen wurde Obst und Gemüse verkauft, Kohlköpfe und Kürbisse, Äpfel, Steckrüben, Feldsalat und Karotten. Ein Tuchhändler hatte seinen großen Stand neben einem Weinhändler aufgebaut. Es gab einen Messerschleifer, einen Seifen- und Kräuterstand, an dem auch Honig feilgeboten wurde. Magdalene ließ den bunten Markt links liegen und wandte sich nach rechts. Ein Viehhändler hatte hier Käfige mit lebendem Federvieh aufeinandergestapelt. Auch Kaninchen bot er feil. Genau in dem Moment, als sich eine feine Kutsche näherte, fielen dem Mann einige Käfige um, und Hühner und Gänse entflohen gackernd und schnatternd in die unverhoffte Freiheit. Die Kutsche bremste scharf ab, der Kutscher fluchte laut. »Gottverdammter Tölpel, elender!«

Die Pferde wieherten. Eilig bemühte sich der Händler, seine Käfige und das entlaufene Federvieh wieder einzusammeln, was ihm nicht so recht gelingen wollte.

Der Vorhang der Kutsche wurde zurückgeschoben, und eine blonde Frau schaute heraus. Ihr Blick blieb an Magdalene hängen, und ihre Augen weiteten sich. Magdalene konnte es nicht fassen. Es war Luise von Spiegel. Reflexartig machte sie einen Schritt rückwärts, stolperte über einen der herumliegenden Käfige und fiel hin. Noch immer starrte Luise von Spiegel

Magdalene an. Magdalene erwiderte den Blick, und ohne es zu bemerken, formten ihre Lippen erneut das Wort Mörderin. Die Kutsche setzte sich wieder in Bewegung und verschwand ein Stück weiter hinter einer Kurve. Magdalene blickte ihr nach.

»Ist dir was passiert, Mädchen.« Die Stimme des Händlers riss sie aus ihrer Erstarrung. »Es tut mir leid. Ist heute anscheinend nicht mein Tag.«

Die Worte des Mannes drangen wie durch eine Wand zu Magdalene durch. In ihren Ohren hatte es zu rauschen begonnen. Wie hatte sie auch nur einen Moment annehmen können, dass sie in Gießen ein neues, sicheres Leben beginnen konnte. Sie musste fort von hier, und zwar gleich. Luise von Spiegel hatte sie schon einmal gejagt und beinahe getötet. Sie würde es wieder tun.

»Mädel?« Sie spürte die Hand des Händlers an ihrer Schulter und zuckte zurück.

»Lieber Himmel. Nicht so schreckhaft. Es sind doch nur ein paar Käfige und Hühner, bisschen Federvieh, nichts Besonderes.«

Der Mann half Magdalene hoch und lief gleich darauf einer fetten Gans hinterher, die sich schnatternd aus dem Staub machen wollte. Magdalene blickte in die Richtung, in die die Kutsche verschwunden war, dann schaute sie zu Johanns Buchhandlung, die im hellen Sonnenlicht so unendlich friedlich aussah. Hier war sie nicht sicher, würde es niemals sein. Sie musste fort aus Hessen-Darmstadt und diesen Teil ihres Gestern endgültig hinter sich lassen. Sie wandte sich um und schlug den Weg zum Stadttor ein. Magdalene, oder wer auch immer, war in diesen Minuten gestorben. Sie würde wieder Suni und eine Romni werden.

25

Mathis wusste nicht, ob er sich über die Auskunft des Wirtes freuen sollte. Einerseits war es für die Mädchen gut, dass sie es tatsächlich von hier weggeschafft hatten, andererseits konnte er sich das Donnerwetter von Lorenz gut vorstellen.

Er verließ die Gaststätte und sank neben Dora auf die vor der Tür stehende Bank. Die Zwergin war trotz des kalten Nieselregens lieber draußen geblieben, denn sie konnte Schenken nicht leiden. Was an den Blicken der Menschen, aber auch an der schlechten Luft lag. Auch war es ihr in den meisten Schenken zu voll. Dichtes Gedränge, wo auch immer, war für Menschen ihrer Größe eine Herausforderung. Nicht selten wurden sie übersehen und umgestoßen. Dora hatte eine große Narbe über der linken Augenbraue, eine unschöne Erinnerung an einen Markttag in Erfurt, wo sie in die Unruhen einer Hinrichtung geraten war. Und so etwas wollte sie niemals wieder erleben.

»Die beiden sind tatsächlich hier gewesen«, sagte Mathis. »Sie waren in Begleitung eines gut gekleideten, älteren Herrn. Einer mit Geld, hat der Wirt gesagt. Sind vorgestern Richtung Aschaffenburg aufgebrochen.«

»Also stimmt meine Vermutung. Neulich erst hat sich ein älterer Herr mit Theodora und Elisabeth nach der Vorstellung unterhalten. Auch er sah nicht wie ein einfacher Bürger oder Bauer aus.«

»Aber was könnte so einer von unseren Zwillingen wollen?«, fragte Mathis.

»Vielleicht gefallen sie ihm. Soll ja reiche Leute geben, die sich unsereins wie Haustiere halten.« Dora zuckte mit den Schultern.

Mathis verzog das Gesicht und antwortete: »Wie auch immer. Wir müssen zusehen, dass wir sie auftreiben, denn sonst reißt Lorenz uns den Kopf ab.«

»So schlimm wird es schon nicht werden. Sind nicht die ersten Mitglieder unserer Truppe, die abhandenkommen. Kannst du dich noch an Leila erinnern?«, fragte Dora.

»Aber sicher. Lorenz war damals richtig wütend. Er hat alles versucht, um sie aufzuspüren, hat sie jedoch nie gefunden, was selten vorkommt. Sie ist, genauso wie Theodora und Elisabeth, einfach nach der Vorstellung verschwunden.«

»Ein hübsches Mädchen. Es ist schön, dass damals unsere List geklappt hat.« Dora zwinkerte Mathis zu.

»Du hast dahintergesteckt?«

»Es war eine alte Gräfin, mit der sich Leila angefreundet hatte. Die gute Frau wollte das Mädchen unbedingt zu sich auf ihr Landgut holen. Lorenz hätte niemals zugestimmt, denn Leila bestritt damals einen großen Teil der Aufführung. Du erinnerst dich? Sie konnte wunderbar tanzen. Ich persönlich fand es stets beeindruckend, wie eine so kleine Person es schaffte, so viele Menschen auf so anmutige Art und Weise in ihren Bann zu ziehen.«

»Ich erinnere mich«, sagte Mathis. »Sie hat stets ein weißes Kleid mit einem Schleier getragen und hohe, funkelnde Absatzschuhe. Sie war aber auch ein Püppchen mit ihren blonden Locken und den leuchtend blauen Augen.«

»Ich glaube, das ist auch der Grund dafür, warum die alte Dame Leila unbedingt bei sich haben wollte. Sie sah in ihr das hübsche Püppchen, vielleicht sogar ein Spielzeug. Wie die meisten Adligen erschien sie mir recht besitzergreifend zu sein. Nach der Vorstellung in Neuwied ist ihr Diener hinter die Bühne gekommen, um das Mädchen abzuholen. Es hat mir leidgetan, sie zu verlieren. Doch bei der Gräfin geht es ihr bestimmt besser als in unserem skurrilen Theater. Erst einige Stunden später habe ich Alarm geschlagen. Den Rest der Geschichte kennst du. Lorenz wäre niemals auf die Idee gekommen, Leila bei einer gut betuchten Gräfin zu suchen.«

»Und so ähnlich willst du es jetzt mit den Zwillingen auch handhaben? Was ist, wenn der reiche Mann sie nicht gut behandelt?«

»Du immer mit deinen Fragen«, sagte Dora. »Willst mir ein schlechtes Gewissen einreden.«

»Das muss ich dir nicht einreden. Das hast du schon«, antwortete Mathis grinsend. »Ich sehe dir an der Nasenspitze an, dass du in großer Sorge um die beiden bist.«

»Du kennst mich einfach zu gut«, erwiderte Dora seufzend. »Wir werden wohl Richtung Aschaffenburg weiterziehen und uns durchfragen müssen. Sollte nicht sonderlich schwierig werden, etwas in Erfahrung zu bringen. Laufen gewiss nicht viele Mädchen in der Gegend herum, die an der Hüfte zusammengewachsen sind.«

Mathis wollte etwas erwidern, doch plötzlich entdeckte er Lorenz, der unweit von ihnen den Marktplatz überquerte und auf das Stadtpalais des Landgrafen zuhielt.

»Da sieh mal einer an«, sagte Dora. »Gewiss hat die blonde Schlange nach ihm gerufen.«

»Das gefällt mir nicht«, erwiderte Mathis. »Erst neulich hat er mir erzählt, die Sache mit ihr wäre ein für alle Mal beendet.«

»Im Suff redet er viel und wird melancholisch«, erwiderte Dora und winkte ab.

»Trotzdem gefällt es mir nicht. Komm, lass uns näher rangehen.« Mathis stand auf. »Ich hab ein ungutes Gefühl bei der Sache. Am Ende geht es um Magdalene.«

»Bist du verrückt. Was willst du denn da? Wieso soll es denn um Magdalene gehen. Hast du nicht gesagt, sie ist in Höchst in Sicherheit?«

Dora sprang von der Bank herab und folgte ihm, hatte aber Mühe, mit ihren kurzen Beinen mit ihm Schritt zu halten.

»Mathis. Jetzt warte doch mal!«, rief sie und blieb japsend stehen. Er lief, ohne auf sie zu hören, weiter. Wie hypnotisiert hielt er auf das Stadtpalais zu, das ihm einst Heimat gewesen war. Er schlug den Weg zur Rückseite des Gebäudes ein.

»Gottverdammter Mohr, elender, mit deinem Sturkopf«, schimpfte Dora. Sie raffte ihre Röcke und begann zu laufen. »Jetzt warte schon. Allein gehst du mir da nicht rein. Verstanden!«

Ihr lautes Gezeter ließ Mathis endlich innehalten. Dora blieb, nach Atem ringend, vor ihm stehen.

»Es ist nicht wie immer, wenn er gesoffen hat. Er hat mir gesagt, Luise hätte es beendet. Die wunderhübsche Tänzerin, die er tot wähnt, steht zwischen ihm und seiner Geliebten, weil diese ihren Anblick und die Vergangenheit nicht ertragen kann, was verständlich ist, denn Magdalene ist ein Abbild ihrer Mutter. Es muss schrecklich sein, die alte Rivalin vor sich zu sehen, auch wenn es nur die Tochter ist.«

»Die zufällig weiß, dass man eine Mörderin ist«, fügte Dora hinzu.

»Ich habe Lorenz' Blick auf dem Marktplatz in Höchst gesehen. Er wollte sie besitzen, mit Haut und Haar. Unbändiges

Verlangen hat in seinen Augen gestanden. Es hat mir schreckliche Angst gemacht.«

»Trotzdem musst du mir erklären, weshalb die beiden ausgerechnet jetzt über Magdalene sprechen sollten. Das Mädchen ist fort, Lorenz wähnt sie tot. Luise von Spiegel lebt weiterhin ihr luxuriöses Leben an der Seite des Landgrafen. Es gibt keinen Grund, sich in dieses Haus zu schleichen, um am Ende noch erwischt zu werden.«

»Ich muss wissen, was er dort will. Es ist so ein Gefühl. Ich kann es nicht beschreiben.« Mathis suchte Doras Blick.

»Meinetwegen«, gab sie nach. »Aber allein gehst du nicht. Das wäre ja noch schöner. Wenn schon, dann kommen wir gemeinsam in Teufels Küche.« Sie stemmte die Hände in die Hüften.

Er hob sie lächelnd vom Boden hoch. »So kenne ich meine Dora. Immer tapfer voraus.«

»Kein bisschen tapfer, aber vielleicht ein wenig verrückt«, entgegnete sie.

Die beiden schlichen in den Hinterhof des Anwesens, der menschenleer war. Einige Fässer türmten sich an der Rückwand eines Schuppens, daneben stand ein schäbiger Karren, unter dem eine Katze lag und ihre Jungen säugte. Mathis drückte vorsichtig die Türklinke nach unten. Die Tür öffnete sich knarrend.

»Es ist nicht abgeschlossen«, flüsterte Dora.

Sie schlüpften in den düsteren Flur, in dem es nach gebratenem Fleisch und Rosmarin duftete. Auf Zehenspitzen schlich Mathis an eine geöffnete Tür und spähte um die Ecke. Es handelte sich um die Küche. Drei Mägde standen mit dem Rücken zu ihnen an einem langen Tisch und unterhielten sich. Eine korpulente Frau rührte in einem Topf, der auf dem Herd stand und aus dem Dampf aufstieg. Zischend tropfte Wasser auf die heiße Ofenplatte.

»Hört mit dem Gekicher auf«, rügte die Köchin die Mägde. »Beeilt euch lieber. Sonst werden wir bis heute Abend nie fertig.«

Mathis nickte Dora kurz zu, und sie huschten an der Tür vorbei. Niemand schien sie bemerkt zu haben. Er hielt auf eine Treppe am Ende des Flures zu, öffnete die sich dort befindliche Tür einen Spaltbreit und spähte in den Raum.

»Die Luft ist rein«, flüsterte er.

Auf Zehenspitzen gingen sie in die weitläufige Eingangshalle. Dora riss die Augen auf. So eine Pracht hatte sie in ihrem ganzen Leben noch nicht gesehen. Die vielen Gemälde, hübschen Möbel und der funkelnde Kronleuchter an der Decke. Überall an den Wänden waren Kerzenständer angebracht, in denen echte Wachskerzen steckten. In ihrem Wagen gab es nur eine einfache Öllampe und Talgkerzen, die scheußlich rußten.

Mathis eilte zur Treppe. Er schien ganz genau zu wissen, wo sich in diesem unfassbar großen Haus Luise von Spiegel aufhielt. Im oberen Flur angekommen, dämpfte ein flauschiger roter Teppich ihre Schritte. Hier schimmerten die Wände rötlich, und auf kleinen Tischchen standen hübsche, bunt bemalte Porzellanfiguren.

»Der Salon für die Frauen liegt ganz hinten«, erklärte Mathis und blieb stehen. »Wenn wir Glück haben, hält sich in den anderen Räumlichkeiten niemand auf. Die Zimmer sind nicht nur durch den Flur miteinander verbunden. Es gibt auch Zwischentüren.«

Er öffnete eine Tür zu seiner Linken, prüfte, ob die Luft rein war, und schlüpfte in den Raum. Erneut empfing sie purer Luxus. Die Wände des Raumes schimmerten grünlich. Vermutlich eine Seidentapete, mutmaßte Dora, die den hübschen und sündhaft teuren Wandschmuck mal auf einem

Markt gesehen hatte. Eine auf Hochglanz polierte Kommode stand neben einem großen, weiß gekachelten Ofen. Eine Sitzgruppe lud zum Verweilen ein. Stühle und Bank waren mit rotem Samt bezogen. Mathis ging auf eine Tür rechter Hand zu und öffnete sie vorsichtig. Auch der nächste Raum war leer. Die Wände waren in diesem Raum hellgelb, und auch hier gab es einen Kamin, eine Sitzgruppe und eine Kommode, allerdings füllte ein Billardtisch die Mitte des Raumes aus. In seiner Mitte lagen die bunten Holzkugeln ordentlich neben zwei Queues.

»Was ist das?«, fragte Dora und deutete auf den Spieltisch.

»Man nennt es Billard«, erklärte Mathis. »Es ist eine Art Tischspiel. Mit den Stöcken müssen die Bälle in die Löcher an den Seiten versenkt werden.«

»Billard. Was für ein sonderbarer Name für ein Ballspiel«, sagte Dora.

»Woher er stammt, kann ich dir leider nicht beantworten. Ich konnte ganz gut spielen. Ab und an habe ich es mit Magdalene gespielt. Damals waren wir noch klein, weshalb wir einen Schemel benötigten, um über den Rand gucken zu können.« Er zwinkerte Dora zu.

»Wohl dem, der den Schemel erfunden hat«, erwiderte sie grinsend. »Allerdings würde ich bei der Tischhöhe eher eine Leiter benötigen.«

Mathis wollte etwas erwidern, kam jedoch nicht mehr dazu. Die Tür zum Nebenzimmer öffnete sich, und Lorenz' Stimme war zu hören. Die beiden zuckten erschrocken zusammen und schlüpften hastig hinter einen der dicken, vor dem Fenster hängenden Brokatvorhänge.

Luise von Spiegel betrat den Raum. Lorenz folgte ihr.

»Und jetzt willst du, dass ich nach Gießen fahre und das Mädchen endgültig aus der Welt schaffe«, sagte Lorenz.

Luise drehte sich zu Lorenz um. »Du hast behauptet, dass sie tot sei. Derweil steht sie in Gießen quietschlebendig am Straßenrand und beschimpft mich erneut als Mörderin. Dieses vermaledeite Gör. Sie zerstört alles.« Luise ballte die Fäuste.

»Sie hatte ein Messer im Bauch stecken. Ich habe es mit eigenen Augen gesehen«, verteidigte sich Lorenz. »Sie muss tot sein. Bist du sicher, dass sie es tatsächlich gewesen ist? Vielleicht war es ein anderes Mädchen, das ihr ähnelte.«

»Gewiss nicht. Magdalene würde ich immer und überall erkennen, gleicht sie doch ihrer Mutter bis aufs Haar. Du hast sie also erstochen? Hast du ihren Leichnam auch beiseitegeschafft? Was ist dann geschehen?«

Lorenz schwieg einen Moment. Mathis hielt den Atem an.

»Das weiß ich nicht«, gestand Lorenz. »Sie hatte einen Helfer, der auf mich losgegangen ist.«

»Einen Helfer«, wiederholte Luise verblüfft.

»Einen der Zigeuner. Er hat mich niedergeschlagen.«

Mathis atmete aus.

»Als ich wieder zu mir gekommen bin, war sie fort und der Zigeuner auch.«

»Also könnte sie noch leben.«

»Vielleicht. Aber mit dieser Bauchwunde ...« Lorenz kam ins Stottern.

»Also ist sie dir entkommen«, stellte Luise fest. »Und jetzt sitzt sie irgendwo in Gießen und verteufelt mich noch immer als Mörderin.« Sie trat näher an Lorenz heran. Ihr Gesicht war jetzt ganz nahe vor seinem. Ihre Stimme wurde leiser.

»Du wirst deinen Fehler für mich aus der Welt schaffen, und vielleicht könnte ich dann auch vergessen, dass das dumme Gör zwischen uns stand.«

Lorenz blickte Luise in die Augen. Langsam hob er seine Hand und berührte ihre Wange.

»Keine Sekunde hat sie zwischen uns gestanden, und das weißt du auch. Eine andere wird es niemals für mich geben. Das verspreche ich dir. Ich bin dir verfallen, auf ewig der deine.«

Sie berührte seine Hand und führte sie an ihre Lippen, begann jeden einzelnen Finger zu küssen. »Dann töte das Mädchen. Tu es für mich, für uns.«

Er wollte sie in seine Arme ziehen, doch sie ließ von ihm ab und trat ans Fenster. Mathis und Dora drängten sich noch mehr in ihre Ecke hinter dem Vorhang.

»Aber diesmal richtig, nicht nur halb oder ein wenig. Das Problem muss endgültig aus der Welt geschafft werden.«

Er trat hinter sie und begann, ihren Nacken zu küssen. Luise von Spiegel ließ ihn gewähren. Sie lehnte sich nach hinten, und seine Hände wanderten über ihre Taille und unter ihren Rock und zogen ihn in die Höhe. Mathis und Dora wandten beschämt den Blick ab, während Lorenz Luise vor ihren Augen nahm. Es dauerte eine halbe Ewigkeit, bis die beiden ihr Liebesspiel beendeten, das sie mit großer Leidenschaft auf dem Billardtisch fortsetzten. Irgendwann war es dann doch vorbei, wofür Dora dem Herrn im Himmel dankte, obwohl sie nicht sonderlich gläubig war.

Als die beiden wenig später den Raum verließen, atmete Mathis erleichtert auf und sagte: »Himmel. Das auch noch.«

»Und was jetzt?«, fragte Dora.

»Jetzt sehen wir erst einmal zu, wie wir hier herauskommen, und dann gehe ich nach Gießen. Am besten noch heute Nacht.«

»Bist du verrückt? Lorenz wird dich umbringen«, sagte Dora.

»Hast du eine bessere Idee, wie ich Magdalene retten soll. Er wird sie töten.«

Dora überlegte kurz. »Dann nimm mich mit.«

»Aber …«, wollte Mathis widersprechen, doch Dora fiel ihm ins Wort. »Kein Aber. Ich weiß, dass ich klein bin. Doch ich bin tapfer und klug. Viel klüger als du, mein großer schwarzer Bruder. Und wir wissen beide, was Lorenz mit mir machen wird, wenn du weg bist.« Sie gab ihm einen Klaps.

»Also, von mir aus«, stimmte er zu, wissend, dass sie recht hatte.

»Aber jetzt müssen wir erst einmal zusehen, dass wir unentdeckt aus diesem Gebäude herauskommen«, sagte er.

»Ein Stadtpalais«, korrigierte sie ihn.

»Auch gut, ein Stadtpalais. In dem viele Leute herumgeistern, die bestimmt nicht sonderlich begeistert darüber sein werden, einen Mohren und eine Zwergin auf dem Flur anzutreffen.«

Keine Minute später schlichen sie den Flur hinunter und durch das leere Treppenhaus. Als sie kurz darauf auf den Marktplatz traten, atmeten sie erleichtert auf und eilten Richtung Stadttor.

26

Dora stand in ihrem Wohnwagen vor ihrem winzigen Wandschrank und überlegte, was sie an Kleidung mitnehmen sollte. Wehmütig blickte sie auf ihre zwei hübschen, mit Perlen besetzten Glitzerkleidchen, die zwar schön anzusehen, aber nicht sonderlich praktisch waren. Der daneben hängende braune Wollrock war schon eher geeignet, genauso wie die dicken Wollstrümpfe, die sie aus der Truhe unter dem Toilettentisch gefischt hatte. Sie lagen neben ihrem Hut, einem Schal, drei Tüchern und einem Paar Handschuhe auf ihrem Bett. Nur das Nötigste, hatte Mathis zu ihr gesagt, bevor sie sich getrennt hatten. Wenn die Dunkelheit hereingebrochen war, sollte es losgehen. Mathis hatte kurz zuvor ein Gespräch zwischen Lorenz, Hannes und Friedrich belauscht, in dem Lorenz seine morgige Abreise angekündigt hatte. Noch in der Dämmerung wollte er aufbrechen. Er habe von einer großen Attraktion in Gießen gehört, die er sich ansehen wollte. So etwas kam nicht zum ersten Mal vor, weshalb Hannes und Friedrich gelassen blieben. Im letzten Sommer war es bei Tyler, dem Löwenmenschen, ähnlich gewesen. Lorenz hatte erst einmal erkundet, ob die Gerüchte stimmten, bevor er mit einer Gruppe Burschen losgezogen war, um Tylers habhaft zu werden. Um was es diesmal ginge, hatte Hannes gefragt. Lorenz hatte etwas von einem Kamelmenschen erzählt, was Hannes und Friedrich mit einem Murmeln zur Kenntnis genommen hatten. Ob Kamelfrau, Schlangen- oder Affenmensch, Zwerg oder Allesfresser. In Aufregung versetzten Abnormitäten niemanden mehr. Hannes und Friedrich waren vor ein paar Stunden von Mathis mit zwei Flaschen Branntwein versorgt worden, was in der Regel dazu führte, dass die beiden bis spät in die Nacht soffen und am nächsten Tag bis in die Mittagsstunden ihren Rausch ausschliefen. Schon öfter hatte er auf diese Weise die beiden außer Gefecht gesetzt, um, meist in Begleitung von Dora, aus dem Lager zu verschwinden. Fortzulaufen, daran hatten sie dabei nie gedacht. Es waren gestohlene Stunden der Freiheit, in denen sie ihrem tristen Alltag entflohen. An heißen Sommertagen planschten sie in einem Teich, stahlen Äpfel von den Bäumen oder sammelten Blaubeeren in den Wäldern. Hin und wieder zog es sie aber auch in eine nahe gelegene Stadt, meist wenn Markttag war. Auf Mathis' Arm hatte Dora stets einen guten Überblick über die vielen bunten Stände und musste sich keine Sorgen machen, in der Menge übersehen und umgestoßen zu werden.

Ohne Vorankündigung öffnete sich die Tür, und Dora erschrak. Doch es war nur Josephine, die den Raum betrat und ohne eine Begrüßung sofort zu reden begann.

»Ich habe Licht gesehen. Du hast gar nicht gesagt, dass ihr zurück seid. Was ist denn jetzt mit den Zwillingen? Habt ihr die beiden aufgestöbert? Liesel vermutet ja, sie sind bereits über alle Berge. Sie hat gemeint, dass die beiden von dem feinen Herrn mitgenommen worden sind, der neulich mit ihnen nach der Vorstellung gesprochen hat.« Ihr Blick fiel auf Doras Bett. »Was liegen denn da für Sachen? Sieht fast so aus, als wolltest du packen.«

Dora räumte Strümpfe, Schal, Tücher, Hut und Handschuhe zur Seite und setzte sich. Ihre Miene wurde ernst.

»Die Mädchen sind tatsächlich mit dem alten Mann mitgegangen. Ein Gastwirt in Darmstadt hat es uns bestätigt. Der Herr hatte bei ihm ein Zimmer gemietet. Er wollte Richtung Aschaffenburg. Mathis hat es vorhin Lorenz gesagt, der ihm eine Ohrfeige verpasste. Als wäre Mathis schuld an der Misere.«

»Misere«, wiederholte Josephine. »Eher Glück, würde ich sagen. Jedenfalls für Theodora und Elisabeth. Nur wenigen gelingt die Flucht.«

»Ob sie es bei dem Mann wirklich besser haben, bezweifle ich«, sagte Dora. »Mir ist er schon lange vor der Vorstellung aufgefallen. Er hatte diesen besonderen Blick, den Männer bekommen, wenn …«

»Ich will es gar nicht hören.« Josephine ließ sie nicht ausreden. »Du glaubst doch nicht wirklich an so eine Scheußlichkeit?«

»Ich frage mich, was so ein alter Mann aus besseren Kreisen von Elisabeth und Theodora will. Aus Barmherzigkeit hat er sie gewiss nicht zu sich genommen.«

»Das denke ich auch«, stimmte Josephine seufzend zu. »Sein gieriger Blick ist auch mir nicht entgangen.«

»Fragt sich also, wo das Leben besser ist«, stellte Dora schulterzuckend fest. »Bei einem alten Mann mit abnormen Gelüsten oder in unserer bunten Truppe, wo sich das Leben nicht immer wie Gefangenschaft anfühlt.«

»Nicht immer, aber meistens. Jedenfalls für mich.« Erneut fiel Josephines Blick auf Doras Kleiderstapel, und sie fragte: »Weshalb hast du die Sachen rausgelegt?«

Dora wollte etwas erwidern, kam jedoch nicht mehr dazu. Mathis betrat den Wohnwagen und schloss hastig die Tür hinter sich. »Josephine. Du hier?«, fragte er verwundert.

»Sie wollte wissen, ob wir die Zwillinge gefunden haben«, antwortete Dora. »Ich habe ihr alles erklärt.«

Mathis entspannte sich ein wenig. Doch Josephine spürte, dass etwas anders war.

»Was ist los?«, fragte sie. »Irgendetwas stimmt hier nicht. Es ist noch mehr als der Weggang der Zwillinge, oder? Deshalb packst du warme Sachen zusammen, nicht wahr?« Sie deutete auf den Wäschestapel.

Dora warf Mathis einen kurzen Blick zu. Er setzte sich neben Josephine und sah sie eindringlich an. »Wir müssen fort von hier. Es geht um Leben und Tod. Lorenz wird morgen nach Gießen aufbrechen, und wir müssen ihm unbedingt zuvorkommen.«

»Aber das geht nicht. Hannes und Friedrich werden euch niemals gehen lassen. Ich habe die beiden vorhin mit Simon reden hören. Zu dritt wollen sie das Lager mit Argusaugen bewachen. Und was wollt ihr überhaupt in Gießen? Lorenz will dort irgendeine neue Attraktion begutachten, jedenfalls haben Hannes und Friedrich davon gesprochen, bevor sie mich fortgescheucht haben.« Sie wies auf ihre Wange.

Erst jetzt bemerkte Dora die Schwellung unter ihrem linken Auge. »Elende Prügelknaben«, sagte sie und tätschelte Josephines Schulter.

Mathis blickte von Josephine zu Dora. Die Zwergin nickte.

»Lorenz sucht in Gießen keine neue Attraktion«, sagte er tief durchatmend. »Er will eine gute Freundin von mir töten.«

»Dieses Zigeunermädchen.« Josephine wusste sofort, von wem die Rede war.

Mathis blickte zu Dora, die mit den Schultern zuckte. »Weshalb hätte ich ihr nicht von Magdalene erzählen sollen? Josephine war die Einzige, die mit mir geredet hat, während ich eingeschlossen war und um mein Leben fürchtete.«

»Hast du nicht gesagt, Magdalene wäre tot?«, fragte Josephine Dora.

»Das war eine Lüge«, antwortete diese. »Lorenz sollte denken, dass sie tot ist. Je weniger davon wissen, dass sie am Leben ist, desto besser.«

»Er scheint erfahren zu haben, dass sie noch am Leben ist«, schlussfolgerte Josephine.

»Von Luise von Spiegel, dieser Schlange. Sie muss Magdalene in Gießen erkannt haben. Was ist das Mädel auch so dumm und geht ausgerechnet dorthin, wo sie doch weiß, dass Luise von Spiegel häufiger in Gießen weilt.«

»Weshalb sie ausgerechnet nach Gießen gegangen ist, werden wir bald erfahren. Gewiss wird uns Adam genauere Auskünfte über ihren Verbleib geben können.«

»Adam. Wer ist das nun wieder?«, fragte Josephine.

»Ein guter Freund von mir. Ohne ihn wäre Magdalene heute nicht mehr am Leben. Ich bin mir sicher, er kann uns weiterhelfen.«

»Ich begleite euch.« Josephine stand auf und reckte entschlossen ihr Kinn vor. »Ohne euch ist es hier unerträglich. Ganz besonders ohne dich, Mathis. Wer soll mich denn gegen Hannes und Friedrich verteidigen, wenn du fort bist? Gewiss werden sie mich totprügeln.«

»Aber das geht nicht«, widersprach Mathis. »Es reicht schon, wenn wir zu zweit losziehen. Eine Reisegruppe erregt noch mehr Aufsehen.«

»Dann werde ich jetzt eben nach draußen laufen und ganz laut schreien, dass ihr beiden das Lager verlassen wollt.« Josephine verschränkte die Arme vor der Brust.

»Das wagst du nicht«, sagte Dora.

»Und wenn doch?« Josephines Stimme klang trotzig.

Hilflos blickte Dora Mathis an.

»Dann bleibt uns wohl nichts anderes übrig, als dich mitzunehmen«, sagte Mathis.

»Oh, wie wunderbar.« Josephine klatschte vor Freude in die Hände. »Endlich geht es von hier fort.«

Dora fing Mathis' Blick auf. Seine Miene war besorgt. Für Josephine schien der Versuch, Magdalene zu retten, wie ein Spiel zu sein.

Doch schnell wurde die Miene des Hautmädchens wieder ernst.

»Dann bin ich endlich frei. Und vielleicht findet sich irgendein Weg, um zu meiner geliebten Maman nach Paris zurückzukehren.« Ihre Stimme klang hoffnungsvoll.

Dora wusste, dass das niemals passieren würde, denn Paris war unerreichbar weit entfernt. Trotzdem antwortete sie: »Ja, vielleicht. Ich würde es dir wünschen.«

Einige Stunden später hatte der Branntwein bei Hannes und Friedrich seine Wirkung getan, und die beiden lagen selig schlafend in ihrem Wohnwagen, was Mathis zuvor noch überprüfte. Dora und Mathis standen unweit ihres Wagens und warteten auf Josephine.

»Jetzt ziehen wir auch noch Josephine in die Sache hinein«, sagte Dora, während sie ungeduldig von einem Bein aufs andere wippte.

»Mir gefällt das auch nicht«, antwortete Mathis. »Aber wenn sie ihre Drohung wahr gemacht hätte, säßen wir jetzt im Wagen, und Magdalene wäre so gut wie tot.«

»Wenn das Mädchen in Gießen tatsächlich Magdalene war«, erwiderte Dora und sprach damit zum ersten Mal den Zweifel aus, der sie beide seit ihrer Flucht aus dem Stadtpalais plagte. Was war, wenn Luise von Spiegel sich geirrt hatte? Mathis hatte Magdalene in Höchst in der Obhut eines guten Freundes zurückgelassen. Am Ende weilte sie noch immer dort, und Luise von Spiegel sah in Gießen nur Gespenster.

»Nein, das glaube ich nicht«, versuchte Mathis, Doras Zweifel zu zerstreuen. »Magdalene ist das Abbild ihrer Mutter, der Frau, die Luise von Spiegel zeit ihres Lebens gehasst hat. Niemals würde diese Frau Magdalene verwechseln. Dessen bin ich mir sicher.«

Ein Geräusch ließ die beiden aufblicken. Josephine huschte zwischen den Wohnwagen hindurch und blieb, ein Bündel in den Händen, vor ihnen stehen.

»Meine Güte. Es war gar nicht so einfach, sich so zu verhalten, dass Liesel keinen Verdacht schöpft. Unsere Riesenfrau hat ein verdammt gutes Gespür dafür, wenn etwas in der Luft hängt, von ihrem leichten Schlaf mal abgesehen.«

»Und eine Riesin können wir auf unserer Reise nicht auch noch gebrauchen«, sagte Dora.

»Ach, wirklich nicht.« Liesels Stimme ließ alle zusammenzucken. »Dann freundet euch mal schnell mit dem Gedanken an, dass euch nichts anderes übrigbleiben wird, als mich mitzunehmen.« Die Tiroler Riesenfrau stand, die Hände in die Hüften gestemmt, vor ihnen und blickte in die Runde. »Ich weiß zwar nicht, was ihr drei ausheckt, aber trotzdem will ich dabei sein.«

Erschrocken blickten Dora und Mathis Liesel an, während Josephine schuldbewusst den Blick senkte. Mathis wollte etwas erwidern, kam jedoch nicht mehr dazu.

»Kann mir bitte mal jemand erklären, was dieses sonderbare Treffen zu so später Stunde zu bedeuten hat«, sagte plötzlich Lorenz.

Mathis zuckte erschrocken zusammen. Er hatte es geahnt. Drei waren einer zu viel, und vier waren unmöglich.

Der Blick des Gauklers blieb an Mathis hängen, und seine Augen verengten sich zu gefährlichen Schlitzen.

Dora war diejenige, die sich als Erste fing. Sie ergriff das Wort. »Nichts weiter. Es ging um die Zwillinge. Wir überlegen, wie wir sie am besten zurückholen könnten. Eigentlich sollten auch Hannes und Friedrich bei dem Gespräch dabei sein.« Sie deutete auf den im Dunkeln liegenden Wagen der beiden. »Wahrscheinlich haben sie wieder zu viel gesoffen.«

Lorenz' Miene veränderte sich nur wenig. Noch immer war sein Blick auf Mathis gerichtet. »Um die Zwillinge.« Sein Tonfall klang höhnisch. »Wie wir wissen, sind die beiden mit einem geilen alten Bock auf und davon. Ich bin so gnädig und gebe sie frei. Waren sowieso recht anstrengend. Darüber haben wir ja bereits gesprochen.« Er starrte Mathis an. Der Mohr nickte. »Allerdings mag ich es gar nicht, belauscht zu werden.« Lorenz grinste süffisant. Dora erstarrte. »Hast du wirklich gedacht, ich hätte euch hinter dem Vorhang nicht bemerkt? Über den Hinterhof hab ich euch schleichen sehen wie die Hühnerdiebe. Ich nehme an, du hast genug gehört.« Er trat näher an Mathis heran, der einen Schritt zurückwich. »Du weißt, wie gern ich es habe, belogen zu werden, nicht wahr? Ich dachte mir schon, dass du so reagieren würdest. Gefühle dieser Art haben schon so manchem Mann den Verstand vernebelt.«

»Du sprichst aus, was alle wissen«, sagte Mathis. »Hat dich doch eine Frau in ihrer Gewalt. Was sie auch verlangt, du wirst es für sie tun. Ich denke, du bist nicht mehr bei Sinnen.«

Dora trat einen Schritt zurück. Doch Lorenz blieb ruhig.

»Ich sehe nichts Verwerfliches darin, die Wünsche meiner Liebsten zu erfüllen«, erwiderte Lorenz trocken. »Und diese kleine Magdalene ist längst eine wertlose Zigeunerin.«

»Eine wertlose Zigeunerin. Dass ich nicht lache«, sagte Mathis. »Sie ist die Tochter des Landgrafen und die Zeugin eines Mordes, den die gute Luise von Spiegel aus Machtgier begangen hat. Unsere hübsche Landgräfin weiß ganz genau, was passieren wird, wenn der Landgraf Magdalenes ansichtig wird, weshalb sie alles dafür tut, dass Magdalene für immer verschwindet. Die ungeliebte Zeugin aus der Vergangenheit könnte dafür sorgen, dass ihr luxuriöses Leben an der Seite des Landgrafen ein jähes Ende findet. Und du bist so dumm, dass du ihr den Gefallen tust. Was ist, wenn sie deiner überdrüssig wird? Setzt sie dann auch einen Mörder auf dich an, von dem sie sich vorher nehmen ließ?« Mathis' Stimme bekam einen höhnischen Unterton. »Wirst du nach Magdalene auch mich töten? Oder weshalb schützt du mich all die Jahre vor deiner Geliebten. Bin doch auch ich ein unliebsamer Zeuge.«

»Wer glaubt schon einem Schokoladenjungen«, erwiderte Lorenz und machte einen Schritt auf Mathis zu. »Einem Schokoladenjungen, dem ich vertraut und noch eine Möglichkeit zur Bewährung gegeben habe. Damit ist jetzt endgültig Schluss.« Seine Stimme wurde lauter. Er wollte nach Mathis greifen, doch dieser wich ihm aus und entgegnete: »Nein, es hat ein Ende. Ein für alle Mal. Komm, Dora. Wir gehen.« Er hob die Zwergin vom Boden hoch. Josephine folgte ihnen. Liesel zögerte.

»Niemand geht hier irgendwohin«, rief Lorenz und stellte sich Mathis in den Weg. Er zog sein Messer aus dem Gürtel, griff nach Josephine und hielt es ihr an die Kehle.

Im Lager wurde es unruhig. Stimmen waren zu hören. Es waren Salo und Toto, die neugierig näher kamen, gefolgt von Tyler, Peppo und Fabiola, die ihre Blockflöte in den Händen hielt.

»Lass sie los.« Mathis setzte Dora auf den Boden und ging mit erhobenen Händen auf Lorenz zu. »Josephine hat nichts mit der Sache zu tun. Du willst jemandem die Kehle aufschlitzen, jemanden bestrafen? Dann nimm mich. Den Schokoladenjungen, von dem du einmal sagtest, er wäre wie ein Sohn für dich.«

»Ein Sohn, dass ich nicht lache. Ein Mohr bist du, ein gottverdammter dahergelaufener Schmarotzer, den ich all die Jahre durchgefüttert habe. Nicht einmal für die Bühne hast du getaugt.«

»Lorenz, bitte«, mischte sich jetzt auch Dora ein. »Du hast getrunken. Lass Josephine aus dem Spiel. Sie weiß gar nicht, um was es geht.«

»Mir gleichgültig, was sie weiß. Sie ist eine Verräterin. Wie alle hier.« Er drehte sich im Kreis. »Gottverdammte Affen- und Löwenmenschen, Zwerge und Riesen. Ohne mich wärt ihr nichts und würdet in der Gosse verhungern! Wen ich wann und warum töte, das ist meine Sache. Das geht hier niemanden etwas an.«

»Du sollst sie loslassen«, sagte Mathis. »Du hast Ärger mit mir, nicht mit Josephine. Dora hat recht. Sie hat nichts mit der Sache zu schaffen.«

»Das ist mir gleichgültig.« Lorenz' Blick war eiskalt. »Sie wollte mit euch gehen, aus dem Lager fliehen. Das kommt einem Todesurteil gleich.«

»Und was ist mit mir?«, fragte Mathis. »Weshalb hast du nicht mich getötet oder Dora? Wir sind diejenigen, die dich hintergehen, nicht Josephine. Sie wollte nur nach Hause zu ihrer Mutter nach Paris. Du weißt, dass sie Heimweh hat.«

»Mir ist vollkommen egal, wer hier was für ein Wehwehchen hat. Ihr seid meine Truppe, meine Untertanen, ich bestimme über Leben und Tod in diesem Lager.« Ohne Vorwarnung hob er die Hand und schnitt mit einem Ruck Josephine die Kehle durch. Das Hautmädchen riss die Augen auf. Blut tränkte ihr Kleid. Dora wollte zu Josephine stürzen, doch Mathis hielt sie zurück. Der Blick des Mädchens war erstarrt, ihr Kopf kippte zur Seite.

»Du gottverdammtes Ungeheuer«, rief Liesel. »Sie war meine Freundin, war wie eine Schwester für mich. Was hat sie dir getan?« Die Riesenfrau ging auf Lorenz los und begann, mit den Fäusten auf ihn einzuschlagen, während der Rest der Truppe entsetzt neben der toten Josephine stand. Lorenz hob die Hände, um sich gegen die Riesin Liesel, die ihn gut einen Kopf überragte, zu schützen.

Mathis wich zurück. »Weg hier. Jetzt oder nie«, raunte er Dora ins Ohr und hob sie hoch. Auch Tyler, Salo und Toto gingen auf Lorenz los, und Fabiola begann, laut zu kreischen. Im allgemeinen Tumult bemerkte niemand, dass sich Mathis und Dora absetzten. Mathis rannte an der Bühne vorbei und schlug den Weg Richtung Darmstadt ein. Kurz vor dem Stadttor verließen sie die Straße und liefen sicherheitshalber querfeldein weiter. Es würde nicht lange dauern, bis Lorenz sich aus seiner misslichen Lage befreit hatte und die Verfolgung aufnehmen würde. Dora hing wie eine Puppe in seinem Arm und schluchzte jämmerlich.

»Nein sagen«, wiederholte sie immer wieder. »Ich hätte nein sagen sollen. Nicht Paris, niemals wieder Paris. Sie wollte zu ihrer Mutter. Ich hätte nein sagen sollen.«

Sie erreichten die Landstraße nach Frankfurt, die Mathis überquerte. Auch jetzt noch war es sicherer, nicht auf irgendwelchen Straßen unterwegs zu sein, auch wenn es stockfinstere Nacht war. Der Mond, eine schmale Sichel, war nur ab und an zwischen den Wolken zu erkennen. Ein eisiger Wind schlug ihnen entgegen, als sie ein freies Feld überquerten. Ein Stück weiter ging es erneut durch einen Wald. Mathis blieb nicht stehen, obwohl er Seitenstechen hatte und sein Arm schmerzte. Dora wog mehr als gedacht. Plötzlich forderte sie Mathis auf, stehen zu bleiben, da sie ein dringendes Bedürfnis verspürte. »Wenn du mich nicht sofort runterlässt, kann ich nicht mehr an mich halten«, schrie sie ihn an, nachdem er ihre Bitte ignorierte. Ruckartig blieb er stehen und setzte Dora ab. Die Zwergin verschwand in einem kleinen Kiefernwäldchen, und Mathis lehnte sich keuchend an einen Baumstamm. Der Mond war hinter den Wolken verschwunden, und ein leichter Nieselregen setzte ein. Dora kam zurück und ließ sich trotz der Feuchtigkeit ins weiche Moos plumpsen. Sie lehnte sich gegen den Baumstamm und atmete tief durch.

»Es tut mir leid«, sagte Mathis.

»Du musst dich nicht entschuldigen«, erwiderte Dora. »Ich hätte es ihr ausreden sollen. Sie wollte die ganze Zeit schon nach Hause. Unsere Flucht war für sie ein Strohhalm, an dem sie sich festgeklammert hat. Paris hätte sie niemals erreicht. Wahrscheinlich ist ihre Mutter längst nicht mehr am Leben.«

Mathis sank neben Dora ins Moos, griff nach ihrer Hand und suchte ihren Blick. »Denkst du, Magdalene ist es wert? Oder laufe ich einem Hirngespinst hinterher?«

Dora erwiderte Mathis' Blick und spürte, wie sich ein dicker Kloß in ihrem Hals bildete. Er liebte Magdalene, heute mehr denn je, stellte sie wehmütig fest. Sie war ein dummes, kleines Zwergenmädchen mit einem störrischen Herz, das sich nichts erklären lassen wollte. Tränen stiegen ihr in die Augen. Sie wandte den Kopf ab.

»Ich hätte mich auf Lorenz stürzen und Josephine retten sollen. Wieso, in Gottes Namen, habe ich ihn gewähren lassen?«, fragte Mathis mit trauriger Stimme.

»Es ist die lähmende Angst. In seiner Gegenwart ist sie allgegenwärtig. Er hat uns gefügig gemacht. Es kostet unbändige Kraft, gegen ihn aufzubegehren. Du hast es bereits zum zweiten Mal getan, für Magdalene, wofür ich dich bewundere. Du liebst sie. Nur so kann es sein. Magdalene ist etwas anderes geworden, nicht mehr nur die Gespielin aus Kindertagen.« Wehmut lag in ihrer Stimme.

Mathis ahnte den Grund für Doras Traurigkeit. »Ach, Dora, nicht weinen.« Er wollte sie in den Arm nehmen, doch sie wich zurück.

»Es ist gut. Es ist eben, wie es ist. Das dumme Herz ist so stur wie der Dickschädel.« Sie zwang sich zu einem Lächeln.

Mathis wusste nicht, was er erwidern sollte. Er fühlte sich eng mit Dora verbunden, die in all den Jahren wie eine Schwester für ihn geworden war. Liebe würde er für Dora jedoch niemals empfinden.

Seine Hilflosigkeit rührte Dora. Sie griff nach seiner Hand und drückte sie fest. »Ist schon gut. Irgendwann wird es vorübergehen, großer schwarzer Bruder.«

»Ich will dir nicht weh tun«, sagte er.

»Das tust du nicht«, erwiderte sie. »Ich tu mir selbst weh, mehr nicht.« Ihre Stimme brach, und Tränen liefen ihr über die Wangen.

Er nahm sie in die Arme und drückte sie fest an sich. Sie klammerte sich wie eine Ertrinkende an den Mann, den sie mehr als alles andere auf der Welt liebte. Ihren großen schwarzen Bruder, der sie niemals auf dieselbe Art und Weise lieben würde wie sie ihn. Doch was war leidenschaftliche Liebe schon wert gegen eine tiefe Freundschaft. Mathis hatte wegen ihr Magdalene zurückgelassen, wegen dem kleinen Zwergenmädchen, das ihm in all den Jahren zur Schwester geworden war.

Dora löste sich aus der Umarmung und wischte sich die Tränen von den Wangen. »Jetzt ist es aber gut mit der Gefühlsduselei. Wir müssen weiter. Bestimmt ist uns Lorenz bereits auf den Fersen.«

»Ich nehme es an«, erwiderte Mathis, erleichtert darüber, dass Dora das Thema wechselte. »Wir müssen nach Höchst.

Am besten sehen wir zu, dass wir zum Main kommen, damit wir uns besser orientieren können.«

»Nach Höchst. Ich dachte, Magdalene ist in Gießen.«

»In Höchst habe ich sie bei den Antonitern zurückgelassen. Adam kann uns bestimmt Auskunft darüber geben, was Magdalene in Gießen wollte.«

»Anto … was?«, fragte Dora.

»Antoniter. Das sind Chorherren. So eine Art Mönche. Ohne Adam wäre Magdalene nicht mehr am Leben. Er hat sie gesund gepflegt.«

»Wie bist du denn an die gekommen?«

»Das erkläre ich dir gern. Ist eine längere Geschichte.« Er hob Dora auf seinen Arm, setzte sich in Bewegung und begann, von seiner ersten Begegnung mit Adam zu erzählen, dem Laienbruder, der hoffentlich wusste, wo sie Magdalene finden würden.

27

Der Fährmann musterte Dora und Mathis misstrauisch. »Was seid ihr denn für sonderbare Gestalten. So etwas wie euch habe ich hier noch nie gesehen. Am Ende bringt es Unglück, einen Mohren und einen Zwerg auf der Fähre zu haben.« Er hob seine Mütze in die Höhe und kratzte sich am Kopf.

»Aber ich habe schon mal mit Euch nach Höchst übergesetzt. Erinnert Ihr Euch nicht mehr?«, fragte Mathis in dem Versuch, die Zweifel des Fährmanns zu zerstreuen. »Ihr habt damals davon berichtet, dass die Fähre seit Generationen im Familienbesitz ist, worauf Ihr stolz sein könnt.«

»Ach, tatsächlich. Da sieh mal einer an. Allerdings weiß hier jeder, dass die Fähre seit mehr als hundert Jahren von meiner Familie betrieben wird, und an einen Mohren kann ich mich beim besten Willen nicht erinnern. Einer von deiner Sorte wäre mir aufgefallen.« Der Blick des Fährmanns wanderte von Mathis zu Dora.

»Es war im September. Damals war viel los, denn es war Markttag in Höchst. Die Fähre war voller Händler mit ihren Waren. Gewiss bin ich Euch deshalb nicht aufgefallen.«

Der Fährmann überlegte kurz. »An einem Markttag also. Kann schon sein.« Er blickte noch einmal zu Dora, die sich bemühte, strahlend zu lächeln.

»Meinetwegen, kommt an Bord. Aber für solche Figuren wie euch kostet die Überfahrt zwei Pfennige mehr.« Zähneknirschend bezahlte Mathis den Preis von seinen bescheidenen Ersparnissen, die aus einem Reichstaler und wenigen Kreuzern bestanden. Sie betraten die Fähre und warteten im kalten Nebel darauf, dass der Fährmann ablegte. Dieser dachte jedoch gar nicht daran. Mathis und Dora waren bisher die einzige Kundschaft, was die Fahrt nicht lohnte. Der Mann verschwand in einem kleinen Holzverschlag, setzte sich auf einen Stuhl, legte die Beine hoch und zog die Mütze ins Gesicht.

»Da haben wir uns ja einen schönen Fährmann ausgesucht«, sagte Dora. »Erst nimmt er einen Aufschlag, und dann schläft er ein.«

»Beim letzten Mal machte er einen zuverlässigen und freundlichen Eindruck«, erwiderte Mathis schulterzuckend.

»Da war seine Fähre auch voll, und er hat gut verdient«, gab Dora zu bedenken. »Jetzt ist es früh am Tag, und die einzigen beiden Fahrgäste sind zwei sonderbare Gestalten. Wenn wir uns jetzt auch noch beschweren, dann schmeißt er uns vom Boot, und wir müssen ans andere Ufer schwimmen.«

»Da stimme ich Ihnen zu, Gnädigste«, mischte sich jemand in das Gespräch ein. Mathis und Dora wandten sich um. Ein alter Mann mit Gehstock hob seinen Hut und grüßte freundlich.

»Der gute August mag es nicht, wenn sich die Leute beschweren. Ihr wärt nicht die Ersten, die er von der Fähre herabjagt, wobei auch feine Pinkel betroffen sein können. Standesunterschiede kennt August nicht. Erst neulich hat er eine edle Dame, vermutlich sogar adelig, vom Boot verwiesen. Ihr lautstarkes Gezeter habe ich jetzt noch im Ohr. Sie hatte sich über den hohen Preis beschwert, obwohl die Überfahrt wirklich günstig ist. Kurz darauf hat ein Fischer sie ans andere Ufer gebracht, der ihr das Dreifache abgeknöpft hat, wie der gute August mir später erzählte.« Er zwinkerte Dora zu. »Ich an eurer Stelle würde mich ganz still verhalten. Könnt froh sein, dass er euch überhaupt mitnimmt, denn bisschen seltsam seht ihr schon aus. Selbst ich alter Mann habe noch niemals im Leben einen Mohren und einen leibhaftigen Zwerg gesehen. Gehört hab ich schon davon. Aber in unserem guten alten Höchst treibt sich solches Gesindel weniger herum.« Er biss sich auf die Lippe. »Ich meine, so andere eben. Ach« – er gestikulierte –, »solche wie ihr beiden halt.«

»Der gute alte Bertl will mal wieder nach Höchst und redet sich um Kopf und Kragen«, mischte sich der Fährmann ein.

»Ach, August, da bist ja. Dann können wir jetzt endlich fahren.«

»Übersetzen, mit drei Leuten? Du weißt genau, dass ich das nicht gern mache. Das lohnt die Fahrt kaum.«

»Willst uns also lieber in der Kälte stehen lassen.« Bertls Blick wanderte zu Dora und Mathis. »Die zwei können ruhig frieren, sind ja noch jung, aber ich mit meiner Gicht und dem Rheuma im Rücken. Komm, sei so nett und bring uns schnell rüber. Ich zahl dir auch einen Pfennig mehr.«

Genau in diesem Moment war eine Stimme vom anderen Ufer zu hören.

»August, bist du da?«

»Das ist der Graupner Bernhard«, sagte August. »Der will bestimmt mit seinem Karren rüber. Behalt deinen Pfennig.« Er ließ den alten Mann stehen, schloss die Schranke, ging zu seinem Steuerrad und murmelte: »Als wenn ich nicht wüsst, wann meine Kundschaft kommt.«

Die Fähre setzte sich in Bewegung.

Keine fünf Minuten später standen Mathis und Dora vor dem Höchster Stadttor und wurden von einem Burschen der Stadtwache misstrauisch beäugt.

»Was wollt ihr zwei Sonderlinge denn hier? Mit Leuten wie euch wollen wir hier nichts zu schaffen haben. Trollt euch lieber«, sagte der Wachmann, dem mehrere Zähne fehlten.

»Wir möchten zu Adam Kirstein, dem Laienbruder der Antoniter«, sagte Mathis mit fester Stimme. »Er ist ein Freund von mir.«

Der Wachmann runzelte die Stirn.

»Der Laienbruder, ein Freund von einem Mohren? Du willst mich wohl veräppeln.« Drohend hob der Mann die Hand. »Macht, dass ihr fortkommt, eh ich mich vergesse. Elendes Gesindel.«

Mathis wich zurück. »Aber wenn ich es doch sage. Er ist ein Freund von mir.«

Ein bärtiger, beleibter Mann trat hinter den Wachmann und räusperte sich. Mathis erkannte in ihm den Wirt der Gastwirtschaft.

»Es stimmt, was der Mohr sagt. Er ist mit Adam Kirstein befreundet. Sie waren gemeinsam in meinem Gasthof.«

Verwundert blickte der Wachmann von dem Wirt zu Mathis.

»Du bedienst einen Mohren? Weiß der Himmel, wo der so schwarz geworden ist. Am Ende ist er direkt aus der Hölle gekrochen, den Teufel persönlich im Schlepptau.«

Mathis bemühte sich, ruhig zu bleiben. Derlei Geschwätz war er gewohnt, trotzdem ärgerten ihn die von Aberglauben geprägten Worte.

»Er war in Begleitung eines Laienbruders, also kann er nicht ganz so gottlos sein«, antwortete der Wirt schulterzuckend. »Allerdings musste ich ihn nach einer Weile rauswerfen, weil sich die Gäste gestört fühlten.«

»Was ich gut verstehen kann. Weiß ja auch keiner so recht, wie so ein Mohr hierherkommt.«

»Vielleicht aus Frankfurt. Da sollen Mohren in so manchem Kaffeehaus die feine Kundschaft bedienen. Auch habe ich gehört, dass sich die feinen Gräfinnen gern ihre heiße Schokolade von Mohren ans Bett bringen lassen. Allerdings nur, wenn sie klein und niedlich sind. So ein ausgewachsenes Exemplar wie den hier will wohl niemand haben.«

»Mohren, die heiße Schokolade und Kaffee servieren. Was es nicht alles gibt.« Der Wachmann schüttelte den Kopf.

»Dürfen wir jetzt passieren?«, mischte sich Mathis ungeduldig in das Gespräch ein. »Der Wirt hat doch bestätigt, dass Adam mich kennt.«

Verdutzt blickte der Wachmann Mathis an. »Ja, vielleicht.«

Sein Blick wanderte unsicher zu dem Wirt.

»Er ist gewiss harmlos und der Winzling sicher auch. Was soll so ein Zwergenmädchen groß anstellen können.«

»Also gut. Meinetwegen.«

Mathis atmete erleichtert auf. Er hatte sich mit Dora schon um die Stadt herumlaufen sehen, zu einem anderen Stadttor.

Er wollte sich in Bewegung setzen, wurde aber von dem Wachmann an der Schulter zurückgehalten.

»Halt. Meine Großzügigkeit kostet euch zwei Pfennige. Wäre ja noch schöner, wenn solch Gesindel wie ihr auch noch umsonst unsere schöne Stadt betreten würde.« Er streckte Mathis breit grinsend die Hand hin.

Mathis überlegte kurz, ob er sich weigern sollte, die Summe zu bezahlen, denn er wusste, dass am Stadttor von niemandem Geld verlangt wurde. Er entschied sich dagegen. Sie konnten froh sein, dass der Mann überhaupt eingewilligt hatte und ein Leumund für sie aufgetaucht war. Zähneknirschend legte er dem Mann zwei Pfennige in die Hand, hob Dora vom Boden hoch und schritt durch das Stadttor.

»Hier ist dein Anteil«, hörte er den Wachmann hinter sich noch sagen.

»Mit so jemandem wie uns können sie es ja machen«, schimpfte Dora, als sie außer Hörweite der Männer waren. »Die Hölle und der Teufel. So ein Unsinn.«

»Du weißt, dass solche Worte nicht zum ersten Mal fallen. Manchmal denke ich, die Leute glauben tatsächlich den Unsinn, den sie da erzählen.«

»Als ob alle Menschen auf der Welt gleich aussehen müssten. Gott liebt die Vielfalt. Klein, groß, dick, dünn, hell, dunkel. Was soll daran falsch sein.«

»Das darfst du mich nicht fragen«, erwiderte Mathis und hielt auf das Haus des Antoniter-Ordens zu, wo er Adam vermutete.

Als sie den Innenhof des Anwesens betraten, saß wie immer der alte Carl-Ludwig auf seiner Bank, eine Pfeife im Mund. Er lächelte, als er Mathis erkannte.

»Mein dunkelhäutiger Freund lässt sich auch mal wieder blicken«, begrüßte er Mathis erfreut.

»Guten Tag, Carl-Ludwig«, grüßte Mathis zurück. »Wie geht es dir? Und was macht Amalie? Sitzt sie noch immer so gern am Fenster?«

Das Lächeln des alten Mannes erstarb. »Amalie ist vor zwei Wochen für immer eingeschlafen.«

»O nein. Das tut mir leid.«

Carl-Ludwig und Amalie hatten ihr ganzes Leben miteinander verbracht, jetzt war der alte Mann allein. Tränen schienen in seinen Augen zu schimmern. Er blinzelte.

»Ist besser für mein Mädchen«, sagte er. »Sie war krank und schwach und des Lebens müde. Gewiss geht es ihr da oben wieder gut.« Er zeigte zum Himmel. »Da wartet ihre geliebte Schwester auf sie. So hat sie es immer gesagt. Die kleine Luise mit dem wilden Lockenkopf, die bereits als Kind an einem Fieber gestorben ist. Jetzt sind sie wieder vereint, das weiß ich genau. Kurz bevor sie gegangen ist, hat sie Luises Namen gesagt und gelächelt. Das gibt mir Kraft, denn sie ist bei einem Menschen, der sie liebt und den sie zeit ihres Lebens vermisst hat. Amalie wartet jetzt auf mich sturen Esel, der es einfach nicht lassen kann, an diesem verdammten Leben noch ein Weilchen festzuhalten.« Carl-Ludwigs Blick fiel auf Dora, die sich im Hintergrund gehalten hatte.

»Du hast eine Freundin mitgebracht.«

»Das ist Dora«, stellte Mathis seine Begleiterin vor.

»Hübsch ist sie.« Dora senkte errötend den Blick. Es kam selten vor, dass ihr jemand ein Kompliment machte. Nach den Anfeindungen am Stadttor taten die herzlichen Worte des alten Mannes gut.

»Wir suchen Adam«, sagte Mathis. »Ist er im Haus?«

Carl-Ludwig wollte etwas erwidern, wurde aber durch das Öffnen der Haustür unterbrochen. Der Präzeptor Philip Daniel Kramer trat nach draußen und zuckte zurück, als er Mathis' ansichtig wurde.

»Heiliger Himmel, ein Mohr. Was, in Gottes Namen, willst du denn hier?« Sein Blick fiel auf Dora. »Und eine Zwergin auch noch.«

»Das ist Mathis, und er sucht Adam«, beantwortete Carl-Ludwig gelassen die Frage des Präzeptors.

»Ihr kennt den Mann?«, fragte Philip Daniel Kramer erstaunt.

»Er hat eine Weile hier gewohnt, sogar im Gemüsegarten hat er ausgeholfen. Könnt Ihr Euch nicht daran erinnern?«

Der Präzeptor überlegte kurz und antwortete: »Ach ja, richtig.«

»Ist ja auch unwichtig«, sagte Carl-Ludwig und winkte ab. »Der Mohr wollte zu Adam. Unterrichtet er nicht gerade in der Schule gemeinsam mit unserem lieben Freund Ignatius?«

»Ihr seid gut informiert, mein Freund«, bemerkte der Präzeptor wohlwollend. »Ein Mohr hat dort allerdings genauso wenig zu suchen wie auf diesem Anwesen. Nimm deinen Zwerg und sieh zu, dass du Land gewinnst, bevor ich dir Beine mache.«

Mathis wich erschrocken einen Schritt zurück.

Er blickte noch einmal zu Carl-Ludwig, der mit den Schultern zuckte und mit seinem Spazierstock zum Ausgang deutete. Mathis begriff, was ihm der alte Mann sagen wollte. Er hob Dora vom Boden hoch, verabschiedete sich von Carl-Ludwig und verließ, ohne den Präzeptor noch eines Blickes zu würdigen, den Innenhof. Auf der Straße angekommen, setzten sich die beiden auf eine Steinbank, die in der gegenüberliegenden Mauer eingelassen war.

»Wer war der unhöfliche Mann?«

»Ein Antoniter. Der Leiter des Ordens, ein sogenannter Generalpräzeptor. Allerdings scheint Philip Daniel Kramer nicht sonderlich viel von Barmherzigkeit zu halten.«

»Sind das keine Mönche?«, erkundigte sich Dora. »Mönche waren bisher immer recht umgänglich und freundlich. Jedenfalls diejenigen, die mir begegnet sind. Waren aber nicht viele.«

»Sie sind Chorherren, und wenn du mich fragst, haben sie vor allen Dingen ihr eigenes Seelenheil im Sinn. Nur Adam ist anders. Er ist ein Laienbruder und ein guter Freund.«

Carl-Ludwig kam, gestützt auf seinen Spazierstock, aus dem Innenhof gehumpelt. Mathis setzte Dora auf seinen

Schoß. Schwerfällig sank der alte Mann neben ihn auf die Steinbank.

»Die Beine wollen nicht mehr so recht, noch weniger der Rücken.« Er streckte stöhnend ein Bein aus. »Nur der Geist denkt nicht ans Aufhören. Er ist wach und rege, was nicht viel hilft, wenn der Rest des Menschen hinterherhinkt.« Er lächelte Dora zu. »Bei unserem Präzeptor scheint beides gleichzeitig nachzulassen.« Er schüttelte den Kopf. »Anders kann ich mir seinen Gedächtnisschwund nicht erklären.«

»Ich denke, er war einfach froh darüber, dass der Mohr von seinem Anwesen verschwunden ist«, mutmaßte Mathis. »Aus den Augen, aus dem Sinn.«

»Die Wahrheit lässt sich nur selten wegleugnen. Sie ist hartnäckig und taucht immer wieder auf. Aber was soll's.« Carl-Ludwig machte eine wegwerfende Handbewegung. »Lange werd auch ich den alten Griesgram nicht mehr ertragen müssen, und unser guter Adam sowieso nicht. Er hat sich nach Amalies Tod in die Schule abgesetzt, wo er jetzt auch wohnt. Was schade ist. Aber er besucht mich. Meist taucht er in den Abendstunden auf, und wir spielen Karten. Er ist ein gewitzter Bursche. Ist nicht leicht, gegen ihn zu gewinnen.«

»Wo liegt denn die Schule?«, fragte Mathis.

Carl-Ludwig deutete die Straße hinunter. »Nicht weit von hier. Die Hauptstraße runter, gleich neben dem Stadtgarten. Ist ein großes, aus Backstein gefertigtes Gebäude. Ihr könnt es gar nicht verfehlen.«

»Hab Dank, mein lieber Carl-Ludwig.« Mathis erhob sich.

»Nicht der Rede wert«, erwiderte der alte Pfründner. »Ich hoffe, Adam kann dir weiterhelfen. Und gib gut auf das hübsche kleine Mädchen acht.« Er zwinkerte Dora zu.

»Das werd ich machen, fest versprochen«, erwiderte Mathis lächelnd und verabschiedete sich.

Mathis und Dora liefen rechter Hand die Schlossgasse hinunter, und es dauerte nicht lange, bis sie den besagten Stadtgarten erreichten. Das rote Backsteingebäude war gut zu erkennen. Ein kleines, an der Fassade angebrachtes Schild wies es als Schule aus. Mathis setzte Dora ab und drückte vorsichtig die Türklinke der Eingangstür nach unten. Knarrend öffnete sie sich und gab den Blick in einen düsteren Flur frei. Ein muffiger Geruch schlug ihnen entgegen.

»Sieht nicht gerade einladend aus«, sagte Dora.

Sie betraten das Gebäude, und Mathis schloss leise die Tür hinter sich. Etwas ratlos blieben sie im Eingangsbereich stehen. »Als ich klein war, habe ich einmal von einem solchen Ort gehört«, sagte Dora mit gedämpfter Stimme. »Ein Mädchen, ich glaube, sie hieß Elisabeth und stammte aus einem feinen Haus in der Stadt, hat mir von ihrer Schule erzählt. Lehrer gäbe es da, die streng waren und manchmal auch zur Rute griffen. Trotzdem ging sie gern hin, denn sie hatte dort viele Freunde, mit denen sie auf dem Schulhof Fangen spielen konnte. Sie lernte Lesen und Schreiben, sogar Latein, was sonst nur die Buben lernen durften, darauf war sie stolz. So gern wäre ich damals auch in eine solche Schule gegangen, obwohl mir die Sache mit der Rute nicht ganz geheuer war. Lesen und Schreiben hab ich später trotzdem gelernt, vom alten Gernot, der seine dicke Knollennase stets in besonders dicke Bücher gesteckt hat und die Geduld aufbrachte, mir die Sache mit den Buchstaben zu erklären. Das Schreiben finde ich bis heute mühselig. Meine Schrift ist scheußlich, aber das Lesen fällt mir leicht.«

»Auch ich bin niemals zur Schule gegangen«, erwiderte Mathis. »Beim Landgrafen gab es einen Hauslehrer, und ich bin gemeinsam mit den anderen Kindern unterrichtet worden, was sehr großzügig war. Thomas, der Hausdiener, hat einmal zu mir gesagt, dass ich wohl irgendwo in einem der Schreibbüros unterkommen würde, wenn ich zu alt dafür bin, die Schokolade ans Bett zu bringen. Hätte richtig Talent fürs Lesen und Schreiben. Er hat sogar gemeint, dass ich die Fähigkeiten für Größeres hätte. Latein, Wissenschaften, Literatur.« Er schwieg nachdenklich. »Aber was soll aus einem einfachen Schokoladenjungen wie mir schon werden«, fuhr er nach einer Weile fort. »Sieh mich an. Ein einfacher Mohr bin ich, der nicht einmal auf einer Fähre mitfahren darf, wenn er nicht den höheren Preis bezahlt.« Seine Stimme klang wehmütig.

»Nicht doch«, widersprach Dora ihm. »Du bist so viel mehr als ein einfacher Mohr. Du bist liebevoll, treu, ehrgeizig, mutig und …« Sie stockte kurz. »… der beste Freund, den man haben kann, jedenfalls für ein Zwergenmädchen wie mich, das bis zu seinem sechsten Lebensjahr gedacht hat, Latein wäre etwas zu essen.«

»Das hast du nicht«, erwiderte Mathis.

»Doch, habe ich. Ich hielt es für irgendein Küchenkraut.«

Mathis grinste. »Also unterrichten sie in dieser Schule eine Krautsprache.«

»Hier wird Latein gesprochen?«

»Ich nehme es an.«

Sich nähernde Schritte ließen die beiden aufhorchen. Hastig duckten sie sich in eine Nische neben der Tür. Doch sie waren bereits entdeckt worden.

»Komm ruhig raus, Mathis«, sagte ein Mann, den der Mohr sofort wiedererkannte. Erleichtert trat er aus der Nische hervor. Adam stand lächelnd und mit gefalteten Händen vor ihm. »Hab ich mich also nicht geirrt.« Der Laienbruder ging auf Mathis zu und umarmte ihn. »Ist das schön, dich wohlauf zu sehen. Besonders Magdalene war in großer Sorge um dich.« Sein Blick fiel auf Dora. »Ich nehme an, das ist deine kleine Freundin, wegen der du uns damals verlassen hast?«

»Ja, das ist sie«, bestätigte Mathis. »Adam, darf ich dir Dora, das liebste Zwergenmädchen der Welt, vorstellen.«

Der Laienbruder beugte sich zu Dora hinunter und reichte ihr höflich die Hand. »Es ist mir ein Vergnügen, Euch kennenzulernen, meine Gute. Jetzt verstehe ich auch, weshalb Mathis Leib und Leben riskiert hat, um Euch zu retten. Ihr seid äußerst zauberhaft, wenn ein alter Laienbruder wie ich so etwas überhaupt sagen darf.«

Über Doras Gesicht breitete sich ein Strahlen aus, und ihre Wangen wurden tiefrot. »Ihr schmeichelt mir.«

»Ist nur recht und billig, was er sagt«, stimmte Mathis Adam zu. »Du solltest sie erst mal auf der Bühne erleben. Regelmäßig verdreht sie den Männern im Publikum den Kopf.«

»Du sollst nicht flunkern, Mathis.« Dora warf dem Mohren einen strafenden Blick zu. »Eine Witzfigur bin ich, neben einer Riesenfrau, die so arg trampelt, dass bei jeder Vorstellung der Zusammenbruch der Bühne zu befürchten ist.«

Adam lachte laut auf. »Hach, wie ich diese Art von Humor liebe. Gerade eben schon musste ich mir einen Lachanfall verkneifen. Latein – irgendein Küchenkraut. Was für ein Gedanke. Köstlich.« Er rang um Fassung. »Aber Spaß beiseite. Ihr zwei habt bestimmt einen guten Grund dafür, warum ihr hier auftaucht.«

Mathis nickte mit ernster Miene.

Adam blickte sich um und bedeutete den beiden, ihm nach draußen zu folgen. »Lasst uns lieber bei einem Spaziergang im Stadtgarten darüber sprechen. In diesem Gebäude haben die Wände Ohren, wenn ihr versteht, was ich meine.«

Dora und Mathis folgten dem Laienbruder. Im nahen Stadtpark, der in frühwinterlicher Tristesse versank, kam Mathis auf ihr Anliegen zu sprechen.

»Wir haben erfahren, dass Magdalene in Gießen sein soll. Ist das richtig?«

»Ja, das ist richtig. Jedenfalls nehme ich es an, denn ich habe noch keine Nachricht von meiner Schwester bezüglich ihres Eintreffens erhalten.«

»Deine Schwester?«, fragte Mathis.

»Ellen. Sie lebt in Gießen. Ihr Mann betreibt ein florierendes Handelsgeschäft, und sie muss öfter aushelfen, weswegen sie eine Kinderfrau benötigt. Magdalene war eine gute Wahl für diese Aufgabe. Sie ist klug, des Lesens und Schreibens mächtig und benötigte eine sichere Unterbringung. Bei Ellen wird es ihr an nichts fehlen. Auch Carl-Ludwig befürwortete meine Entscheidung, Magdalene nach Gießen zu schicken. Uns saß der Generalpräzeptor im Nacken. Lange hätten wir die Geschichte von der Tante in Kelsterbach nicht mehr aufrechterhalten können.«

»Ich versteh schon«, sagte Mathis. »Allerdings ist es mit der Sicherheit in Gießen nicht weit her. Magdalene ist dort Luise von Spiegel begegnet, die noch mal einen Mörder auf sie angesetzt hat.«

Adam riss entsetzt die Augen auf. »Aber ich dachte, ich meinte …« Er verstummte und fuhr dann fort: »Ich wähnte sie dort in Sicherheit. Wie sollte eine einfache Kinderfrau schon der Landgräfin über den Weg laufen, die sich noch dazu eher selten in Gießen aufhält, wie ich in Erfahrung bringen konnte.«

»Wo genau Magdalene und Luise von Spiegel sich begegnet sind, kann ich nicht sagen«, erklärte Mathis.

»Ich hielt es für eine sichere Unterbringung, wirklich.« Adams Hände begannen zu zittern. Er fischte ein Stofftaschentuch aus seiner Tasche und wischte sich den Schweiß von der Stirn. »Meine Güte. Wenn sie jetzt wegen meiner Dummheit umkommt. Niemals würde ich mir das verzeihen.«

»Das wird nicht passieren«, versuchte Mathis, ihn zu beruhigen. »Dora und ich brechen noch heute Richtung Gießen auf, um Magdalene von dort wegzubringen.«

»Und wo wollt ihr mit Magdalene hin?«, fragte der Laienbruder.

Mathis blickte zu Dora, die mit den Schultern zuckte.

»Erst einmal fort aus Hessen-Darmstadt. Irgendwohin, wo Lorenz Magdalene nicht finden wird.«

Adam blickte mit ernster Miene von Dora zu Mathis.

»Ich werde euch begleiten. Mit mir an eurer Seite wird es leichter. Auch kenne ich einen Händler, der noch heute mit einer Ladung Tabak Richtung Gießen aufbrechen wollte. Wenn wir uns beeilen, erwischen wir ihn noch. In einer Gruppe zu reisen ist immer einfacher.«

»Und du denkst, er wird solche Gestalten wie uns mitnehmen?«

Adam brauchte einen Moment, um Mathis' Andeutung zu verstehen. »Aber ja. Freunde von mir nimmt er überallhin mit. Und ich glaube, ich habe auch schon eine Idee, wo ihr unterkommen könntet, wenn wir Magdalene gefunden haben.«

28

Johann Krieger saß vor einem gut gefüllten Teller und griff freudig zu Messer und Gabel. Heute hatte ihn sein Weg nicht, wie sonst um die Mittagszeit üblich, die Treppe nach oben in die heimische Wohnung geführt, sondern er war in dem gegenüber seiner Buchhandlung liegenden *Gasthaus Kramer* eingekehrt, das in ganz Gießen für sein hervorragendes Kesselfleisch berühmt war. Dazu gab es Sauerkraut und ein kräftiges, dunkles Bier, mit dem sich das fettige Fleisch gut hinunterspülen ließ. Zu dem Buchhändler hatte sich Günter Hermann gesellt, seines Zeichens Dozent für Mathematik an der Universität. Auch einige seiner Studenten hatten sich in der gut besuchten Gaststube verteilt. Allerdings schienen die jungen Burschen eher dem Bier als dem Kesselfleisch zuzusprechen. Missbilligend beobachtete Günter, wie einer seiner Studenten von zwei Mitstreitern aus der Gaststube hinausgeschleift wurde. Für die Formeln der Mathematik oder für das Lateinische würde der Betrunkene heute keinen Sinn mehr haben.

»Die jungen Männer von heute verlottern immer mehr«, kommentierte Günter das Verhalten seiner Studenten. »Manche von ihnen treiben sich mehr in den Schenken und Hurenhäusern herum als in den Hörsälen.« Er griff nach seinem Bierkrug und nahm einen kräftigen Zug.

»Sind eben jung, und Gießen ist reich an Verführungen. Obwohl ich gestehen muss, dass auch ich in ihrem Alter kein Kind von Traurigkeit gewesen bin. Wie du weißt, bin ich in Frankfurt aufgewachsen, und dort gab und gibt es an jeder Straßenecke Amüsement, in welcher Form auch immer.« Johann zwinkerte seinem Freund zu.

»Frankfurt. Ach du je.« Günter winkte ab. »Dieser Sündenpfuhl ist zu viel für einen Burschen vom Dorf, wie ich einer bin. Selbst Gießen, das in deinen Augen ja eher provinziell ist, genügt mir schon.« Sein Blick wanderte zu einem der Nachbartische, wo es laut geworden war. Einer seiner Studenten hatte ein Mädchen im Arm. Ein junges, blondes Ding mit den Rundungen an den richtigen Stellen, das sich nicht scheute, diese auch zu zeigen.

Johann folgte seinem Blick. Er kannte den Burschen.

»Das ist Bernhard Milter. Er wohnt bei Frau Brand in der Rittergasse zur Untermiete und ist Stammkunde bei mir. Sein Vater, ein nicht unvermögender Ratsherr aus Kassel, hat seinen Sohn zum Studium nach Gießen geschickt, damit einmal etwas Anständiges aus ihm wird. Jedoch ist Bildung in den Augen des feinen Ratsherrn nur ein Zeitvertreib für seinen Sohn, so hat Bernhard es mir berichtet. Seinem Vater fehlen wohl drei Finger an der rechten Hand, und auf einem Auge ist er blind, was ihn nicht davon abhält, stets vom Krieg zu sprechen, in dem er so heldenhaft gekämpft hat. Geisteswissenschaften sind in seinen Augen nur vonnöten, um in den besseren Kreisen gut dazustehen. In Gedanken ist er bereits beim nächsten Krieg und überlegt, welchen Rang in der Armee sein Sohn erreichen sollte, damit er stolz auf ihn sein kann. Ein Offizier solle er werden, hat Bernhard mir berichtet, kein Literat.« Günter seufzte. »Obwohl der Bursche Bücher mehr als alles andere auf der Welt liebt.« Er deutete auf den jungen

Studenten. »Sieh ihn dir an. Er ist schmächtig, einen Kopf kleiner als seine Kommilitonen und mit feingliedrigen schmalen Händen gesegnet. Könntest du dir ihn auf einem Schlachtfeld vorstellen?«

»Vielleicht als Kanonenfutter für den Gegner. Auf den ersten Blick ist zu erkennen, dass er kein Soldat ist.« Johann nahm einen Schluck von seinem Bier.

»Waren wir auch nicht«, erwiderte Günter. »Trotzdem stand ich als Mitglied des hessisch-darmstädtischen Kreisregiments meinen Mann im Krieg. Du weißt ja, die Einheit war und ist Teil der Reichsarmee. Allerdings finde ich es noch immer besonders bedauernswert, dass Prinz Karl Wilhelm im Alter von dreizehn Jahren den Tod auf dem Schlachtfeld fand.«

Johann nickte. »Armer Knabe. Ich habe gehört, er ist bereits im Alter von vier Jahren zum Obristen des Regiments ernannt worden. Eine Jugend, wie diese Burschen sie erleben, durfte er niemals kennenlernen.« Er wies zu dem Tisch der Studenten hinüber, die inzwischen Karten spielten. »Dem guten Bernhard bleibt nur zu wünschen, dass es so schnell keinen Krieg mehr geben wird und er frei entscheiden kann, was er aus seinem Leben machen möchte.«

Johann aß von seinem inzwischen kalt gewordenen Kesselfleisch und verzog das Gesicht. »Du bist kein guter Gesellschafter. Jetzt ist meine Mittagsmahlzeit kalt«, beschwerte er sich und ließ die Gabel sinken.

»Vielleicht wärmt sie dir die gute Fanny noch einmal auf«, sagte Günter laut und winkte der korpulenten Magd, die mit drei Krügen in der Hand an ihm vorbeilief.

Fanny war die gute Seele der Wirtsstube und hatte stets ein offenes Ohr für ihre Gäste. Sie blieb am Tisch stehen, nahm mit ihrer freien linken Hand Johanns Teller und sagte lächelnd:

»Einmal erkaltetes Essen in den Ofen schieben. Wird gemacht. Kaltes Kraut schmeckt einfach nur scheußlich.« Sie lief weiter, und Johann blickte ihr grinsend nach.

»Sie ist ein wahres Goldstück, wenn auch hässlich wie die Nacht finster.«

Mit dieser Einschätzung von Fannys Äußerem lag der Buchhändler nicht falsch. Die korpulente Magd hatte eine breite Knubbelnase, rote Wangen und winzige graue Augen, die unter Schlupflidern versanken.

»Was besser für uns und den Wirt ist«, kommentierte Günter Johanns Bemerkung und nahm einen weiteren Schluck von seinem Bier. »Stell dir vor, sie wäre bildhübsch. Irgendein Bursche würde sie heiraten, und wir wären unsere liebenswerte Fanny für alle Zeiten los.«

»Höre ich da eine gewisse Form von Selbstsucht?«

»Nein, niemals«, erwiderte Günter und grinste breit.

Ein junger Bursche trat an den Tisch des Buchhändlers. Der Knabe, kaum älter als zehn Jahre, wirkte abgehetzt und atmete schwer.

»Guter Gott, Fritzi, wie kommst du denn hierher?«, fragte Günter den Jungen, den er als Sohn des Bäckermeisters erkannte. »Solltest lieber zusehen, dass du fortkommst, bevor dich der Wirt erwischt. Du weißt, was er von Kindern in seiner Gaststube hält.«

»Was soll ich denn machen«, verteidigte sich der Junge. »Die Frau Krieger schickt mich. Ich soll ihren Gatten holen, weil die Ellen Saller mit drei seltsamen Gesellen bei ihr im Laden steht, die ihr ganz sonderbar vorkommen. Angst hat sie, dass der Teufel persönlich das Unglück über sie bringen wird.«

»Na, das will ich sehen«, sagte Johann. Er entledigte sich seiner Serviette, die wie immer in seinem Kragen steckte, und erhob sich. Genau in diesem Moment erschien Fanny mit dem aufgewärmten Essen. Verdutzt blickte sie von dem Buben zu den beiden Männern. Auch Günter war aufgestanden. Die drei sonderbaren Gestalten wollte auch er sich nicht entgehen lassen.

»Und was ist jetzt mit dem Essen?«, fragte die Magd.

»Später, Fanny. Es tut mir leid. Ist wichtig. Schreib die Zeche an wie immer.«

Die drei verließen das Haus und eilten über den Marktplatz zu Johann Kriegers Buchhandlung. Als sie den Laden betraten, drehten sich Mathis, Dora und Adam gleichzeitig um. Sie waren in Begleitung von Ellen Saller, die neben Elsbeth, Johanns Gattin, hinter seinem Schreibtisch stand.

»Dem Himmel sei Dank«, begrüßte Elsbeth ihren Mann erleichtert. Die Tatsache, dass ein Mohr in Begleitung einer Zwergin in ihrem Haus stand, schien sie zu überfordern.

Ellen trat nach vorn. »Guten Tag, lieber Johann«, begrüßte die Schwester von Adam den Buchhändler freundlich. Auch Adam und die anderen beeilten sich, zu grüßen. »Mein Bruder Adam ist heute in Gießen eingetroffen, um sich nach meinem neuen Kindermädchen zu erkundigen. Leider ist diese niemals bei mir aufgetaucht, wie ich dir neulich erst berichtete, als du dich nach dem Mädchen erkundigt hast.«

Der Mönch, nach seinem Habit zu urteilen ein Antoniter, trat vor. »Ich erkenne Euch, mein Freund. Ihr habt damals gemeinsam mit Magdalene die Reise nach Gießen angetreten.«

»Ja, das habe ich«, bestätigte Johann die Worte des Laienbruders. »Allerdings ging ich davon aus, dass Magdalene ihren Dienst bei Ellen angetreten hat. Letzte Woche wollte ich sie dort besuchen, denn wir haben uns angefreundet, und ich wollte wissen, ob sie sich gut eingelebt hat. Da berichtete mir

Ellen Saller, dass Magdalene nicht bei ihr vorstellig geworden ist.« Sein Blick wanderte zu Mathis. Der schwarze Bursche wirkte entmutigt. Günter Hermann, der an der Eingangstür stehen geblieben war, musterte Mathis mit unverhohlener Neugierde.

»Meine Güte. Ein richtiger Mohr, wohl aus dem fernen Afrika stammend.« Begeisterung war aus seiner Stimme herauszuhören. Er machte einen Schritt auf Mathis zu, brachte es aber nicht fertig, ihn direkt anzusprechen, weshalb er sich an Adam wandte.

»Wisst Ihr, wir widmen uns in der Universität auch den Studien der Biologie, und so ein Mohr wäre wunderbar als Anschauungsobjekt für die Studenten geeignet, kennen diese das afrikanische Volk doch nur von Bildern.«

Mathis blickte den Dozenten, der ihm gerade mal bis zur Schulter reichte, irritiert an. Er wollte etwas erwidern, aber Adam kam ihm zuvor.

»Mathis fühlt sich geschmeichelt, mein Herr. Wie war noch gleich Euer Name?«

Günter Hermann beeilte sich, sich vorzustellen, und erwähnte dabei gleich seine Tätigkeit als Dozent.

Adam nickte beflissen. »Der gute Ruf der Gießener Universität ist bis nach Höchst durchgedrungen, so dass sich viele junge Burschen aus gutem Haus erhoffen, eines Tages dort einen Studienplatz zu ergattern. Aber leider muss ich Euch mitteilen, dass Mathis Euch nicht zur Verfügung stehen wird, denn es stehen wichtige Termine an, die keinen Aufschub dulden. Wir bitten um Verständnis.« Seine Stimme klang verbindlich. Günter Hermann nickte enttäuscht.

Johann Krieger mischte sich nach einem kurzen Blick auf die hinter dem Schreibtisch hängende Uhr in das Gespräch ein.

»Es ist aber auch spät geworden. Solltest du nicht längst im Hörsaal stehen?«, fragte er den Dozenten.

Günter Hermanns Blick wanderte zu dem Zeitmesser an der Wand. »Ach du je. Tatsächlich. Nun gut. Nichts für ungut.« Hermann lupfte kurz seinen Hut und verließ mit einem knappen Gruß den Buchladen. Johann schickte Fritzi, der sich die allergrößte Mühe gab, zwischen den Bücherregalen nicht aufzufallen, keine Minute später ebenfalls aus dem Laden. Der Bursche trollte sich aber erst, nachdem er von Elsbeth ein Pfefferminzbonbon erhalten hatte, von denen stets ein Vorrat in einer hübschen Holzschale auf dem Schreibtisch lag.

Als sich die Tür hinter Fritzi schloss, wandte sich Ellen an ihren Bruder. »Ich hatte dir schon vor einer Weile geschrieben, dass ich mich darüber wundere, wo das angekündigte Kindermädchen bleibt.«

»Bei mir ist kein Brief von dir eingetroffen«, sagte Adam.

»Wofür ich wohl eine Erklärung habe«, erwiderte Johann seufzend. »Eine Räuberbande treibt auf der alten Weinstraße ihr Unwesen, was dazu führt, dass häufiger Post verschwindet. Auch Magdalene und ich sind Opfer eines Überfalls geworden und gerade so mit dem Leben davongekommen.« Nach einem kurzen Räuspern fügte er hinzu: »Sie hat mir das Leben gerettet.« Er griff nach der Hand seiner Gattin und warf ihr einen zärtlichen Blick zu. »Ihrem Mut ist es zu verdanken, dass ich mein Kind aufwachsen sehen kann.« Wie zur Bestätigung legte Elsbeth sich die Hand auf den Bauch.

»Was für wunderbare Neuigkeiten«, rief Ellen Saller und klatschte in die Hände. Sie wandte sich an Elsbeth. »Du hast noch gar nichts davon erzählt.«

»Es ist noch recht früh«, sagte Elsbeth verlegen. Die Offenheit ihres Gatten war ihr peinlich. »Vielleicht möchtet ihr beiden oben weiter darüber sprechen«, sagte Johann zu seiner

Gattin und drückte ihr liebevoll die Hand. Elsbeth verstand sofort, dass Johann sie loswerden wollte, fügte sich aber. Sie war eine gehorsame Ehefrau, die sich dem Willen ihres Gatten beugte, auch wenn sie lieber Näheres über den Verbleib des Mädchens erfahren wollte. Johann hatte vor seiner Gattin keine Geheimnisse und hatte sie längst über die lange Reise und sein Verhältnis zu Magdalene ins Bild gesetzt.

»Was für eine gute Idee«, erwiderte sie und lächelte in die Runde, vermied es aber, Mathis anzublicken. Die Zwergin war noch auszuhalten, wenn auch sonderbar. Aber der Schwarze – er sah aus, als sei er direkt aus dem Höllenschlund gekrochen.

»Komm, Ellen, ich habe bereits mit dem Anfertigen der ersten Kleidungsstücke für das Kindchen begonnen. Es ist noch nicht viel, aber gewiss gefällt es dir.«

»Oh, wie entzückend«, sagte Ellen.

Elsbeth öffnete die Hintertür des Ladens, die in den Hausflur führte. Als die Tür hinter den beiden Frauen ins Schloss fiel, atmete Johann erleichtert auf.

»So ist es besser. Also raus damit: Was ist geschehen?« Er lehnte sich gegen die Tischkante und verschränkte die Arme vor der Brust.

Mathis und Adam erzählten abwechselnd, was in Darmstadt vorgefallen und weshalb Magdalene überhaupt nach Gießen geschickt worden war.

»Ich verstehe«, erwiderte der Buchhändler, nachdem die beiden geendet hatten. »Jetzt wird vieles klarer. Magdalene hat mir bereits von ihrem Leben bei den Zigeunern berichtet und auch davon, dass sie die Tochter des Landgrafen ist, was mich ehrlich verblüfft hat. Ihr Leben unter den Zigeunern hat uns allerdings vor dem Tod bewahrt, denn sie schloss mit einem der Räuber, die uns überfallen hatten, Freundschaft, sprach mit ihm sogar ihre Sprache, was mich faszinierte. Sein

Name war Rasko. Er ist mit uns weitergezogen und hat, kurz bevor wir Gießen erreichten, seinen Familienklan wiedergefunden. Der verlorene Sohn kehrte heim und Magdalene …« Er macht eine kurze Pause. »Sie schien plötzlich angekommen zu sein, wirkte anders – wie eine von ihnen. Fort war das hübsche Mädchen, das als Kindermagd seinen Dienst antreten wollte. Eine Zigeunerin stand vor mir, die unfassbar schön tanzen konnte. Zu einer Fremden ist sie in diesem Augenblick geworden. Trotzdem hat sie mich nach Gießen begleitet, und als wir uns verabschiedeten, war ich der festen Überzeugung …« Erneut stockte er. »Nein. War ich nicht. Ich habe gespürt, dass sie nicht zu Ellen Saller gehen würde, denn längst war sie wieder Suni, das Zigeunermädchen. Wie sollte es auch anders sein? Ihr ganzes Leben hat sie bei einem Klan dieses Volkes verbracht. Sie kennt ihre Sprache, ihre Sitten und Gebräuche, Geschichten und Märchen. Niemals wäre sie im Haushalt der Ellen Saller glücklich geworden.«

»Also seid Ihr der Meinung, dass sie zu den Zigeunern zurückgegangen ist?«, fragte Adam.

»Ja, der Überzeugung bin ich.«

»Und irgendwo zwischen dem Verlassen Eurer Buchhandlung und dem Zigeunerlager muss sie Luise von Spiegel begegnet sein«, mutmaßte Mathis, der sich bisher im Hintergrund gehalten hatte.

»Was zu vermuten ist«, stimmte der Buchhändler zu, »denn Luise von Spiegel hat erst vor zwei Wochen Gießen verlassen.«

»Also ist sie bei den Zigeunern«, sagte Mathis.

»Die gewiss bereits weitergezogen sind«, fügte Dora, die sich bisher rausgehalten hatte, hinzu.

»Zuletzt lagerten sie nicht weit von hier in der Nähe der Weinstraße«, sagte Johann. »Etwa einen Tagesmarsch entfernt.«

»Von dort sind wir gekommen, aber Zigeuner waren nirgendwo zu sehen«, erklärte Adam.

»Sie können noch nicht weit sein«, sagte Johann. »Viele Klans ziehen im Winter in mildere Gefilde an den Rhein. Vielleicht findet ihr sie, wenn ihr euch in diese Richtung orientiert.«

»Das wäre ein Anfang«, sagte Mathis. Seine Stimme klang missmutig. Er hatte so sehr auf Johann Kriegers Auskunft gehofft.

»Es tut mir leid, dass ich euch nicht besser helfen kann«, entschuldigte sich Johann ernst.

»Ihr habt uns sehr geholfen«, sagte Adam. »Ohne Eure Hilfe hätten wir überhaupt keinen Anhaltspunkt, wo wir suchen müssen. Habt Dank dafür.« Er schüttelte dem Buchhändler die Hand.

»Dann will ich hoffen, dass ihr sie bald findet und die Sache ein gutes Ende nehmen wird.« Der Buchhändler suchte den Blick von Mathis und nickte ihm aufmunternd zu. »Magdalene ist ein bemerkenswerter Mensch. Ich wünsche ihr das Allerbeste.«

»Wir brechen am besten sofort auf«, sagte Adam. »Wenn wir Glück haben, sind sie noch nicht weit gekommen.«

Die drei verabschiedeten sich von dem Buchhändler und wollten den Laden gerade verlassen, da hielt Johann sie noch einmal zurück. Eilig trat er hinter seinen Schreibtisch, wühlte in den Schubladen herum und hielt triumphierend ein schmales Heftchen in die Höhe. Er reichte es Adam mit den Worten: »Solltet ihr sie finden, dann richtet schöne Grüße von mir aus. In dem Heftchen steht eine der Geschichten von Tausendundeiner Nacht, diesmal sogar in deutscher Sprache verfasst.«

Verwundert blicke Adam den Buchhändler an.

»Magdalene wird verstehen«, erklärte Johann.

Adam steckte das Heftchen mit einem Lächeln ein, und die drei traten auf die Straße.

Auf dem Marktplatz angekommen, blickten sie sich ratlos an. Mathis reckte die Nase in die Luft. Der verführerische Duft des Kesselfleischs zog zu ihnen herüber, und schon begann Doras Magen zu knurren.

»Kriegsrat bei einer warmen Mahlzeit ist eine gute Idee«, sagte Adam. »Allerdings halte ich es nicht für ratsam, mit einem Mohren und einer Zwergin in eine Schenke zu gehen.« Adams Blick wanderte über den Marktplatz. Ein Stück weiter gab es eine Metzgerei. Vor dem Laden verkaufte eine Frau heiße Würstchen im Brötchen.

»Dort vorn bekommen wir ohne großes Aufsehen etwas zu essen«, sagte er und bedeutete Mathis und Dora, ihm zu folgen. Sie bemerkten nicht den hochgewachsenen Mann, der hinter einer Hausecke stand und sie mit Argusaugen beobachtete. Als die drei auf die Würstchenbude zuhielten, huschte Lorenz in den Buchladen.

Wie immer läutete die Glocke über dem Eingang des Ladens, und Johann blickte auf. Mit einem Lächeln begrüßte er den ihm unbekannten Kunden.

»Guten Tag, der Herr. Kann ich Euch behilflich sein?«

»Ich denke schon«, sagte Lorenz und kam sofort zur Sache. »Die drei Gestalten gerade. Was wollten sie?«

Johann wich unbewusst einen Schritt zurück. Seine Hände begannen zu zittern. Er ahnte, wen er vor sich hatte.

»Freunde«, antwortete er.

»Freunde also«, wiederholte Lorenz und trat näher an Johann heran. »Ihr wisst, wer ich bin und aus welchem Grund ich in Euren Laden gekommen bin, nicht wahr, mein Freund?«

Johann erbleichte. Lorenz zog ein Messer aus dem Gürtel und strich langsam über die glänzende Klinge.

»Woher sollte ich Euch kennen?«, fragte Johann und stellte sich dumm. Sein Herz schlug ihm bis zum Hals. »Ich habe Euch in Gießen noch nie gesehen.«

»Weshalb zittert Ihr denn?«, fragte Lorenz und deutete auf Johanns Hände.

»Ihr macht mich wegen des Messers nervös«, entgegnete der Buchhändler.

»Ich kann mit dem Messer noch ganz andere Sachen machen, wenn Ihr nicht sofort mit der Sprache herausrückt«, erwiderte Lorenz. »Meine Zeit ist begrenzt. Sagt mir jetzt, was die drei in Eurem Laden wollten, und ich werde Euch nicht mehr belästigen.«

Johann machte einen Schritt auf die Hintertür zu. Lorenz ahnte, was der Buchhändler vorhatte, und verstellte ihm mit einem schnellen Schritt den Weg. Er holte aus und traf Johann am Arm. Die Messerklinge drang durch den Stoff und hinterließ eine breite, aber nicht sonderlich tiefe Wunde, die jedoch heftig zu bluten begann. Johann schrie auf und zuckte zurück. Dieser Mann war zu allem fähig, ein gottverdammter Mörder. Er durfte nichts sagen, musste Magdalene beschützen, das war er ihr schuldig. Hatte sie ihm doch das Leben gerettet.

»Ich weiß nicht, was Ihr von mir wollt«, erwiderte Johann und hob entschlossen das Kinn. »Adam Kirstein ist ein alter Freund von mir aus Höchst, der mir einfach nur guten Tag sagen wollte. Die beiden anderen waren mir fremd.«

»Ihr lügt«, schrie Lorenz, der allmählich die Geduld verlor. Er warf einen neben der Tür stehenden Hocker mitsamt dem Bücherstapel um, der darauf gelegen hatte. »Sie wollten etwas über Magdalene wissen, dessen bin ich mir sicher.«

»Magdalene? Wer sollte das sein«, log der Buchhändler. Lorenz verlor endgültig die Geduld, packte Johann am Kragen und zog ihn näher zu sich heran.

»Ihr sagt mir jetzt, was ich wissen muss, sonst schneide ich Euch die Kehle durch.«

»Damit ich gar nicht mehr reden kann«, erwiderte Johann.

Genau in diesem Moment öffnete sich die Hintertür, und Elsbeth Krieger ging, bewaffnet mit einer gusseisernen Bratpfanne, auf Lorenz los. Mit voller Wucht schlug sie ihm diese auf den Schädel. Lorenz brach bewusstlos zusammen. Tief durchatmend stand Elsbeth hinter ihm, ließ die Pfanne sinken und sagte: »Ich habe doch geahnt, dass uns dieses Mädchen nur Schwierigkeiten bringen wird.«

Entgeistert blickte Johann seine Frau an. So aufgebracht kannte er sie gar nicht, denn eigentlich war sie stets ruhig und zurückhaltend. Ihre plötzliche Tatkraft begeisterte ihn. Euphorisch nahm er Elsbeth in den Arm, küsste sie leidenschaftlich und rief: »Du bist meine Heldin!« Sein Blick fiel auf den am Boden liegenden Lorenz, und sein Hochgefühl verschwand so schnell, wie es gekommen war.

Elsbeth hatte sich von Johanns Euphorie nicht anstecken lassen. Panik stand in ihren Augen.

»Am Ende ist er tot«, sagte sie. »Und ich komm ins Gefängnis. Und das nur wegen dem vermaledeiten Gör.«

»Magdalene ist kein vermaledeites Gör«, widersprach Johann. »Sie hat mir während der Fahrt das Leben gerettet. Ohne sie und ihren Mut hätte mich diese dreckige Räuberbande in jener Nacht erschossen.« Er blickte auf Elsbeths Bauch. »Ich habe ihr viel zu verdanken. Ohne sie würde ich niemals mein Kind kennenlernen.«

»Und ich wäre Witwe«, fügte Elsbeth leise hinzu, die endlich verstanden hatte.

»Und was wollte der Kerl von ihr?«, fragte sie und deutete auf Lorenz, der noch am Leben war, wie Johann gerade feststellte, indem er Lorenz' Pulsschlag am Hals prüfte.

»Er wollte sie töten, weil sie vor vielen Jahren die Zeugin eines Mordes gewesen ist.« Er winkte ab. »Die Geschichte ist zu lang, um sie jetzt zu erzählen, vielleicht später.« Er zog seinen Schlüssel aus der Jackentasche und beeilte sich, die Ladentür abzuschließen. »Wir müssen ihn in den Hinterhof schaffen und wegsperren. Vielleicht in die Scheune, hinten in den Verschlag neben den Hühnern.«

»Wegsperren«, entgegnete Elsbeth entsetzt. »Und was ist, wenn er zu sich kommt? Der schäbige Verschlag. Da ist so ein kräftiger Bursche schneller draußen, als uns beiden lieb ist, und tötet uns. Der Mann ist zu allem fähig.«

»Hast du eine bessere Idee?« Johann klang genervt. »Wir können ihn natürlich auch im Laden liegen lassen, damit die Kundschaft deine Heldentat bewundern kann.« Elsbeth warf Johann einen missbilligenden Blick zu. »Ich meine ja nur. Wer will schon einen Mörder auf seinem Grundstück haben.« Sie blickte ihren Gatten herausfordernd an.

»Ja, ich weiß«, stimmte Johann ihr resigniert zu. »Also ein anderer Plan.«

Elsbeth nickte. »Eine Notlüge wäre gut. Muss ja nicht jeder wissen, dass du den Mann kanntest. Ich könnte mit meiner Bratpfanne in der Hand schreiend auf die Straße laufen und etwas von Überfall und Einbruch und zu Hilfe rufen. Dann würden die Leute die Stadtwache informieren, und der Bursche landet im Gefängnis, wo er nicht so schnell ausbrechen wird.«

Johann überlegte kurz. Elsbeths Plan klang gar nicht so schlecht. Wenn Lorenz im Gefängnis landete, wären auch die anderen in Sicherheit und konnten ohne Angst ihrer Wege ziehen. Womöglich könnten sie sogar erreichen, dass Lorenz hingerichtet wurde. Immerhin trachtete ihm der Bursche nach dem Leben.

»So machen wir es«, sagte er. »Wenn ich darüber nachdenke, ist es nicht einmal eine Notlüge, denn er hat mich überfallen. Den genauen Grund dafür muss ja niemand erfahren.«

Elsbeth nickte und hob die Bratpfanne in die Höhe, die sie die ganze Zeit über in der Hand gehalten hatte.

»Dann mal los.«

Johann schloss die Ladentür wieder auf und trat zurück. Elsbeth warf ihm noch einen kurzen Blick zu, öffnete die Tür, lief aus dem Laden und kreischte laut: »Zu Hilfe, Überfall, ein Räuber, Gauner! Zu Hilfe! So helft uns doch!«

Sofort schauten die Passanten zu der Buchhändlergattin. Erste Rufe nach der Stadtwache wurden laut. Der Nachbar, Schuster von Beruf, kam herbeigelaufen. Johann trat, sich den Arm haltend, auf die Straße und deutete hinter sich. »Drin liegt er. Elsbeth, sie hat mir das Leben gerettet.«

Der Schuster stürzte in den Laden und kam bestätigend nickend wieder heraus. Beruhigend legte er Johann die Hand auf die Schulter. Elsbeth wurde bereits von mehreren Damen umringt. Darunter erkannte Johann die Apothekerin, die Frauen des Tabakhändlers und des Bäckers und die alte Marie, die als fliegende Händlerin Kräuter verkaufte. Wie eine schnatternde Gänseschar redeten sie alle gleichzeitig auf Elsbeth ein.

Die Stadtwache näherte sich in Gestalt von zwei hochaufgeschossenen jungen Burschen in Uniform. »Was ist geschehen?«, fragte der eine Johann.

»Wir sind überfallen worden. Ein unbekannter Bursche. Er wollte meine Tageseinnahmen und hat mich bedroht und verletzt.« Zur Bestätigung hielt er seinen Arm in die Höhe. Der Mann nickte und bedeutete seinem Mitstreiter, ihm in den Laden zu folgen. Kurz darauf schleiften die beiden Männer Lorenz nach draußen, der langsam wieder zu Bewusstsein kam. Wie ein nasser Sack hing er zwischen den beiden Stadtwächtern, zu keiner Reaktion fähig.

»Wir bringen ihn jetzt erst einmal ins Gefängnis, und dann sehen wir weiter«, erklärte einer der Männer Johann. »Ihr könnt später vorbeikommen, damit wir Eure Aussage protokollieren können.«

Die Männer verschwanden mit Lorenz in der zurückweichenden Menge. Elsbeth warf ihrem Gatten einen siegessicheren Blick zu, den dieser, ohne zu lächeln, erwiderte. Überraschend tauchten plötzlich Adam, Mathis und Dora auf. Johann fing den Blick des Laienbruders auf und nickte ihm zu. Adam erriet die Gedanken des Buchhändlers. Magdalene hatte sein Leben gerettet, jetzt hatte er sich revanchiert.

29

Lorenz saß in der düsteren Zelle und beobachtete die beiden Wachmänner dabei, wie sie es sich bei einem Kartenspiel und einem Krug Wein gutgehen ließen. Er war an diesem Abend der einzige Gefangene, der in dem winzigen Wachgebäude einsaß. Morgen würde der Schultheiß darüber entscheiden, was geschehen sollte. Er ärgerte sich über sich selbst, dass er sich dazu hatte hinreißen lassen, den Buchhändler zu bedrohen, denn das wäre nicht notwendig gewesen. Er hätte einfach nur den dreien folgen sollen, nachdem er sie auf dem Marktplatz entdeckt hatte. Er hatte fest damit gerechnet, Mathis und Dora in Gießen zu begegnen, weshalb er sie nach ihrer Flucht aus dem Lager nicht verfolgte. Auch hatten ihn dringende Aufgaben davon abgehalten. Liesel, das aufrührerische Weibsbild, hatte er noch am selben Abend am nächsten Baum aufknüpfen lassen. Ihr Todeskampf hatte leider etwas länger gedauert, denn ihr Genick war nicht gebrochen. Röchelnd war sie erstickt. In den frühen Morgenstunden waren Josephine und sie nebeneinander am Rand des Lagers beerdigt worden, anständig, mit einem Gebet, so, wie es sich gehörte. In dieser Hinsicht wollte er sich nichts nachsagen lassen. Liesel und Josephine hatten im Leben Fehler gemacht, im Tode jedoch sollte es ihnen nicht an Gottes Beistand fehlen. Der Herrgott würde sich ihrer verwirrten Seelen annehmen und sie zur Vernunft bringen. Lorenz hielt sich nicht für gläubig, jedenfalls nicht im Sinne der Kirche, die in seinen Augen nur Unsinn verbreitete. Allerdings glaubte er durchaus an eine höhere Macht, die die Geschicke der Menschen lenkte, ob diese nun Gott, Allah oder sonst irgendwie hieß, war ihm gleichgültig.

Der eine Bursche mit Namen Sebastian wirkte leicht angeschlagen. Er hatte bereits zum fünften Mal nacheinander verloren, was seine Stimmung nicht hob. Als sein Kumpan, der Schorschi gerufen wurde, breit grinsend sein Blatt auf den Tisch legte, ging es endgültig mit Sebastian durch. Er griff seinen Kumpan an. Schorschi, der nicht so viel getrunken hatte, wehrte den halbherzigen Angriff seines Kollegen ohne größere Probleme ab und sagte: »Mensch, Sebastian, du bist besoffen. Gehst am besten heim und schläfst dich aus, damit du morgen keinen schlechten Eindruck auf den Schultheiß machst. Du weißt ja: Er sieht es nicht gern, wenn wir während der Dienstzeiten saufen.«

»Und was wird aus dem da?« Sebastian schaute zu Lorenz hinüber, der sich schlafend stellte.

»Ach, mach dir um den keine Gedanken. Der tut niemandem was. Ich geb gut auf ihn acht. Kannst mir ja dafür den Gefallen tun und morgen Abend für mich die Nachtschicht übernehmen. Die Christine, du weißt schon …« Er grinste zweideutig.

»Auf die hast es abgesehen. Ist ja auch ein hübsches Mädel.« Sebastian zwinkerte seinem Kumpan grinsend zu.

»Nicht, was du denkst. Ich mein es ernst mit ihr. Morgen möchte ich bei ihrem Vater vorsprechen.«

»Und du denkst, unser feiner Herr Apotheker wird so ohne weiteres seine Tochter mit einem armen Wachmann wie dir verheiraten?«

»Wieso nicht. Ich stamme aus einer alteingesessenen Gießener Familie und stehe in Lohn und Brot des Landgrafen. Mein Vater hat mir seine Unterstützung zugesagt. Christine und ich könnten ins Hinterhaus meines Elternhauses einziehen, und sie könnte im Geschäft helfen, was nicht das Schlechteste ist.«

»Im Geschäft eines Krämers«, höhnte Sebastian. »Na, wenn du meinst.« Schwankend erhob er sich, rülpste laut und legte seinem Freund die Hand auf die Schulter.

»Ich wünsch dir auf jeden Fall Glück. Wird schon werden. Hast ja recht. Ich gräm mich halt noch, dass mich der alte Gärtner rausgeworfen hat, nachdem ich im letzten Jahr um die Hand der Annemarie angehalten hab. Als Gesindel hat er mich bezeichnet, derweil ist auch er nicht mehr als ein einfacher Tabakhändler, der sich gerade so über Wasser hält.«

»Was wohl das Problem war«, erwiderte Schorschi. »Jetzt ist sie mit dem Sohn eines reichen Frankfurter Tuchhändlers verlobt. Angeblich ist der reiche Bursche der Vetter des Tabakhändlers. Bleibt also alles in der Familie.«

»Wenn du mich fragst, ist sie schändlich verkauft worden«, erwiderte Sebastian. »Aber was soll's.« Er machte eine wegwerfende Handbewegung. »Andere Mütter haben auch hübsche Töchter. Wir sehen uns dann morgen.« Er hob zum Abschied kurz seine Mütze und verließ den Raum.

Schorschi legte die Spielkarten auf einen Stapel, schenkte sich noch einen Becher Wein ein, blickte zu Lorenz und sagte: »Hast genug gehört.«

Lorenz öffnete die Augen, wandte den Kopf und antwortete grinsend: »Ist nie leicht mit dem vermaledeiten Weibsvolk.«

»Mit den Weibern schon. Wenn das Drumherum nicht wäre.« Schorschi nahm einen kräftigen Schluck Wein und blickte in den Becher. »Ist ein guter, wenn auch teurer Tropfen. Billigen Fusel, der einem die Birne matschig macht, habe ich noch nie leiden können.« Er sah zu Lorenz. Plötzlich lag Neugierde in seinem Blick.

»Machst gar nicht den Eindruck eines Räubers, der es nötig hat, die wenigen Tageseinnahmen eines Buchhändlers zu stehlen.«

»Gut erkannt«, erwiderte Lorenz.

»Wusste ich doch, dass da eine andere Geschichte dahintersteckt. Gewiss geht es um ein Weib. Immer geht es um die Weiber – beim Sebastian, bei mir. Was hat er ausgefressen, der gute alte Krieger, dass du ihm ans Leder wolltest.«

»Das willst du wirklich wissen?«, fragte Lorenz.

»Nur zu gern. Weißt« – der Wachmann beugte sich nach vorn –, »der Krieger war schon immer einer von den ganz Feinen. Der ist einer, der meint, er darf alles, nur weil er ein Literat ist und Latein kann. Wenn du mich fragst, ist diese Sprache sowieso der reinste Firlefanz. So ein Ding, das die Kirchenfritzen erfunden haben, damit wir nicht verstehen, was sie sagen. Und solche Leute wie der Krieger, die nennen sie dann die Sprache der Gelehrten. Dass ich nicht lache. Aber auch einer von denen hat Dreck am Stecken. Ich hab es immer gewusst.«

»Und was der für Dreck am Stecken hat«, flunkerte Lorenz. »Hast schon recht, wenn du denkst, es geht um ein Weibsbild. Allerdings erzähl ich dir erst davon, wenn du mir einen Becher von dem guten Wein gibst. Meine Kehle ist ganz trocken, und da lässt es sich nicht gut reden.«

Schorschi zögerte. Sein Blick fiel auf den mit Wasser gefüllten Krug, der in Lorenz' Zelle in einer Ecke stand. Lorenz stieß ihn mit dem Fuß um. Das Wasser breitete sich auf dem Boden aus. »So ein Pech aber auch«, kommentierte er sein gewolltes Missgeschick.

Der Wachmann zögerte noch immer.

»Was ist jetzt? Willst du die Geschichte von dem Buchhändler hören oder nicht?«, fragte Lorenz.

Schorschi griff nach dem leeren Becher seines Freundes, füllte ihn mit Wein und näherte sich der Zelle. Er versuchte, den Becher Lorenz durch die Gitterstäbe zu reichen, was nicht funktionierte. Er musste die Zellentür öffnen, und das missfiel ihm.

»Ich lauf dir schon nicht davon«, sagte Lorenz. »Kann mich ja kaum auf den Beinen halten, so brummt mir der Schädel.« Er griff sich an den Kopf.

Seine Worte beruhigten Schorschi. Er nahm den Schlüssel und öffnete die Zellentür. Dann ging alles blitzschnell. Lorenz sprang auf, packte Schorschi am Kopf und schlug ihn mit voller Wucht gegen die Zellenwand. Der Becher fiel zu Boden und rollte neben den umgekippten Wasserkrug in die Ecke. Bewusstlos sank Schorschi, eine stark blutende Platzwunde an der Stirn, zu Boden. Lorenz sprang über ihn hinweg, griff sich den Weinkrug, leerte ihn in einem Zug und verließ den Raum. Auf der Straße angekommen, blickte er sich suchend um. Er war nicht weit vom Marktplatz entfernt. Im Haus des Buchhändlers brannte noch Licht in einem der oberen Fenster. Schnellen Schrittes überquerte er den Marktplatz und schlüpfte in den Hinterhof des Anwesens. Die Hintertür war verriegelt, was er befürchtet hatte. Verärgert blickte er die Hausmauer nach oben. Das Gebäude war eines der typischen Fachwerkhäuser der Gegend. Der Buchhändler hatte die Balken erst vor kurzem mit roter Farbe neu streichen und die Gefache ausbessern lassen. Es war in einem guten Zustand. Im Untergeschoss gab es auf der Rückseite nur ein winziges Fenster neben der Tür. Erst ab dem ersten Obergeschoss waren die Fenster größer. Lorenz fluchte leise und griff sich an den Kopf. Die Eingangstür verschwamm vor seinen Augen, er schwankte leicht. Erschöpft sank er zu Boden und lehnte sich gegen die Hauswand. Der Schlag gegen den Kopf war heftig gewesen.

»Gottverdammtes Miststück«, fluchte er leise. »Er hätte geredet. Dessen bin ich mir sicher.« Er schloss die Augen. Mathis und Dora. Wie sehr er es hasste, sich eine Niederlage eingestehen zu müssen. Allerdings hatte er noch nicht verloren. Gleich morgen würde er einen neuen Anlauf nehmen. Und diesmal musste der Buchhändler einfach reden. Wenn nicht, würde er ihm und seinem verdammten Eheweib die Kehle durchschneiden. Es begann zu schneien. Zitternd zog Lorenz seinen Umhang enger um sich und duckte sich in den Hauseingang. Eigentlich war er ja genauso ein Narr wie die beiden Wachmänner. Von einer Frau, die niemals ganz die seine werden würde, ließ er sich an der Nase herumführen. Luise von Spiegel war kein liebenswerter Mensch. Aber vielleicht waren gerade ihre Kälte und ihre abweisende Art die Eigenschaften, die ihn magisch anzogen. War er selbst nicht auch ein kalter Mensch, der Barmherzigkeit stets als Schwäche abgetan hatte. Oder hatte das Leben sie beide hart gemacht? Er dachte daran, wie Luise Schwäche gezeigt hatte, als sie von ihrer Jugend und ihrem grausamen Vater erzählt hatte. Auch er selbst war in einer schrecklichen Umgebung aufgewachsen, nachdem ihn seine Eltern verlassen hatten. Die Mutter war dem Wahnsinn verfallen, der Vater geflohen, ohne Verantwortung für seinen einzigen Sohn zu übernehmen. All die Jahre hatte er sich Gedanken darüber gemacht, weshalb sein Vater ihn in der Obhut einer Verrückten zurückgelassen hatte, die sich wenige Wochen später das Leben nahm. Wollte er sich aus der Verantwortung stehlen? Oder war sein Vater nur genauso selbstbezogen wie er? Auch er, Lorenz, liebte seine Freiheit und sein rastloses Leben ohne Verpflichtungen. Oder machte er sich etwas vor? Das Leben eines Vagabunden, der mit einem Wandertheater durch die Lande zog, war nicht frei von Verpflichtungen und davon, anderen gerecht werden zu müssen. Er sah Liesel am Baum hängen und atmete tief durch. Und wenn er es beendete? Jetzt wäre ein guter Zeitpunkt dafür. Seine unter Zwang zusammengehaltene Familie brach auseinander, was sogar bei den Aufführungen zu spüren war. In den letzten Wochen war die Leichtigkeit verschwunden, die die skurrilen Menschen auf der Bühne ausgestrahlt hatten. Sie mochten nicht freiwillig zu ihm gekommen sein, doch auf der Bühne waren diese Menschen fröhlich und strahlten eine besondere Art von Stolz und Lebensfreude aus, die ihresgleichen suchte. Tief im Inneren schien jeder von ihnen zu wissen, dass ihnen kein anderes Leben blieb, dass sie nur bei ihm die Möglichkeit hatten, von den Menschen für einen Moment angenommen und bewundert zu werden. Wenn der Vorhang fiel, wurden sie wieder zu den bedauernswerten Gestalten, die am Rande der Gesellschaft lebten und mit Füßen getreten wurden. Doch was sollte aus ihm werden, wenn er nicht mehr durch die Lande zog? Sich häuslich niederzulassen, würde er in diesem Leben nicht mehr schaffen. Er würde einen guten Söldner abgeben, vielleicht irgendwo in den Süden ziehen, nach Italien, Spanien, ans Meer. Allerdings kannte er die Härte des Soldatenlebens nur zu gut, und Freiheit suchte man in dieser Welt voller Regeln vergebens. Auch würde er dann endgültig von Luise Abschied nehmen müssen, der Frau, die er mit jeder Faser seines Körpers begehrte. Mit ihr an seiner Seite hätte er sich vielleicht verändert. Oder machte er sich schon wieder etwas vor? Selbst eine Luise von Spiegel würde es nicht fertigbringen, den unruhigen Geist in ihm zu bändigen, der dem seiner Mutter glich. War er bereits auf dem besten Weg, denselben Wahnsinn zu erliegen? Er schob den Gedanken beiseite. Es war ein langer und anstrengender Tag gewesen. Morgen würde er weitersehen. Im Moment galt es, Magdalene aufzuspüren, denn sie war an allem schuld, sie war in sein Leben eingedrungen und zerstörte es. Er musste ihrer habhaft werden und sie töten, um seiner selbst willen Rache nehmen für das, was sie ihm angetan hatte. Wegen ihr hätte er beinahe seine Liebste verloren, und dafür sollte sie büßen. Und Mathis und Dora ebenfalls. Dieser verdammte Schokoladenmohr, der der kleinen Zigeunerin mit Haut und Haar verfallen war. Und Dora, das Zwergenmädchen, das hoffnungslos in Mathis verliebt war, wie er schon lange wusste. Es war Zeit, das alles zu beenden und einen Neuanfang zu beginnen – in welcher Welt auch immer. Nach einer Weile schlief er tief und fest ein.

Im Morgengrauen weckten Stimmen ihn auf. Schnee fiel von seinen Beinen, als er aufsprang und sich umschaute. Die Hintertür war noch immer verschlossen. Eine dünne Schneeschicht hatte sich auf den Innenhof gelegt. Irgendwo krähte ein Hahn. Als das Hoftor geöffnet wurde, eilte er hinter einen Schuppen. Ein kleiner Junge betrat mit einem Steinkrug den Hinterhof, stellte diesen vor die Tür und verschwand wieder. Vermutlich war der Krug mit Milch gefüllt. Lorenz' Magen begann zu knurren. Hastig schlüpfte er aus seinem Versteck, griff nach dem Krug und trank gierig die Milch. Genau in diesem Moment öffnete sich die Hintertür, und Mathis, Dora, der Antoniter und der Buchhändler traten nach draußen.

»Hab Dank für deine Gastfreundschaft, mein Freund«, bedankte sich Adam bei Johann und umarmte ihn. Auch Mathis und Dora umarmten den Buchhändler. Dora wurde von Johann sogar in die Höhe gehoben und bekam ein Küsschen auf die Wange.

»Und ihr wollt Magdalene noch immer suchen?«, fragte der Buchhändler. »Immerhin ist die Gefahr jetzt gebannt. Lorenz sitzt im Gefängnis und wird seine gerechte Strafe erhalten.«

»Dessen wäre ich mir nicht so sicher«, entgegnete Mathis. »Unterschätze Luise von Spiegel nicht. Wenn sie von der Sache erfährt, ist Lorenz schneller ein freier Mann, als uns allen lieb sein kann. Nein, es ist besser, wir bleiben dabei, finden Magdalene und bringen sie ein für alle Mal in Sicherheit. Wenn sie weit weg von Hessen-Darmstadt ist, kann sie endlich zur Ruhe kommen und in Frieden und ohne Furcht ein neues Leben beginnen.«

»Und wenn sie gar kein anderes Leben haben will«, entgegnete der Buchhändler. »Ich möchte behaupten, dass ich sie während unserer turbulenten Reise ein wenig kennengelernt habe. Es gibt einen guten Grund dafür, warum sie sich dazu entschieden hat, zu den Zigeunern zurückzukehren. Dieses Leben hat sie für sich gewählt, es ist ihr Schicksal. Am Ende wird sie euch gar nicht begleiten wollen, Gefahr hin oder her.«

»Das glaube ich nicht«, erwiderte Mathis. »Sie gibt sich noch immer die Schuld an dem Tod ihrer Familie. Einem weiteren Klan würde sie so etwas niemals im Leben antun, dessen bin ich mir sicher.«

»Darin gebe ich dir recht«, stimmte Johann zu. »Doch ihr Herz hängt an den Zigeunern. Sie ist in all den Jahren eine von ihnen geworden. Ich habe sie erlebt, habe sie zu deren Musik tanzen sehen. Es wird ihr nicht leichtfallen, erneut die gewohnte Umgebung zu verlassen.«

»Wir werden sehen«, sagte Adam. »Jetzt müssen wir sie erst einmal finden und mit ihr reden. Entscheiden muss am Ende sie selbst. Das können wir ihr nicht abnehmen.«

Johann nickte zustimmend. Elsbeth trat neben ihren Gatten und reichte Adam einen gut gefüllten Beutel. »Etwas Brot, Käse und geräucherte Wurst, damit ihr unterwegs nicht verhungert.« Johann schlug sich die Hand vor die Stirn.

»Ach, eh ich es vergesse.« Er verschwand im Inneren des Hauses und kehrte wenig später mit einem kleinen Lederbeutel zurück, den er Adam reichte.

»Es ist nicht viel. Sollte aber für eine Unterbringung in einem Gasthof und eine ordentliche Mahlzeit reichen.« Er zwinkerte Dora zu. »Frauen haben es nicht gern, wenn sie unter freiem Himmel schlafen müssen, besonders um diese Jahreszeit.«

»Das ist zu gütig von dir, mein Freund«, erwiderte Adam. »Obwohl ich über ausreichend finanzielle Mittel verfüge.«

»So eine Reisekasse kann nie gut genug gefüllt sein«, sagte Johann. »Wer weiß, was passiert.« Er zwinkerte ihnen zu. Alle drei nickten zustimmend. Johann hatte ihnen gestern davon berichtet, was ihnen auf der Fahrt mit der Postkutsche zugestoßen war. Besonders Adam konnte nicht fassen, was er hörte, hatte er Magdalene doch vertrauensvoll in die Hände der erfahrenen Postillione gegeben. Selbstverständlich war auch er sich bewusst darüber, welche Gefahren auf einer solchen Reise lauern konnten. Nachdem Lorenz gestern abgeführt worden war, hatten sie lange beratschlagt, wie es jetzt weitergehen würde. Adam hatte seinen Entschluss bereits vor ihrem Aufbruch gefasst. Nach Höchst würde er nicht mehr zurückkehren, auch wenn dieses Leben Sicherheit versprach. Schon lange war er bei den selbstsüchtigen Chorherren unglücklich, die den ursprünglichen Gedanken der Antoniter, den Menschen zu helfen und Barmherzigkeit zu zeigen, vergessen hatten. Er hatte den Glauben in seinen Heimatorden verloren und sah diese Reise als eine Art Neubeginn. Seit einiger Zeit pflegte er einen freundschaftlichen Briefkontakt mit einem Laienbruder eines Ordens in der Nähe von Freiburg. Dort kümmerten sich die Chorherren rührend um Waisenkinder und Alte. Er hatte bereits damals in Erwägung gezogen, Magdalene dorthin zu schicken. Hätte er es nur getan, dann wären sie jetzt nicht in dieser Lage. Er hatte Magdalene nach Gießen abgeschoben, um sein Gewissen zu beruhigen. Der Generalpräzeptor saß ihm damals im Nacken, und er musste handeln. Zur Planung einer weiten Reise nach Freiburg war keine Zeit gewesen. Doch jetzt gab es genügend Zeit. Er selbst würde nach Freiburg aufbrechen und dort ein neues Leben beginnen. Und vielleicht würde sie ihn begleiten.

Die drei verabschiedeten sich von dem Buchhändler und verließen den Hinterhof. Johann und Elsbeth schlossen die Tür. Einen Moment verweilte Lorenz noch in seinem Versteck, dann folgte er der Gruppe in einigem Abstand.

Adam und seine zwei Begleiter hielten auf das Stadttor zu, wo sie vom Stadtwächter neugierig beäugt wurden, der es nicht lassen konnte, lautstark nach seinem Kumpan zu rufen. »Hannes, das musst du sehen. Ein Mohr, hier bei uns in Gießen.«

Adam und Mathis, der Dora auf dem Arm trug, beschleunigten ihre Schritte.

»Hast wieder zu viel gesoffen, Viktor«, brüllte der andere Stadtwächter zurück.

»Wenn ich es doch sage«, schrie Viktor und starrte kopfschüttelnd hinter den dreien her. »Ein Mohr, ein leibhaftiger Schwarzer«, murmelte er vor sich hin.

Lorenz nutzte die Unaufmerksamkeit des Burschen und stahl sich seitlich an ihm vorbei. Er wollte kein Aufsehen erregen. Am Ende erkannte ihn der Wachmann, denn sein

Überfall auf den Buchhändler hatte ordentlich Staub aufgewirbelt. Auch würde es nicht mehr lange dauern, bis irgendjemand entdeckte, dass er geflohen war. Er duckte sich hinter einen Ginsterbusch, der an der Stadtmauer wuchs, und wartete ab, bis der Wachmann das Interesse an Mathis verlor und wieder in seiner warmen Stube verschwand, dann hielt er nach den dreien Ausschau und folgte ihnen wieder.

30

Suni und Ciknikham hatten sich mitten auf dem Marktplatz unter einer großen Linde niedergelassen, um Schmuck aller Art feilzubieten. Viele der Ketten und Armbänder bestanden aus bunten Glasperlen, die Ciknikham mal auf einem Wochenmarkt kaufte, mal brachte ihr jemand welche mit. Auch wenn sie andere Roma trafen, tauschte sie Perlen und Schmuck. Heute hatte sie zwei besonders hübsche Exemplare dabei, die sie zu einem guten Preis verkaufen wollte. Die alte Frau, der sie die beiden Goldketten abgeschwatzt hatte, schien nicht gewusst zu haben, welchen Schatz sie in dem Schmuckkästchen hütete, auf das Ciknikham in dem kleinen Kramladen in Nauheim aufmerksam geworden war. An den Ketten waren hübsche Anhänger aus einem honigfarbenen Material befestigt. Bernstein, hatte Ciknikham Suni erklärt, der in dieser Gegend sehr selten war, denn er stammte von der Ostsee, wo er teuer gehandelt wurde.

Der Wochenmarkt, auf dem sie versuchten, die ersten Stücke unters Volk zu bringen, fand in Ober-Mörlen auf dem Kirchplatz statt, der nicht groß, aber gut besucht war. Einige Bauern aus der Region boten Gemüse feil, meist Wintergemüse. Kohlköpfe, Rapunzelsalat, Kürbisse, aber auch Äpfel. Eine Frau verkaufte an einem Stand Honig, daneben bot ein Messerschleifer seine Dienste an. Ein ortsansässiger Bäcker machte vor seinem Laden mit herrlich duftenden Fleischbrötchen gute Geschäfte. Auch Sunis Magen begann zu knurren. Seit ihrem Aufbruch von der alten Mühle, wo sie am gestrigen Nachmittag Unterschlupf vor dem unwirtlichen Wetter gefunden hatten, hatten sie nichts mehr gegessen. Zum Frühstück hatte es Haferbrei mit Honig gegeben, den eine alte Frau namens Kurudija gekocht hatte. Ihr Spitzname bedeutete »Spaß«. Suni hatte schnell herausgefunden, wie sich die kleine Frau mit den breiten Hüften diesen eingefangen hatte: Kurudija brachte mit ihren lustigen Sprüchen selbst den hartnäckigsten Morgenmuffel zum Lachen. Sie strahlte eine unbändige Lebensfreude aus, obwohl sie ein Bein nachzog. Nach einem Unfall mit dem Wagen, bei dem sie ihren Mann verloren hatte, war ihr rechtes Knie steif geblieben. Ciknikham hatte Suni erzählt, dass sie trotz des großen Unglücks niemals ihre gute Laune verloren hätte. Heute lebte sie in einem kleinen Wagen, den ihr Sohn Buchlo Nakh für sie zusammengezimmert hatte. Sein Spitzname, der »breite Nase« bedeutete, hätte nicht passender gewählt werden können. So eine breite Nase in einem schmalen Gesicht hatte Suni selten gesehen.

Keiner im Lager hatte bei ihrer Rückkehr überrascht reagiert. Rasko hatte sie mit den Worten begrüßt, dass sie spät dran wäre. Er schien fest mit ihrer Rückkehr gerechnet zu haben. Ohne viel Federlesens war noch am selben Abend beschlossen worden, dass sie bei dem Klan bleiben durfte. Am nächsten Morgen hatten sie das Lager abgebrochen und waren Richtung Süden weitergezogen.

In Nauheim, wo sie vor drei Tagen Schmuck verkauft hatten, war das Geschäft besser gelaufen.

»Ich glaube, es fängt bald zu schneien an«, sagte Ciknikham und deutete auf eine bedrohlich aussehende schwarze

Wolkenwand. Als wollte das Wetter ihre Worte bestätigen, fielen genau in diesem Moment die ersten Flocken vom Himmel, und ein böiger Wind rüttelte an den kahlen Zweigen der Linde. Die sich zwischen den Ständen tummelnde Kundschaft blickte besorgt nach oben. Der Flockenwirbel wurde rasch stärker, und die ersten Händler begannen zusammenzupacken.

»Ich denke, wir sollten zusehen, dass wir in die Mühle zurückkommen«, sagte Ciknikham und zog sich die Kapuze ihres Umhangs über den Kopf. »Heute verkaufen wir sowieso nichts mehr. Bestimmt hat Kurudija in der Stube eingeheizt und etwas Leckeres gekocht. Rasko und Buchlo Nakh sind vorhin zur Hasenjagd losgezogen. Wenn wir Glück haben, haben sie etwas gefangen, und es gibt einen leckeren Eintopf.«

Sie begann, den auf einem Tuch ausgelegten Schmuck in einen Beutel zu räumen. »An so Tagen wie heute bedauere ich es, dass wir nicht, wie in den Jahren zuvor, in Schifferstadt auf dem Gutshof bleiben konnten. Die Arbeit dort war gut, und wir hatten ein festes Dach über dem Kopf.«

»Wieso seid ihr diesen Winter nicht dortgeblieben?«, fragte Suni.

»Kannst du dir das nicht denken?«, entgegnete Ciknikham, während Suni das Tuch zusammenlegte.

»Hat es Ärger mit dem Büttel gegeben?«

»Nicht direkt, obwohl es in der Gegend um Gießen immer schwierig ist, denn wie du sicher weißt, hasst der Landgraf uns von ganzem Herzen. Nicht jeder Bewohner der Grafschaft teilt seine Meinung, aber die meisten sind uns nicht wohlgesinnt. Du als Romni kennst diese Dinge gewiss zur Genüge. Auf dem Schifferberg war es bisher anders. Leider hat der Besitzer gewechselt, und der neue Eigentümer wollte uns dort nicht mehr haben. Er hatte Angst, Schwierigkeiten zu bekommen, wenn wir uns auf seinem Anwesen herumtreiben. Immerhin haben sie uns nicht vom Hof verjagt, wie wir es anderswo schon erlebt haben.«

»Ich weiß. Auch wir sind oft verjagt worden«, bestätigte Suni Ciknikhams Worte. Die beiden Frauen setzten sich in Bewegung. Der Marktplatz leerte sich schnell. Zwei Bauern waren noch damit beschäftigt, ihre Waren zu verstauen, alle anderen Stände waren bereits verrammelt. Der Bäcker trug mit Hilfe seines Gesellen einen Tisch in seinen Laden, dann verschloss er die Tür. Für heute war Feierabend. Es schneite immer heftiger, und ein böiger Wind zerrte an den Umhängen der beiden Frauen. Sie huschten die menschenleere Dorfstraße hinunter und an der hübschen Schlossanlage vorüber, die sich in der Nähe des kleinen Flüsschens Usa befand und einem Reichsfreiherrn von Wetzel gehörte. An der unweit der Schlossmauer liegenden Furt blieben sie stehen. Als sie sich auf den Weg zum Markt gemacht hatten, hatten sie Glück gehabt, denn ein Bauer hatte sie auf ihrem Wagen mitgenommen. Leider war jetzt kein Fuhrwerk zu sehen. Es blieb ihnen nichts anderes übrig, als durch das knietiefe und eiskalte Wasser zu waten.

»Wir werden uns den Tod holen«, schimpfte Suni, als sie zitternd am anderen Ufer ankamen. Der untere Teil ihres Rockes war vollkommen durchnässt.

Auch Ciknikham fror erbärmlich. »Lass uns zusehen, dass wir schnell weiterkommen«, sagte sie und deutete auf den Feldweg, der zu der alten Mühle führte, die in der ehemaligen Wüstung Hüftersheim lag. Suni wollte etwas erwidern, wurde jedoch von Ciknikham unterbrochen.

»Da vorn ist jemand.«

Verwundert drehte sie sich um und entdeckte zwei Gestalten. Als sie näher kamen, war zu erkennen, dass einer von ihnen ein Kind auf dem Arm trug.

»Adam?«, fragte Suni ungläubig.

»Derselbige«, antwortete der Laienbruder erfreut.

Suni blickte zu seinem Begleiter und riss die Augen auf. »Mathis.« Jetzt erkannte sie auch, dass er kein Kind, sondern ein Zwergenmädchen auf dem Arm hatte. Wenn die drei hier auftauchten, musste etwas passiert sein.

»Wer sind diese Leute?«, fragte Ciknikham.

»Freunde«, erwiderte Suni. Sie blickte zu Mathis, auf dessen Wollmütze sich eine weiße Haube gebildet hatte. »Ihr seid wegen Luise von Spiegel gekommen«, schlussfolgerte Suni richtig. »In Gießen. Ich bin ihr begegnet.«

»Erraten«, antwortete Mathis. »Sie hat dir erneut Lorenz auf den Hals gehetzt.«

»Allerdings kann er dir nichts mehr tun, denn er sitzt in Gießen im Gefängnis«, beschwichtigte Adam sofort. »Mathis wollte, dass wir weiter nach dir suchen. Und ich auch«, fügte er hastig hinzu.

»Könnten wir dieses Gespräch vielleicht irgendwo fortsetzen, wo es nicht wie Hölle schneit«, mischte sich Dora ein. Die Zwergin sah wie ein winziger Schneemann aus.

»Das wollte ich auch gerade vorschlagen«, sagte Ciknikham. »Wir haben unser Lager unweit von hier in einer alten, verlassenen Mühle aufgeschlagen.« Sie deutete den zugeschneiten Weg hinunter und stapfte los, immer an der Usa entlang. Nach einer Weile tauchten vor ihnen in der Dämmerung eine Reihe Gebäude auf. Als sie näher kamen, sah man, dass die Häuser größtenteils verfallen waren. Auch die Überreste einer Kirche waren zu erkennen, deren Kirchturm ohne Dach in den düsteren Himmel ragte.

Ihr Ziel befand sich unweit der verfallenen Kirche. Die meisten Gebäude der Mühle waren noch intakt. Es gab Stallungen, zwei kleinere Nebengebäude und ein Haupthaus, auf das Ciknikham zusteuerte. Die Tür quietschte in den Angeln, als sie sie öffnete. Warme Luft schlug ihnen entgegen, in der der verführerische Duft von frisch gekochtem Essen hing.

Ciknikham sagte erfreut: »Die Männer scheinen erfolgreich gewesen zu sein.«

Sie klopfte den Schnee von ihrem Umhang und zog ihn aus. Neugierig musterte Dora die unbekannte Umgebung. Der Eingangsbereich des Hauses bestand aus einem schmalen Flur, von dem drei Türen abgingen. An dessen Ende führte eine Holztreppe in die oberen Stockwerke. Auch Suni und die anderen entledigten sich ihrer Umhänge. Neben der Eingangstür befand sich ein Fenster, doch bald würde der Hausflur in Dunkelheit versinken.

Ciknikham öffnete die Tür neben sich und bedeutete den anderen, ihr zu folgen. Sie betrat den Raum mit den Worten: »Wir haben Gäste. Freunde von Suni.«

Sofort verstummten sämtliche Gespräche in der großen Wohnstube, die sich vor ihnen auftat. An einem langen Holztisch am Fenster saßen Frauen und Männer, auf dem Tisch herrschte eine große Unordnung. Schmuck, Wolle, Webrahmen, Schnitzwerkzeuge, Holzstücke und Kochtöpfe lagen kreuz und quer herum. Auf dem Boden vor einer großen Feuerstelle saßen Kinder, die sich die Zeit mit bunten Glasperlen vertrieben. Eine korpulente Frau stand vor einem großen Kessel und blickte zur Tür. »Sieh an. Suni und Ciknikham sind zurück. Wen habt ihr zwei denn an so einem unwirtlichen Tag mitgebracht?«

»Das sind Freunde von mir«, stellte Suni die drei Neuankömmlinge vor. »Adam ist ein Antoniter, Mathis kenne ich bereits seit Kindertagen, und das Zwergenmädchen …« Sie blickte Mathis hilfesuchend an.

»Ihr Name ist Dora, und sie ist eine Freundin von mir«, kam Mathis ihr zu Hilfe.

Alle begrüßten die Gäste, und eines der Kinder trat neben Mathis, zupfte an seinem Hosenbein und fragte neugierig: »Bist du angemalt?«

Sofort zog die Mutter den Jungen von Mathis weg, verpasste ihm einen Klaps auf den Hinterkopf und ermahnte ihn auf Romani. Suni musste grinsen. Die Frage des Kleinen war nicht abwegig, hatte er doch, wie die meisten Menschen, noch nie einen Mohren zu Gesicht bekommen. Ein älterer Mann stand auf, räusperte sich und trat näher.

»Freunde von Suni sind auch unsere Freunde. Seid uns also willkommen. Wir teilen gern das unsrige mit euch.« Er deutete zu dem über dem Feuer hängenden Kessel hinüber. »Gerade heute haben wir bei der Jagd großes Glück gehabt und vier Hasen erlegt. Der Eintopf dürfte uns alle satt machen.«

»Habt vielen Dank für eure Gastfreundschaft«, erwiderte Adam und ließ erleichtert die Schultern sinken. Er hatte bereits viel von Zigeunern gehört, und die Sache war ihm nicht ganz geheuer, obwohl Johann des Lobes voll gewesen war. Der freundliche Empfang zerstreute jedoch seine Befürchtungen. Er wandte sich an Suni, die eines der Kinder auf den Arm genommen hatte, das es ebenfalls nicht lassen konnte, Mathis aus der Nähe zu begutachten. Vorsichtig berührte die Kleine, nicht älter als drei Jahre, Mathis' Wange und blickte auf ihre Fingerkuppe.

»Geht nicht ab«, erklärte sie.

»Also doch keine Farbe«, sagte Mathis lachend. »Ich komme aus dem fernen Afrika, musst du wissen. Dort sind alle Menschen so dunkelhäutig wie ich.«

Suni stellte die Kleine wieder auf den Boden.

Kurudija trat näher und griff nach Sunis Rock. »Klitschnass. Ihr werdet euch den Tod holen. Geht doch rasch nach oben und zieht euch um.« Ihr Blick wanderte zu Mathis, Adam und Dora, die ebenfalls einen durchweichten Eindruck machten. »Am besten nehmt ihr die anderen gleich mit rauf. Miláj kann euch begleiten. Er hat ungefähr dieselbe Größe wie der Mohr.«

Miláj erhob sich und trat neben Mathis, der den Mann neugierig musterte. Mit seinen hellbraunen Haaren und den blauen Augen wollte er nicht so recht in das Bild eines Zigeuners passen.

»Dann wollen wir mal nicht trödeln«, sagte Miláj und reichte Mathis und dann Adam zur Begrüßung die Hand. »Sonst futtert uns die Bande am Ende noch den ganzen Eintopf weg.« Er zwinkerte Kurudija zu.

»Das könnte schon sein«, erwiderte diese lachend. »Also schert euch nach oben und kommt schnell wieder runter. Ein Rom wartet nicht gern aufs Essen.« Sie wedelte mit den Armen.

Die kleine Gruppe verließ den Raum. Wohlweislich griff Ciknikham nach einem auf dem Tisch stehenden Kerzenständer, denn der Flur war mittlerweile stockdunkel. Im flackernden Licht der Kerze liefen sie die Stufen nach oben. Dort erwartete sie ein weiterer Flur, von dem viele Türen abgingen. Miláj bedeutete Mathis, ihm in die Kammer neben der Treppe zu folgen. Mathis bat Dora, den beiden Frauen zu folgen, was die Zwergin nur widerwillig tat. Trotz des Umhangs und des starken Schneefalls war ihr sofort Sunis Schönheit aufgefallen. Sie hatte sich geschworen, stark zu sein und ihre Gefühle unter Kontrolle zu halten. Aber so einfach war das nicht, schon gar nicht, wenn die vermeintliche Widersacherin vor einem stand und ein Gesicht wie eine Porzellanpuppe hatte. Schnell kleideten sich die Frauen um. Für Dora fand sich das Kleid eines kleinen Mädchens, das ihr sehr gut passte. Als die Gruppe wenig später wieder die große Wohnstube betrat, herrschte dort ausgelassene Stimmung. Ein Mann spielte eine fröhliche Melodie auf seiner Geige, zu der die Kinder und ein alter Rom durchs Zimmer tanzten. Miláj gesellte sich zu ihnen. Er reichte dem alten Mann lachend die Hand, und gemeinsam drehten sie sich durch den Raum. Dora wurde von einem der Mädchen mitgezogen, das sie offensichtlich für ein Kind hielt. Auch Suni und Ciknikham schlossen sich an. Suni kannte die Melodie. Mandolino hatte sie öfter gespielt. Sie tanzte und schloss die Augen. Die fröhliche Musik verstummte abrupt, als Kurudija laut in die Hände klatschte. Suni öffnete die Augen und kehrte in die Wirklichkeit zurück. Mathis fing ihren Blick auf und nickte ihr kurz zu. Er ahnte, woran sie gedacht hatte. Der Schmerz über das Verlorene war noch lange nicht verschwunden und würde sich auch nicht so leicht vertreiben lassen.

»Der Eintopf wäre fertig«, sagte Kurudija und stemmte die Hände in ihre breiten Hüften. Das ließen sich die hungrigen Mäuler nicht zweimal sagen. Schnell bildete sich vor der Feuerstelle eine lange Schlange. Es gab keine Regeln, wer zuerst eine Portion bekam. Nachdem alle am Tisch oder auf dem Fußboden einen Platz gefunden hatten, herrschte gefräßige Stille.

Miláj war es, der Adam die Frage stellte, die alle Anwesenden interessierte: »Was verschlägt einen Mönch, einen Mohren und eine Zwergin bei diesem unwirtlichen Wetter in diese gottverlassene Gegend?«

»Wir waren auf der Suche nach Suni«, antwortete Adam.

Miláj nickte. Jeder im Lager kannte inzwischen Sunis Geschichte. Jedenfalls den Teil davon, dass sie ihre Familie bei einem Überfall verloren hatte und als kleines Mädchen zu den

Roma gekommen war. Den Grund dafür hatte Suni nur Ciknikham anvertraut, die ihr beim Leben ihres Bruders geschworen hatte, dies nicht zu verraten. Sie wollte endgültig mit dem Thema Luise von Spiegel und mit ihrem Leben als Magdalene abschließen. Doch das Schicksal schien etwas anderes zu wollen.

»Es ist nichts weiter«, redete sich Adam aus der Sache heraus. »Ich wollte meine Schwester in Gießen besuchen. Ich dachte, Magdalene« – er verbesserte sich –, »Suni würde bei ihr als Kindermädchen arbeiten. Mathis war zufällig zu Besuch und beschloss, mich zu begleiten. Er hat Suni damals das Leben gerettet und wollte sehen, wie es ihr geht. Wir waren sehr erschrocken darüber, zu erfahren, dass Suni niemals bei meiner Schwester angekommen ist. Auskunft konnte uns ein freundlicher Buchhändler namens Johann geben, weshalb wir uns auf die Suche nach euch gemacht haben.«

»Johann«, sagte plötzlich ein dunkelhaariger Rom, der am Ende des Tisches saß. »Ich hoffe, es geht ihm gut.«

»Das ist Rasko«, stellte Suni Rasko vor. »Er hat uns bei den Räubern das Leben gerettet.«

Adam warf dem dunkelhaarigen Burschen einen prüfenden Blick zu, genauso wie Mathis. Beide ahnten sofort, dass Rasko nicht der feine Lebensretter war, für den Suni ihn ausgab. Doch sie schwiegen.

»Suni hat begriffen, dass sie bei den Roma leben will«, sagte Ciknikham. Sie griff nach Sunis Hand und drückte sie fest. »Sie hat mir meinen Bruder Rasko zurückgebracht, wofür ich ihr auf ewig dankbar sein werde. Sie mag eine Gadži sein, doch das ist für uns nicht wichtig. In ihr schlägt die Seele einer Romni, das ist es, was zählt.«

Mathis suchte Sunis Blick. Sie wich ihm aus. Er wusste, warum sie ihm nicht in die Augen schauen konnte: In ihr schlummerte nicht die Seele einer Zigeunerin. Suni war Magdalene, die Tochter des Landgrafen Ernst-Ludwig von Hessen-Darmstadt. Und sie war sich durchaus darüber im Klaren, dass es keinen Sinn machen würde, fortzulaufen. Ihre Vergangenheit hatte sie erneut eingeholt, und sie würde sich mit ihr auseinandersetzen müssen, auf welche Art auch immer.

Später am Abend, als sich die meisten bereits zum Schlafen zurückgezogen hatten, saßen nur noch Suni, Ciknikham, Rasko, Mathis, Dora und Adam vor dem Ofen und tranken warmen Würzwein.

»Jetzt mal raus mit der Sprache«, sagt Rasko. »Ihr seid doch nicht wegen eines harmlosen Besuchs bei diesem scheußlichen Wetter nach Gießen aufgebrochen. Das Märchen kauft euch selbst der gutgläubigste Rom nicht ab.« Er blickte Mathis auffordernd an.

Mathis schaute hilflos zu Adam, der nicht so recht wusste, was er antworten sollte.

»Sind sie auch nicht«, antwortete Suni. »Du weißt, dass mein anderer Name Magdalene ist. Ich bin die Tochter des Landgrafen und eine ungeliebte Zeugin. Seine Frau, Luise von Spiegel, hat meine Mutter getötet, um sie aus dem Weg zu räumen. Ich hab sie damals beobachtet und bin weggelaufen. Außerhalb der Stadtmauern lagerte zu der Zeit ein Zigeunerklan. Sie nahmen mich auf, und ab diesem Tag war ich Suni und eine Romni. Ich vergaß mein altes Leben – oder wollte es vergessen. Doch im letzten Sommer holte es mich wieder ein.«

»Und jetzt will Luise von Spiegel mit allen Mitteln eine ungeliebte Zeugin aus dem Weg räumen, die ihr Leben zerstören könnte.« Rasko zog die richtigen Schlüsse.

»Und dabei hilft ihr Lorenz, ein Zigeunerjäger und Gaukler, mit dem ich durch die Lande gezogen bin«, sagte Mathis.

»Er leitete ein Wandertheater mit skurrilen Menschen. Ich habe damals auch im Schloss gelebt, als Schokoladenmohr. Magdalene und ich sind zusammen aufgewachsen.« Er nickte Magdalene zu. Jetzt endlich erwiderte sie seinen Blick. »Lange Rede, kurzer Sinn«, fuhr Mathis fort, »ich landete bei Lorenz, Magdalene bei den Zigeunern, und wir fanden uns dadurch wieder, dass Lorenz sie aufspüren und töten sollte. Doch ich wollte sie retten.« Seine Stimme wurde leiser. Er hielt Sunis Blick fest und erkannte ihre Zuneigung. Einen Moment herrschte Stille.

»Wir dachten, es wäre alles gut«, sagte Adam. »Magdalene ist schwer verwundet worden, und Lorenz wähnte sie tot. Doch dann hat Luise von Spiegel sie in Gießen zufällig gesehen, und Lorenz ist von neuem losgezogen. Aber jetzt sitzt er im Gefängnis in Gießen, was für uns alle ein großes Glück ist. Wenn alles nach Plan läuft, wird er dort so schnell nicht mehr herauskommen, und Magdalene wäre endgültig in Sicherheit.«

»Das wird sie niemals sein«, widersprach Mathis ihm. »Solange das Geheimnis über ihre Herkunft aufrechterhalten wird, schwebt sie in Gefahr. Und wenn es nicht Lorenz ist, der sie verfolgt, dann eben ein anderer. Luise von Spiegel ist eine berechnende, machtgierige Frau, die nicht zu unterschätzen ist.«

»Das mag sein«, erwiderte Ciknikham. »Allerdings ist sie die Frau des Landgrafen von Hessen-Darmstadt, und ihre Macht ist somit auf dieses Gebiet beschränkt. Wir ziehen von hier fort und haben auch nicht vor, so schnell zurückzukehren. Es ist uns in den letzten Jahren zu einer lieben Gewohnheit geworden, die Wintermonate in Schifferstadt zu verbringen. Da dies nicht mehr möglich ist, orientieren wir uns jetzt eher nach Westen. Wir ziehen an den Rhein weiter und von dort nach Coblenz. Gerade in den Weinanbaugebieten werden immer wieder Helfer gesucht, außerdem ist das Klima milder. Cochem oder Coblenz dürften weit genug von Hessen-Darmstadt entfernt sein, um eine rachsüchtige Gräfin zu beruhigen.«

Suni suchte Mathis' Blick. Er erkannte die Angst in ihren Augen. Beide wussten, dass die Entfernung nicht entscheidend war. Lorenz würde ihr überallhin folgen. Wie ein Bluthund hatte er ihre Spur aufgenommen, und ein anderer von seinem Schlag würde es ebenso tun. Doch Suni war es leid, ständig auf der Flucht zu sein und Angst um Leib und Leben haben zu müssen. Allein der Gedanke an ihre letzte Begegnung mit Luise von Spiegel ließ sie zittern. Sie wusste, dass sie sich selbst belog, als sie Ciknikham zustimmte.

»Bis an die Mosel wird sie mich gewiss nicht verfolgen. Aus den Augen, aus dem Sinn. Vermutlich wird sie unsere Begegnung bald wieder vergessen haben und in gewohnter Manier ihr luxuriöses Leben an der Seite meines Vaters weiterleben.«

Mathis glaubte, einen Hauch Wehmut in ihrer Stimme wahrzunehmen. Auch war es bisher noch nicht vorgekommen, dass sie den Landgrafen so offen als ihren Vater bezeichnete. Er spürte, dass sie sich selbst etwas vormachte.

»Und du denkst, ein Leben unter den Zigeunern wäre das Richtige für dich?«, fragte Adam. »Entschuldige meine Offenheit«, wandte er sich an Ciknikham, »aber Magdalene, oder Suni, welchen Namen sie auch immer wählt, ist keine Romni. Vielleicht wäre ein Leben in einem bürgerlichen Umfeld die bessere Wahl. Ich ziehe in die Nähe von Freiburg weiter, wo ich mich in dem Antoniter-Orden eines Freundes nützlich machen werde. Er kümmert sich um Waisen, Alte und Kranke. Vielleicht wäre dieser Weg für Magdalene eine

Möglichkeit, zur Ruhe zu kommen. In Freiburg könnte sie sich auf neutralem Boden darüber klarwerden, wie sie leben möchte.«

Dora, die die ganze Zeit über geschwiegen hatte, streckte sich gähnend und sagte: »Immer nur Magdalene und was sie möchte. Schon mal einer auf die Idee gekommen, dass Mathis und ich auch nicht wissen, was wird? Zu Lorenz' Wandertheater können wir nicht mehr zurück. Doch wo sollen ein Zwerg und ein Mohr schon hin? Wir können in keine Stadt, in kein Dorf gehen, ohne aufzufallen, belächelt oder verteufelt zu werden. Magdalene oder Suni, wie auch immer, ist hübsch und sieht normal aus, und die Gefahr für ihr Leben scheint gebannt zu sein. Ob sie hierbleibt oder nach Freiburg geht, kommt mir unwichtig vor.« Sie wandte sich an Mathis. »Wie siehst du das, mein großer schwarzer Bruder?« In ihrer Stimme lag Zynismus.

Ciknikham blickte von Dora zu Suni. Sie ahnte, um was es dem Zwergenmädchen wirklich ging. »Ich denke, wir sollten morgen darüber sprechen«, schlug sie deshalb vor. »Es ist spät geworden, und es war ein langer Tag. Lasst uns schlafen gehen.«

Die anderen stimmten ihr zu. Dora senkte den Blick. Sie wusste, dass sie zu weit gegangen war. Mathis hatte ihr klar gesagt, dass er nur Freundschaft wollte. Durch Magdalenes Anwesenheit hatte sich jedoch der Dorn der Eifersucht tief in ihr Innerstes gebohrt. Es würde schwer werden, ihn wieder loszuwerden. Die kleine Gruppe verließ den Raum und teilte sich wenig später auf die Schlafräume auf. Dora folgte schweren Herzens Ciknikham und Suni, die ihr anboten, bei ihnen zu nächtigen. Niemand von ihnen bemerkte Miláj, der am Fuß der Treppe stehen geblieben war. Nach einer Weile lief er auf den Hof hinaus und schlenderte zu den Ställen hinüber. Es war besser, wenn einer von ihnen Wache hielt. Er wusste ganz genau, von welchem Lorenz die Rede war, denn er kannte ihn besser, als ihm lieb war. Dieser Mann würde sich von einem Gefängnis nicht aufhalten lassen.

31

Suni trat am nächsten Morgen auf den Hof der alten Mühle und zog ihre Kapuze über den Kopf. In der Nacht hatte es aufgehört zu schneien. Jetzt war der Himmel wolkenlos, und die letzten Sterne verschwanden im rotgoldenen Licht des anbrechenden Tages. Eiszapfen hingen an dem Dach des Stalles, aus dem das Meckern einer Ziege drang. Die Zigeuner hielten sich vier Ziegen, zwei Kühe und drei Schafe, dazu eine Schar Hühner, von denen zwei besonders gewitzte Hennen bereits auf dem Innenhof unterwegs waren, und zwei Hunde. Einige Katzen rundeten die bunte Tierschar ab. Einer der Streuner folgte Suni bis zum Hofausgang, dann blieb er zurück. Suni schlenderte Richtung Bach. Sie liebte solche klaren Wintermorgen, an denen die Welt in eisiger Stille versank, umhüllt vom frostigen Kleid der Kälte, das die aufgehende Sonne funkeln ließ. Suni betrachtete gedankenverloren das Naturschauspiel. Mathis' Auftauchen hatte ihre Entscheidung, mit den Zigeunern mitzuziehen, ins Wanken gebracht. Die ganze Nacht war sie wach gelegen und hatte gegrübelt, wie es jetzt weitergehen sollte. Lorenz verfolgte sie schon wieder. Auch sie glaubte nicht daran, dass sich dieser Mann von einem Gefängnis aufhalten ließe. Und da Lorenz zu allem fähig war, würde er vermutlich auch nicht davor zurückschrecken, diesen Klan ebenfalls zu töten. Aber boten die Zigeuner nicht auch Sicherheit? Sie würden fortziehen, an den Rhein, vielleicht auch an die Mosel. Weit weg von Hessen-Darmstadt und allen Erinnerungen.

Ein leises Räuspern ließ sie erschrocken aufblicken. Doch es war nur Miláj, der näher trat.

»Noch jemand, der zu so früher Stunde nicht schlafen kann«, begrüßte er sie mit einem Lächeln. Er musterte sie genauer und fragte: »Hast du überhaupt geschlafen?«

Suni fühlte sich ertappt. Sie hob einen Stein auf und warf ihn in den Bach. Er trat neben sie. Beide schwiegen eine Weile. Miláj war Suni ein Rätsel. Er war offensichtlich kein Zigeuner, allerdings war er fest in die Gemeinschaft integriert, obwohl er das Romani nur gebrochen sprach.

»Du fragst dich, vor welchen Geistern ich fortlaufe.« Miláj brach das Schweigen. Suni sah ihn verwundert an. »Jeder Gadžo und jede Gadži, die bei den Zigeunern leben, laufen vor irgendetwas davon. So ist es doch, oder? Bei mir war es die Trostlosigkeit in meinem Leben. Vielleicht auch der unbedingte Wille zur Freiheit. Und die Liebe zu einer Frau«, fügte er augenzwinkernd hinzu. »Bei dir scheint es jedoch die Angst um Leib und Leben gewesen zu sein, die dich in die Welt der Roma geführt hat.«

Suni warf ihm einen fragenden Blick zu.

»In einer alten Mühle können die Wände schon mal Ohren haben«, beantwortete er die unausgesprochene Frage.

»Magdalene.«

Sie nickte.

»Mir war schon klar, dass die drei gestern Abend nicht ganz die Wahrheit gesagt haben. Allerdings frage ich mich, was du willst.«

»Wenn ich das wüsste«, erwiderte Suni wahrheitsgemäß. »Lorenz ist ein gefährlicher Mann. Er hat meine Familie auf dem Gewissen. Noch im letzten Sommer war ich Suni, die Romni, die bald Sorlo heiraten wird. Ich war glücklich. Dann holte mich mein altes Leben ein und hat mit einem Schlag meine Welt zerstört.«

»Wir werden sie dir nicht zurückgeben können«, erwiderte Miláj. »Wir mögen Roma sein, doch deine Familie sind wir nicht.«

»Aber vertraut«, sagte Suni, Tränen in den Augen. »Und ein bisschen Vertrautheit ist wichtig. Daran kann ich mich festhalten, bis der Sturm vorüber ist – wenn er es jemals sein wird.« Ihre Stimme brach.

Miláj hob die Hand und wischte ihr eine Träne von der Wange. Sie ließ zu, dass er sie in seine Arme zog und fest an sich drückte. Sie spürte seine Hände, die zärtlich über ihren Rücken streichelten, und ließ ihren Kopf an seine Schulter sinken. Miláj schien zu verstehen, wie es in ihr aussah. Er tröstete, hörte zu – schwieg mit ihr.

Nach einer Weile löste sie sich aus seiner Umarmung. »Es ist gut, glaube ich.« Sie zwang sich zu einem Lächeln.

Er lächelte ebenfalls. »Manchmal hilft es, zu weinen. Tränen schärfen den Blick, habe ich mal irgendwo gehört.«

»Hier steckst du also. Wir haben dich schon überall gesucht«, sagte plötzlich jemand hinter den beiden. Sie wandten sich um. Mathis stand vor ihnen. Miláj lächelte. »Dann geh ich mal.« Er zwinkerte Suni zu, schlug Mathis im Vorbeigehen auf die Schulter und stapfte davon.

Mathis trat neben Suni. Er wirkte unsicher. Beide blickten auf den Bach.

»Du hast geweint«, sagte Mathis.

»Ein wenig«, gestand Suni leise.

»Wir wollten nicht … ich meine, es ist …« Er verstummte und setzte neu an. »Ich habe viel an dich gedacht.«

Sie antwortete nicht.

»Wenn ich es genau nehme, habe ich mein ganzes Leben lang an dich gedacht, dich vermisst«, gestand er. »Ich weiß, ich war nur der Schokoladenmohr, und du bist die Tochter des Landgrafen. Doch für mich warst du immer etwas Besonderes, eine Freundin, beinahe wie meine Schwester. Du hast meine Tage heller gemacht und mir die Einsamkeit in der Dunkelheit genommen.« Er streckte die Hand aus und berührte die ihre. Sie ließ es zu. Langsam umschlangen seine Finger die ihren. Seine Hand fühlte sich warm, seine Nähe vertraut an. Sie wusste, was er meinte, spürte dieselbe Verbundenheit wie damals in Höchst. Ihr Herz begann, schneller zu schlagen. Er zog sie an sich und berührte zärtlich ihre Wange. »Ich hätte damals nicht gehen dürfen. Was bin ich froh, wieder bei dir sein zu können.«

»Er hätte Dora getötet«, erwiderte Suni und legte ihre Hand auf die seine.

»Er hat alles zerstört. Mein Leben und auch deines. Niemals wird er Ruhe geben. Überallhin wird er mir folgen, bis ich tot bin. Auch Gefängnismauern werden ihn nicht aufhalten. Das spüre ich.«

Sie wollte sich aus Mathis' Umarmung lösen, doch er zog sie an sich und drückte plötzlich seine Lippen auf die ihren. Überrascht wollte sich Suni gegen ihn wehren, ließ den Kuss dann aber doch zu. Immer fester wurde seine Umarmung. Sie wehrte sich nicht. Er war hier, und diesmal ging er nicht mehr fort.

Erst nach einer Weile lösten sich die beiden voneinander. Suni trat einen Schritt zurück. Er suchte ihren Blick und fragte: »Wer willst du also sein? Suni oder Magdalene?«

Sie wusste, wie die Antwort lauten würde. Die Wahrheit war in ihr Leben getreten und ließ sich nicht mehr vertreiben.

Sich hinter einer Identität zu verstecken, die am Liederbach gestorben war, würde ihr nicht weiterhelfen. Sie antwortete mit leiser Stimme: »Magdalene.«

Er atmete erleichtert auf und streckte ihr lächelnd die Hand hin. »Dann lass uns zu den anderen gehen und mit ihnen reden.«

»Und was werden wir ihnen sagen?«, fragte Magdalene.

»Uns wird schon etwas einfallen.«

»Ciknikham wird traurig sein.«

Er legte den Kopf schräg.

Sie verstand. »Ich weiß, aber nur für eine Weile.«

Sie griff nach seiner Hand und ließ sich von ihm mitziehen. Sie hatte sich entschieden. Suni war schon lange fort. Und mit Mathis' Auftauchen war die Illusion des Vertrauten endgültig zerstört worden. Die beiden schlugen den Rückweg zur Mühle ein. Miláj, der unweit von ihnen stehen geblieben war und ihr Gespräch belauscht hatte, blickte ihnen nachdenklich hinterher. Er konnte Sunis Entscheidung verstehen. Sein Klan war für ihn Heimat geworden, obwohl er die Liebe seines Lebens bereits vor Jahren verloren hatte. Sie war bei der Geburt ihres ersten gemeinsamen Kindes verstorben. Er selbst hatte den toten Jungen beerdigt. Als er das winzige Wesen im Arm gehalten hatte, hatte er an seinen ersten Sohn gedacht, den er zurückgelassen hatte.

Jahre später war er dahintergekommen, dass sein Sohn eben dieser Lorenz, der berüchtigte Zigeunerjäger, war, der hauptsächlich in Hessen-Darmstadt sein Unwesen trieb. Einmal, es war in der Nähe von Frankfurt gewesen, hatte er ihn eine Weile in einem Gasthof beobachtet. Lorenz sah seiner Mutter ähnlich. Er hatte ihr dunkles Haar und ihre blauen Augen geerbt. Damals hatte er überlegt, sich als sein Vater zu erkennen zu geben, doch er hatte diese Idee wieder verworfen. Er hatte seinen einzigen Sohn in der Obhut einer Wahnsinnigen zurückgelassen, warum, wusste er selbst nicht mehr. Manchmal taten die Menschen unsinnige Dinge, für die sie später keine Erklärung fanden. Was hatte er geglaubt, würde aus ihm werden? Ein ehrbarer Bürger, ein friedfertiger Mensch? Wie oft hatte er sich diese Fragen bereits gestellt? Sein schlechtes Gewissen ließ sich allerdings trotzdem nicht vertreiben. Miláj schob den Gedanken beiseite und folgte den anderen zurück zur Mühle. Der Weg war von Schnee bedeckt und nur von wenigen Fußspuren durchzogen. Kurz bevor er die Mühle erreichte, ließ ihn ein Geräusch herumfahren. Hatte er hinter den am Wegesrand stehenden Bäumen eine Bewegung wahrgenommen? Er musterte die Bäume eine Weile. Vielleicht waren es nur die Vögel gewesen, dachte er und lief auf den Hof, wo er von zwei neugierigen Hühnern und einem der Hunde, einem zottigen, braunem Ungetüm, begrüßt wurde. Er tätschelte dem Hund den Kopf und ging neben ihm in die Hocke.

»Na, du alter Gauner. Du bist doch ein guter Hund mit einer ordentlichen Spürnase. Wenn da draußen jemand wäre« – er schaute zur Straße –, »dann würdest du ihn doch wittern und anschlagen.« Der Hund, der den Namen Cólo trug, was »Decke« bedeutete, blickte Miláj in die Augen, als würde er jedes Wort verstehen.

»Du weißt genauso gut wie ich, dass unser alter Cólo niemals anschlagen würde, wenn ein Fremder auftaucht.« Rasko war aus dem Stall gekommen und näher getreten. »Eher begrüßt er ihn schwanzwedelnd in der Hoffnung, der Neuankömmling könnte für ihn etwas zu fressen haben.«

»Ich weiß«, erwiderte Miláj seufzend. »Und die anderen Hunde sind auch nicht besser.«

»Die Weiber haben sie verzogen«, erwiderte Rasko und tätschelte Cólo den Kopf. »Weshalb willst du überhaupt, dass er anschlägt? Dich bedrückt doch etwas.«

»Es ist wegen Lorenz, diesem Zigeunerjäger. Ich habe das Gefühl, er ist ganz in der Nähe.«

»Du siehst Gespenster«, erwiderte Rasko und schlug Miláj auf die Schulter. »Er sitzt in Gießen im Gefängnis. Und gewiss wird Johann dafür sorgen, dass er so schnell nicht mehr herauskommt, dessen kannst du dir sicher sein.«

»Nichts gegen Johann«, erwiderte Miláj, »aber er ist ein einfacher Buchhändler ohne Einfluss auf irgendwen. Soweit ich weiß, steht Lorenz in der Gunst der Landgräfin, und sie wird sicherlich dafür sorgen, dass er bald wieder freikommt. So schnell wird er nicht aufgeben, das Mädchen zu jagen, was auch uns in Gefahr bringt. Obwohl …«

»Obwohl?«, fragte Rasko.

»Ach, es ist nichts. Es ist ihre Entscheidung, nicht die meine.«

»Du meinst, Suni könnte uns verlassen? Aber, wir sind doch jetzt ihre Familie.«

»Nein, die sind wir nicht. Ihre Familie ist tot.«

»Aber sie ist eine Romni, eine von uns.«

»Nein, das ist sie nicht. Auch wenn du es dir wünschst.« Miláj lächelte. »Mir kannst du nichts vormachen. Du hast dich in sie verguckt und hoffst, sie könnte deine Frau werden. Aber sie ist und bleibt eine Gadži, und ihr Name ist auch nicht Suni, sondern Magdalene. Das darfst du nicht vergessen.«

»Nein, sie ist keine Gadži.« Raskos Stimme wurde lauter. »Sie ist eine Romni, eine von uns. Sie hat mich gerettet, mir meine Familie wiedergegeben. Sie darf nicht fortgehen.« Er ließ Miláj stehen, stürzte ins Haus und riss die Tür zur Wohnstube auf. Suni saß mit Mathis, Adam, Dora und Ciknikham beim Frühstücken am Tisch. Er stürzte auf die Gruppe zu und fragte frei heraus: »Miláj sagt, du willst uns verlassen, Suni. Stimmt das?« Er blickte in betretene Mienen. Magdalene senkte den Blick. Er verstand. Fassungslos sank er neben Adam auf die Bank. »Aber, wir sind doch deine neue Familie. Du hast mich gerettet. Ich dachte, ich meine, ich wollte …« Er verstummte. Einen Moment herrschte Stille. Alle Augen waren auf Magdalene gerichtet. Sie atmete tief durch und blickte Rasko in die Augen.

»Ich dachte, ihr könntet meine neue Familie werden, aber dem ist nicht so. Das habe ich jetzt verstanden. Meine Familie ist tot. Niemand kann sie mir zurückbringen. Mein altes Leben hat mich eingeholt. Es gibt kein Zurück mehr. Darüber bin ich mir klargeworden. Ich werde mit Mathis, Dora und Adam nach Freiburg gehen. Das haben wir eben beschlossen.« Sie griff nach Raskos Hand und drückte sie fest. »Das hier ist deine Familie. Ich gehöre nicht dazu, auch wenn ich dachte, es könnte so sein.«

Rasko blickte zu seiner Schwester, die ihm aufmunternd zunickte. Sie ahnte, was er geplant, worüber er jedoch mit niemandem gesprochen hatte. Er stand auf. Diese Neuigkeiten musste er jetzt erst einmal verdauen. »Wenn das so ist.« Kurz schaute er zu Mathis und Adam, dann verließ er den Raum und schlug lautstark die Tür hinter sich zu. Magdalene wollte aufstehen und ihm folgen, doch Ciknikham hielt sie zurück. »Lass ihn. Ich rede später mit ihm, wenn er sich beruhigt hat.«

Magdalene nickte. Mathis griff nach ihrer Hand und drückte sie fest. Adam trank von seinem Würzwein, der inzwischen kalt geworden war und schal schmeckte. Er verzog das Gesicht und sagte: »Ich denke, wir sollten noch heute aufbrechen. Am besten, wir suchen uns erst einmal in Ober-Mörlen eine Bleibe in einem Gasthof und warten dort auf die Postkutsche. Wir müssen zurück nach Höchst, denn ich habe noch einige organisatorische Dinge zu erledigen. Auch muss ich meinem Freund in Freiburg unser Kommen ankündigen. Er wird sich sehr darüber freuen, denn er drängt mich bereits seit längerem, zu ihm überzusiedeln.«

»Und du denkst, ein Mohr und eine Zwergin werden bei ihm willkommen sein?«, fragte Dora.

»Warum nicht?«, erwiderte Adam. »Helfende Hände werden dort gern gesehen, und mein Freund ist ein offener Mensch. Bestimmt wird das kein Problem darstellen.« Er lächelte Dora aufmunternd zu.

Ciknikham blickte nach draußen. Kurudija beschäftigte sich gerade damit, allen möglichen Plunder auf ihren Wagen zu laden, den Buchlo Nakh unter dem schützenden Vordach hervorgeholt hatte. Die meisten Wagen des Klans waren unweit der Mühle auf einem Feld abgestellt, manche von ihnen unter einem Vordach in der Nähe des Stalls. Die Ziegen waren bereits auf den Hof gebracht worden, und die Kinder beschäftigten sich damit, die Hühner einzufangen. Es herrschte allgemeine Aufbruchstimmung. Auch im Flur waren Stimmen zu hören.

»Ich habe nicht gedacht, dass wir so schnell wieder Abschied nehmen müssen«, sagte Ciknikham wehmütig zu Magdalene. »Aber gewiss ist es besser so. Das mit Freiburg hört sich gut an. Dort wirst du bestimmt zur Ruhe kommen.«

Magdalene griff nach der Hand der Freundin. »Es ist sicherlich die bessere Entscheidung, auch für den Klan. Ich möchte euch nicht unnötig in Gefahr bringen.«

»Ach, diesen Lorenz hätten wir schon kleingekriegt«, erwiderte Ciknikham. »Wäre nicht der erste Zigeunerjäger, dem wir Mores lehren. Vor ein paar Jahren hat uns mal eine Gruppe Männer zu überfallen versucht, was ihnen nicht gut bekommen ist. Obwohl ich bis heute nicht weiß, ob sie Zigeunerjäger oder einfache Räuber gewesen sind.« Sie zuckte mit den Schultern.

»Lorenz ist anders«, erwiderte Magdalene. »Er ist gefährlich. Es ist besser so. Das musst du mir glauben.« In ihre Augen traten Tränen.

Mathis senkte den Blick.

Ciknikham drückte Magdalenes Hand und nickte ihr aufmunternd zu. »Ich versteh schon. Aber dass du mir nicht in ein paar Tagen wieder angerannt kommst und wieder Suni sein möchtest.« Sie lächelte.

Auch Magdalene musste jetzt schmunzeln. »Gewiss nicht«, erwiderte sie. »Ab jetzt gibt es keine Suni mehr. Mein Name ist Magdalene.«

»Und wir beginnen gemeinsam ein neues Leben ohne Angst«, sagte Adam. Magdalene sah zu Mathis. Er nickte ihr zu. Dora entging nicht die Innigkeit dieses Blickwechsels. Sie schluckte, denn noch immer tat sie sich schwer damit, sich mit dem Gedanken anzufreunden, Mathis endgültig loszulassen. Sie sprang abrupt von der Bank herab. »Dann lasst uns keine Wurzeln schlagen. Vielleicht haben wir Glück und erwischen noch heute eine Postkutsche.« Ihre Stimme hatte einen scharfen Unterton, der Mathis nicht entging. Er suchte ihren Blick. Einen kurzen Moment sahen sie einander an. Verständnis lag in seinen Augen, und sie war kurz davor, loszuheulen. Hastig wandte sie sich ab und lief zur Tür.

»Das wäre wunderbar«, sagte Adam und erhob sich ebenfalls. »Allerdings befürchte ich, dass die Kutschen bei dem unwirtlichen Wetter der letzten Tage gar nicht gefahren sind. Aber ich lasse mich gern eines Besseren belehren.«

Die Tür zur Wohnstube öffnete sich, und eine Gruppe Romnija betrat, laut durcheinandersprechend, den Raum. Auch Kurudija war unter ihnen. Als sie Ciknikham und Magdalene erblickte, lächelte sie erfreut.

»Da seid ihr ja. Ich habe euch zwei schon überall gesucht. Euer Wagen ist gerade vom Feld geholt worden. Wenn alles wie geplant läuft, können wir in einer Stunde aufbrechen.«

»Das sind wunderbare Neuigkeiten«, erwiderte Ciknikham. »Allerdings wird Magdalene uns nicht begleiten.«

»Hat Miláj also doch recht gehabt«, erwiderte Kurudija. Ihre Miene wurde ernst. »Ich wollte dem alten Gauner nicht glauben, als er mir eben gesagt hat, dass Suni nicht mehr mit uns kommen wird.« Ihr Blick fiel auf Adam und Mathis, und sie zog eine Grimasse. Dann ging sie mit ausgebreiteten Armen auf Magdalene zu und drückte sie fest an sich.

»Ich hätte dich gern bei uns behalten. Aber so spielt nun mal das Leben. Gibt gut auf dich acht, Mädchen.« Sie ließ Magdalene los, sah zu Adam und Mathis und hob mahnend den Zeigefinger. »Dass ihr mir gut auf das Mädel aufpasst, hört ihr. Hat schon genug mitgemacht, das arme Ding.«

Mathis und Adam beeilten sich, zustimmend zu nicken.

»Können wir dann jetzt los«, fragte Dora ungeduldig, die an der geöffneten Tür stand.

»Natürlich«, erwiderte Magdalene und trat neben sie.

»Ich komme noch mit hoch und helfe dir beim Packen«, sagte Ciknikham.

Die kleine Gruppe verließ den Raum und lief nach oben.

Wenig später standen alle in der hellen Mittagssonne auf dem Innenhof. Die Hühner hatten sich noch immer nicht einfangen lassen und scharrten im Schnee. Trotz der Sonne war es eisig kalt. Rasko war nicht unter denjenigen, die Abschied nahmen, was Magdalene einerseits verstehen konnte, andererseits stimmte es sie traurig. Gern hätte sie ihren Lebensretter noch einmal an sich gedrückt. Ciknikham hatte ihr einen warmen Unterrock, eine Weste und einige Perlenketten aufgeschwatzt, die sie in ihrem Bündel verstaute. Es waren nur wenige Romnija gekommen, um Lebewohl zu sagen. Für die meisten Mitglieder des Klans gehörte sie nicht dazu, war sie die Fremde, eine Gadži, geblieben. Ciknikham drückte Magdalene fest an sich. Auch Kurudija und Buchlo Nakh verabschiedeten sich, genauso wie der Baro Rom und Miláj, der Magdalene lange umarmte und ihr alles Glück der Welt wünschte. Danach umarmte er auch Adam und Mathis. Dora bekam sogar ein Küsschen auf die Wange, was sie erröten ließ. Immer wieder hielt Suni nach Rasko Ausschau, doch er tauchte nicht auf. Schweren Herzens verließ sie als Letzte den Hof, verfolgt von Cólo, der laut bellend um sie herumsprang. Als sie sich bereits ein Stück von der Mühle entfernt hatten, pfiff plötzlich jemand, und Cólo blieb stehen. Magdalene drehte sich um. Rasko trat hinter einer Baumgruppe hervor. Sofort lief der Hund auf ihn zu und strich ihm schwanzwedelnd um die Beine.

Sie bedeutete den anderen, kurz zu warten, und ging zu Rasko. Schweigend blieben sie voreinander stehen. Rasko hatte Cólo am Halsband gepackt und war in die Hocke gegangen. Er blickte zu Magdalene hoch. Gut sah er aus mit seinem schwarzen Haar und seinen braunen Augen. Ein wenig erinnerte sein Profil an Sorlo, dachte Magdalene wehmütig.

»Du hast nie etwas gesagt«, sagte sie zu ihm.

»Ich dachte, du wüsstest es.«

»Ich bin keine Hellseherin«, erwiderte sie. »Nicht einmal die Kunst des Kartenlegens verstehe ich. Du hast es mit einer einfachen Gadži zu tun, die ein wenig tanzen kann.«

»Ein wenig tanzen«, wiederholte er. »Du tanzt wunderschön und strahlst Stärke und Selbstbewusstsein dabei aus. Schon auf unserer Flucht vor den Räubern hast du mich beeindruckt, doch dieser Tanz …« Er stockte. Sein Blick suchte den ihren. Sie wich ihm aus. Erneut herrschte Schweigen. Doras ungeduldige Stimme erklang.

»Ich kann dich nicht mehr umstimmen, oder?«, fragte Rasko.

Sie schüttelte den Kopf.

Er blickte kurz zu Mathis. »Was hat er, was ich nicht habe?« Seine Worte trafen Magdalene. War es so offensichtlich? Konnte ein kurzer Moment der Vertrautheit die Welt so sehr verändern?

»Vom ersten Augenblick an habe ich es gesehen«, sagte Rasko. »Das freudige Funkeln in deinen Augen hat dich verraten.« Er lächelte Magdalene an.

»Was ist denn jetzt?«, rief nun auch Adam.

»Ich muss gehen«, sagte Magdalene.

»Ich weiß«, erwiderte Rasko. »Diesmal scheint es ein Abschied für immer zu sein.«

»Wer weiß«, erwiderte sie. »Am Ende kommt ihr mal in die Gegend von Freiburg, und wir sehen uns wieder.« Sie griff nach Raskos Hand und blickte ihm in die Augen. »Wir wissen beide, dass es nicht gegangen wäre. Du bist mir nichts schuldig.« Er zog sie an sich und umarmte sie ganz fest. Sie ließ die Umarmung zu und hörte seine Worte, die er auf Romani sagte, in der Sprache, die so lange Zeit ein Teil ihres Lebens gewesen war.

»Ich werde dich vermissen, Retterin, Liebste, Tänzerin.« Er drückte ihr einen Kuss auf die Wange. Eine Sekunde verweilten seine warmen Lippen auf ihrer Haut, dann ließ er sie los.

Tränen blitzten in Magdalenes Augen, als sie einen Schritt zurücktrat, die Hand zum Abschied hob und ihm auf Romani zurief: »Und halt dich von den Räubern fern.«

»Das mache ich«, antwortete er.

Sie wandte sich um und ging zu den anderen. Rasko blickte ihnen noch eine Weile nach, um dann zu seinem Klan zurückzukehren. Diesmal würde sie nicht zurückkommen.

32

Die Gruppe folgte der Usa bis zu der Furt, wo Magdalene und Ciknikham am Tag zuvor den schmalen Fluss überquert hatten. Das Wasser war nicht sonderlich tief, aber eiskalt, wie Magdalene am eigenen Leib erfahren hatte. Sie würden sich nasse Füße und Röcke, vielleicht sogar eine Erkältung holen, wenn sie einfach so hindurchwateten.

Adam schaute sich hoffnungsvoll um, doch kein Fuhrwerk war zu sehen, das sie mitnehmen hätte können. »Es wird uns nichts anderes übrigbleiben, als hindurchzuwaten«, sagte er missmutig.

»Vielleicht warten wir noch einen Moment«, schlug Magdalene vor und blickte ebenfalls die Weinstraße hinunter, die unweit des kleinen Feldweges entlangführte. »Irgendjemand kommt bestimmt bald vorbei. Auf dieser Straße fahren jeden Tag Fuhrwerke und Kutschen, gewiss auch heute.«

»Und du glaubst, warten macht es besser«, erwiderte Dora und verschränkte die Arme vor der Brust. »Wie lange gedenkst du denn in dieser Kälte auszuharren?« Ihre Stimme klang schnippisch. »Mir friert es schon jetzt die Zehen ab.«

»Du wirst noch mehr frieren, wenn du durch den Fluss gelaufen bist«, entgegnete Magdalene gelassen. Sie wollte sich nicht auf einen Streit mit Dora einlassen. Es war offensichtlich, dass die Zwergin eifersüchtig auf sie war. Sie selbst empfand keine Abneigung gegen Dora. Eher das Gegenteil: Sie mochte sie, obwohl Dora bisher nicht ein freundliches Wort für sie übriggehabt hatte. Magdalene wusste nicht, weshalb, aber Dora strahlte etwas ganz Besonderes aus. Vorhin auf dem Hof hatte sie gemeinsam mit den Kindern versucht, die Hühner einzufangen. Sie hatte sogar eines von ihnen erwischt und voller Stolz in einen der Käfige gesetzt. Auch gestern Abend in der Stube hatte Magdalene Dora beobachtet. Die Zwergin hatte den Takt der Musik mitgeklatscht, und ihre braunen Augen funkelten vor Lebensfreude. Dora strahlte eine besondere Art von Wärme aus. Es blieb einem gar nichts anderes übrig, als die Zwergin ins Herz zu schließen, selbst wenn sie unfreundlich war. Magdalene hatte sofort erkannt, dass Dora in Mathis verliebt war. Allerdings würde diese Liebe unerfüllt bleiben, was Magdalene auch ohne eine Erklärung von Mathis wusste, der in diesem Moment ihre Hand nahm und sie fest drückte. Er fing ihren Blick auf. Sie lächelte, und das wunderbare Kribbeln in ihrem Bauch verstärkte sich. Noch vor wenigen Wochen in Höchst hatte sie dieses Gefühl verspürt, als er sie fürsorglich in den Arm genommen hatte. Der Schokoladenmohr aus Kindertagen. Es tat unendlich gut, ihn wieder bei sich zu haben. Einem Impuls folgend, streckte sie Dora die Hand hin und nickte ihr lächelnd zu. »Nur noch ein wenig warten. Wir schaffen es gemeinsam.«

Es waren keine großen Worte, doch Dora verstand. Sie fing Magdalenes Blick auf, ergriff die ihr dargebotene Hand und rückte näher an sie heran.

»Wenn du magst, kannst du unter meinen Umhang schlüpfen, dann hast du es wärmer«, bot Magdalene an. Dankbar nahm Dora das Angebot an. Magdalene legte ihren wollenen Umhang um die Zwergin, die sich fest darin einwickelte. Es war ein Friedensabkommen ohne große Worte, das die beiden miteinander schlossen. Vielleicht würden sie später reden, wenn sie allein waren, denn Magdalene hatte viele Fragen an Dora. Womöglich konnten sie sogar Freundinnen werden. Mathis nickte ihr lächelnd zu. Plötzlich waren Hufgetrappel und Stimmen zu hören. Auf der anderen Seite des Flusses tauchte eine Postkutsche auf. Magdalene konnte ihr Glück kaum fassen, als sie sah, wer auf dem Kutschbock saß und an den Zügeln zog, um die unruhig tänzelnden Pferde in Zaum zu halten. Es war Sebastian. Hans beruhigte die Tiere und griff eines von ihnen am Halfter.

»Hans, Sebastian!«, rief Magdalene laut und begann heftig zu winken.

Die beiden Postillione blickten auf.

»Ja, aber das ist ja die Magdalene«, rief Sebastian. Hans grüßte fröhlich winkend zurück.

»Das sind Hans und Sebastian«, erklärte Magdalene rasch den anderen, während die Postillione sich bemühten, die Kutsche unbeschadet durch die Furt zu bekommen. »Sie haben uns damals nach dem Überfall der Räuber auf der Straße aufgelesen. Ohne sie hätten wir es niemals bis Gießen geschafft.«

»Hört nicht auf das Mädel«, fiel Sebastian ihr ins Wort und sprang vom Kutschbock. »Beinahe umgebracht hätten wir sie, als uns die Pferde durchgingen. War die reinste Höllenfahrt, damals.«

»Das kann man wohl sagen«, stimmte Hans ihm zu. Überschwenglich drückte er Magdalene an sich und bekundete lautstark, wie froh er darüber war, sie wohlauf zu sehen.

»Ist diesen Winter aber auch der Wurm drin. Räuberbanden und Schneestürme. Kein leichtes Leben für Postillione, das kann ich euch sagen.« Sein Blick blieb an Mathis hängen, und seine Augen wurden groß. »So was aber auch. Ein Mohr, mitten auf der Straße.«

»Das ist Mathis. Ein alter Freund von mir«, stellte Magdalene Mathis vor. »Und meine hübsche Begleiterin hier ist Dora, eine liebe Freundin.«

Dora lugte hinter Magdalenes Umhang hervor. Die beiden Postillione waren ihr nicht geheuer, außerdem mochte sie keine Männer in Uniform, die meist Ärger machten.

»Zigeuner, ein Mohr, eine Zwergin. Du bist und bleibst mir ein Rätsel, Magdalene«, erwiderte Hans lachend, bückte sich zu Dora hinunter und reichte ihr die Hand.

Sebastians Blick blieb an Adam hängen. »Und ein Antoniter. Guten Tag, Adam. Schön, dich zu sehen.«

»Ihr kennt euch?«, fragte Magdalene verblüfft.

»Allerdings«, erwiderte Adam. »Wir bevorzugen dieselbe Gastwirtschaft in Höchst und das Würfelspiel.«

»Er ist ein altes Schlitzohr«, sagte Sebastian mit einem breiten Grinsen. »Ständig gewinnt er. Ich glaube ja, er schwindelt. Aber wie er es macht, konnte ich noch nicht ergründen.«

»Beim Herrgott. Nein«, erwiderte Adam mit gespielter Entrüstung. »Ein Laienbruder und betrügen. Niemals!«

»Gerade deswegen tust du es ja. Weil keiner glaubt, einer von euch würde gute Bürger wie uns über den Tisch ziehen.« Er klopfte Adam auf die Schulter. »Aber sag, mein Freund, was treibt ihr euch in Ober-Mörlen herum?«

»Das ist eine längere Geschichte«, erwiderte Adam und blickte zur Kutsche. »Ich nehme an, ihr plaudert so leichtfertig mit uns, weil keine Fahrgäste in der Kutsche sitzen, die ungeduldig werden könnten?«

»Gehe ich recht in der Annahme, dass deine Frage bedeutet, dass ihr eine Mitfahrgelegenheit sucht«, schlussfolgerte Sebastian richtig.

»Wir müssten auf dem schnellsten Weg zurück nach Höchst«, erklärte Adam. »Ich bezahle auch für die Fahrt.«

Sebastian winkte ab. »Niemals nehme ich Geld von euch an. Wir sind Magdalene noch etwas schuldig, denn sie wäre beinahe wegen unserem Unvermögen zu Tode gekommen. Bei diesem unwirtlichen Wetter reist nur selten jemand mit der Kutsche. Und wenn sie voll ist, dann ist sie eben voll.« Er nickte Mathis zu, dem die Erleichterung ins Gesicht geschrieben stand.

»Das ist zu freundlich.« Damit nahm Adam im Namen aller Sebastians Angebot an, und die Gruppe kletterte in die Kutsche. Mathis durfte sogar neben Sebastian auf dem Kutschbock sitzen. Der Anblick eines Mohren würde bestimmt jeden Räuber in die Flucht schlagen, sagte der Postillion grinsend und trieb die Pferde an. Es ging die Weinstraße hinunter. Rechter Hand lag die Hüftersheimer Mühle im hellen Sonnenlicht. Die Wagen der Zigeuner standen noch auf der Streuobstwiese. Gerade wurden die ersten Pferde und Maulesel eingespannt. Es herrschte eine allgemeine Betriebsamkeit, die Magdalene traurig stimmte. Sie wandte den Blick ab.

»Du hast richtig entschieden«, sagte Adam, der ihr gegenübersaß und ebenfalls aus dem Fenster blickte. »Es wäre nur eine Täuschung gewesen, die dir deine Familie nicht wieder zurückbringt.«

»Ich weiß«, erwiderte Magdalene seufzend. »Aber sie hat sich gut angefühlt, jedenfalls für den Moment.«

»Nein, das hat sie nicht«, widersprach Adam. »Und das weißt du auch.«

Magdalene kam sich ertappt vor. »Ich weiß. Ich habe mir eingeredet, dass es richtig ist. Ich spreche ihre Sprache, denke, handle wie sie …«

»Und doch gehörst du nicht dazu«, unterbrach Adam sie. »Du warst eine Weile Gast in ihrer Mitte, mehr nicht.«

»Nein«, widersprach Magdalene, »damals war es anders. Ich war ein Teil von ihnen. Rosina war meine Mutter, Cikni meine Schwester, und Sorlo wollte mich zur Frau nehmen. Die Vergangenheit und Magdalenes Leben mit allem, was zu ihr gehörte, schienen weit fort zu sein. Selbst Mathis hatte ich vergessen«, fügte sie leise hinzu.

»Er jedoch hat dich niemals vergessen«, sagte Dora, die es schmerzte, zu hören, dass Magdalene die Erinnerung an Mathis verloren hatte. »Nicht einen Moment lang hat er die Hoffnung aufgegeben, dich eines Tage wiederzusehen. Jedes Mal, wenn er mit Lorenz losgezogen ist, was er schrecklich hasste, war er zuversichtlich, dir zu begegnen.« Sie blickte Magdalene in die Augen. »Ehrlich gesagt habe ich nicht mehr daran geglaubt, dass dieses Wunder wahr wird. Oftmals habe ich mir sogar gewünscht, dass du für immer verschwunden bleibst. Aber Gott hat anders entschieden und euch wieder zusammengeführt.« In ihre Augen traten Tränen. Hastig wischte sie sie ab. »Ich habe ihn noch nie so glücklich und entschlossen erlebt. Wegen dir, Magdalene, hat er sich entschieden, Lorenz die Stirn zu bieten, dem Mann, der unser aller Willen mit Gewalt gebrochen hatte.«

Magdalene griff nach Doras Hand, während diese stockend von ihrem Leben im Wandertheater zu erzählen begann. Adams Augen wurden groß, als sie Löwen- und Affenmenschen beschrieb und berichtete, dass Simon ganze Tauben verschlingen konnte. Sie berichtete auch von Josephine, und ihre Stimme klang wehmütig.

»Sie wollte zurück nach Paris, zu ihrer Mutter, die sie unendlich vermisste. So viele Menschen sind bei uns gestrandet, die am Rande der Gesellschaft lebten, die niemand haben wollte, auf die alle mit Fingern zeigten …«

»Das hört sich ein wenig an wie bei den Zigeunern«, fiel Magdalene ihr ins Wort.

»Nur dass unser Ruf besser war«, antwortete Dora. »Wir waren für die meisten Leute eine willkommene Abwechslung. Ein Wandertheater bringt Leben in die Stadt. Aber Zigeuner gelten als Gesindel und Räuber.« Sie blickte zu Magdalene und fuhr fort: »Ich meine, so reden die Leute. Ich sehe das natürlich anders. Was soll es einer heimatlosen Zwergin schon bringen, mit dem Finger auf andere Leute zu zeigen, denen es nicht viel bessergeht.«

»Uns ging es besser«, erwiderte Magdalene. »Wir mochten als Diebe und Gesindel gelten, aber wir waren frei und hatten einander. Dein Leben hört sich traurig an. Ihr wart Gefangene in einer sonderbaren Welt, die dem Publikum einen schönen Schein vorgaukelte.«

Dora nickte betreten. »Es war nie leicht. Aber besser, als zu betteln, allemal. Wo soll ein Zwergenmädchen, das seine Familie verloren hat, in dieser Welt schon hin.«

»Hilfe findet sich an den sonderbarsten Orten«, erwiderte Adam und tätschelte Doras Knie. »Jetzt hast du einen neuen Fürsprecher und, wenn du möchtest, Freund gefunden. Vor Gott sind alle Menschen gleich, ob groß, klein, dunkelhäutig oder kreideweiß.«

»Vom Tode erbleicht«, witzelte Magdalene und fing zu kichern an. Dora musste ebenfalls grinsen. Es tat gut, mit den beiden zu reden und in der Nähe von Magdalene zu sein. In ihr hatte sie eine Freundin gefunden, und das fühlte sich gut an.

Die Kutsche blieb ruckelnd stehen.

»Ich glaube, eines der Pferde lahmt«, rief Sebastian vom Kutschbock nach hinten.

Adam öffnete die Kutschentür, kletterte nach draußen und streckte sich ausgiebig. Auch Magdalene und Dora stiegen aus. Magdalene verdrückte schon längere Zeit ein dringendes Bedürfnis. Der Halt kam ihr gelegen.

»Ich schlage mich mal dort drüben in die Büsche«, sagte sie zu Hans, der den Huf untersuchte. Mathis stand neben ihm. Beide nickten knapp. Dora folgte Magdalene.

»Mädchen«, sagte Sebastian kopfschüttelnd zu Adam, »gehen immer gemeinsam zum Pinkeln. Es gibt Dinge auf der Welt, die werde ich nie begreifen.«

Adam, der sich über solche Phänomene noch keine Gedanken gemacht hatte, sah den Postillion irritiert an.

»Was?«, verteidigte Sebastian seine Behauptung. »Ich habe fünf ältere Schwestern. Ich weiß, wovon ich rede.«

Er trat neben Hans, um sich nach dem Befinden des Pferdes zu erkundigen. Die Miene des anderen Postillions war sorgenvoll. »Es scheint sich schon vor einer Weile etwas eingetreten zu haben.«

Auch Adam begutachtete den Huf des Tieres.

Dora und Magdalene verließen den Weg und stapften durch den Schnee ins Unterholz, das an dieser Stelle hauptsächlich aus kleinen Fichten, Ginster und Brombeergestrüpp bestand. Als die Kutsche weit genug entfernt war, hob Magdalene die Röcke und hockte sich in den Schutz einer etwas größeren Tanne. Dora suchte sich eine schneefreie Stelle zwischen zwei Ginsterbüschen. »Hoffentlich hat das Tier nichts Schlimmes«, sagte sie.

»Das hoffe ich auch«, erwiderte Magdalene. »Sollte es aber doch so sein, können wir das Pferd gewiss in der nächsten Herberge wechseln. Für solche Fälle stehen meistens Ersatzpferde bereit.«

Sie erhoben sich.

»Ich denke nicht, dass dieses Problem für dich noch eine Rolle spielen wird, mein Täubchen«, sagte plötzlich jemand hinter ihr. Magdalene erstarrte, ebenso Dora.

Lorenz war wie aus dem Nichts aufgetaucht, griff blitzschnell nach Magdalene und zog sie an sich. Ein Messer blitzte in seiner Hand auf.

»Lorenz«, stammelte Dora, die Augen vor Schreck weit aufgerissen. Sie machte instinktiv einen Schritt nach hinten und fiel hin.

Magdalene erholte sich schnell von dem ersten Schock und begann, sich gegen Lorenz zu wehren. »Lass mich sofort los. Mathis, Adam. Hilfe! Dora, lauf!«, schrie sie laut. Sie schaffte es nicht, sich aus seiner Umklammerung zu befreien. Die Zwergin rappelte sich auf. Sie wollte loslaufen, stolperte aber über eine dicke Wurzel. Auch sie rief jetzt lautstark nach den anderen. Doch Lorenz war es, der ihr antwortete: »All die Schreierei wird euch nicht helfen. Ehe sie hier sind, ist sie tot.« Er setzte sein Messer an Magdalenes Kehle. Sie spürte die kalte Klinge auf der Haut und schloss die Augen.

»Nein, das wird sie nicht sein«, sagte plötzlich ein Mann, den Magdalene sofort an der Stimme erkannte. Es war Milàj, der unbemerkt hinter sie und Lorenz getreten war. »Das unsinnige Morden muss endgültig ein Ende haben, mein Sohn.«

Überrascht ließ Lorenz das Messer sinken und wandte sich um. Seine Augen wurden groß. Er erkannte seinen Vater. Magdalene nutzte den Moment und entfernte sich von Lorenz, der wie erstarrt zu sein schien. Sie zog Dora auf die Beine, und gemeinsam hasteten sie zum Weg zurück, wo die Männer sich noch immer über den Huf des Pferdes beugten. Sie schienen von der Aufregung nichts mitbekommen zu haben.

»Schnell!«, rief Magdalene. »Wir müssen hier fort. Lorenz. Er ist dort hinten im Wald.« Sie deutete in die Richtung, aus der sie gekommen waren.

Alarmiert blickten die Männer auf.

»Miláj, er hat uns gerettet.«

»Miláj ist da?«, fragte Adam erstaunt.

»Ohne ihn wäre Magdalene jetzt tot«, japste Dora. Sie hatte Mühe, wieder zu Atem zu kommen. »Er hält ihn auf. Wir müssen von hier fort.«

»Miláj«, wiederholte Mathis und blickte zu dem Waldstück. Von den beiden Männern war nichts zu sehen. »Wir müssen ihm helfen.«

Er wollte loslaufen, doch Magdalene hielt ihn zurück. »Nein, das müssen wir nicht. Es klingt verrückt, aber Miláj ist Lorenz' Vater.«

»Was ist er?«, rief Adam verblüfft.

Mathis traute seinen Ohren nicht. Miláj war Lorenz' Vater. Er konnte es nicht fassen, wusste aber, dass diese Neuigkeit keineswegs ungewöhnlich war. Lorenz hatte ihm schon vor einigen Jahren davon erzählt, dass sein Vater mit einer Zigeunerin durchgebrannt und ihn im Stich gelassen hatte. Was für ein Zufall, dass sich die beiden ausgerechnet jetzt begegneten.

Sebastian trat neben Mathis. Er wirkte nervös.

»Die Damen machen einen mitgenommenen Eindruck, und dieser Lorenz, wer immer das auch ist, scheint gefährlich zu sein. Ich denke, es ist besser, wenn wir Vater und Sohn sich selbst überlassen und uns flott aus dem Staub machen. Bis zur nächsten Herberge ist es nicht weit. Dort wären wir erst einmal in Sicherheit. Ich kann keinen weiteren Ärger gebrauchen. Bereits unser letzter Unfall hat uns eine ordentliche Standpauke eingebracht, wenn ihr versteht, was ich meine.« Er suchte Adams Blick.

Der Laienbruder beeilte sich, eine verständnisvolle Miene aufzusetzen.

Mathis drehte sich um. Er öffnete den Mund, um Sebastian zu erklären, dass sie niemals irgendwo vor Lorenz in Sicherheit wären. Er war aus dem Gefängnis entkommen und hatte erneut ihre Verfolgung aufgenommen. Nichts und niemand würde diesen Mann aufhalten können, nicht einmal sein Vater. Er war ein Getriebener, das Leben hatte diesen Mann hart und unerbittlich gemacht. Miláj wusste nicht, in was für eine Gefahr er sich begab. Am Ende glaubte er tatsächlich, er könnte den verlorenen Sohn in die Arme schließen, gutmütig, wie er war.

»Dann lasst uns hier keine Wurzeln schlagen«, hörte Mathis Adam antworten. Er spürte die Hand des Laienbruders auf seiner Schulter und hörte die eindringlichen Worte, die er ihm ins Ohr flüsterte: »Mach ihnen nicht unnötig Angst. Sebastian hat recht. Wir sollten zusehen, dass wir schleunigst von hier fortkommen. Miláj hat seine Entscheidung getroffen, als er uns nachreiste. Ich nehme an, er hat geahnt, von wem die Rede ist. Eine andere Erklärung kann es nicht geben.«

Mathis fügte sich. Er suchte Magdalenes Blick. In ihren Augen lag Panik. Sie nickte.

»Gut«, gab er nach. »Sehen wir zu, dass wir fortkommen.« Sebastian kletterte auf den Kutschbock, und die anderen stiegen in die Kutsche. Diesmal nahm auch Mathis im Inneren der Kutsche Platz, während sich Hans zu Sebastian gesellte, der die Pferde antrieb. Das lahmende Pferd musste noch eine Weile durchhalten. Gott sei Dank war die Straße hier relativ breit und flach, und alle Pfützen und morastige Stellen waren zugefroren, was das Fortkommen erleichterte. Schnell ließen sie das Wäldchen hinter sich. Magdalene schob den Vorhang vor dem Fenster zur Seite und blickte zurück. Einige Wolken hatten sich vor die Sonne geschoben, aus denen vereinzelte Schneeflocken fielen. Ein mit Schaffellen beladenes Fuhrwerk kreuzte ihren Weg und fuhr auf das friedlich erscheinende Waldstück zu. Doch Lorenz war irgendwo zwischen den Bäumen und stand zum ersten Mal nach Jahren seinem Vater gegenüber. Was würde er tun? Mathis schien ihre Gedanken zu erraten. Er griff nach ihrer Hand und drückte sie fest.

»Ich hatte ihn gern«, sagte Magdalene. »Er war es, der von Anfang an gewusst hat, dass ich mir etwas vormache. Wir hätten ihn nicht allein mit Lorenz zurücklassen sollen.«

»Er wusste um die Gefahr, und genau deshalb ist er uns auch gefolgt«, erwiderte Mathis. »Allerdings glaube ich, dass er nicht nur aus diesem Grund diesen Entschluss gefasst hat. Er ist Lorenz' Vater. Er hat ihn als kleinen Jungen zurückgelassen. Ich denke, es waren Schuldgefühle, die ihn angetrieben haben. Das müssen die beiden unter sich ausmachen, auch wenn es für Milájı gefährlich wird, denn Lorenz hasst seinen Vater abgrundtief für das, was er ihm angetan hat.«

Ihm fiel auf, dass Magdalenes Hände zitterten. Beruhigend legte er den Arm um sie. Dankbar ließ sie ihren Kopf an seine Schulter sinken.

»Wenn Miláj nicht gekommen wäre, dann wäre Magdalene jetzt tot«, sagte Dora, die noch immer ziemlich blass war. »Wir hatten nach euch gerufen, aber keiner ist gekommen.«

Adam runzelte die Stirn.

»Also, ich habe nichts gehört. Du etwa, Mathis?« Fürsorglich legte der Antoniter den Arm um die Zwergin und zog sie an sich. Dankbar kuschelte sie sich in seinen Arm und ignorierte den leichten Schweißgeruch, den er verströmte.

Mathis verneinte, etwas gehört zu haben. Die Kutsche geriet ins Schwanken, und er musste sich an einem Bügel über dem Fenster festhalten. Magdalene schloss die Augen. Sie spürte Mathis' Hand auf ihrem Oberschenkel und atmete den Geruch von Holzrauch ein, den sein Mantel verströmte. Lorenz, er hatte sie fest im Arm gehalten, seine Klinge hatte bereits an ihrem Hals gelegen, sie konnte das kalte Metall spüren. Wieder einmal war sie nur knapp dem Tod entronnen. Dieser Mann schien ihr Schicksal zu sein. Beendete Miláj womöglich gerade im Wald die Hetzjagd auf sie? Würde er seinen eigenen Sohn tatsächlich töten? Was hatte Miláj damit bezweckt, ihnen zu folgen?

Mathis begann, beruhigend über ihr Haar zu streicheln. Seine Berührung tat unendlich gut. Langsam glitt sie in einen tiefen, traumlosen Schlaf.

33

Miláj saß Lorenz gegenüber und musterte das Gesicht seines Sohnes im Schein der Flammen. Er hatte Lorenz an einen Baum gebunden, nachdem er ihn mit einem gekonnten Schlag gegen die Schläfe bewusstlos geschlagen hatte. Lorenz sah seiner Mutter so ähnlich, dass es weh tat. Was für ein stattlicher und gutaussehender Mann aus dem kleinen Knaben geworden war, von dem er sich damals verabschiedet hatte. Zuerst hatte er den zehnjährigen Jungen belügen wollen. Doch es war ihm unmöglich gewesen, seinem eigenen Sohn ins Gesicht zu lügen. Einer müsste auf die Mutter achtgeben, hatte er ihm einzureden versucht, während Tera, die Liebe seines Lebens, ein Stück weiter auf ihn gewartet hatte. Lorenz hatte geweint, sich an ihn geklammert, gefleht, er möge ihn mitnehmen. Er hatte es nicht fertiggebracht, Johanna auch noch ihren Sohn wegzunehmen, obwohl er ganz genau wusste, wie es um seine Frau stand. Seine Liebe zu ihr war erloschen. Mehrere Fehlgeburten hatten ihr die Schönheit geraubt, und ihre Wangen waren fahl geworden. Das lebensfrohe Mädchen, mit dem er aufgewachsen war und in das er sich verliebt hatte, war mit den Jahren verschwunden und wäre niemals zurückgekehrt. Sie waren in einem kleinen Dorf in der Nähe von Heidelberg aufgewachsen. Sein Vater war Lehrer und zeit seines Lebens stolz auf diesen Beruf gewesen, obwohl sein karger Lohn nur knapp für das Auskommen der Familie gereicht hatte. In den Sommermonaten hatte er deshalb schon als kleiner Junge damit begonnen, bei den Bauern als Erntehelfer zu arbeiten. Schreiben, Lesen, am Ende noch Latein waren für ihn stets eine Qual gewesen, was den Vater oft verstimmt hatte. Er liebte das echte Leben und die Arbeit auf den Feldern, wo er auch Johanna kennengelernt hatte. Den schwarzgelockten Wirbelwind mit den leuchtend blauen Augen, der stets alles durcheinander und alle zum Lachen gebracht hatte. Schnell waren sie unzertrennlich geworden, und als sie älter wurden, war es keine Frage gewesen, dass sie heirateten. Miláj, der damals Stefan hieß, übernahm nach dem Tod von Johannas Vater den Hof, und es folgten einige gute Jahre. Der Krieg beendete ihr glückliches Leben. Sie zogen weg von Heidelberg, flohen wie so viele nach Osten, wo sie in Magdeburg bei einer Tante von Johanna Unterschlupf fanden. Lorenz wurde geboren, was Miláj nach mehreren Fehlgeburten wie ein Wunder vorkam. Endlich hatten sie den ersehnten Sohn, den sie sich beide so sehr gewünscht hatten. Doch mit der Zeit veränderte sich ihr Leben. Wann genau diese Veränderung begonnen hatte, konnte er nicht sagen. Es waren nicht der Krieg oder die Flucht gewesen. Vielleicht war es die Fremde, die ihnen zugesetzt hatte. Johannas Tante hatte keinen Hehl daraus gemacht, dass sie ihn nicht leiden konnte, obwohl ihr Gatte, der gute Bernhard, ein wohlsituierter Tuchhändler, froh über die Unterstützung im Kontor war. Schnell hatte dieser erkannt, dass Miláj ordentlich rechnen und schreiben konnte, was ihm viele Stunden in der Schreibstube eingebracht hatte. Vielleicht war es diese stumpfsinnige Arbeit gewesen, die ihn nach und nach veränderte, oder die ausbleibenden Schwangerschaften bei Johanna, die sie in eine tiefe Depression stürzten. Sein Leben versank in grauer Tristesse und banaler Alltäglichkeit. Als Johannas Wutausbrüche und die Beschimpfungen begannen, hatte er tief in seinem Inneren schon längst geplant, mit allem abzuschließen. Doch der entscheidende Auslöser hatte all die Jahre gefehlt. Bis Tera, die hübsche Zigeunerin, in sein Leben getreten war und es auf den Kopf gestellt hatte. Sie war so voller Lebensfreude und wunderschön gewesen. Große, schwarze Augen, lange Wimpern und schwarzes Haar, das ihr bis auf die Taille herabfiel. Sie hatte ihm auf dem Marktplatz aus der Hand gelesen und sofort die Traurigkeit erkannt, die in seinen Augen stand. Ihr Blick war ihm durch und durch gegangen. Und da hatte er gewusst, dass sein neues Leben begonnen hatte. Er war gegangen. Doch er hatte es nicht fertiggebracht, Johanna auch noch den Jungen wegzunehmen. Dass Lorenz schon längst todunglücklich war, hatte er nicht bemerkt.

Lorenz bewegte sich und öffnete stöhnend die Augen.

»Da bist du ja wieder«, sagte Miláj mit einem Lächeln, das ihm schwerfiel.

Lorenz bemerkte, dass er gefesselt war. »Was soll das?«, fragte er und zerrte an den Stricken. »Du fesselst deinen eigenen Sohn an einen Baum?«

»Den eigenen Sohn, der vor wenigen Stunden mit dem Messer auf mich losgegangen ist«, erwiderte Miláj seelenruhig, während er einen Apfel aus einem Beutel fischte und hineinbiss.

»Was hattest du erwartet?«, fragte Lorenz.

»So etwas Ähnliches«, antwortete Miláj. »Immerhin ist das Mädchen freigekommen.«

Lorenz' Miene verfinsterte sich. »Dieses gottverdammte Gör. Ich hätte es einfach lassen sollen.«

»Was hättest du lassen sollen?«, erkundigte sich Miláj. »Die vielen Morde an meinem Volk? Wie viele waren es, die du mit den Jahren getötet hast. Hundert oder gar mehr?«

»Dein Volk«, wiederholte Lorenz höhnisch. »Soweit ich weiß, bist du der Sohn eines Lehrers aus der Nähe von Heidelberg und kein elender Zigeuner.«

»Das kommt auf den Blickwinkel an«, sagte Miláj gelassen und warf einen dicken Ast ins Feuer. Funken stoben in den sternenklaren Nachthimmel.

»Seit über zwanzig Jahren bin ich jetzt Teil der Zigeuner, und es lebt sich gut unter ihnen. Ich habe lange zu ergründen versucht, weshalb dieses Volk so sehr gehasst und verfolgt wird. Vielleicht ist es die Andersartigkeit, die die Menschen so denken lässt. Fremdartiges Aussehen, ein rastloses Leben in Wohnwagen und Zelten. Bei manch einem, der im alltäglichen Einerlei gefangen ist, mag vielleicht auch Neid eine Rolle spielen. Die Roma leben frei, ungebunden und können ziehen, wohin sie möchten. Vermutlich sind es die Gerüchte über uns, die den Hass der Menschen schürten. Diebe und Gesindel sind wir in den Augen der Gesellschaft. In Hessen-Darmstadt gelten wir sogar als vogelfrei, und Kopfprämien werden bezahlt, von denen du, mein Sohn, gewiss profitiert hast. Allerdings scheinen wir uns in einem Punkt zu ähneln, denn auch du bist ein Vagabund geworden. Schon länger weiß ich, dass der berüchtigte und eiskalte Zigeunerjäger Lorenz mein Sohn ist, der mit seinem Wandertheater voller skurriler Menschen durch die Lande tingelt. Auch du ziehst das karge Leben eines Streuners dem Stadtleben vor. Einmal, es ist in der Nähe von Cöln gewesen, bin ich in eine deiner Vorstellungen gegangen. Ich habe sogar in der ersten Reihe gesessen, damit ich bewundern kann, wie du auf der Bühne stehst und die Menschen für dich einnimmst. Es ist dir gelungen. Du hast sie auf dieselbe Art begeistert, wie es einst deine Mutter mit mir getan hat. Du hast viel von ihr. Das schwarze Haar, die strahlend blauen

Augen, in denen so viel Lebensfreude liegt. Doch nur auf der Bühne ähnelst du ihr. Abseits vom Rampenlicht sah ich einen verbitterten, grausamen Menschen, der einen wehrlosen Mann verprügelte, der so dünn war, dass er zu verschwinden drohte.«

»Claude war sein Name«, erwiderte Lorenz leise. Die Worte seines Vaters trafen ihn. Er konnte nicht fassen, dass er in seiner Vorstellung gewesen war und sich nicht zu erkennen gegeben hatte. Der alte Schmerz des zurückgelassenen Kindes machte sich wieder bemerkbar.

»Wieso jetzt? Was hat dein Interesse an dem Sohn ausgelöst, den du einst in der Obhut einer Wahnsinnigen zurückgelassen hast, die wenige Wochen nach deinem Verschwinden Selbstmord begangen hat? An dem Sohn, der dir all die Jahre gleichgültig gewesen ist?«

Miláj erschrak. »Sie hat sich umgebracht?«

»Das weißt du nicht. Im Lager des Kontors ist sie gefunden worden. Sie hat sich erhängt. An dem Tag bin ich fortgerannt. In der Armee hab ich mich durchgeschlagen, bis ich irgendwo in Italien bei einem Wandertheater strandete und geblieben bin. Die skurrilen Menschen wurden zu meiner Familie, jedenfalls habe ich mir das eingeredet.« Er verstummte.

Miláj hakte nicht weiter nach. Was er in Cöln gesehen hatte, das reichte aus, um zu begreifen, wie Lorenz' Worte gemeint waren. Lorenz' Wandertheater war keine Familie. Es war eine Ansammlung von Menschen, die aus Angst oder Hilflosigkeit durch die Lande zogen.

»Und weshalb jagst du das Mädchen?«, fragte Miláj nach einer Weile des Schweigens.

»Ist ein Auftrag«, erwiderte Lorenz knapp.

»Von einer Frau, nehme ich an«, vermutete Miláj richtig.

»Langsam wirst du mir unheimlich«, gab Lorenz zurück.

»Das war nicht sonderlich schwer zu erraten«, erwiderte Miláj. »Meistens sind es die Weiber, die einen Mann in den Irrsinn treiben. Verrätst du mir, wer die Dame ist, für die du Kopf und Kragen riskierst?«

»Wenn du mir sagst, was du mit mir vorhast?«, erwiderte Lorenz.

»Diese Antwort muss ich dir leider schuldig bleiben.« Miláj warf erneut Reisig ins Feuer. Bald würde er sich auf die Suche nach weiteren Zweigen machen müssen. »Eigentlich wollte ich dich auf der Stelle töten, doch dann habe ich es mir anders überlegt. Du bist mein Sohn. Ich dachte, es könnte nicht schaden, erst einmal mit dir zu reden.«

»Und danach wirst du mich töten?«, fragte Lorenz.

»Was würdest du an meiner Stelle tun?«, fragte Miláj zurück. »Du magst mein Sohn sein, aber du bist ein berüchtigter Zigeunerjäger, ein Mörder, der im Moment auf der Jagd nach seinem nächsten Opfer ist – aus welchen Gründen auch immer. Mir bleibt gar nichts anderes übrig, als dich noch heute Nacht zu töten. Ich würde mir wünschen, dass ich sagen könnte, der missratene Sohn tut Buße, und wir beide beginnen noch einmal von vorn. Aber das wird nicht passieren, denn dafür ist es längst zu spät.«

»Das glaube ich auch«, sagte Lorenz und sprang plötzlich auf. Miláj wich überrascht zurück. Der Strick fiel zu Boden. Lorenz sprang mit einem großen Satz über das Lagerfeuer, riss seinen Vater zu Boden und rammte ihm die Klinge eines Taschenmessers in die Brust. Mit weit aufgerissenen Augen starrte Miláj seinen Sohn an. Lorenz zog das Messer heraus und hielt es an den Hals seines Vaters, der noch atmete. Ganz nahe beugte er sich zu Miláj vor, so dass dieser den heißen Atem seines Sohnes auf der Wange spüren konnte.

»Ich habe dich geliebt«, flüsterte Lorenz, Tränen in den Augen. »Niemals hättest du mich zurücklassen sollen. Niemals.« Er zog die Klinge durch Milájs Hals. Die Augen seines Vaters weiteten sich, sein Blick erstarrte, und sein Kopf kippte zur Seite. Lorenz wich nicht zurück. Er sank auf den toten Körper seines Vaters, um zum letzten Mal die Nähe zu dem Menschen zu verspüren, den er zeit seines Lebens am meisten vermisst und abgrundtief gehasst hatte. Erst als die eisige Kälte der klaren Winternacht in seine Glieder kroch, erhob er sich und ging, ohne noch einmal zurückzublicken. Jetzt galt es, Magdalene zu finden.

Magdalene beobachtete mit säuerlicher Miene, wie sich eine Gruppe Händler am Nachbartisch die Zeit mit einem Würfelspiel vertrieb. Einer von ihnen hatte eine junge Magd im Arm, die es sich sogar gefallen ließ, geküsst zu werden. Eine Mischung aus Holzrauch, Schweiß und Essensgerüchen erfüllte den Raum. Nur halbherzig folgte sie der Erzählung von Hans, in der es um seine Anfänge als Postillion ging. Sie waren nach ihrer abrupten Flucht aus dem Wald trotz des lahmen Gauls gut vorangekommen und hatten es bis nach Ober-Rosbach, einem direkt an der Weinstraße gelegenen Ort, geschafft. In den Herbergen der kleinen Stadt herrschte reger Betrieb, was ihnen das Gefühl von Sicherheit gab, das sie alle bitter nötig hatten. Der Wirt, ein stämmiger Mann mit einem grauen Spitzbart und buschigen Augenbrauen, hatte Sebastian und Hans bereits auf dem Hof freudig begrüßt und ihnen zwei Kammern im Obergeschoss zugeteilt. Eine für die Damen und eine für die Herren. Weder über Mathis' Hautfarbe noch Doras Größe hatte er eine Bemerkung gemacht. Erst als sie die Gaststube betraten, wurden sie von dem einen oder anderen angegafft, und es wurde hinter vorgehaltener Hand getuschelt. Sie hatten einen in einer Nische stehenden Tisch gewählt, der direkt an den Kachelofen grenzte, was Magdalenes schmerzendem Rücken guttat. Die Fahrt mochte ohne weitere Zwischenfälle verlaufen sein, bequem war es jedoch nicht gewesen.

Die Wirtin, eine hagere Person mit rabenschwarzem Haar und einer Hakennase, sorgte für große Aufregung, als sie ein Tablett mit Würzwein und Bechern brachte. Als sie Mathis' Hautfarbe bemerkte, hatte sie laut zu kreischen begonnen, so dass sämtliche Gespräche in der Gaststube verstummten. »Ein Mohr, ein Schwarzer, der Teufel persönlich«, hatte sie gebrüllt, war in die Küche gerannt und hatte laut die Tür hinter sich zugeschlagen. Mucksmäuschenstill war es daraufhin in der Stube geworden. Sämtliche Blicke waren auf Mathis gerichtet, der nicht so recht wusste, was er tun sollte. Adam war es gewesen, der seinen Becher hob, lächelnd in die Runde prostete und allgemein einen schönen Abend wünschte. Immerhin führte diese Reaktion dazu, dass sich die Leute wieder entspannten, und wenig später waren sie erneut von der gewohnten Geräuschkulisse umgeben. Bald darauf trat jedoch der zerknirscht aussehende Wirt an den Tisch und erklärte, er könnte den Mohren unmöglich weiterhin in seiner Gaststube dulden. Adam hatte es kommen sehen. Sebastian reagierte fassungslos. Was dem Wirt einfiele, Stammgäste so zu behandeln. Der Wirt bemühte sich, die Situation in den Griff zu bekommen. Er bot an, Mathis auf dem Heuboden über dem Pferdestall unterzubringen, dann hätte er wenigstens ein Dach über dem Kopf, und um seine Verpflegung würde er, der Wirt, sich kümmern, selbstverständlich alles kostenfrei. Augenscheinlich schien dem Mann das Verhalten seiner Gattin mehr als peinlich zu sein. Er setzte sich sogar zu ihnen und erklärte flüsternd, dass sich die

Neuigkeit von dem Mohren in Windeseile herumgesprochen habe. Zwei Küchenmägde vom Nachbarhof waren vorhin aufgetaucht, um einen kurzen Blick auf den Schwarzen zu erhaschen. Selbstverständlich hatte er sie eiligst fortgescheucht. Er blickte zu Mathis und zuckte hilflos mit den Schultern. Dieser ergab sich in sein Schicksal und erhob sich. Auch Adam stand auf. Als sich Magdalene ebenfalls erheben wollte, bedeutete er ihr, dass sie bleiben sollte. Er würde sich um alles kümmern. Mathis legte ihr kurz die Hand auf die Schulter, dann folgte er dem Wirt zur Hintertür, die an der Küche vorbei in den Innenhof führte. Als sie weg waren, holte Hans ein Kartenspiel aus seiner Hosentasche, und die beiden Postillione begannen zu spielen.

»Und wir dachten, wir könnten ein Leben in Freiheit führen«, sagte Dora zu Magdalene. »Ein Mohr und eine Zwergin. Wie dumm wir gewesen sind. Im Wandertheater können sie uns ertragen, doch in ihre Welt dürfen wir nicht eindringen.«

»Dich akzeptieren sie doch«, erwiderte Magdalene mit matter Stimme.

»Sie starren mich auch an.« Sie wies zu einem der anderen Tische. Peinlich berührt blickten die dort sitzenden Männer in eine andere Richtung. »Am liebsten würden sie rüberkommen, mich befingern und ihre dummen Scherze mit mir treiben.« Dora schüttelte den Kopf. »Mit meiner Mutter haben sie es einmal auf einem Marktplatz ganz bunt getrieben. Männer, Frauen, Kinder. Alle haben sie begrapscht, sogar ihre nackten Brüste wollten sie sehen. Einer hat ihr das Kleid zerrissen. Ich war damals an der Hand meiner Großmutter gewesen, die mich in eine Seitengasse zerrte. Erst als ein Pfarrer einschritt, haben die Leute von ihr abgelassen.« Sie schaute zu dem Tisch hinüber. »Die da drüben sind nicht anders. Gewiss würde auch einer von ihnen gern wissen, wie meine Brüste aussehen. Titten wie süße Feigen, das hat mal ein Bursche in unserem Publikum gerufen. Mit einem kleinen Menschen kann man es machen, der kann sich nicht wehren. Genauso wenig wie Mathis, den sie anglotzen, befingern und für die Ausgeburt des Teufels halten. Lorenz' Wandertheater mag sich oftmals wie ein Gefängnis angefühlt haben, aber dort waren wir wenigstens in Sicherheit.«

Magdalene wollte etwas erwidern, doch Hans kam ihr zuvor: »Manche sind so, aber nicht alle. Mir ist es gleichgültig, ob jemand groß oder klein, dunkel- oder hellhäutig ist. Hauptsache, er ist nett und anständig. Es gibt so viele Verbrecher da draußen, die wie wahre Engel aussehen und einem, ohne mit der Wimper zu zucken, die Kehle durchschneiden. Nur weil ein Mensch anders aussieht, ist er doch nicht gleich böse.«

»Wenn wir das nur der Wirtin klarmachen könnten«, sagte Adam, der aus dem Stall zurückkehrte und neben Hans auf die Bank sank. »Gerade habe ich ein Gespräch zwischen ihr und ihrem Gatten mitbekommen. Selbstverständlich ist ihr nicht entgangen, dass ihr Gatte Mathis auf dem Heuboden untergebracht hat. Ich sage euch: Wenn jemand aus der Hölle hervorgekrochen ist, dann diese Vogelscheuche.« Er biss sich auf die Zunge.

Sebastian lachte. »Da hör sich einer unseren Laienbruder an, was für unflätige Ausdrücke er neuerdings von sich gibt.«

»Wenn es doch wahr ist«, erwiderte Adam und verschränkte die Arme vor der Brust. »Die reinste Dummheit spricht aus diesem Weib, sonst nichts. Wenigstens hat sich der Wirt in diesem Fall seiner Gattin gegenüber durchgesetzt, vorerst jedenfalls. Das letzte Wort scheint jedoch noch nicht gesprochen zu sein.« Er verdrehte die Augen. »Wenn es schlecht läuft, setzen sie uns doch noch auf die Straße.«

»Dann ziehen wir eben weiter«, erwiderte Sebastian und nahm einen kräftigen Schluck von seinem Wein. »Wäre nicht das erste Mal, dass wir nachts reisen. Nicht wahr, Hans?«

»Schon«, erwiderte der junge Postillion, »aber gern tu ich das nicht. In der Dunkelheit macht mir der Wald Angst. Und diese schreckliche Räuberbande soll hier in der Gegend noch immer ihr Unwesen treiben. Denen wollte ich lieber nicht …«

Er wurde von einer jungen blonden Magd unterbrochen, die mit einem großen Tablett voller Schüsseln näher trat. Sie stellte das Tablett auf den Tisch und sagte: »Der Herr schickt mich. Er lässt ausrichten, dass der Eintopf aufs Haus gehe.« Sie verteilte Schüsseln und Löffel, warf Dora einen kurzen Blick zu und zog sich zurück.

»Hühnereintopf mit ordentlich Gemüse«, sagte Sebastian und begann, gierig zu essen. Die anderen taten es ihm gleich. Nur Magdalene nicht. Sie blickte der blonden Magd nach, die einige leere Teller vom Nachbartisch abgeräumt hatte und auf die Küchentür zusteuerte.

»Ich bin gleich wieder da«, sagte sie, stand auf und folgte dem Mädchen. Adam wollte sich ebenfalls erheben, doch Sebastian hielt ihn zurück.

»Ist besser, wenn sie allein geht. Manchmal kann so ein Gespräch von Frau zu Frau nicht schaden.« Er zwinkerte dem Laienbruder zu. Adam sank zurück auf die Bank.

Magdalene schob die Tür zur Küche auf und betrat den geräumigen, von Essensgerüchen erfüllten Raum. Auf einem großen gemauerten Herd in der Ecke standen Töpfe und Pfannen. An dem Rauchfang hingen Schöpfkellen, Siebe und Pfannenwender. Ein großer Tisch füllte die Mitte des Raumes aus, an dem zwei Mägde damit beschäftigt waren, Gemüse zu schneiden. Eine weitere Magd rupfte ein Huhn, so dass über den Fußboden Hühnerfedern tanzten, obwohl sie sich alle Mühe gab, die Federn in einen dafür vorgesehenen Korb zu befördern. Die Wirtin löffelte Eintopf in eine Schüssel und wies eine der Mägde an, Brot zu schneiden. Niemand schien Magdalene zu bemerken, denn es wurde fröhlich getratscht.

»Das stell sich mal einer vor: Ein Mohr in unserem beschaulichen Ober-Mörlen. So was hat es hier überhaupt noch nicht gegeben«, sagte eine der beiden Mägde, ein blasses Mädchen mit langem braunen Haar, das sie zu einem Zopf geflochten hatte.

»Und ich durfte nicht einmal einen Blick auf ihn werfen«, erwiderte die andere und zog einen Schmollmund. Sie war kräftig, hatte breite Wangen und aschblondes, hochgestecktes Haar.

»Keiner wird diesen Teufel mehr ansehen«, sagte die Wirtin. »Ich habe Karl zu verstehen gegeben, dass der Mohr aus dem Pferdestall zu verschwinden hat. Diese Ausgeburt der Hölle. Himmel, kein Auge werde ich heute Nacht zutun, wenn er nur einen Augenblick länger unter unserem Dach weilt.«

»Von dem Geschwätz der Leute mal abgesehen«, mischte sich die Hühner rupfende Magd, ein schmales, rothaariges Mädchen, in das Gespräch ein. »Die Neuigkeit von dem Mohren hat sich bereits wie ein Lauffeuer in der Stadt verbreitet.«

»Was Fanny und Merle selbstverständlich sofort hierhergetrieben hat, diese neugierigen Tratschtanten«, sagte das aschblonde Mädchen und zog eine Grimasse.

»Hör mir mit den beiden auf«, erwiderte die Wirtin. »Gleich morgen gehe ich zu ihrem Herrn, dem Georg, rüber und rede ein Wörtchen mit ihm. So kann es mit diesen elenden Tratschweibern nicht weitergehen. Am Ende verlieren wir noch unseren guten Ruf, weil sie sich Wunder was ausdenken. Warum hat Karl diesen schrecklichen Menschen überhaupt ins Haus gelassen. Er muss doch gesehen haben, dass er kohlrabenschwarz ist.«

Magdalene machte mit einem Räuspern auf sich aufmerksam. Die vier Frauen blickten auf.

»Gäste haben in der Küche nichts zu suchen«, fuhr die Wirtin Magdalene an. »Bestellungen nehmen die Mägde im Gastraum entgegen.«

Magdalene schnappte nach Luft. Gastfreundlichkeit schien für die hagere Frau, die sich tatsächlich Wirtin nannte, ein Fremdwort zu sein.

»Ich bin nicht wegen einer Bestellung hier«, erwiderte Magdalene, »ich wollte etwas klären.«

»Und was?« Die Wirtin verschränkte die Arme vor der Brust.

Magdalene ließ sich von ihrer abweisenden Art nicht abschrecken und sagte: »Ich bin mit dem schrecklichen, rabenschwarzen Menschen angereist, den Ihr gerade als Ausgeburt der Hölle bezeichnet habt.«

Die Hühner rupfende Magd ließ von ihrer Arbeit ab und musterte Magdalene.

»Sein Name ist Mathis, und er hat mir das Leben gerettet. Eine heimtückische Bande hat mich und meine Familie überfallen. Ohne ihn wäre ich heute tot. Sonderbarerweise waren die Mitglieder dieser Bande nicht dunkel-, sondern hellhäutig, einige von ihnen hatten sogar blondes Haar. Ich denke, Ihr würdet sie ohne weiteres in Eurem Haus beherbergen, denn sie sehen wie jeder andere aus. Eine schwarze Seele ist eben nicht so leicht erkennbar wie die Hautfarbe eines Mannes. Findet Ihr nicht auch?« Ihre Stimme klang arglos.

Die Wirtin wurde unsicher. »Selbstverständlich, ich meine …«

Magdalene ließ sie nicht ausreden. »Die beiden Postillione, mit denen wir reisen, haben erst neulich von einer Räuberbande berichtet, die auf der Weinstraße ihr Unwesen treibt. Sonderbarerweise ist kein Mohr unter ihnen. Sahen alle wie ehrbare Männer aus«, hatte Hans, einer der Postillione, erzählt. »Ehrbare Männer, denen Ihr freudig einen Becher Bier oder Wein ausschenken würdet, während sie hinter Eurem Rücken Pläne schmieden, wie sie Euch am besten ausrauben können.« Magdalene machte einen Schritt auf die Wirtin zu. »Ihr kennt Mathis nicht, verurteilt ihn aber, nur weil er anders aussieht. Euer Gatte scheint nicht so zu denken. Er hat Mathis angenommen, wie er ist, so, wie er es mit all seinen Gästen tut.«

»So war das doch gar nicht gemeint«, erklärte die Wirtin, bemüht, den Schaden zu begrenzen. Magdalenes offene Art überforderte sie. »Es geht mir um die Gäste und das Gerede.« Sie kam ins Stottern. »Selbstverständlich kann er bleiben. Ich meine, im Stall, wenn es Euch nichts ausmacht. Die Leute, Ihr wisst schon …« Sie verstummte. Schweißperlen standen ihr auf der Stirn.

Magdalene blickte von der Wirtin zu den Mägden, die das Geschehen gespannt verfolgten. Es kam wahrscheinlich selten vor, dass ihrer Herrin die Worte fehlten. Gern hätte Magdalene gefordert, dass Mathis eine anständige Kammer bekäme, allerdings wollte sie es auch nicht zu weit treiben. Am Ende war es auf dem Heuboden über dem Pferdestall sogar wärmer als in den ungeheizten, direkt unter dem Dach liegenden Kammern, in denen die Eiszapfen in den Ecken hingen, was sie vorhin schaudernd bemerkt hatte.

»Dann ist es ja gut«, erwiderte sie mit einem angedeuteten Lächeln. »Hättet Ihr vielleicht die Güte, mir eine Schüssel von dem leckeren Eintopf zu befüllen? Euer Gatte war so freundlich, uns alle einzuladen, und da Mathis zu unserer Reisegruppe gehört …«

»Aber selbstverständlich, sofort«, beeilte sich die Wirtin zu sagen, holte eine Schüssel vom Regal, füllte sie mit dem dampfenden Eintopf und reichte sie Magdalene mit den Worten: »Und nichts für ungut. Ich hab mich etwas erschrocken. Mohren laufen selten durch unser kleines Städtchen.«

»Irgendwann ist es immer das erste Mal«, erwiderte Magdalene und verließ die Küche. Zurück in der Gaststube, holte sie ihren Eintopf vom Tisch und erklärte, dass sie Mathis sein Essen bringen würde und die Angelegenheit mit der Köchin geklärt wäre. Verblüfft blickten die anderen ihr hinterher, wie sie durch einen Seiteneingang den Raum verließ.

Als Magdalene nach draußen trat, wurde sie von leichtem Schneefall empfangen. Wie flauschige Daunen sahen die wenigen Flocken aus, die durch den Lichtschein einer einzelnen Laterne tanzten, die den Innenhof des Anwesens beleuchtete. Sie steuerte auf den Pferdestall zu und schob die Tür auf. Es schlugen ihr der bekannte Stallgeruch und die ganz eigene Art von Wärme entgegen, die für Ställe üblich war. Leises Wiehern war zu hören, während sie an den Pferchen der Tiere vorbeilief und auf eine schmale Stiege am Ende des Ganges zusteuerte, die auf den Heuboden führte, wo sie Mathis vermutete.

Oben angekommen, drückte sie die Klinke einer aus groben Latten gezimmerten Tür mit dem Ellbogen nach unten und betrat den weitläufigen Raum. Eine brennende Stalllaterne stand auf einer umgedrehten Holzkiste neben einem großen Heuhaufen, auf dem Mathis saß. Er sprang sofort auf, als Magdalene näher trat.

»Ich dachte, du könntest Hunger haben«, sagte sie lächelnd. Bei seinem Anblick breitete sich erneut das wunderbare Kribbeln in ihrem Magen aus.

»Du bist nicht nur eine Tänzerin, sondern auch eine Hellseherin. Mir knurrt der Magen bis zum Hals«, erwiderte er. Erfreut nahm er seine Schüssel entgegen, setzte sich ins Heu und begann, gierig zu essen.

»Das war nicht schwer zu erraten.« Magdalene sank neben ihm ins Heu. Ihr Magen war noch immer wie zugeschnürt. Trotzdem griff sie zum Löffel. Der Eintopf duftete verführerisch und schmeckte hervorragend. Auch wenn die Wirtin eine dämliche Ziege war, kochen konnte sie.

Magdalenes Blick fiel auf die umgedrehte Holzkiste, auf der neben der Laterne ein Krug und ein Becher standen.

»Adam hat sich darum gekümmert, dass ich etwas zu trinken bekomme«, erklärte Mathis. »Einer der Stallknechte, kaum älter als vierzehn Jahre, hat mir vorhin den Wein mit den Worten gebracht, dass ich es mir gar nicht gemütlich machen sollte, denn ich würde eh bald vom Hof gescheucht.«

»Was ich verhindert habe«, erwiderte Magdalene mit vollem Mund. »Ich war nämlich bei der Wirtin und habe einige Dinge klargestellt. Du hättest sie sehen sollen. Ganz nervös ist sie geworden. Am Ende hat sie mir sogar den Eintopf für dich mitgegeben. Einen Platz in einer Schlafkammer konnte ich nicht rausholen, aber immerhin kannst du im Stall bleiben, was ich sowieso für die bessere Wahl halte. In den Schlafkammern unterm Dach ist es eiskalt. Sogar Eiszapfen hängen in den Ecken. Hier oben ist es dank der Tiere bedeutend wärmer.«

»Du bist wegen mir zur Wirtin gegangen?«, stellte Mathis erstaunt fest.

»Wieso nicht?«, entgegnete sie. »Du bist mein Freund, mein Lebensretter. Da ist es doch selbstverständlich, dass wir füreinander einstehen.« Sie legte ihre Hand auf die seine.

»Wie damals im Schloss. Wenn wir mal wieder Unsinn gemacht hatten.« Er umschloss mit seinen Fingern ihre Hand und drückte sie fest.

»Haben wir das?«, fragte sie. Plötzlich lag Wehmut in ihrer Stimme. »Wenn ich mich nur daran erinnern könnte. So viele Dinge sind noch immer verschwommen. Nur stückweise kehren die Erinnerungen zurück. Sie wirken wie Fragmente aus wirren Träumen.« Sie blickte Mathis an. »Auch du bist eine diese Erinnerungen. Ich sehe dich vor mir, spüre die Vertrautheit zwischen uns. Und doch scheint es mir so, als wäre dieses Leben nicht meines.«

»So geht es mir auch manchmal«, erwiderte er. »Wenn ich träume, glaube ich, die Augen meiner Mutter zu sehen. Sie waren schwarz und von langen Wimpern umgeben. Ich spüre ihre Umarmung, höre ihre Stimme.«

»Und du siehst das in der Sonne funkelnde Meer«, fuhr Magdalene fort. »Manchmal habe ich das Gefühl, ich höre die Musik meines Vaters. Eine ganz bestimmte Melodie, die er nur für mich gespielt hat, und dann habe ich für ihn getanzt.«

»Ich weiß«, erwiderte er, wehmütig lächelnd. »Du wolltest stets wie eine der Porzellanfiguren auf dem Kaminsims aussehen. Genauso anmutig und grazil.«

Magdalene erhob sich und stellte sich in Position. Sie überkreuzte die Beine, hob die Arme über den Kopf und schloss die Augen. Plötzlich schien es ihr, als hätte sie die Melodie im Kopf, die ihr Vater auf dem Spinett gespielt hatte, das in dem hübschen Zimmer mit den seidenen Tapeten und dem Stuck an den Wänden gestanden hatte. Sie begann, sich im Kreis zu drehen, grazil nach vorn zu beugen, mit den Händen zu kreisen und sich auf die Zehenspitzen zu stellen. Plötzlich umfingen Mathis' Arme ihre Taille, und er tanzte mit, summte sogar die Melodie. Sie lehnte ihren Kopf an seine Schulter und ließ zu, dass er sie eng an sich heranzog. Seine Bartstoppeln kitzelten ihre Wange, sie spürte seinen Atem auf der Haut. Ganz langsam hob er ihr Kinn an, und ihre Lippen berührten sich. Zuerst war sein Kuss zaghaft, dann wurde er fordernder. Magdalene und Mathis verschmolzen zu einer Einheit und sanken ins Heu. Seine Lippen wanderten an ihrem Hals hinunter. Er öffnete die Schnürung ihrer wollenen Weste, schob ihre Bluse in die Höhe und begann, ihre Brüste zu küssen. Sie genoss jede seiner Berührungen. Seine Hände schienen plötzlich überall zu sein. Er schob ihre Röcke nach oben und öffnete seine Hose. Sie spürte sein hartes Glied zwischen ihren Beinen. Bevor er in sie eindrang, suchte er noch einmal ihren Blick. Sie nickte. Im ersten Moment spürte sie einen stechenden Schmerz und unterdrückte einen Schrei, klammerte sich an ihm fest. Er hielt kurz in der Bewegung inne, begann dann aber wieder, sich langsam in ihr zu bewegen. Sie versuchte, sich seinem Rhythmus anzupassen. Seine Nähe fühlte sich atemberaubend an. Seine Bewegungen wurden fordernder, sein Atem ging schneller, und er stöhnte. Er bäumte sich auf, und ein warmes Gefühl breitete sich in ihr aus. Nachdem er auf sie herabgesunken war, ließ sie langsam ihre Beine sinken. Er atmete schwer, sein Haar war schweißnass. Langsam strich sie darüber und schaute zu den Deckenbalken hinauf. So fühlte sich die Liebe also an, dachte sie versonnen. Er hob den Kopf und sah ihr in die Augen. Sie lächelte. Er küsste sie zärtlich, voller Leidenschaft. Glücksgefühle überrollten sie. Es war so wunderschön, seine vertraute Nähe zu spüren, die jetzt neu und aufregend war. Er rollte sich neben sie, und sie kuschelte sich eng an ihn. Fürsorglich breitete er eine im Heu liegende Pferdedecke über ihnen aus. Schweigend lagen sie nebeneinander und genossen den Moment. Jetzt gab es nur die Nähe des anderen. Das war alles, was zählte. Irgendwann schliefen sie ein.

»Da sieh mal einer an. Wie die Turteltäubchen liegen die beiden im Heu.«

Mathis schoss in die Höhe. Auch Magdalene erwachte schlagartig.

»Lorenz«, sagte Mathis.

Lorenz grinste breit. »Ich hätte gedacht, du wärst klüger, mein lieber Freund«, sagte Lorenz. »Nach all den Jahren an meiner Seite müsstest du doch wissen, dass es vor mir kein Entrinnen gibt. Wenn ich mir vorgenommen habe, jemanden aufzuspüren, dann tue ich es auch.«

Magdalene starrte Lorenz mit weit aufgerissenen Augen an. Mathis stellte sich schützend vor sie.

»Es ist mir gleichgültig, was du dir vorgenommen hast. Lass es, verdammt noch mal, gut sein, wenigstens dieses eine Mal. Magdalene und ich werden Hessen-Darmstadt für immer verlassen. Niemals wieder wird sie Luise von Spiegel in die Quere kommen. Das versprechen wir dir.«

»Und du denkst wirklich, mir geht es um Luise von Spiegel? Das ist es doch längst nicht mehr, obwohl mir natürlich daran gelegen ist, die Wünsche meiner Geliebten zu erfüllen. Die Jagd auf euch bezeichne ich inzwischen eher als Spiel der Ehre.« Er zog sein Messer aus dem Gürtel und strich seelenruhig mit zwei Fingern über die Klinge. Magdalene und Mathis traten einen Schritt zurück.

»Hat er dir gesagt, wie viele Zigeuner er auf dem Gewissen hat«, wandte sich Lorenz an Magdalene. »Bereitwillig ist er mit mir losgezogen, um sie zu töten. Frauen und Kinder, es war ihm gleichgültig. Die hübsche Tochter des Landgrafen, ein Zigeunermädchen, liebt einen Zigeunerjäger – einen ihrer Mörder.« Er lachte laut auf.

Mathis suchte Magdalenes Hand und drückte sie fest. »Das ist vorbei, Vergangenheit, und Magdalene weiß davon.« Er warf ihr einen Seitenblick zu und wies mit dem Kopf zur Tür. Sie wusste, was das bedeutete. Lorenz war der kurze Blickwechsel der beiden nicht verborgen geblieben.

»Noch bevor sie die Tür erreicht, ist sie tot«, sagte er. In Magdalene stieg Wut auf, und sie ballte die Fäuste. Wie sehr sie diesen Menschen verabscheute.

»Ihr habt meine Familie getötet«, sagte sie und trat hinter Mathis hervor. »Wegen einer gottverdammten Mörderin, der ich niemals im Leben etwas getan hätte. Ihr glaubt, mächtig zu sein, und doch seid Ihr nur der Handlanger dieser intriganten Ziege, die meine Mutter auf dem Gewissen hat.«

»So spielt nun mal das Leben, mein Täubchen«, erwiderte Lorenz süffisant grinsend. »Oder denkst du, dass Mathis anders handelt, als ich es tue? Für dich opfert er alles, wenn es sein muss sogar sein Leben. Ihr Weiber nennt euch das schwache Geschlecht, doch in Wahrheit sind wir diejenigen, die euch mit Haut und Haar verfallen sind und alles dafür tun, um in eurer Gunst zu stehen. Und wenn das Töten bedeutet, dann ist es eben so.« Er machte einen schnellen Schritt auf Magdalene zu und wollte nach ihr greifen, doch sie wich ihm geschickt aus.

Im nächsten Moment stürzte sich Mathis auf Lorenz. Beide gingen zu Boden.

»Lauf!«, rief Mathis. »Hol Hilfe!«

Magdalene eilte zur Tür und verschwand. Mathis drückte Lorenz auf den Boden und versuchte, ihm das Messer zu entreißen. Doch Lorenz wehrte sich erfolgreich und schlug

Mathis mit voller Wucht auf die Nase. Mathis schrie auf und wich zurück. Lorenz nutzte den Moment und sprang auf die Füße. Er holte mit dem Messer aus und wollte zustoßen, doch Mathis drehte sich behende zur Seite weg. Blut quoll ihm aus der Nase. Erneut stach Lorenz zu, doch er durchlöcherte nur Mathis Hemdsärmel. Lorenz zog die Klinge zurück. Mathis kroch nach hinten. Seine Hand wanderte zu seinem Gürtel, aber sein Messer lag zu weit entfernt von ihm im Heu, wo er es gestern Abend abgelegt hatte. Lorenz bemerkte Mathis' Blick.

»Wenn es um die Liebe geht, werden wir unachtsam«, sagte er grinsend und trat mit erhobenem Messer auf Mathis zu. Da erinnerte sich Mathis, dass hinter ihm ein Loch im Boden war, durch das das Heu in den Pferdestall befördert werden konnte. Es war von Heu und Stroh umgeben und im dämmrigen Licht des frühen Morgens kaum zu erkennen. Gestern Abend hatte ihn der Wirt auf diese Öffnung aufmerksam gemacht, damit er nicht hinunterstürzte. Das war seine Chance.

»Wenn es um die Liebe geht, verliert so mancher von uns seinen Verstand und wird schwachsinnig«, versuchte er, Lorenz zu provozieren. »Der große Lorenz, Zigeunerjäger und Gaukler, ist nicht mehr als der Handlanger einer alternden Gräfin, deren Schönheit längst verblasst ist, sofern es sie überhaupt jemals gegeben hat.«

»Du gottverdammter Sohn einer schwarzen Hure. Das nimmst du zurück. Es wird Zeit, dass ich dir endlich zeige, was mit Verrätern geschieht.« Lorenz sprang auf Mathis zu, womit dieser gerechnet hatte. Er sah die Klinge in Lorenz' Hand aufblitzen, schloss die Augen und trat mit einem Bein gegen Lorenz' Oberkörper, packte seine Oberarme und schleuderte ihn in das Loch. Es tat einen dumpfen Schlag, als Lorenz im Pferdestall aufschlug. Mathis kroch zu dem

Loch. Lorenz lag auf einem kleinen Heuhaufen und schien bewusstlos zu sein. Neben ihm lag eine Stalllaterne, die er offenbar von einem Haken an der Wand gerissen hatte. Die Kerze war nicht erloschen. Das trockene Heu fing sofort Feuer. Mathis hätte hinunterlaufen und das Feuer austreten sollen. Doch er blieb an Ort und Stelle sitzen und beobachtete fasziniert, wie sich die winzigen Flammen durch das Heu fraßen und schnell größer wurden. Innerhalb weniger Minuten brannte der kleine Heuhaufen lichterloh. Stöhnend kam Lorenz zu sich. Als er die Flammen bemerkte, sprang er auf. Sein Ärmel hatte bereits Feuer gefangen. Er ruderte panisch mit den Armen und rannte nach draußen. Plötzlich waren Stimmen zu hören. »Feuer!«, rief irgendjemand laut. Der Rauch zog zu Mathis herauf. Auch er sprang auf die Beine, griff nach seinem Messer und verließ hastig den Heuboden. Im Pferdestall wurden die Tiere in ihren Pferchen unruhig. Einige traten mit ihren Hufen gegen die verriegelten Türen und wieherten aufgeregt. Von Lorenz war nichts zu sehen. Zwei Knechte stürzten, mit Eimern voller Wasser, an Mathis vorbei. Ihnen folgten Magdalene, Adam, Dora, Sebastian und Hans. Die beiden Postillione waren ebenfalls mit Wassereimern bewaffnet. Das Feuer hatte sich in der hinteren Ecke schnell ausgebreitet. Die Flammen fraßen sich bereits in eine der Außenwände. Stallburschen und Mägde öffneten die Pferche der Pferde und trieben sie nach draußen. Mathis folgte ihnen auf den Hof, wo ihn ein heilloses Chaos erwartete. Mägde, Knechte, der Wirt und ein Großteil seiner Gäste liefen aufgeregt durcheinander. Einige versuchten, die Pferde einzufangen, andere füllten die Eimer mit Wasser oder lamentierten laut. Die Wirtin stand in der geöffneten Hintertür und hatte die größte Mühe, einen aufgebrachten Gast zu beruhigen. Eine Schar Hühner flatterte aufgeregt herum, und ein zottiger Hund zerrte laut bellend an seiner Kette. Lorenz war weit und breit nicht zu sehen. Mathis wurde es schwindlig, und er sank benommen in sich zusammen. Das Letzte, was er glaubte wahrzunehmen, bevor die Welt um ihn herum in Dunkelheit versank, schien Doras Stimme zu sein.

Als er wieder zu sich kam, blickte er in Magdalenes Augen. »Er ist wieder wach«, hörte er sie sagen. Er wandte den Kopf und erkannte Dora, Adam, Sebastian und Hans. Stöhnend griff er sich an den Kopf und fragte: »Was ist geschehen?«

»Du bist auf dem Hof zusammengeklappt«, erklärte Adam. »Zuerst dachten wir, du hättest eine Stichwunde in der Brust, so viel Blut, wie auf deinem Hemd gewesen war. Doch schnell sind wir uns darüber klargeworden, dass es wohl aus deiner Nase stammt.«

»Sie ist bestimmt gebrochen«, fuhr Sebastian fort. »Der Mistkerl scheint dir einen ordentlichen Schlag verpasst zu haben.«

»War wohl alles ein bisschen viel«, sagte Dora und tätschelte ihm fürsorglich den Arm.

Mathis blickte zu Magdalene. Er wollte etwas antworten, kam jedoch nicht mehr dazu. Die Tür wurde aufgerissen, und die Wirtin betrat den Raum. Sie sah arg mitgenommen aus. Ihre Wangen waren gerötet, ihr Haar zerzaust. Missbilligend blickte sie auf Mathis herab und sagte: »Ist er wieder aufgewacht, der Lebensretter.« Sie warf Magdalene einen finsteren Blick zu. »Hab ich doch gleich gesagt, dass er der Teufel persönlich ist. So ein Mohr bringt nur Unglück. Seht zu, dass ihr sofort verschwindet.«

Adam wollte etwas erwidern, doch sie hob die Hand. »Sofort.« Sie blickte ihm direkt in die Augen.

Adam schwieg. Was hätte er auch sagen sollen? Dass es Räuber und Diebe gewesen waren? Dass Mathis nichts dafür konnte? Weder das eine noch das andere entsprach der Wahrheit. Lorenz war ihnen gefolgt. Sie alle trugen die Schuld an der Misere. Wenigstens war niemand ernsthaft verletzt worden, und außer einer verrußten Bretterwand gab es keine größeren Schäden. Der Wirt hatte ihm bereits versichert, dass es keine teure Angelegenheit wäre, die wenigen Bretter zu erneuern. Trotzdem hatte Adam ihm zähneknirschend die Reste seines Reisegeldes überlassen. Alles andere wäre schäbig gewesen.

Die Wirtin verließ ohne ein weiteres Wort den Raum. Einen Moment herrschte betretenes Schweigen.

»Glücklicherweise hat Lorenz dich nicht abgestochen«, sagte Sebastian zu Mathis und erhob sich. »Dann machen wir mal die Kutsche fertig, damit wir weiterkommen.« Er blickte zu Hans, der eilig aufsprang.

Sebastian wollte die Tür öffnen, doch Adam hielt ihn zurück.

»Warte kurz.« Der Postillion wandte sich um. »Ist es nicht sicherer, wenn ihr ohne uns weiterreist? Lorenz ist entkommen. Er wird uns vermutlich wieder irgendwo auflauern. Ich weiß eure Hilfe zu schätzen, aber …«

»Das kommt gar nicht in Frage«, unterbrach Sebastian ihn. »Wir haben versprochen, euch bis Höchst mitzunehmen, und daran halten wir uns auch.« Er blickte zu Magdalene. »Soll er nur kommen, dieser verdammte Hundesohn, dann werde ich ihm zeigen, was ein wehrhafter Postillion ist.« Er machte eine eindeutige Handbewegung.

Magdalene atmete erleichtert auf, denn Adams Worte hatten sie erschreckt. Die Begleitung der beiden Postillione gab ihr das Gefühl von Sicherheit, das sie jetzt mehr denn je brauchte. Die beiden Männer verließen den Raum. Stirnrunzelnd blickte Adam von Magdalene zu Mathis, der sich aufrichtete und auf die Bettkante setzte. Die Nase hatte zu bluten aufgehört, war aber dick geschwollen, genauso wie seine Wangen. Auch Magdalene sah mitgenommen aus. Ihr Haar, in dem einige Strohhalme hingen, hatte sich gelöst, und ihre Bluse war am Ärmel zerrissen.

»Es wird nie aufhören«, sprach Magdalene aus, was der Laienbruder dachte. »Er wird uns so lange verfolgen, bis wir tot sind.«

»Oder er tot ist«, sagte Dora, die neben Mathis auf der Bettkante saß und die Beine baumeln ließ.

»Hat ihn jemand auf dem Hof gesehen?«, fragte Mathis. »Ich bin mir sicher, dass sein Hemd Feuer gefangen hat.«

»Kann schon sein«, erwiderte Adam. »Als wir nach draußen kamen, war das Feuer bereits von einem Stallburschen bemerkt worden, und es brach ein heilloses Durcheinander aus.« Er zuckte mit den Schultern und fügte hinzu: »Außerdem ist mir Lorenz unbekannt.«

»Er muss ziemlich angeschlagen sein«, mutmaßte Mathis. »Immerhin ist er vom Heuboden gestürzt und war kurz bewusstlos.«

»Und sein Hemd hat gebrannt. Gewiss hat er schwere Brandwunden erlitten«, fügte Magdalene hinzu.

»Was ihn trotzdem nicht aufhalten wird«, sagte Dora und suchte Mathis' Blick.

»Hätte er ein Messer im Rücken gehabt, hätte ich gesagt, es ist vorbei. Aber so …« Sie zuckte mit den Schultern. Auf dem Flur waren Schritte zu hören, irgendwo ging etwas lautstark zu Bruch.

»Es wird nie aufhören«, sagte Magdalene leise. »Und wenn nicht er, wird mich ein anderer verfolgen. Es gibt nur einen einzigen Weg, um es endgültig zu beenden.« Sie blickte zu Mathis, der nickte. Dora schaute von ihm zu Magdalene. Sie ahnte, was kommen würde.

»Der da wäre?«, fragte Adam.

»Dass ich zu meinem Vater gehe und reinen Tisch mache«, erwiderte Magdalene.

34

Luise ritt neben ihrem Gatten her, der sie darum gebeten hatte, ihn auf seinem täglichen Ausritt zu begleiten. Nur zögerlich hatte sie eingewilligt, denn die letzten Tage musste sie wegen einer scheußlichen Erkältung im Bett verbringen. Erst seit dem gestrigen Morgen hatte sie das Gefühl, dass es langsam wieder aufwärtsging. Sie hielten sich im Schloss Wolfsgarten auf, wo Ernst-Ludwig seine nächste Jagdgesellschaft plante. Das Jagdschloss hatte er von seinem Baumeister Louis Rémy de la Fosse errichten lassen, um seinem liebsten Zeitvertreib, der Parforcejagd in großer Gesellschaft, nicht nur in der Umgebung von Schloss Kranichstein nachgehen zu können. Seit langem hielt sich der Landgraf lieber in seinen Jagdschlössern als im Darmstädter Stadtpalais auf. Immer öfter kam es Luise so vor, als fliehe Ernst-Ludwig regelrecht vor dem Anblick des unfertigen Darmstädter Stadtschlosses, das wegen der leeren Kassen wohl nie vollendet werden würde. Für diese Jagd hatte sich Ernst-Ludwig für Schloss Wolfsgarten entschieden, das in der Nähe von Langen lag. Es war etwas größer als Schloss Kranichstein und von einem wunderschönen Garten umgeben, der heute unter einer dicken Schneedecke lag. Sie ritten an Beten und Hecken vorüber und hielten auf den nahen Wald zu. Es war ein kalter, klarer Wintermorgen. Den gestrigen Tag über hatte es geschneit, und die

Welt versank im Schnee. Luise mochte den Winter nicht sonderlich. Mit den Jahren setzte ihr die Kälte immer mehr zu. In den meisten Räumlichkeiten der Schlösser gab es selbstverständlich Kachelöfen, doch es zog an allen Ecken und Enden. Ernst-Ludwig schlug den Weg zu dem Jagdpavillon ein, den Luise seit dem Tag, als sie mit Lorenz dort gewesen war, mied wie der Teufel das Weihwasser.

»Ich dachte, ich könnte dir eine Freude machen, wenn wir im Rahmen der bevorstehenden Jagd eine Teegesellschaft für die Damen in unserem entzückenden Jagdpavillon veranstalten«, sagte Ernst-Ludwig und warf ihr einen kurzen Seitenblick zu. »Ich bin mir sicher, dass es den Damen in den gemütlichen Räumen des kleinen Schlösschens sehr gut gefallen wird.«

»Gewiss«, erwiderte Luise geistesabwesend und schniefte wenig damenhaft.

Ernst-Ludwigs Miene wurde besorgt. »Quält dich noch immer diese scheußliche Verkühlung, meine Liebe. Wir können gern umkehren, damit du dich ausruhen kannst. Verzeih deinem Gatten seine Unachtsamkeit.«

»Es ist schon gut«, wiegelte Luise ab. »Im Gegenteil. Die frische Luft belebt meine Sinne. In den zugigen Räumen des Schlosses wird es auch nicht besser. Es ist eine hübsche Idee, für die Damen eine Teegesellschaft in unserem Pavillon zu veranstalten.« Sie zwang sich zu einem Lächeln. Ernst-Ludwig bemühte sich in der letzten Zeit wieder mehr um sie, was ihr gefiel. Bereits kurz nach der Heirat hatten sie das Interesse aneinander verloren, und mit den Jahren war jeder von ihnen seiner Wege gegangen. Über die Tatsache, dass beide Töchter nicht von ihm waren, hatte der Landgraf all die Jahre großzügig hinweggesehen. Vermutlich auch im Hinblick darauf, dass er in den Augen der Gesellschaft ein höheres Ansehen genoss, wenn er Kinder zeugte. Leider war es ihr verwehrt geblieben, ihrem Gatten den Wunsch nach einem weiteren Sohn zu erfüllen, der, auch wenn er von Lorenz gewesen wäre, gewiss sein Herz mit Stolz erfüllt hätte.

Schweigend ritten die beiden weiter, bis eine Gruppe Rehe vor ihnen auf einer Lichtung auftauchte. Als die Tiere die Reiter bemerkten, flohen sie ins Unterholz. Ernst-Ludwig erfreute der Anblick des Wildes.

»Nur der stattliche Hirsch hat hier bei den Kühen gefehlt«, sagte er mit leuchtenden Augen. »Aber den werden wir ja bald aufspüren, dessen bin ich mir sicher.«

»Damit noch ein weiteres Geweih als Trophäe im großen Saal in Schloss Kranichstein an der Wand hängt. Wenn du mich fragst, sieht eines aus wie das andere.« Luise klang gereizt. Sie konnte der Parforcejagd in etwa genausoviel abgewinnen wie der Musik.

»Ich weiß, dass du keine Anhängerin der Jagd bist«, entgegnete der Landgraf gelassen. »Selten gibt es Frauen, die sich an der Jagd erfreuen, was ich verstehen kann und deshalb stets darum bemüht bin, den Damen einen anderen Zeitvertreib zu organisieren.« Er zwinkerte seiner Gattin zu, die diese Geste mit einem Lächeln quittierte. Er wusste, dass sie die Jagdgesellschaften liebte, denn dann war Leben im Haus. Auch wenn sie nur noch wenig Zuneigung füreinander empfanden, so genoss er jedes Mal den Moment, wenn Luise nach einer erfolgreichen Jagd hübsch zurechtgemacht neben ihm an einer festlich gedeckten Tafel Platz nahm und von allen Anwesenden bewundert wurde.

Den Rest des Weges ritten sie schweigend nebeneinanderher. Als sie das Jagdschloss erreichten, wirkte dieses wie verzaubert, umgeben vom tief verschneiten Wald und dem unter der glitzernden weißen Pracht versinkenden Park. Vor den

Stallungen brachten sie ihre Pferde zum Stehen. Ein Stallbursche, kaum älter als vierzehn Jahre, eilte herbei. Ihm folgte ein weiterer, etwas älterer Knecht, der nach den Zügeln von Ernst-Ludwigs unruhig tänzelndem Hengst griff. Nachdem er abgestiegen war, erkundigte sich Ernst-Ludwig bei dem Burschen, ob alles so weit hergerichtet wäre, was dieser eifrig bejahte. Luise sah ihren Mann irritiert an.

»Ist es einem Mann nicht erlaubt, seiner Gattin eine kleine Überraschung zu bereiten?«, fragte er, reichte ihr die Hand und half ihr beim Absteigen. Sie gingen die Stufen zum Eingang hinauf. Die Tür öffnete sich wie von Zauberhand, und sie betraten das Treppenhaus, in dem ein muffiger Geruch hing. Luise konnte nicht umhin, sofort Magdalene vor sich zu sehen. Unweit der Eingangstür hatte sie gestanden und sie mit weit aufgerissenen Augen angestarrt. Sie versuchte, die Erinnerung auszublenden. Niemals wieder würde sie diesem unsäglichen Schatten ihrer Vergangenheit begegnen, dafür würde Lorenz sorgen. Obwohl sich bei ihr langsam Zweifel einschlichen, denn sie hatte seit Wochen nichts von Lorenz gehört. Martha, ihre Kammerzofe und Vertraute, trat näher. Verwundert blickte sie die in die Jahre gekommene Frau an, die sich bereits vor einigen Tagen krankgemeldet hatte. Dann schaute sie zu ihrem Gatten, der verschmitzt grinste.

»Ich habe veranlasst, dass Martha hierherkommt und alles vorbereitet. Ich dachte mir, du möchtest gern einige Tage hierbleiben, denn mir ist durchaus bewusst, dass dir Schloss Wolfsgarten nicht sonderlich am Herzen liegt.«

Er erkundigte sich bei der Kammerzofe, ob das Mittagsmahl gerichtet wäre, was diese bejahte. Martha schaute Luise eigenartig ernst an und deutete zur Treppe. Irgendetwas schien nicht zu stimmen.

»Was für eine wunderbare Überraschung«, beeilte sich Luise zu sagen. »Du kennst mich zu gut, mein Liebster.« Sie hauchte ihrem Gatten einen Kuss auf die Wange. Nur kurz berührte seine Hand ihren Rücken, dann war der Moment der Vertrautheit wieder vorbei. Sie erklärte, sich ein wenig frisch machen zu wollen, und folgte Martha die Treppe nach oben.

Als sie außer Hörweite des Landgrafen waren, erklärte die Kammerzofe aufgeregt: »Er ist vorgestern am späten Nachmittag hier eingetroffen. Max, einer der Stallburschen, hat ihm vom Pferd geholfen. Das arme Tier war kurz davor, zusammenzubrechen. Er muss mehrere Tage durchgeritten sein.« Sie öffnete eine Tür und führte Luise in ihr Schlafgemach. Wohlige Wärme erfüllte den Raum. Die schweren Brokatvorhänge waren teilweise zugezogen. Lorenz lag schlafend im Bett. Sein rechter Arm war verbunden.

»Brandwunden«, erklärte Martha den Grund für den Verband. Luise nickte und bedeutete Martha, den Raum zu verlassen. Langsam setzte sie sich auf die Bettkante und musterte ihren Liebhaber. Lorenz sah mitgenommen aus. Sein schwarzes Haar hing ihm wirr ins Gesicht, seine Wange war zerkratzt. Schweißperlen standen ihm auf der Stirn. Gewiss hatte er Fieber. Ihre Zweifel waren also berechtigt gewesen. Zum ersten Mal, so ließ sein Zustand vermuten, schien etwas gehörig schiefgegangen zu sein. Sie berührte sanft seinen Handrücken und nannte seinen Namen.

Er öffnete die Augen, lächelte und sagte leise: »Du bist da. Wie schön.«

»Diesen Umstand verdankst du meinem Gatten, stell dir vor«, erwiderte Luise, bemüht darum, ihre Stimme arglos klingen zu lassen. Jedoch schaffte sie es nicht, sich mit Belanglosigkeiten aufzuhalten, zu sehr nagte die Neugierde an ihr.

Sie fragte direkt, was geschehen war und ob er Magdalene endlich aufgestöbert und getötet hatte.

»Immer noch die Alte«, erwiderte Lorenz und setzte sich stöhnend auf. »Da stirbt ihr Geliebter beinahe den Flammentod und liegt verletzt vor ihr, doch anstatt sich nach seinem Befinden zu erkundigen, interessiert sie sich nur für ihre Belange. Wie hätte es auch anders sein können.« Seine Stimme klang zynisch.

»Soweit ich erkennen kann, bist du dem Feuer entkommen und hast nur wenige Blessuren davongetragen«, erwiderte Luise schroff. »Und deinem Tonfall entnehme ich, dass es dir bereits wieder ganz gutgeht. Hast du das Mädchen endgültig aus dem Weg geräumt?«

»Nein«, antwortete er ehrlich auf ihre Frage, »sie ist mir in Rosbach entwischt. Allerdings glaube ich nicht …«

»Du hast mir versprochen, dass du sie töten wirst«, schnitt ihm Luise das Wort ab, sprang auf und begann, im Raum auf und ab zu laufen. »Dieses gottverdammte Gör. Wie hat sie es diesmal wieder geschafft, dir zu entkommen.« Sie blieb stehen und blickte Lorenz forschend ins Gesicht. »Oder liebst du sie tatsächlich und hast sie deshalb entkommen lassen?«

Lorenz erwiderte ihren Blick. »Lieben, dieses Zigeunermädel, das mich zum Narren gemacht hat. Wo denkst du hin. Wahrscheinlich bin eher ich derjenige von uns beiden, der sie lieber tot als lebendig sehen möchte. Allerdings wird das nicht mehr geschehen, denn sie ist fort.«

»Was heißt fort?«

»Weitergezogen, irgendwohin. Sie hat Verbündete gefunden. Einen Antoniter und Mathis, diesen gottverdammten Mohren. Hätte ich ihn doch niemals zu mir genommen.«

»Einen Mohren«, wiederholte Luise. Lorenz biss sich auf die Zunge. Er hätte Mathis nicht erwähnen sollen.

»Wann hast du einen Mohren zu dir genommen?«, hakte Luise nach.

Lorenz wandte den Blick ab. Luises Augen wurden groß. Die Erkenntnis traf sie wie ein Schlag. Lorenz' Schweigen verriet ihr, dass er die ganze Zeit gewusst hatte, was damals vorgefallen war.

»Er ist mir in den Gassen in die Arme gelaufen«, gestand Lorenz kleinlaut. »Du weißt genau, dass ich skurrile Menschen für mein Wandertheater gebrauchen konnte. Erst viel später habe ich den eigentlichen Grund erfahren, warum er sich damals in den Gassen herumgetrieben hat.«

»Und das hast du all die Jahre vor mir geheim gehalten«, sagte Luise fassungslos. »Die ganze Zeit über hast du gewusst, was ich getan habe. Du hast mir etwas vorgespielt, als ich ...«

»Ich habe nie jemandem etwas gesagt«, fiel er ihr ins Wort. »Wer sollte mir, dem einfachen Gaukler und Liebhaber der Landgräfin, auch glauben, oder noch besser, einem Schokoladenmohren. Der einzige Mensch, der dir gefährlich werden kann, ist Magdalene. Das wussten und wissen wir beide.«

»Und genau deshalb solltest du sie ja auch töten«, rief Luise ärgerlich. »Sie darf nicht am Leben bleiben. Sie wird zurückkommen und alles zerstören. Das spüre ich.« Sie blickte Lorenz an. »Du hast es mir versprochen. Du hast gesagt, du würdest sie aufspüren und umbringen. Deine Aufgabe ist noch nicht erledigt.«

Lorenz erwiderte ruhig ihren Blick. »Sie wird nicht zurückkommen. Mathis hat gesagt, dass sie Hessen-Darmstadt verlassen und niemals wiederkehren werden.« Er atmete tief durch. »Ich dachte, ich könnte es noch in Rosbach erledigen. Leider ging es mir dafür nicht gut genug. Wann genau sie abgereist sind, kann ich nicht sagen. Irgendwann waren sie verschwunden. Den elenden Gaul habe ich aus einem der

Rosbacher Ställe geklaut. Bis nach Höchst bin ich gekommen. Dort hat sich ihre Spur verloren.«

»Ihre Spur verloren«, zischte Luise. »Als ob dich das jemals aufgehalten hätte.« Sie setzte sich neben Lorenz aufs Bett und blickte ihn eindringlich an. »Sie wird zurückkommen. Ich weiß es. Ihre Vergangenheit hat sie eingeholt, und sie kann sie nicht mehr abschütteln. So jemand gibt nicht auf und geht einfach fort. Magdalene wird es beenden, was mein Verhängnis sein wird. Das spüre ich. Du musst sie finden und aus dem Weg räumen, ein für alle Mal. Sie und diesen gottverdammten Mohren.«

Lorenz seufzte. Die Brandwunden an seinem Arm schmerzten, doch ansonsten schien es ihm besserzugehen. Er schaute Luise an. In ihrem Blick lag Verzweiflung, oder war es der blanke Hass? Hasste er Magdalene und Mathis nicht auch für das, was sie ihm angetan hatten?

Er sah die beiden vor sich, wie sie unbewaffnet auf dem Heuboden vor ihm gelegen hatten. Wie hatte er nur so dumm sein und auf diese List von Mathis hereinfallen können. Wut stieg in ihm auf, die sich plötzlich gut anfühlte. Luise erkannte die Veränderung in seinem Blick.

»Sie haben dich zu einem Tölpel gemacht«, befeuerte sie seinen Zorn. »Der große Lorenz, einer der gefürchtetsten Zigeunerjäger weit und breit, ist von einem Mohren und einer dahergelaufenen Zigeunerin lächerlich gemacht worden. Rache ist die einzige Antwort, die es dafür gibt.« Lorenz wusste, dass Luise recht hatte. Sie sollten für alles bezahlen. Er musste es zu Ende bringen. Ein für alle Mal. Und das nicht, weil Luise es so wollte, sondern weil er seinen eigenen Anblick im Spiegel sonst nicht mehr ertragen würde.

35

Magdalene lief neben Mathis her, der Dora mal wieder auf den Arm genommen hatte, damit sie schneller vorankamen. Schweren Herzens hatten sie sich in Höchst von Adam verabschiedet, der sie nicht nach Darmstadt begleiten wollte. Sein Entschluss, zu seinem Freund nach Freiburg zu ziehen, stand fest. Für einen Laienbruder wie ihn wäre die Reise nach Gießen bereits genug Abenteuer gewesen, hatte er wehmütig erklärt. Ihm war der Abschied nicht leichtgefallen. Fest hatte er Magdalene, Mathis und sogar Dora zum Abschied an sich gedrückt. Selbstverständlich hatte er ihnen für den Weg nach Darmstadt eine ordentliche Verpflegung einpacken lassen und Mathis einen kleinen Beutel voller Münzen gegeben, damit sie sich die Übernachtung in einer anständigen Herberge leisten konnten. Auch gab er ihnen einen Rat, in welchem Gasthof der Wirt keine Schwierigkeiten wegen der Herkunft seiner Gäste machen würde. Sie hatten seinen Rat befolgt und die gestrige Nacht in der Herberge *Zum goldenen Hahn* am Stadtrand von Langen verbracht. Dem Herrn im Himmel sei Dank, sie und ein auf der Durchreise befindlicher Tuchhändler waren die einzigen Gäste in der winzigen Wirtsstube gewesen.

Es war ein sonniger Wintertag, der sich anschickte, sich mit einem feudalen Abendrot zu verabschieden.

»Immerhin kein Morgenrot«, sagte Dora und sprach damit aus, was Magdalene dachte. »Gewiss wird es morgen genauso trocken, aber auch kalt bleiben.«

»Wollen wir es hoffen«, erwiderte Magdalene, die sich seit einer Weile mit einem Stein im Schuh herumplagte und stehen blieb, um diesen zu entfernen. Sie setzte sich auf einen am Wegesrand liegenden Felsen und öffnete die Schnürung ihres Stiefels. Sie befanden sich unweit der Darmstädter Stadtmauer und mussten sich beeilen, wenn sie heute noch in die Stadt wollten, denn schon bald würden die Stadttore geschlossen werden. Und damit würde ihre Aussicht darauf schwinden, die Nacht im Warmen zu verbringen, weshalb Mathis Magdalene zur Eile antrieb.

»Sieh zu, dass du fertig wirst, sonst kommen wir nicht mehr in die Stadt«, sagte er.

Magdalene beeilte sich, ihren Schuh wieder anzuziehen. Als sie sich erhob, stand unvermittelt eine Gestalt vor ihnen, die freudig ausrief: »Da hol mich doch der Teufel, wenn das nicht Mathis und Dora sind, die da einfach so auf der Landstraße stehen.«

»Carlos.« Dora erkannte sofort, wer vor ihnen stand. Sie rannte auf den Mann zu, ließ sich vom Boden hochheben und umarmen. »Wie schön, dich wiederzusehen.«

Auch Mathis und Magdalene traten näher, und Carlos begrüßte Mathis mit dem für ihre Gemeinschaft üblichen Handschlag. »Unser guter alter Feuerschlucker treibt sich außerhalb des Lagers herum«, scherzte Mathis. »Lass das mal lieber nicht Friedrich oder Hannes oder gar Lorenz merken.« Er hob mahnend den Zeigefinger.

»Ach«, erwiderte der Feuerschlucker, »Lorenz hat sich seit eurem Verschwinden nicht mehr blicken lassen, und auch Friedrich und Hannes haben sich aus dem Staub gemacht, nachdem wir uns gegen ihre ständigen Schikanen endlich zur Wehr gesetzt hatten.«

»Ist nicht wahr«, erwiderte Mathis verblüfft. Niemals hätte er geglaubt, dass sich die Mitglieder des Wandertheaters gegen ihre Peiniger wehren würden.

»Kannst es mir ruhig glauben. Mit eingezogenem Schwanz sind sie abgehauen, als wir auf sie losgegangen sind.«

»Und was ist mit Simon?«, erkundigte sich Mathis nach dem Allesfresser, der besonders in der letzten Zeit die Drecksarbeit für Lorenz erledigen musste.

»Der ist mir an demselben Abend aus Versehen in die Klinge meines Messers gelaufen. Stell dir vor: Was für ein Unglück.« Carlos setzte eine Unschuldsmiene auf und zuckte mit den Schultern.

Dora riss die Augen auf.

»Du hast ihn einfach so …«

»Hätte ich ihn nicht getötet, wäre ich jetzt nicht mehr am Leben. Nachdem Lorenz weg war, hat es im Lager immer mehr zu brodeln begonnen. Hannes und Friedrich haben die Zeichen der Zeit erkannt und sich schleunigst aus dem Staub gemacht. Nur Simon hat es bis zum Schluss nicht begriffen. Wir haben uns unsere Freiheit zurückerkämpft und werden sie gegen alles und jeden verteidigen – auch gegen Lorenz, wenn es sein muss.«

»Wie wunderbar diese Neuigkeiten sind«, erwiderte Mathis voller Freude.

Die kleine Gruppe setzte sich in Bewegung und schlug den Weg zum Lager des Theaters ein, das sich noch immer auf dem gewohnten Platz unweit der Stadtmauer befand. Magdalene, die nicht viel von den Gesprächen verstand, folgte den Männern und blickte sehnsüchtig zu einem der geöffneten Stadttore, das eine Rast in einem anständigen Gasthaus versprach. Doch Mathis und Dora schienen anderes im Sinn zu haben. Sie folgten der Landstraße bis zu einer großen Lichtung, auf der eine Holzbühne und Bänke darauf hindeuteten, dass es hier Theateraufführungen gab. Jetzt jedoch war die Bühne verwaist, und auf den Bänken lagen gute zwanzig Zentimeter Schnee. Sie gingen an der Bühne vorbei und erreichten die Wohnwagen der Gruppe.

Dora rief begeistert: »Mein Wagen: Er steht ja noch!«

Der Mohr setzte die Zwergin ab, die aufgeregt zu einem hölzernen Wagen am anderen Ende des Platzes rannte.

»Wieso auch nicht«, rief Carlos ihr nach.

Mathis ließ seinen Blick über die Wagen schweifen. Auch sein Wagen stand noch an seinem Platz, so, wie er ihn verlassen hatte, was ihn verwunderte, denn er wäre nicht der erste Wagen eines Verräters gewesen, den Lorenz in Flammen aufgehen ließe. Sein Blick blieb an dem daneben stehenden Wagen hängen, der Liesel gehört hatte. Er dachte an den Moment zurück, als Lorenz sie kurz vor der Flucht ertappt hatte. Liesel und Josephine waren nicht mehr weggekommen.

Carlos erriet seine Gedanken. »Er hat sie aufhängen lassen. Dort drüben an der Eiche.« Er deutete auf einen dicken Baum am anderen Ende des Lagers. Ein herabhängender Strick hing wie ein Mahnmal an einem der Äste.

Magdalene erschrak bei diesem Anblick. Wegen ihr hatte jemand sterben müssen. Sie senkte den Blick. Mathis schien zu spüren, was in Magdalene vorging. Er trat neben sie, legte den Arm um ihre Taille und zog sie eng an sich. »Du kannst nichts für ihren Tod. Sie sind nicht wegen dir, sondern wegen der Hoffnung auf Freiheit gestorben.«

»Josephine wollte nach Paris«, sagte Dora, die, von den dreien unbemerkt, wieder näher getreten war. »Sie hatte schreckliches Heimweh und träumte davon, eines Tages ihre

Mutter wiederzusehen, das arme Ding. Und Liesel, unser Riesenmädchen, erhoffte sich von unserer Flucht ein besseres Leben.«

»Leider hat sie ihren Traum mit ins Grab genommen«, sagte Carlos seufzend und deutete auf einige flache Schneehügel, die rechter Hand vor einem Weidenzaun zu erkennen waren.

Die Tür eines Wagens öffnete sich, und Ida, die Schlangenfrau, trat nach draußen. Sie stieß einen spitzen Schrei aus, kam auf sie zugerannt und riss als Erstes Dora in ihre Arme. »Dora, meine Dora. Da bist du ja wieder. Was ist das schön, dass ihr wieder da seid. Ich kann dir gar nicht sagen, wie sehr ich dich vermisst habe.«

Auch die anderen Bewohner des Lagers kamen aus ihren Wagen heraus und traten näher. Freudig begrüßten sie Mathis und Dora. Magdalenes Augen wurden groß beim Anblick der sonderbaren Gestalten. Weitere Zwerge waren unter ihnen, aber auch zwei Affenmenschen und einer, der wie ein Löwe aussah.

»Die Rückkehr unserer Freunde muss gefeiert werden«, rief Carlos. »Lasst uns ein großes Feuer machen. Und Musik: Wir brauchen Musik.«

Eilig liefen die Schausteller auseinander. Dora schlug Magdalene vor, dass sie bei ihr schlafen könnte, und bedeutete ihr, sie zu begleiten – was Magdalene mit gemischten Gefühlen tat. Den ganzen Weg von Höchst bis hierher hatte sie das Gefühl, Dora beäugte jede Berührung von ihr und Mathis argwöhnisch. Die Zwergin hatte ihr gegenüber niemals offen zugegeben, dass sie Mathis liebte. Doch sie war äußerst schlecht darin, ihre Gefühle zu verbergen.

Als Dora die Tür des Wagens hinter sich schloss und einige am Fenster stehende Kerzen entzündete, hielt Magdalene den richtigen Zeitpunkt für gekommen, um mit Dora über das Thema zu reden. Sie setzte sich auf eine gepolsterte Bank neben einen Wandschrank, an dem ein mit funkelnden Kristallen besticktes Kleid und eine rosafarbene Federboa hingen, und sagte frei heraus: »Ich wollte ihn dir nicht wegnehmen.«

»Ihr habt euch geliebt, nicht wahr.« Dora kam ohne Umschweife auf die Nacht in Ober-Mörlen zu sprechen. Magdalene senkte errötend den Blick.

»Ich hab es in deinen Augen und an euren Gesten erkannt. Ihr geht seitdem ganz anders miteinander um.« Doras Stimme klang traurig. Sie sank auf ihr Nachtlager und wickelte sich in ein wollenes Schultertuch.

Magdalene wollte etwas erwidern, doch Dora ließ sie nicht zu Wort kommen.

»Es ist gut. Ich meine, natürlich ist es das nicht, weil mein dummes Herz einfach nicht begreifen will, dass er dich liebt. Aber wenn ich es ihm lange genug sage, wird es schon irgendwann verstehen. Und sind wir mal ehrlich: Was will ein gutaussehender, stattlicher Mann wie Mathis von einer Zwergin, wie ich eine bin. Ich sollte ihn mir endlich aus dem Kopf schlagen und mir einen anständigen Burschen in meiner Größe suchen.« Sie zwang sich zu einem Lächeln und suchte Magdalenes Blick. »Seitdem ich ihn kenne, geisterst du in seinem Kopf herum. Die Jugendfreundin aus dem Darmstädter Palais war in all den Jahren unsere Begleiterin, und ich war auf eine Unbekannte eifersüchtig. Auf ein Trugbild der Vergangenheit, das es am Ende gar nicht mehr gibt, so habe ich mir oftmals einzureden versucht. Doch die Wirklichkeit hat mich eines Besseren belehrt. Du darfst das nicht falsch verstehen: Mathis hat mir niemals das Gefühl gegeben, dass er mich liebt. Mit den Jahren sind wir Vertraute geworden, in seinen Augen wohl eher wie Bruder und Schwester. Ich nannte ihn stets meinen großen schwarzen Bruder.« Sie lächelte. »Wann genau sich meine Gefühle ihm gegenüber veränderten, kann ich nicht sagen.« Sie griff nach Magdalenes Hand und blickte ihr in die Augen. »Ich gönne ihm jede Minute mit dir von ganzem Herzen, das musst du mir glauben. Jedenfalls sagt das der Kopf, also die Vernunft, die, dem Herrn im Himmel sei Dank, meistens die Oberhand behält. Nur ab und an, in schwachen Momenten, kann es passieren, dass sich das Herz einmischt, und dafür entschuldige ich mich jetzt schon bei dir. Ich will, dass wir Freundinnen werden, vielleicht sogar ein wenig wie Schwestern.«

»Nichts anderes als das wünsche ich mir auch«, erwiderte Magdalene erleichtert und drückte Doras Hand. »Es tut mir leid, dass ich in deine Welt eingedrungen bin und ihn dir weggenommen habe. Nur allzu gern hätte ich es anders gehabt.« In Magdalenes Augen traten Tränen. Sie wischte sie hastig ab. Sie sah Sorlo vor sich und glaubte, Majpejlomas' Geige zu hören. Sie schüttelte den Kopf, um die Erinnerung loszuwerden. Sorlos Antlitz verschwand, doch das Geigenspiel blieb.

Plötzlich wurde die Tür aufgerissen, und eine Zwergin mit blondem Haar schob den Kopf durch die Tür.

»Hier steckt ihr also«, rief sie erfreut. »Kommt nach draußen. Ihr verpasst das Fest.«

Dora sprang auf, und auch Magdalene erhob sich. Die beiden folgten der blonden Zwergin, die Johanna hieß und die Trommel spielte, nach draußen, wo in Windeseile ein großes Lagerfeuer entzündet worden war. Der Zwerg Peppo spielte eine fröhliche Melodie auf seiner Geige und klopfte den Takt mit dem Fuß mit. Salo und Toto hüpften übermütig mit Tyler ums Feuer, während Ida, die Schlangentänzerin, unweit von ihnen mit Mathis' Hilfe einen großen Kupferkessel über ein weiteres, etwas kleineres Feuer hängte.

»Darin befindet sich Kanincheneintopf, den wir heute Morgen gekocht haben, da Salo und Toto gestern Nachmittag erfolgreich auf der Jagd gewesen waren«, erklärte Johanna. »Auch haben wir noch Fladenbrot und einige Fässer Wein, die Lorenz erworben hat, bevor er verschwand. Einem ausgelassenen Fest steht also nichts im Weg.« Sie deutete auf ein großes, auf einem Holzblock stehendes Fass unweit des Feuers.

Ein weiteres Zwergenmädchen bediente sich gerade an dessen Inhalt. »Das ist Fabiola«, erklärte Dora. »Sie beherrscht die Blockflöte wie keine andere. Gewiss wird sie uns nachher etwas vorspielen.«

Die drei gesellten sich zu Mathis und Ida. Bald darauf saß die bunte Truppe Eintopf essend ums Feuer. Es wurde erzählt, gelacht, Wein getrunken. Peppo spielte immer wieder auf seiner Geige, und bei dem einen oder anderen Stück begleitete ihn Fabiola auf ihrer Blockflöte. Mathis hatte sich hinter Magdalene gesetzt und seine Arme um ihre Taille gelegt. Es tat so unendlich gut, ihn so nahe bei sich zu haben. Sie spürte die Wärme seines Körpers, seinen Atem an ihrem Hals. Sein Lachen hörte sich befreit und glücklich an. Hierher gehörte er also. Diese Menschen waren seine Familie, was ihr gefiel, denn sie lebten ein wenig wie die Roma.

»Sie sind deine Familie«, sagte Magdalene, als Peppo eine Spielpause einlegte und sich einen Becher Wein gönnte.

»Ich weiß nicht«, erwiderte er. »Oftmals habe ich gedacht, dass es so wäre. Jedoch war niemand von uns freiwillig hier. Tyler, unseren Löwenmenschen, hat Lorenz aus einem Lager englischer Zigeuner entführt, das er nebenbei dem Erdboden gleichgemacht hat. Salo und Toto sind ihm von einem fahrenden Händler verkauft worden, und von den Zwergen hat er einige auf Jahrmärkten zusammengekauft, andere aus ihren

Familien gerissen.« Er deutete auf Dora. »Sie hat nie wirklich darüber gesprochen. Ich glaube, es ist leichter für sie, wenn sie sich einredet, keine Familie mehr zu haben. Besonders leid tut es mir um Josephine. Ihr Vater hat sie in Paris an Lorenz verkauft, was das sensible Mädchen ins Unglück gestürzt hat. Für sie hätte es vielleicht ein normales Leben geben können, denn so abnormal war sie gar nicht.«

»Was war denn anders an ihr?«, fragte Magdalene.

»Sie konnte ihre Haut vom Hals über das Gesicht bis zum Haaransatz ziehen«, erklärte Mathis.

»Ach du meine Güte«, erwiderte Magdalene.

»Ich habe jedes Mal eine Gänsehaut bekommen, wenn sie es auf der Bühne gemacht hat. Ansonsten hat sie es niemals getan. Im normalen Alltag war sie ein schmales, blasses Mädchen, das stets ein Halstuch trug und meistens traurig dreinblickte.« Er zuckte mit den Schultern. Während ihres kurzen Gespräches hatte Peppo erneut zu spielen begonnen. Diesmal hatte er eine traurige Melodie angestimmt, die die kleine Gesellschaft zur Ruhe zwang. Carlos trat näher und setzte sich neben Mathis.

»Wir fragen uns schon seit einer Weile, was jetzt werden wird«, sagte er. »Für eine anständige Vorstellung sind wir zu wenige. Ein paar Zwerge, Salo, Toto und Tyler, eine Schlangenfrau und ein Feuerspucker. Das reicht einfach nicht aus. Erst gestern haben wir überlegt, das Lager endgültig abzubrechen. Doch viele wissen nicht, wohin sie gehen sollen. Für Ida und mich würde sich schon etwas finden. Aber für die anderen? Wo sollen Toto und Salo hin, von Tyler rede ich erst gar nicht.«

»Und von den Zwergen«, fügte Mathis hinzu. »Auch ich weiß ehrlich gesagt nicht, wie meine Zukunft aussehen soll. Eines habe ich in den letzten Wochen begriffen: In der normalen Gesellschaft zu leben, am Ende noch in einer Stadt, das ist für einen Mohren unmöglich. Überall bin ich der Schwarze, eine Ausgeburt der Hölle, und bringe Unglück.«

»Und wenn ihr doch weitermacht«, mischte sich Magdalene in das Gespräch ein. »Für den Anfang könntet ihr auf Wochen- und Jahrmärkten in kleineren Gruppen auftreten. Wir Roma haben es so gehandhabt. Ich habe getanzt, einige von uns haben aus Händen die Zukunft gelesen, andere haben Körbe verkauft und Kessel geflickt. Auf den Märkten lässt sich gutes Geld verdienen.«

Carlos blickte Magdalene überrascht an. »Du hast bei den Zigeunern gelebt? So siehst du gar nicht aus.« Er wandte sich an Mathis. »Hast du vorhin nicht gesagt, dass sie die verschollene Tochter des Landgrafen ist und ihr deshalb zurückgekommen seid?«

»Du hast es ihm erzählt?«, fragte Magdalene.

»Wieso nicht?«, erwiderte Mathis. »Ein anständiger Verbündeter, der sowohl mit dem Schwert als auch mit dem Messer umgehen kann, kann in unserer Lage nicht schaden. Wie du weißt, sitzt uns noch immer Lorenz im Nacken.« Er wandte sich an Carlos. »Sie ist die Tochter der Charlotte von Forstner, einer Mätresse des Landgrafen …«

»… die als kleines Mädchen bei den Roma gestrandet ist«, fuhr Magdalene fort. »Mein ganzes Leben habe ich bei ihnen verbracht – bis …«

»Lass mich raten«, unterbrach Carlos sie. »Bis Lorenz aufgetaucht ist und alles zerstört hat.«

Magdalene nickte.

»Das war damals der Klan in der Nähe von Höchst«, vermutete der Feuerschlucker richtig und wandte sich erneut an Mathis. »Ich hatte mich schon gewundert, weshalb Lorenz unbedingt dorthin wollte.«

»Sagen wir mal: Er hat eine Auftraggeberin, der er sich mehr als nur verpflichtet fühlt«, erklärte Mathis.

»Luise von Spiegel, die hübsche Hexe.« Carlos wusste sofort, von wem die Rede war.

»Sie hat meine Mutter umgebracht«, erklärte Magdalene. »Und ich habe sie dabei beobachtet«, fügte sie nach einer kurzen Pause hinzu.

»Eine ungeliebte Zeugin also.«

»Die nach Jahren wieder auftaucht und ihr in die Suppe spucken wird«, sagte Mathis.

»Unschöne Sache«, stellte Carlos fest. »Jedenfalls für Luise von Spiegel.« Er grinste.

»Gleich morgen werde ich nach Darmstadt gehen und mit meinem Vater reden.« Magdalene klang entschlossen.

»Und du denkst, er wird nach all den Jahren einfach so mit dir sprechen und dich als seine verschollene Tochter erkennen?«, fragte Carlos skeptisch.

»Darauf muss ich es ankommen lassen. Angeblich ähnle ich meiner Mutter sehr.« Magdalene zuckte mit den Schultern.

»Und was wird dann sein?«, fragte Carlos.

Verwundert schaute Magdalene den Feuerschlucker an und fragte: »Wie meinst du das?«

»Na ja. Der Landgraf erkennt dich. Du bist seine Tochter, und alle sind glücklich. Was wird dann sein? Wirst du bei ihm bleiben und Prinzessin werden? Ist es das, was du möchtest?«

»Das weiß ich nicht«, erwiderte Magdalene unsicher. »Darüber habe ich mir noch keine Gedanken gemacht.« Sie blickte zu Mathis. Womöglich würde sie ihn verlieren, was sie auf keinen Fall wollte. Er war ihr Freund aus Kindertagen, ihr Vertrauter, der Mann, in den sie sich verliebt hatte, und der einzige Mensch, der verstand, was es bedeutete, irgendwie in zwei Welten zu leben. Ihn zu verlieren würde ihr endgültig den Boden unter den Füßen wegziehen.

Mathis drückte ihre Hand, als wüsste er, was sie gerade dachte. Sein Blick wanderte zu Salo, Toto, Tyler und der Zwergengruppe, die ein Kartenspiel begonnen hatten.

»Vielleicht bleibe ich bei euch, und wir machen tatsächlich weiter«, sagte er nachdenklich. »Magdalenes Idee mit den Jahrmärkten klingt nicht schlecht. Ich meine, ihr seid meine Familie. Hier bin ich zu Hause.«

Carlos schlug Mathis lächelnd auf die Schulter. »Das wollte ich hören, mein Freund. Wir sind eine Familie – und diesmal eine richtige.« Er blickte zu Magdalene. »Und wenn deine hübsche Freundin möchte, kann sie gern ein Teil davon werden. In unserem bunten Haufen fällt eine Beinahe-Prinzessin doch gar nicht auf.«

36

Magdalene stand vor dem Stadtpalais und beobachtete eine Gruppe Kinder dabei, wie sie sich eine Schneeballschlacht lieferten. Jungen, die, in mehr oder weniger warme Mäntel und Jacken gehüllt, ihren Spaß mit der weißen Pracht hatten. Nur ein einziges Mädchen war unter ihnen. Ein kesses Ding, nicht älter als zehn Jahre, mit einem wirren, blonden Lockenkopf, das sich von den Jungen nichts gefallen ließ. Ihrer Kleidung nach zu urteilen stammte sie aus eher ärmlichen Verhältnissen. Sie trug einen braunen Wollrock, darüber eine schäbige Strickjacke und Holzpantinen. Einer von ihren grauen Strümpfen hatte ein Loch an der Ferse. Magdalene beobachtete das Mädchen wehmütig. Wie oft hatte sie sich als kleines Mädchen gewünscht, sie könnte mit den Kindern eine Schneeballschlacht machen. Ihr Blick wanderte zu dem prachtvollen Stadtpalais und blieb an einem der unteren Fenster hängen.

»An dem Tag, der alles veränderte, habe ich an diesem Fenster gestanden und nach draußen geblickt.«

»Nichts hat sich verändert«, sagte Mathis, der neben ihr stand, und riss sie aus ihren Gedanken. »Selbst die Kinder liefern sich noch ihre Schneeballschlachten, genauso wie wir damals.« Er deutete auf die Meute, die vor einem schimpfenden älteren Herrn Reißaus nahm, der in ihre Schusslinie geraten war und sich bemühte, einen der Burschen am Schlafittchen zu erwischen.

»Du durftest wenigstens mit ihnen spielen«, sagte Magdalene wehmütig.

»Ich war ja auch nur der Schokoladenjunge. Töchter des Landgrafen laufen nicht mit den Gassenjungen durch die Gegend oder liefern sich Schneeballschlachten.«

Magdalene deutete ein Nicken an. Der alte Mann hatte es aufgegeben, eines der Kinder zu erwischen. Er rückte seinen Hut zurecht, spazierte die Gasse weiter hinunter und verschwand hinter der nächsten Ecke.

»Obwohl sie bestimmt viel lieber mit dir gespielt hätten als mit dem Mohren. Nicht nur ein Mal haben sie mich verhöhnt, weswegen ich die meiste Zeit im Palais geblieben bin.«

»Hinter den sicheren Mauern, in die sich der Teufel mit einem hübschen Kleid eingeschlichen hat«, höhnte Magdalene.

»Sie boten trotz allem Schutz und Geborgenheit«, erwiderte Mathis schulterzuckend. Magdalene warf ihm einen Seitenblick zu. »Bis zu einem bestimmten Tag«, fügte er kleinlaut hinzu. Eine Weile betrachteten sie schweigend das Gebäude. Auf der Straße herrschte Hochbetrieb. Mit allerlei Waren beladene Fuhrwerke fuhren ebenso durch die Gassen wie feine Kutschen. Ein älterer Mann zog eine Handkarre voller Kohlköpfe hinter sich her. Der Apotheker beschriftete ein vor seinem Laden stehendes Schild neu, und eine Gruppe junger Mädchen hielt kichernd auf ein Kaffeehaus zu, an das sich Magdalene nicht erinnern konnte. An einem Verkaufsstand wurden heiße Würstchen angeboten. Eine lange Menschenschlange hatte sich davor gebildet.

»Vielleicht sollte ich erst einmal allein hinübergehen und nach dem Rechten sehen«, sagte Magdalene. »Wenn ich Glück habe, lebt die alte Köchin Bärbel noch. Sie war mir immer recht zugetan. Gewiss gibt sie mir bereitwillig Auskunft und hilft mir weiter.«

»Als wir neulich im Palais waren, habe ich sie nicht gesehen«, erwiderte Mathis. »Denkst du wirklich, dass es eine gute Idee ist, allein dort hineinzugehen?«

»Du kannst ja vor der Tür aufpassen«, sagte Magdalene.

»Ich halte es trotzdem für keine gute Idee«, erwiderte Mathis skeptisch.

»Und was ist, wenn wir im Haus jemandem begegnen, der noch nie einen Mohren gesehen hat? Am Ende haben sie keine hübschen schwarzen Mohren mehr, die ihnen morgens die Schokolade ans Bett bringen. Ich rufe dir nur ungern das Verhalten der Rosbacher Wirtin in Erinnerung, aber …«

»Schon verstanden«, fiel Mathis ihr ins Wort. »Du hast ja recht.«

»Ich hätte dich aber lieber an meiner Seite«, sagte Magdalene. »Wir müssen jedoch vorsichtig sein. Aufsehen zu erregen ist das Letzte, was wir jetzt gebrauchen können. Wenn ich Glück habe, lassen sie mich ohne viel Federlesens zu meinem Vater, und er erkennt mich.«

»Er müsste blind sein, wenn er das nicht tut«, erwiderte Mathis. »Ich kann mich noch sehr gut an deine Mutter erinnern, und du gleichst ihr aufs Haar. Am Ende wird er bei deinem Anblick glauben, seine Geliebte wäre von den Toten auferstanden.«

»Wahrscheinlich hat das Luise von Spiegel auch gedacht, als sie mich wiedergesehen hat«, scherzte Magdalene. »Du hättest sie sehen sollen: Kreideweiß ist sie geworden. Ein Jammer, dass sie nicht der Schlag getroffen hat.«

»Was vielleicht noch passieren könnte«, erwiderte Mathis und zwinkerte Magdalene zu, deren Miene ernst geworden war. In ihrem Blick lag Entschlossenheit.

»Dann wollen wir mal«, sagte sie und straffte die Schultern. »Am besten, ich versuche, durch die Hintertür ins Haus zu gelangen.« Sie setzte sich in Bewegung und überquerte raschen Schrittes die breite Straße.

»Das wollte ich dir auch gerade vorschlagen«, sagte Mathis, der ihr folgte und einer älteren Dame, die vor Erstaunen den Mund aufriss, freundlich zulächelte und einen schönen Tag wünschte.

Magdalene lief auf die Rückseite des Stadtpalais und betrat den durch eine Mauer abgetrennten Hinterhof. Eine junge Magd warf gerade Küchenabfälle auf einen Komposthaufen in der hinteren Ecke, auf dem zwei Hühner scharrten. Magdalene wich rasch in den Schatten der Hauswand zurück. Die Magd bemerkte sie nicht und ging, eine Melodie summend, ins Haus zurück. Mathis war am Eingang des Hinterhofes stehen geblieben. Magdalene suchte noch einmal seinen Blick. Er nickte ihr aufmunternd zu. Sie atmete tief durch und betrat das Haus, aus dem sie vor vielen Jahren geflohen war. In dem dunklen Flur empfing sie der vertraute Geruch von gebratenem Fleisch, abgestandener Luft und Kaffeeduft. Sie schlich den Flur hinunter und lugte vorsichtig in die Küche. Da stand die alte Bärbel wie eh und je an dem großen Ofen und rührte in einem Kupferkessel. Zwei Küchenmägde schnitten Gemüse, und eine weitere Magd beschäftigte sich damit, das Federkleid eines Fasans zu entfernen. Die Mädchen tratschten und lachten miteinander, was Bärbel stets geduldet hatte. Sie war eine herzliche Frau, die nur selten schimpfte. Wenn sie allerdings doch einmal die Geduld verlor, war es besser, wenn man nicht derjenige war, dem sie grollte. Magdalenes Blick wanderte zur Treppe, über die man in die große Eingangshalle gelangte. Sie haderte kurz mit sich, dann beschloss sie, einen Blick in die Halle zu werfen, durch die sie früher so oft gelaufen war. Sie huschte an der geöffneten Küchentür vorüber, die Stufen nach oben, öffnete die Tür zur Eingangshalle und schaute in den Raum. Auch hier schien sich nichts verändert zu haben. Die Wände waren noch immer in Blau gehalten, sogar die Gemälde schienen dieselben zu sein. Besonders an eines, das einen Sonnenuntergang über einer Parklandschaft zeigte, konnte sich Magdalene noch gut erinnern. Ihr Blick wanderte zur Treppe, und sie glaubte, das klackernde Geräusch ihrer Schuhe zu hören, als sie an jenem Nachmittag die Stufen hinabgeeilt war. Sie konnte der Versuchung nicht widerstehen und stieg die Stufen nach oben. Im ersten Stock empfing sie der lange, mit rotem Teppich ausgelegte Flur. Sie ging ihn langsam hinunter und spürte ihren schneller werdenden Herzschlag. An den Wänden hingen noch die Gemälde ihrer Vorfahren. Auch heute hatte sie das Gefühl, dass ihre Blicke sie verfolgten. Als Magdalene das ehemalige Zimmer ihrer Mutter erreichte, blieb sie vor der verschlossenen Tür stehen und atmete tief durch. Ihre Hände zitterten. Etwas in ihr sträubte sich dagegen, diesen Raum zu betreten. Doch ihre Neugierde und der unbedingte Wille, noch einmal die Nähe ihrer Mutter zu spüren, verdrängten dieses Gefühl. Sie drückte die goldene Türklinke nach unten, trat ein und schloss die Tür hinter sich. Das Bett füllte noch immer die Mitte des Raumes aus. Am Fenster stand die vertraute Chaiselongue, auf der die Mutter in den letzten Tagen ihres Lebens gesessen und nach draußen geblickt hatte. Zärtlich strich Magdalene mit den Fingerspitzen über den grünen Stoff und das mit bunten Blumen bestickte Seidenkissen. Es sah alles wie früher aus. Der mächtige, aus Nussbaum gefertigte Schrank befand sich noch an derselben Stelle an der Wand neben einer gepolsterten Sitzgruppe. Auf der Kommode unterhalb des Fensters stand eine der weißen Porzellanfiguren. Wehmütig trat sie an das Bett, das von einer Tagesdecke aus blauer Seide bedeckt war, und setzte sich auf die Kante, genau so, wie sie es früher als kleines Mädchen getan hatte, wenn sie die geliebte Mutter besuchte.

Tränen traten ihr in die Augen. »Es tut mir leid, dass ich dich vergessen habe«, flüsterte sie in die Stille des Raumes. »Niemals wollte ich das. Das musst du mir glauben.« Sie lauschte in die Stille, als würde ihre Mutter eine Antwort geben. »Jedoch, wenn ich genauer darüber nachdenke, dann waren die Erinnerungen nur versteckt. Es war nicht leicht, weißt du …« Sie stockte. Eine Träne tropfte auf die seidene Decke. »Du hättest mich nicht allein lassen dürfen. Ihr hättet mich nicht allein lassen dürfen. Das Brüderchen. Ich hätte es so gern kennengelernt. Nicht ein Mal habe ich in sein winziges Gesicht blicken dürfen, und der Abschied von dir ist mir verwehrt geblieben. Und das alles nur wegen diesem selbstsüchtigen Biest.« Wut stieg in Magdalene auf, und sie ballte die Fäuste. Sie wollte noch etwas sagen, kam jedoch nicht mehr dazu. Plötzlich waren aus dem Nebenraum Stimmen zu hören, und die Tür wurde geöffnet. Luise von Spiegel betrat den Raum und blieb ruckartig stehen. Entsetzt starrte sie Magdalene an, die ganz langsam aufstand. Der Landgräfin folgte ein Kammerdiener mit einem Notizblock in der Hand. Auch er schaute Magdalene verblüfft an.

»Magdalene«, sagte Luise mit erstickter Stimme.

»Dieselbige«, erwiderte Magdalene. »Mit mir hast du hier nicht gerechnet, du falsche Schlange. Oder soll ich noch einmal wiederholen, was ich erst neulich zu dir gesagt habe?« Sie machte einen Schritt auf Luise zu.

»Wer ist diese Person?«, fragte der Kammerdiener irritiert. Luise ging nicht auf seine Frage ein.

»Du gottverdammtes, machtsüchtiges Weib hast mein Leben zerstört.« Magdalene blickte Luise in die Augen. »Gestern und heute. Jage ich, die Tochter einer wertlosen Mätresse, dir so viel Angst ein, dass du mir einen Mörder auf den Hals hetzen musst?« Magdalene blickte in einen an der gegenüberliegenden Wand hängenden Spiegel. Ihr Spiegelbild zeigte ihr, wovor sich Luise fürchtete. »Es ist mein Antlitz, wovor du dich am allermeisten fürchtest, nicht wahr? Du weißt ganz genau, dass mich der Landgraf auf den ersten Blick als seine Tochter erkennen würde, denn ich sehe meiner Mutter unglaublich ähnlich. Was er wohl sagen wird, wenn ich ihm erzähle, wer für den Mord an seiner Geliebten verantwortlich ist? Wir wissen beide, wen mein Vater mehr geliebt hat.«

»Es ist genug«, fuhr Luise ihr über den Mund. »Wer du auch immer bist. Ich kenne dich nicht. Verlasse sofort dieses Haus.« Sie blickte zu ihrem Kammerdiener. »Jetzt steh nicht so dämlich in der Gegend herum, Jakob. Tu doch was.«

Der Kammerdiener zuckte erschrocken zusammen. Wachmann zu spielen schien nicht eine seiner Stärken zu sein.

»Ich werde es jetzt beenden.« Magdalene ging nicht auf Luises Worte ein. »Mein Vater muss erfahren, dass ich noch am Leben bin.«

Luise erbleichte. Magdalene nutzte das Überraschungsmoment, eilte rasch an Luise vorbei und zur Tür hinaus.

Wütend schlug die Landgräfin ihrem Kammerdiener gegen den Hinterkopf. »Himmelherrgott, halte diese gottverdammte Diebin und Einbrecherin endlich auf.«

Der Kammerdiener zog den Kopf ein.

Magdalene eilte den Flur hinunter und durchs Treppenhaus zurück zu der in die Wirtschaftsräume führende Treppe. In dem dämmrigen Flur wäre sie beinahe in eine Magd hineingerannt, die ihr verblüfft nachschaute. Sie riss die Hintertür auf und lief auf den Hof, wo sie bereits von Mathis und der alten Bärbel erwartet wurde. Erstaunt blickte sie von der Köchin zu Mathis.

Bärbel starrte Magdalene verblüfft an und rief: »Heilige Maria, Mutter Gottes. Du hast recht, mein lieber Mathis. Sie ist es. Und diese Ähnlichkeit mit ihrer Mutter, der guten Charlotte von Forstner. Unglaublich.« Sie breitete die Arme aus und umarmte Magdalene. »Ja so etwas. Dass ich altes Mädchen dieses Wunder noch erleben darf. Für tot haben wir dich all die Jahre gehalten.«

Magdalene umarmte Bärbel gerührt und atmete tief den vertrauten Geruch der Köchin ein. Sie löste sich nur ungern aus der herzlichen Umarmung, aber sie mussten hier weg. Jede Minute konnte ihr Verfolger auftauchen, der vermutlich angenommen hatte, sie wäre durch die Vordertür geflohen.
»Was der Herr Graf sagen wird, wenn er dich endlich wieder in die Arme schließen darf«, sagte Bärbel. »Er wird sich unglaublich freuen. Lange Zeit hat er nach dir suchen lassen und hat all die Jahre die Hoffnung nicht aufgegeben. An deinem Geburtstag zündet er noch immer eine Kerze an.«

Die alte Köchin ahnte gar nicht, wie gut ihre Worte Magdalene taten, bestätigten sie ihr doch, dass sie die richtige Entscheidung getroffen hatte. »Er ist nur leider nicht im Haus, sondern weilt auf Schloss Kranichstein«, sagte die Köchin. »Das habe ich eben auch Mathis erklärt.« Sie strich dem Mohren liebevoll über den Arm. »Meine Güte, bist du groß geworden, Junge. Ich kann mich noch gut erinnern, wie du damals zu uns gekommen bist. Ein Dreikäsehoch, der mir gerade mal bis zum Bauchnabel reichte.« Sie grinste verschmitzt.

»Im Schloss Kranichstein also«, sagte Magdalene ungeduldig.

»Ja, er hat Gäste. Eine kleinere Jagdgesellschaft. Bald schon soll eine große Parforcejagd auf Schloss Wolfsgarten stattfinden. Ich halte ja nicht viel von diesem grausamen Zeitvertreib, aber wenn es ihn glücklich macht …« Die Köchin zuckte mit den Schultern.

»Hab Dank für die Auskunft, Bärbel«, sagte Magdalene.

»Wenn wir uns beeilen, schaffen wir es noch bei Helligkeit bis nach Kranichstein«, sagte Mathis. »So weit ist es ja nicht.«

Die beiden verabschiedeten sich von der Köchin, die ihnen das Versprechen abnahm, bald wieder zurückzukommen.

Eilig verließen sie den Hinterhof, blieben dann aber abrupt stehen, als eine bekannte Stimme sie ansprach. Sie wandten sich um. Dora lehnte an der Hauswand und grinste die beiden an. »Ihr habt also geglaubt, ihr könntet die selig schlafende Dora einfach so zurücklassen und allein euer Abenteuer erleben. Da habt ihr zwei euch aber geschnitten.« Sie stemmte die Hände in die Hüften. »Wo soll es denn so eilig hingehen?«

»Nach Schloss Kranichstein«, erwiderte Mathis seufzend.

»Fein. Was schlagen wir hier also Wurzeln. Beeilen wir uns.« Sie streckte die Arme aus, und Mathis hob seufzend die Zwergin vom Boden hoch. Rasch überquerten sie den Marktplatz und verließen wenig später durch das Jägertor die Stadt. Sie hatten sich dagegen entschieden, die gut ausgebaute Straße nach Kranichstein zu nehmen, die am Sporertor begann, denn da wären sie für etwaige Verfolger eine leichte Beute.

»Gewiss steckt Lorenz hier irgendwo«, unkte Dora, während sie einem kleinen Trampelpfad durch den Wald folgten. »Ich kann diesen Mistkerl regelrecht riechen.«

»Wenn wir Glück haben, hat er sich noch nicht von seinen Verletzungen erholt«, sagte Magdalene hoffnungsvoll. »Luise von Spiegel hat ihn mit keinem Wort erwähnt. Allerdings sagt das nur wenig aus, denn meine Anwesenheit im Palais schien sie ziemlich schockiert zu haben. Gewiss hat sie mit allem Möglichen, aber nicht damit gerechnet.«

»Es war unvorsichtig von dir, dich so frei im Stadtpalais zu bewegen«, rügte Mathis sie ernst. »Das, was wir wissen müssen, hat uns Bärbel gesagt. Wärst du gleich zu ihr in die Küche gegangen, steckten wir jetzt nicht in diesem Schlamassel und könnten in aller Ruhe und ohne Angst nach Kranichstein gehen.« Er blickte sich um. »Ständig habe ich das Gefühl, wir werden verfolgt.«

»Ich sage doch, dass ich ihn riechen kann«, sagte Dora. »Er ist in unserer Nähe, dessen bin ich mir sicher.«

Magdalene schaute sich ebenfalls um. Der Trampelpfad lag menschenleer im hellen Sonnenlicht hinter ihnen.

»Ihr seht Gespenster. Da ist doch niemand. Gewiss liegt Lorenz noch irgendwo darnieder und leckt seine Wunden, wenn er es überhaupt bis Darmstadt geschafft hat. Zuletzt haben wir ihn in Ober-Mörlen gesehen, als er mit brennendem Arm aus der Scheune geflohen ist. Am Ende ist er sogar irgendwo gestorben.«

»Was zu wünschen wäre«, sagte Dora und zog eine Grimasse. »Kommt nur selten vor, dass ich einem Menschen Tod und Teufel an den Hals wünsche, aber bei Lorenz mache ich gern eine Ausnahme.«

»Als er ohne Bewusstsein auf dem Boden des Pferdestalls gelegen hat, habe ich im ersten Moment angenommen, er wäre tot, was sich leider nicht bestätigt hat«, erwiderte Mathis. »Jedoch muss ich Magdalene recht geben. Es ist unwahrscheinlich, dass er es mit seinen Verletzungen bis Darmstadt geschafft hat.«

»Für jeden anderen Menschen wäre es das mit Sicherheit«, sagte Dora. »Aber wir sprechen von Lorenz, und dem traue ich alles zu.«

Sie traten auf eine Lichtung. Zwei Rehe flohen vor den unbekannten Eindringlingen ins Unterholz. Ein Schuss ertönte. Aus der Ferne war Hundegebell zu hören.

»Hat Bärbel nicht etwas von einer Jagdgesellschaft gesagt?«, fragte Mathis, nachdem er sich von dem ersten Schrecken erholt hatte.

»Hat sie«, antwortete Magdalene mit zittriger Stimme und schaute sich um.

»Dann wollen wir mal hoffen, dass die Jäger harmlose Reisende nicht mit freilaufendem Wild verwechseln«, witzelte Dora.

Plötzliches Hufgetrappel ließ sie herumfahren. Zwei Pferde kamen auf die Lichtung. Magdalene erstarrte. Es waren Lorenz und Luise. Sie blickte zu Mathis, der sie erschrocken anstarrte. Dora rutschte von seinem Arm herab und landete unsanft im Schnee. Lorenz und Luise zügelten ihre Pferde vor der kleinen Gruppe. Der Gaukler grinste hämisch.

»Na, wen haben wir denn da. Lag ich also mit meiner Entscheidung richtig, nicht den Hauptweg nach Kranichstein zu nehmen.« Er sprang von seinem Pferd. Luise blieb auf ihrem sitzen. Instinktiv trat Mathis näher zu Magdalene.

Lorenz zog sein Schwert und ging kopfschüttelnd auf Mathis zu, der einen Schritt rückwärts machte.

»Der gute Mathis. Noch vor gar nicht allzu langer Zeit habe ich beinahe so etwas wie einen Sohn in dir gesehen. Wie sehr ich mich doch geirrt habe.«

Mathis wollte etwas erwidern, doch ein zweiter Schuss ließ ihn zusammenzucken. Wieder war Hundegebell zu hören, das nicht mehr weit entfernt war. Die Jagdgesellschaft schien sich auf sie zuzubewegen.

»Jetzt beende es endlich«, forderte Luise, die alle Mühe damit hatte, ihr Pferd ruhigzuhalten.

Doch Lorenz war noch nicht so weit. Sein Blick blieb an Dora hängen, die sich hinter Mathis versteckte.

»Dora, das Zwergenmädchen. Auch dir habe ich mehr vertraut als allen anderen. Dem kleinen Mädchen, das sich unsterblich in einen Mohren verliebt hatte.« Er lachte gehässig. »Ein Zwerg und ein Mohr, was für eine eigentümliche Vorstellung.«

»Hör auf damit!«, herrschte Mathis Lorenz an. »Eigentümlich finde ich eher die Liebschaft zwischen einem Gaukler und einer Landgräfin.« Er blickte zu Luise von Spiegel. »Oder soll ich eher sagen, zu einer elenden Mörderin, die dich wie einen Hampelmann aussehen lässt. Lorenz, der große Gaukler und gefürchtete Zigeunerjäger, wird zur Marionette einer alternden Hexe.« Er spuckte vor Luises Pferd auf den Boden.

»Das nimmst du zurück, du elender, aus der Hölle gekrochener Mohr«, rief Lorenz und ging mit dem Schwert auf Mathis los. »Erfrieren lassen hätte ich dich damals sollen.«

Mathis wich Lorenz' Schlag gekonnt aus und zog ebenfalls sein Schwert. Er hatte es von Carlos bekommen, der es extra noch einmal geschliffen hatte.

Er parierte einen weiteren Schlag von Lorenz. Es ging hin und her. Schnell wurde jedoch allen klar, dass Mathis Lorenz haushoch unterlegen war. Lorenz bewegte sich geschmeidiger, war drahtiger und schlug präziser zu. Von seinen Verletzungen war nichts mehr zu erkennen. Es dauerte nicht sonderlich lange, bis Mathis' Schwert in hohem Bogen im Schnee landete.

Mathis stürzte über einen Baumstumpf und blieb auf dem Rücken liegen. Lorenz hob das Schwert zum finalen Stoß. Magdalene begann, laut zu kreischen, und rannte los. Doch es war Dora, die Mathis zuerst erreichte. Mit einem Aufschrei warf sich die Zwergin genau in dem Moment auf seine Brust, als Lorenz zustieß. »Dora, nicht«, hörte Magdalene Mathis rufen. Im nächsten Moment durchbohrte Lorenz' Klinge den Rücken der Zwergin. Magdalene schrie auf. Lorenz zog die Klinge aus dem Körper der Zwergin. »Gottverdammter elender Zwerg«, rief Lorenz und schob Doras leblosen Körper zur Seite. Mathis sprang blitzschnell auf die Füße und zog ein Messer aus seinem Schuh. In seinen Augen stand der blanke Hass, als er auf Lorenz zuging. »Du elendes gottverdammtes Schwein.« Erneut ertönte ein Schuss. Das Hundegebell war jetzt ganz nahe. Die ersten Reiter der Jagdgesellschaft waren zwischen den Bäumen auf der anderen Seite der Lichtung zu erkennen. Lorenz blickte kurz zu Luise. Mathis nutzte diese Unaufmerksamkeit. Er ging brüllend auf Lorenz los und rammte ihm mit dem Mut der Verzweiflung sein Messer in die Brust.

»Du hast sie getötet, du elender Teufel, Ausgeburt der Hölle, die du bist«, rief er laut, während er wie im Wahn immer wieder auf Lorenz einstach. Lorenz ging zu Boden. Inzwischen war die kleine Gruppe von Reitern und einer laut bellenden Hundemeute umringt. Mathis schien es nicht zu bemerken. Magdalene blickte sich um. Luise war nicht mehr zu sehen. Sie hatte die Zeichen der Zeit erkannt und Reißaus genommen. Ein älterer Mann ritt auf Magdalene zu, stieg vom Pferd und bedeutete zweien seiner Begleiter, Mathis Einhalt zu gebieten. Magdalenes Haar hatte sich gelöst und hing ihr wirr ins Gesicht. Sie strich es zurück und blickte zu Mathis, der von den beiden Männern auf die Beine gezogen worden war und festgehalten wurde. Der Mann, den Magdalene eindeutig als ihren Vater erkannte, musterte sie genauer.

»Mir scheint, als würde ich Euch kennen.« Seine Augen verengten sich. »Es ist verblüffend. Ihr ähnelt jemandem, den ich einst liebte.«

»Mir wurde gesagt, ich gleiche meiner Mutter bis aufs Haar«, erwiderte Magdalene leise. »Ihr Name war Charlotte von Forstner.« Sie machte eine kurze Pause und fügte forsch hinzu: »Papa.«

Er riss erschrocken die Augen auf. »Was erlaubt Ihr Euch …«

Magdalene fiel ihm ins Wort. »Erinnert Ihr Euch nicht. Ich bin es: Eure Tochter Magdalene. Ihr habt immer Musik gemacht, meist mit Eurem Hofkapellmeister Christoph Graupner, in dem hübschen Zimmer mit den bläulich schimmernden Wänden und den Porzellanfiguren auf dem Kaminsims. Und ich wollte so wie diese anmutigen Figuren sein. Eine Melodie habe ich besonders geliebt. Ich kann sie bis heute wiedergeben.« In ihre Augen traten Tränen, und sie begann, die Melodie zu summen.

Die Augen des Landgrafen wurden groß, denn er erkannte die Melodie. »Das kann nicht sein«, stammelte er. »Nach all den Jahren. Magdalene, Kind.« Er streckte die Hand aus und berührte ihre Wange, als wollte er nicht glauben, was er sah.

»Ich bin es wirklich«, sagte Magdalene leise. Er nickte und zog sie in seine Arme. »Magdalene, mein Kind, meine Tochter«, stammelte er unter Tränen.

Magdalene konnte es nicht fassen. Sie lag in den Armen ihres Vaters, spürte seine Wärme und atmete seinen vertrauten Geruch ein. Ganz fest drückte er sie an sich und schluchzte vor Freude. Als sie sich voneinander lösten, wischte sich Magdalene lächelnd die Tränen von den Wangen.

Der Landgraf blickte in die Runde und rief laut: »Ein Wunder ist geschehen. Der Herrgott hat meine Gebete erhört und hat mir meine Tochter zurückgebracht.«

Die Umstehenden begannen zu jubeln. Magdalene schaute zu Mathis. Seine Bewacher hatten ihn losgelassen. Er jubelte nicht. Mit hängenden Schultern stand er unter den fröhlichen Menschen, den Blick auf den kleinen Körper der toten Dora gerichtet, und begann, hemmungslos zu weinen.

37

Magdalene stand vor dem Spiegel und betrachtete sich von allen Seiten. Sie trug ein schönes blassrosafarbenes Kleid mit verschwenderisch viel Spitze am Saum und an den Ärmeln, eigentlich überall auf diesem Traum aus feinstem weichen Seidentaft. Ihre Taille war extrem schmal, was dem eng geschnürten Korsett geschuldet war, das ihr die Luft zum Atmen raubte. Ihr Haar war straff nach hinten gekämmt, hochgesteckt und weiß gepudert worden, was sie ihrer Meinung nach in einen komplett anderen Menschen verwandelt hatte. Die Frau im Spiegel war nicht sie selbst. Sie hob die Hand und berührte das weiße Gebilde auf ihrem Kopf. Irgendwo unter den Unmengen von Puder war ihr rotbraunes, glänzendes Haar versteckt, das sie so sehr liebte.

»Nicht doch«, sagte die Kammerzofe, die sie in den letzten Stunden in die fremde Person verwandelt hatte. »Ihr zerstört noch die schöne Frisur.«

»Und Ihr denkt wirklich, dass der viele Puder sein muss?«, fragte Magdalene nicht zum ersten Mal. »Ich sehe wie ein altes Mütterchen aus.« Die Kammerzofe, die ihr Haar ebenfalls hochgesteckt und gepudert trug, lächelte nachsichtig. »Ihr seht wunderschön aus. Nur die einfachen Bürger und Bauern tragen ihr Haar ungepudert oder, schlimmer noch, sogar offen.«

Magdalene verkniff sich eine bissige Bemerkung. Sie dachte daran, wie Rosina ihr stundenlang das Haar ausgebürstet und dessen wunderbaren Glanz gelobt hatte. Gerade auf ihr langes, glänzendes Haar war Magdalene stolz. Es hochzustecken war eine Sache, es aber auch noch unter einem Haufen Puder zu begraben, eine andere. Sie wandte den Kopf nach rechts und nach links. An ihren Ohren baumelten hübsche Brillantohrringe, die die Kammerzofe aus einer kleinen Schatulle hervorgezaubert hatte. Ciknikham hätte ihre wahre Freude an den kleinen Kunstwerken gehabt.

Die Kammerzofe trat hinter Magdalene. Sie war mittleren Alters und eine erfahrene Kammerfrau, die im Jagdschloss für die Gästebetreuung zuständig war.

»Ihr seht Eurer Mutter wirklich zum Verwechseln ähnlich«, sagte sie wehmütig.

Magdalene reagierte erstaunt. »Ihr habt meine Mutter gekannt?«

»Selbstverständlich. Und Euch auch. Ihr wart ein sehr aufgewecktes Kind.« Sie lächelte.

»Ich kann mich nicht an Euch erinnern«, sagte Magdalene. »So viele Dinge habe ich vergessen.« Sie machte eine weit ausholende Geste. »Dieses Haus: Ich kenne es nicht. Es ist mir fremd. Nur das Stadtpalais in Darmstadt ist mir in Erinnerung geblieben.«

»Was nicht verwunderlich ist, denn dort habt Ihr Euch am meisten aufgehalten. Nur sehr selten weilte Eure Mutter in Kranichstein. Sie hat nicht viel für die Jagd übriggehabt und verabscheute die vielen Geweihe und Bilder voller Jagdszenen an den Wänden.« Sie zwinkerte Magdalene zu. »Genauso wenig konnte sie den weißen Puder auf ihrem Haar leiden, auch wenn es gerade Mode war.«

»Eine Gemeinsamkeit«, sagte Magdalene grinsend und blickte wieder in den Spiegel.

»Denkt Ihr, wir können den scheußlichen Puder noch vor dem Beginn des Festessens entfernen?«

Die Kammerzofe schaute auf eine goldene Uhr, die auf einer aus Nussbaum gefertigten Kommode neben dem Toilettentisch stand.

»Eigentlich ...« Sie winkte ab. »Ach, was soll's. Ihr seid die Hautperson, also werden sich die anderen gedulden müssen. Euer Haar wird auch ohne Puder wunderhübsch aussehen.« Sie läutete nach einem weiteren Mädchen, das vorhin bereits wie ein Schatten durch die Ankleidekammer gehuscht war. Das unscheinbare Ding hatte das Haar grau gepudert und trug ein hellblaues, schlichtes Seidenkleid, was sie unglaublich blass aussehen ließ. Magdalene schätzte sie auf fünfzehn Jahre. Sie folgte der Kammerzofe zurück ins Ankleidezimmer, wo sie den Traum aus Seidentaft wieder ablegte, damit er beim Ausbürsten des vielen Puders nicht beschmutzt werden würde. Nur mit Korsett und Reifrock bekleidet nahm sie am Toilettentisch Platz, wo das Mädchen bereits eine große Bürste und Tücher bereitgelegt hatte, mit denen Magdalenes Schultern bedeckt wurden. Die Kammerzofe zog sämtliche Haarnadeln aus Magdalenes Haaren und drehte den Dutt auf, den sie eben erst mühevoll festgesteckt hatte. Als sie zu bürsten begann, wirbelte der weiße Staub durch die Luft und kitzelte Magdalene so in Hals und Nase, dass sie husten und niesen musste. Der Kammerzofe schien der Puder nichts auszumachen. Nach und nach tauchte Magdalenes kastanienbraunes Haar wieder auf, und sie verwandelte sich in sich selbst. Gerade als sich die Zofe daranmachte, die Haare erneut hochzustecken, klopfte es an der Tür. Missbilligend zog sie eine Augenbraue in die Höhe. »Wer stört denn jetzt?«

Die Tür öffnete sich einen Spaltbreit, und Mathis blickte zögernd in den Raum. »Magdalene. Bist du hier?« Seine Stimme zu hören tat Magdalene unendlich gut.

»Wo soll ich denn sonst sein«, erwiderte sie und bat Mathis arglos herein. Leider hatte sie nicht mit der resoluten Kammerzofe gerechnet, die sofort zur Tür eilte, um Mathis daran zu hindern, den Raum zu betreten.

»Seid Ihr denn von Sinnen«, rief sie. »Das hier sind die Gemächer einer Dame, und sie ist nicht vollständig bekleidet. Ihr werdet Euch gedulden müssen, junger Mann.«

»Ist schon gut«, versuchte Magdalene, die Kammerzofe zu beruhigen. »Mathis kennt mich nur zu gut, auch leicht bekleidet.« Sie bemühte sich um ein verbindliches Lächeln. »Wenn Ihr Euch noch an mich erinnern könnt, dann gewiss auch an ihn. Er war damals im Stadtpalais der Schokoladenmohr.«

Die Kammerzofe musterte Mathis genauer. Ihre Miene hellte sich auf. »Mathis, richtig. Meine Güte, was bist du in die Höhe geschossen.« Sie blickte zu Magdalene und atmete tief durch. »Meinetwegen kann er rein. Aber dass mir das nicht zur Gewohnheit wird. Ich habe schließlich den Ruf einer anständigen Kammerzofe zu verlieren. Wo kämen wir denn da hin, wenn jedes dahergelaufene Mannsbild einfach so in die Gemächer einer Dame eindringen dürfte.«

Mathis betrat den Raum und blieb auf Geheiß der Kammerzofe brav neben der Tür stehen. Trotz Magdalenes Hinweis, dass sie sich näher kannten, schaffte die Kammerzofe hastig einen Sichtschutz in Form eines kunstvoll bemalten Paravents herbei, den sie vor Mathis aufstellte. Dann wollte sie mit dem Aufstecken von Magdalenes Haar fortfahren, doch Magdalene hielt sie zurück. »Könnten wir vielleicht einen Augenblick unter vier Augen miteinander sprechen?«

Bittend blickte sie die Kammerzofe an, die die Hände in die Hüften stemmte.

»Allein auch noch. Also, das …«

»Es ist wichtig«, unterbrach Magdalene die um ihre Tugend besorgte Kammerzofe. Sie ahnte, dass Mathis einen guten Grund dafür hatte, noch vor dem Festessen, zu dem auch er geladen war, bei ihr aufzutauchen.

»Also gut. Aber nur, weil Ihr Euch mit den Regeln erst noch vertraut machen müsst. In diesem Haus gelten andere Gesetze, als Ihr gewohnt seid.«

Magdalene beteuerte, dass sie sich ganz bald mit den Sitten und Gebräuchen auseinandersetzen würde, was die Zofe besänftigte. Sie verschwand im Ankleidezimmer und schloss die Tür hinter sich.

Erleichtert trat Mathis hinter dem Paravent hervor und sagte: »Lieber Himmel. Es kommt in diesem Haus einem Spießrutenlauf gleich, wenn man sich dir nähern möchte.« Er musterte belustigt Magdalenes Aufzug. »Du siehst sonderbar aus. Ein bisschen wie ein gerupftes Huhn.« Er schnüffelte. »Das duftet, als hätte es in einem mit Rosenwasser gefüllten Teich gebadet.«

»Sie nennen es Eau de Toilette«, erwiderte Magdalene und hielt einen gläsernen Flakon in die Höhe. »Wenigstens konnte ich sie dazu überreden, dieses schreckliche weiße Zeug aus meinem Haar zu entfernen. Ich habe wie eine alte Frau ausgesehen.« Sie deutete auf ein Döschen auf dem Tisch, neben dem eine Puderquaste lag.

Mathis trat ans Fenster, schob den Vorhang zur Seite und blickte nach draußen. Magdalene erhob sich, umarmte ihn von hinten und küsste ihn auf die Schulter. »Du bist gewiss nicht gekommen, um mit mir über Rosenwasser oder Haarpuder zu sprechen.«

»Nein, das bin ich nicht«, erwiderte er und drehte sich um. Sie ließ ihn los. In seinem Blick stand Traurigkeit. Sie wusste, was er sagen würde, und kam ihm zuvor.

»Du gehst ins Lager zurück.«

Er nickte, griff nach ihrer Hand und blickte ihr in die Augen. »Ich bringe Dora nach Hause.« In seine Augen traten Tränen. »Es käme mir wie Verrat vor, wenn es ein anderer täte.«

Magdalene nickte. Wehmut breitete sich in ihr aus. Sie schaute in den Toilettenspiegel. »Am liebsten würde ich dich begleiten«, antwortete sie.

»Das kannst du ihm nicht antun«, erwiderte Mathis, zog Magdalene in seine Arme und strich ihr Haar zurück, in dem noch immer ein Hauch Puder hing. »Er freut sich unendlich, dich wieder bei sich zu haben.«

»Ich weiß«, erwiderte Magdalene, »doch diese Welt ist mir fremd. Es kommt mir vor, als würde ich träumen und jeden Moment aufwachen. Es ist nicht mehr unser Leben, oder?«

»Gab es das denn jemals? Unser Leben?«, fragte Mathis.

»Was soll das heißen?« Magdalenes Hände begannen zu zittern. Sie löste sich aus seiner Umarmung. »Du wirst doch nicht …«

»Wir wissen beide, dass es nicht von Dauer sein konnte.« Mathis suchte ihren Blick, doch sie wich ihm aus.

»Aber das geht nicht. Du darfst nicht fortgehen. Nicht nach allem, was war. Wir gehören zusammen, schon immer. Das weißt du doch.« Tränen traten ihr in die Augen, liefen über ihre Wangen, und sie spürte ihren schneller werdenden Herzschlag.

»Und was soll die Zukunft bringen? Die Tochter des Landgrafen und der Schokoladenmohr werden in dieser Welt niemals ein gemeinsames Leben haben dürfen. Ich bin zum Festessen geladen, aus Höflichkeit. Danach kann der Mohr gehen, denn er hat seine Schuldigkeit getan.« Seine Stimme hatte plötzlich einen zynischen Unterton.

»Du bist ungerecht«, erwiderte Magdalene. »Niemals würde mein Vater …«

»Dein Vater«, erwiderte er, »hat mir eben sehr deutlich zu verstehen gegeben, was ich zu erwarten habe. Eine Belohnung hat er mir versprochen, mehr nicht. Auch durfte ich nicht direkt bei ihm vorsprechen, sondern einer seiner Lakaien hat mir diese Nachricht überbracht, genauso wie die Einladung zum Festessen. Du hättest sehen sollen, wie mich dieser eingebildete, Perücke tragende Affe gemustert hat. Das ist nicht mehr meine Welt. Den Schokoladenjungen von damals gibt es schon lange nicht mehr.« Er griff nach Magdalenes Hand und blickte ihr in die Augen. »Aber es ist deine Welt, dein Zuhause. Dein Vater wird dir jeden Wunsch von den Augen ablesen und dich auf Händen tragen, dessen bin ich mir sicher. Er liebt dich und ist unendlich glücklich, dich wiederzuhaben, und er wird dich vor allem Bösen beschützen. Ich gehe und bringe Dora nach Hause. Sie hat es verdient, dass ich auf ihrer letzten Reise an ihrer Seite stehe.«

Magdalene wollte etwas erwidern, doch sie wurde durch ein Räuspern unterbrochen. Unbemerkt von den beiden hatte die Kammerzofe den Raum betreten.

»Jetzt müssten wir aber wirklich zusehen, dass wir Euch in das Kleid bekommen«, sagte sie leise.

Magdalene reagierte nicht auf ihre Worte. Sie hielt noch immer Mathis' Hand fest. Er zog sie in seine Arme und küsste sie. Tränen liefen über Magdalenes Wangen. Sie spürte seine Lippen, seine Zunge in ihrem Mund. Wie eine Ertrinkende klammerte sie sich an ihm fest. Er durfte nicht gehen, durfte sie nicht allein zurücklassen. Sie liebte ihn doch.

Er löste sich von ihr. Sie wollte noch etwas sagen, aber er legte seinen Zeigefinger auf ihre Lippen und lächelte.

»Für den Gaukler wird es Zeit zu gehen. Es war mir eine Freude.« Er verneigte sich und verließ eiligen Schrittes den Raum. Erst auf dem Flur ließ er seinen Tränen freien Lauf.

Bald darauf saß Magdalene in dem großen Festsaal des Jagdschlosses an der gedeckten Tafel, umgeben von fein gekleideten Menschen, die ihr alle fremd waren. Einer von ihnen war ihr Halbbruder Ludwig, neben ihm seine Gattin, in einen hellgelben Seidentraum gehüllt, selbstverständlich mit weiß gepudertem Haar. Dazu kamen noch eine Reihe anderer Gäste, deren Namen sie nicht kannte. Eigentlich wollte sie gar nicht wissen, wer diese Menschen waren. Es hatte feinstes Wildbret gegeben, Fasan und Rehbraten und Hirschragout, dazu Klöße und Wurzelgemüse in einer hervorragend duftenden Rotweinsoße. Fein gekleidete Diener hatten Magdalene das Essen auf den Teller gelegt, sie hatte es kaum angerührt. Ihr Magen war wie zugeschnürt. Mathis' Worte wollten ihr nicht aus dem Sinn gehen. Der Mohr hat seine Schuldigkeit getan, der Mohr kann gehen. Es war vorbei. Lorenz war tot, Luise von Spiegel festgesetzt worden. Über ihr Schicksal würde Ernst-Ludwig später entscheiden. Er schien nicht sonderlich überrascht gewesen zu sein, als sie ihm von den Verfehlungen seiner Gattin berichtet hatte. Allerdings musste er, um einen Eklat zu vermeiden, in dieser Angelegenheit mit sehr viel Fingerspitzengefühl vorgehen. Magdalene wusste, dass Luise nicht einer Verurteilung als Mörderin entgegensah. Gewiss würde sie verbannt werden, höchstwahrscheinlich in irgendein Kloster am Ende der Welt. Vielleicht war es auch die größere Strafe, wenn sie den Rest ihres Lebens mit ihrer Schuld leben musste. Obwohl Luise von Spiegel nicht die Art von Mensch war, der sie ernsthafte Reue zutraute. Magdalene blickte zu ihrem Vater. Er lächelte sie freudig an, griff nach ihrer Hand und drückte sie fest. Mathis hatte recht. Dieser Mann war unsagbar glücklich darüber, die verlorene Tochter wiedergefunden zu haben. Aber er war ein Fremder für sie. In ihrer Erinnerung schaute ihr Vater anders aus. Sie sah ihn in dem Zimmer mit den bläulich schimmernden Wänden am Spinett sitzen und die Melodie spielen, die sie miteinander verband, die ihn zu ihrem Vater machte. Der alte Mann neben ihr wollte nicht so recht in dieses Bild passen.

Christoph Graupner betrat den Raum, verbeugte sich kurz vor dem Landgrafen und setzte sich an ein Spinett, das linker Hand der Festtafel in einem weitläufigen, von Fenstern gesäumten Erker stand, von dem aus man einen herrlichen Blick auf den Wald hatte. Er begann, genau die Melodie zu spielen, die Magdalene am späten Nachmittag des gestrigen Tages gesummt hatte. Sie blickte zu Boden. Die Melodie brachte die Erinnerungen an die Vergangenheit zurück. Sie sah sich am Fenster stehen und Luise von Spiegel das Haus betreten, beobachtete sich dabei, wie sie den langen Flur entlanglief, sah Mathis' Blick. Und plötzlich schien sie die Kälte zu spüren, die sie empfand, als sie, genau diese Melodie summend, Schutz suchend im Schatten von Rosinas Zelt im Schnee saß. Wollte sie wirklich in dieses Leben zurück? Sie sah sich um, fing die neugierigen Blicke der fein gekleideten Damen auf. Ihre Augen erinnerten sie an die Porträts ihrer Ahnen, die die Flure säumten. Sie wusste schon jetzt, dass sie niemals gut genug sein würde. Die Tochter des Landgrafen, die Tochter der Mätresse – das Zigeunermädchen. Sie sprang unvermittelt auf und rief: »Es geht nicht. Das ist es nicht.«

Die Musik verstummte abrupt. Die Blicke aller Anwesenden waren auf sie gerichtet. Sie sah ihren Vater an und schüttelte den Kopf. Tränen traten ihr in die Augen.

»Es tut mir leid. So unendlich leid.«

Weinend eilte sie aus dem Raum und den langen Flur entlang zurück in ihre Kammer, wo die Kammerzofe, die auf einer Chaiselongue am Fenster eingeschlafen war, hochschreckte.

Hektisch begann Magdalene, die Nadeln aus ihrem Haar zu ziehen, und versuchte, die Schnürung ihres Kleides im Rücken zu öffnen.

»Ich will das nicht. Das bin nicht ich«, rief sie immer wieder. »Es ist vorbei. Ein für alle Mal zu Ende.«

Die Zofe hatte alle Mühe damit, Magdalene zu beruhigen. Sie griff nach ihren Händen und hielt sie fest. Magdalene wehrte sich. Sie kratzte und biss, schrie laut, doch die Kammerzofe ließ sie nicht los. Nach einer Weile starrte Magdalene sie schwer atmend an. Ihr Haar war zerzaust, Schweißperlen standen ihr auf der Stirn, und das Kleid war am rechten Ärmel zerrissen.

»Das bin nicht ich«, wiederholte Magdalene flüsternd. Die Kammerzofe zog sie fest an sich. Magdalene ließ die Umarmung der fremden Frau zu und weinte bitterlich. Beruhigend strich die Zofe ihr über den Rücken. Magdalene wusste nicht, was sie sagen sollte. Als sich die Tür öffnete und der Landgraf den Raum betrat, löste sich die Kammerzofe von Magdalene und verließ ohne ein Wort den Raum.

Eine Weile standen sich Vater und Tochter gegenüber, dann trat Magdalene ans Fenster und blickte nach draußen. Schneeflocken wirbelten durch die Lichtkegel der vor dem Schlosseingang brennenden Laternen.

»Bei den Roma gibt es eine alte Sage, die davon erzählt, dass die Roma einst Vögel gewesen waren. Heute sind sie Menschen, doch tief im Innern sind sie Vögel geblieben. In der Hoffnung, wieder Vögel zu werden, folgen sie einer roten

Feder um den ganzen Erdball. Meine Ziehmutter Rosina hat uns die Geschichte oft erzählt. Ich hatte eine kleine Schwester. Ihr Name war Cikni, was ›klein‹ bedeutet. Viele Roma werden ihr ganzes Leben lang mit einem Spitznamen gerufen. Majpejlomas war unser bester Geschichtenerzähler. Sein Name bedeutet so viel wie ›Ich wäre beinahe umgefallen‹. Kaschkeraka war sehr geschwätzig. Ihr Name bedeutet ›geschwätzige Elster‹. Cikni, sie hatte eben erst geheiratet und war glücklich.« In Magdalenes Augen traten Tränen. Sie drehte sich zu ihrem Vater um. »Die Roma sind nicht böse, keine Diebe, kein Gesindel. Sie waren meine Familie, ich bin ein Teil von ihnen. In ihrer Welt war ich Suni, und mein Spitzname lautete Pusomori. Kleiner Floh. Ich mochte ihn nicht. Doch jetzt vermisse ich es unendlich, dass Rosina mich niemals wieder so nennen wird, weil sie tot ist. Alle wurden getötet von Lorenz und seinen Schergen, weil ich so verdammt dumm gewesen und in diesen Jagdpavillon gegangen bin. Ich bin schuld an ihrem Tod.«

»Nein, das bist du nicht«, widersprach der Landgraf. Er schluckte. Zum ersten Mal führte ihm jemand vor Augen, dass die Zigeuner Menschen waren. In seinem blinden Hass hatte er in ihnen nur noch das Böse gesehen, zu wahren Teufeln waren sie für ihn geworden.

»Ich hätte die Zigeuner niemals für vogelfrei erklären sollen«, gestand er seinen Fehler ein. »Als du damals fort warst, habe ich mich immer mehr in meine Wut hineingesteigert. Ich glaubte Luises Lüge, dass sie dich geraubt hatten. Wie dumm und blind ich doch gewesen war. Ich hätte es besser wissen müssen. So viele Unschuldige sind gestorben.« Er nahm Magdalenes Hand und blickte ihr in die Augen. »Ich verspreche dir, dass ich gleich morgen den Erlass verkünden werde, dass die Zigeuner in meinem Land nicht mehr verfolgt werden.« Magdalene nickte. »Ist es damit gut?«, fragte er vorsichtig. Seine Frage klang hoffnungsvoll und sehr naiv. Magdalene konnte es nicht fassen, wie unendlich weltfremd dieser Mann war. Was sollte sie erwidern? Dass es niemals wieder gut werden würde, denn ihre Familie und auch Suni waren tot. Oder lebte Suni in ihr? Sie war diejenige gewesen, die am Tisch aufgesprungen und fortgelaufen war. Sie war es, die die Erinnerung an Rosina, Majpejlomas, Cikni, Sorlo und all die anderen in sich bewahrte. Im Angesicht ihres Vaters verstand Magdalene jetzt endlich, wer sie wirklich war und wohin es sie zog. Sie war eine Zigeunerin. Zwischen den Mauern dieses Schlosses konnte sie nicht leben. Sie musste frei sein und durch die Lande ziehen – sie wollte tanzen, mit offenem Haar und barfuß, so, wie sie es stets getan hatte. In ihrer Welt sollte es keine Kammerzofen, keinen weißen Puder, keine Regeln geben.

»Jelem«, sagte sie plötzlich auf Romani. »Es bedeutet so viel wie ›gehen‹.«

Ernst-Ludwig ahnte, was Magdalene ihm damit sagen wollte.

»Aber du bist doch erst gekommen. Gerade haben wir einander wiedergefunden. Ich will dich nicht schon wieder verlieren.«

»Es ist nicht mein Leben, nicht mehr«, erwiderte Magdalene. »Ich bin zwar keine echte Zigeunerin, kein Mensch mit der Seele eines Vogels. Aber ich fühle wie sie. Dieses Schloss, dieses Kleid, die vielen Regeln – das bin nicht ich.« Sie griff nach seiner Hand. »Ich verspreche dir, dass du mich nicht erneut verlieren wirst. Wir können einander treffen. Ich komme dich gern besuchen und werde dir schreiben.«

Er verstand. Sie würde sich nicht aufhalten lassen. »Aber wo willst du hin«, fragte er. »Deine Zigeunerfamilie ist tot.«

»Mathis«, antwortete Magdalene.

Er lächelte. »Der Schokoladenmohr. Nicht gerade die erste Wahl für die Tochter eines Landgrafen.«

»Für mich kann es keinen Besseren geben.« Sie seufzte. »Er mag ein Gaukler sein, aber ich liebe ihn. Er wird gut auf mich achten.«

Der Landgraf ließ ihre Hand los, trat ans Fenster, verschränkte die Hände hinter dem Rücken, blickte nach draußen und atmete tief durch. »All die Jahre habe ich den Gedanken nicht zulassen wollen, dass du tot bist. Den Moment, an dem du zurückkehren würdest, habe ich mir nicht nur ein Mal ausgemalt, und immer bist du das kleine Mädchen von damals gewesen, das in meine Arme gerannt kam.« Magdalene trat neben ihn und blickte ihm in die Augen. Er bemühte sich um ein Lächeln und fuhr fort: »Das kleine Mädchen von damals ist verschwunden, aber Gott hat meine Gebete erhört. Und das ist doch schon was, oder?«

Er berührte mit seinen Fingerspitzen ihr Haar und sagte traurig: »So wunderschön kastanienbraun. Charlotte hatte recht. Du bist ihr Abbild.«

Magdalene wollte etwas erwidern, doch er legte seinen Zeigefinger auf ihre Lippen und meinte leise: »Scht. Lassen wir es für heute gut sein. Im Morgengrauen wird eine Kutsche für dich bereitstehen, die dich überall dorthin bringt, wohin du auch möchtest.« Er ließ seine Hand sinken und verließ ohne ein weiteres Wort den Raum. Magdalene verstand. Es war seine Art, von ihr Abschied zu nehmen, jedenfalls für diesen Augenblick.

Am nächsten Morgen hatte es zu schneien aufgehört. Eine undurchdringliche Nebelwand umgab das Schloss und malte den Tag grau und trist. Magdalene stand vor dem Spiegel und musterte ihre Garderobe. Heute hatte die Kammerzofe ihr

Haar zu einem einfachen Zopf geflochten und diesen am Hinterkopf hochgesteckt. Sie trug ein grünes Kleid aus festem Wollstoff, darüber einen wärmenden dunkelblauen Umhang mit Kapuze. Sogar ein neues Paar Stiefel hatte die Kammerzofe heute Morgen aus einem der vielen Schränke des Ankleidezimmers hervorgezaubert.

»Ihr werdet mir fehlen«, sagte sie.

»Aber wir kennen uns doch kaum«, erwiderte Magdalene und drehte sich um.

»Was für mich keinen Unterschied macht«, erklärte die Kammerzofe. »Euch mochte ich auf Anhieb. Ich hätte Euch gern noch länger hiergehabt. Kommt selten vor, dass normale Menschen zur Herrschaft gehören. Ich meine …«

»Ich versteh schon«, fiel Magdalene ihr lachend ins Wort. »Mir reichte ein Abend in der Gesellschaft der hochwohlgeborenen Damen vollkommen aus.« Sie zog eine Grimasse. Die Zofe ließ erleichtert die Schultern sinken. »Immerhin könnt Ihr bei den anderen Damen jetzt wieder die Haare nach Herzenslust einpudern«, versuchte Magdalene zu scherzen.

»Wenn ich ehrlich sein soll«, gestand die Kammerzofe, »mag ich den scheußlichen Puder auch nicht.« Sie zuckte mit den Schultern. »Aber es ist eben Mode.« Sie hob die Hand und berührte Magdalenes Haar. »Das Kastanienbraun ist viel hübscher. Es war mir eine Ehre, Euch beim Ankleiden behilflich sein zu dürfen.«

»Es wird gewiss nicht das letzte Mal gewesen sein«, erwiderte Magdalene. »Ich komme ja wieder. Wenn auch nur als Gast im Haus meines Vaters.« Sie wandte sich zur Tür. Die Kammerzofe folgte ihr und beeilte sich, diese für Magdalene zu öffnen.

»Und Ihr wollt Euch wirklich nicht vom Landgrafen verabschieden?«, fragte sie.

»Gewiss schläft er noch«, erwiderte Magdalene, während sie die Treppe hinunterlief.

»Das glaube ich nicht«, sagte die Kammerzofe. »Zumeist ist er um diese Zeit schon auf den Beinen. Bestimmt würde er sich darüber freuen, Euch noch einmal Lebewohl sagen zu dürfen. Ich meine, ich dachte …«

Sie erreichten die Eingangshalle. Magdalene blieb stehen und hob die Hand. Die Kammerzofe verstummte.

»Es ist gestern Abend alles gesagt worden. Ich möchte es ihm nicht unnötig schwer machen. Wir werden uns gewiss bald im Stadtpalais wiedersehen. Ich habe ihm fest versprochen, ihn dort zu besuchen.« Sie griff nach der Hand der Zofe und blickte ihr eindringlich in die Augen. »Es ist kein Abschied wie damals. Heute bin ich nicht das kleine Mädchen, das in die Darmstädter Gassen läuft und für immer aus seinem Leben verschwindet.«

Die Kammerzofe nickte. Tränen standen ihr in den Augen.

»Ich weiß. Ich habe ihn gestern Abend, als das Fest vorüber war, noch gesehen. Er hat allein in dem großen Saal am Tisch gesessen und sehr verloren ausgesehen. All das überschwengliche Glück über Eure Rückkehr schien mit einem Schlag verschwunden zu sein.«

»Es ist eben, wie es ist«, erwiderte Magdalene. »Dieses Schloss, der viele Prunk, die schönen Kleider. Das ist nicht mein Leben. Mir fehlt in diesem Haus die Luft zum Atmen. Mein Vater hat das verstanden. Er weiß um die Veränderung, die meine Art zu leben mit sich brachte. Wir können es beide nicht rückgängig machen.«

Magdalene ließ die Hand der Kammerzofe los, nickte ihr noch einmal zu und trat zur Tür, die ein Diener für sie öffnete. Draußen erwartete Magdalene eisig kalte Luft und eine kleine Kutsche, genau so, wie ihr Vater es ihr versprochen hatte. Die

Kammerzofe folgte ihr die wenigen Stufen der Freitreppe hinunter. Beide Frauen bemerkten nicht den alten Mann, der an einem der oberen Fenster stand und wehmütig beobachtete, wie seine geliebte Tochter abfuhr. Er hatte sie wiedergefunden, was nach all den Jahren einem Wunder gleichkam. Und doch hatte er sie an jenem kalten Wintertag verloren, als sie als kleines Mädchen in die Darmstädter Gassen geflohen war. Die Kutsche setzte sich in Bewegung und verließ den Innenhof des Schlosses. Schnell verschwanden ihre Umrisse im Nebel. Erst nach einer Weile trat er vom Fenster zurück und blickte auf seinen Schreibtisch, wo Papier und Schreibfeder darauf warteten, dass er ein endgültiges Urteil über seine durchtriebene Gattin fällte.

Es war Carlos, der Feuerschlucker, der Magdalene dabei beobachtete, wie sie unweit der Wohnwagen aus der Kutsche kletterte und sich von dem Kutscher verabschiedete. Aufgeregt rief er ganz laut: »Mathis! Deine Beinahe-Prinzessin ist zurückgekehrt.«

Sofort öffneten sich sämtliche Türen der Wohnwagen, auch die von Mathis. Er war nur mit seinen Hosen bekleidet, und sein Gesicht war mit Rasierseife bedeckt. Hinter ihm tauchte einer der Zwerge auf. Hastig griff Mathis nach einem Tuch und wischte sich die Seife von den Wangen. Der Umstand, dass er kein Hemd trug, schien ihm vollkommen gleichgültig zu sein. Freudestrahlend rannte er über das Feld, schloss Magdalene übermütig in die Arme und küsste sie, noch ehe sie auch nur ein Wort herausbrachte.

Schnell waren sie von sämtlichen Bewohnern des Lagers umringt, die lautstark jubelten und klatschten. Magdalene blickte in Mathis' strahlende Augen und fragte: »Denkt ihr, hier wäre noch Platz für eine Beinahe-Prinzessin, die ein wenig tanzen kann?«

»Und ob der hier wäre«, antwortete Carlos für Mathis, und erneut brach Jubel aus. Mathis jedoch sagte nichts. Magdalene sah ihn erwartungsvoll an. Die Jubelnden verstummten und schauten gespannt auf das Pärchen.

»Schon«, sagte Mathis, »allerdings ist deine Aufnahme an eine Bedingung geknüpft.« Er bemühte sich um eine ernste Miene.

»Die da wäre?«

»Du müsstest den Mohren heiraten.«

»Nichts lieber als das«, erwiderte Magdalene und fiel Mathis freudestrahlend um den Hals.

Alle begannen, fröhlich lachend herumzuspringen, während Mathis Magdalene fest in die Arme nahm und ihr ins Ohr flüsterte: »Welch großes Glück hat der Herrgott einem einfachen Gaukler wie mir beschert. Ich darf die wunderbarste Frau der Welt heiraten. Die Freundin aus Kindertagen, Magdalene, die Zigeunerin Suni, die beste Tänzerin der Welt, und ein wenig auch den kleinen Pusomori.«

Nachwort

»Holt die Wäsche rein, die Zigeuner kommen.«

Diesen Satz kennen viele von uns. Bis zum heutigen Tag sind die Roma nicht wirklich in Europa angekommen. Über Jahrhunderte wurden sie systematisch verfolgt und ausgegrenzt und als geborene Diebe, Gefährten des Satans, Gesindel oder eine Bande von Asozialen beschimpft.

Ich habe mich für diesen Roman auf die Suche nach den Gründen für die vielen Vorurteile gegenüber den Roma gemacht. Ihre Kultur ein wenig kennenzulernen, das war für mich spannend und großartig. Jedoch ist es mir nicht immer leichtgefallen, diesem Volk näherzukommen, und manchmal hätte ich mir während meiner Recherche gewünscht, zu einem Klan gehen und mit ihnen reden zu können. Das hätte mir meine Arbeit gewiss erleichtert. Leider ziehen durch Deutschland kaum noch Roma auf traditionelle Weise, also musste ich mir bei der Recherche mit Büchern und Internetseiten behelfen. Besonders hervorheben möchte ich hierbei die Internetseite der Gypsy-Band Latcho – Russian Gypsy Music. Dort fand ich die wunderbare Sage mit der roten Feder.

Auch entdeckte ich die tragische Zigeunersage um das Liebespaar aus Allerheiligen im Internet, die Majpejlomas am Feuer erzählt. Mein Dank geht hierfür an die Internetseite www.goethezeitportal.de.

Es gibt unzählige, oftmals mündlich überlieferte Zigeunersagen, denn die wenigsten Zigeuner konnten schreiben. Sie liebten es, einander Geschichten zu erzählen. Mir war es im Roman besonders wichtig, authentische Sagen der Roma wiederzugeben.

Ebenfalls hat mir das Buch *Europa erfindet die Zigeuner* von Klaus-Michael Bogdal, erschienen im Suhrkamp Verlag, sehr weitergeholfen. Das Buch zeichnet die Geschichte der Roma vom Mittelalter bis zum Holocaust nach und ist ein erschütterndes Zeugnis darüber, wie sehr dieses Volk über Jahrhunderte hinweg verfolgt worden ist.

Sämtliche Mitglieder der Zigeunerklans im Roman sind frei erfunden.

Historische Persönlichkeiten und Hintergründe im Buch

Ernst-Ludwig von Hessen-Darmstadt
(*15. Dezember 1667 auf Schloss Friedenstein in Gotha, † 12. September 1739 auf Schloss Jägersburg bei Einhausen)

Man kann Ernst-Ludwig von Hessen-Darmstadt durchaus als einen größenwahnsinnigen Provinzherrscher bezeichnen, der weit über seine Verhältnisse lebte. Für die Prunkbauten, die er in Darmstadt entstehen ließ, war niemals ausreichend Geld vorhanden, obwohl heute einige seiner Bauten, besonders die Orangerie und das Neuschloss, als historisch bedeutende Gebäude in Darmstadt gelten.

Auch war er Anhänger der sehr teuren Parforcejagd, für die er mehrere Jagdschlösser erbauen ließ. Darunter auch Schloss Wolfsgarten, das heute noch steht, genauso wie Schloss Kranichstein bei Darmstadt.

Der Landgraf war ein ausgesprochener Rassist. Nach seiner Machtübernahme häuften sich Verordnungen gegen das »Zigeunerwesen«, in denen die Ausweisung der Roma beziehungsweise deren Zurückweisung an den Stadttoren befohlen wurde. Er bezeichnete die Roma abfällig als »böse Rotte«.

1734 erklärte Ernst-Ludwig die Roma gar für vogelfrei. Er erlaubte ausdrücklich:

Männer oder Weiber oder erwachsene Kinder beyderley Geschlechts zu verfolgen und entweder todt zu schiessen oder gefänglich einzuliefern.

Die Belohnung war ebenfalls nicht zu verachten. Man durfte sich den gesamten Besitz des »Zigeuners« aneignen und erhielt für einen gefangenen »Zigeuner« sechs, für einen toten immerhin noch drei Reichstaler. Aus der Jagd auf »Zigeuner« konnte man ein Geschäft machen und sich den Lebensunterhalt verdienen.

Der Landgraf war in erster Ehe mit der Tochter des Markgrafen Albrecht von Brandenburg-Ansbach verheiratet: Dorothea Charlotte. Sie verstarb 1705.

Ihr Sohn Ludwig wurde der Nachfolger seines Vaters und regierte bis 1768.

In zweiter Ehe heiratete er morganatisch am 20. Januar 1727 in Darmstadt Luise von Spiegel, die durch diese Ehe zur Gräfin von Eppstein erhoben wurde. Mit ihr hatte er zwei Töchter.

Ebenfalls führte der Landgraf über mehrere Jahre eine Beziehung mit Charlotte von Forstner, die 1727 verstarb. Aus dieser Beziehung stammte ein Sohn, Friedrich Carl Ludwig, der nur vier Jahre alt wurde.

Magdalene ist frei erfunden.

Historisch belegt sind auch die Chorherren des Antoniterklosters in Höchst:

der Generalpräzeptor Philip Daniel Kramer,

der Laienbruder Adam Kirstein

und selbstverständlich auch der Choralbuchschreiber Johann Wolfgang Urban sowie sämtliche weitere Personen, die im Roman genannt werden. Nur der Pfründner Carl-Ludwig und seine Gattin sind frei erfunden.

Mein Dank geht an den Historiker Dr. Wolfgang Metternich, der mir geduldig meine Fragen beantwortet hat.

Im Jahr 1725 wurde in Gießen eine Buchhandlung gegründet, die von einem Johann Christian Konrad Krieger übernommen wurde.

Besondere Freude haben mir auch die Recherchen zu der »Alten Weinstraße« gemacht. Auf dieser Straße wurde nicht, wie der Name vermuten lässt, Wein transportiert. Der Name leitet sich von dem hessischen Wort »Waan« ab, das »Wagen« bedeutet. Die Weinstraße war ein Teilabschnitt der uralten Handels- und Heerstraße Frankfurt–Hildesheim. Über diese wichtige Nord-Süd-Verbindung wurden bereits im 7./8. Jahrhundert Waren transportiert.

Die Weinstraße begann in Höchst am Hafen und führte über die Wetterau und Gießen weiter bis nach Paderborn.

Bereits Karl der Große reiste im Jahr 792 über die Weinstraße, genauso wie die Truppen im 30-jährigen Krieg. Auch Napoleon und sogar 1945 die Wehrmacht nutzten den alten Handelsweg.

Im 18. Jahrhundert war es durchaus üblich, sogenannte Schokoladenjungen aus Afrika unter der Dienstbotenschaft zu haben. Die kleinen, niedlichen schwarzen Jungen sollten den adligen Damen morgens heiße Schokolade ans Bett servieren, die sehr beliebt gewesen ist. Wenn die Jungen heranwuchsen, erhielten sie meist eine Anstellung innerhalb der Dienerschaft. Daher stammt auch der *Sarotti-Mohr*.

Zu Mathis hat mich das Gemälde der großen Landgräfin im Darmstädter Schloss inspiriert, auf dem sie einen Schokoladenmohren im Arm hält.

Dank

Mein Dank geht wieder einmal an meinen Mann Matthias, der mich bei der Recherche unterstützt hat. Gemeinsam haben wir uns in Darmstadt und Umgebung auf historische Spurensuche begeben, was wie immer großen Spaß gemacht hat.

Auch möchte ich mich bei meiner Agentin Franka Zastrow von der Agentur Schlück bedanken, die sich von Anfang an für die Geschichte begeistern ließ. Für das mir entgegengebrachte Vertrauen danke ich Christine Steffen-Reimann. Auch möchte ich mich bei meiner Lektorin Ilse Wagner bedanken – für ihre Geduld und ihre immer wieder klugen und auch lustigen Anmerkungen zum Text.

Wenn Geschichte lebendig wird …

Nicole Steyer

Die Hexe von Nassau

Das Pestkind

Der Fluch der Sommervögel

Die Kunst des Teufels

»Detailgetreue Beschreibung, atmosphärische Dichte und eine tief gehende Story garantieren Lesespaß höchster Klasse.«
Wiesbadener Tagblatt

»Viel Spannung und Gefühl«
Das Neue Blatt

»Historie wird lebendig – die Romane von Nicole Steyer sind wie eine Reise in die Vergangenheit.«
Literaturmarkt.info